TORRE
DO
ALVORECER

SARAH J. MAAS

TORRE
DO
ALVORECER

Tradução
Mariana Kohnert

26ª edição

— Galera —
RIO DE JANEIRO
2025

Para minha avó Camilla,
que atravessou montanhas e mares
e cuja história incrível é meu conto épico preferido.

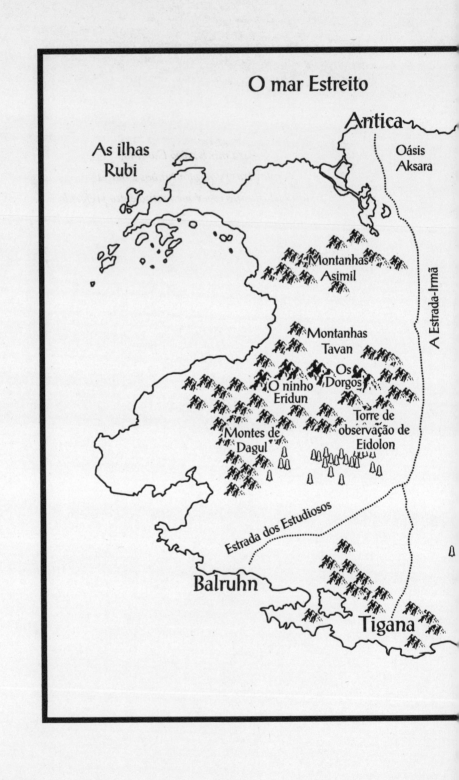

PARTE UM

A cidade dos deuses

❧ 1 ❧

Chaol Westfall, antigo capitão da Guarda Real e atual Mão do recém-
-coroado rei de Adarlan, havia descoberto que odiava um som acima de
qualquer outro.

O som de rodas.

Especificamente, seu chacoalhar nas tábuas do navio onde ele passara
as últimas três semanas, enquanto velejava por águas tempestuosas. Assim
como os ruídos e estampidos sobre o reluzente piso de mármore verde com
mosaicos intricados, que cobria todo o resplandecente palácio do Khagan
do Continente Sul, em Antica.

Como não havia nada para fazer além de permanecer sentado na cadeira
de rodas — sua prisão e única maneira de ver o mundo —, Chaol observava
os detalhes do amplo palácio assentado no alto de uma das inúmeras colinas
da cidade. Cada pedaço de material fora tirado de alguma parte do poderoso
império do khagan e construído em honra ao local de origem.

Aquele piso verde polido sobre o qual a cadeira de Chaol sacolejava
havia sido minerado de pedreiras no sudoeste do continente. As pilastras
vermelhas entalhadas como poderosas árvores, com os galhos mais altos
estendendo-se em direção ao teto em domo muito acima — tudo isso fazia
parte de um interminável salão de recepção —, foram transportadas até ali
dos desertos arenosos do nordeste.

Os mosaicos que interrompiam o mármore verde tinham sido montados
por artesãos de Tigana, outra das estimadas cidades do khagan na monta-

nhosa ponta sul do continente. Cada um retratava uma cena do passado rico, violento e glorioso do khaganato: os séculos vividos de forma nômade, como o povo dos cavalos nas estepes gramadas das terras leste do território; o surgimento do primeiro khagan, um guerreiro que tinha unificado as aldeias dispersadas ao fazer uso de inteligência perspicaz e estratégica para forjar um império devastador, criando uma força conquistadora que tomara o continente pedaço por pedaço; depois havia retratos dos três séculos desde então — os vários khagans que tinham expandido o império, distribuindo a riqueza de cem territórios pelas terras, construindo incontáveis pontes e estradas para conectar todos eles, e governando o vasto continente com precisão e transparência.

Talvez os mosaicos fornecessem uma visão do que Adarlan poderia ter sido, refletiu Chaol, conforme os murmúrios da corte reunida ecoaram entre as pilastras entalhadas e os domos folheados a ouro. Quer dizer, se Adarlan não tivesse sido governada por um homem controlado por um rei demônio determinado a transformar o mundo em um banquete para suas hordas.

Chaol virou a cabeça para cima e encarou Nesryn; a expressão da jovem estava impassível conforme lhe empurrava a cadeira. Somente os olhos pretos, percorrendo cada rosto e janela e coluna ao longo do caminho, revelavam algum interesse no vasto lar do khagan.

Os dois tinham reservado as mais finas roupas para aquele dia, e a recém-nomeada capitã da Guarda estava, de fato, resplandecente no uniforme carmesim e dourado. De onde Dorian desenterrara um dos uniformes que Chaol um dia havia usado com tanto orgulho, ele não fazia ideia.

Inicialmente, Chaol quisera usar preto, apenas porque cores... Ele jamais se sentira confortável com cores, exceto pelo vermelho e dourado do reino. Mas preto havia se tornado a cor dos guardas infestados pelos valg e comandados por Erawan. Eles tinham usado os uniformes inteiramente pretos ao aterrorizar Forte da Fenda. Ao juntarem, torturarem e, então, massacrarem os homens de Chaol.

Para depois os pendurarem ao longo dos portões do palácio, deixando que oscilassem ao vento.

O antigo capitão mal conseguira olhar para os guardas de Antica conforme passara por eles no longo caminho até o salão, tanto nas ruas quanto no próprio palácio — de pé, orgulhosos e alertas, com espadas às costas e facas ao lado. Mesmo naquele instante, Chaol resistia ao desejo de olhar para os locais onde ele sabia que os guardas estariam posicionados no corredor, exatamente como ele teria posto seus homens, onde o próprio Chaol teria ficado, sem dúvida, para monitorar tudo enquanto emissários de um reino estrangeiro chegavam.

Nesryn o encarou, com aqueles frios e impassíveis olhos cor de ébano, os cabelos pretos na altura dos ombros oscilando a cada passo. Nenhum indício de ansiedade lampejou no rosto lindo e solene. Nenhum vestígio de que estavam prestes a conhecer um dos homens mais poderosos do mundo — um homem que poderia alterar o destino do continente na guerra que certamente já se deflagrava em Adarlan e Terrasen.

Chaol olhou para a frente sem dizer uma palavra. As paredes, as pilastras e os portais arqueados tinham ouvidos, olhos e bocas, avisara Nesryn.

Esse único pensamento era o que fazia com que Chaol evitasse repuxar as roupas que ele finalmente decidira usar: calça marrom-claro, botas marrom na altura dos joelhos e uma camisa branca da mais fina seda, que estava em grande parte escondida por um casaco azul-escuro. O casaco era bastante simples, o valor era revelado apenas pelos requintados fechos de bronze na frente e pelo brilho do delicado fio de ouro que acompanhava as bordas e o colarinho alto. Nenhuma espada pendia do cinto de couro; a ausência do peso reconfortante era como um membro fantasma.

Ou como pernas.

Duas incumbências. Ele tinha duas incumbências enquanto os dois estavam ali, mas ainda não sabia ao certo qual se provaria mais impossível:

Convencer o khagan e os seis potenciais herdeiros a emprestar os consideráveis exércitos para a guerra contra Erawan...

Ou encontrar um curandeiro em Torre Cesme que conseguisse descobrir algum jeito de fazê-lo andar novamente.

De... consertá-lo, pensou Chaol, com uma boa pontada de repugnância.

Ele odiava essa palavra. Quase tanto quanto o chacoalhar das rodas. *Consertar*. A palavra ainda o arrasava, ainda fazia seu estômago se revirar, mesmo que fosse isso o que pedia que os lendários curandeiros fizessem por ele.

Chaol afastou a palavra e o pensamento da cabeça enquanto Nesryn acompanhava o aglomerado silencioso de criados que os guiava desde o cais. O grupo seguira ao longo das sinuosas e empoeiradas ruas de paralelepípedos de Antica até chegar ao alto da avenida íngreme que ia na direção dos domos e dos 36 minaretes do palácio.

Eles tinham visto faixas de tecido branco — desde seda até feltro e linho — pendendo de inúmeras janelas, lanternas e portas. Provavelmente por causa da morte recente de algum oficial ou parente real distante, murmurara Nesryn. Havia diversos rituais de morte. Em geral, eram uma mistura dos inúmeros reinos e territórios governados pelo khaganato, mas o tecido branco era um resquício antigo dos séculos em que o povo do khagan perambulara pelas estepes, com a tradição de deitar seus mortos para o descanso final sob o vigilante céu aberto.

A cidade, no entanto, parecera pouco fúnebre conforme a atravessaram. As pessoas com roupas de diversos tipos ainda se apressavam, vendedores ainda anunciavam suas mercadorias, acólitos nos templos de madeira ou de pedra — cada deus tinha um lar em Antica, explicara Nesryn — ainda chamavam aqueles que passavam nas ruas. Tudo isso, até mesmo o palácio, era vigiado pela reluzente torre de pedra pálida, situada no alto de uma das colinas mais ao sul da cidade.

A Torre. Uma torre que abrigava os melhores curandeiros mortais do mundo. Chaol tentara não olhar por muito tempo para a imensa construção pelas janelas da carruagem, ainda que ela pudesse ser vista de quase todas as ruas e todos os ângulos de Antica. Nenhum dos criados havia mencionado ou ressaltado a presença dominante que parecia rivalizar até mesmo com o palácio do khagan.

Não, os criados realmente não tinham dito quase nada no caminho até lá, mesmo com relação às flâmulas de luto que oscilavam ao vento seco. Cada um deles permanecia em silêncio, homens e mulheres, os cabelos pretos brilhantes e lisos, e cada um deles vestia calças largas e casacos esvoaçantes nos tons cobalto e vermelho-sangue, as bordas de um dourado-pálido. Criados pagos... mas descendentes dos escravizados que um dia foram posse da linhagem do khagan. Até o momento que a khagan anterior, uma visionária e revolucionária, criminalizara a escravidão uma geração atrás, como uma das inúmeras melhorias ao império. A khagan libertara os escravizados, mas os mantivera como criados pagos — assim como seus filhos. E agora os filhos dos filhos destes.

Nenhum dos criados parecia passar fome ou ser mal pago, e nenhum mostrara nem mesmo um lampejo de medo ao escoltarem Chaol e Nesryn do navio até o palácio. Ao que parecia, o khagan atual os tratava bem. Com sorte, o herdeiro, que ainda não havia sido escolhido, também o faria.

Diferentemente de Adarlan ou Terrasen, a herança do império era decidida pelo khagan; não por ordem de nascimento ou por gênero. Ter o máximo de filhos possível para fornecer ao governante ampla escolha tornava essa decisão apenas um pouco mais fácil. E a rivalidade entre os filhos reais... Era praticamente um esporte de sangue. Tudo isso pensado para provar ao pai ou à mãe quem era o mais forte, o mais inteligente, o mais apto a governar.

Por lei, o khagan deveria trancafiar um documento selado em um esconderijo — um documento que nomeasse o herdeiro, caso a morte viesse antes que isso pudesse ser formalmente anunciado. Poderia ser alterado a qualquer momento, mas destinava-se a evitar a única coisa que o khaganato temia desde o momento que o primeiro khagan unira os reinos e os territórios do continente: um colapso. Não por forças externas, mas devido a uma guerra interna.

Aquele primeiro khagan de tempos passados fora sábio. Nenhuma vez durante os trezentos anos do khaganato ocorrera uma guerra civil.

E, conforme foi empurrado por Nesryn, passando pelas graciosas reverências dos criados que tinham parado entre duas imensas pilastras, quando Chaol viu o salão do trono, exuberante e adornado, abrir-se adiante com as dezenas de pessoas reunidas em torno do altar dourado reluzindo ao sol do meio-dia, ele se perguntou qual das cinco figuras diante do homem entronado seria um dia escolhida para governar aquele império.

Os únicos sons vinham do farfalhar das roupas das 48 pessoas — Chaol as contara com algumas piscadelas casuais — reunidas de cada lado do altar reluzente, formando uma parede de seda, pele e joias, uma verdadeira avenida pela qual Nesryn o empurrou.

Roupas farfalhando... e o chacoalhar e ranger das rodas. Nesryn as lubrificara naquela manhã, mas semanas no mar tinham desgastado o metal. Cada arranhão e rangido se assemelhava a unhas raspando na pedra.

Mas o antigo capitão manteve a cabeça erguida. Os ombros retos.

Nesryn parou a uma distância segura do altar... da parede de cinco filhos reais, homens e mulheres em excelente forma física, de pé entre os dois e o pai.

Defender seu imperador: o primeiro dever de um príncipe ou de uma princesa. A maneira mais fácil de provar lealdade, de ser considerado para a escolha do herdeiro. E os cinco à frente...

Chaol controlou as feições para que ficassem neutras ao contar de novo. Apenas cinco. Não os seis que Nesryn descrevera.

No entanto, ele não procurou no salão o membro da realeza que faltava quando fez uma reverência. Chaol praticara o movimento diversas vezes durante a última semana no mar, conforme o tempo ficava mais quente, deixando o ar seco e abafado. Fazer aquilo na cadeira ainda parecia forçado, mas ele se curvou bastante — até encarar as pernas paralisadas, as botas marrom impecáveis e os pés que não conseguia sentir nem mover.

Ao ouvir o leve farfalhar de roupa à esquerda, Chaol percebeu que Nesryn passara para seu lado, e que ela também fazia uma profunda reverência.

Ambos se mantiveram assim pelos três fôlegos que ela alegava serem necessários.

Chaol usou os três fôlegos para se acalmar, para afastar o fardo que havia sobre os dois.

Em algum momento do passado, ele fora habilidoso o bastante para conseguir manter uma compostura impassível. Servira ao pai de Dorian durante anos, cumprira ordens sem sequer piscar. E, antes disso, havia aturado o próprio pai, cujas palavras tinham sido violentas feito punhos. O verdadeiro e atual Lorde de Anielle.

O *lorde* que fora colocado diante do nome de Chaol era um deboche. Um deboche e uma mentira que Dorian se recusara a abandonar, apesar dos protestos do amigo.

Lorde Chaol Westfall, Mão do Rei.

Ele odiava aquilo. Mais que o som das rodas. Mais que o corpo abaixo do quadril que ele não conseguia sentir, o corpo cuja imobilidade ainda o surpreendia, mesmo tantas semanas depois.

Ele não era Senhor de Nada. Era Senhor dos Quebradores de Juramento. Senhor dos Mentirosos.

E, conforme Chaol ergueu o torso e encontrou os olhos repuxados para cima do homem de cabelos brancos sentado ao trono, conforme a pele marrom e envelhecida do khagan se enrugou com um sorriso pequeno e sábio... ele se perguntou se o governante também sabia.

⊰ 2 ⊱

Havia duas partes dela, supunha Nesryn.

A parte que tinha se tornado capitã da Guarda Real de Adarlan, que fizera um juramento ao rei de se certificar de que o homem na cadeira de rodas a seu lado fosse curado — e de reunir um exército do homem no trono em frente. Essa parte de Nesryn mantinha a cabeça erguida, os ombros esticados e as mãos a uma distância segura da espada ornamentada presa ao quadril.

E havia a outra parte.

A parte que vira as espirais e os minaretes e os domos da cidade dos deuses despontando no horizonte conforme velejavam até lá, com o reluzente pilar da Torre imponente acima de tudo aquilo, e que precisara conter as lágrimas. A parte que havia sentido o cheiro da páprica defumada e o odor forte do gengibre e a doçura sedutora do cominho assim que atravessara o cais, e soubera, lá no fundo, que estava em *casa*. Que, sim, ela vivia e servia e morreria por Adarlan, pela família que ainda vivia lá, mas aquele lugar, onde seu pai um dia vivera e onde até mesmo sua mãe nascida em Adarlan se sentira mais à vontade... Aquele era seu povo.

A pele de diversos tons de marrom. A abundância de cabelos pretos reluzentes — *seus* cabelos. Os olhos que variavam de repuxados para cima, ou arregalados e arredondados, ou até mais estreitos, em tonalidades de castanho-claro e castanho-escuro, e até mesmo um raro tom de castanho intenso e verde. Seu povo. Uma mistura de reinos e territórios, sim, mas...

Ali, insultos não eram sussurrados nas ruas. Ali, nenhuma rocha seria jogada pelas crianças. Ali, os filhos da irmã não se sentiriam diferentes. Indesejados.

E essa parte da capitã... Apesar dos ombros esticados e do queixo erguido, chegava a ficar com os joelhos fracos diante de quem — do *que* — estava diante de si.

Nesryn não ousara contar ao pai aonde ia e o que faria. Dissera apenas que iria tratar de um assunto para o rei de Adarlan e que demoraria a voltar.

O pai não teria acreditado. Ela mesma mal acreditava.

A história do khagan tinha sido sussurrada diante de sua lareira nas noites de inverno; as lendas de seus filhos eram contadas enquanto sovavam infinitas massas de pão para a padaria da família. Os contos de dormir dos ancestrais serviam para embalar Nesryn em um sono tranquilo ou mantê-la acordada a noite inteira, apavorada.

O khagan era um mito vivo. Uma divindade tanto quanto os 36 deuses que governavam a cidade e o império.

Havia tantos templos para aqueles deuses em Antica quanto havia tributos para os diversos khagans. *Mais.*

Era chamada de cidade dos deuses por causa deles — e por causa do deus vivo que estava sentado no trono de marfim no alto daquele altar dourado.

O altar era, de fato, de ouro puro, exatamente como as lendas sussurradas por seu pai alegavam.

E os seis filhos do homem... Nesryn podia nomear todos sem precisar ser apresentada.

Depois da meticulosa pesquisa que Chaol fizera enquanto estavam no navio, ela não tinha dúvidas de que ele também conseguiria.

Mas não era esse o objetivo daquela reunião.

Pois, por mais que *ela* tivesse ensinado ao antigo capitão sobre sua terra natal nas últimas semanas, Chaol a instruíra acerca dos protocolos da corte. Raramente ele estivera tão diretamente envolvido, sim, mas testemunhara o suficiente durante o tempo que servira o rei.

Um observador do jogo que estava prestes a se tornar um jogador principal. Com as apostas absurdamente altas.

Esperaram em silêncio para que o khagan falasse.

Nesryn tentara não ficar boquiaberta conforme caminhava pelo palácio. Jamais havia colocado os pés do lado de dentro durante as poucas visitas a Antica ao longo dos anos. Assim como seu pai, ou o pai deste, ou qualquer de seus ancestrais. Em uma cidade de deuses, aquele era o mais sagrado dos templos. E o mais mortal dos labirintos.

O khagan não se moveu do trono de marfim.

Um trono mais novo, mais largo, que datava de cem anos antes — quando o sétimo khagan tinha jogado fora o antigo porque sua compleição grande não cabia ali. O homem havia se enchido de comida e bebida até morrer, dizia a história, mas pelo menos tivera o bom senso de nomear um herdeiro antes de agarrar o próprio peito um dia e cair morto... bem naquele trono.

Urus, o khagan atual, não passava dos 60 anos e parecia em condições muito melhores. Embora os cabelos pretos tivessem ficado tão brancos quanto o trono entalhado havia muito tempo, embora cicatrizes salpicassem a pele enrugada, feito um lembrete a todos de que *ele* lutara por aquele trono nos dias finais da vida de sua mãe... Os olhos cor de ônix, finos e repuxados para cima, brilhavam como estrelas. Atentos e observadores.

No alto da cabeça branca não havia coroa, pois deuses, entre mortais, não precisavam sinalizar seu governo divino.

Atrás dele, faixas de seda branca amarradas às janelas abertas oscilavam à brisa quente, enviando os pensamentos do khagan e da família real para onde a alma do falecido — quem quer que fosse, era alguém importante, sem dúvida — tinha se juntado ao Eterno Céu Azul e à Terra Dormente, uma crença que o governante e todos os seus ancestrais ainda honravam no lugar do panteão dos 36 deuses que os cidadãos eram livres para adorar.

Ou quaisquer outros também, caso os territórios fossem recentes o bastante para que os deuses ainda não tivessem sido incorporados ao leque. Devia haver diversos assim, afinal, durante as três décadas de governo, o homem sentado diante deles havia acrescentado às fronteiras um punhado de reinos além-mar.

Um reino para cada anel, com pedras preciosas reluzentes, que adornava os dedos cheios de cicatrizes.

Um guerreiro trajando luxo. Aquelas mãos deslizaram pelos braços do trono de marfim — composto de cascos entalhados das poderosas bestas que perambulavam pelos campos centrais — e se acomodaram no colo do homem, escondidas sob trechos de seda azul com bordas douradas. Era a tintura índigo das terras abafadas e exuberantes do oeste. De Balruhn, de onde o povo de Nesryn originalmente provinha, antes de a curiosidade e a ambição levarem seu bisavô a arrastar a família por montanhas e campos e desertos até que chegassem à cidade dos deuses na aridez do norte.

Os Faliq haviam sido comerciantes por muito tempo, mas não de coisas especialmente requintadas. Apenas tecidos simples e bons, além de temperos caseiros. O tio ainda vendia tais coisas e, por meio de vários investimentos lucrativos, tornara-se um homem relativamente rico, cuja família atualmente habitava uma linda casa dentro daquela mesma cidade. Definitivamente um patamar acima de padeiro — o caminho que o pai de Nesryn escolhera ao deixar aquelas terras.

— Não é todo dia que um novo rei manda alguém tão importante para nossas terras — disse o khagan, por fim, usando a língua deles e não halha, a língua do continente sul. — Suponho que deveríamos considerar isso uma honra.

O sotaque era tão parecido com o do pai de Nesryn... mas o tom não tinha o mesmo calor ou humor. Afinal, vinha de um homem que recebera obediência a vida inteira e que lutara para conquistar a coroa, chegando a executar dois dos irmãos que se provaram maus perdedores. Os três sobreviventes... um fora exilado, e os outros dois tinham lhe jurado fidelidade ao pedirem que os curandeiros da Torre os deixassem inférteis.

Chaol inclinou a cabeça.

— A honra é minha, Grande Khagan.

Ele não disse *majestade*... isso era para reis e rainhas. Não havia termo alto ou grandioso o bastante para aquele homem diante dos dois. Apenas o título que o primeiro de seus ancestrais levara: Grande Khagan.

— É sua — ponderou o khagan, com aqueles olhos pretos se voltando para Nesryn. — E quanto a sua companheira?

A capitã lutou contra a vontade de se curvar de novo. Dorian Havilliard era o oposto daquele homem, percebeu. Já Aelin Galathynius... A mulher se perguntou se a jovem rainha poderia ter mais em comum com o khagan do que tinha com o rei Havilliard. Ou quem sabe um dia teria, se Aelin sobrevivesse tempo o bastante. Se chegasse ao trono.

Nesryn afastou esses pensamentos ao ver que Chaol a observava com os ombros tensos. Não pelas palavras, ou pela companhia, mas apenas porque ela sabia que o simples ato de precisar olhar para *cima*, de encarar aquele poderoso rei-guerreiro naquela cadeira... Aquele seria um dia difícil para ele.

A jovem inclinou levemente a cabeça.

— Sou Nesryn Faliq, capitã da Guarda Real de Adarlan. Como Lorde Westfall foi um dia, antes de o rei Dorian nomeá-lo sua Mão no início deste verão. — Ela se sentia grata pelos anos em Forte da Fenda terem lhe ensinado a não sorrir, a não se encolher ou mostrar medo, grata por ter aprendido a manter a voz fria e calma, mesmo quando os joelhos fraquejavam.

— Minha família descende daqui, Grande Khagan — prosseguiu. — Antica ainda detém um pedaço de minha alma. — Nesryn levou uma das mãos ao coração, e os finos fios do uniforme dourado e carmesim, as cores do império que fizera com que sua família frequentemente se sentisse caçada e indesejada, roçaram contra seus calos. — Estar em seu palácio é a maior honra de minha vida.

Talvez aquilo fosse verdade.

Se ela encontrasse tempo para visitar a família no tranquilo e arborizado Quarteirão Runni — lar principalmente de mercadores e comerciantes como seu tio —, eles certamente considerariam que era uma honra, sim.

O khagan apenas sorriu de leve.

— Então me permita lhe dar as boas-vindas a seu verdadeiro lar, capitã.

Nesryn sentiu, mais que viu, o lampejo de irritação de Chaol. Ela não tinha total certeza do que desencadeara aquilo: a reivindicação da terra natal ou o título oficial que fora passado a ela.

Mesmo assim, Nesryn curvou a cabeça de novo em agradecimento.

— Presumo que estão aqui para me cortejar e fazer com que me junte a essa guerra de vocês — disse o khagan a Chaol.

— Estamos aqui a pedido de meu rei — replicou Chaol, um pouco mais rispidamente. Um toque de orgulho à palavra. — Para começar o que esperamos ser uma nova era de comércio próspero e de paz.

Um dos filhos do khagan — uma jovem cujos cabelos eram como uma noite em correnteza e os olhos como fogo escuro — trocou um olhar sarcástico com o irmão à esquerda, um homem talvez três anos mais velho que ela.

Hasar e Sartaq. O terceiro e o segundo filhos, respectivamente. Cada um usava calça larga parecida e túnica bordada, com botas de couro finas até os joelhos. Hasar não era nenhuma beldade, mas aqueles olhos... As chamas que dançavam ali conforme ela olhava para o irmão mais velho compensavam.

E Sartaq — comandante dos montadores de ruks do pai. Os rukhin.

Havia muito tempo, o esquadrão aéreo setentrional daquele povo habitava as imponentes montanhas Tavan em companhia dos ruks: imensos pássaros, com formato de águia, grandes o suficiente para carregar gado e cavalos. Não tinham o enorme porte nem o peso destrutivo das serpentes aladas das bruxas Dentes de Ferro, mas eram rápidos e ágeis, e inteligentes como raposas. As montarias perfeitas para os lendários arqueiros que voavam sobre eles nas batalhas.

O rosto de Sartaq estava sério, e os ombros largos, jogados para trás. Um homem talvez tão pouco à vontade nas roupas finas quanto Chaol. Nesryn se perguntou se sua ruk, Kadara, estava empoleirada em um dos 36 minaretes do palácio, vigiando os criados e os guardas acovardados, esperando impacientemente pela volta de seu mestre.

O fato de Sartaq estar ali... Certamente souberam, então. Com muita antecedência. Que ela e Chaol estavam a caminho.

O olhar de entendimento que se passou entre Sartaq e Hasar disse o suficiente a Nesryn: eles, ao menos, tinham discutido as possibilidades daquela visita.

O olhar de Sartaq passou da irmã para Nesryn.

Ela piscou. A pele marrom do príncipe era mais escura que a dos demais — talvez devido a todo o tempo no céu e à luz do sol —, e os olhos eram de um ébano sólido. Infinitos e indecifráveis. Os cabelos pretos estavam soltos, exceto por uma pequena trança que se curvava sobre o arco da orelha. O restante dos cabelos caía logo além do peito musculoso e oscilou levemente com a inclinação de cabeça para Nesryn, que ela podia jurar ter sido debochada.

Que dupla farroupilha e medíocre Adarlan enviara. O antigo capitão, ferido, e a atual, plebeia. Talvez as primeiras palavras do khagan sobre *honra* tivessem sido uma observação disfarçada do que ele via como um insulto.

Nesryn afastou a atenção do príncipe, mesmo ao ainda sentir o olhar determinado de Sartaq, como um toque fantasma.

— Trouxemos presentes de Sua Majestade, o rei de Adarlan — dizia Chaol, virando-se na cadeira para indicar aos criados que se adiantassem.

A rainha Georgina e sua corte praticamente saquearam os cofres reais antes de fugirem para a propriedade nas montanhas durante aquela primavera. E o antigo rei havia contrabandeado grande parte do que restara ao longo dos últimos meses. Então, antes de Nesryn e Chaol velejarem até lá, Dorian se aventurara pelos muitos cofres sob o castelo. Ela ainda conseguia ouvir os ecos de seus maldizeres, mais imundos do que jamais ouvira de Dorian, por ter encontrado pouco mais que moedas douradas lá dentro.

Mas Aelin, como sempre, tinha um plano.

Nesryn estivera ao lado do novo rei quando Aelin abrira dois baús em seus aposentos. Joias dignas de uma rainha — a rainha dos Assassinos — brilharam no interior.

Tenho fundos o suficiente por enquanto, foi a única coisa que Aelin dissera a Dorian ao vê-lo começar a protestar. *Dê ao khagan algumas das mais finas joias de Adarlan.*

Nas semanas seguintes, Nesryn se perguntara se Aelin teria ficado satisfeita ao se livrar do que comprara com dinheiro sujo de sangue. As joias de Adarlan, ao que parecia, não viajariam para Terrasen.

E naquele instante, enquanto os criados dispunham os quatro baús menores — divididos a partir dos dois originais para fazer parecer *mais*, como Aelin sugerira —, conforme abriam as tampas, a corte ainda silenciosa se aproximava para olhar.

Um murmúrio percorreu o bando diante das gemas reluzentes e do ouro e da prata.

— Um presente — declarou Chaol, conforme o próprio khagan se aproximava para examinar o tesouro. — Do rei Dorian Havilliard de Adarlan e de Aelin Galathynius, rainha de Terrasen.

Os olhos da princesa Hasar dispararam para Chaol quando ela ouviu o segundo nome.

O príncipe Sartaq apenas olhou de volta para o pai, enquanto o filho mais velho, Arghun, franzia a testa para as joias.

Arghun — o político entre eles, amado pelos mercadores e pelos poderosos do continente. Esguio e alto, era um estudioso que não negociava moedas e requintes, mas conhecimento.

Príncipe dos Espiões, era como o chamavam. Enquanto dois de seus irmãos haviam se tornado os melhores guerreiros, Arghun afiara a mente e, no momento, supervisionava os 36 vizires do pai. Então aquele franzir de testa para o tesouro...

Colares de diamante e rubi. Braceletes de ouro e esmeraldas. Brincos — verdadeiros pequenos lustres — de safira e ametista. Anéis delicadamente trançados, alguns adornados com joias tão grandes quanto o ovo de uma andorinha. Pentes e alfinetes e broches. Conquistados e comprados com sangue.

O mais jovem dos filhos reais reunidos, uma mulher graciosa e de ossos finos, se aproximou. Duva. Um espesso anel de prata, com uma safira de tamanho quase obsceno, adornava a mão esbelta, pressionado delicadamente contra o considerável volume da barriga.

Talvez seis meses, embora as roupas largas — ela gostava de roxo e cor-de-rosa — e a estrutura pequena pudessem distorcer isso. Certamente seu primeiro filho, resultado do casamento arranjado com um príncipe de um território além-mar no extremo leste, um vizinho ao sul de Doranelle, que percebera a agitação da rainha feérica e quisera garantir a proteção do império sul do outro lado do oceano. Talvez a primeira tentativa do khaganato de expandir amplamente o continente de tamanho considerável, ponderara Nesryn, assim como os demais.

Ela não se permitiu olhar por muito tempo para a vida crescendo sob aquela mão coberta de joias.

Pois, se um dos irmãos de Duva fosse coroado khagan, a primeira incumbência do novo governante — depois que sua progênie fosse suficiente — seria eliminar quaisquer outros desafios ao trono. Começando pelos filhos dos irmãos, caso eles ameaçassem o direito daquele que reinava.

Nesryn se perguntou como Duva conseguia suportar aquilo. Se tinha passado a amar o bebê que crescia em seu útero, ou se era sábia o bastante para não permitir tal sentimento. Se o pai daquele bebê faria todo o possível para que a criança ficasse segura, caso chegasse a esse ponto.

O khagan, por fim, se recostou no trono. Os filhos tinham se alinhado de novo; a mão de Duva recaindo novamente ao lado do corpo.

— Joias feitas pelos melhores joalheiros de Adarlan — explicou Chaol.

O governante brincou com um anel de citrino em uma das mãos.

— Se vieram do tesouro de Aelin Galathynius, não tenho dúvidas disso.

Um momento de silêncio entre Nesryn e Chaol. Eles sabiam — anteciparam — que o khagan tinha espiões em todas as terras e em todos os mares, que o passado de Aelin talvez fosse um pouco difícil de contornar.

— Você não é apenas a Mão de Adarlan — continuou o homem —, mas também o embaixador de Terrasen, não é?

— De fato, sou — respondeu Chaol, simplesmente.

O khagan ficou de pé com apenas uma leve dificuldade, e os filhos imediatamente se afastaram para abrir caminho a fim de que o pai pudesse descer do altar dourado.

O mais alto — robusto e talvez menos controlado que Sartaq, com sua intensidade silenciosa — observou a multidão, como se avaliando quaisquer ameaças ali. Kashin. O quarto filho.

Se Sartaq comandava os ruks nos céus setentrionais e centrais, então Kashin controlava os exércitos na terra. Soldados de infantaria e os senhores dos cavalos, principalmente. Arghun controlava os vizires, e Hasar, de acordo com os boatos, tinha a armada a seus pés. Ainda assim, havia algo menos polido a respeito de Kashin, com os cabelos pretos trançados para trás do rosto largo. Belo, sim... mas era como se a vida entre as tropas o tivesse afetado, e não necessariamente de um jeito ruim.

O khagan desceu do altar, as vestes cobalto farfalhando pelo chão. E a cada passo sobre o mármore verde, Nesryn percebia que aquele homem tinha, de fato, comandado não apenas os ruks nos céus um dia, mas também os senhores dos cavalos *e* persuadira a armada para que se juntasse a ele. Então Urus e o irmão mais velho se enfrentaram em um combate corpo a corpo a pedido da mãe que estivera acamada, morrendo de uma doença devastadora, que nem mesmo a Torre havia conseguido curar. O filho que saísse da areia seria o khagan.

A antiga governante tinha um apreço por espetáculos. E, para essa luta final entre os dois filhos escolhidos, ela os havia colocado no grande anfiteatro, no coração da cidade, deixando as portas abertas para qualquer um que conseguisse abrir caminho e encontrar um assento. As pessoas se sentaram nos arcos e nos degraus; milhares lotaram as ruas que davam para o prédio de pedras brancas. Os ruks com seus montadores se empoleiraram nas pilastras no mais alto patamar, com mais rukhin circundando os céus.

Os dois potenciais herdeiros lutaram durante seis horas.

Não apenas um contra o outro, mas também contra os horrores que a mãe havia libertado para testá-los: enormes felinos saltaram de jaulas escondidas sob o chão arenoso; carroças cobertas por estacas de ferro e com atiradores de lanças avançaram da escuridão das entradas do túnel a fim de atacá-los.

O pai de Nesryn estivera entre a multidão em frenesi nas ruas, ouvindo os relatos gritados por aqueles que pendiam das colunas.

O golpe final não fora um ato de brutalidade ou ódio.

O irmão mais velho do atual khagan, Orda, fora atingido por uma lança na lateral do corpo graças a uma daquelas carroças. Depois de seis horas de batalha e sobrevivência sangrentas, o golpe o derrubara.

Urus havia soltado a espada. Silêncio absoluto recaíra na arena. Silêncio enquanto Urus estendia a mão ensanguentada para o irmão... para ajudá-lo.

Mas, então, Orda havia pegado uma adaga escondida e apunhalado o coração de Urus.

Errando por 5 centímetros.

Aos gritos, Urus libertara a adaga do próprio peito e a mergulhara no irmão.

E não havia errado, como Orda.

Nesryn se perguntou se uma cicatriz ainda maculava o peito do khagan ao vê-lo caminhar para ela e Chaol e para as joias em exibição. Perguntou-se se aquela khagan morta havia tempo teria chorado sozinha pelo filho caído, assassinado por aquele que lhe tomaria a coroa em dias. Ou se ela jamais se permitira amar os filhos, sabendo o que recairia sobre eles.

Urus, Khagan do Continente Sul, parou diante de Nesryn e Chaol. Ele era uns bons 10 centímetros mais alto que ela, ainda tinha os ombros largos e a coluna reta.

Com apenas um indício de dificuldade causada pela idade, o homem se curvou para pegar um colar de diamante e safira do baú. A joia reluziu feito um rio vivo em suas mãos, cobertas de cicatrizes e adornos.

— Meu filho mais velho, Arghun — começou o khagan, indicando com o queixo o príncipe de rosto esguio que monitorava tudo —, recentemente me informou de algo fascinante em relação à rainha Aelin Ashryver Galathynius.

Nesryn esperou pelo golpe. Chaol apenas encarou Urus.

Mas os olhos escuros do khagan — os olhos de Sartaq, percebeu a jovem — dançaram enquanto ele dizia a Chaol:

— Uma rainha de 19 anos deixaria muitos inquietos. Dorian Havilliard pelo menos foi treinado desde o nascimento para assumir a coroa, para controlar uma corte e um reino. Mas Aelin Galathynius...

Ele jogou o colar no baú. O ruído foi tão alto quanto o de aço batendo em pedra.

— Suponho que alguns diriam que dez anos como assassina treinada é experiência.

Murmúrios novamente ecoaram pelo salão do trono. Os olhos intensos como fogo de Hasar praticamente brilharam. A expressão de Sartaq não se alterou em nada. Talvez uma habilidade aprendida com o irmão mais velho — cujos espiões precisavam ser realmente habilidosos, se sabiam sobre o passado de Aelin. Embora o próprio Arghun parecesse lutar para afastar um sorriso arrogante dos lábios.

— Podemos estar separados pelo mar Estreito — argumentou o khagan. As feições de Chaol sequer se alteraram. — Mas mesmo nós já ouvimos falar de Celaena Sardothien. Você trouxe joias, sem dúvida, de sua coleção pessoal. Contudo, são joias dadas a *mim*, quando minha filha Duva — um olhar na direção da bela filha grávida de pé próxima a Hasar — ainda não recebeu nenhum presente de casamento de seu novo rei ou da rainha regressada, enquanto todos os outros governantes mandaram os deles há quase meio ano.

Nesryn escondeu o tremor. Um esquecimento que podia ser explicado por tantas verdades... mas nada que eles ousariam proferir, não ali. Chaol não ofereceu verdade alguma ao permanecer calado.

— Mas — prosseguiu o khagan — independentemente das joias que você acaba de jogar a meus pés, como sacos de grãos, eu ainda preferiria ouvir a verdade. Principalmente depois que Aelin Galathynius destruiu seu castelo de vidro, assassinou seu antigo rei e tomou sua capital.

— Se o príncipe Arghun tem a informação — retrucou Chaol, por fim, com uma frieza impassível —, talvez não precise de mim para isso.

Nesryn conteve um estremecimento diante da ousadia, do tom...

— Talvez não — retrucou o homem, mesmo com os olhos de Arghun se semicerrando levemente. — Mas acho que *você* gostaria de alguma verdade minha.

Chaol não questionou. Não pareceu remotamente interessado além de indagar brevemente:

— É?

Kashin enrijeceu o corpo. O mais destemido protetor do pai, então. Arghun apenas trocou olhares com um vizir e sorriu para Chaol, feito uma víbora pronta para atacar.

— Eis o motivo pelo qual acho que veio, Lorde Westfall, Mão do Rei.

Apenas as gaivotas guinchando bem acima do salão do trono ousaram emitir algum ruído.

O khagan fechou uma tampa após a outra dos baús.

— Acho que veio para me convencer a me juntar a sua guerra. Adarlan está dividida, Terrasen foi destituída, e, sem dúvida, terá problemas em convencer os lordes sobreviventes a lutar por uma rainha inexperiente que passou dez anos vivendo no luxo, em Forte da Fenda, enquanto comprava estas joias com dinheiro sujo. Sua lista de aliados é curta e frágil. As forças do duque Perrington são o oposto. Os outros reinos em seu continente estão destruídos e separados de seus territórios setentrionais pelos exércitos de Perrington. Então você chegou aqui, tão rápido quanto os oito ventos podem carregá-lo, para implorar que eu envie exércitos a seu litoral. Para me convencer a derramar nosso sangue em uma causa perdida.

— Alguns poderiam considerar uma causa nobre — replicou Chaol.

— Ainda não terminei — informou o khagan, erguendo a mão.

O antigo capitão foi tomado pela irritação, mas não interrompeu de novo. O coração de Nesryn galopava.

— Muitos defenderiam — prosseguiu o homem, gesticulando a mão erguida na direção de um punhado de vizires, além de Arghun e Hasar — que ficássemos de fora. Ou melhor ainda, que nos aliássemos com a força que certamente vencerá, cujo comércio tem sido lucrativo para nós nos últimos dez anos.

Ele agitou aquela mão na direção de outros homens e mulheres com as vestes douradas dos vizires. Na direção de Sartaq, Kashin e Duva.

— Outros diriam que, se nos arriscássemos em uma aliança com Perrington, acabaríamos enfrentando seus exércitos em nossos portos um dia. Que os reinos destruídos de Eyllwe e Charco Lavrado podem novamente se tornar prósperos sob novo governo, e encher nossos cofres com bom comércio. Não tenho dúvidas de que você me prometerá que será assim. Que oferecerá acordos de comércio exclusivos, provavelmente desvantajosos para seu reino. Mas você está desesperado e não há nada que possua que eu já não tenha. Que eu não possa tomar, se desejar.

Chaol manteve a boca fechada, ainda bem. Mesmo com o olhar intenso diante da ameaça velada.

O khagan olhou para o quarto e último baú. Pentes e escovas incrustados de joias, garrafas de perfume ornamentadas feitas pelos melhores vidreiros de Adarlan. Os mesmos que tinham construído o castelo que Aelin destruíra.

— Então veio me convencer a me juntar a sua causa. E pensarei a respeito disso enquanto você estiver aqui. Pois sem dúvida veio também com outro propósito.

O khagan gesticulou a mão coberta de cicatrizes e joias na direção da cadeira. Cor tingiu as bochechas de Chaol, mas ele não se encolheu, não se acovardou. Nesryn se obrigou a fazer o mesmo.

— Arghun me informou que seus ferimentos são recentes, que aconteceram quando o castelo de vidro explodiu. Parece que a rainha de Terrasen não tomou o cuidado de proteger os aliados.

Um músculo se contraiu no maxilar de Chaol quando todos, dos príncipes aos criados, olharam para suas pernas.

— Porque suas relações com Doranelle também estão abaladas, mais uma vez graças a Aelin Galathynius, presumo que o único caminho para a cura que permanece aberto esteja aqui. Em Torre Cesme.

O khagan encolheu os ombros, o único indício do jovem guerreiro irreverente que um dia fora.

— Minha amada esposa ficaria profundamente perturbada se eu negasse a um homem ferido a chance de cura — a imperatriz não estava em lugar algum do salão, percebeu Nesryn, espantada. — Então, é claro, lhe darei permissão para entrar na Torre. Se os curandeiros irão concordar em trabalhar em você, será decidido por eles. Nem mesmo eu controlo a vontade da Torre.

A Torre. Ela dominava o extremo sul de Antica. Aninhada no topo da mais alta colina, a construção ficava acima da cidade que descia na direção do mar verde. Era o domínio dos famosos curandeiros e um tributo a Silba, a deusa-curandeira que os abençoara. Dos 36 deuses que aquele império recebera em seu leque ao longo dos séculos, de religiões próximas e afastadas, nessa cidade de deuses... Silba reinava incontestável.

Chaol parecia estar engolindo carvão em brasa, mas felizmente conseguiu fazer uma reverência com a cabeça.

— Obrigado por sua generosidade, Grande Khagan.

— Descanse esta noite; informarei os curandeiros que estará pronto amanhã de manhã. Como não pode ir até eles, um será enviado até você. Se eles concordarem.

Os dedos de Chaol se agitaram no colo, mas ele não os fechou. Nesryn ainda prendia o fôlego.

— Estou à disposição — disse o antigo capitão, contendo-se.

O khagan fechou o último baú de joias.

— Pode ficar com seus presentes, Mão do Rei e embaixador de Aelin Galathynius. Não tenho utilidade para eles, assim como não tenho interesse.

A cabeça de Chaol se ergueu, como se algo no tom de voz do homem a tivesse puxado.

— Por quê.

Nesryn mal escondeu o momento em que encolheu o corpo. Uma exigência maior que qualquer outra que já se ousara fazer do homem, a julgar pela irritação surpresa em seus olhos e nos olhares trocados entre os filhos do governante.

Mas Nesryn viu o lampejo de outra coisa nos olhos do khagan. Cansaço.

Ela sentiu um embrulho no estômago quando reparou nas flâmulas brancas que oscilavam nas janelas, que estavam por toda a cidade. Quando olhou para os seis herdeiros e contou de novo.

Não eram seis.

Eram cinco. Apenas cinco estavam ali.

Flâmulas da morte na casa real. Por toda a cidade.

Não era um povo que costumava vestir luto — não como faziam em Adarlan, vestindo-se de preto e lamentando durante meses. Mesmo entre a família real do khagan, a vida seguia em frente; os mortos não eram enfiados em catacumbas ou caixões de pedra, mas envoltos em branco e dispostos sob o céu aberto da reserva sagrada e selada, nas estepes distantes.

Nesryn olhou para a fileira de cinco herdeiros. Os cinco mais velhos estavam presentes. E, justamente no instante em que ela percebeu que Tumelun, a mais nova — que mal completara 17 anos —, não estava ali, o khagan disse a Chaol:

— Seus espiões são de fato inúteis se você ainda não soube.

Com isso, o homem caminhou até o trono, deixando que Sartaq desse um passo adiante; os olhos distantes do segundo filho estavam envoltos em tristeza. Ele deu a Nesryn um leve aceno de cabeça. Sim. Sim, suas suspeitas estavam corretas...

A voz sólida e agradável do príncipe preencheu o salão.

— Nossa amada irmã, Tumelun, morreu inesperadamente há três semanas.

Pelos deuses. Tantas palavras e rituais tinham sido passados adiante; só de ir até ali para exigir que ajudassem na guerra era grosseiro, inadequado...

No frágil silêncio, encarando cada príncipe e princesa de rosto sério, até finalmente encarar o próprio khagan de olhos cansados, Chaol disse:

— Minhas mais sinceras condolências.

— Que o vento norte a leve para planícies mais belas — sussurrou Nesryn.

Apenas Sartaq se incomodou em assentir em agradecimento, enquanto os demais ficaram frios e ríspidos.

Nesryn lançou um olhar de aviso a Chaol, para que ele não perguntasse a respeito da morte. O homem compreendeu a expressão no rosto da capitã e assentiu.

O khagan raspou uma mancha no trono de marfim, e o silêncio era tão pesado quanto os casacos que os senhores dos cavalos ainda vestiam contra aquele fustigante vento norte nas estepes e nas impiedosas selas de madeira.

— Estivemos no mar por três semanas — tentou explicar Chaol, com a voz mais suave.

O governante não se incomodou em parecer compreensivo.

— Isso também explicaria por que desconhece uma outra notícia e por que essas joias frias podem ser mais úteis a *você*. — Seus lábios se contraíram em um sorriso triste. — Os contatos de Arghun também trouxeram notícias de um navio esta manhã. Seus cofres reais em Forte da Fenda não estão mais acessíveis. O duque Perrington e seu regimento de terrores voadores saquearam Forte da Fenda.

Um silêncio desconfortável tomou conta do ambiente. Nesryn não tinha certeza se Chaol respirava.

— Não temos notícias da localização do rei Dorian, mas ele entregou Forte da Fenda a eles, fugindo na calada da noite, se os boatos estiverem corretos. A cidade caiu. Tudo ao sul de Forte da Fenda pertence a Perrington e suas bruxas agora.

A capitã viu os rostos das sobrinhas e dos sobrinhos primeiro.

Então o rosto da irmã. Depois do pai. Viu a cozinha, a padaria. As tortas de pera esfriando na longa mesa de madeira.

Dorian os deixara. Deixara a todos para... para fazer o quê? Encontrar ajuda? Sobreviver? Correr para Aelin?

Será que a Guarda Real ficara para lutar? Será que alguém tinha lutado para salvar os inocentes na cidade?

Suas mãos estavam trêmulas. Ela não se importava. Não se importava se aquelas pessoas luxuosamente vestidas torcessem o nariz.

Os filhos de sua irmã, a maior alegria da vida dela...

Chaol a encarava. Não havia nada em seu rosto. Nenhuma expressão, nenhum choque.

Aquele uniforme carmesim e dourado se tornou sufocante. Asfixiante.

Bruxas e serpentes aladas. Em sua cidade. Com aqueles dentes e unhas de ferro. Dilacerando e sangrando e atormentando. Sua família; sua *família*...

— Pai.

Sartaq dera um passo adiante mais uma vez. Os olhos cor de ônix passaram de Nesryn para o khagan.

— Foi uma longa viagem para os nossos convidados — disse ele, olhando de maneira reprovadora para Arghun, que parecia achar graça, *graça*, da notícia que trouxera, que fizera o piso de mármore deslizar abaixo das botas de Nesryn. — Colocando a política de lado, ainda somos uma nação de hospitalidade. Deixe que eles descansem por algumas horas. E então que se juntem a nós para o jantar.

Hasar passou para o lado de Sartaq, franzindo a testa para Arghun ao fazer isso. Talvez não por repreensão, como o irmão, mas apenas porque Arghun não dera a *ela* aquela notícia primeiro.

— Que nenhum convidado passe por nosso lar e pense que não será bem tratado. — Embora as palavras fossem acolhedoras, o tom de voz de Hasar não era, nem de longe.

O pai os olhou com interesse.

— De fato. — Urus gesticulou com a mão na direção dos criados próximos às pilastras mais afastadas. — Acompanhem-nos até os aposentos. E enviem um mensageiro até a Torre para que eles mandem o melhor dos curandeiros... Hafiza, se ela aceitar descer.

Nesryn mal ouviu o restante. Se as bruxas sitiavam a cidade, então os valg que a haviam infestado no início do verão... Não haveria ninguém para combatê-los. Ninguém para proteger sua família.

Se é que tinham sobrevivido.

Ela não conseguia respirar. Não conseguia pensar.

Nesryn não deveria ter partido. Não deveria ter aceitado aquela posição.

Eles poderiam estar mortos, ou sofrendo. Mortos. Mortos.

A capitã não reparou na criada que chegou para empurrar a cadeira de Chaol. Mal notou a mão que Chaol estendeu para entrelaçar na sua.

Ela nem sequer se curvou para o khagan ao partirem.

Não conseguia parar de ver seus rostos.

Das crianças. As crianças sorridentes e barrigudas da irmã.

Ela não deveria ter vindo.

❧ 3 ❧

Nesryn tinha entrado em choque.

E Chaol não podia ir até ela, não podia pegá-la nos braços e abraçá-la.

Não quando Nesryn saíra andando, calada e perambulando, como uma aparição, entrando em um dos quartos da luxuosa suíte que fora designada para eles no primeiro andar do palácio e fechando a porta atrás de si. Como se tivesse esquecido que mais alguém existia no mundo.

Chaol não a culpava.

Ele deixou que a criada, uma jovem de rosto fino e pesados cabelos castanhos cacheados até a cintura, o empurrasse para o segundo quarto. A suíte dava para um jardim de árvores frutíferas e fontes gorgolejantes, cascatas de flores cor-de-rosa e roxas que pendiam dos vasos presos na sacada acima, fornecendo cortinas vivas diante das altas janelas do quarto... das portas, percebeu Chaol.

A criada murmurou algo sobre preparar um banho; o domínio que tinha da língua de Chaol era pífio em comparação com a habilidade do khagan e de seus filhos. Não que estivesse em posição para julgar: mal era fluente em qualquer das outras línguas do próprio continente.

A jovem passou para trás de um biombo de madeira entalhada, que sem dúvida dava no banheiro, enquanto Chaol permaneceu olhando pela porta do quarto ainda aberta, em direção às portas fechadas dos aposentos de Nesryn, que ficavam além do pálido saguão de mármore.

Não deveriam ter partido.

Não havia nada que ele pudesse ter feito, mas... Sabia o que não ter notícias faria com Nesryn. O que já fazia com ele.

Dorian não estava morto, afirmou Chaol a si mesmo. Tinha escapado. Fugido. Se ele estivesse nas mãos de Perrington — de Erawan —, eles saberiam. O príncipe Arghun saberia.

Sua cidade, saqueada por bruxas. O antigo capitão se perguntava se Manon Bico Negro teria liderado o ataque.

Sem sucesso, tentou calcular como estariam as dívidas entre eles. Aelin poupara a vida de Manon no templo de Temis, mas Manon dera a eles informação vital a respeito de Dorian estar sob domínio dos valg. Será que isso os tornava quites? Ou possíveis aliados?

Era um desperdício torcer para que a bruxa se voltasse contra Morath, mas Chaol fez uma oração silenciosa, caso houvesse um deus ouvindo, para que protegesse Dorian, para que o guiasse em direção a portos mais amigáveis.

Dorian conseguiria. Era inteligente demais, habilidoso demais para não conseguir. Chaol não aceitaria outra alternativa; nenhuma. Seu amigo estava vivo e a salvo. Ou a caminho da segurança. E, quando tivesse um momento, Chaol arrancaria a informação do príncipe mais velho. Com ou sem luto. Tudo o que Arghun soubesse, *ele* saberia. Depois pediria àquela criada que vasculhasse cada navio mercador em busca de informações a respeito do ataque.

Nenhuma notícia; não houvera qualquer notícia sobre Aelin. Onde estava no momento, o que fizera antes. Aelin, que poderia muito bem ser a coisa que lhe custaria aquela aliança.

Ele trincou os dentes e ainda os trincava quando as portas da suíte se abriram e um homem alto, de ombros largos, entrou, como se fosse o dono do lugar.

E era realmente, pensou Chaol. O príncipe Kashin estava sozinho e desarmado, embora se movesse com a tranquilidade de uma pessoa confiante na força inabalável do corpo.

Da mesma maneira que ele mesmo andara, certa vez, pelo palácio de Forte da Fenda, supôs o antigo capitão.

Chaol abaixou a cabeça em cumprimento enquanto o príncipe fechava a porta do corredor, e o avaliou. Uma avaliação de guerreiro, franca e completa. Quando os olhos castanhos de Kashin por fim encontraram os seus, o príncipe falou na língua de Adarlan:

— Ferimentos como o seu não são incomuns aqui, e já vi muitos, principalmente entre as aldeias dos cavalos. O povo de minha família.

Chaol não estava com muita vontade de discutir os ferimentos com o rapaz, ou com qualquer um, então apenas assentiu.

— Tenho certeza disso.

Kashin inclinou a cabeça, observando o visitante de novo, e a trança escura deslizou sobre o ombro musculoso. Possivelmente lendo nas entrelinhas o desejo de Chaol de não seguir por aquele caminho.

— Meu pai realmente quer que vocês dois nos acompanhem no jantar. E, mais que isso, que se juntem a nós durante todas as noites em que estiverem aqui. E que se sentem à mesa nobre.

Não era um pedido esquisito a se fazer a um dignitário em visita, e era certamente uma honra sentar-se à mesa do próprio khagan, mas enviar o filho para fazer aquilo... Chaol considerou as palavras seguintes com cautela, então apenas escolheu as mais óbvias:

— Por quê?

Decerto a família desejava manter-se próxima depois de perder o membro mais jovem. Convidar estranhos para que se juntassem a eles...

O maxilar do príncipe se contraiu. Não era um homem habituado a esconder as emoções, como os três irmãos mais velhos.

— Arghun diz que nosso palácio está a salvo de espiões das forças do duque Perrington, que seus agentes ainda não vieram para cá. Eu não acredito nisso. E Sartaq... — Ele hesitou, como se não quisesse mencionar o irmão ou potencial aliado. Kashin fez uma careta. — Há um motivo pelo qual escolhi viver entre soldados. As conversas ambíguas desta corte...

Chaol estava tentado a dizer que entendia, que se sentira daquela maneira durante a maior parte da vida, mas, em vez disso, perguntou:

— Acha que as forças de Perrington se infiltraram nesta corte?

Quanto será que Kashin ou Arghun sabiam a respeito das forças de Perrington, a respeito da verdade do rei valg que usava a pele do duque? Ou dos exércitos que ele comandava, piores que a imaginação de qualquer um deles poderia conjurar? Mas essa informação... ficaria guardada por ora. Ele veria se poderia usá-la, se Arghun e o khagan não sabiam sobre aquilo.

Kashin esfregou o pescoço.

— Não sei se é Perrington, ou alguém de Terrasen ou de Melisande ou de Wendlyn. Só sei que minha irmã está morta agora.

O coração de Chaol deu um salto. Mesmo assim, ele ousou indagar:

— Como aconteceu?

Pesar brilhou nos olhos de Kashin.

— Tumelun sempre foi um pouco selvagem, inconsequente. Com um humor inconstante. Um dia, feliz e rindo; no outro, retraída e sem esperança. Eles... — O rapaz engoliu em seco. — Eles dizem que ela saltou da sacada por causa disso. Duva e o marido a encontraram mais tarde, na mesma noite.

Qualquer morte na família era devastadora, mas um suicídio...

— Sinto muito — lamentou o antigo capitão, baixinho.

Kashin sacudiu a cabeça, com a luz do sol vindo do jardim dançando sobre os cabelos pretos.

— Não acredito nisso. Minha Tumelun não teria pulado.

Minha Tumelun. As palavras diziam o suficiente a respeito da proximidade do príncipe com a irmã mais nova.

— Suspeita que tenha sido armado?

— Tudo o que sei é que, independentemente dos humores de Tumelun... Eu a conhecia. Como conheço meu coração. — Ele colocou a mão sobre o peito. — Ela não teria pulado.

Mais uma vez, Chaol considerou as palavras cuidadosamente.

— Por mais que eu sinta muito por sua perda, tem algum motivo para suspeitar por que um reino estrangeiro teria tramado isso?

Kashin caminhou de um lado para o outro.

— Ninguém em *nossas* terras seria burro o bastante.

— Bem, ninguém em Terrasen ou Adarlan jamais faria tal coisa, mesmo que fosse para manipulá-los a entrar nessa guerra.

O rapaz o estudou por um segundo.

— Mesmo uma rainha que um dia foi, ela mesma, uma assassina?

Chaol não deixou transparecer um lampejo de emoção.

— Pode ter sido uma assassina, mas Aelin tinha limites rigorosos que não ultrapassava. Matar ou ferir crianças era um deles.

Kashin parou diante da cômoda contra a parede que dava para o jardim, ajustando uma caixa folheada a ouro sobre a superfície preta polida.

— Eu sei. Li isso nos relatórios de meu irmão também. Detalhes dos assassinatos de Celaena. — Chaol podia ter jurado que o príncipe estremecera antes de acrescentar: — Acredito em você.

Sem dúvida por isso o príncipe estava tendo aquela conversa com ele.

— O que não deixa muitos outros povos estrangeiros que possam ter feito isso — prosseguiu Kashin. — E Perrington está no topo dessa curta lista.

— Mas por que escolher sua irmã?

— Não sei. — O rapaz caminhou mais uns passos. — Era jovem, inocente... cavalgava comigo entre os darghan, nossos clãs maternos. Ainda não tinha a própria *sulde*.

Diante da testa franzida de Chaol, o príncipe elucidou:

— É uma lança que todos os guerreiros darghan carregam. Prendemos mechas da crina de nosso cavalo preferido à haste, sob a lâmina. Nossos ancestrais acreditavam que nossos destinos aguardavam na direção para a qual os pelos oscilavam ao vento. Alguns de nós ainda acreditam em tais coisas, mas mesmo os que acham que é apenas tradição... Nós as carregamos por toda parte. Há um pátio neste palácio onde minha *sulde* e as de meus irmãos estão plantadas para que sintam o vento enquanto permanecemos na casa de nosso pai, bem ao lado da dele. Mas na morte... — De novo, aquele véu de pesar. — Na morte, é o único objeto que levamos. A *sulde* carrega a alma de um guerreiro darghan pela eternidade, e permanece plantada no alto de uma estepe em nosso reino sagrado. — O príncipe fechou os olhos. — Agora sua alma vai vagar ao vento.

Nesryn dissera isso mais cedo.

— Sinto muito — repetiu Chaol, apenas.

Kashin abriu os olhos.

— Alguns de meus irmãos não acreditam em mim no que diz respeito a Tumelun. Outros acreditam. Nosso pai... ele ainda está indeciso. Nossa mãe não deixa o quarto, devido ao luto, e mencionar minhas suspeitas pode... não tenho coragem de mencioná-las a ela. — Ele esfregou o maxilar robusto. — Então convenci meu pai a pedir que você se junte a nós no jantar todas as noites, como um gesto diplomático. Mas gostaria que observasse com os olhos de um forasteiro. Que relatasse qualquer coisa fora do comum. Talvez veja algo que nós não enxergamos.

Ajudá-los... e talvez receber ajuda em troca disso.

— Se confia em mim o suficiente para que eu faça isso, para me contar tanto, então por que não concorda em se juntar a nós nesta guerra? — perguntou Chaol, direto.

— Não cabe a mim dizer ou dar palpites. — Um soldado treinado. Kashin examinou a suíte, como se avaliando quaisquer potenciais inimigos à espreita. — Marcho apenas quando meu pai dá a ordem.

Se as forças de Perrington já estivessem ali, se Morath estivesse de fato por trás do assassinato da princesa... Seria fácil demais. Fácil demais convencer o khagan a se aliar a Dorian e Aelin. Perrington... Erawan era muito mais esperto que isso.

Mas se Chaol conseguisse conquistar o comandante do exército terrestre do khagan para sua causa...

— Não participo desses joguetes, Lorde Westfall — explicou Kashin, interpretando o que quer que tivesse brilhado nos olhos de Chaol. — São meus outros irmãos que você precisará convencer.

O antigo capitão bateu com um dedo no braço da cadeira.

— Algum conselho para isso?

Kashin soltou um ruído de escárnio e deu um sorriso sutil.

— Outros vieram antes de você, de reinos muito mais ricos que o seu. Alguns foram bem-sucedidos, outros não. — Um olhar para as pernas de Chaol, um lampejo de pena penetrando os olhos do príncipe. O lorde segurou firme os braços da cadeira ao ver aquela pena, de um homem que reconhecia um colega guerreiro. — Desejos de boa sorte são tudo o que posso oferecer.

Em seguida, o príncipe já caminhava para as portas rapidamente com as longas pernas.

— Se Perrington tiver um agente aqui — advertiu Chaol, quando Kashin chegou às portas da suíte —, você já sabe que todos neste palácio estão em grave perigo. Precisa agir.

O príncipe pausou com a mão na maçaneta entalhada, olhando por cima do ombro.

— Por que acha que pedi ajuda de um lorde estrangeiro?

Então ele se foi, e as palavras pairaram no ar de aroma adocicado. O tom não foi cruel, não foi ofensivo, mas a franqueza do guerreiro...

Chaol teve dificuldades para controlar o fôlego, pois pensamentos giravam em sua cabeça. Não vira anéis ou colares pretos, mas, por outro lado, não os estivera procurando. Nem mesmo considerara que a sombra de Morath já pudesse ter se estendido até ali.

Ele esfregou o peito. Cautela. Precisaria ter cautela naquela corte. Com o que diria publicamente; com o que diria naquele quarto também.

O lorde ainda encarava a porta fechada, remoendo tudo o que Kashin deixara implícito, quando a criada surgiu com as túnicas e a calça substituídas por um penhoar amarrado feito da mais fina e transparente seda. Não deixava nada para a imaginação.

Ele conteve a ânsia de gritar por Nesryn a fim de que o ajudasse em vez da moça.

— Apenas me lave — pediu Chaol, com o tom mais firme e decidido que conseguiu.

Ela não mostrou nervosismo, nenhum tremor de hesitação, deixando nítido que já fizera aquilo antes, inúmeras vezes, pois apenas perguntou:

— Não sou de seu agrado?

Era uma pergunta direta e honesta. A mulher era bem paga por seus serviços — todos os criados eram. Ela escolheu estar ali, e outra poderia facilmente ser encontrada sem que sua posição corresse risco.

— Você é — respondeu Chaol, mentindo apenas em parte e recusando-se a deixar que o olhar desgrudasse dos olhos da criada. — Muito satisfatória — elucidou ele. — Mas só quero um banho. — Então acrescentou, apenas para garantir: — Nada mais de você.

Ele tinha esperado gratidão, mas a criada apenas assentiu, imperturbável. Mesmo perto da mulher, precisaria tomar cuidado com o que dizia. Com o que ele e Nesryn poderiam discutir naqueles aposentos.

Nem ao menos um ruído ou lampejo de movimento viera de trás das portas fechadas do quarto de Nesryn. E certamente nada viria agora.

Então Chaol gesticulou para permitir que a jovem empurrasse a cadeira até o aposento de banho, onde véus de vapor ondulavam pelo cômodo de azulejos brancos e azuis.

A cadeira deslizou sobre tapete e azulejo, fazendo curvas ao redor da mobília sem esforço. Fora Nesryn quem tinha encontrado a cadeira na catacumba dos curandeiros já vazia no castelo de Forte da Fenda, logo antes de velejarem até ali. Um dos poucos itens que os curandeiros em fuga tinham deixado para trás, ao que parecia.

Mais leves e manobráveis do que Chaol esperara, as grandes rodas flanqueando o assento giravam com facilidade, mesmo quando ele usava a fina borda de metal para guiá-las com as próprias mãos. Diferentemente do volume rígido das outras cadeiras que vira, aquela era equipada com duas pequenas rodas frontais, ao lado dos estribos de madeira para o pé, cada uma capaz de girar em qualquer direção que Chaol escolhesse. Naquele momento, elas se viravam suavemente na direção do vapor flutuante do aposento de banho.

Uma grande piscina rebaixada ocupava boa parte do lugar; havia óleos brilhando na superfície, interrompidos apenas pelas pétalas esparsas que boiavam. Uma pequena janela no alto da parede mais afastada dava para os arbustos do jardim, e velas iluminavam o vapor ondulante.

Luxo. Puro luxo enquanto sua cidade sofria. Enquanto suplicava por ajuda que não tinha chegado. Dorian teria preferido ficar. Apenas a total derrota, sem chance de sobrevivência, o teria impulsionado a partir. Chaol se perguntou se a magia de seu amigo tivera algum papel naquilo. Se ajudara alguém.

Dorian acharia um caminho até um lugar seguro, até aliados. O antigo capitão sabia bem no fundo, embora seu estômago continuasse embrulhado. Não havia nada que pudesse fazer para ajudar o rei dali — exceto formar aquela aliança. Mesmo que cada instinto gritasse para que voltasse a Adarlan, para que encontrasse Dorian, ele permaneceria no caminho em que estava.

Ele mal reparou quando a criada tirou suas botas com puxões eficientes. E, embora pudesse fazer aquilo sozinho, mal a notou retirar seu casaco azul e a camisa por baixo deste. Mas Chaol enfim submergiu dos próprios pensamentos quando a mulher começou a lhe tirar a calça — quando ele se inclinou para ajudar, trincando os dentes conforme os dois trabalhavam juntos em um silêncio desconfortável. Foi apenas no instante em que a criada estendeu a mão para tirar a cueca que Chaol segurou seu pulso.

Ele e Nesryn ainda não tinham se tocado. À exceção de um atrito de final infeliz no navio três dias antes, Chaol não havia mostrado nenhum tipo de desejo de dar aquele passo novamente. Mas queria. Acordava na maioria das manhãs ansiando por fazê-lo, principalmente quando compartilharam a cama na cabine. No entanto, a ideia de estar tão imóvel, de não poder tomá-la do jeito que um dia tomara... Azedava qualquer desejo acumulado, embora estivesse grato porque algumas partes do corpo ainda, sem dúvida, funcionavam.

— Eu consigo entrar sozinho — assegurou Chaol, e, antes que a criada pudesse se mover, ele reuniu a força nos braços e nas costas para começar a sair da cadeira. Era um processo desagradável, mas algo que ele tinha passado a dominar durante os longos dias no mar.

Primeiro, Chaol pressionou o mecanismo de trava das rodas, e o clique ecoou por pedra e água. Com alguns movimentos, ele manobrou o corpo até a beirada da cadeira, então tirou os pés das placas de madeira e os colocou no chão, inclinando as pernas para a esquerda. Com a mão direita, agarrou a beira do assento ao lado dos joelhos e fechou a mão esquerda em punho ao se curvar para apoiá-la nos azulejos lisos e molhados por causa do vapor. Escorregadios...

A criada apenas se aproximou, posicionou um tecido branco espesso diante de Chaol, então recuou. O lorde deu a ela um sorriso de lábios fechados, com gratidão, conforme apoiou o punho esquerdo novamente no chão, sobre o tecido felpudo, e distribuiu o peso ao longo do braço. Inspirando e ainda segurando a beirada da cadeira com a mão direita, ele cuidadosamente se abaixou até o chão, tirando a bunda da cadeira no momento em que os joelhos se dobraram involuntariamente.

Ele se apoiou com um estampido, mas pelo menos estava no chão — não tinha caído, como na primeira meia dúzia de vezes em que tentara aquilo no navio.

Com cuidado, o lorde se arrastou para a borda das escadas da piscina até conseguir apoiar os pés na água morna, bem no alto do segundo degrau. Graciosa feito uma garça, a criada caminhou para dentro d'água um segundo depois, o que tornou o penhoar vaporoso tão insubstancial quanto orvalho conforme a água subia pelo tecido. Suas mãos foram gentis, porém firmes, ao pegarem Chaol por baixo do braço, ajudando-o a se impulsionar pelo trecho final para dentro da piscina. Apoiando-o no primeiro degrau, a jovem o guiou para descer mais um, então outro, até que ele estivesse sentado com água na altura dos ombros. E os olhos diante dos fartos seios empinados.

Ela não pareceu notar. Mesmo assim, Chaol imediatamente desviou o olhar na direção da janela quando a mulher estendeu a mão para a pequena bandeja de suprimentos que deixara perto da borda da piscina. Óleos, escovas e tecidos de aparência macia. Ele tirou a roupa de baixo no momento em que a mulher se virou, jogando-a com um ruído alto e úmido na borda da piscina.

Nesryn ainda não havia saído do quarto.

Em seguida, ele fechou os olhos, entregando-se aos cuidados da criada, e se perguntou o que faria.

❧ 4 ❧

De todos os quartos em Torre Cesme, Yrene Towers gostava mais daquele.

Talvez porque o aposento, localizado no cume da torre de pedra pálida e do amplo complexo abaixo, tinha uma vista inigualável do pôr do sol sobre Antica.

Talvez por aquele ser o lugar em que sentira a primeira gota de segurança em quase dez anos. O lugar em que olhara pela primeira vez para a mulher idosa agora sentada do outro lado da mesa abarrotada de papéis e livros, e ouvira as palavras que mudaram tudo: *Você é bem-vinda aqui, Yrene Towers*.

Fazia mais de dois anos desde então.

Dois anos trabalhando ali, morando ali, nessa torre e nessa cidade de tantos povos, tantas comidas e tanto conhecimento acumulado.

Era tudo que Yrene sonhara que seria — e ela agarrara cada oportunidade, cada desafio, com as duas mãos. Tinha estudado e ouvido e praticado e salvado vidas, mudando-as, até chegar ao topo da turma. Até ser a filha de uma curandeira desconhecida de Charco Lavrado cujos conselhos e ajuda eram buscados por curandeiros velhos e novos, que haviam treinado a vida inteira.

A magia ajudava. Uma magia gloriosa e linda que podia deixá-la ofegante ou tão cansada que não conseguia sair da cama durante dias. A magia tinha um custo; tanto para a curandeira quanto para o paciente. Mas Yrene estava disposta a pagar. Jamais se incomodara com os efeitos de uma cura violenta.

Se isso significava salvar uma vida... Silba lhe concedera uma dádiva — e uma jovem estranha lhe concedera outra dádiva naquela última noite em Innish, dois anos antes. Yrene não planejava desperdiçar nenhuma das duas.

Ela esperou calada até que a mulher esguia sentada a sua frente terminasse de ler alguma mensagem na mesa constantemente bagunçada. Apesar dos melhores esforços dos criados, a mesa antiga de pau-rosa estava sempre um caos, coberta de fórmulas ou feitiços ou frascos e jarros fermentando algum tônico.

Havia dois desses frascos sobre a mesa no momento: esferas transparentes em cima de apoios de prata em formato de pernas de íbis, que estavam sendo purificados pela luz do sol infinita dentro da torre.

Hafiza, alta-curandeira da Torre Cesme, pegou um dos frascos, agitou o conteúdo azul-pálido, franziu a testa e o apoiou.

— Essa maldição sempre leva duas vezes mais tempo do que planejo.

— Então, usando a língua de Yrene, ela casualmente perguntou: — Por que acha que isso acontece?

Sentada do lado oposto da mesa, na cadeira de adornos desgastada, a jovem se inclinou para a frente e estudou o tônico. Cada reunião, cada encontro com Hafiza era uma lição... uma chance de aprender. De ser desafiada. Yrene ergueu o frasco da base, segurando-o contra a luz dourada do pôr do sol conforme examinava o líquido espesso e azul.

— Qual é o uso?

— Menina de 10 anos desenvolveu uma tosse seca há seis semanas. Visitou os médicos, que recomendaram chá de mel, descanso e ar fresco. Melhorou por um tempo, mas voltou uma semana depois, e pior.

Os médicos da Torre Cesme eram os melhores do mundo, e a única diferença para os curandeiros da Torre era o fato de não possuírem magia. Eles eram a primeira linha de consulta para os curandeiros na torre e ocupavam uma ala na base do amplo complexo.

Magia era algo precioso e exigia muito, então algum alto-curandeiro séculos antes decretara que, se tivessem que examinar um paciente, um médico deveria inspecionar a pessoa primeiro. Talvez tivesse sido uma manobra política; uma chance dada aos médicos tão frequentemente ignorados por um povo que ansiava pelas panaceias da magia.

No entanto, a magia não podia curar todas as coisas. Não podia impedir a morte ou trazer alguém de volta. Yrene aprendera isso diversas vezes ao longo dos dois últimos anos, e antes disso. E, mesmo com os protocolos relativos aos médicos, a jovem ainda — como sempre — se via caminhando na direção dos ruídos de tosse nas ruas estreitas e íngremes de Antica.

Ela inclinou o frasco para um lado e depois o outro.

— O tônico pode estar reagindo ao calor. Anda mais quente que o normal, até mesmo para nós.

Embora o fim do verão estivesse próximo, mesmo depois de dois anos Yrene ainda não estava completamente acostumada com o calor impiedoso e seco da cidade dos deuses. Felizmente alguma cabeça genial de antigamente inventara as *bidgier*: torres que capturavam o vento e ficavam posicionadas no alto de construções, puxando assim o ar fresco para dentro dos quartos abaixo. Algumas até funcionavam em harmonia com os poucos canais subterrâneos que serpenteavam sob Antica para transformar ar quente em brisas frescas. A cidade era cheia dessas pequenas torres, como milhares de lanças se projetando na direção do céu, presentes tanto nas pequenas casas feitas de tijolos cor de terra quanto nas grandes residências abauladas, cheias de pátios sombreados e piscinas transparentes.

Infelizmente, a Torre fora construída antes dessa inspiração brilhante, e, embora os andares superiores tivessem alguma ventilação inteligente que resfriava os aposentos bem abaixo, havia muitos dias em que Yrene desejava que algum arquiteto esperto se incumbisse de fazer com que a Torre se adaptasse aos avanços mais recentes. De fato, com o calor crescente e as diversas fogueiras queimando pela torre, o quarto de Hafiza estava quase sufocante, o que levou Yrene a acrescentar:

— Você poderia colocá-lo em uma câmara mais baixa, onde é mais fresco.

— Mas e a luz do sol necessária?

A jovem curandeira refletiu.

— Leve espelhos. Capture a luz do sol pela janela e concentre-a no frasco. Ajuste-os algumas vezes ao dia para acompanhar o caminho do sol. A temperatura mais fresca e a luz do sol mais concentrada podem acelerar o preparo do tônico.

Um aceno de cabeça sutil e satisfeito. Yrene passara a apreciar esses acenos, assim como a luz naqueles olhos castanhos.

— Frequentemente a perspicácia salva mais vidas que a magia. — Foi a única resposta de Hafiza.

Ela dissera isso milhares de vezes antes, em geral ao se referir a Yrene — para seu eterno orgulho. Mesmo assim, a jovem fez uma reverência com a cabeça em agradecimento e devolveu o frasco à base.

— Então — disse Hafiza, apoiando uma das mãos sobre a outra na mesa de pau-rosa quase reluzente —, Eretia acredita que você está pronta para nos deixar.

Yrene se enrijeceu na cadeira, na mesmíssima cadeira em que tinha se sentado naquele primeiro dia, após subir os mil degraus até o alto da torre e implorar para ser admitida. A súplica fora a menor das humilhações naquele encontro, pois o ápice havia sido virar a sacola de ouro na mesa de Hafiza, disparando que não se importava com o custo e que a alta-curandeira levasse tudo.

Sem saber que Hafiza não aceitava dinheiro de alunos. Não, eles pagavam pela educação de outras maneiras. Yrene sofrera infinitas indignidades e degradações durante o ano em que trabalhara na desolada estalagem Porco Branco, porém nunca sentira mais vergonha que no momento em que a alta-curandeira havia ordenado que ela guardasse o dinheiro de volta naquela sacola marrom. Catando o ouro da mesa, como algum jogador de cartas que se atrapalha ao recolher seus ganhos, Yrene considerara saltar do arco de janelas que se erguia atrás da mesa de Hafiza.

Muito mudara desde então. O vestido costurado em casa se fora, assim como o corpo magro demais. Embora as infinitas escadas da Torre provavelmente tivessem ajudado a controlar o peso que ela ganhara com as refeições regulares e saudáveis, graças às imensas cozinhas da Torre, aos inúmeros mercados cheios de barracas de comida e às lojas que serviam refeições presentes em todas as ruas lotadas e todos os becos sinuosos.

Yrene engoliu em seco uma vez, tentando, sem sucesso, interpretar a expressão da alta-curandeira. Hafiza era a única pessoa que a jovem não conseguia decifrar, nem podia antecipar. Ela nunca se mostrara geniosa — algo que não podia ser dito de muitos dos instrutores ali, Eretia principalmente — e jamais havia erguido a voz. Hafiza tinha apenas três expressões: satisfeita, neutra e desapontada. Yrene morria de medo das duas últimas.

Não por causa de alguma punição. Não existia tal coisa ali. Nenhuma refeição era negada, nenhuma ameaça de dor. Não como na estalagem Porco Branco, em que Nolan suspendia o pagamento de Yrene se ela ultrapassasse os limites ou se fosse generosa demais com um cliente, ou se a pegasse deixando as sobras da noite para os meninos de rua semisselvagens que perambulavam pela cidade imunda de Innish.

Yrene chegara ali achando que seria igual: pessoas lhe tomariam o dinheiro e tornariam mais e mais difícil que ela partisse. A jovem tinha passado um ano trabalhando na Porco Branco porque Nolan ficava aumentando seu aluguel, reduzindo seu salário, tomando parte das parcas gorjetas que ela ganhava, mas também porque Yrene sabia que a maioria das mulheres em Innish trabalhava nas ruas, e a estalagem de Nolan, por mais que fosse nojenta, era uma alternativa muito melhor.

Ela dissera a si mesma que nunca mais... até chegar ali. Até despejar aquele ouro na mesa de Hafiza e estar pronta para fazer tudo de novo, se endividar e se vender, apenas pela chance de aprender.

Hafiza nem mesmo considerava tais coisas. Seu trabalho se opunha terminantemente às pessoas que faziam aquilo, pessoas como Nolan. Yrene ainda se lembrava da primeira vez em que ouvira a alta-curandeira dizer, com aquele sotaque lindo e carregado, quase as mesmas palavras que a mãe da jovem dissera diversas vezes: não se cobrava, tanto de alunos quanto de pacientes, pelo que Silba, Deusa da Cura, presenteara de graça.

Em uma terra de tantos deuses que Yrene ainda tinha dificuldades em se lembrar de todos, pelo menos Silba permanecia a mesma.

Outra ação inteligente vinda do khaganato ao unir os reinos e os territórios durante os anos de conquista: manter e adaptar os deuses de *todos*. Inclusive Silba, cujo domínio sobre os curandeiros fora estabelecido naquele território havia muito tempo. A história era escrita pelos vencedores, aparentemente. Ou pelo menos tinha sido o que Eretia, a tutora direta de Yrene, lhe dissera certa vez. Nem mesmo os deuses pareciam mais imunes a isso que os meros mortais.

Mas isso não a impediu de oferecer uma oração a Silba e quaisquer que fossem os deuses que pudessem estar ouvindo quando ela, por fim, respondeu:

— Estou pronta, sim.

— Para nos deixar. — Palavras tão simples, ditas com aquela expressão neutra, com calma e paciência. — Ou considerou a outra opção que lhe apresentei?

Yrene tinha considerado. Pensara naquilo infinitas vezes ao longo das duas semanas desde que Hafiza a chamara até aquele escritório e dissera a única palavra que tinha agarrado seu coração como um punho: *Fique.*

Fique e aprenda mais; fique e veja o que essa vida incipiente que havia construído ali poderia se tornar.

A jovem passou a mão no peito, como se ainda conseguisse sentir aquele aperto de torno.

— A guerra se aproxima de meu lar de novo, o continente norte. — Era assim que o chamavam ali. Yrene engoliu em seco. — Quero estar lá para ajudar aqueles que lutam contra o controle do império.

Enfim, depois de tantos anos, uma força se reunia. O próprio reino de Adarlan fora dividido, se os boatos fossem verdadeiros, por Dorian Havilliard no norte e o imediato do rei morto, o duque Perrington, ao sul. Dorian tinha o apoio de Aelin Galathynius, a rainha que estivera perdida por muito tempo e que reaparecera cheia de poder e sede de vingança, a julgar pelo que fizera com o castelo de vidro e o rei. Além disso, também diziam os rumores que Perrington contava com a ajuda de horrores nascidos de algum pesadelo sombrio.

Mas, se essa era a única chance de liberdade para Charco Lavrado...

Yrene estaria lá para ajudar, de qualquer forma possível. Ela ainda sentia o cheiro de fumaça tarde da noite, ou quando suas energias estavam drenadas depois de uma cura difícil. Fumaça daquela fogueira que os soldados de Adarlan haviam montado... e na qual queimaram sua mãe. A jovem ainda ouvia os gritos da mãe e sentia a madeira daquele tronco de árvore se enterrar sob suas unhas enquanto se escondia no limite da floresta de Carvalhal. Enquanto assistia sua mãe ser queimada viva. Depois de ter matado aquele soldado a fim de ganhar tempo para que a filha fugisse.

Fazia dez anos desde então. Quase onze. E, embora tivesse atravessado montanhas e oceanos... havia alguns dias em que Yrene sentia como se ainda estivesse de pé em Charco Lavrado, sentindo o cheiro daquela fogueira, com farpas cortando a pele sob as unhas, observando enquanto os soldados pegavam as tochas e queimavam seu chalé também.

O chalé que abrigara gerações de curandeiros da família Towers.

A jovem refletiu e supôs que era adequado, de certo modo, que ela tivesse acabado *dentro* de uma torre. Com apenas o anel na mão esquerda para provar que certa vez, por centenas de anos, havia existido uma linhagem de curandeiras prodigiosas no sul de Charco Lavrado. O anel com o qual Yrene brincava no momento, aquele resquício de prova de que a mãe, e a mãe da mãe e todas as mães anteriores a elas tinham algum dia vivido e curado em paz. Era o primeiro dos dois únicos objetos que Yrene não venderia — venderia antes até mesmo o próprio corpo.

Hafiza não respondeu. Então, conforme o sol afundava cada vez mais na direção das águas cor de jade do porto do outro lado da cidade, a jovem curandeira prosseguiu:

— Mesmo com o retorno da magia ao continente norte, muitos dos curandeiros podem não ter treinamento, se é que algum sobreviveu. Eu poderia salvar muitas vidas.

— A guerra poderia tomar também *sua* vida.

Ela sabia disso. Yrene ergueu o queixo.

— Estou ciente dos riscos.

Os olhos escuros de Hafiza se suavizaram.

— Sim, sim, você está.

O assunto surgira durante aquela primeira reunião vergonhosa com a alta-curandeira.

Yrene não chorara havia anos — desde o dia em que a mãe tinha se transformado em cinzas ao vento —, mas, assim que Hafiza perguntara sobre seus pais... a jovem tinha enterrado o rosto nas mãos e chorado. Então a alta-curandeira dera a volta pela mesa e a abraçara, acariciando-a nas costas com círculos tranquilizadores.

Hafiza costumava fazer isso. Não apenas com ela, mas com todos os curandeiros, quando as horas se estendiam e suas costas doíam e a magia tinha tomado *tudo* sem que fosse o suficiente. Uma presença silenciosa e constante que lhes dava firmeza e que os reconfortava.

A alta-curandeira era o mais próximo de uma mãe que Yrene havia encontrado desde os 11 anos. E naquele momento, semanas antes do aniversário de 22 anos, ela duvidava de que algum dia conheceria outra pessoa assim.

— Fiz os exames — informou Yrene, embora Hafiza já soubesse disso. Ela mesma os aplicara, supervisionando a semana cruel de testes de conhecimentos, habilidades e prática com pessoas de verdade. A jovem fizera questão de receber as mais altas notas da turma. O mais perto de um boletim perfeito que qualquer um já recebera ali. — Estou pronta.

— De fato, está. Mas ainda me pergunto o quanto pode aprender em cinco anos, dez anos, se já aprendeu tanto em dois.

Quando começou, Yrene já era habilidosa demais para ficar com os acólitos dos níveis mais inferiores da Torre.

Ela tinha imitado a mãe desde quando começara a andar e falar, aprendendo lentamente ao longo dos anos, como todas as curandeiras da família tinham feito. Aos 11 anos, Yrene sabia mais que a maioria das pessoas aprenderia em uma década. E, mesmo durante os seis anos que se seguiram, quando Yrene havia fingido ser uma jovem comum enquanto trabalhava na fazenda da prima da mãe — morando com a família que não sabia bem o que fazer com ela e que não tinha pretensão de conhecê-la porque a guerra e Adarlan poderiam destruir a todos —, ela havia praticado em silêncio.

Mas não muito, não de modo muito evidente. Durante aqueles anos, vizinhos entregavam vizinhos por ao menos sussurrarem sobre magia. E, embora a magia tivesse desaparecido, levando consigo o dom de Silba, Yrene tomara o cuidado de nunca parecer mais que a simples parente de um fazendeiro, cuja avó talvez tivesse ensinado alguns remédios naturais para febres ou dores do parto ou membros torcidos e quebrados.

Em Innish, ela conseguira fazer mais, usando o parco dinheiro que sobrava para comprar ervas e emplastros. Mas não costumava ousar, não com Nolan e Jessa, a criada preferida, observando-a dia e noite. Então, durante aqueles últimos dois anos, Yrene *quisera* aprender o máximo possível. No entanto, também fora como uma libertação. Dos anos em que se contivera, em que mentira e se escondera.

E, no dia em que tinha saído do barco e *sentido* sua magia despertar, sentido o poder se estender a um homem que andava com dificuldade pela rua... Yrene caíra em um estado de choque que não tinha terminado até ela acabar aos prantos naquela mesma cadeira, três horas depois.

A jovem suspirou pelo nariz.

— Eu poderia voltar um dia para continuar meus estudos. Mas... com todo respeito, *sou* uma curandeira completa agora. — E Yrene poderia se aventurar aonde o dom a chamasse.

As sobrancelhas brancas, contrastantes com a pele marrom de Hafiza, se ergueram.

— E quanto ao príncipe Kashin?

Yrene se agitou na cadeira.

— O que tem ele?

— Vocês já foram bons amigos. Ele ainda tem carinho por você, e isso não é algo pequeno para ser ignorado.

A jovem lançou um olhar que poucos ousavam direcionar para a alta-curandeira.

— Ele vai interferir em meus planos de partir?

— Ele é um príncipe, e nada nunca lhe foi negado, exceto pela coroa que deseja. Pode achar que sua partida não é algo tolerável.

Pavor percorreu o corpo de Yrene, começando pela espinha e terminando aninhado no estômago.

— Não fiz nada para encorajá-lo. Deixei tudo o que penso a respeito disso bastante explicado no ano passado.

Tinha sido desastroso. Ela repassara a conversa diversas vezes, as coisas que dissera, os momentos entre os dois — tudo o que levara àquela conversa horrível na grande tenda darghan no alto das estepes ventosas.

Tudo havia começado alguns meses depois de Yrene chegar a Antica, quando um dos criados preferidos de Kashin adoecera. Para a surpresa da jovem, o próprio príncipe ficara ao lado do leito do homem, e, durante as longas horas de trabalho, a conversa havia fluido, e ela se vira... sorrindo. Após curar o criado naquela noite, Yrene fora acompanhada pelo próprio Kashin até os portões da Torre. Então, nos meses que se seguiram, uma amizade brotara entre os dois.

Talvez mais livre e mais leve que a amizade que também acabara se formando com Hasar, que tinha passado a gostar de Yrene depois de precisar ser curada. Embora a curandeira tivesse sentido dificuldades para encontrar companheiros na Torre graças aos seus horários conflitantes e o dos colegas estudantes, o príncipe e a princesa tinham, realmente, se tornado seus amigos. Assim como a amante de Hasar, Renia, a jovem de rosto doce... que era tão linda por dentro quanto por fora.

Formavam um grupo estranho, mas... Yrene gostava da companhia, dos jantares para os quais Kashin e Hasar a convidavam, embora ela soubesse que não havia propósito em estar ali. O príncipe costumava dar um jeito de se sentar a seu lado, ou perto o bastante para os dois conversarem. Durante meses, as coisas correram bem — até melhores que isso. Mas, então, Hafiza havia levado Yrene para as estepes, o lar da família do khagan, para supervisionar uma cura exaustiva. Com Kashin como escolta e guia.

A alta-curandeira a observava, franzindo levemente a testa.

— Talvez não encorajá-lo tenha deixado o príncipe mais ansioso.

Yrene esfregou o cenho com o polegar e o indicador.

— Mal nos falamos desde então. — Era verdade. Embora em grande parte porque ela o evitava nos jantares para os quais Hasar e Renia ainda a convidavam.

— O príncipe não parece ser um homem facilmente dissuadido, certamente não em assuntos do coração.

Ela sabia disso. Tinha sido uma das coisas de que gostara em Kashin. Até ele querer algo que Yrene não podia dar. A jovem resmungou um pouco.

— Precisarei partir como uma gatuna na noite, então? — Hasar jamais a perdoaria, embora a curandeira não tivesse dúvidas de que Renia tentaria acalmar a princesa, conversando com ela. Se Hasar era chama pura, Renia era água corrente.

— Se decidir permanecer, não precisará se preocupar com isso.

Yrene se endireitou.

— Usaria mesmo Kashin para me manter aqui?

Hafiza gargalhou com um grasnido acolhedor.

— Não. Mas perdoe uma velha mulher por tentar usar qualquer caminho necessário para convencê-la.

Orgulho e culpa subiram pelo peito de Yrene, mas ela não disse nada; não tinha resposta alguma.

Voltar para o continente norte... Ela sabia que não havia ninguém, nada restava ali. Nada além da guerra impiedosa e daqueles que precisariam de sua ajuda.

Yrene nem mesmo sabia para onde *ir*; para onde velejar, como encontrar aqueles exércitos e as pessoas feridas. A jovem já viajara muito antes, fugindo de exércitos determinados a matá-la, e ao pensar em fazer tudo de novo... Ela sabia que alguns a achariam desequilibrada. Ingrata diante da oferta de Hafiza. Ela vinha pensando essas coisas a respeito de si mesma havia muito tempo.

Ainda assim, não se passava um dia sequer sem que Yrene olhasse na direção do mar ao pé da cidade... contemplando o norte.

Naquele instante, sua atenção de fato desviou da alta-curandeira para as janelas, para o horizonte distante que escurecia, como se fosse magnetita.

— Não há pressa na decisão — disse Hafiza, em um tom mais suave. — Guerras levam muito tempo.

— Mas precisarei...

— Há uma tarefa que eu gostaria que você executasse primeiro, Yrene.

A jovem enrijeceu o corpo ao ouvir aquele tom, o indício de comando.

Yrene olhou para a carta que Hafiza estava lendo quando ela entrou.

— O que é?

— Há um convidado no palácio... um convidado especial do khagan. Peço que cuide dele. Antes de decidir se é o momento certo para deixar estes mares, ou se é melhor ficar aqui.

Yrene inclinou a cabeça. Raro... era muito raro que Hafiza passasse para outro uma tarefa vinda do khagan.

51

— Qual é a doença? — Palavras comuns, de praxe para curandeiros que recebiam casos.

— É um rapaz de 23 anos. Saudável em todos os aspectos, em boa forma. Mas sofreu um ferimento grave na coluna no início deste verão, que o deixou paralisado do quadril para baixo. Ele não consegue sentir ou mover as pernas, e está em uma cadeira de rodas desde então. Estou contornando o exame inicial do médico para apelar a você diretamente.

A mente de Yrene se revirou. O processo para curar aquele tipo de ferimento era longo e complexo. Colunas eram quase tão difíceis quanto cérebros. Muito conectadas a eles. Com esse tipo de cura, não era uma questão de deixar que a magia percorresse o doente, não era como funcionava.

A questão era encontrar os lugares e os canais certos, encontrar a quantidade certa de magia a ser usada. Era fazer com que o cérebro novamente enviasse sinais para a coluna, descendo pelos caminhos quebrados; era substituir as minúsculas e danificadas sementes de vida dentro do corpo por outras novas e frescas. E, além disso... aprender a andar de novo. Semanas. *Meses*, talvez.

— Ele é um rapaz ativo — explicou Hafiza. — O ferimento se parece com o do guerreiro que você ajudou no inverno passado nas estepes.

Yrene já imaginara; provavelmente por isso fora chamada. Dois meses passados curando o senhor dos cavalos que caíra de mau jeito da montaria e ferira a coluna. Não era um ferimento incomum entre os darghan, alguns dos quais cavalgavam enquanto outros voavam em ruks, e havia muito tempo que vinham dependendo dos curandeiros da Torre. O trabalho com o guerreiro fora a primeira vez que Yrene tinha colocado as lições sobre o assunto em prática, precisamente por isso que Hafiza a acompanhara até as estepes. A jovem estava bem confiante de que poderia fazer outra cura sozinha dessa vez, mas foi a maneira como Hafiza abaixou os olhos para a carta — apenas uma vez — que a fez hesitar. Que a fez perguntar:

— Quem é ele?

— Lorde Chaol Westfall. — Não era um nome do khaganato. Encarando-a, Hafiza acrescentou: — É o antigo capitão da Guarda e agora a Mão do novo rei de Adarlan.

Silêncio.

Yrene estava em silêncio, na mente e no coração. Apenas os gritos das gaivotas, planando acima da Torre, e os berros dos vendedores, voltando para casa no fim do dia nas ruas além das altas muralhas do complexo, preenchiam a sala.

— Não.

A palavra saiu de dentro da jovem em um sussurro.

A boca fina de Hafiza se contraiu.

— Não — repetiu a jovem. — Não vou curá-lo.

Não havia suavidade, nada maternal na expressão de Hafiza quando ela lembrou:

— Você fez um juramento ao cruzar nossas muralhas.

— Não. — Era tudo que Yrene conseguia pensar em responder.

— Estou bastante ciente de como pode ser difícil para você...

As mãos de Yrene começaram a tremer.

— Não.

— Por quê?

— Sabe por quê. — As palavras pareciam um sussurro sufocado. — S-s-sabe por quê.

— Se vir soldados de Adarlan sofrendo nos campos de batalha, vai passar por eles sem nem olhar?

Era o mais cruel que a alta-curandeira já fora com ela.

Yrene esfregou o anel no dedo.

— Se ele foi capitão da Guarda do último rei, ele... ele trabalhou para o homem que... — As palavras foram despejadas aos tropeços. — Obedeceu a *suas ordens*.

— E agora trabalha para Dorian Havilliard.

— Que aproveitou as riquezas do pai, as riquezas de *meu* povo. Mesmo que Dorian Havilliard não tenha participado, o fato de ter ficado *parado* enquanto aquilo acontecia... — As paredes de pedra pálida se aproximaram, até a sólida torre sob as duas pareceu bamba. — Você sabe o que os homens do rei *fizeram* durante esses anos? O que o exército, os soldados e sua guarda *fizeram*? E me pede que cure um homem que os comandou?

— É a realidade de quem você é, de quem *nós* somos. Uma escolha que todos os curandeiros devem fazer.

— E você a fez tantas vezes assim? Em seu reino pacífico?

A expressão de Hafiza ficou sombria. Não com ira, mas pela lembrança.

— Certa vez me pediram que curasse um homem que fora ferido ao fugir da captura. Depois de ter cometido um crime tão inominável... Os guardas me contaram o que ele havia feito antes que eu entrasse na cela. Queriam que ele fosse curado para poder viver e ir a julgamento. Sem dúvida seria executado... havia vítimas dispostas a testemunhar e muitas provas.

53

A própria Eretia foi quem cuidou da última vítima. A última vítima dele. Ela reuniu todas as provas de que precisava e ficou de pé naquela corte e o condenou com o que vira. — A alta-curandeira engoliu em seco. — Eles acorrentaram o homem na cela e o machucaram a tal ponto que eu sabia... sabia que poderia usar minha magia para piorar a hemorragia interna. Eles jamais saberiam. O homem estaria morto pela manhã, e ninguém ousaria me questionar. — Hafiza observou o frasco de tônico azul. — Foi o mais perto que já cheguei de matar. Eu *queria* matá-lo pelo que ele fizera. O mundo seria um lugar melhor. Eu estava com as mãos em seu peito, estava pronta para fazer aquilo. Mas me lembrei. Me lembrei daquele juramento que fiz, e lembrei que tinham me pedido para curá-lo para que ele pudesse viver, para que houvesse justiça para suas vítimas. E para as famílias. — A mulher encarou Yrene. — Não cabia a mim entregar aquela morte.

— O que aconteceu? — A palavras saíram soluçadas.

— Ele tentou alegar inocência. Mesmo com o que Eretia apresentou, com o que aquela vítima estava disposta a expor. Era um monstro em todos os aspectos. Foi condenado e executado ao nascer do sol do dia seguinte.

— Você assistiu?

— Não. Voltei para cá. Mas Eretia assistiu. Ela ficou na frente da multidão e permaneceu até que o cadáver fosse carregado. Ela ficou pelas vítimas que não aguentaram assistir àquilo. Então voltou para cá e nós duas choramos por muito, muito tempo.

Yrene ficou calada por alguns instantes, o suficiente para que as mãos parassem de tremer.

— Então devo curar esse homem... para que ele encontre justiça em outro lugar?

— Você não conhece a história dele, Yrene. Sugiro que ouça antes de pensar em tais coisas.

A jovem fez que não com a cabeça.

— Não haverá justiça para ele, não se serviu ao velho e ao novo rei. Caso seja esperto o suficiente para permanecer no poder. Sei como Adarlan funciona.

Hafiza a observou por um longo momento.

— No dia em que entrou nesta sala, tão terrivelmente magra e coberta com a poeira de cem estradas... Jamais senti um dom igual. Olhei para esses seus lindos olhos e quase arquejei diante do poder imensurável contido em você.

Desapontamento. Era desapontamento no rosto da alta-curandeira, em sua voz.

— Pensei comigo mesma — prosseguiu Hafiza. — *Onde esta jovem estava escondida? Que deus a encaminhou, a guiou até minha porta?* Seu vestido estava em frangalhos na altura dos tornozelos; mesmo assim você entrou com a coluna tão reta quanto qualquer nobre senhora. Como se fosse a herdeira da própria Kamala.

Até Yrene ter soltado o dinheiro na mesa e desabado momentos depois. Ela duvidava de que a primeira alta-curandeira algum dia tivesse feito tal coisa.

— Até mesmo seu sobrenome: *Towers*. Um indício, quem sabe, da associação tão antiga de suas ancestrais com a Torre. Eu me perguntei naquele momento se teria, enfim, encontrado *minha* herdeira, minha substituta.

A jovem sentiu as palavras como um golpe no estômago. Hafiza jamais sequer indicara...

Fique, sugerira a alta-curandeira. Não apenas para continuar o treinamento, mas também para ocupar o assento diante dela.

Mas jamais tinha sido a ambição de Yrene um dia reivindicar aquela sala para si. Não quando sua determinação sempre estivera voltada para o mar Estreito. E, mesmo no momento atual... era uma honra para a qual não havia palavras, de fato. Mas uma que não a atraía.

— Perguntei o que você queria fazer com o conhecimento que eu lhe daria — continuou Hafiza. — Lembra-se do que me disse?

Ela se lembrava. Não esquecera nem por um instante.

— Eu disse que queria usá-lo para fazer algum bem ao mundo. Fazer algo com minha vida inútil e desperdiçada.

As palavras a haviam guiado todos aqueles anos; assim como o bilhete que carregava todos os dias, trocando-o de bolso em bolso, vestido em vestido. Palavras de uma estranha misteriosa, talvez uma deusa que vestira a pele de uma jovem maltratada cuja dádiva de ouro levara Yrene até ali. Salvara Yrene.

— E assim fará, Yrene — determinou Hafiza. — Um dia voltará para casa e fará o bem, fará *maravilhas*. Mas, antes de retornar, peço isso a você. Ajude esse rapaz. Você já fez uma cura assim... pode fazê-la de novo.

— Por que você não pode fazê-la?

Yrene jamais soara tão emburrada, tão... ingrata.

A mulher lhe deu um sorriso pequeno e triste.

— Não é minha própria cura que precisa ser feita.

Yrene sabia que a alta-curandeira não estava se referindo à cura do homem também. Ela engoliu em seco conforme a garganta se apertou.

— É um ferimento da alma, Yrene. E deixá-lo apodrecer por todos esses anos... Não posso culpá-la. Mas vou responsabilizá-la caso permita que esse ferimento se transforme em algo pior. E lamentarei por causa disso.

Os lábios da jovem estremeceram, mas ela os fechou bem apertados, piscando para conter a ardência nos olhos.

— Você passou nos testes, foi melhor que qualquer um que jamais subiu esta torre — disse Hafiza, baixinho. — Mas que este seja meu teste pessoal para você. O último. Assim, quando decidir ir, vou poder dizer adeus e mandá-la para a guerra e saber... — Ela levou a mão ao peito. — Saber que, aonde quer que a estrada a leve, por mais sombrio que seja, você estará bem.

Yrene engoliu o ruído baixinho que tentou escapulir de dentro de si e olhou na direção da cidade cujas pedras pálidas resplandeciam sob a última luz do sol poente. Pelas janelas abertas atrás da alta-curandeira, uma brisa noturna envolta em lavanda e cravo entrou, refrescando seu rosto e soprando a nuvem de cabelos brancos de Hafiza.

A jovem levou a mão ao bolso do vestido azul-claro, fechando os dedos em torno do pedaço de pergaminho dobrado. Ela o agarrou, como fizera com frequência ao velejar até ali, e durante aquelas semanas iniciais de incerteza mesmo depois de Hafiza a aceitar, e durante as longas horas e os dias difíceis e os momentos que quase a destruíram ao longo do treinamento.

Um bilhete, escrito por uma estranha que salvara sua vida e lhe dera liberdade em questão de horas. Yrene jamais descobrira o nome dela, daquela jovem que tinha exibido as cicatrizes como algumas damas exibem as mais finas joias. A jovem que era uma assassina treinada, mas que pagara pela educação de uma curandeira.

Tantas coisas, tantas coisas boas tinham vindo daquela noite. Yrene às vezes se perguntava se aquilo, de fato, havia acontecido — poderia ter acreditado que sonhara tudo se não fosse pelo bilhete no bolso e o segundo objeto que jamais vendera, mesmo quando o ouro havia escasseado.

O broche ornamentado de ouro e rubi, que valia mais que quarteirões inteiros de Antica.

As cores de Adarlan. Yrene jamais descobrira de onde a jovem tinha vindo, quem aplicara a surra que havia deixado hematomas no belo rosto, mas a estranha falara de Adarlan da mesma maneira que Yrene falava... aquelas crianças cujos reinos tinham sido deixados em cinzas, sangue e ruínas.

Yrene passou o polegar sobre o bilhete, sobre as palavras inscritas em nanquim:

Para onde precisar ir — e mais um pouco. O mundo precisa de mais curandeiros.

Ela inspirou aquela primeira brisa da noite, os temperos e a maresia soprados para dentro da Torre.

Por fim, a jovem olhou de novo para Hafiza, cuja expressão estava calma. Paciente.

Ela se arrependeria, caso se recusasse. A alta-curandeira cederia, mas Yrene sabia que, se saísse dali ou se por algum motivo decidisse ficar, ela se... arrependeria. Lembraria daquilo. Questionaria se teria retribuído de forma medíocre à bondade extraordinária que lhe fora concedida. Questionaria o que sua mãe teria pensado daquilo.

E, mesmo que o homem viesse de Adarlan, mesmo que tivesse feito a vontade daquele açougueiro...

— Eu me encontrarei com ele e o avaliarei — aceitou Yrene. A voz falhou levemente. A jovem agarrou o pedaço de papel no bolso. — E então decidirei se irei curá-lo.

A alta-curandeira ponderou.

— É justo, menina — argumentou ela, em voz baixa. — É justo.

Yrene expirou, trêmula.

— Quando o verei?

— Amanhã — informou Hafiza, e a jovem curandeira estremeceu. — O khagan pediu que você fosse até os aposentos de Lorde Westfall amanhã.

⊰ 5 ⊱

Chaol mal dormira. Em parte pelo calor insuportável, em parte pelo fato de que estavam na casa de um possível aliado, cheia de potenciais espiões e perigos desconhecidos — talvez até mesmo de Morath —, em parte pelo que acontecera ao Forte da Fenda e tudo o que mais estimava.

E em parte pelo encontro que estava a minutos de ocorrer.

Com um nervosismo incomum, Nesryn caminhava de um lado ao outro da sala de estar que seria o quarto de recuperação de Chaol. Sofás baixos e montes de almofadas preenchiam o espaço; os pisos reluzentes eram interrompidos apenas por tapetes dos fios mais espessos e elegantes — feitos pelas mãos habilidosas de artesãs no oeste, contou Nesryn. Arte e tesouros de todo o império do khagan adornavam o cômodo, intercalados com vasos de palmeiras que murchavam com o calor da luz do sol entrando pelas janelas e portas do jardim.

Às dez horas da manhã, declarara a filha mais velha do khagan a ele no jantar da noite anterior. A princesa Hasar — simples, porém de olhos selvagens. Uma bela jovem tinha sentado a seu lado, a única pessoa para quem Hasar sorria. Amante ou esposa, a julgar pelos toques frequentes e os olhares demorados.

Houvera um desafio no sorriso perverso de Hasar quando ela dissera a Chaol o horário no qual a curandeira chegaria, o que o levara a se perguntar quem, exatamente, eles mandariam.

O antigo capitão ainda não sabia o que pensar dessa gente, desse lugar. Da cidade de alto aprendizado, da mistura de tantas culturas e história, vivendo pacificamente juntas... Nada parecida com os humores revoltados e arrasados que viviam nas sombras de Adarlan, em terror, desconfiados uns dos outros, suportando os piores crimes.

No jantar, tinham perguntado a ele sobre o massacre dos escravizados em Calaculla e Endovier.

Na verdade, o falso bajulador, Arghun, perguntara. Se o príncipe tivesse estado entre os novos recrutas da Guarda Real, Chaol o teria facilmente colocado na linha, graças a algumas exibições bem programadas de habilidades e pura dominação. Contudo, ali ele não tinha autoridade para fazer o príncipe ardiloso e arrogante se curvar.

Nem mesmo quando Arghun quisera saber por que o antigo rei de Adarlan tinha achado necessário escravizar os próprios súditos e, depois, abatê-los feito animais. Por que o homem não olhara para o continente sul, buscando educar-se sobre os horrores e mácula da escravidão — e assim evitar instituí-la.

Chaol dera respostas curtas que beiravam a grosseria. Sartaq, o único além de Kashin de quem o lorde estava disposto a gostar, finalmente se cansara dos questionamentos do irmão mais velho e mudara de assunto. Para qual assunto, Chaol não fazia ideia, pois estivera ocupado demais lutando contra o rugido nos ouvidos durante a inquisição afiada de Arghun. Além de ocupado demais monitorando cada rosto — nobre, vizir ou criado — que aparecia no salão do khagan. Nenhum sinal de anéis pretos ou colares; nenhum comportamento estranho.

Ele dera a Kashin um sutil aceno de cabeça em certo momento, como indicação disso. O príncipe havia fingido não ver, mas um aviso se acendera em seus olhos: *continue procurando.*

E assim Chaol fez, em parte prestando atenção à refeição diante de si, e em parte monitorando cada palavra e olhar e fôlego daqueles ao redor.

Apesar da morte da irmã mais nova, os herdeiros tornaram a refeição animada, com a conversa fluindo, embora boa parte fosse em línguas que Chaol não conhecia ou reconhecia. Que riqueza de reinos naquele salão, representada por vizires e criados e companheiros; a princesa que virara a caçula, Duva, era ela mesma casada com um príncipe de cabelos pretos e olhos tristes, que tinha vindo de uma terra distante. Ele ficava próximo da esposa grávida e falava pouco com as pessoas ao redor, mas sempre que

Duva lhe dava um leve sorriso... Chaol não achava que a luz que iluminava o rosto do príncipe era fingida. E se perguntava se o silêncio do homem não seria, talvez, por ainda não conhecer a língua da mulher o suficiente para acompanhá-los, não por omissão.

Nesryn, no entanto, não tinha tal desculpa. Ela ficara calada e assustada no jantar. Chaol só soubera que ela havia tomado banho antes da refeição graças ao grito e à porta batida nos aposentos da capitã, seguidos pela saída apressada de um criado com expressão ofendida. O homem não voltou, nem um substituto foi enviado.

Kadja, a criada designada a Chaol, ajudara-o a se vestir para o jantar, depois a se despir para a cama. Além disso, ela havia levado café naquela manhã logo que ele acordara.

Os khagan certamente sabiam comer bem.

Carnes fervidas em temperos diferentes, tão macias que se soltavam do osso; arroz com ervas de diversas cores; pães chatos cobertos de manteiga e alho; intensos vinhos e bebidas vindos das vinícolas e das destilarias do império. Chaol recusara o segundo, aceitando apenas a taça cerimonial oferecida antes de o khagan fazer um brinde desanimado aos novos convidados. Para um pai em luto, as boas-vindas foram mais calorosas do que Chaol podia esperar.

Mas Nesryn havia tomado um gole de bebida e mal tirara uma garfada da comida, esperando apenas um breve minuto depois de o banquete terminar para então pedir para voltar à suíte. Chaol concordara. É claro que concordara; no entanto, quando os dois fecharam as portas dos aposentos e ele perguntara se Nesryn queria conversar, ela havia dito que não. Ela queria dormir e o veria pela manhã.

Chaol ainda tivera a coragem de perguntar se Nesryn queria compartilhar seu quarto ou o dela.

A batida da porta foi resposta o bastante.

Então Kadja o ajudara a se deitar, e ele tinha se revirado na cama, suando e desejando poder chutar os lençóis, em vez de precisar jogá-los para fora. Mesmo a brisa fresca que vinha pelo sistema de ventilação inteligentemente arquitetado — o ar entrava pelas torres que capturavam o vento entre os domos e os pináculos para ser resfriado por canais sob o palácio e, então, distribuído pelos quartos e salões — não oferecera alívio.

Chaol e Nesryn jamais tinham sido bons em conversar. Tentavam, mas em geral com resultados desastrosos.

Os dois fizeram tudo fora da ordem, e Chaol se amaldiçoara diversas vezes por não ter acertado as coisas com ela. Por não ter tentado *ser* melhor.

Nesryn mal tinha olhado para ele nos últimos dez minutos de espera pela curandeira. Seu rosto parecia abatido, e os cabelos na altura dos ombros estavam sem vida. A mulher não vestira o uniforme de capitã, mas voltara a usar a habitual túnica azul meia-noite com uma calça preta. Como se não pudesse suportar estar nas cores de Adarlan.

Kadja vestira Chaol mais uma vez com o casaco azul, chegando até mesmo a polir os fechos da frente. Havia um orgulho silencioso em seu trabalho, que não se parecia em nada com a timidez e o medo de tantos dos criados do castelo de Forte da Fenda.

— Ela está atrasada — murmurou Nesryn. De fato, o relógio de madeira decorada no canto indicava que a curandeira estava dez minutos atrasada. — Deveríamos chamar alguém para descobrir se ela vem?

— Dê tempo a ela.

Nesryn parou diante de Chaol, franzindo a testa intensamente.

— Precisamos começar imediatamente. Não há tempo a perder.

Ele inspirou.

— Entendo que queira voltar para casa e ver sua família...

— Não o apressarei. Mas até mesmo um dia faz diferença.

Chaol reparou nas linhas tensas que emolduravam a boca da capitã. Sem dúvida, linhas idênticas marcavam o próprio rosto. Obrigar-se a parar de refletir e de se preocupar com o paradeiro de Dorian no momento fora um sacrifício naquela manhã.

— Depois da chegada da curandeira, por que não vai procurar seus parentes na cidade? Talvez tenham ouvido algo da família de vocês em Forte da Fenda.

Um gesto negativo da mão esguia de Nesryn.

— Posso esperar até que termine.

Chaol ergueu as sobrancelhas.

— E caminhar de um lado para outro o tempo inteiro?

Ela afundou no sofá mais próximo, e a seda dourada suspirou sob o peso leve.

— Vim até aqui para ajudá-lo, tanto com isto quanto com nossa causa. Não vou fugir para minhas necessidades individuais.

— E se eu lhe der uma ordem?

Nesryn apenas sacudiu a cabeça, e a cortina escura de cabelos esvoaçou com o movimento.

E, antes que Chaol pudesse dar essa exata ordem, uma batida firme soou na pesada porta de madeira.

A capitã gritou uma palavra que ele presumiu querer dizer *entre* em halha, e Chaol ouviu os passos conforme se aproximavam. Um par de pés... silencioso e leve.

A porta da sala de estar se abriu com a pressão de um punho cor de mel.

Foram os olhos que Chaol notou primeiro.

Ela provavelmente fazia pessoas pararem na rua com aqueles olhos, um marrom-dourado vibrante que parecia se acender por dentro. Os cabelos eram uma cascata pesada de tons castanhos exuberantes em meio a flashes de dourado-escuro, cacheando levemente nas pontas que chegavam à cintura estreita.

Ela se movia com uma graciosidade ágil, com pés — calçados em chinelos pretos práticos — rápidos e firmes enquanto a jovem atravessava a sala, sem reparar ou sem se importar com a mobília elegante.

Jovem, talvez um ou dois anos além dos vinte.

Mas aqueles olhos... eram muito mais velhos.

Ela parou ao lado da poltrona de madeira entalhada diante do sofá dourado, e Nesryn se colocou de pé. A curandeira — pois não poderia ser outra pessoa com aquela graciosidade calma, aqueles olhos límpidos e aquele vestido simples de musselina azul-pálida — olhou de um para outro. Ela era poucos centímetros mais baixa que Nesryn, de compleição delicada como a da capitã, mas apesar da estrutura esguia... Chaol não olhou por muito tempo para as outras características com as quais a curandeira fora generosamente abençoada.

— Você é da Torre Cesme? — perguntou Nesryn na língua de Chaol.

A curandeira apenas o encarou. Algo como surpresa e raiva se acendeu naqueles olhos incríveis.

Ela deslizou uma das mãos para o bolso do vestido, e Chaol esperou que tirasse algo de dentro, mas a mão permaneceu ali. Como se estivesse agarrando um objeto.

Não era uma corça pronta para fugir, mas um veado, sopesando as opções de lutar ou de fugir, de defender seu território, abaixar a cabeça e atacar.

Chaol a encarou, com frieza e firmeza. Enfrentara muitos jovens machos durante os anos em que fora capitão; fizera com que todos se ajoelhassem.

Nesryn perguntou algo em halha, sem dúvida repetindo a pergunta anterior.

Uma cicatriz fina cortava o pescoço da curandeira. Talvez com 7 centímetros de comprimento.

Ele sabia que tipo de arma tinha causado aquela cicatriz. Todas as possibilidades que lhe percorreram a mente quanto ao motivo pelo qual aquilo poderia ter acontecido não eram agradáveis.

Nesryn ficou calada, observando os dois.

A curandeira apenas se virou, caminhou até a mesa próxima às janelas, sentou-se e puxou para si um pedaço de pergaminho da pilha organizada no canto.

Quem quer que fossem aquelas curandeiras, o khagan estava certo: com certeza não respondiam ao trono. Nem tinham a capacidade de se impressionar com qualquer tipo de nobreza ou poder.

A jovem abriu uma gaveta, encontrou uma caneta de vidro e segurou, apontando-a para o papel.

— Nome.

A curandeira não tinha sotaque; ou melhor, o sotaque daquelas terras.

— Chaol Westfall.

— Idade.

O sotaque. Era de...

— Charco Lavrado.

A caneta da jovem parou.

— Idade.

— Você é de Charco Lavrado?

O que está fazendo aqui, tão longe de casa?

A moça o encarou com frieza e desinteresse.

— Vinte e três — respondeu Chaol, engolindo em seco.

Ela rabiscou algo.

— Descreva onde começa o ferimento.

Cada palavra era contida, a voz da curandeira estava grave.

Será que fora um insulto ser designada para o caso dele? Será que tinha outras coisas para fazer ao ser convocada até ali? Ele pensou mais uma vez no sorriso malicioso de Hasar na noite anterior. Talvez a princesa soubesse que aquela mulher não era conhecida pelos bons modos.

— Qual é seu nome?

A pergunta veio de Nesryn, cuja expressão começava a ficar tensa.

A curandeira parou ao notá-la, piscando como se não tivesse reparado nela de verdade.

— Você... é daqui?

— Meu pai era — respondeu Nesryn. — Ele se mudou para Adarlan, se casou com minha mãe, e agora tenho família lá... e aqui. — A capitã impressionantemente escondeu qualquer vestígio de pesar ao mencionar a família, depois acrescentou com adulação: — Meu nome é Nesryn Faliq. Sou a capitã da Guarda Real de Adarlan.

A surpresa nos olhos da curandeira se tornou cautelosa. Ainda assim, ela olhou mais uma vez para Chaol.

Ela sabia quem ele era. A expressão indicava isso... a análise. Sabia que um dia Chaol carregara aquele título, mas que ele já era outra coisa. Então o nome, a idade... as perguntas eram besteiras. Ou alguma insensatez burocrática. Chaol duvidava de que fosse a segunda opção.

Uma mulher de Charco Lavrado conhecendo dois membros da corte de Adarlan...

Não era preciso muito para entendê-la. Para entender o que ela via. De onde aquela marca no pescoço poderia ter vindo.

— Se não quer estar aqui — disse Chaol rispidamente —, mande outra pessoa.

Nesryn se virou para ele.

A curandeira apenas o encarou.

— Não há mais ninguém para fazer isso. — As palavras não ditas indicavam o restante: *Eles mandaram a melhor.*

Com aquela postura firme e confiante da jovem, Chaol não duvidava. Ela inclinou a caneta de novo.

— Descreva onde começa o ferimento.

Uma batida firme na porta da sala de estar interrompeu o silêncio. O antigo capitão se assustou, amaldiçoando-se por não ter ouvido a aproximação.

Era a princesa Hasar, vestindo verde com dourado e sorrindo feito um gato.

— Bom dia, Lorde Westfall. Capitã Faliq. — Com os cabelos trançados oscilando a cada passo arrogante, Hasar caminhou até a curandeira, que ergueu o rosto para ela com uma expressão que Chaol ousou chamar de exasperada, e se aproximou para beijá-la em cada bochecha. — Você não costuma ser tão mal-humorada, Yrene.

Pronto... um nome.

— Esqueci meu *kahve* esta manhã. — A bebida espessa, temperada e amarga que Chaol tinha engolido com o café da manhã. Um gosto adquirido, dissera Nesryn quando ele perguntara a respeito mais tarde.

A princesa se apoiou na beira da mesa.

— Não veio ao jantar ontem à noite. Kashin ficou emburrado por causa disso.

Os ombros de Yrene tensionaram.

— Eu precisava me preparar.

— Yrene Towers se trancando na Torre para trabalhar? Acho que vou morrer de choque.

Pelo tom da princesa, Chaol entendeu o bastante: a melhor curandeira da Torre Cesme assim se tornara graças a uma rígida ética de trabalho.

Hasar o observou.

— Ainda na cadeira?

— A cura leva tempo — comentou Yrene, em tom casual para a princesa. Sem uma gota de subserviência ou respeito. — Estávamos apenas começando.

— Então concordou em fazer isso?

Yrene lançou um olhar afiado para a princesa.

— Estávamos avaliando as necessidades do lorde. — Ela indicou a porta com o queixo. — Devo procurá-la quando terminar?

Nesryn lançou a Chaol um olhar impressionado e cauteloso. Uma curandeira dispensando uma princesa do império mais poderoso do mundo.

Hasar se inclinou para a frente e bagunçou os cabelos castanho-dourados de Yrene.

— Se não fosse abençoada pelos deuses, eu mesma arrancaria sua língua. — As palavras eram como veneno adocicado. A curandeira apenas respondeu com um leve sorriso confuso antes de Hasar descer da mesa e inclinar a cabeça com deboche para ele. — Não se preocupe, Lorde Westfall. Yrene já curou ferimentos semelhantes e muito piores que os seus. Fará com que levante e seja capaz de obedecer às vontades de seu mestre rapidinho. — Com essa encantadora despedida, que deixou Nesryn inexpressiva, a princesa se foi.

Eles esperaram uns bons momentos para se certificar de que ouviam a porta externa se fechar.

— Yrene Towers. — Foi tudo o que Chaol disse.

— O que sente?

Lá se fora a leve diversão. Tudo bem.

— A falta de sensibilidade e de movimentos começa em meu quadril.

Os olhos de Yrene dispararam até ali, percorrendo seu corpo.

— É capaz de usar sua virilidade?

Chaol tentou não estremecer. Até mesmo Nesryn piscou diante da franqueza da pergunta.

— Sim — informou ele, curto, lutando contra o rubor que subia pelas bochechas.

A curandeira olhou de um para o outro, avaliando.

— Já a usou completamente?

O antigo capitão retesou a mandíbula.

— Qual é a relevância disso? — E como ela captara o que havia entre os dois?

Yrene apenas escreveu algo.

— O que está escrevendo? — indagou ele, xingando a maldita cadeira por não permitir que avançasse para arrancar o papel das mãos da jovem.

— Estou escrevendo um *não* gigante.

E então a curandeira sublinhou a palavra.

— Suponho que agora perguntará sobre meus hábitos no banheiro — grunhiu Chaol.

— Era o próximo item em minha lista.

— Não mudaram — disparou ele. — A não ser que precise da confirmação de Nesryn.

Yrene apenas se virou para Nesryn, inabalada.

— Já o viu ter dificuldades com isso?

— *Não* responda — retrucou Chaol.

Nesryn teve a perspicácia de afundar em uma cadeira e ficar calada.

Yrene se levantou, apoiou a caneta e deu a volta pela mesa. A luz do sol matinal tocou seus cabelos, refletindo, como um halo, na cabeça da jovem.

Ela se ajoelhou aos pés de Chaol.

— Vai retirar suas botas ou devo eu?

— Eu retiro.

A curandeira se sentou de novo e o observou se mover. Mais um teste. Para discernir quanto ele era ágil e móvel. O peso das pernas, precisar ajustar constantemente a posição... Chaol cerrou os dentes ao agarrar o joelho para erguer o pé do estribo de madeira, então se curvou para tirar a bota com alguns puxões fortes. Quando terminou com a segunda bota, ele perguntou:

— A calça também?

Chaol sabia que deveria ser gentil, que deveria suplicar à jovem para que o ajudasse, mas...

— Depois de um ou dois drinques, acho — respondeu Yrene simplesmente. Então olhou por cima do ombro e viu a expressão perplexa de Nesryn. — Desculpe — acrescentou a curandeira, e o tom pareceu levemente menos afiado.

— Por que está pedindo desculpas a ela?

— Presumo que ela tenha a infelicidade de compartilhar sua cama ultimamente.

Chaol precisou de autocontrole para não avançar nos ombros da jovem e sacudi-la com força.

— Eu *fiz* algo a você?

Isso pareceu fazê-la hesitar. Yrene apenas arrancou as meias de Chaol, jogando-as onde ele atirara as botas.

— Não.

Uma mentira. Ele podia sentir o cheiro e o gosto.

Mas isso fez com que ela se concentrasse, e Chaol observou conforme Yrene pegou seu pé com as mãos esguias. Observou, pois não podia sentir — além das fisgadas nos músculos abdominais. Não sabia dizer se a jovem apertava ou segurava levemente, ou se as unhas se enterravam; não sem olhar. Então ele olhou.

Um anel adornava o quarto dedo de Yrene... uma aliança de casamento.

— Seu marido é daqui? — Ou esposa, pensou ele.

— Não sou... — Yrene piscou, franzindo a testa para o anel. Ela não terminou a frase.

Não era casada, então. O anel prateado era simples: a granada não passava de uma gora. Provavelmente era usado para evitar que homens a incomodassem, como Chaol vira tantas mulheres fazerem nas ruas de Forte da Fenda.

— Consegue sentir isto? — perguntou Yrene, enquanto tocava cada dedo.

— Não.

Ela fez o mesmo no outro pé.

— E isto?

— Não.

Chaol passara por exames assim antes... no castelo e com Rowan.

— O ferimento inicial — interrompeu Nesryn, como se também tivesse se lembrado do príncipe — foi na coluna inteira. Um amigo tinha algum conhecimento de cura e o remendou do melhor modo que pôde. Ele recuperou os movimentos na parte superior do corpo, mas não abaixo do quadril.

— Como foi infligido... o ferimento?

As mãos de Yrene se moviam sobre o pé e o tornozelo de Chaol, dando tapinhas e testando. Como se tivesse, de fato, feito aquilo antes, como alegara a princesa Hasar.

Ele não respondeu imediatamente, repassando aqueles momentos de terror e de dor e de raiva.

Nesryn abriu a boca, mas Chaol a interrompeu:

— Lutando. Recebi um golpe nas costas enquanto lutava. Um golpe de magia.

Os dedos de Yrene lhe subiam pelas pernas, batendo e apertando, mas ele não sentia nada. Enquanto o examinava, a testa da curandeira se franzia com concentração.

— Seu amigo devia ser um curandeiro talentoso se você recuperou tanto dos movimentos.

— Ele fez o possível, depois me disse para vir aqui.

As mãos da jovem empurravam e pressionavam as coxas de Chaol, e ele observava bastante horrorizado conforme ela as deslizava mais e mais para cima. Estava prestes a indagar se a própria jovem planejava examinar se havia vida em sua *virilidade*, mas então Yrene levantou a cabeça para encará-lo.

De tão perto, seus olhos eram como uma chama dourada. Não como o metal frio dos olhos de Manon Bico Negro, não envoltos em um século de violência e instintos predatórios, mas... como uma chama que queimava por muito tempo em uma noite de inverno.

— Preciso ver suas costas. — Foi tudo o que a curandeira disse, afastando-se em seguida. — Deite-se na cama mais próxima.

Antes que Chaol pudesse lembrá-la de que não era tão fácil fazer aquilo, Nesryn já estava em movimento, empurrando-o para o quarto. Kadja já arrumara a cama e deixara um buquê de lírios laranja na mesa de cabeceira. Yrene fungou diante do cheiro — como se fosse desagradável. Ele conteve a pergunta.

Então ela dispensou Nesryn com um gesto ao vê-la tentando ajudar Chaol a se deitar na cama, pois era baixa o suficiente para que ele conseguisse sozinho.

Yrene permaneceu à porta, observando enquanto o lorde apoiava uma das mãos no colchão e a outra no braço da poltrona, impulsionando-se com um empurrão forte para se sentar na cama. Ele soltou cada um dos botões recém--polidos do casaco, então o tirou. Assim como a camisa branca por baixo.

— De rosto para baixo, presumo?

A curandeira deu um breve aceno de cabeça para ele.

Segurando os joelhos e com o abdômen contraído, Chaol puxou as pernas para cima do colchão ao se deitar de barriga para cima.

Por alguns segundos, espasmos estremeceram suas pernas. Não eram movimentos de verdade, controlados, como ele tinha percebido depois da primeira vez que aquilo acontecera, semanas antes. Ainda conseguia sentir aquele peso esmagador no peito após compreender que isso era algum efeito do ferimento... que costumava acontecer se ele se movesse muito.

— Espasmos nas pernas são comuns com ferimentos desse tipo — explicou Yrene, observando os movimentos se dissiparem até a calmaria de novo. — Podem se acalmar com o tempo. — Ela gesticulou para Chaol em um lembrete silencioso para que ele se deitasse de bruços.

Sem dizer nada, o antigo capitão se sentou para passar um tornozelo por cima do outro, então se deitou de costas de novo e se virou, com as pernas fazendo o mesmo logo depois.

Se por acaso ficou impressionada por ele ter se acostumado com as manobras tão rapidamente, Yrene não demonstrou. Nem mesmo ergueu uma sobrancelha.

Depois de apoiar o queixo nas mãos, Chaol olhou por cima do ombro e observou conforme Yrene se aproximava, observou enquanto ela gesticulava para que Nesryn se sentasse quando a mulher começou a caminhar de um lado para outro de novo.

Chaol avaliou a curandeira em busca de qualquer tipo de magia desperta. Como se pareceria, ele não fazia ideia. A de Dorian era gelo, vento e relâmpago; a de Aelin eram chamas selvagens e ruidosas, mas magia de cura... Seria algo externo, algo tangível? Ou algo que apenas os ossos e o sangue poderiam testemunhar?

No passado, ele fugira desse tipo de pergunta — talvez até mesmo fugisse diante da ideia de permitir que a magia o tocasse. Mas o homem que fizera aquelas coisas, que temera aquelas coisas... Chaol estava feliz por tê-lo deixado nas ruínas do castelo de vidro.

Yrene ficou parada por um momento, avaliando as costas do ex-capitão.

Suas mãos estavam tão quentes quanto o sol matinal quando a curandeira as apoiou na pele entre as escápulas, as palmas para baixo.

69

— Você foi atingido aqui — observou ela, baixinho.

Havia uma marca. Uma palidez fraca que se espalhava na pele no ponto em que o golpe do rei o atingira. Dorian mostrara para ele usando um truque com dois espelhos de mão antes de Chaol partir.

— Sim.

As mãos de Yrene percorreram a depressão da coluna.

— Irradiou por aqui, dilacerando e partindo. — As palavras não eram para Chaol, mas como se ela falasse consigo mesma, perdida em algum tipo de transe.

Ele lutou contra a memória daquela dor, contra a dormência e a falta de sensibilidade que a lembrança conjurava.

— Pode... ver isso? — perguntou Nesryn.

— Meu dom me conta. — A mão de Yrene se demorou no meio da coluna de Chaol, pressionando e empurrando. — Foi um poder terrível... o que o atingiu.

— Sim. — Foi tudo o que Chaol disse.

As mãos desceram mais e mais, até entrarem alguns centímetros pela cintura da calça. Ele sibilou com os dentes trincados e olhou irritado por cima do ombro nu.

— Avise antes.

A curandeira o ignorou e tocou a parte mais inferior das costas de Chaol. Ele não sentiu.

Ela traçou um caminho com os dedos para cima da coluna, como se contasse as vértebras.

— Aqui?

— Consigo senti-la.

Yrene recuou um centímetro com o dedo.

— Aqui?

— Nada.

A curandeira franziu o cenho, como se fizesse uma nota mental do local. Yrene começou a trabalhar nas laterais das costas, subindo e perguntando em qual ponto ele parava de sentir. Ela pegou seus pescoço e cabeça, então virou de um lado e de outro, testando e avaliando.

Por fim, ordenou que Chaol se movesse. Não que se levantasse, mas que se virasse de novo.

Ele se voltou para o teto arqueado e pintado enquanto Yrene cutucou e empurrou seus músculos peitorais, então os músculos do abdômen, depois aqueles sobre as costelas. A curandeira chegou ao "v" formado pelos músculos que seguiam para dentro da calça e continuou movendo-se para baixo até que Chaol indagou:

— Mesmo?

Yrene lhe lançou um olhar de incredulidade.

— Há alguma coisa específica de que tenha vergonha que eu veja?

Ah, a curandeira certamente tinha bravura, aquela Yrene Towers de Charco Lavrado. Chaol a encarou, enfrentando o desafio nos olhos da jovem.

Ela apenas bufou.

— Tinha esquecido que homens do continente norte são tão decentes e cautelosos.

— E aqui não são?

— Não. Corpos são celebrados, e não humilhados para que sejam escondidos. Tanto de homens quanto de mulheres.

Isso explicaria a criada que não tinha problemas com essas coisas.

— Eles pareciam bastante vestidos no jantar.

— Espere até as festas — replicou Yrene friamente ao tirar as mãos da cintura já baixa da calça de Chaol. — Se não notou problemas externos ou internos em sua virilidade, não preciso examinar.

Ele lutou contra a sensação de que tinha 13 anos novamente, e tentava falar com uma menina bonita pela primeira vez, então disparou:

— Tudo bem.

Yrene recuou um passo e entregou a camisa a Chaol. Após se sentar, com os músculos dos braços e do abdômen se contraindo, o lorde vestiu a roupa.

— Bem? — perguntou Nesryn, caminhando para perto.

A curandeira brincou com um cacho pesado e solto.

— Preciso pensar. Falar com minha superior.

— Achei que você fosse a melhor — disse Nesryn, cautelosamente.

— Sou uma de muitas com talento — admitiu ela. — Mas a alta-curandeira me designou para este caso. Eu gostaria de conversar com ela primeiro.

— É ruim? — indagou Nesryn, e Chaol ficou grato por isso, pois ele não tinha coragem de perguntar.

Yrene apenas o encarou com a expressão honesta e destemida.

— Você sabe que é ruim.

— Mas pode ajudá-lo? — insistiu a capitã, em tom mais afiado desta vez.

— Já curei ferimentos assim antes. Mas este... ainda não dá para saber — respondeu ela, levando o olhar para Nesryn.

— Quando... quando saberá?

— Quando tiver tido tempo para pensar.

Para decidir, percebeu Chaol. Ela queria *decidir* se o ajudaria.

Ele a fitou de novo, permitindo que Yrene visse que ele, ao menos, entendia. Chaol estava feliz por Nesryn não ter considerado a ideia, pois tinha a sensação de que a jovem estaria de cara na parede caso contrário.

Mas para Nesryn... os curandeiros estavam acima de críticas. Sagrados como um dos deuses dali. Sua ética era inquestionável.

— Quando voltará? — perguntou a mulher.

Nunca, quase respondeu Chaol.

Yrene colocou as mãos nos bolsos.

— Mandarei notícias. — Foi tudo o que ela disse antes de partir.

Nesryn ficou olhando conforme a curandeira partia, depois esfregou o rosto.

Chaol não disse nada.

Mas a capitã esticou o corpo e saiu — para a sala de estar. Papel farfalhou, então...

A mulher parou à porta do quarto de Chaol, com as sobrancelhas franzidas e segurando o papel de Yrene nas mãos.

Ela o entregou a Chaol.

— O que isso quer dizer?

Havia quatro nomes escritos no papel em uma caligrafia descuidada.

Olgnia.

Marte.

Rosana.

Josefin.

O último nome tinha sido escrito diversas vezes.

O último nome fora sublinhado, de novo e de novo.

Josefin. Josefin. Josefin.

— Talvez sejam outras curandeiras na Torre que possam ajudar — mentiu Chaol. — Talvez ela temesse que espiões a ouvissem sugerindo outra pessoa.

A boca de Nesryn se repuxou para o canto.

— Vejamos o que ela diz... quando voltar. Pelo menos sabemos que Hasar pode encontrá-la se for preciso. — Ou Kashin, cujo nome deixara a curandeira nervosa. Não que Chaol fosse forçar Yrene a trabalhar em seu corpo, mas... a informação era útil.

Ele estudou o papel de novo. O sublinhado fervoroso daquele último nome.

Como se a curandeira tivesse precisado se lembrar enquanto estivera ali. Em sua presença. Como se precisasse que aquelas pessoas, quem quer que fossem, soubessem que ela se lembrava.

Chaol conhecera outra jovem curandeira talentosa de Charco Lavrado. O rei a amara o bastante para considerar fugir com ela e buscar uma vida melhor para ambos. O lorde sabia o que acontecera em Charco Lavrado durante a juventude deles. Sabia o que Sorscha tinha suportado... e o que suportara em Forte da Fenda.

Ele tinha cavalgado pelos pastos de Charco Lavrado ao longo dos anos. Vira os chalés de pedra queimados ou abandonados, com telhados de sapê há muito desaparecidos. Os donos tinham sido escravizados, ou mortos, ou tinham fugido para outro lugar. Muito, muito longe.

Não, percebeu Chaol ao segurar aquele pedaço de papel, Yrene Towers não voltaria.

❧ 6 ❧

Mesmo que já soubesse sua idade, Yrene não esperara que o antigo capitão parecesse tão... jovem.

Não fizera os cálculos até entrar naquele quarto e ver seu belo rosto, com uma mistura de cautela e de esperança estampada nas feições severas e largas.

Foi a esperança que a deixou possessa. Que fez Yrene querer desesperadamente dar a ele uma cicatriz igual àquela que já lhe cortava a bochecha.

Ela havia sido pouco profissional no pior dos sentidos. Nunca... *nunca* fora tão grosseira e maldosa com um paciente.

Felizmente Hasar chegara, esfriando um pouco sua cabeça. Mas tocar no homem, pensar em maneiras de *ajudá-lo*...

Não fora sua intenção escrever a lista das últimas quatro gerações de mulheres Towers. Não tivera a intenção de escrever o nome da mãe diversas vezes enquanto fingia registrar as informações do ex-capitão. Aquilo não ajudara a aplacar o rugido sobrepujante em sua mente.

Suada e empoeirada, Yrene irrompeu no escritório de Hafiza quase uma hora depois, levando uma eternidade na caminhada por ruas estreitas e lotadas para voltar do palácio e subir os infinitos degraus até lá.

A curandeira chegara atrasada; esse tinha sido o primeiro momento realmente não profissional. Jamais se atrasara para um compromisso. Mas, exatamente às 10 horas, Yrene se vira em uma alcova no corredor do lado de fora do quarto, com as mãos no rosto e com dificuldade para respirar.

Chaol não era o bruto que ela havia esperado.

Ele falara bem, mais lorde que soldado, embora o corpo quase certamente tivesse pertencido ao último. Yrene havia remendado e curado uma quantidade suficiente dos guerreiros preferidos do khagan para reconhecer a sensação dos músculos sob os dedos. As cicatrizes que cobriam a pele queimada de sol de Lorde Westfall diziam muito a respeito de como os músculos tinham sido conquistados do jeito mais difícil, ajudando-o atualmente a se mover pelo mundo na cadeira.

E o ferimento na coluna...

Quando ela parou à ombreira do escritório da alta-curandeira, Hafiza ergueu o rosto de onde estava sentada, ao lado de uma acólita em prantos.

— Preciso conversar — avisou Yrene, contida, com uma das mãos apoiada no batente.

— Poderá fazer isso quando terminarmos — respondeu Hafiza simplesmente, entregando um lenço à menina chorosa.

Alguns curandeiros masculinos existiam, mas a maioria daqueles que recebia a dádiva de Silba era do gênero feminino. E essa menina, que provavelmente não passava dos 14 anos... Yrene estivera trabalhando na fazenda da prima com aquela idade. *Sonhando* estar ali. Certamente não estivera choramingando sobre seu azar na vida.

Ainda assim, ela saiu, fechou a porta atrás de si e esperou contra a parede do estreito patamar da escada.

Havia mais duas portas ali: uma trancada, que dava para a oficina pessoal de Hafiza, e outra porta, a do quarto da alta-curandeira; a primeira era marcada por uma coruja levantando voo, e a segunda por uma coruja descansando. O símbolo de Silba. Estava por toda parte na torre — corujas entalhadas e gravadas em pedra e madeira, às vezes em lugares inesperados e com pequenas e tolas expressões, como se algum acólito as tivesse entalhado tempos antes, feito uma piada secreta. Mas a coruja na oficina particular da alta-curandeira...

Embora estivesse empoleirada sobre um galho de ferro retorcido que se espalhava pela porta, com as asas abertas e largas em preparo para o salto aos céus, o animal parecia... alerta. Ciente de todos que passavam por aquela porta, que talvez olhassem por tempo demais na direção da oficina. Ninguém além de Hafiza tinha aquela chave, entregue por sua predecessora. Conhecimentos e instrumentos antigos, quase esquecidos, aguardavam ali dentro, segundo sussurravam os acólitos; coisas sobrenaturais que estavam melhor trancafiadas que soltas no mundo.

Yrene sempre ria daquelas palavras cochichadas, mas não contava a ninguém que a ela e a um pequeno grupo seleto fora concedido o prazer de se juntar a Hafiza na oficina, a qual, exceto pela mera *idade* de algumas ferramentas e da mobília, não tinha nada que valesse a fofoca. Mas o mistério da oficina da alta-curandeira persistia, como provavelmente acontecera durante séculos — outro amado mito da Torre, passado de acólito para acólito.

A jovem abanou o rosto, ainda sem fôlego devido à subida e ao calor. Ela apoiou a cabeça contra a pedra fria e, mais uma vez, buscou o pedaço de papel no bolso. Imaginou se o lorde teria notado com que frequência ela havia tocado o bilhete daquela estranha. Se ele achara que a curandeira estava levando a mão a uma arma. Ele vira tudo, ciente de cada fôlego.

Um homem treinado para aquilo. Tinha de ser, se servira ao rei morto. Assim como Nesryn Faliq, uma filha desse continente, mas que estava servindo ao rei de um território que não tratara forasteiros muito bem.

Yrene não conseguia entender aquilo. Havia algum laço romântico, ela percebera tanto pela tensão quanto pela intimidade entre eles. Mas até que ponto... Não importava. Exceto pela cura emocional da qual o lorde também precisaria. Um homem que não estava acostumado a proferir seus sentimentos, medos e esperanças e mágoas... isso era óbvio.

A porta do escritório de Hafiza se abriu por fim, e a acólita surgiu, sorrindo como se pedisse desculpas a Yrene, com o nariz vermelho e os olhos úmidos.

Yrene suspirou pelo nariz e sorriu em resposta. Ela não era aquela pessoa que acabara de invadir o escritório. Não, mesmo ocupada como estava, sempre havia arrumado tempo para os acólitos, principalmente aqueles com saudade de casa.

Ninguém se sentara a seu lado no salão de refeições abaixo durante os dias iniciais.

A jovem ainda se lembrava daquelas refeições solitárias. Lembrava-se de que tinha desistido depois de dois dias e passado a levar comida para a ampla biblioteca dos curandeiros no subterrâneo, escondendo-se dos bibliotecários emproados que proibiam tais coisas, ficando apenas com a companhia ocasional de uma gata Baast arredia e de uma coruja entalhada.

Yrene havia voltado para o salão de refeições após as lições lhe renderem conhecidos o suficiente para tornar a ideia de encontrar um lugar para se sentar menos desafiadora, encontrando nos rostos familiares e sorridentes coragem suficiente para deixar a biblioteca e suas enigmáticas gatas para trás, a não ser para fazer pesquisas.

— Cook fez biscoitos de amêndoa hoje de manhã — sussurrou a curandeira para a acólita, tocando-a no ombro. — Senti o cheiro ao sair. Diga a ela que quero seis, mas pegue quatro desses para você. — Yrene piscou um olho para a menina. — Deixe os outros dois para mim em meu quarto.

A acólita sorriu, assentindo. Cook fora talvez a primeira amiga de Yrene na Torre. Ela a vira comendo sozinha e começara a colocar doces a mais na bandeja da jovem curandeira. Começara a deixá-los em seu quarto. Até mesmo em seu local secreto preferido na biblioteca. Yrene havia retribuído no último ano ao salvar a neta de Cook de uma traiçoeira doença pulmonar. A cozinheira ainda ficava chorosa sempre que as duas se encontravam, e Yrene ainda fazia questão de passar na casa da menina uma vez por mês para ver como ela estava.

Quando partisse, precisaria pedir que alguém cuidasse da menina. Separar-se daquela vida que havia construído... Não seria uma tarefa fácil. E não viria desprovida de culpa.

Yrene observou a acólita, que ainda soluçava, descer as amplas escadas espiraladas, então respirou fundo e entrou no escritório de Hafiza.

— O jovem lorde vai andar novamente? — perguntou a alta-curandeira como cumprimento, com as sobrancelhas brancas erguidas bem altas na testa.

Yrene ocupou a cadeira habitual, com o assento ainda quente da jovem que acabara de liberá-lo.

— Vai. O ferimento é quase idêntico ao que tive no último inverno. Mas será complicado.

— Com relação à cura ou a você?

Ela corou.

— Eu me comportei... mal.

— Isso era esperado.

Yrene limpou o suor da testa.

— Tenho vergonha de contar o quão mal.

— Então não conte. Haja melhor da próxima vez, e consideraremos isso mais uma lição.

Yrene relaxou o corpo na cadeira, espreguiçando as pernas doloridas no carpete desgastado. Não importava quanto os criados de Hafiza implorassem, ela se recusava a trocar o tapete vermelho e verde. Tinha sido bom o bastante para as últimas cinco predecessoras, então era bom o bastante para ela.

A jovem curandeira recostou a cabeça no encosto macio da cadeira e encarou o dia sem nuvens pelas janelas abertas.

— Acho que posso curá-lo — afirmou ela, mais para si mesma que para Hafiza. — Se ele cooperar, poderia fazer com que andasse de novo.

— E ele vai cooperar?

— Não fui a única que se comportou mal — explicou ela. — Embora ele seja de Adarlan, então pode ser que faça parte de sua natureza.

Hafiza conteve uma gargalhada.

— Quando voltará para ele?

Yrene hesitou.

— Você *vai* retornar, não vai? — insistiu a alta-curandeira.

A jovem puxou os fios desbotados pelo sol do braço da cadeira.

— Foi difícil... foi difícil olhar para ele, ouvir o sotaque e... — A mão de Yrene parou. — Mas você está certa. Vou... tentar. Ao menos para que Adarlan jamais use isso contra mim.

— Espera que façam isso?

— Ele tem amigos poderosos que podem se lembrar disso. Sua companheira é a *nova* capitã da Guarda. A família dela vem daqui, mas a mulher serve a eles.

— E o que isso lhe diz?

Sempre uma lição, sempre um teste.

— Isso me diz... — Yrene expirou. — Isso me diz que eu não sei tanto quanto presumi. — Ela se esticou. — Mas também não perdoa nenhum de seus pecados.

Ainda assim, Yrene conhecera bastante gente ruim na vida. Tinha vivido entre eles e lhes servido em Innish. Um único e longo olhar para os olhos castanhos de Lorde Westfall e ela soubera, bem no fundo, que ele não era como essas pessoas. Nem sua companheira.

E com sua idade... O lorde era um menino quando tantas daquelas atrocidades foram cometidas. É claro que ele ainda podia ter participado de algum modo, e muito mais coisas foram feitas recentemente — o bastante para que Yrene ficasse enjoada só de pensar, mas...

— O ferimento na coluna — comentou a jovem. — Ele alega que algum tipo de magia pútrida o infligiu.

A própria magia se encolhera contra a marca, afastando-se.

— É?

Yrene estremeceu.

— Eu nunca... Nunca senti *nada* como aquilo. Como se o ferimento estivesse podre, mas vazio. Frio como a mais longa noite de inverno.

— Terei de acreditar em sua palavra quanto a isso.

Ela bufou com escárnio, grata pelo humor sarcástico. De fato, Hafiza jamais vira neve. Com o clima quente ao longo do ano todo em Antica, o mais perto que tinham chegado do inverno naqueles dois anos fora talvez uma camada de gelo reluzindo sobre os limoeiros e as árvores de lavanda certa manhã.

— Foi... — Yrene afastou a memória do eco que aquela cicatriz ainda guardava. — Não é como nenhum ferimento mágico que já encontrei.

— Vai afetar a cura da coluna?

— Não sei. Não tentei investigar com meu poder ainda, mas... avisarei a você.

— Estou à disposição.

— Mesmo que seja meu teste final?

— Uma boa curandeira — disse Hafiza, com um sorriso — sabe quando pedir ajuda.

Yrene assentiu distraidamente. E quando velejasse de volta para casa, para a guerra e o derramamento de sangue, quem procuraria então?

— Voltarei — concluiu ela, por fim. — Amanhã. Quero pesquisar paralisia e ferimentos na coluna na biblioteca esta noite.

— Avisarei a Cook onde encontrá-la.

Yrene deu um sorriso sarcástico à alta-curandeira.

— Nada passa despercebido por você, não é?

O olhar de sabedoria de Hafiza não foi reconfortante.

A curandeira não voltou naquele dia. Nesryn esperou por mais uma hora, então duas, enquanto Chaol ocupou o tempo lendo na sala de estar, até ela finalmente declarar que visitaria a família.

Fazia anos desde que Nesryn vira os tios e os filhos do casal. Ela rezava para que ainda estivessem na casa que visitara pela última vez.

A capitã mal dormira. Mal conseguira pensar ou sentir coisas como fome ou exaustão graças aos pensamentos que a devastavam por dentro.

A curandeira e a falta de respostas não a tinham acalmado.

E sem reuniões formais marcadas com o khagan ou seus filhos naquele dia...

— Posso me distrair sozinho, sabe — comentou Chaol, apoiando o livro no colo quando Nesryn, de novo, olhou para a porta do saguão. — Eu me juntaria a você se pudesse.

— Em breve conseguirá — prometeu ela. A curandeira parecera bastante habilidosa, apesar da recusa em lhes dar uma gota de esperança.

Se a mulher não pudesse ajudá-los, então Nesryn encontraria outra pessoa. E outra. Mesmo que precisasse implorar à alta-curandeira para que ajudasse.

— Vá, Nesryn — ordenou Chaol. — Não vai ficar em paz até fazer isso.

Ela massageou o pescoço, então se levantou do assento no sofá dourado e caminhou até o lorde. Apoiando as mãos em cada braço da cadeira, que estava posicionada próxima às portas abertas do jardim, Nesryn aproximou o rosto do dele, mais perto do que fizera em dias. Os olhos de Chaol pareciam... mais alegres de alguma maneira. Um pouco melhores que no dia anterior.

— Voltarei assim que puder.

Chaol deu um sorriso silencioso para ela.

— Use o tempo que precisar. Veja sua família. — Ele não via a mãe ou o irmão em anos, conforme contara a Nesryn. O pai... O antigo capitão não falava sobre o pai.

— Talvez — disse Nesryn, em voz baixa — pudéssemos obter uma resposta para a curandeira.

Chaol piscou para ela.

— A respeito do uso completo — murmurou a mulher.

Rapidamente a luz se extinguiu nos olhos de Chaol.

Nesryn recuou depressa. Ele a impedira no navio, quando ela havia praticamente pulado sobre o companheiro. E vê-lo sem camisa mais cedo, com aqueles músculos emergindo nas costas, na barriga... Nesryn quase implorara à curandeira para deixar que *ela* fizesse o exame.

Patético. Embora jamais tivesse sido muito boa em evitar os próprios *desejos*. Nesryn começara a se deitar com Chaol naquele verão porque não via propósito em resistir a seu interesse. Mesmo que não gostasse dele, não como gostava agora.

Ela passou a mão pelo cabelo.

— Voltarei a tempo do jantar.

Chaol a dispensou com um gesto, e ele já tinha voltado a ler o livro quando Nesryn deixou a sala.

Não tinham feito promessas, lembrou ela a si mesma. Sabia que Chaol costumava querer fazer as coisas de forma correta com ela, honrando-a, e, naquele verão, quando o castelo desabou e Nesryn achou que ele estava morto... Jamais sentira medo daquele jeito. Jamais havia rezado como naqueles momentos — até que as chamas de Aelin a pouparam da morte e Nesryn rezara para que tivessem poupado Chaol também.

Ela afastou as lembranças daqueles dias conforme caminhou pelos corredores do palácio, recordando-se vagamente de onde ficavam os portões para o centro da cidade. O que ela havia pensado que queria, o que era mais importante — ou o que tinha sido. Até o instante que ouvira a notícia dada pelo khagan.

Nesryn deixara a família. Deveria ter ficado lá. Para proteger as crianças, para proteger o pai idoso, a irmã destemida e risonha.

— Capitã Faliq.

A mulher parou ao ouvir a voz agradável, ao ouvir o título ao qual mal se acostumara. Nesryn estava parada diante de um dos cruzamentos do palácio, onde o caminho adiante a levaria para os portões da frente se seguisse reto. Ela marcara cada saída do local no momento de sua chegada.

E, no fim do corredor que cruzava com o dela, estava Sartaq.

As roupas elegantes do dia anterior tinham sumido. No momento, o príncipe usava couro justo, com os ombros protegidos por uma armadura simples, porém robusta, reforçada nos pulsos, nos joelhos e nas canelas. Sem nenhuma proteção peitoral. Os longos cabelos pretos tinham sido trançados para trás e amarrados por uma fina faixa de couro.

Nesryn fez uma reverência profunda. Mais profunda do que teria feito para qualquer dos outros filhos do khagan. Mas como os boatos diziam que ele seria o herdeiro, aquele que poderia um dia ser aliado de Adarlan...

Se sobrevivessem.

— Estava com pressa — disse Sartaq, reparando no corredor pelo qual Nesryn caminhara.

— Eu... eu tenho família na cidade. Ia visitá-los. — Desanimada, ela acrescentou: — A não ser que Vossa Alteza precise de mim.

Um sorriso sarcástico se estampou no rosto dele, e Nesryn percebeu que respondera na própria língua. Na língua *deles*.

— Estou saindo para um passeio em Kadara. Minha ruk — elucidou ele, falando a própria língua também.

— Ah, sei — respondeu Nesryn. — Conheço as histórias.

— Mesmo em Adarlan? — Sartaq ergueu uma sobrancelha. Guerreiro e sedutor. Uma combinação perigosa, embora a capitã não conseguisse se lembrar de menção a uma esposa. De fato, não havia um anel no dedo do príncipe.

— Mesmo em Adarlan — confirmou Nesryn, sem mencionar que o cidadão comum na rua talvez não conhecesse tais contos. Mas em sua casa... Ah, sim. O Príncipe Alado, era como o chamavam.

— Posso acompanhá-la? As ruas são um labirinto, mesmo para mim.

Era uma oferta generosa, uma honra.

— Não quero mantê-lo longe dos céus. — Mesmo que a recusa fosse apenas porque Nesryn não sabia como conversar com tais homens, nascidos e criados para o poder, acostumados com damas elegantes e políticos ardilosos. Embora os montadores de ruks, de acordo com as lendas, pudessem vir de qualquer lugar.

— Kadara está acostumada a esperar — argumentou Sartaq. — Pelo menos me deixe levá-la até os portões. Há uma nova guarda a postos hoje, e direi a eles que se lembrem de seu rosto para que tenha permissão de entrar de novo.

Porque com suas roupas, os cabelos sem penteado... De fato, os guardas talvez não permitissem a passagem de Nesryn. O que teria sido... humilhante.

— Obrigada — respondeu ela, passando a caminhar ao lado do príncipe.

Os dois ficaram em silêncio ao passar por bandeiras brancas oscilando de uma das janelas abertas. Chaol tinha contado a Nesryn no dia anterior sobre a preocupação de Kashin de que a morte da irmã mais nova tivesse sido um ardil — que um dos agentes de Perrington poderia ser responsável. Foi o suficiente para plantar uma semente de pavor dentro da capitã, fazendo com que ela marcasse cada rosto que encontrava, que olhasse para cada sombra.

Mantendo um passo tranquilo ao lado de Sartaq, Nesryn olhou para ele conforme as bandeiras esvoaçaram. O príncipe, no entanto, assentiu para alguns homens e mulheres vestindo o dourado dos vizires e fazendo reverência.

— Há mesmo 36 deles? — perguntou ela, então, se virando.

— Temos fascínio pelo número, então sim. — Sartaq bufou com deboche, soltando um som nada digno de um príncipe. — Meu pai considerou cortá-los pela metade, mas temeu a ira dos deuses mais que as repercussões políticas.

Ouvir e falar a própria língua era como um sopro de ar frio do outono. Que isso fosse a norma, que não olhassem para ela boquiabertos. Nesryn sempre se sentia assim ao visitar Antica.

— Lorde Westfall se encontrou com a curandeira?

A mulher decidiu que não havia mal em falar a verdade e respondeu:

— Sim. Yrene Towers.

— Ah. A famosa Senhora Dourada.

— Hã?

— Ela é deslumbrante, não?

Nesryn deu um leve sorriso.

— Gosta dela, pelo que vejo.

Sartaq deu um risinho.

— Ah, eu não ousaria. Meu irmão Kashin não ficaria satisfeito.

— Eles são próximos? — Hasar dera a entender que sim.

— São amigos... ou eram. Não os vejo conversando há meses, mas vai saber o que aconteceu. Creio, no entanto, que eu não seria melhor que os fofoqueiros da corte por contar a você.

— Mesmo assim é útil saber, se vamos trabalhar com ela.

— A avaliação que Yrene fez de Lorde Westfall foi positiva?

Nesryn deu de ombros.

— Ela estava hesitante em confirmar.

— Muitos curandeiros fazem isso. Não gostam de dar esperança e depois tirar. — Sartaq jogou a trança por cima de um dos ombros. — Embora também precise lhe dizer que a própria Yrene curou um dos cavaleiros darghan de Kashin no inverno passado de um ferimento bastante semelhante. E os curandeiros há muito reparam tais ferimentos entre as aldeias montadoras de nosso povo e meus rukhin. Saberão o que fazer.

Nesryn engoliu em seco a esperança que floresceu ao ver a claridade brilhando adiante: as portas abertas para o pátio principal e para os portões do palácio.

— Há quanto tempo é um montador ruk, príncipe?

— Achei que tivesse ouvido as histórias. — Humor brilhou em seu rosto.

— Apenas fofoca. Prefiro a verdade.

Os olhos escuros de Sartaq recaíram sobre ela, e o foco determinado foi o suficiente para fazer com que Nesryn agradecesse por não receber aquele olhar com frequência. Não por medo, mas... aquilo era desconcertante: ter o peso daquele olhar completamente sobre si. Era o olhar de uma águia — o olhar de um ruk. Aguçado e penetrante.

— Eu tinha 12 anos quando meu pai levou todos nós até o ninho na montanha. Então fugi e subi no ruk do próprio capitão, planando pelos céus e fazendo com que eles tivessem de sair atrás de mim... Meu pai me disse que, se eu tivesse me estatelado nas rochas, teria merecido morrer pela estupidez. Como punição, ele ordenou que eu vivesse entre os rukhin até provar que não era um tolo completo... pela vida inteira, foi a sugestão.

Nesryn riu baixinho e piscou para se proteger da luz do sol quando os dois emergiram no grande pátio. Arcos e pilastras ornamentados tinham sido entalhados com flora e fauna, com o palácio se erguendo atrás delas, feito um leviatã.

— Felizmente eu não morri de estupidez e, em vez disso, passei a amar a montaria, o estilo de vida. Os rukhin dificultaram as coisas para mim por eu ser um príncipe, mas provei meu valor rapidamente. Kadara nasceu quando eu tinha 15 anos, e eu mesmo a criei. Desde então, não tive outra montaria. — Orgulho e afeição iluminaram aqueles olhos cor de ônix.

Mesmo assim, Nesryn e Chaol pediriam a ele, implorariam a ele, que levasse aquela amada montaria para batalhar contra serpentes aladas muito mais pesadas e com força bruta infinitamente maior. Com veneno nas caudas. O estômago da capitã revirou.

Eles chegaram aos imponentes portões principais do palácio, onde havia uma pequena porta embutida nas enormes placas de bronze incrustado, que era deixada aberta para permitir a entrada e saída de pedestres, apressados com afazeres. Nesryn permaneceu imóvel enquanto Sartaq a apresentou aos guardas pesadamente armados que estavam de serviço, ordenando que garantissem a ela acesso irrestrito. O sol refletiu dos cabos das espadas que eles levavam cruzadas às costas quando os guardas se curvaram em obediência, cada um formando um punho sobre o coração.

Nesryn vira como Chaol mal tinha conseguido encará-los — os guardas do palácio e aqueles no cais.

Sartaq a levou além da pequena porta, cortada no bronze do portão que tinha quase 30 centímetros de espessura, e em direção à ampla avenida de paralelepípedos que se inclinava para o interior do labirinto de ruas da cidade. Belas casas e mais guardas ladeavam as ruas ao redor, onde ficavam as residências dos abastados que desejavam morar à sombra do palácio. Mas a própria rua estava lotada com pessoas cuidando de seus afazeres ou seu lazer, até mesmo com alguns viajantes que subiam até ali para olhar boquiabertos para o palácio, e também para tentar ver o interior através da pequena porta pela qual Nesryn e Sartaq tinham saído, em busca de um lampejo do pátio. Ninguém pareceu reconhecer o príncipe a seu lado, embora a jovem soubesse que os guardas na rua e aqueles posicionados nos portões monitoravam cada fôlego e palavra.

Com um olhar para Sartaq, Nesryn não teve dúvidas de que o príncipe também estava bastante ciente dos arredores ao parar além dos portões, como se fosse um homem comum. Ela observou as ruas lotadas adiante, ouvindo o clamor. Levaria uma hora a pé para chegar à casa da família do outro lado da cidade, porém demoraria ainda mais em uma carruagem ou montada a cavalo, graças ao tráfego obstruído.

— Tem certeza de que não precisa de um acompanhante?

Um meio sorriso repuxou a boca de Nesryn quando ela notou que ele a observava de esguelha.

— Posso cuidar de mim mesma, príncipe, mas agradeço pela honra.

Sartaq a olhou de cima a baixo, a avaliação rápida de um guerreiro. De fato, era um homem com pouco a temer ao atravessar as muralhas do palácio.

— Se algum dia tiver tempo ou interesse, deveria vir para um voo. O ar lá em cima é aberto, não é como a poeira e a maresia daqui.

Aberto o suficiente para que ouvidos atentos não os escutassem.

Nesryn fez uma reverência profunda.

— Eu gostaria muito.

A jovem sentiu que o príncipe ainda a observava conforme ela caminhava pela avenida ensolarada, desviando de carroças e conduções, lutando para obter passagem. Nesryn, no entanto, não ousou olhar para trás. Não sabia muito bem por quê.

❧ 7 ❧

Chaol esperou uns bons 30 minutos depois da partida de Nesryn antes de chamar Kadja. A mulher estivera de prontidão no corredor exterior, entrando na suíte apenas pouco depois de ser chamada. Detendo-se no saguão, Chaol esperou a criada se aproximar, com passos leves e ágeis e com o olhar voltado para baixo enquanto aguardava uma ordem.

— Tenho um favor a lhe pedir — começou ele, lenta e nitidamente, amaldiçoando-se por não ter aprendido halha durante os anos em que Dorian estudara a língua.

Um abaixar do queixo foi a única resposta de Kadja.

— Preciso que vá até o cais, aonde quer que seja que chegam as informações, para ver se há alguma notícia do ataque a Forte da Fenda. — A criada estivera no salão do trono no dia anterior e sem dúvida ouvira a respeito do ataque. Chaol tinha pensado em pedir que Nesryn fizesse alguma investigação enquanto estivesse fora, mas, se a notícia fosse ruim... ele não queria que Nesryn a recebesse sozinha. Que a carregasse sozinha por todo o caminho de volta ao palácio. — Acha que pode fazer isso?

Kadja ergueu o olhar, por fim, embora mantivesse a cabeça baixa.

— Sim — afirmou ela simplesmente.

Chaol sabia que a mulher provavelmente respondia a alguém da realeza ou algum vizir do palácio. No entanto, pedir por mais informações, embora fosse certamente um detalhe a ser observado, não representava ameaça à própria causa. E se considerassem fraqueza ou estupidez estar preocupado com o próprio país, podiam ir para o inferno.

— Que bom — respondeu ele, e a cadeira rangeu quando o antigo capitão a moveu 30 centímetros para a frente, tentando não fazer careta diante do ruído das rodas e do silêncio do próprio corpo. — E há outro favor que eu gostaria de lhe pedir.

~

Só porque Nesryn estava ocupada com a família não significava que Chaol devesse ficar à toa.

Mas, quando Kadja o colocou nos aposentos de Arghun, ele se perguntou se deveria ter esperado pelo retorno da capitã para fazer aquela reunião.

O salão de entrada do príncipe mais velho era tão grande quanto a suíte inteira de Chaol. Era um espaço oval extenso, cuja ponta se abria para um pátio adornado com uma fonte reluzente e patrulhado por dois pavões brancos. Ele observou os pássaros passando, com a massa de penas cor de neve roçando os azulejos de pedra enquanto as delicadas cristas oscilavam a cada passo.

— São lindos, não são?

O conjunto de portas ornamentadas à esquerda que estivera selado tinha sido aberto, revelando o príncipe de rosto esguio e olhos frios, cuja atenção estava voltada para os pássaros.

— Magníficos — admitiu Chaol, detestando a maneira como precisou inclinar a cabeça para cima a fim de fazer contato visual com o homem. Se tivesse podido se levantar, seria uns bons 10 centímetros mais alto e capaz de usar isso em vantagem própria durante a reunião. Se tivesse podido se levantar...

Ele não se permitiu seguir por aquele caminho. Não naquele momento.

— São meu casal estimado — comentou Arghun, cujo uso da língua materna de Chaol era bastante fluente. — Minha casa de campo é cheia de seus filhos.

O antigo capitão buscou uma resposta, algo que Dorian ou Aelin poderiam ter facilmente dito, mas não encontrou nada. Absolutamente *nada* que não soasse fútil e insincero.

— Tenho certeza de que é linda — comentou, por fim.

A boca de Arghun se repuxou para cima.

— Se ignorar os gritos em certos momentos do ano.

Chaol trincou o maxilar. Seu povo estava *morrendo* em Forte da Fenda, se já não estava morto, mas trocar palavras sobre pássaros esganiçados e vaidosos... era *isso* o que deveria fazer?

Ele ponderou se deveria continuar evadindo ou ir direto ao ponto, mas então o príncipe disse:

— Suponho que esteja aqui para perguntar o que sei a respeito de sua cidade. — O olhar frio do príncipe finalmente recaiu sobre Chaol, que o encarou de volta. Isso, a disputa entre quem pisca primeiro, era algo que ele podia fazer. Fizera muitas vezes, tanto com guardas rebeldes quanto com cortesãos.

— Forneceu a seu pai a informação. Gostaria de saber quem lhe deu os detalhes do ataque.

Interesse iluminou os olhos castanho-escuros do príncipe.

— Um homem direto.

— Meu povo está sofrendo. Gostaria de saber o máximo possível.

— Bem — começou Arghun, puxando uma bolinha de tecido presa ao bordado dourado da túnica esmeralda. — Como estamos sendo honestos, não posso lhe contar absolutamente nada.

Chaol piscou; uma vez e devagar.

— Há olhos demais observando, Lorde Westfall, e ser visto com você manda uma mensagem, para o bem ou para o mal, independentemente do que discutirmos — prosseguiu Arghun, estendendo a mão na direção das portas externas. — Então, embora agradeça a visita, pedirei que saia. — Os criados que esperavam à porta avançaram, provavelmente para empurrar Chaol para fora.

E ao ver um deles estender as mãos na direção das costas da cadeira...

Ele exibiu os dentes para o criado, impedindo-o imediatamente.

— Não.

Falando ou não a língua de Chaol, o sujeito nitidamente entendeu a expressão no rosto do ex-capitão.

Chaol se virou de novo para o príncipe.

— Quer mesmo jogar este jogo?

— Não é um jogo — respondeu Arghun simplesmente, caminhando na direção do escritório no qual estivera entocado. — A informação está certa. Meus espiões não inventam histórias como entretenimento. Um bom dia para você.

Então as portas duplas do escritório do príncipe se fecharam.

Chaol pensou em esmurrar aquelas portas até que Arghun começasse a falar, quem sabe acertando o punho no rosto do homem também, mas... os dois criados atrás dele esperavam. Observavam.

Ele conhecera cortesãos suficientes em Forte da Fenda para perceber quando alguém estava mentindo, mesmo sabendo que aquela intuição tinha falhado tão espetacularmente nos últimos meses. Com Aelin. Com os demais. Com... tudo.

Mas não achava que Arghun estivesse mentindo. A respeito de nada.

Forte da Fenda fora destruída. Dorian permanecia desaparecido. O destino de seu povo era desconhecido.

Quando o criado se aproximou para escoltá-lo de volta ao quarto, o lorde não o contrariou outra vez. E isso talvez o tivesse deixado mais colérico que qualquer coisa.

～

Nesryn não voltou para o jantar.

Chaol não deixou que o khagan, seus filhos ou os 36 vizires com olhos de gavião pressentissem a preocupação que o assolava a cada minuto passado sem que ela surgisse de um dos corredores para se juntar ao grupo no salão. Ela estava fora havia horas, sem dar qualquer notícia.

Até mesmo Kadja tinha retornado uma hora antes do jantar, e um olhar para o rosto cautelosamente tranquilo da mulher dissera tudo: ela também não descobrira nada novo no cais a respeito do ataque a Forte da Fenda. Apenas havia confirmado o que Arghun alegava: os capitães e os mercadores tinham conversado com fontes críveis que velejaram por Forte da Fenda ou que escaparam por pouco. O ataque de fato ocorrera, sem que fosse possível precisar o número de vidas perdidas ou o estado da cidade. Todo o comércio do continente sul estava suspenso — pelo menos para Forte da Fenda e qualquer lugar ao norte que exigisse passagem próxima à cidade. Nenhuma notícia chegara sobre o destino de Dorian.

Era como uma pressão sobre ele, um peso ainda maior, mas isso logo havia se tornado secundário, uma vez que Chaol tinha terminado de se vestir para o jantar e descoberto que Nesryn não retornara. Ele por fim havia cedido e permitido que Kadja o levasse ao banquete no salão do khagan. Contudo, quando longos minutos se passaram e Nesryn ainda assim não voltara, ficara difícil permanecer impassível.

Qualquer coisa podia ter acontecido. Qualquer coisa. Principalmente se a teoria de Kashin a respeito da irmã morta estivesse certa. Se os agentes de Morath já estivessem ali, Chaol tinha poucas dúvidas de que, assim que soubessem da chegada dos dois, começariam a caçá-los.

Ele deveria ter considerado isso antes de Nesryn sair naquele dia. Deveria ter pensado além dos próprios malditos problemas. Mas exigir que um guarda fosse enviado para procurar por ela apenas sinalizaria a qualquer potencial inimigo o que ele mais estimava. Onde atacar.

Então Chaol lutou para engolir a comida, quase incapaz de se concentrar na conversa com as pessoas ao lado. À direita: Duva, grávida e serena, perguntando a respeito da música e da dança que eram preferidas em sua terra naquele momento; à esquerda: Arghun, que não mencionou sua visita à tarde, perguntando, em vez disso, sobre rotas de comércio antigas e futuras. O antigo capitão inventou metade das respostas, e o príncipe sorriu como se bastante ciente disso.

Mesmo assim, Nesryn não apareceu.

Mas Yrene, sim.

No meio da refeição, ela entrou, com um vestido um pouco mais elegante, mas ainda simples, de cor ametista e que fazia a pele marrom brilhar. Hasar e a amante se levantaram para cumprimentar a curandeira, segurando as mãos de Yrene e beijando suas bochechas. Então a princesa expulsou o vizir sentado à esquerda para abrir espaço para a amiga.

A jovem fez uma reverência para o khagan, que lhe deu um gesto de dispensa sem mais que um olhar, e em seguida para a realeza reunida. Arghun não se incomodou em lhe reconhecer a existência; Duva abriu um sorriso grande para Yrene, e o marido ofereceu um sorriso mais recatado. Apenas Sartaq fez uma reverência com a cabeça, enquanto o último irmão, Kashin, ofereceu um sorriso de boca fechada que não chegou aos olhos.

Mas o olhar do jovem príncipe se deteve por tempo o bastante conforme Yrene se sentava ao lado de Hasar, fazendo com que Chaol se lembrasse de como a princesa provocara a curandeira no início do dia.

Yrene, entretanto, não devolveu o sorriso. Ofereceu apenas um aceno distante em resposta, ocupando o assento que Hasar conquistara para ela. A curandeira começou a conversar com Hasar e Renia, aceitando a carne que a amante da princesa empilhava em seu prato enquanto ela fazia um alvoroço porque Yrene parecia cansada demais, magra demais, pálida demais. A curandeira aceitou cada pedaço oferecido com um sorriso confuso e um aceno de agradecimento, deliberadamente evitando olhar na direção de Kashin. E de Chaol também.

— Ouvi dizer — começou uma voz masculina na língua de Chaol à direita deste — que Yrene foi designada para seu caso, Lorde Westfall.

Ele não ficou nada surpreso ao ver que Kashin tinha se inclinado para a frente a fim de falar com ele.

E nada surpreso ao ver o aviso pouco velado no olhar do homem. Chaol já tinha visto aquele olhar com bastante frequência: *território reivindicado*.

Independentemente de Yrene concordar com aquilo ou não.

O lorde supôs que era um ponto a favor da curandeira o fato de ela não parecer dar muita atenção ao príncipe, embora ele se perguntasse o motivo. Kashin era o mais belo dos irmãos, e Chaol vira mulheres literalmente caírem umas sobre as outras pela atenção de Dorian durante os anos no castelo. O príncipe tinha um olhar de autossatisfação que o antigo capitão frequentemente vira no amigo.

Certa vez... havia muito tempo. Em uma vida diferente. Antes de uma assassina e um colar e tudo.

Os guardas posicionados ao longo do salão tinham de alguma maneira se tornado imponentes, como se fossem chamas acesas atraindo o olhar de Chaol. Ele se recusou a olhar para o mais próximo, o qual marcara por hábito, parado a 6 metros da lateral da mesa nobre. Bem onde o lorde um dia estivera, diante de outro rei, de outra corte.

— Ela foi — respondeu Chaol, simplesmente.

— Yrene é nossa curandeira mais habilidosa, exceto pela alta-curandeira — prosseguiu Kashin, olhando para a mulher que ainda não lhe dava atenção e, na verdade, parecia conversar mais intensamente com Renia, como se para enfatizar isso.

— Foi o que ouvi. — *Certamente a de língua mais afiada.*

— Ela recebeu as mais altas notas que alguém já obteve nos exames formais — continuou o príncipe, enquanto Yrene o ignorava, com algo como mágoa lhe percorrendo o rosto.

— Veja como ele está de quatro — murmurou Arghun por cima de Duva, do marido *e* de Chaol para falar com Sartaq. Duva bateu no braço do irmão, ralhando com ele por tê-la interrompido conforme levava o garfo à boca.

Kashin não pareceu ouvir ou se importar com a reprovação do irmão mais velho. E, para seu crédito, Sartaq também não, escolhendo, em vez disso, voltar-se para um vizir de túnica dourada enquanto Kashin dizia a Chaol:

— Notas jamais obtidas por ninguém, quem dirá por uma curandeira que está aqui somente há pouco mais de dois anos.

Outro fragmento de informação. Yrene não passara muito tempo em Antica, então.

Chaol viu que ela o observava com as sobrancelhas contraídas. Um aviso para que não a puxasse para a conversa.

Ele sopesou os méritos das duas opções: a vingança mesquinha pela provocação mais cedo ou...

Yrene o ajudaria. Ou estava considerando se o faria, ao menos. Seria estupidez afastá-la ainda mais.

— Ouvi falar que você normalmente mora em Balruhn e cuida dos exércitos terrestres — disse Chaol a Kashin, então.

O príncipe se endireitou.

— Sim. Na maior parte do ano, monto ali meu lar e supervisiono o treinamento de nossas tropas. Se não estiver lá, então estou nas estepes com nosso povo materno, os senhores dos cavalos.

— Graças aos deuses — murmurou Hasar do outro lado da mesa, o que lhe garantiu um olhar de aviso de Sartaq. Ela apenas revirou os olhos e sussurrou algo ao ouvido da amante que fez Renia gargalhar, de maneira alegre e melodiosa.

Yrene ainda observava Chaol, no entanto, com um vestígio do que ele podia jurar ser irritação no rosto — como se a mera presença do ex-capitão naquela mesa fosse o bastante para fazer com que ela trincasse o maxilar —, enquanto Kashin começava a explicar as diversas rotinas na cidade da costa sudoeste e como a vida era diferente entre as aldeias dos cavalos nas estepes.

Chaol lançou um olhar igualmente incomodado para Yrene assim que Kashin parou para tomar um gole de vinho, então atirou pergunta após pergunta ao príncipe a respeito de sua vida. Informações sobre o exército que podiam ser úteis, percebeu Chaol.

Ele não foi o único a notar aquilo, pois Arghun interrompeu o irmão no meio de uma frase sobre as forjas que tinham construído perto dos climas setentrionais.

— Não vamos discutir negócios no jantar, irmão.

O rapaz fechou a boca, sempre o soldado treinado.

E de algum modo Chaol se deu conta — rapidamente — de que Kashin não era considerado para o trono. Não quando obedecia ao irmão mais velho, como um guerreiro comum. Mas ele parecia decente. Parecia uma alternativa melhor que a arrogância e a indiferença de Arghun, ou o modo lupino de Hasar.

Isso não explicava totalmente a necessidade absoluta de Yrene de se distanciar de Kashin. Não que fosse de sua conta ou interesse. Certamente não quando a boca de Yrene se contraía se ela ao menos virasse a cabeça na direção de Chaol.

Ele poderia ter ressaltado aquele comportamento para ela, poderia ter indagado se isso queria dizer que a curandeira decidira *não* o tratar. Mas se Kashin gostava da curandeira, com ou sem as rejeições sutis de Yrene, certamente não seria inteligente discutir com ela àquela mesa.

Passos soaram a suas costas, mas foi apenas o marido de uma vizir que viera murmurar algo ao ouvido da esposa antes de sumir.

Não era Nesryn.

Chaol avaliou os pratos distribuídos pela mesa, calculando o que restava do cardápio. Com o banquete, a refeição da noite anterior se estendera durante eras. Nenhuma iguaria da sobremesa fora trazida ainda.

Ele olhou de novo para as saídas, pulando os guardas posicionados ali, em busca da capitã.

Voltando a encarar a mesa, Chaol viu que Yrene o observava. Exaustão e desprazer ainda tomavam aquele olhar dourado, mas... havia um aviso também.

Ela sabia por quem Chaol procurava. Que ausência o deixava inquieto.

Para seu choque, a curandeira sutilmente fez que não com a cabeça. *Não revele*, era o que parecia dizer. *Não peça que a procurem.*

Ele já sabia disso, mas deu um aceno curto para Yrene e prosseguiu.

Kashin tentou puxar conversa com a jovem, mas todas as vezes foi pronta e educadamente dispensado com respostas simples.

Talvez o desdém da curandeira por Chaol naquela manhã fosse apenas sua natureza em vez de ódio nascido da conquista de Adarlan. Ou talvez ela simplesmente odiasse homens. Era difícil não olhar para a leve cicatriz no pescoço de Yrene.

Chaol conseguiu esperar até que a sobremesa chegasse antes de fingir exaustão e deixar a mesa. Kadja já estava lá, esperando ao lado das pilastras mais afastadas do salão com os demais criados, e não disse nada ao empurrar sua cadeira para longe, com cada chacoalhada fazendo-o cerrar os dentes.

Yrene não disse uma palavra de adeus nem ofereceu a promessa de voltar no dia seguinte. Ela sequer olhou em sua direção.

Mas Nesryn não estava no quarto quando Chaol retornou. E, se buscasse por ela, se chamasse atenção para a ameaça, para a proximidade e para o fato de que qualquer inimigo poderia usar aquilo contra eles...

Então ele esperou. Ouviu a fonte no jardim, o canto do rouxinol empoleirado em uma figueira, ouviu a contagem constante do relógio sobre a lareira da sala de estar.

Onze. Meia-noite. Chaol disse a Kadja que fosse dormir... que ele mesmo se arrumaria para deitar. A criada não partiu, apenas ocupou um lugar contra a parede pintada do saguão e esperou.

Era quase uma da manhã quando a porta se abriu.

Nesryn chegou de fininho. Chaol sabia porque aprendera os sons de seus movimentos.

A capitã viu as velas na sala de estar e entrou.

Não havia um arranhão nela. Apenas... luz. As bochechas estavam coradas, e os olhos mais alegres que naquela manhã.

— Desculpe por ter perdido o jantar — lamentou Nesryn, simplesmente.

A resposta de Chaol foi grave, gutural:

— Tem ideia de quanto eu estava preocupado?

Ela parou, os cabelos oscilando com o movimento.

— Não estava ciente de que precisava mandar notícias de minhas idas e vindas. Você me disse para ir.

— Você saiu por uma cidade estrangeira e não voltou quando disse que voltaria. — Cada palavra era afiada, cortante.

— Não é uma cidade estrangeira, não para mim.

Ele bateu com a palma da mão no braço da cadeira.

— Uma das princesas foi assassinada há algumas semanas. Uma *princesa*. No próprio palácio, o trono do império mais poderoso do mundo.

Nesryn cruzou os braços.

— Não sabemos se foi assassinato. Kashin parece ser o único que pensa assim.

Era completamente irrelevante. Ainda que Chaol mal tivesse se lembrado de estudar os companheiros de jantar naquela noite em busca de sinais dos valg.

— Eu nem mesmo podia procurá-la — rebateu ele, baixo demais. — Não *ousei* dizer a eles que estava sumida.

Nesryn piscou, devagar e por um longo momento.

— Minha família ficou feliz ao me ver, caso esteja se perguntando. E receberam uma carta breve de meu pai ontem. Eles fugiram. — Ela começou a abrir o casaco. — Podem estar em qualquer lugar.

— Fico feliz ao ouvir isso — respondeu Chaol entre dentes, embora soubesse que *não* saber onde a família estava consumiria Nesryn tanto quanto o terror do dia anterior por não saber se estavam vivos. Ele disse, o mais tranquilamente possível: — Essa coisa entre nós não funciona se você não me disser onde está, ou se seus planos mudarem.

— Eu estava na casa deles, jantando. Perdi a noção do tempo. Eles me imploraram para que ficasse.

— Sabe que não deve deixar de dar notícias. Não depois da merda pela qual passamos.

— Não tenho nada a temer nesta cidade... neste lugar.

Nesryn tinha dito aquilo com tanto rancor que Chaol sabia que ela queria dizer que em Forte da Fenda... em Forte da Fenda havia o que temer.

Ele odiava que Nesryn se sentisse daquela maneira. Odiava.

— Não é por isso que estamos lutando? — retrucou ele, no entanto. — Para que nossas terras possam um dia ser seguras?

A expressão da jovem se fechou.

— Sim.

Ela terminou de abrir o casaco, tirando-o e revelando a camisa por baixo, então o jogou por cima de um ombro.

— Vou deitar. Vejo você pela manhã.

Nesryn não esperou pela despedida de Chaol antes de caminhar até o quarto e fechar a porta.

Ele ficou sentado por longos minutos na sala de estar, esperando que Nesryn voltasse. E, quando finalmente permitiu que Kadja o levasse para o quarto e o ajudasse a vestir o pijama, depois de ela soprar as velas e partir com passadas silenciosas, ele esperou que a porta se abrisse.

Mas Nesryn não apareceu. E Chaol não podia ir até ela — não sem arrastar a pobre Kadja de onde quer que dormisse, atenta a qualquer som que indicasse que ela era necessária.

Ele ainda esperava por Nesryn quando o sono o reivindicou.

⊰ 8 ⊱

Yrene se certificou de chegar na hora na manhã seguinte. Não havia mandado notícias antes, mas estava disposta a apostar que Lorde Westfall e a nova capitã estariam esperando às 10 horas. Embora, pelos olhares que o homem lhe lançara na noite anterior, a curandeira tenha se perguntado se ele duvidava de que ela retornaria.

Que acreditasse no que quisesse.

Yrene pensou em esperar até às 11 horas, pois Hasar e Renia a haviam arrastado para beber — ou melhor, para assistir às duas beberem enquanto bebericava da própria taça de vinho —, e ela não voltara para o quarto na Torre até quase duas da manhã. Hasar oferecera a Yrene uma suíte no palácio por uma noite, mas, considerando que escaparam por pouco da companhia de Kashin quando foram ao tranquilo e elegante bar do tumultuado Quarteirão Rose, a curandeira não estava disposta a arriscar esbarrar no príncipe de novo.

Sinceramente, já estava mais que na hora de o khagan ordenar que os filhos retornassem a seus diversos postos. Eles tinham se demorado depois da morte de Tumelun... a qual Hasar ainda se recusava a mencionar. Yrene mal conhecera a princesa mais nova, pois ela passara a maior parte do tempo com Kashin entre os darghan nas estepes e nas cidades muradas dispersas no entorno. Ainda assim, naqueles primeiros dias depois que o corpo de Tumelun fora encontrado, depois que a própria Hafiza tinha confirmado que a menina saltara da varanda, Yrene sentira vontade de procurar Kashin. Para oferecer condolências, sim, mas também apenas para ver como ele estava.

Ela o conhecia bem o suficiente para entender que, apesar da atitude tranquila e despreocupada que apresentava ao mundo, de ser um soldado disciplinado que obedecia a todas as ordens do pai e comandava destemidamente seus exércitos terrestres... por baixo daquele rosto sorridente havia um revolto mar de luto perguntando-se o que poderia ter feito de forma diferente.

As coisas tinham, de fato, se tornado esquisitas e horríveis entre Yrene e Kashin, mas... ela ainda se importava. Mesmo assim, não o procurara, pois não quisera abrir aquela porta que passara meses tentando fechar.

A curandeira havia se odiado por aquilo e pensava no assunto pelo menos uma vez por dia. Principalmente quando via as bandeiras brancas oscilando pela cidade e no palácio. No jantar da noite anterior, ela fizera o possível para não desabar de tanta vergonha conforme o ignorava, sofrendo durante os elogios de Kashin, do orgulho ainda nas palavras ao falar dela.

Tola, dissera Eretia mais de uma vez, após Yrene ter confessado durante uma cura especialmente exaustiva o que ocorrera nas estepes no inverno anterior. A jovem sabia que era verdade — mas ela... bem, tinha outros planos para si mesma. Sonhos que não iria adiar, que não podia adiar, ou abrir mão inteiramente. Então, depois que Kashin e os outros nobres retornassem aos postos de governança... ficaria mais fácil de novo. Melhor.

A curandeira apenas queria que o retorno de Lorde Westfall a seu desprezível reino não dependesse tão profundamente do auxílio dela.

Contendo uma expressão de irritação, Yrene endireitou os ombros e bateu às portas da suíte. A criada de lindo rosto atendeu antes mesmo que o som parasse de ecoar pelo corredor.

Havia tantos deles no palácio que a curandeira aprendera os nomes de apenas alguns, mas tinha visto aquela antes, notado sua beleza. O bastante para que acenasse com a cabeça em reconhecimento e, então, entrasse.

Criados eram muito bem pagos, tão bem tratados que a competição era acirrada para conseguir uma posição no palácio — principalmente quando as posições costumavam permanecer nas famílias, de modo que qualquer vaga ia para aqueles dentro das mesmas. O khagan e sua corte tratavam os criados como gente, com direitos e leis que os protegiam.

Diferentemente de Adarlan, onde tantos viviam e morriam em grilhões. Diferentemente dos escravizados em Calaculla e Endovier, que jamais tinham permissão de ver o sol ou respirar ar puro, com famílias inteiras dilaceradas.

Yrene ouvira falar dos massacres nas minas naquela primavera. Dos assassinatos. Foi o suficiente para que qualquer expressão neutra sumisse de seu rosto quando a curandeira chegou à elegante sala de estar. Ela não sabia que assuntos eles tinham com o khagan, mas ele certamente cuidava dos convidados.

Lorde Westfall e a jovem capitã estavam sentados exatamente onde estiveram na manhã anterior. Nenhum dos dois parecia contente.

De fato, nem sequer chegavam a olhar para o outro.

Bem, pelo menos ninguém ali se incomodaria em fingir ser agradável naquele dia.

O lorde já a avaliava, sem dúvida reparando no vestido azul que Yrene usara na véspera, nos mesmos sapatos.

A curandeira tinha quatro vestidos; o roxo que usara no jantar da noite anterior era o mais elegante. Hasar sempre prometia encontrar roupas mais elegantes para a amiga, mas jamais se lembrava no dia seguinte. Não que Yrene realmente se importasse. Se recebesse as roupas, iria se sentir obrigada a visitar o palácio mais do que já fazia e... Sim, havia algumas noites solitárias em que se perguntava o que diabo estava pensando ao afastar Kashin, quando, lembrava a si mesma, a maioria das jovens do mundo mataria e usaria as garras para ser sempre bem-vinda no palácio. Mas ela não ficaria ali por muito mais tempo, então não havia motivo.

— Bom dia — cumprimentou a nova capitã, Nesryn Faliq.

A mulher parecia mais concentrada. Tranquila. Mas essa nova tensão entre ela e Lorde Westfall...

Não era da conta de Yrene. Apenas se interferisse na cura.

— Falei com minha superior. — Uma mentira, embora tecnicamente *tivesse* falado com Hafiza.

— E?

Nenhuma palavra do lorde até então. Sombras manchavam a base de seus olhos, e a pele queimada de sol estava mais pálida que no dia anterior. Se estava surpreso por Yrene ter retornado, não revelou.

A jovem curandeira juntou as porções superiores do cabelo e as prendeu para trás com um pequeno pente de madeira, deixando a metade inferior solta. Seu penteado preferido para trabalhar.

— E eu gostaria de ajudá-lo a andar novamente, Lorde Westfall.

Nenhuma emoção lampejou nos olhos do homem. Nesryn, no entanto, expirou estremecendo e se recostou contra as almofadas macias do sofá dourado.

— Qual é a probabilidade de ser bem-sucedida?

— Já curei ferimentos na coluna antes. Mas foi um cavaleiro que caiu de mau jeito do cavalo, não um ferimento de batalha. Certamente não um de magia. Farei o melhor, mas não garanto nada.

Lorde Westfall não falou, sequer se moveu na cadeira.

Diga algo, exigiu Yrene, encarando o olhar frio e cansado.

Os olhos de Chaol se desviaram para o pescoço da curandeira, para a cicatriz que ela não permitira que Eretia curasse quando a mulher oferecera no ano anterior.

— Trabalhará diariamente com ele por horas? — As palavras de Nesryn soaram firmes, quase inexpressivas, mas... A mulher não era uma criatura que aceitava bem uma jaula. Mesmo uma de ouro, como aquela.

— Eu recomendaria que, se tiver outros deveres ou tarefas de que cuidar, capitã, essas horas seriam um bom momento para isso — disse Yrene, por cima do ombro. — Mandarei notícias se você for necessária.

— E quanto a movê-lo?

Os olhos do lorde se incendiaram ao ouvir aquilo.

E, embora estivesse disposta a atirar os dois aos ruks, a curandeira reparou na raiva abrasadora do homem e na autodepreciação diante das palavras, então se viu dizendo:

— Posso dar conta da maior parte, mas creio que Lorde Westfall seja mais que capaz de se transportar.

Algo como gratidão cautelosa percorreu o rosto de Chaol, mas ele apenas disse a Nesryn:

— E posso fazer minhas malditas perguntas.

Culpa percorreu o rosto da capitã, mesmo ao enrijecer o corpo. Ainda assim, ela assentiu, mordendo o lábio, antes de murmurar para Chaol:

— Recebi alguns convites ontem. — Compreensão iluminou os olhos do antigo capitão. — Planejo cuidar deles.

Inteligente; não falar abertamente sobre seus movimentos.

Ele assentiu com seriedade.

— Mande uma mensagem dessa vez.

Yrene havia reparado na preocupação de Chaol no jantar da noite anterior quando a capitã não aparecera. Um homem pouco acostumado a ter as pessoas que estimava longe de vista, e agora limitado no modo como poderia, ele mesmo, ir atrás delas. A jovem guardou a informação para mais tarde.

Nesryn se despediu do lorde, um pouco ríspida, talvez, e então se foi.

Yrene esperou até ouvir a porta se fechar.

— Foi sábia ao não revelar os planos em voz alta.

— Por quê?

Eram as primeiras palavras de Chaol para Yrene.

Ela indicou com o queixo as portas abertas para o saguão.

— As paredes têm ouvidos e boca. E todos os criados são pagos pelos filhos do khagan. Ou pelos vizires.

— Achei que o khagan pagasse todos.

— Ah, ele paga — confirmou Yrene, indo até a pequena sacola que deixara à porta. — Mas os filhos dele e os vizires compram a lealdade dos criados por outros meios. Favores, confortos e status em troca de informação. Eu tomaria cuidado com quem quer que tenha sido designada a você.

Por mais que a criada que a deixara entrar parecesse dócil, ela sabia que até mesmo a menor das cobras podia conter o veneno mais letal.

— Sabe quem... é o dono deles? — Chaol disse aquela palavra, *dono*, como se tivesse um gosto ruim.

— Não — respondeu Yrene, simplesmente. Ela vasculhou a sacola, tirando de dentro frascos idênticos de líquido âmbar, um pedaço de giz branco e algumas toalhas. Chaol acompanhou cada movimento. — Você é dono de algum escravizado em Adarlan? — A curandeira manteve a pergunta tranquila, desinteressada. Conversa mole enquanto se preparava.

— Não. Jamais.

Ela apoiou um diário de couro preto na mesa antes de erguer uma sobrancelha.

— Nem um?

— Acredito em pagar as pessoas por seu trabalho, como vocês fazem aqui. E acredito no direito intrínseco de um ser humano à liberdade.

— Fico surpresa por seu rei tê-lo deixado viver, se é assim que pensa.

— Mantenho tais opiniões para mim.

— Uma estratégia mais sábia. Melhor salvar sua pele com o silêncio que falar pelos milhares escravizados.

Chaol ficou calado ao ouvir aquilo.

— Os campos de trabalhos forçados e o comércio de escravizados foram cessados. Foi um dos primeiros decretos que meu rei emitiu. Eu estava lá quando ele redigiu o documento.

— Novos decretos para uma nova era, suponho? — As palavras eram mais afiadas que o conjunto de facas que a jovem levava consigo, para uma cirurgia ou para arrancar pele pútrida.

Ele a encarou sem hesitar.

— Dorian Havilliard não é o pai. Foi a ele quem servi esses anos.

— E, no entanto, era o honrado capitão da Guarda do antigo rei. Fico surpresa pelos filhos do khagan não estarem suplicando para ouvir os segredos de como você interpretou os dois papéis tão bem.

As mãos de Chaol agarraram os braços da cadeira.

— Há escolhas em meu passado — confessou ele, contido — das quais passei a me arrepender. Mas posso apenas seguir em frente, tentando corrigi-las. Lutando para me certificar de que não ocorram de novo. — O ex-capitão indicou com o queixo os suprimentos que Yrene separara. — O que não posso fazer enquanto estiver nesta cadeira.

— Certamente poderia fazer tais coisas dessa cadeira — retrucou ela, com amargura e sinceridade. Chaol não respondeu. Tudo bem. Se não queria falar sobre aquilo... ela certamente também não queria. Yrene indicou com o *próprio* queixo o longo e fundo sofá dourado. — Suba naquilo. Sem camisa e com o rosto para baixo.

— Por que não na cama?

— Capitã Faliq estava aqui ontem. Eu não entraria em seu quarto sem a presença dela.

— Ela não é minha... — Ele se interrompeu. — Não seria um problema.

— Mas viu na noite passada como pode ser um problema para mim.

— Com...

— Sim — interrompeu Yrene, com um olhar afiado na direção da porta. — O sofá servirá.

Yrene havia notado o olhar que Kashin lançara ao antigo capitão no jantar. A curandeira tivera vontade de deslizar para fora da cadeira e se esconder debaixo da mesa.

— Não tem interesse no que diz respeito àquilo? — indagou Chaol, empurrando a cadeira os poucos metros até o sofá, então desabotoando o casaco.

— Não tenho planos de buscar uma vida como essa. — Não quando os riscos são tão altos.

A execução dela mesma, de seu marido e de seus filhos se Kashin desafiasse o novo khagan, se ele reivindicasse o direito ao trono. Ser esterilizada por Hafiza era a melhor das hipóteses — depois que o novo khagan tivesse produzido herdeiros o suficiente para garantir a continuação da linhagem.

Kashin ignorara tais preocupações naquela noite nas estepes e recusara-se a entender a muralha intransponível que sempre representariam.

Mas Chaol assentiu, provavelmente ciente dos custos de entrar na família pelo casamento caso seu esposo não fosse o herdeiro escolhido. E Kashin jamais seria... não com Sartaq, Arghun ou Hasar como prováveis escolhas.

— E isso não é de sua conta — acrescentou Yrene, antes que o lorde pudesse perguntar mais.

Ele olhou devagar para a curandeira. Não da maneira como homens costumavam fazer, como Kashin fazia, mas... como se estivesse mensurando um oponente.

Yrene cruzou os braços, distribuindo o peso uniformemente entre os pés, como lhe fora ensinado e como ela vinha instruindo outros a fazerem. Uma pose firme, defensiva. Pronta para enfrentar qualquer um.

Mesmo senhores de Adarlan. Ele pareceu notar a pose, e seu maxilar tensionou.

— Camisa — repetiu a jovem.

Com um olhar fumegante, Chaol estendeu as mãos e tirou a camisa, apoiando-a cuidadosamente sobre o braço cilíndrico do sofá, onde havia posto o casaco dobrado. Depois retirou as botas e as meias com puxões ágeis e violentos.

— Calça, dessa vez — informou ela. — Fique de calção.

Chaol levou as mãos até o cinto, então hesitou.

Não conseguia tirar a calça sem ajuda... pelo menos na cadeira.

Ao gesticular na direção do sofá, Yrene não permitiu que uma gota de pena transparecesse em sua expressão.

— Suba e eu mesma o despirei.

Ele hesitou de novo. A curandeira levou as mãos ao quadril.

— Embora quisesse poder dizer que você é meu único paciente hoje — mentiu ela —, eu *tenho* outros compromissos a cumprir. No sofá, por favor.

Um músculo se contraiu na mandíbula de Chaol, mas ele apoiou uma das mãos no sofá, a outra na beira da cadeira e se ergueu.

A simples força do movimento era digna de admiração.

Com imensa facilidade, os músculos nos braços e nas costas e no peito o impulsionaram para cima e para o lado. Como se tivesse feito aquilo a vida inteira.

— Manteve seus exercícios desde... faz quanto tempo desde o ferimento?

— Aconteceu no meio do verão. — A voz estava inexpressiva, vazia conforme Chaol erguia as pernas para o sofá, resmungando devido ao peso.

— E sim. Eu não era sedentário antes de isso acontecer, então não vejo motivo para ser agora.

Aquele homem era uma pedra; uma rocha. O ferimento o rachara um pouco, mas não o partira. Yrene se perguntava se ele sabia disso.

— Que bom — disse ela simplesmente. — Exercitar tanto o tronco *quanto* as pernas será uma parte vital disso.

Chaol olhou para as pernas quando aqueles leves espasmos as agitaram.

— Exercitar minhas pernas?

— Explicarei em um momento — respondeu Yrene, gesticulando para que ele se virasse.

O homem obedeceu com outro olhar de reprovação e se deitou de rosto para baixo.

Yrene inspirou algumas vezes para avaliar a extensão do paciente. Ele era grande o bastante para que quase ocupasse o sofá inteiro. Bem mais de 1,80 metro. Se voltasse a levantar, ficaria muito mais alto que ela.

Yrene se aproximou dos pés de Chaol e lhe puxou a calça com movimentos breves e firmes. O calção por baixo escondia o suficiente, embora ela certamente conseguisse ver o formato das nádegas firmes através do material fino. Mas as coxas... A curandeira sentira os músculos ainda ali no dia anterior, mas ao estudá-los...

Estavam começando a atrofiar. Já lhes faltava a vitalidade saudável do restante do corpo, os músculos definidos por baixo da pele pareciam mais flácidos — mais finos.

Yrene apoiou a mão nas costas de uma coxa, sentindo o músculo por baixo dos pelos grossos.

A magia passou de sua pele para a do paciente, buscando e varrendo em meio a sangue e osso.

Sim, a falta de uso começava a desgastá-lo.

Yrene retirou a mão e viu que Chaol observava, com a mão inclinada sobre a almofada solta que puxara para baixo do queixo.

— Estão se rompendo, não estão?

A curandeira manteve a expressão semelhante a uma máscara de pedra.

— Membros atrofiados podem recuperar a força total. Mas sim. Precisaremos nos concentrar em maneiras de mantê-los o mais forte que pudermos, de exercitá-los ao longo desse processo, para que, quando se levantar — Yrene fez questão de que Chaol ouvisse a leve ênfase em *quando* —, você tenha o máximo de apoio possível nas pernas.

— Então não será apenas cura, mas treinamento também.

— Você disse que gostava de se manter ativo. Há muitos exercícios que podemos fazer com um ferimento na coluna para que o sangue e a força fluam para suas pernas, o que ajudará no processo de cura. Eu o supervisionarei.

Ela evitou a expressão alternativa — *eu o ajudarei*.

Lorde Chaol Westfall não era um homem que desejava *ajuda* das pessoas. De ninguém.

Yrene deu alguns passos ao longo da extensão do corpo de Chaol para examinar a coluna. Aquela marca pálida e estranha logo abaixo da nuca. Aquele primeiro nó protuberante da espinha.

Mesmo naquele instante, o poder invisível que espiralava pelas palmas das mãos de Yrene parecia se encolher dentro da curandeira.

— Que tipo de magia lhe causou isto?

— Importa?

A mão de Yrene pairou acima da marca, mas sem permitir que a magia a tocasse. A curandeira trincou os dentes.

— Me ajudaria saber que tipo de estrago pode ter sido causado aos nervos e ossos.

Ele não respondeu. Típica teimosia de Adarlan.

— Foi fogo... — insistiu Yrene.

— Não foi fogo.

Um ferimento provocado por magia. Precisava ter acontecido... No meio do verão, dissera ele. No dia em que a magia retornara ao continente norte, de acordo com os boatos. Que fora libertada por Aelin Galathynius.

— Estava combatendo os possuidores de magia que retornaram naquele dia?

— Não, não estava. — Palavras curtas, afiadas.

Yrene olhou nos olhos dele... para a expressão severa. Olhou de verdade.

O que quer que tivesse acontecido, tinha sido terrível. O suficiente para deixar tais sombras e reticência.

A jovem curara pessoas que sofreram coisas terríveis. Que não conseguiam responder às perguntas que ela fazia. E ele podia ter servido àquele sanguinário, mas... Ela tentou não fazer careta ao perceber o que havia adiante, o que Hafiza provavelmente adivinhara antes de designar Yrene ao antigo capitão: em geral, curandeiros não apenas reparavam ferimentos, mas também o trauma que os acompanhava. Não com magia, mas... conversando.

Caminhando ao lado do paciente conforme eles tomavam aqueles caminhos árduos e sombrios.

E fazer isso com *ele*... Yrene afastou o pensamento. Mais tarde. Pensaria naquilo mais tarde.

Ao fechar os olhos, ela liberou sua magia em um fio gentil e exploratório, repousando a palma da mão naquela mancha de estrela espalhada sobre a coluna dele.

O frio se chocou contra ela, com pontadas disparando pelo sangue e pelos ossos da curandeira.

Yrene recuou, como se tivesse recebido um golpe físico.

Frio e sombras e raiva e agonia...

Ela trincou a mandíbula, lutando contra esse eco no osso, lançando aquela sonda de poder fina como fio mais para dentro da escuridão.

A dor teria sido insuportável na hora que o atingira.

Yrene afastou o frio — o frio e o vazio e a *estranheza* pegajosa e sobrenatural daquilo.

Nenhuma magia desse mundo, sussurrou alguma parte da jovem. Nada que fosse natural ou bom. Nada que a curandeira conhecesse, nada com que jamais tivesse lidado.

A magia gritou para que ela recuasse aquela sonda, para que se afastasse...

— Yrene. — As palavras do antigo capitão estavam distantes conforme o vento e a escuridão e o *vazio* do ferimento rugiam a seu redor...

Então aquele eco de nada... pareceu despertar.

Frio tomou conta de Yrene, queimou braços e pernas, rastejando mais e mais, envolvendo-a.

A jovem disparou a própria magia com um clarão ofuscante, uma luz pura feito espuma do mar.

A escuridão recuou, como uma aranha correndo para um canto sombrio. Apenas o suficiente... apenas o suficiente para que ela puxasse a mão de volta, puxasse *a si mesma* de volta, e encontrasse Chaol encarando-a boquiaberto.

As mãos da curandeira tremiam conforme ela as fitava. Conforme fitava aquela mancha de palidez na pele queimada de sol. Aquela *presença*... Yrene recolheu sua magia para dentro de si, desejando que o poder aquecesse os próprios ossos e sangue, que a tranquilizasse. Enquanto ela também tranquilizava a magia — com uma das mãos interna e invisível acariciando-a, apaziguando-a.

— Me conte o que é isso — pediu a curandeira, rouca. Pois ela jamais vira, sentira ou lera *nada* como aquilo.

— Está dentro de mim? — Aquilo era medo... medo genuíno nos olhos dele.

Ah, ele sabia. Sabia que tipo de poder infligira aquele ferimento, o que poderia estar espreitando ali dentro. Sabia o suficiente sobre aquilo para temer. Se tal poder existia em Adarlan...

Yrene engoliu em seco.

— Acho... acho que é apenas... apenas o eco de algo maior. Como uma tatuagem ou uma marca. Não está vivo, mas... — Ela flexionou os dedos. Se uma simples sondagem da escuridão com a magia desencadeara tal resposta, então um ataque direto... — Diga o que é. Se vou lidar com... com *isso*, preciso saber. Tudo o que puder me contar.

— Não posso.

Ela abriu a boca. Mas o lorde desviou o olhar para a porta aberta. Uma imitação silenciosa do aviso de Yrene.

— Então tentaremos contornar isso — declarou a curandeira. — Sente-se. Quero inspecionar seu pescoço.

Chaol obedeceu, e Yrene observou enquanto o abdômen musculoso o erguia. Em seguida, ele passou cuidadosamente os pés e as pernas para o chão. Que bom. Que ele não apenas tivesse tanta mobilidade, mas que tivesse a paciência firme e calma para trabalhar com o corpo... Que bom.

Yrene guardou a informação para si conforme caminhava com os joelhos ainda trêmulos até a mesa onde deixara os frascos de fluido âmbar — óleos de massagem extraídos de alecrim e lavanda encontrados nas propriedades logo depois das muralhas de Antica, além do óleo de eucalipto do extremo sul.

Ela escolheu o de eucalipto; o cheiro forte e sufocante espiralou em torno da curandeira quando ela destampou o frasco. Então Yrene ocupou um lugar ao lado do paciente no sofá. O odor era tranquilizante. Para ambos.

Sentados juntos naquele sofá, ele de fato se erguia além da jovem — a massa musculosa era suficiente para fazer com que Yrene entendesse por que o homem fora tão competente em sua posição. Estar sentada a seu lado era diferente, de algum modo, de estar de pé acima de Chaol, tocando-o. Sentar-se ao lado de um lorde de Adarlan...

Yrene não permitiu que esse pensamento se fixasse enquanto derramava uma pequena porção do óleo na palma da mão e esfregava as mãos para aquecê-lo. Chaol inspirou profundamente, como se puxasse o odor até os pulmões, e a curandeira não se incomodou em avisar antes de apoiar as mãos em sua nuca.

Movimentos longos e amplos em torno e abaixo da larga coluna do pescoço. Sobre os ombros.

Quando Yrene passou por cima de um nó entre o pescoço e o ombro, o lorde soltou um gemido grave, que reverberou nas palmas das mãos da jovem, então ele enrijeceu.

— Desculpe.

Ela ignorou o pedido de desculpas, pressionando os polegares na região. Outro ruído saiu de dentro do ex-capitão. Talvez fosse cruel da parte da curandeira não comentar a respeito da vergonha do paciente, não ressaltar que não havia problema, mas Yrene apenas continuou, deslizando as palmas pelas costas de Chaol e passando bem longe daquela marca horrível.

Ela controlou a própria magia com firmeza, sem deixar que o poder roçasse contra o ferimento de novo.

— Me conte o que sabe — murmurou Yrene, com a bochecha perto o suficiente para roçar a leve barba por fazer que cobria o maxilar de Chaol. — Agora.

Ele esperou um momento, ouvindo em busca de alguém próximo. Então, conforme as mãos de Yrene lhe acariciaram o pescoço, pressionando músculos que estavam tão tensos que a faziam se encolher, Lorde Westfall começou a sussurrar.

Para o mérito de Yrene Towers, as mãos não vacilaram uma vez sequer enquanto Chaol murmurava ao ouvido da curandeira sobre horrores que nem mesmo um deus sombrio poderia conjurar.

Portões e pedras e cães de Wyrd. Os valg e Erawan, e os príncipes e os colares. Até mesmo para o antigo capitão não parecia passar de uma história para dormir, algo que sua mãe poderia ter um dia sussurrado durante aquelas longas noites de inverno em Anielle, com os ventos selvagens uivando em torno da fortaleza de pedra.

Chaol não contou a Yrene sobre as chaves. Sobre o rei que fora escravizado durante duas décadas. Sobre a escravidão do próprio Dorian. Ele não contou quem o tinha atacado, ou a verdadeira identidade de Perrington. Apenas falou sobre o poder que os valg tinham e a ameaça que representavam. Sobre como eles se aliaram a Perrington.

— Então esse... agente desses... demônios. Foi seu poder que o acertou aqui — refletiu Yrene quase em um sussurro, com a mão pairando sobre a marca na espinha de Chaol. Ela não ousou tocar na região e evitara a área por completo enquanto o massageava, como se temesse o contato com aquele eco sombrio de novo. De fato, naquele instante Yrene movia a mão para o ombro esquerdo de Chaol, retomando a gloriosa massagem. Ele mal conteve o gemido diante da tensão que a curandeira soltava das costas e dos ombros doloridos, dos braços, do pescoço e da parte inferior do rosto.

Chaol não tinha percebido quanto seu corpo estava tenso — quanto havia se esforçado nos treinamentos.

— Sim — respondeu ele, por fim, com a voz ainda baixa. — Era para me matar, mas... fui poupado.

— Pelo quê? — O medo já tinha sumido da voz da jovem; nenhum tremor permanecia nas mãos de Yrene. Ainda assim, pouco calor os substituíra.

O lorde inclinou a cabeça, permitindo que ela trabalhasse um músculo tão tenso que o fez trincar os dentes.

— Por um talismã que me protegeu de tal mal... e por um golpe de sorte. — De piedade, vindo de um rei que tentara dar aquele golpe final. Não apenas como gentileza a ele, mas a Dorian.

As mãos milagrosas pararam, e Yrene recuou, observando-lhe o rosto.

— Aelin Galathynius destruiu o castelo de vidro. Foi por isso que ela o fez... por isso que tomou Forte da Fenda também. Para derrotá-los?

E onde estava você? Foi a pergunta não proferida da curandeira.

— Sim. — E ele se viu acrescentando a seu ouvido, sem que as palavras passassem de um murmúrio: — Ela, Nesryn e eu trabalhamos juntos. Assim como muitos outros.

Dos quais ele não tivera notícias, não fazia ideia de onde estavam. Por aí lutando, se acabando para salvar suas terras e o futuro enquanto Chaol estava ali, incapaz até mesmo de conseguir uma audiência privada com um príncipe, quem dirá o khagan.

Yrene refletiu.

— Esses são os horrores aliados a Perrington — observou ela, baixinho. — O que os exércitos enfrentarão.

Medo retornou ao rosto da curandeira, empalidecendo-o, mas Chaol ofereceu a verdade que pôde:

— Sim.

— E você... você os enfrentará?

Ele deu um sorriso amargo.

— Se você e eu conseguirmos consertar isto. — *Se você puder fazer o impossível.*

Mas Yrene não respondeu à brincadeira. Apenas se afastou no sofá, avaliando-o, cautelosa e distante. Por um momento, Chaol pensou que a mulher fosse dizer algo, que perguntaria algo, mas ela apenas sacudiu a cabeça.

— Tenho muito a pesquisar. Antes de ousar seguir em frente. — Ela gesticulou para as costas dele, fazendo-o perceber que ainda estava de calção.

Chaol conteve a ânsia de pegar as roupas.

— Há um risco... para você? Se houver...

— Eu não sei. Eu... eu realmente jamais encontrei algo assim. Gostaria de pesquisar antes de montar um regime de exercícios e começar a tratá-lo. Preciso fazer uma pesquisa na biblioteca da Torre hoje à noite.

— É claro. — Se aquele maldito ferimento acabasse atingindo os dois no processo, Chaol recusaria o tratamento. Não sabia o que diabo faria, mas se recusaria a permitir que Yrene o tocasse. E pelo risco, pelo esforço... — Jamais mencionou seu preço. Pela ajuda.

Devia ser exorbitante. Se tinham mandado a melhor, se a curandeira tinha tal habilidade...

Yrene franziu a testa.

— Se realmente desejar, qualquer doação pode ser feita para ajudar com a manutenção da Torre e dos funcionários, mas não há preço nem expectativa.

— Por quê?

A mão da curandeira deslizou para o bolso quando ela se levantou.

— Recebi este dom de Silba. Não é certo cobrar pelo que me foi concedido de graça.

Silba... Deusa da Cura.

Chaol tinha conhecido uma outra jovem que fora abençoada pelos deuses. Não era à toa que ambas possuíam um fogo inextinguível nos olhos.

Yrene pegou o frasco do óleo de cheiro delicioso e começou a fechar a bolsa.

— Por que decidiu voltar e me ajudar?

Ela parou, enrijecendo o corpo esguio, então se virou para Chaol.

Um vento entrou pelo jardim, soprando as mechas do cabelo da jovem, ainda meio preso, sobre o peito e o ombro.

— Achei que você e a capitã Faliq usariam minha recusa contra mim um dia.

— Não planejamos viver aqui para sempre. — Não importava o que mais ela tivesse insinuado.

Yrene deu de ombros.

— Eu também não.

Ela guardou o resto dos pertences e seguiu para a porta.

Chaol a impediu com a pergunta seguinte.

— Planeja voltar? — *Para Charco Lavrado? Para o inferno?*

A jovem olhou para a porta, para os criados que ouviam e esperavam no saguão além dela.

— Sim.

Ela não só desejava voltar para Charco Lavrado, mas também desejava ajudar na *guerra*. Pois, naquela guerra, curandeiros seriam necessários. Desesperadamente. Não era à toa que tinha empalidecido diante dos horrores que Chaol lhe sussurrara ao ouvido. Não apenas pelo que enfrentariam, mas pelo que poderia vir a matá-la também.

E, embora o rosto de Yrene permanecesse pálido, ao reparar nas sobrancelhas erguidas do antigo capitão, ela acrescentou:

— É a coisa certa a se fazer. Com tudo o que me foi concedido... toda a bondade posta em meu caminho.

Chaol pensou em sugerir a ela que ficasse, que permanecesse ali, a salvo e protegida. Mas notou o cansaço nos olhos da jovem conforme ela esperava pela resposta. Outros, percebeu o lorde, provavelmente já a tinham advertido contra partir. Talvez tivessem feito com que duvidasse de si mesma, apenas um pouco.

Então, em vez disso, Chaol falou:

— A capitã Faliq e eu não somos do tipo que guardaria rancor contra você... que tentaria puni-la por isso.

— Você serviu a um homem que fez tais coisas. — *E provavelmente agiu em seu nome.*

— Acreditaria em mim se eu dissesse que ele deixava o trabalho sujo para outros fora de meu comando e que eu geralmente não era informado?

A expressão de Yrene disse o bastante. Ela estendeu a mão para a maçaneta.

— Eu sabia — disse ele, em voz baixa. — Que ele havia feito e estava fazendo coisas inomináveis. Sabia que forças tinham tentado enfrentá-lo quando eu era menino e que ele as esmagara. Eu... para me tornar capitão, precisei abrir mão de certos... privilégios. Bens. Fiz isso voluntariamente, porque meu objetivo era proteger o futuro. Era Dorian. Mesmo quando nós dois éramos garotos, eu sabia que ele não era filho de seu pai. Eu sabia que havia um futuro melhor com Dorian, se eu pudesse me certificar de que ele viveria o suficiente. Se ele não apenas vivesse, mas também sobrevivesse... emocionalmente. Se tivesse um aliado, um verdadeiro amigo, naquela corte de víboras. Nenhum de nós era velho o bastante, forte o bastante para desafiar o pai. Vimos o que aconteceu com aqueles que sussurravam sobre rebelião. Eu sabia que se eu, se *ele* tirasse um pé da linha, o pai o mataria, sendo ou não o herdeiro. Então busquei a estabilidade, a segurança do *status quo*.

A expressão de Yrene permaneceu inalterada, não se suavizara nem ficara mais séria.

— O que aconteceu?

Chaol pegou a blusa, por fim. Parecia adequado, pensou ele, que se expusesse enquanto estava sentado ali quase nu.

— Conhecemos uma pessoa. Que colocou todos nós em um caminho contra o qual lutei até custar muito a mim e a outros. Muito mesmo. Então pode olhar para mim com ressentimento, Yrene Towers, e não a culparei por isso. Mas acredite em mim quando digo que não há ninguém em Erilea que me odeie mais do que odeio a mim mesmo.

— Pelo caminho que se viu forçado a seguir?

Chaol enfiou a camisa por cima da cabeça e pegou a calça.

— Por lutar contra esse caminho para começo de conversa, pelos erros que cometi ao fazer isso.

— E por qual caminho segue agora? Como a Mão de Adarlan moldará o futuro do reino?

Ninguém perguntara isso a ele. Nem mesmo Dorian.

— Ainda estou aprendendo... ainda... decidindo — admitiu Chaol. — Mas começa com arrancar Perrington e os valg de nossa terra natal.

Yrene observou a palavra — *nossa*. Ela mordeu o lábio, como se sentisse o gosto da palavra na boca.

— O que exatamente aconteceu no meio do verão? — Ele fora vago. Não tinha contado a ela a respeito do ataque, dos dias e meses que o antecederam, do que se seguiu.

Aquela câmara surgiu em sua mente: uma cabeça rolando pelo mármore, Dorian gritando. Misturando-se com outro momento, Dorian ao lado do pai, com o rosto frio como a morte e mais cruel que qualquer nível do reino de Hella.

— Eu contei o que aconteceu — respondeu Chaol simplesmente.

Yrene o avaliou enquanto mexia na faixa da pesada bolsa de couro.

— Encarar as consequências emocionais de seu ferimento fará parte do processo.

— Não preciso enfrentar nada. Sei o que aconteceu antes, durante e depois.

A curandeira ficou perfeitamente imóvel, com aqueles olhos antigos demais completamente inabalados.

— Veremos.

O desafio pairou no ar entre os dois. O pavor se acumulou no estômago de Chaol, e as palavras se aglutinaram em sua boca enquanto a curandeira dava meia-volta, partindo.

❧ 9 ❧

Duas horas depois, com a cabeça encostada na borda da banheira entalhada do piso de pedra da imensa caverna sob a Torre, Yrene encarava a escuridão que espreitava bem acima.

O Ventre estava quase vazio no meio da tarde. As únicas companhias eram o ruído da fonte de água termal natural, que corria pela dúzia de banheiras embutidas no piso da caverna, e o gotejar da água de estalactites pontiagudas, que caía sobre inúmeros sinos presos a correntes entre as pilastras de pedra pálida destacadas da antiga rocha.

Velas tinham sido colocadas em alcovas naturais, ou reunidas em uma ponta de cada banheira embutida, emoldurando o vapor sulfuroso e emprestando às corujas entalhadas em todas as paredes um relevo tremeluzente.

Um tecido felpudo lhe acolchoava a cabeça contra a impiedosa borda de pedra. Yrene inspirou o ar pesado do Ventre, observando-o subir e sumir na escuridão nítida e fria acima. Badaladas agudas e doces ecoavam ao redor da curandeira e eram ocasionalmente interrompidas por notas nítidas e solitárias.

Ninguém na Torre sabia quem fora a primeira a trazer os diversos sinos de prata, vidro e bronze até a câmara aberta do Ventre de Silba. Alguns sinos estavam ali havia tanto tempo que tinham ficado encrustados de depósitos minerais. Então, quando a água caía das estalactites, as badaladas não passavam de um leve *plunc*. Mas era tradição — uma da qual a própria Yrene participara — que cada nova acólita levasse um sino de escolha, gravado com o nome e a data de ingresso na Torre, e encontrasse um lugar para ele antes de mergulhar pela primeira vez nas águas gorgolejantes do chão do Ventre. O sino penderia pela eternidade, oferecendo música e orientação a todas as curandeiras que viessem depois; as vozes das queridas irmãs lhes cantando para sempre.

E considerando quantas curandeiras tinham passado pelos corredores da Torre, considerando o número de sinos, grandes e pequenos, que pendiam pelo espaço... A câmara inteira, quase do tamanho do grande salão do khagan, estava cheia de badaladas ecoadas e sobrepostas. Um murmúrio constante, que preenchia a cabeça e os ossos de Yrene conforme ela absorvia o delicioso calor.

Algum arquiteto antigo descobrira as fontes termais muito abaixo da Torre e construíra uma rede de banheiras embutidas no chão, de maneira que a água fluísse entre elas: uma corrente constante de calor e movimento. Yrene estendeu a mão contra uma das saídas na lateral da banheira, permitindo que a água passasse entre os dedos a caminho do outro lado, para passar de volta para a própria fonte... e para dentro do coração dormente da terra.

A curandeira respirou fundo mais uma vez, afastando os cabelos úmidos grudados à testa. Ela se lavara antes de entrar na banheira, como era requerido que todos fizessem em uma das pequenas antecâmaras do lado de fora do Ventre, para limpar a poeira, o sangue e as manchas do mundo acima. Uma acólita ficara à espera com um penhoar leve de cor lavanda — a cor de Silba — para que Yrene usasse dentro do recinto do Ventre. Lá ela o havia descartado ao lado da banheira e entrado nua, exceto pelo anel da mãe.

No vapor ondulante, Yrene ergueu a mão diante do rosto e observou o anel, a maneira como a luz se refratava em torno do ouro e se acendia dentro da granada. Em volta, sinos soavam e murmuravam e cantavam, misturando--se à água gotejante até que a jovem estivesse flutuando em uma corrente de som vívido.

Água — o elemento de Silba. Banhar-se nas águas sagradas dali, intocadas pelo mundo acima, era entrar no próprio sangue vital de Silba. Yrene sabia que não era a única curandeira que entrara nas águas e sentira como se estivesse, de fato, aninhada no ventre da deusa. Era como se aquele espaço tivesse sido feito apenas para elas.

E a escuridão acima... era diferente do que ela vira no corpo de Lorde Westfall. O oposto daquilo. A escuridão acima era aquela da criação, do repouso, do pensamento ainda não formado.

Yrene a encarou, encarou o ventre da própria Silba. E podia jurar que havia sentido algo a encarando de volta, ouvindo enquanto ela pensava em tudo o que Lorde Westfall lhe contara.

Coisas saídas de antigos pesadelos. Coisas de outro reino. Demônios. Magias sombrias. Tudo aquilo determinado a se libertar sobre a terra natal de Yrene. Mesmo nas águas mornas e calmantes, seu sangue gelou.

Nos campos de batalha distantes do norte, a curandeira havia esperado tratar de ferimentos de facas e flechas e ossos estilhaçados. Havia esperado tratar qualquer das doenças que corriam soltas em acampamentos militares, principalmente durante os meses mais frios.

Não ferimentos de criaturas que destruíam tanto a alma quanto o corpo. Que usavam garras e dentes e veneno. O poder maléfico enroscado em torno do ferimento na espinha de Chaol... Não era um osso fraturado ou nervos emaranhados. Bem, tecnicamente *era*, mas aquela magia pútrida estava ligada àquilo. Atada àquilo.

Yrene ainda não conseguia afastar a sensação pegajosa, a sensação de que algo dentro do ferimento se movera. Despertara.

As badaladas dos sinos vinham e iam, embalando sua mente para que descansasse, para que se abrisse.

Iria à biblioteca naquela noite. Veria se havia alguma informação a respeito de tudo o que o lorde alegara, se talvez alguém antes dela tivera alguma reflexão a respeito de ferimentos infligidos pela magia.

Mesmo assim, não seria um ferimento que dependeria apenas de Yrene para se curar.

Ela sugerira isso antes de partir. Mas lutar contra aquela coisa dentro de Chaol... *Como?*

A jovem disse a palavra para o vapor e a escuridão, para o murmúrio e o gorgolejar do silêncio.

Ela ainda conseguia ver a sonda de magia se encolhendo, ainda sentia a repulsão da magia daquele poder nascido demoníaco. O oposto do que ela era, do que sua magia era. Na escuridão que pairava acima, Yrene conseguia ver tudo. Na escuridão bem acima, aconchegado no ventre terreno de Silba... algo chamava.

Como se dissesse: *Deve entrar onde teme caminhar.*

Yrene engoliu em seco. Entrar naquele poço pútrido de poder que se agarrara às costas do lorde...

Deve entrar, sussurrou a doce escuridão, e a água cantava com ela enquanto fluía em torno e além de Yrene. Como se ela estivesse nadando nas veias de Silba.

Deve entrar, murmurou novamente a escuridão acima, que parecia se espalhar, aproximando-se aos poucos.

A curandeira permitiu. E se permitiu encarar mais profundamente, movendo-se mais para o fundo da escuridão.

Lutar contra aquela força pútrida dentro do lorde, arriscar por causa de um teste de Hafiza, arriscar por um filho de Adarlan quando o próprio povo era atacado ou lutava naquela guerra distante, e cada dia a atrasava mais... *Não posso.*

Não quer, desafiou a linda escuridão.

Yrene hesitou. Prometera a Hafiza que permaneceria para curá-lo, mas o que sentira mais cedo... Podia levar um tempo imensurável. Se é que conseguiria encontrar um jeito de ajudá-lo. Ela prometera curá-lo, e, embora alguns ferimentos requeressem que a curandeira tomasse o caminho com o paciente, *aquele* ferimento...

A escuridão pareceu recuar.

Não posso, insistiu Yrene.

A escuridão não respondeu de novo. Distante, como se Yrene estivesse longe, um sino tocou, nítido e puro.

Ela piscou ao ouvir o som, então o mundo girou e entrou em foco. Os braços e as pernas retornaram, como se Yrene estivesse flutuando acima deles.

A curandeira olhou para a escuridão — encontrando apenas o preto suave e dissimulado. Oco e vazio, como se tivesse sido desocupado. Estivera ali, então sumira. Como se Yrene tivesse repelido a escuridão, desapontando-a.

A cabeça da jovem girou levemente quando ela se sentou, espreguiçando partes que haviam ficado um pouco rígidas, mesmo na água rica em minerais. Por quanto tempo tinha se banhado?

Ela esfregou os braços úmidos com o coração acelerado ao vasculhar a escuridão, como se ainda pudesse ter outra resposta sobre o que deveria ser feito, sobre o que estava diante de si. Uma alternativa.

Nenhuma surgiu.

Um som farfalhou pela caverna, distintamente sem badalar, pingar ou transbordar. Uma inspiração de ar baixa e trêmula.

Yrene se virou, com água pingando das mechas de cabelo rebeldes que haviam escapado do coque no alto da cabeça, e viu que outra curandeira entrara no Ventre em algum momento, tendo ocupado uma banheira na ponta oposta das fileiras paralelas que flanqueavam cada lado da câmara. Com os véus de vapor esvoaçantes, era quase impossível identificá-la, embora Yrene certamente não soubesse o nome de cada curandeira da Torre.

O som ecoou rouco pelo Ventre de novo, e Yrene se sentou mais reta, apoiando as mãos no chão frio e escuro enquanto saía da água. Vapor emanou de sua pele quando a curandeira estendeu a mão para o fino penhoar e o amarrou, deixando o tecido agarrar-se ao corpo encharcado.

O protocolo do Ventre era bastante claro. Era um lugar de solidão, silêncio. Curandeiras entravam nas águas para se reconectar com Silba, para se concentrar. Algumas buscavam orientação; outras buscavam absolvição; algumas buscavam alívio após um dia emocionalmente turbulento, pois não podiam demonstrar as emoções diante de pacientes, talvez não pudessem demonstrar diante de ninguém.

E embora Yrene soubesse que a curandeira do outro lado do Ventre tinha direito ao espaço, embora estivesse pronta para partir e lhe dar privacidade para chorar...

Os ombros da mulher estremeceram. Outro soluço abafado.

Com pés quase silenciosos, Yrene se aproximou da banheira ocupada. Viu os filetes escorrendo pelo rosto jovem — a pele marrom-clara e os cabelos pretos salpicados de dourado eram quase idênticos aos seus. Viu a tristeza nos olhos castanho-claros conforme a menina olhava para a escuridão bem no alto, com lágrimas pingando do maxilar fino e caindo na água ondulante.

Havia alguns ferimentos que não podiam ser curados. Algumas doenças que nem mesmo o poder dos curandeiros podia impedir, se muito arraigadas. Se tivessem chegado tarde demais. Se não observassem os sinais corretos.

A curandeira não olhou enquanto Yrene se sentava em silêncio ao lado da banheira, puxando os joelhos contra o peito antes de pegar a mão da mulher e entrelaçar os dedos das duas.

Yrene permaneceu sentada ali, segurando a mão da jovem que chorava baixinho, com o vapor fluido ecoando o som nítido e doce dos sinos.

— Só tinha 3 anos — murmurou a mulher da banheira, depois de incontáveis minutos.

Yrene apertou a mão úmida da curandeira. Não havia palavras para confortar nem tranquilizar.

— Eu queria... — A voz da jovem falhou, e o corpo inteiro estremeceu enquanto a luz da vela saltava pela pele. — Às vezes eu queria jamais ter recebido o dom.

Yrene enrijeceu ao ouvir as palavras.

A mulher por fim virou a cabeça, observando o rosto da companheira com um lampejo de reconhecimento nos olhos.

— Já se sentiu assim? — Uma pergunta crua, vulnerável.

Não. Nunca. Nem uma vez sequer. Nem mesmo quando a fumaça da imolação da mãe fizera seus olhos arderem e Yrene soubera que não podia fazer nada para salvá-la. Jamais odiara o dom que tinha recebido, porque em todos aqueles anos nunca se sentira sozinha, graças a ele. Mesmo com a magia tendo desaparecido de sua terra natal, Yrene ainda o tinha sentido, como a mão morna de alguém lhe segurando o ombro. Um lembrete de quem ela era, de onde viera, um elo vivo com incontáveis gerações de mulheres Towers que tinham tomado aquele caminho antes dela.

A curandeira buscou nos olhos de Yrene a resposta que queria. A resposta que ela não podia dar. Então Yrene apenas apertou a mão da mulher novamente e encarou a escuridão.

Deve entrar onde teme caminhar.

Yrene sabia o que precisava fazer. E desejava que não precisasse.

∽

— E então? Yrene já o curou?

Sentada na mesa nobre do grande salão do khagan, Chaol se virou para onde a princesa Hasar estava sentada, várias cadeiras adiante. Uma brisa fresca com cheiro de chuva iminente fluiu pelas janelas abertas, agitando as bandeiras brancas da morte que pendiam dos batentes superiores.

Kashin e Sartaq olharam em sua direção — o último franzindo a testa em reprovação para a irmã.

— Por mais que Yrene seja talentosa — respondeu Chaol com cuidado, ciente de que muitos ouviam mesmo sem sequer lhes reconhecer a presença —, estamos apenas nos estágios iniciais do que provavelmente será um longo processo. Ela partiu esta tarde para pesquisar na biblioteca da Torre.

Os lábios de Hasar se contraíram em um sorriso venenoso.

— Que sorte a sua, afinal teremos o prazer de sua companhia por mais tempo.

118

Como se Chaol fosse voluntariamente permanecer ali por mais um momento.

Mas Nesryn, ainda reluzente das horas novamente passadas com a família naquela tarde, respondeu:

— Qualquer chance de nossas duas terras formarem laços é uma sorte.

— De fato — respondeu Hasar apenas, voltando a beliscar o tomate com quiabo frios no prato. A amante não estava à vista, mas Yrene também não. O medo da curandeira mais cedo... Chaol quase conseguira sentir o gosto no ar. Mas pura força de vontade a acalmara; vontade e temperamento, supôs o antigo capitão. Ele se perguntou qual venceria no final.

De fato, uma pequena parte dele esperava que Yrene se afastasse, ao menos para evitar o que ela deixara tão obviamente implícito que também fariam: *conversar*. Debater as coisas. Conversar sobre ele.

No dia seguinte, Chaol deixaria evidente que podia se curar muito bem sem aquilo.

Por longos minutos, ele permaneceu em silêncio, marcando aqueles à mesa, assim como os criados que passavam apressados e os guardas às janelas e sob os arcos.

O cordeiro moído pareceu chumbo na barriga do ex-capitão diante dos uniformes, de como ficavam de pé, imponentes e orgulhosos. Durante quantas refeições ele mesmo estivera posicionado às portas, ou do lado de fora, no pátio, monitorando o rei? Quantas vezes punira seus homens por se curvarem, por conversarem uns com os outros, designando-os a postos inferiores?

Um dos guardas do khagan reparou no olhar de Chaol e deu um aceno curto.

O antigo capitão virou o rosto rapidamente, com as palmas das mãos suadas, mas se obrigou a continuar observando os rostos ao redor, o que vestiam e como se moviam e sorriam.

Não havia qualquer sinal — nenhum — de qualquer força maligna, despachada de Morath ou de outro lugar. Nenhum sinal além daquelas bandeiras brancas para honrar a princesa caída.

Aelin alegara que os valg tinham um fedor próprio, e Chaol vira o sangue escorrendo escuro de veias mortais mais vezes que podia contar, mas exigir que todos naquele salão cortassem as mãos...

Na verdade, não era má ideia... se pudesse conseguir uma audiência com o khagan para convencê-lo a ordenar aquilo, marcando quem quer que fugisse ou inventasse desculpas.

Uma audiência com o khagan para convencê-lo do perigo e, talvez, fazer *algum* progresso com aquela aliança. Para que os príncipes e as princesas sentados a seu redor jamais usassem um colar valg. E seus entes queridos jamais soubessem como era olhar nos rostos familiares e não ver nada além de uma crueldade antiga devolvendo um sorriso sarcástico.

Chaol inspirou para se acalmar e inclinou o corpo para a frente, na direção onde o khagan jantava poucos assentos adiante, imerso em conversa com um vizir e com a princesa Duva.

A filha do khagan que se tornara a caçula parecia observar mais que participar, e, embora o belo rosto estivesse suavizado por um sorriso doce, os olhos não perdiam nada. Somente quando o vizir parou para tomar um gole de vinho e Duva se virou para a esquerda, na direção do marido calado, Chaol pigarreou e disse ao khagan:

— Gostaria de lhe agradecer novamente, Grande Khagan, por oferecer os serviços de seus curandeiros.

O homem desviou os olhos cansados e sérios para ele.

— São meus curandeiros tanto quanto são seus, Lorde Westfall. — Ele retornou para o vizir, que franziu a testa para Chaol pela interrupção.

— Eu tinha esperanças — insistiu o antigo capitão, mesmo assim — de que talvez me fosse concedida a honra de uma reunião particular com o senhor.

Nesryn o cutucou com o cotovelo em sinal de aviso quando silêncio se espalhou pela mesa. Chaol se recusou a tirar os olhos do homem diante de si.

— Pode discutir tais coisas com meu vizir-chefe, que cuida de minha rotina diária — respondeu o khagan, simplesmente, um gesto com o queixo na direção de um sujeito de olhos aguçados que os monitorava do outro lado da mesa. Um olhar para o sorriso fino do vizir-chefe informou a Chaol que aquela reunião não aconteceria. — Minha concentração ainda está voltada para ajudar minha mulher no luto. — O lampejo de tristeza nos olhos do soberano não era fingido. De fato, não havia sinal da esposa do khagan à mesa, nem mesmo um lugar posto para ela.

Um trovão distante ecoou pelo silêncio carregado que se seguiu. Não era a hora ou o lugar para insistir. Um homem de luto por um filho perdido... Chaol seria um tolo se o fizesse. E grosseiro além do imaginável.

Ele abaixou o queixo.

— Perdoe-me por me intrometer neste momento difícil. — Ele ignorou o risinho que entortava o rosto de Arghun, que observava ao lado do pai.

Duva, pelo menos, ofereceu a Chaol um sorriso-tremor empático, como se para dizer: *Você não é o primeiro a ser dispensado. Dê tempo a ele.*

Chaol deu um aceno curto à princesa antes de voltar para o próprio prato. Se o khagan estava determinado a ignorá-lo, com ou sem luto... talvez houvesse outros meios de passar a informação.

Outros meios de conseguir apoio.

Ele olhou para Nesryn. Ao retornar antes do jantar, ela o havia informado que não tivera sorte ao procurar Sartaq naquela manhã. E, naquele momento, com o príncipe sentado a sua frente enquanto bebericava o vinho, Chaol se viu casualmente perguntando:

— Ouvi falar que sua lendária ruk, Kadara, está aqui, príncipe.

— Besta desprezível — murmurou Hasar em direção ao prato com quiabo, cheia de desânimo, o que lhe garantiu um sorriso de Sartaq.

— Hasar ainda está magoada porque Kadara tentou devorá-la quando as duas se conheceram — revelou o príncipe.

A jovem revirou os olhos, embora um lampejo de diversão tivesse brilhado ali.

— Dava para ouvi-la gritando do cais — acrescentou Kashin, algumas cadeiras adiante.

— A princesa ou a ruk? — perguntou Nesryn, para surpresa de Chaol.

Sartaq gargalhou, um som inesperado e alegre, iluminando seus olhos frios. Hasar apenas lançou a Nesryn um olhar de aviso antes de se virar para o vizir ao lado.

— Ambas — sussurrou Kashin, sorrindo para a capitã.

Uma risada escapou da garganta de Chaol, embora ele a tivesse contido diante do olhar de irritação de Hasar. Nesryn sorriu, inclinando a cabeça em um pedido de desculpas bem-intencionado para a princesa.

Mesmo assim, Sartaq continuava observando com atenção por cima da borda da taça dourada.

— Consegue voar muito com Kadara enquanto está aqui? — perguntou Chaol.

Sartaq não se demorou ao assentir.

— Tão frequentemente quanto posso, em geral perto do alvorecer. Eu estava nos céus logo depois do café da manhã hoje, e felizmente voltei bem a tempo do jantar.

Sem tirar os olhos do vizir que exigia sua atenção, Hasar murmurou para Nesryn:

— Ele jamais perdeu uma refeição na vida.

Kashin soltou uma risada que fez até mesmo o khagan na ponta da mesa olhar na direção deles, e Arghun fez uma careta de reprovação. Quando fora a última vez que os nobres riram desde a morte da irmã? Pelo rosto tenso do khagan, talvez fizesse um tempo.

Mas Sartaq jogou a longa trança para trás do ombro antes de bater na barriga lisa e firme sob as roupas elegantes.

— Por que acha que venho com tanta frequência para casa, irmã, se não pela boa comida?

— Para tramar e maquinar? — retrucou Hasar, docemente.

O sorriso do príncipe pareceu deprimir-se.

— Se ao menos tivesse tempo para tais coisas.

Uma sombra pareceu passar pelo rosto de Sartaq... e Chaol observou para onde o olhar do príncipe tinha ido. As bandeiras brancas ainda oscilavam nas janelas altas do salão, envoltas em um vento que certamente era o arauto de uma tempestade de relâmpagos. Um homem que talvez desejasse ter tido mais tempo para partes mais vitais da vida.

— Voa todo dia, então, príncipe? — perguntou Nesryn, um pouco baixo demais.

Sartaq tirou os olhos das bandeiras da morte da irmã caçula para avaliar a capitã. Parecendo mais guerreiro que cortesão, ele assentiu... em resposta a uma pergunta não proferida.

— Sim, capitã.

Quando ele se virou para responder a uma pergunta de Duva, Chaol trocou um olhar com Nesryn; tudo de que precisava para dar sua ordem.

Esteja no ninho ao alvorecer. Descubra de qual lado ele está nesta guerra.

⚜ 10 ⚜

Uma tempestade de verão vinda do mar Estreito chegou galopante logo antes da meia-noite.

Mesmo abrigada na ampla biblioteca na base da Torre, Yrene sentiu cada tremor de trovão. Clarões ocasionais de relâmpago partiam os estreitos corredores das prateleiras e dos salões, acompanhados pelo vento que entrava pelas fendas na pedra pálida, extinguindo as velas no caminho. A maior parte das chamas estava protegida dentro de lanternas de vidro, pois os livros e pergaminhos eram preciosos demais para se arriscar. Mas o vento as encontrava ali dentro também — fazendo com que as lanternas de vidro que pendiam do teto arqueado oscilassem e rangessem.

Sentada a uma mesa de carvalho embutida em uma alcova afastada das luzes mais fortes e das áreas mais movimentadas da biblioteca, Yrene observava a lanterna de metal pendurada no arco acima balançar com o vendaval da tempestade. Estrelas e luas crescentes tinham sido recortadas das laterais da lanterna e cobertas com vidro colorido, o que projetava borrões de azul, vermelho e verde na parede de pedra diante da curandeira. Os borrões vacilavam e mergulhavam, como em um mar vivo de cores.

Um trovão estalou, tão alto que a curandeira se encolheu e a cadeira antiga sob ela rangeu em protesto.

Alguns gritinhos agudos responderam, então risadinhas.

Acólitas... estudando até tarde para os exames na semana seguinte.

Yrene conteve uma gargalhada, mais de si mesma, e sacudiu a cabeça ao voltar a se concentrar nos textos que Nousha encontrara para ela horas antes.

Ela e a bibliotecária-chefe jamais haviam sido próximas, e Yrene certamente não teria intenção de procurar a mulher se a visse no salão de refeições, mas... Nousha era fluente em 15 idiomas, alguns desses mortos, e treinara na famosa Biblioteca Parvani, na costa oeste, aninhada em meio às terras exuberantes e ricas em temperos na periferia de Balruhn.

A Cidade de Bibliotecas, assim chamavam Balruhn. Se a Torre Cesme era o domínio dos curandeiros, a Parvani era o domínio do conhecimento. Mesmo a grande estrada que ligava Balruhn à poderosa Estrada-Irmã, a artéria principal que cortava o continente e que se estendia de Antica até Tigana, fora nomeada em homenagem a ela: estrada dos Estudiosos.

Yrene não sabia o que levara Nousha até ali tantas décadas antes, ou o que a torre tinha oferecido para que ela ficasse, mas a mulher era um recurso imensurável. E, apesar de toda a natureza sisuda, ela sempre havia encontrado a informação de que Yrene precisava, não importava quanto o pedido fosse esdrúxulo.

Naquela noite, a mulher não parecera nada satisfeita quando Yrene a abordara no salão de refeições, cheia de desculpas por interromper o jantar da bibliotecária. A curandeira poderia ter esperado o amanhecer, mas teria lições no dia seguinte, e Lorde Westfall depois disso.

Nousha a encontrara depois de terminar a refeição e, com os longos dedos cruzados diante da túnica cinza esvoaçante, ouvira a história de Yrene — e as necessidades dela:

Informação. Qualquer uma que conseguisse.

Ferimentos de demônios. Ferimentos de magia sombria. Ferimentos de fontes sobrenaturais. Ferimentos que deixavam ecos, mas não pareciam continuar a causar danos na vítima. Ferimentos que deixavam marcas, mas não exatamente cicatrizes.

Nousha tinha achado material. Pilha após pilha de livros e montes de pergaminhos. Ela os arrumara na mesa em silêncio. Alguns estavam em halha. Alguns na língua de Yrene. Outros em eyllwe. Alguns em...

A curandeira coçou a cabeça diante do pergaminho que ela havia prendido com as pedras lisas de ônix, que ficavam em vasos sobre cada mesa da biblioteca.

Até mesmo Nousha admitira não reconhecer as marcas de escrita estranhas — algum tipo de runa. De onde eram, ela também não fazia ideia, apenas sabia que os pergaminhos tinham sido enfiados ao lado dos tomos em eyllwe em um nível subterrâneo da biblioteca tão profundo que Yrene jamais se aventurara a visitar.

A curandeira passou um dedo pelas marcas diante de si, traçando as linhas retas e os arcos curvos.

O pergaminho era velho o bastante para que Nousha tivesse ameaçado esfolar Yrene viva caso deixasse cair comida, água ou outra bebida ali. Quando a jovem quisera saber quão velho exatamente, Nousha tinha sacudido a cabeça.

Cem anos?, perguntara Yrene.

A bibliotecária dera de ombros e dissera que, a julgar pela localização, pelo tipo de pergaminho e pelo pigmento do nanquim, tinha mais de dez vezes aquilo.

Yrene se encolheu diante do papel que tocava tão descaradamente e retirou as pedras dos cantos. Nenhum dos livros em sua língua fornecera algo de valor; eram mais avisos de matronas a respeito de invejosos e espíritos de ar e podridão.

Nada como o que Lorde Westfall descrevera.

Um *clique* baixo e distante ecoou da escuridão à direita da curandeira, levando-a a erguer a cabeça e observar o vazio, pronta para saltar na cadeira ao primeiro sinal de um rato correndo.

Parecia que nem mesmo as amadas gatas Baast da biblioteca — 36 fêmeas, nem mais, nem menos — conseguiam manter a praga afastada, apesar do nome em homenagem à deusa-guerreira.

Yrene mais uma vez vasculhou a escuridão à direita, encolhendo-se e desejando poder convocar uma das gatas de olhos de berilo para que fosse caçar.

Mas ninguém convocava uma gata Baast. Ninguém. Elas surgiam quando e onde quisessem, nem um momento antes.

As felinas viviam na biblioteca da Torre desde o começo da existência do lugar, mas ninguém sabia de onde tinham vindo, ou como eram substituídas quando a idade as chamava. Cada uma era singular, como qualquer humano, exceto por aqueles olhos cor de berilo que todas possuíam e pelo fato de que tinham tanta vontade de se enroscar em um colo quanto de afastar a companhia de vez. Algumas das curandeiras, velhas e novas, juravam que as gatas podiam atravessar poças de sombras e surgir em outro nível da biblioteca; algumas juravam que as felinas tinham sido surpreendidas folheando, com as patas, páginas de livros abertos... *lendo*.

Bem, certamente seria útil se elas resolvessem ler menos e caçar *mais*. Contudo, as gatas não obedeciam a nada nem ninguém, exceto, talvez, àquela que lhes dera o nome, ou qualquer que fosse o deus que encontrara um lar tranquilo para elas na biblioteca, à sombra de Silba. Ofender uma gata Baast era insultar a todos, e, embora amasse a maioria dos animais — com exceção de alguns insetos —, Yrene certificava-se de tratar as gatas com gentileza, ocasionalmente deixando pedaços de comida, ou fornecendo uma carícia na barriga ou uma coçada na orelha sempre que as gatas decidiam exigir essas coisas.

Mas não havia sinal de olhos verdes brilhando na escuridão, ou de um rato apressado fugindo, então Yrene expirou e apoiou o antigo pergaminho, cuidadosamente o colocando na beirada da mesa antes de puxar para si um tomo em eyllwe.

O livro estava encadernado em couro preto e era pesado como um peso de porta. Yrene conhecia um pouco da língua eyllwe graças à estadia tão perto da fronteira e a ter tido uma mãe que a falava fluentemente; certamente não devido ao pai que viera de lá.

Nenhuma das mulheres da família Towers jamais se casara, preferindo amantes que as deixassem com um presente que chegava nove meses depois, ou que talvez ficassem um ou dois anos antes de seguir em frente. Yrene não conhecera o pai, nem soubera nada a seu respeito, exceto que era um viajante que parara no chalé da mãe para passar a noite, buscando abrigo de uma tempestade violenta que varria a planície gramada.

A jovem curandeira passou os dedos pelo título dourado, proferindo as palavras na língua que não falava nem ouvia havia anos.

— O... O... — Ela bateu com o dedo no título. Devia ter pedido isso a Nousha. A bibliotecária já prometera traduzir alguns outros textos que a haviam atraído, mas... Yrene suspirou de novo. — O... — Poema. Ode. Lírica. — *Canção* — sussurrou ela. — *A canção de...* — Começo. Início. — *Princípio. A canção do princípio.*

Os demônios — os valg — eram antigos, dissera Lorde Westfall. Tinham esperado uma eternidade para atacar. Faziam parte de mitos quase esquecidos; pouco mais que histórias de ninar.

Yrene abriu a capa e se encolheu diante do emaranhado desconhecido de palavras no sumário. A própria letra era antiga, pois o livro nem mesmo fora impresso em tipografia. Escrito à mão. Com algumas variações de palavras que haviam morrido tempos atrás.

Um novo relâmpago se acendeu, e a curandeira esfregou a têmpora ao folhear as páginas almiscaradas e amareladas.

Um livro de história. Era só isso.

Seu olhar se deteve em uma página, e Yrene parou, voltando até a ilustração reaparecer.

Tinha sido feita em poucas cores: pretos, brancos, vermelhos e um ocasional amarelo.

Toda pintada pela mão de um mestre, sem dúvida uma representação do que quer que estivesse escrito abaixo.

A imagem revelava um penhasco estéril, com um exército de soldados de armaduras escuras ajoelhado diante dele.

Ajoelhado diante do que estava *no alto* do penhasco.

Um portão imenso. Sem paredes flanqueando-o, sem uma fortaleza atrás. Como se alguém tivesse construído o portal de pedra preta do vazio.

Não havia portas dentro do arco. Apenas um *nada* preto e espiralado. Raios disparavam do vazio, alguma corrupção tenebrosa do sol, e recaíam sobre os soldados ajoelhados.

Yrene semicerrou os olhos diante das figuras no plano da frente. Os corpos eram humanos, mas as mãos que seguravam as espadas... Com garras. Retorcidas.

— Valg — sussurrou ela.

Um trovão estalou em resposta.

Yrene fez uma careta para a lanterna oscilante enquanto reverberações da nuvem de trovão ressoavam sob seus pés, subindo por suas pernas.

Ela virou as páginas até a próxima ilustração surgir. Havia três figuras diante do mesmo portão, mas o desenho estava distante demais para que fosse possível discernir quaisquer feições além de corpos masculinos, altos e poderosos.

Yrene passou o dedo pela legenda e traduziu:

Orcus. Mantyx. Erawan.

Três reis valg.

Possuidores das Chaves.

A curandeira mordeu o lábio inferior. Lorde Westfall não mencionara essas coisas.

Mas se havia um portão... então precisaria de uma chave para ser aberto. Ou de várias.

Se o livro estivesse certo.

A meia-noite soou no grande relógio do átrio principal da biblioteca.

Yrene folheou as páginas, chegando em outra ilustração. Estava dividida em três painéis.

Tudo o que o lorde dissera — ela acreditara nele, é claro, mas... — era verdade. Se o ferimento não fosse prova suficiente, aqueles textos não forneciam outra alternativa.

Pois ali, no primeiro painel, amarrado a um altar de pedra preta... um jovem desesperado lutava para se libertar da aproximação de uma figura escura coroada. Algo rodopiava em torno da mão da figura — algum tipo de víbora de névoa sombria e pensamentos malignos. Nenhuma criatura real.

O segundo painel... Yrene se encolheu diante dele.

Pois lá estava aquele rapaz, com olhos arregalados em súplica e terror e com a boca forçosamente escancarada enquanto a criatura de névoa sombria serpenteava para dentro de sua garganta.

No entanto, foi o último painel que fez o sangue da curandeira esfriar.

Mais um relâmpago irrompeu, iluminando a última ilustração.

O rosto do rapaz tinha ficado imóvel. Inexpressivo. Os olhos... A curandeira olhou da ilustração anterior para a última. Os olhos estavam prateados nas duas primeiras.

Na última... tinham ficado pretos. Passáveis como olhos humanos, mas a cor prateada fora expulsa por uma obsidiana profana.

Não estava morto, pois o mostraram se levantando, com as correntes removidas. Não era uma ameaça.

Não, o que quer que tivessem posto dentro dele...

Um novo trovão rugiu, e mais gritinhos e risadinhas se seguiram. Assim como o estrondo e os clangores das acólitas indo embora.

Yrene observou o livro diante de si e as outras pilhas que Nousha dispusera.

Lorde Westfall descrevera colares e anéis para conter o demônio valg dentro de um hospedeiro humano. Mas também tinha dito que, mesmo depois de serem removidos, os demônios podiam permanecer. Eram apenas dispositivos de implantação, e se permanecessem por muito tempo, alimentando-se do hospedeiro...

A curandeira sacudiu a cabeça. O homem no desenho não fora escravizado — fora infestado. A magia viera de alguém *com* aquele tipo de poder. Viera do poder do demônio hospedeiro no interior do sujeito.

Um choque de relâmpago, então uma trovejada imediatamente ao encalço.

Então outro *clique* soou — fraco e oco — das prateleiras escuras à direita de Yrene. Mais perto que o anterior.

Ela olhou de novo para a escuridão, com os pelos nos braços se arrepiando.

Não era o movimento de um rato. Nem o arranhar de garras felinas na pedra ou em uma estante de livros.

Desde o momento que havia colocado os pés dentro daquelas paredes, ela jamais temera por sua segurança, mas Yrene percebeu que ficara imóvel ao encarar aquela escuridão à direita. Ao olhar lentamente em seguida por cima do ombro.

O corredor ladeado por prateleiras era um caminho reto até um corredor mais amplo, o qual, em uma caminhada de 3 minutos, a levaria de volta ao átrio principal, iluminado e constantemente monitorado. Cinco minutos no máximo.

Apenas sombras, couro e poeira a cercavam, e a luz oscilava, inclinando-se com as lanternas que balançavam.

Magia de cura não oferecia defesas. Yrene descobrira tais coisas do modo mais difícil.

Mas durante o ano na estalagem Porco Branco, ela aprendera a ouvir. Aprendera a interpretar um salão, a *sentir* quando a atmosfera tinha mudado. Homens também podiam liberar tempestades.

O eco estrondoso do trovão se dissipou, e apenas silêncio permaneceu em seu rastro.

Silêncio e o estalar das lanternas antigas ao vento. Nenhum outro clique soou.

Tola — tola por ler tais coisas tão tarde. E durante uma tempestade.

Yrene engoliu em seco. Bibliotecários preferiam que os livros permanecessem na área da biblioteca, mas...

A curandeira fechou *A canção do princípio* e o enfiou na bolsa. Ela já tinha considerado a maior parte dos livros inútil, mas havia talvez seis ainda, uma mistura de eyllwe e outras línguas. Yrene pôs esses na bolsa também e, cuidadosamente, colocou os pergaminhos nos bolsos do manto, guardando-os fora de vista.

Durante todo o tempo, olhou sobre o ombro... para o corredor atrás dela, para as pilhas à direita.

Não teria dívida alguma se usasse um pouco de bom senso. A jovem desconhecida disparara isso a Yrene naquela fatídica noite — depois de lhe salvar a vida. As palavras pairaram, cortando profundamente. Como as outras lições que aprendera com aquela garota.

E, embora soubesse que riria de si mesma pela manhã, embora talvez *fosse* uma das gatas Baast perseguindo algo nas sombras, ela decidiu dar atenção àquela sensação de medo, àquele formigamento na coluna.

Por mais que pudesse ter cortado caminho entre estantes escuras para chegar ao corredor principal mais rápido, a curandeira se manteve nas partes iluminadas, com os ombros esticados e a cabeça erguida. Exatamente como a jovem havia sugerido. *Faça parecer que revidaria — que daria mais trabalho do que vale a pena.*

O coração batia tão desesperadamente que Yrene conseguia senti-lo nos braços e na garganta. Ela fechou a boca em uma linha séria, enquanto os olhos estavam atentos e frios, parecendo mais furiosa do que jamais estivera, com o ritmo breve e ágil. Como se tivesse esquecido algo, ou como se alguém tivesse deixado de pegar um livro para ela.

Mais e mais perto, Yrene se aproximou da interseção do amplo corredor principal, para onde as acólitas estariam se arrastando em direção às camas no dormitório aconchegante.

Ela pigarreou, preparando-se para gritar.

Nada de estupro, ou roubo — nada de que covardes prefeririam se esconder. Grite fogo, instruíra a estranha. *Uma ameaça a todos. Se for atacada, grite que há um incêndio.*

Yrene repetira as instruções tantas vezes nos últimos dois anos e meio. Para tantas mulheres. Exatamente como a estranha ordenara que ela fizesse. A curandeira não pensou que algum dia precisaria recitá-las para si mesma novamente.

Ela apressou os passos, o queixo erguido. Não tinha armas, exceto uma pequena faca que usava para limpar ferimentos ou cortar ataduras — no momento, no fundo da bolsa.

Mas aquela sacola cheia de livros... Yrene envolveu as alças de couro no punho, segurando firme.

Um golpe bem dado derrubaria alguém no chão.

Mais e mais perto da segurança do corredor...

Pelo canto do olho, Yrene viu. Sentiu.

Alguém na estante seguinte. Caminhando paralelamente a ela.

Yrene não ousou olhar. Nem admitir que havia algo.

Os olhos queimavam enquanto ela lutava contra o terror que subia por seu corpo.

Lampejos de sombras e escuridão. Perseguindo-a. Caçando-a.

Apressando o passo para agarrá-la... para fechá-la naquele corredor e puxá-la para o escuro.

Bom senso. Bom senso.

Aquela coisa saberia correr. Saberia que ela estava ciente. Talvez atacasse. Quem quer que fosse.

Bom senso.

Havia 30 metros restantes até o corredor, com poças de sombras entre as lanternas fracas; as luzes tinham se tornado ilhas preciosas em um mar de escuridão.

Yrene podia ter jurado que dedos tamborilaram baixinho conforme acompanharam os livros do outro lado da estante.

Então ela ergueu mais o queixo e sorriu, rindo alegremente ao olhar para o corredor em frente.

— Maddya! O que está fazendo aqui tão tarde?

Yrene se apressou, principalmente porque quem quer que fosse tinha reduzido a velocidade, surpreso. Hesitante.

O pé bateu contra algo macio — macio, mas rígido —, e Yrene conteve o grito...

Não vira a curandeira enroscada de lado nas sombras ao longo da prateleira.

Yrene se abaixou, tateando os braços finos da mulher de estrutura tão esguia que, ao ser virada...

Os passos recomeçaram no momento que ela virou a curandeira. No momento que engoliu o grito dilacerado que tentou sair.

Bochechas marrom-claras transformadas em cascos vazios, olheiras manchadas de roxo, lábios pálidos e rachados. Um vestido simples de curandeira, que provavelmente lhe coubera naquela manhã, pendia frouxo, e o corpo magro ficara macilento, como se algo tivesse sugado sua vida...

Yrene conhecia aquele rosto, por mais lívido que estivesse. Conhecia os cabelos castanho-dourados quase idênticos aos seus. A curandeira do Ventre, a mesma que ela havia confortado horas antes...

Os dedos de Yrene estremeceram quando ela procurou a pulsação na pele encouraçada e desidratada.

Nada. E a magia... Não havia vida para a qual a magia poderia espiralar. Nenhuma vida.

Os passos do outro lado da estante se aproximaram. Yrene levantou, embora os joelhos estivessem trêmulos, inspirando para se acalmar e forçando-se a andar de novo. Forçando-se a deixar aquela curandeira morta no escuro. Forçando-se a erguer a bolsa, como se nada tivesse acontecido, como se mostrasse a sacola para alguém adiante.

Com o ângulo das estantes... o perseguidor não conseguiria ver.

— Só estava terminando minha leitura da noite — gritou Yrene para a salvação invisível adiante. Ela mandou uma oração silenciosa de agradecimento a Silba por sua voz se manter firme e alegre. — Cook está me esperando para uma última xícara de chá. Quer ir junto?

Fazer parecer que alguém a esperava: outro truque que Yrene aprendera.

Ela prosseguiu mais cinco passos antes de perceber que quem quer que fosse tinha parado de novo.

Caíra no truque.

A curandeira disparou os últimos metros até o corredor, viu um grupo de acólitas que acabava de emergir do meio de outras estantes e correu direto para elas.

Os olhos das jovens se arregalaram quando Yrene se aproximou, e tudo o que ela sussurrou foi:

— *Vão.*

As três meninas, com pouco mais de 14 anos, viram as lágrimas de terror em seus olhos e a palidez óbvia no rosto, então não olharam para trás da curandeira. Não desobedeceram.

Elas estavam na turma de Yrene. Ela treinava as meninas havia meses.

Ao verem as alças da sacola presas a seu punho, o grupo a cercou. Sorrisos largos, nada errado.

— Venham até Cook para tomar chá — disse Yrene às meninas, lutando para evitar que o grito lhe escapasse. Morta. Uma curandeira estava *morta...* — Ela está me esperando.

E ficará preocupada se eu não chegar.

Para seu crédito, as meninas não hesitaram, não mostraram um pingo de medo enquanto caminhavam pelo corredor principal. Conforme se aproximavam do átrio, com o fogo crepitante e os 36 candelabros e 36 sofás e poltronas.

Uma gata Baast preta brilhante estava deitada em uma daquelas poltronas estofadas ao lado da lareira. E, quando o grupo se aproximou, a gata saltou, sibilando tão ferozmente quanto sua xará felina. Não para Yrene ou as meninas... Não, aqueles olhos cor de berilo estavam semicerrados para a biblioteca *atrás* do grupo.

Uma das acólitas agarrou o braço de Yrene com mais força, mas nenhuma deixou o lado da curandeira quando ela se aproximou do imenso balcão da bibliotecária-chefe e sua substituta. Atrás delas, a gata Baast manteve posição — na linha de frente — enquanto a bibliotecária-substituta, de plantão naquela noite, ergueu o rosto do livro diante da comoção.

— Uma curandeira foi seriamente atacada nas estantes além do salão principal — murmurou Yrene para a mulher de meia-idade de vestes cinza. — Tire todos daqui e chame a guarda real. *Agora.*

A mulher não fez perguntas. Não vacilou ou tremeu. Apenas assentiu antes de levar a mão ao sino chumbado à beira da mesa.

A bibliotecária tocou três vezes. Para alguém de fora, não passava de uma última chamada.

Mas, para aqueles que viviam ali, que sabiam que a biblioteca ficava aberta dia e noite...

Primeiro toque: Ouçam.

Segundo: Ouçam *agora.*

A bibliotecária-substituta tocou uma terceira vez, alto e claro, e as badaladas ecoaram para dentro da biblioteca, para cada canto e corredor escuros.

Terceiro toque: *Saiam.*

Yrene havia perguntado certa vez, quando Eretia explicara o sino de aviso em seu primeiro dia ali, após a jovem ter feito um voto de jamais repetir o significado para alguém de fora. Como todas fizeram. Então Yrene havia perguntado por que o sino era necessário, quem o havia instalado.

Muito tempo atrás, antes de o khaganato ter conquistado Antica, aquela cidade tinha passado de mão em mão, vítima de dezenas de conquistas e governantes. Alguns exércitos invasores haviam sido bondosos. Outros poucos, não.

Ainda existiam túneis sob a biblioteca que foram usados para fuga — há muito selados com tábuas.

Mas o sino de aviso para quem estava no interior tinha permanecido. E por mil anos, a Torre o mantivera. Ocasionalmente fazendo treinamentos. Só por garantia. Se algum dia fosse necessário.

O terceiro toque ecoou em pedra, couro e madeira. E Yrene podia jurar que tinha ouvido o som de inúmeras cabeças se levantando de onde se curvavam sobre as mesas. Tinha ouvido o som de cadeiras empurradas para trás e livros sendo largados.

Corram, implorou ela. *Mantenham-se na parte iluminada.*

Mas Yrene e as demais esperaram caladas, contando os segundos. Os minutos. A gata Baast silenciou o sibilo e monitorou o corredor além do átrio, com a cauda preta roçando a almofada da cadeira. Uma das meninas ao lado de Yrene correu para os guardas posicionados nos portões da Torre, que provavelmente ouviram aquele sino e já seguiam em sua direção.

Yrene tremia quando passadas apressadas e roupas farfalhando se aproximaram. Ela e a bibliotecária-substituta marcaram cada rosto que surgiu — cada rosto de olhos arregalados que corria para fora da biblioteca.

Acólitas, curandeiras, bibliotecárias. Ninguém extraordinário. A gata Baast parecia verificá-los também; aqueles olhos de berilo talvez vendo coisas além da compreensão de Yrene.

Armaduras e passos estrondosos, e a jovem conteve os soluços de alívio com a aproximação de meia dúzia dos guardas da Torre, que começaram a marchar pelas portas abertas da biblioteca, a acólita ao encalço.

A menina e as duas companheiras permaneceram com Yrene enquanto ela explicava, enquanto os guardas pediam reforços, enquanto a bibliotecária-substituta convocava Nousha, Eretia e Hafiza. As três meninas permaneceram, duas delas segurando as mãos trêmulas de Yrene.

Sem soltá-las.

❧ 11 ❧

Yrene estava atrasada.

Chaol se acostumara a esperá-la às 10 horas, embora ela não tivesse dado indicação de quando poderia chegar. Muito antes de ele ter acordado, Nesryn já havia partido para encontrar Sartaq e sua ruk, deixando Chaol ali para que se banhasse e... esperasse.

E esperasse.

Uma hora depois, o antigo capitão começou a fazer os exercícios que conseguia sozinho, incapaz de suportar o silêncio, o calor pesado, o barulho interminável de água na fonte do lado de fora. E os pensamentos que retornavam a Dorian, perguntando-se a caminho de onde estaria o rei naquele momento.

Yrene mencionara exercícios — alguns envolvendo as pernas, como quer que ela conseguisse realizar isso —, mas, se a curandeira não se daria o trabalho de chegar na hora, então ele certamente não se daria o trabalho de esperar por ela.

Os braços de Chaol estavam trêmulos quando o relógio na mesa de cabeceira soou meio-dia, com os sininhos prateados sobre o objeto de madeira entalhada enchendo o espaço de badaladas nítidas e alegres. Suor escorria pelo peito, pela coluna e pelo rosto de Chaol conforme ele dava um jeito de se impulsionar para a cadeira, com os braços tremendo pelo esforço. Estava prestes a chamar Kadja para que lhe trouxesse uma jarra d'água e uma toalha gelada quando Yrene surgiu.

Na sala de estar, Chaol a ouviu passar pela porta principal e, então, parar. A curandeira disse a Kadja, que esperava no saguão:

— Tenho um assunto discreto do qual preciso que cuide pessoalmente. Silêncio obediente.

— Lorde Westfall requer um tônico para uma irritação que está se desenvolvendo em suas pernas. Provavelmente de algum óleo que você jogou no banho. — As palavras soavam calmas, porém afiadas. Chaol franziu a testa e olhou para as próprias pernas. Não vira tais coisas de manhã, mas certamente não teria como sentir uma coceira ou ardência. — Preciso de casca de salgueiro, mel e hortelã. As cozinhas os terão. Não conte a ninguém o motivo. Não quero que isso se espalhe.

Silêncio de novo; então uma porta se fechou.

Ele observou as portas abertas para a sala de estar, ouvindo enquanto *ela* ouvia Kadja partir. Então veio o barulho do suspiro pesado de Yrene. A curandeira apareceu um momento depois.

Estava com uma aparência deplorável.

— O que foi?

As palavras saíram antes que Chaol conseguisse considerar o fato de que não tinha o direito de perguntar tais coisas.

Mas o rosto de pele marrom estava lívido, os olhos com manchas roxas e os cabelos sem vida.

— Você se exercitou — disse ela, apenas.

Chaol olhou para a camisa ainda encharcada de suor.

— Pareceu uma forma tão boa quanto qualquer outra de passar o tempo. — Cada passo de Yrene até a mesa foi lento, pesado. Ele repetiu: — O que foi?

Mas ela chegou à mesa e se manteve de costas para ele. O ex-capitão trincou os dentes, considerando se aproximar da cadeira apenas para ver o rosto dela, como teria feito antes — invadindo o espaço da curandeira até que ela confessasse que diabo acontecera.

Yrene apenas apoiou a sacola na mesa com um estampido.

— Se quer se exercitar, talvez um lugar melhor seja o quartel. — Um olhar sarcástico para o chão. — Em vez de suar em todos os tapetes inestimáveis do khagan.

As mãos de Chaol se fecharam ao lado do corpo.

— Não. — Foi tudo o que ele disse. Tudo o que *pôde* dizer.

Ela ergueu uma sobrancelha.

— Você foi capitão da Guarda, não foi? Talvez treinar com os guardas do palácio seja benéfico para...

— *Não.*

Yrene olhou por cima do ombro, sopesando-o com aqueles olhos dourados. Ele não recuou, mesmo que a coisa ainda dilacerada em seu peito parecesse se revirar e se partir ainda mais.

Ele não tinha dúvidas de que Yrene percebera, de que guardara aquele fragmento de informação. Alguma pequena parte de Chaol a odiou por isso, odiou a si mesmo por revelar essa ferida por meio da teimosia, mas Yrene apenas se virou de costas para a mesa e caminhou em sua direção, com a expressão indecifrável.

— Peço desculpas se agora espalharem boatos de que você tem uma irritação desagradável nas pernas. — Aquela graciosidade habitual, o andar confiante, tinham sido substituídos por passadas arrastadas. — Se Kadja for tão esperta como acho que é, ela temerá que a irritação traga problemas por ser resultado das aplicações *dela* e não contará a ninguém. Ou pelo menos perceberá que, se a notícia se espalhar, saberemos que *ela* foi a única a quem contei.

Tudo bem. Ela ainda não queria responder à pergunta de Chaol. Então, em vez disso, ele indagou:

— Por que queria que Kadja fosse embora?

Yrene desabou no sofá dourado e esfregou as têmporas.

— Porque alguém matou uma curandeira na biblioteca na noite passada... e depois veio atrás de mim também.

Chaol ficou imóvel.

— O quê?

Ele olhou para as janelas, para as portas abertas do jardim, para as saídas. Nada além de calor e água gorgolejante e pássaros cantando.

— Eu estava lendo... a respeito do que você me contou — explicou Yrene, cujas sardas estavam ainda mais nítidas contra a pele pálida. — E senti alguém se aproximar.

— Quem?

— Não sei. Não vi. A curandeira... eu a encontrei enquanto fugia. — A jovem engoliu em seco. — Vasculhamos a biblioteca de cima a baixo depois que ela foi... recuperada, mas não encontramos ninguém. — Yrene sacudiu a cabeça, o maxilar tenso.

— Sinto muito — respondeu Chaol, com sinceridade. Não apenas pela perda da vida, mas também pelo que pareceu ser a perda de uma paz e serenidade há muito mantidas. Mas, porque não conseguia se impedir de obter respostas, de avaliar os riscos, mais do que podia interromper a própria respiração, o antigo capitão perguntou: — Que tipo de ferimentos? — Uma parte de si não queria saber.

Yrene se recostou contra as almofadas do sofá, e o estofado de pena de ganso fez um barulho quando ela olhou para o teto emoldurado em ouro.

— Eu a tinha visto antes, rapidamente. Era jovem, pouco mais velha que eu. Quando a encontrei no chão, parecia um cadáver dissecado havia muito tempo. Nenhum sangue, nenhum sinal de ferimento. Apenas... drenada.

O coração de Chaol saltou diante da descrição familiar demais. Valg. Apostaria tudo o que lhe restava, apostaria tudo nisso.

— E quem quer que tenha feito isso apenas deixou o corpo ali?

Um aceno positivo. As mãos de Yrene tremeram conforme ela as passou pelos cabelos, fechando os olhos.

— Acho que perceberam que tinham atacado a pessoa errada... e se afastaram rapidamente.

— Por quê?

Yrene virou a cabeça, abrindo os olhos. Havia exaustão ali. E medo absoluto.

— Ela se parece... se *parecia* comigo — respondeu ela, com a voz rouca. — Nossas compleições, nossas cores. Quem quer que fosse... acho que estava procurando por *mim*.

— Por quê? — perguntou Chaol de novo, tentando compreender tudo o que fora dito.

— Porque as coisas que eu estava lendo ontem à noite, sobre a potencial fonte de poder que o feriu... Deixei alguns livros a respeito disso na mesa. E, quando os guardas vasculharam a área, os livros tinham sumido. — Yrene engoliu em seco de novo. — Quem sabia que vocês vinham para cá?

O sangue de Chaol gelou apesar do calor.

— Não fizemos segredo. — Foi instintivo apoiar a mão em uma espada que não estava ali, uma espada que ele jogara no Avery meses antes. — Não foi anunciado, mas qualquer um poderia ter descoberto. Muito antes de colocarmos os pés aqui.

Estava acontecendo de novo. Ali. Um demônio valg fora até Antica — um inferior na melhor das hipóteses, um príncipe na pior. Poderia ser qualquer uma das alternativas.

138

O ataque descrito se encaixava com o relato de Aelin sobre os restos mortais das vítimas do príncipe valg, que ela e Rowan tinham encontrado em Wendlyn. Pessoas cheias de vida transformadas em cascas, como se o valg tivesse bebido suas almas.

— O príncipe Kashin suspeita de que Tumelun tenha sido assassinada — disse Chaol, baixinho.

Yrene se esticou, e qualquer cor restante sumiu de seu rosto.

— O corpo de Tumelun não foi drenado. Hafiza... a própria alta--curandeira, declarou que foi suicídio.

Havia, é claro, a chance de que as duas mortes não estivessem ligadas, uma chance de que Kashin estivesse errado a respeito de Tumelun. Parte de Chaol rezava para que isso fosse verdade. Mas, mesmo que não estivessem relacionadas, o que acontecera na noite anterior...

— Você precisa avisar o khagan — disse Yrene, parecendo ler seus pensamentos.

Ele assentiu.

— É claro. É claro que avisarei. — Por mais que a situação inteira fosse maldita... Talvez fosse a entrada que ele estivera esperando com o governante. Então Chaol observou o rosto exausto de Yrene, o medo em seu olhar. — Sinto muito... por tê-la arrastado para isso. A segurança foi intensificada em torno da Torre?

— Sim. — Um ruído exalado. Ela esfregou o rosto.

— E você? Veio até aqui sob escolta?

Yrene franziu a testa para ele.

— Em plena luz do dia? No meio da cidade?

Chaol cruzou os braços.

— Não duvidaria de nada vindo dos valg.

Yrene gesticulou.

— Não passarei mais por corredores escuros sozinha tão cedo. Ninguém na Torre fará isso. Guardas foram chamados e posicionados em todos os corredores, a cada poucos metros na biblioteca. Nem mesmo sei de onde Hafiza os convocou.

Subalternos valg podiam tomar os corpos de qualquer um que desejassem, mas os príncipes eram vaidosos o bastante para que Chaol duvidasse de que assumiriam a forma de um guarda inferior. Não quando preferiam belos rapazes.

Um colar e um frio sorriso morto lampejaram diante de seus olhos.

Chaol expirou.

— Sinto muito mesmo... pela curandeira. — Principalmente se sua presença tinha, de algum modo, desencadeado o ataque, se tinham perseguido Yrene apenas porque o estava ajudando. Ele acrescentou: — Você deve ficar alerta. Constantemente.

Yrene ignorou o aviso e avaliou o quarto, os tapetes, as palmeiras exuberantes.

— As meninas... as jovens acólitas... Estão assustadas.

E você?

Em outra época, Chaol teria se voluntariado para montar guarda, para vigiar sua porta e organizar os soldados, porque *sabia* como aquelas coisas operavam. Mas ele não era o capitão e duvidava de que o khagan ou seus homens estivessem inclinados a ouvir um lorde estrangeiro, de todo modo.

No entanto, ele não conseguia se conter, conter aquela parte de si, então perguntou:

— O que posso fazer para ajudar?

Os olhos de Yrene se voltaram na direção de Chaol, avaliando. Refletindo. Não ele, mas, ao que parecia, algo dentro dela mesma. O antigo capitão apenas manteve o corpo imóvel e o olhar fixo enquanto Yrene olhava para o próprio interior. Por fim, ela inspirou e disse:

— Dou uma aula. Uma vez por semana. Depois de ontem, estavam todas cansadas demais, então deixei que dormissem. Hoje à noite, temos uma vigília para a curandeira que... que morreu. Mas amanhã... — Ela mordeu o lábio de novo, mais uma vez considerando por um instante antes de acrescentar: — Gostaria que você viesse.

— Que tipo de aula?

Yrene brincou com um cacho pesado.

— Não há mensalidade para alunos aqui... mas pagamos nossos estudos de outra maneira. Alguns ajudam com a cozinha, a lavanderia, a limpeza. Mas, quando cheguei, Hafiza... eu disse a ela que era boa em todas essas coisas, porque as tinha feito por... um tempo. Ela me perguntou o que mais eu sabia além de cura, e eu disse a ela... — A curandeira mordeu o lábio. — Alguém um dia me ensinou autodefesa. O que fazer contra agressores. Em geral, homens.

Foi um esforço não olhar para a cicatriz em seu pescoço e se perguntar se ela aprendera depois... ou mesmo se aquilo não fora o suficiente.

A jovem suspirou pelo nariz.

— Eu disse a Hafiza que sabia um pouco disso e que... que eu tinha feito uma promessa a alguém, à pessoa que *me* ensinou, de mostrar e ensinar a quantas mulheres fosse possível. Então tenho feito isso. Uma vez por semana, ensino as acólitas, assim como quaisquer alunas mais velhas, curandeiras, criadas ou bibliotecárias que gostariam de aprender.

Aquela mulher delicada, de mãos gentis... Realmente, ele tinha aprendido que a força podia estar escondida sob os rostos mais improváveis.

— As meninas estão profundamente abaladas. Não tinha havido um intruso na Torre em muito tempo. Acho que ajudaria muito se você se juntasse a mim amanhã... para ensinar o que sabe.

Por um longo momento, Chaol a encarou. Piscando.

— Percebe que estou nesta cadeira.

— E? Sua boca ainda funciona. — Palavras amargas, ríspidas.

Ele piscou de novo.

— Talvez não me considerem o instrutor mais encorajador...

— Não, provavelmente ficarão gemendo e suspirando tanto por você que se *esquecerão* de ter medo.

A terceira e última piscadela de Chaol a fez sorrir levemente. Sombriamente. Ele se perguntou como seria aquele sorriso se algum dia se sentisse realmente entretida... feliz.

— A cicatriz dá um toque de mistério — comentou a curandeira, interrompendo-o antes que ele pudesse se lembrar do corte na própria bochecha.

Chaol a estudou conforme Yrene se levantava do sofá para caminhar de volta até a mesa e desfazer a sacola.

— Gostaria mesmo que eu estivesse lá amanhã?

— Precisaremos descobrir como *levá-lo* até lá, mas não deve ser tão difícil.

— Me enfiar em uma carruagem funcionará.

Ela enrijeceu o corpo, olhando por cima do ombro.

— Guarde essa raiva para *nosso* treinamento, Lorde Westfall. — Yrene catou um frasco de óleo e o apoiou na mesa. — E não tomará uma carruagem.

— Uma liteira carregada por criados, então? — Chaol preferiria rastejar.

— Um cavalo. Já ouviu falar?

Ele agarrou os braços da cadeira.

— São necessárias pernas para cavalgar.

— Então é bom que ainda tenha as duas. — Yrene voltou a estudar quaisquer que fossem os frascos contidos naquela bolsa. — Falei com minha superior esta manhã. Ela já viu pessoas com ferimentos semelhantes cavalgarem até conseguirem nos encontrar... com correias e esteios especiais. Estão sendo fabricados para você nas oficinas agora mesmo, enquanto conversamos.

Chaol deixou que aquelas palavras fossem absorvidas.

— Então presumiu que eu iria com você amanhã.

A curandeira se virou, por fim, com a sacola na mão.

— Presumi que desejaria cavalgar independentemente disso.

Ele apenas a encarou enquanto ela se aproximava com o frasco na mão. Havia somente uma certa irritação arrogante no rosto de Yrene. Era melhor que o medo profundo.

— Acha que tal coisa é possível? — perguntou Chaol, um pouco rouco.

— Acho. Chegarei ao alvorecer, assim teremos tempo suficiente para ver como funciona. A aula começa às 9 horas.

Cavalgar. Mesmo que ele não pudesse andar. *Cavalgar...*

— Por favor, não me dê essa esperança e a deixe desmoronar — pediu Chaol, com dificuldade.

Yrene apoiou a sacola e o frasco na mesa baixa diante do sofá e indicou para que ele se aproximasse.

— Bons curandeiros não fazem esse tipo de coisa, Lorde Westfall.

Ele não se incomodara com um casaco naquele dia e deixara o cinto no quarto. Depois de deslizar a camisa encharcada de suor por cima da cabeça, o antigo capitão desabotoou rapidamente o cós da calça.

— É Chaol — disse ele, depois de um momento. — Meu nome... é Chaol. Não é Lorde Westfall. — Ele grunhiu ao se erguer da cadeira para o sofá. — Lorde Westfall é meu pai.

— Bem, você também é um lorde.

— Apenas Chaol.

— Lorde Chaol.

Ele lançou um olhar para Yrene ao arrumar as pernas. Ela não estendeu a mão para ajudar ou ajustá-lo.

— E aqui estava eu achando que ainda se ressentia de mim.

— Se ajudar minhas meninas amanhã, vou reconsiderar.

Pelo brilho naqueles olhos dourados, ele duvidava muito daquilo, mas um meio sorriso repuxou os cantos da boca de Chaol.

— Outra massagem hoje? — *Por favor,* ele quase acrescentou. Os músculos já doíam por causa dos exercícios e por mover-se tanto entre a cama, o sofá, a cadeira e a banheira...

142

— Não. — Yrene indicou que ele se deitasse de bruços no sofá. — Vou começar hoje.

— Encontrou informações a respeito do ferimento?

— Não — repetiu ela, puxando a calça de Chaol com aquela eficiência calma e ágil. — Mas depois de ontem à noite... Não quero demorar.

— Eu vou... eu posso... — O ex-capitão trincou os dentes. — Encontraremos uma forma de proteger você enquanto pesquisa. — Ele odiou as palavras, sentiu como se elas se enroscassem na língua e na garganta, igual a leite rançoso.

— Acho que sabem disso — comentou Yrene, em voz baixa, e lhe deu batidinhas com óleo ao longo da coluna. — Mas não tenho certeza se é a informação. Se é isso que querem evitar que eu encontre.

O estômago de Chaol se revirou, mesmo com Yrene passando as mãos tranquilizadoras por suas costas. As mãos se demoraram perto daquela mancha no ápice.

— O que acha que querem, então?

Ele já suspeitava, mas queria ouvi-la dizer... queria saber se ela achava o mesmo, se entendia os riscos tanto quanto ele.

— Eu me pergunto — respondeu ela, por fim — se não foi apenas o que eu pesquisava, mas também o fato de que estou curando *você*.

Chaol virou a cabeça para observar a curandeira enquanto as palavras pairavam entre os dois. Ela apenas encarou aquela marca na coluna do homem, o rosto cansado. Ele duvidava de que Yrene tivesse dormido.

— Se estiver cansada demais...

— Não estou.

Ele trincou o maxilar.

— Pode tirar uma soneca aqui. Eu fico de vigia. — Por mais que fosse inútil. — E pode trabalhar em mim depois...

— Trabalharei em você agora. Não vou deixar que me espantem. — A voz não estremeceu nem hesitou. Yrene acrescentou, mais baixo, mas com a mesma bravura: — Já vivi a vida com medo dos outros. Deixei que pisassem em mim só porque tinha medo demais das consequências caso me recusasse. Não sabia *como* recusar. — A mão empurrou a coluna de Chaol em uma ordem silenciosa para que ele apoiasse a cabeça de novo. — No dia em que cheguei a essas praias, deixei de lado aquela menina. E, maldito seja, não deixarei que ela ressurja. Nem permitirei que alguém *me* diga o que fazer da vida, de minhas escolhas novamente.

143

Os pelos nos braços de Chaol se arrepiaram diante da ira fumegante na voz de Yrene. Uma mulher feita de aço e brasas crepitantes. Calor chegou, de fato, a pulsar sob a palma da curandeira quando ela a deslizou pela coluna de Chaol, na direção daquele borrão branco.

— Vejamos se a marca gosta de ser cutucada, para variar — sussurrou Yrene.

A curandeira colocou a mão diretamente sobre a cicatriz. Chaol abriu a boca para falar...

Mas um grito foi o que saiu no lugar.

⊰ 12 ⊱

Dor incandescente e afiada como uma lâmina irradiou pelas costas de Chaol com garras violentas.

Ele arqueou a coluna, urrando de agonia.

A mão de Yrene imediatamente se foi, e um estalo soou.

Chaol ofegou, arquejando ao se apoiar nos cotovelos, e viu a curandeira sentada na mesa baixa, com o frasco de óleo virado e vazando na madeira. Ela olhou boquiaberta para as costas do antigo capitão, para onde sua mão estivera.

Ele não tinha palavras... nada além da dor reverberante.

Yrene ergueu as mãos diante do rosto como se jamais as tivesse visto.

Ela as virou de um lado e de outro.

— Não apenas desgosta de minha magia — sussurrou a curandeira.

Os braços de Chaol tremeram, então ele se deitou novamente nas almofadas, encarando-a, quando Yrene declarou:

— *Odeia* minha magia.

— Você disse que era um eco, que não estava conectado com o ferimento.

— Talvez eu estivesse errada.

— Rowan me curou sem nenhum desses problemas.

As sobrancelhas de Yrene se franziram ao ouvir o nome, e Chaol se amaldiçoou silenciosamente por revelar aquele trecho da história no palácio com ouvidos e bocas.

— Estava consciente?

Ele refletiu.

— Não. Estava... quase morto.

Ao reparar no óleo derramado, ela xingou baixinho; de leve em comparação com algumas outras bocas imundas que Chaol tivera o distinto prazer de conhecer.

Yrene avançou para a sacola, mas o lorde foi mais rápido, pegando a camisa encharcada de suor de onde estava, jogada no braço do sofá, e atirando-a sobre a poça que se espalhava antes que pudesse pingar no tapete, sem dúvida, inestimável.

A curandeira estudou a camisa, então o braço estendido de Chaol, que estava quase sobre seu colo.

— Ou sua inconsciência durante aquela cura inicial evitou que sentisse esse tipo de dor, ou talvez isso, o que quer que seja, ainda não tivesse... se estabelecido.

A garganta de Chaol se fechou.

— Acha que estou possuído? — Por aquela *coisa* que morava dentro do rei, que fizera coisas tão inomináveis...

— Não. Mas a dor pode parecer *viva*. Talvez isto não seja diferente. E talvez não queira partir.

— Minha coluna está mesmo ferida? — Ele mal conseguiu fazer a pergunta.

— Está — respondeu ela, e alguma parte do peito de Chaol afundou. — Senti as partes quebradas, os nervos emaranhados e partidos. Mas, para curar essas coisas, para fazer com que se comuniquem com seu cérebro de novo... preciso passar desse eco. Ou fazer com que ele ceda e fique submisso o suficiente para ter espaço e trabalhar em você. — Os lábios de Yrene se contraíram em uma linha triste. — Essa sombra, essa coisa que assombra você... seu corpo. Ela vai me enfrentar a cada passo, lutar para convencê-*lo* a me mandar parar. Por meio da dor. — Os olhos da jovem estavam nítidos, severos. — Entende o que estou dizendo?

A voz de Chaol saiu grave, áspera.

— Que para você ser bem-sucedida, precisarei suportar esse tipo de dor. Repetidas vezes.

— Tenho ervas que podem fazê-lo dormir, mas com um ferimento como esse... acho que não serei a única que precisará combatê-lo. E se estiver inconsciente... Tenho medo do que essa coisa possa tentar fazer com você se estiver preso ali. Em seu sonho... sua psique. — O rosto de Yrene pareceu empalidecer mais.

Chaol deslizou a mão de onde ainda repousava sobre a camisa transformada em esfregão e apertou a mão da curandeira.

— Faça o que precisar fazer.

— Vai doer. Daquele jeito. Constantemente. Pior, talvez. Precisarei trabalhar até embaixo, vértebra após vértebra, antes de sequer chegar à base da coluna. Enfrentando isso e curando você ao mesmo tempo.

A mão de Chaol apertou mais a sua, tão pequena em comparação com a dele.

— Faça o que precisar fazer — repetiu ele.

— E você — disse Yrene, baixinho. — Você vai precisar enfrentar isso também.

O antigo capitão se enrijeceu ao ouvir aquilo.

— Se a natureza dessas coisas é se alimentar de nós... — prosseguiu ela. — Se elas se alimentam, mas você está saudável... — A curandeira indicou o corpo de Chaol. — Então deve estar se alimentando de outra coisa. Algo dentro de você.

— Não sinto nada.

Yrene estudou as mãos unidas de ambos — então tirou os dedos. Não de maneira violenta a ponto de deixar a mão de Chaol cair, mas o recuo foi bastante evidente.

— Talvez devêssemos discutir isso.

— Discutir o quê?

Ela passou os cabelos por cima de um ombro.

— O que aconteceu... o que quer que seja que você está dando como alimento a essa coisa.

Suor cobriu as palmas das mãos do ex-capitão.

— Não há nada a discutir.

Yrene o encarou por um longo momento. Ele quase encolheu com aquele olhar franco.

— Pelo que percebi, há muito para discutir com relação aos últimos meses. Parece que tem sido um... momento turbulento para você ultimamente. Você mesmo disse ontem que não há ninguém que o odeie mais que você mesmo.

Para dizer o mínimo.

— E está subitamente tão ansiosa para ouvir sobre isso?

Ela nem mesmo estremeceu.

— Se é o necessário para que se cure e parta.

As sobrancelhas de Chaol se ergueram.

— Ora, ora. A verdade finalmente surge.

O rosto da curandeira era uma máscara indecifrável que deixaria Dorian no chinelo.

— Presumo que não deseje ficar aqui para sempre com a guerra solta em *nossa* terra natal, como você a chamou.

— Não é nossa terra natal?

Silenciosamente, Yrene se levantou para pegar a sacola.

— Não tenho interesse em compartilhar nada com Adarlan.

Chaol entendia. De verdade. Talvez por isso ainda não tivesse contado a ela a quem, exatamente, pertencia aquela escuridão permanente.

— E você — prosseguiu a jovem — está evitando o assunto em discussão. — Ela vasculhou a sacola. — Precisará falar sobre o que aconteceu, mais cedo ou mais tarde.

— Com todo respeito, não é de sua conta.

Ao ouvir aquilo, ela voltou o olhar para o antigo capitão.

— Ficaria surpreso com quanto a cura de ferimentos físicos está ligada à cura dos emocionais.

— Enfrentei o que aconteceu.

— Então do que essa coisa em sua coluna está se alimentando?

— Não sei. — Ele não se importava.

Yrene pegou algo da sacola, por fim, e, quando caminhou de volta até Chaol, o estômago dele se revirou diante do que ela segurava.

Um mordedor. Feito de couro escuro e fresco. Jamais usado.

A curandeira o ofereceu a ele sem hesitar. Quantas vezes tinha entregado um desses para pacientes, para curar ferimentos muito piores que aquele?

— Agora seria o momento de me mandar parar — avisou Yrene, com o rosto sombrio. — Caso prefira discutir o que aconteceu nos últimos meses.

Chaol apenas se deitou de barriga para baixo e colocou o mordedor na boca.

∽

Nesryn tinha visto o nascer do sol do céu.

Ela encontrara o príncipe Sartaq à espera no ninho uma hora antes do alvorecer. O minarete ficava a céu aberto no nível mais alto, e atrás do príncipe vestido em couro... Nesryn havia apoiado uma das mãos no portal que dava para as escadas, ainda ofegante por causa da subida.

Kadara era linda.

Cada uma das penas douradas da ruk brilhava como metal polido, e o branco do peito era tão límpido quanto neve. Os olhos dourados avaliaram Nesryn imediatamente, antes de Sartaq sequer ter se virado de onde estava afivelando a sela sobre as costas largas do animal.

— Capitã Faliq — dissera o príncipe, cumprimentando-a. — Acordou cedo.

Palavras casuais para qualquer ouvido atento.

— A tempestade de ontem à noite não me deixou dormir. Espero que não esteja incomodando você.

— Pelo contrário. — À luz fraca, a boca de Sartaq se repuxara em um sorriso. — Estava prestes a sair para um passeio... e deixar esta javali caçar o café da manhã, para variar.

Kadara tinha arrepiado as penas indignada, batendo o enorme bico — totalmente capaz de arrancar a cabeça de um homem com uma bicada. Não era à toa que a princesa Hasar permanecia desconfiada do pássaro.

Sartaq rira, dando tapinhas nas penas da ruk.

— Gostaria de se juntar a nós?

Com essas palavras, Nesryn subitamente se dera conta de quanto o minarete era alto, muito, muito alto. E de como Kadara provavelmente voaria sobre ele. Com nada para protegê-la da morte, exceto o montador e a sela que fora posicionada.

Mas montar um ruk...

Melhor ainda, montar um ruk com um príncipe que talvez tivesse informações para eles...

— Não sou muito habilidosa com alturas, mas seria uma honra, príncipe.

Tinha sido questão de poucos minutos. Sartaq ordenara que Nesryn tirasse o casaco azul meia-noite e vestisse aquele de couro sobressalente dobrado em uma cômoda encostada na parede mais afastada. Ele educadamente virara de costas para a mulher trocar a calça também. Como os cabelos de Nesryn chegavam só aos ombros, era difícil trançá-los para trás, mas o príncipe vasculhara os próprios bolsos e lhe dera uma faixa de couro para fazer um coque.

Sempre leve um sobressalente, dissera Sartaq. Ou passaria semanas penteando os cabelos.

Ele montara a ruk de olhos atentos primeiro, depois de Kadara se abaixar até o chão como uma galinha gigante. O príncipe havia subido pela lateral do animal com dois movimentos fluidos, então estendera a mão para Nesryn. Ela cuidadosamente apoiara a palma nas costelas de Kadara, maravilhada com quanto as penas frias eram macias como a mais fina seda.

A capitã imaginava que a ruk fosse ficar agitada e irritada enquanto Sartaq a puxava para a sela diante de si, mas a montaria do príncipe permanecera dócil. Paciente.

Ele tinha afivelado e prendido os dois na sela, verificando três vezes as faixas de couro. Então emitira um estalo com a língua e...

Nesryn sabia que não era educado apertar os braços de um príncipe com tanta força que o osso poderia quebrar, mas o fizera mesmo assim, conforme Kadara abria as asas douradas reluzentes e saltava para fora.

Saltava para *baixo*.

O estômago da capitã havia subido para a garganta. Os olhos se encheram de água e se embaçaram.

Vento a atacara, tentando arrancá-la da sela, e Nesryn apertara tão forte com as coxas que os músculos chegaram a doer, enquanto agarrava os braços de Sartaq, segurando as rédeas com tanta força que ele lhe gargalhava ao ouvido.

Mas, então, os prédios pálidos de Antica surgiram, quase azuis no início do alvorecer, correndo para encontrá-los conforme Kadara mergulhava e mergulhava, uma estrela caindo dos céus...

Em seguida, abria as asas com tudo e disparava para cima.

Nesryn estava feliz por ter dispensado o café da manhã, pois certamente teria saído disparando da boca com o que aquele movimento lhe causava ao estômago.

No intervalo de apenas alguns segundos, Kadara desviara para a direita — na direção do horizonte que acabara de se tornar rosa.

A extensão de Antica se abria adiante, cada vez menor conforme subiam para os céus. Até que não passasse de uma estrada de paralelepípedos sob os dois, irradiando em todas as direções. Até que Nesryn conseguisse ver as oliveiras e os campos de trigo fora da cidade. As propriedades de campo e aldeias esparsas. As dunas ondulantes do deserto setentrional à esquerda. A faixa brilhante e serpenteante de rios que se tornavam dourados sob o sol nascente despontando acima das montanhas à direita.

Sartaq não falava nada. Não apontava monumentos. Nem mesmo a linha pálida da Estrada-Irmã que corria na direção do horizonte sul.

Não, à luz nascente, ele deixava que Kadara guiasse. A ruk os levou flutuando ainda mais alto, e o ar ficou gelado — o céu azul, despertando, clareava a cada poderosa batida de asas.

Aberto. Tão aberto.

Nada parecido com o mar interminável, com as entediantes ondas e o navio entulhado.

Isso era... isso era *fôlego*. Era...

Nesryn não conseguia olhar rápido o suficiente, sorver tudo aquilo. O quanto tudo era pequeno, e lindo, e perfeito. Uma terra reivindicada por uma nação conquistadora, mas amada e cuidada.

Sua terra. Seu lar.

O sol e a vegetação e os pastos ondulantes chamavam ao longe. As florestas exuberantes e os arrozais a oeste; as pálidas dunas de areia do deserto a nordeste. Mais do que ela poderia ver em uma vida — mais longe que Kadara poderia voar em um único dia. Um mundo inteiro, aquela terra. O mundo inteiro contido ali.

Nesryn não conseguia entender por que seu pai havia partido.

Por que permanecera quando tamanha escuridão havia penetrado Adarlan. Por que os mantivera naquela cidade pútrida onde Nesryn tão raramente olhava para o céu ou sentia uma brisa que não fedia como o salobro Avery ou o lixo apodrecendo nas ruas.

— Você está calada — disse o príncipe, e foi mais uma pergunta que uma afirmação.

— Não tenho palavras para descrever isto — admitiu Nesryn em halha.

Ela sentiu Sartaq sorrir perto do ombro.

— Foi o que senti... naquele primeiro voo. E em todos os outros desde então.

— Entendo por que ficou no acampamento por tantos anos. Por que está ansioso para voltar.

Um segundo de silêncio.

— Sou tão fácil assim de ler?

— Como poderia *não* querer voltar?

— Alguns consideram o palácio de meu pai o mais belo do mundo.

— E é.

O silêncio de Sartaq foi inquisitivo o suficiente.

— O palácio de Forte da Fenda não chegava nem perto de ser tão belo... tão agradável e parte da terra.

Sartaq murmurou, e o som reverberou às costas de Nesryn. Em seguida, ele revelou, baixinho:

— A morte de minha irmã tem sido difícil para minha mãe. É por ela que fico.

A capitã se encolheu um pouco.

— Sinto muito mesmo.

Apenas o vento sussurrante falou por um tempo.

— Você disse *era* — falou, então, Sartaq. — Sobre o palácio real de Forte da Fenda. Por quê?

— Você soube o que aconteceu com ele... com as partes de vidro.

— Ah. — Outro momento silencioso. — Estilhaçado pela rainha de Terrasen. Sua... aliada.

— Minha amiga.

O príncipe inclinou o corpo em torno de Nesryn para olhar para seu rosto.

— É mesmo?

— É uma boa mulher — respondeu ela, com sinceridade. — Difícil, sim, mas... alguns diriam o mesmo de qualquer membro da realeza.

— Aparentemente, ela achava o antigo rei de Adarlan tão difícil que o matou.

Palavras cuidadosas.

— O homem era um monstro, além de uma ameaça a todos. O imediato, Perrington, ainda é. Ela fez um favor a Erilea.

Sartaq inclinou as rédeas quando Kadara começou uma descida lenta e constante na direção de um rio reluzente em um vale.

— É mesmo tão poderosa assim?

Nesryn sopesou os méritos da verdade ou de diminuir o poder de Aelin.

— Ela e Dorian têm magia considerável. Mas eu diria que a inteligência de ambos é a arma mais forte. Poder bruto é inútil sem ela.

— É perigoso sem ela.

— Sim — concordou a capitã, engolindo em seco. — Há... — Ela não fora treinada na forma enigmática de falar como faziam na corte. — Há uma ameaça tão grande em sua corte que nos fez vir aos céus para conversar?

O príncipe poderia muito bem ser a ameaça, lembrou Nesryn a si mesma.

— Você jantou com meus irmãos. Viu como são. Marcar uma reunião com você seria como se mandasse uma mensagem a eles. De que estou disposto a ouvir seu apelo, talvez levá-lo até nosso pai. Eles considerariam os riscos e os benefícios de me descreditar. Ou se cairia bem tentar se juntar... a mim.

— E você está? Disposto a nos ouvir?

Sartaq não respondeu por um longo momento; apenas o vento berrante preencheu o silêncio.

— Sim, estaria. Estaria disposto a ouvir você e Lorde Westfall. Ouviria o que sabem, o que aconteceu com os dois. Não tenho tanta influência com meu pai quanto os demais, mas ele sabe que os montadores ruk são leais a mim.

— Achei...

— Que eu fosse o preferido? — Uma risada grave, amarga. — Talvez eu até tenha a chance de ser nomeado herdeiro, mas o khagan não escolhe o herdeiro com base em quem mais ama. Mesmo assim, essa honra vai para Duva e Kashin.

Duva, de rosto meigo, Nesryn podia entender, mas...

— Kashin?

— Ele é leal a meu pai até a última gota. Jamais tramou, jamais o traiu. Eu já fiz isso... tramei contra todos e manipulei para conseguir o que queria. Mas Kashin... Ele pode comandar os exércitos terrestres e os senhores dos cavalos, pode ser brutal quando requerido, mas com meu pai, ele é ingênuo. Jamais houve um filho mais amoroso ou leal. Quando nosso pai morrer... Eu me preocupo. Com o que os outros farão caso Kashin não se submeta, ou pior: o que a perda em si fará a ele.

— O que você faria com ele? — Ousou perguntar a capitã. *Destruí-lo se não jurar lealdade?*

— Ainda resta saber que tipo de ameaça ou aliança ele poderia representar. Apenas Duva e Arghun são casados, e Arghun ainda não gerou herdeiros. Embora Kashin, se pudesse ter o que deseja, provavelmente tomaria aquela jovem curandeira nos braços.

Yrene.

— Estranho que ela não se interesse por ele.

— Um ponto a seu favor. Não é fácil amar um filho do khagan.

Os pastos verdes, ainda cheios de orvalho sob o sol fresco, ondularam quando Kadara planou na direção de um rio ágil. Com aquelas enormes garras, poderia facilmente pegar punhados de peixes.

Mas Kadara não buscava uma presa ao sobrevoar o rio, procurando algo...

— Invadiram a biblioteca da Torre ontem à noite — informou Sartaq, monitorando a caçada da ruk acima das águas azul-escuras. Névoa na superfície beijou o rosto de Nesryn, mas o frio contido nas palavras do príncipe a penetrou muito mais profundamente. — Mataram uma curandeira...

usando algum poder cruel que a transformou em casca. Jamais vimos isso em Antica.

O estômago da jovem se revirou. Com aquela descrição...

— Quem? Por quê?

— Yrene Towers deu o alarme. Buscamos durante horas e não encontramos vestígios, além de livros desaparecidos do local onde ela estivera estudando quando começou a ser perseguida. Yrene parecia abalada, mas bem.

Pesquisando. Chaol informara a Nesryn na noite anterior que a curandeira planejava pesquisar ferimentos de magia, de demônios.

— Sabe o que Yrene poderia estar pesquisando que acarretasse um interesse tão sombrio, além do roubo dos livros? — perguntou Sartaq, casualmente.

A capitã ponderou. Podia ser um truque — contar algo pessoal sobre a família e sobre a própria vida para enganá-la, levando-a a revelar segredos. Nesryn e Chaol ainda não tinham dado qualquer informação sobre as chaves, os valg ou Erawan para o khagan e seus filhos. Os dois aguardavam para fazer isso, avaliando em quem confiar. Pois se os inimigos soubessem que eles buscavam as chaves para selar o Portão de Wyrd...

— Não — mentiu ela. — Mas talvez sejam inimigos não declarados que desejam assustar Yrene e os outros curandeiros para que não ajudem o capitão. Quero dizer... Lorde Westfall.

Silêncio. Nesryn achou que Sartaq insistiria, esperou por isso enquanto Kadara quase roçava a superfície do rio, como se estivesse próxima de uma presa.

— Deve ser estranho carregar um novo título com o antigo dono logo ao lado.

— Fui capitã por apenas algumas semanas antes de partirmos. Acho que descobrirei quando voltar.

— Se Yrene for bem-sucedida. Entre outras possíveis vitórias.

Como levar aquele exército com eles.

— Sim. — Foi tudo o que Nesryn conseguiu dizer.

Kadara mergulhou, um movimento ríspido e ágil que fez Sartaq pressionar os braços em torno de Nesryn, segurando as coxas da ave com as próprias.

A capitã permitiu que ele os guiasse e os mantivesse erguidos na sela enquanto a ruk mergulhava na água, debatendo-se e atirando algo na margem do rio. Um segundo depois, a ave estava sobre a coisa, com as garras e o bico perfurando e dilacerando. A presa sob ela lutava, revirando-se e açoitando...

Um esmagar. Então silêncio.

Kadara se acalmou, arrepiando e abaixando as penas sobre o sangue que fora borrifado em seu peito e no pescoço. Um pouco também caíra nas botas de Nesryn.

— Cuidado, capitã Faliq — advertiu Sartaq, quando Nesryn se esforçou para ver a criatura com que a ruk se banqueteava.

Era enorme, com quase 4,50 metros, e coberta de escamas espessas feito uma armadura. Parecida com as bestas do pântano de Eyllwe, porém mais parruda — mais gorda pelo gado que sem dúvida arrastava para a água daqueles rios.

— Há beleza nas terras de meu pai — prosseguiu o príncipe conforme Kadara dilacerava a monstruosa carcaça. — Mas há também muito à espreita sob a superfície.

⊰ 13 ⊱

Yrene ofegou, esticando as pernas no tapete diante do corpo e apoiando as costas contra o sofá no qual Lorde Chaol também tomava fôlego.

A boca da curandeira estava seca como areia; os braços e pernas tremiam tão violentamente que ela mal conseguia manter as mãos inertes no colo.

O ruído de alguém cuspindo e um estampido baixo deixaram evidente que Chaol removera o mordedor.

Ele rugira com o objeto na boca. Os urros foram quase tão ruins quanto a própria magia.

Era um vazio. Era um inferno novo e sombrio.

A magia de Yrene tinha sido como uma estrela pulsante que se acendia contra a parede que a escuridão construíra para separar o topo da coluna de Chaol do restante. A jovem sabia — sabia sem testar — que se a ultrapassasse, se pulasse direto para a base da coluna... a magia a encontraria ali também.

Mas ela insistira. Insistira e insistira até ficar soluçando para tomar fôlego.

Mesmo assim, a parede não se movera.

Parecia apenas ter dado uma risada, um som baixo e sibilante, envolto em gelo e malícia antigos.

Yrene havia atirado magia contra a parede, deixando que o enxame de luzes brancas incandescentes atacasse onda após onda, mas... nada.

E, apenas no fim, quando a magia não tinha conseguido encontrar uma fenda, uma ranhura pela qual entrar... Apenas quando ela fez menção de recuar, aquela parede escura pareceu se transformar.

Transmutar-se em algo... Estranho.

A magia de Yrene tornara-se enfraquecida diante daquilo. Qualquer faísca de ousadia havia se esfriado no encalço da morte daquela curandeira. E ela não conseguia ver, não ousava olhar para o que pressentia se reunindo ali, o que preenchia a escuridão com vozes, como se estivessem ecoando por um longo corredor.

Mas aquela coisa tinha pairado e Yrene arriscara um olhar por cima do ombro.

A parede escura estava viva. Com imagens passando, uma após a outra. Como se ela olhasse através dos olhos de outra pessoa. Embora soubesse por instinto que não pertenciam a Lorde Chaol.

Em meio a montanhas estéreis e da cor de cinzas, uma fortaleza de pedra escura se projetava com torres afiadas como lanças e com bordas e parapeitos duros e cortantes. Além da construção, cobrindo os vales e as planícies em meio às montanhas, um exército surgia ao longe, com mais fogueiras de acampamento do que Yrene conseguia contar.

E ela sabia o nome daquele lugar, das forças reunidas. Yrene tinha ouvido o nome ecoar pela mente, como se fosse a batida de um martelo em uma bigorna.

Morath.

A curandeira recuara, puxando-se de volta para a luz e o calor pesado.

Morath. Não sabia se era alguma memória real, deixada por qualquer que fosse o poder que o atingira, ou se era algo que a escuridão tinha conjurado de seus terrores mais sombrios...

Não era real. Pelo menos não naquele quarto, com a luz do sol penetrando e a fonte gorgolejando no jardim do lado de fora. Mas se era, de fato, um retrato verdadeiro dos exércitos que Lorde Chaol mencionara no dia anterior...

Era aquilo que ela enfrentaria. As vítimas daquele hospedeiro, possivelmente até os soldados dentro disso, caso as coisas dessem muito errado.

Era o que aguardava Yrene em casa.

Não agora... não pensaria nisso agora, com Chaol ali. Preocupar-se com isso, lembrá-lo do que ele deveria enfrentar, o que poderia estar assolando seus amigos enquanto os dois estavam sentados ali... Não ajudava. Nenhum dos dois.

Então a curandeira se sentou ali, no tapete, obrigando o tremor a se acalmar a cada fôlego profundo que inspirava pelo nariz e exalava pela boca, permitindo que a magia se assentasse e a preenchesse de novo enquanto acalmava a mente, permitindo que Lorde Chaol ofegasse no sofá atrás dela, sem que nenhum dos dois dissesse uma palavra.

Não, aquela não seria uma cura comum.

Mas, talvez, atrasar seu retorno ao permanecer ali para curá-lo por quanto tempo levasse... Poderia haver outros como ele naqueles campos de batalha — sofrendo com ferimentos semelhantes. Aprender a encarar aquilo, por mais perturbador que fosse... Sim, esse atraso poderia revelar-se útil. Se Yrene conseguisse aguentar, se conseguisse suportar aquela escuridão de novo, encontrando algum jeito de estilhaçá-la.

Vá aonde teme caminhar.

De fato.

Seus olhos se fecharam lentamente. Em algum momento, a criada voltara com os ingredientes que Yrene inventara. Depois de observá-los por um bom tempo, ela sumira.

Fazia horas. Dias.

A fome era como um nó apertado na barriga de Yrene — uma sensação estranhamente mortal comparada com as horas passadas atacando a escuridão, apenas parcialmente ciente da mão que apoiara nas costas do paciente, dos gritos que ele soltava sempre que sua magia empurrava aquela parede.

Chaol não pedira que ela parasse uma vez sequer. Não havia implorado por alívio.

Dedos trêmulos roçaram o ombro de Yrene.

— Você... está... — Cada palavra era áspera, queimada. Ela precisaria lhe dar chá de hortelã-pimenta com mel. Deveria chamar a criada... se conseguisse se lembrar de como falar. De como reunir a voz. — ...bem?

A curandeira entreabriu as pálpebras quando a mão se apoiou em seu ombro. Não por afeição ou preocupação, mas porque tinha a sensação de que a exaustão recaía tão pesadamente sobre ele que Lorde Chaol não conseguia movê-la de novo.

E ela estava tão drenada que não conseguia reunir forças para rechaçar o toque, como fizera mais cedo.

— Eu que deveria perguntar se *você* está bem — conseguiu dizer a curandeira, com a voz rouca. — Está sentindo alguma coisa?

— Não. — A pura falta de emoção por trás da palavra informou a Yrene o suficiente sobre os pensamentos, o desapontamento do antigo capitão. Ele se calou por alguns segundos antes de repetir: — Não.

Ela fechou os olhos de novo. Aquilo poderia levar semanas. Meses. Principalmente se não encontrasse um modo de empurrar a parede de escuridão.

A curandeira tentou mover as pernas, mas fracassou.

— Eu deveria pegar para você...

— Descanso.

A mão se apertou sobre o ombro dela.

— Descanso — disse ele, de novo.

— Já está bom por hoje para você — afirmou Yrene. — Nenhum exercício adicional...

— Quero dizer... você. Precisa de *descanso*. — Cada palavra era difícil.

A jovem voltou o olhar para o grande relógio no canto. Piscou uma vez. Duas.

Cinco.

Estavam ali havia *cinco* horas...

Ele suportara por todo aquele tempo. Cinco *horas* daquela agonia...

Apenas pensar nisso a fez puxar as pernas para cima. Gemendo ao apoiar a mão na mesa baixa para reunir forças e subir, mais e mais, até estar de pé. Oscilando, mas... de pé.

Os braços de Chaol deslizaram sob ele, com os músculos das costas nuas se contraindo quando ele tentou se impulsionar para cima.

— Não — declarou Yrene.

O antigo capitão se impulsionou mesmo assim. Os músculos consideráveis nos braços e no peito não falharam enquanto ele empurrava o corpo até estar sentado. Encarando-a, com olhos vítreos vidrados.

— Você precisa... de chá — aconselhou Yrene, rouca.

— Kadja.

O nome mal passou de uma exalação.

A criada imediatamente surgiu. Rápido demais.

A curandeira a estudou com atenção após aquela entrada sorrateira. Ela estivera ouvindo. Esperando.

— Chá de hortelã-pimenta. Muito mel — pediu Yrene, sem se importar em sorrir.

— Dois — acrescentou Chaol.

Yrene lançou um olhar a ele, mas afundou no sofá a seu lado. As almofadas estavam levemente molhadas — com o suor do lorde, percebeu a curandeira, quando viu a umidade reluzindo nos contornos do peito de Chaol.

Ela fechou os olhos; apenas por um momento.

Não percebeu que havia sido muito mais que um momento até Kadja apoiar as duas delicadas xícaras diante deles, com uma pequena chaleira de ferro fumegante no centro da mesa. A mulher serviu quantidades generosas de mel, e a boca de Yrene estava seca demais, a língua pesada demais, para que se incomodasse em dizer à criada que parasse ou deixaria os dois doentes com tanta doçura.

Kadja mexeu as duas xícaras em silêncio, então entregou a primeira a Chaol.

Ele apenas a devolveu a Yrene.

Ela estava cansada demais para protestar conforme envolvia a xícara com as mãos, tentando reunir forças para levá-la aos lábios.

Chaol pareceu perceber isso.

Ele disse a Kadja que deixasse a segunda xícara na mesa, e pediu que ela saísse.

Yrene observou, como de uma janela distante, quando Chaol pegou a xícara que ela segurava e a levou aos lábios dela.

A curandeira pensou em afastar a mão do homem de seu rosto.

Sim, trabalharia com ele; não, ele não era o monstro que inicialmente suspeitara de que fosse, não do jeito como ela já vira homens se comportando, mas deixá-lo chegar tão perto, deixar que *cuidasse* dela daquela maneira...

— Pode beber — disse Chaol, a voz como um grunhido baixo. — Ou podemos nos sentar aqui durante as próximas horas.

Yrene voltou os olhos para ele. Viu que Chaol estava com o olhar centrado, apesar da exaustão.

Ela não disse nada.

— Então esse é o limite — murmurou o lorde, mais para si mesmo que para a curandeira. — Pode suportar me ajudar, mas não posso devolver o favor. Ou não posso fazer nada que ultrapasse sua ideia de que ou quem eu sou.

Ele era mais astuto do que as pessoas provavelmente lhe davam crédito.

Yrene tinha a sensação de que a severidade nos intensos olhos castanhos se espelhava nos seus.

— Beba — disse Chaol num tom autoritário: um homem acostumado a ser obedecido, a dar ordens. — Pode se ressentir de mim quanto quiser, mas beba o maldito chá.

E foi a pequena semente de preocupação em seus olhos...

Um homem acostumado a ser obedecido, sim, mas também um homem que tendia a se importar com os outros. Cuidar deles. Impelido a fazê-lo por uma compulsão que ele não conseguia conter, que não conseguia se condicionar a perder. Que não poderia lhe ser arrancada.

Yrene entreabriu os lábios, uma resignação silenciosa.

Com cuidado, o antigo capitão apoiou a xícara de porcelana contra a boca da curandeira e a virou.

Ela bebeu uma vez. Chaol murmurou um encorajamento, e Yrene bebeu de novo.

Tão cansada. Jamais se sentira tão cansada *na vida...*

Chaol levou a xícara à boca da jovem uma terceira vez, e a curandeira bebeu um gole inteiro.

Bastava. Ele precisava mais daquilo que ela...

Sentindo que Yrene provavelmente esbravejaria com ele, o lorde afastou a xícara de sua boca e apenas bebericou. Um gole. Dois.

Ele esvaziou a xícara e pegou a outra, oferecendo a Yrene os primeiros goles de novo antes de tomar o fim.

Homem insuportável.

A curandeira devia ter dito isso em voz alta, pois um meio sorriso repuxou um lado do rosto de Chaol.

— Não é a primeira a me chamar assim — comentou ele, com a voz mais suave. Menos rouca.

— Não serei a última, tenho certeza — murmurou Yrene.

Chaol apenas deu a ela aquele meio sorriso novamente e se esticou para encher as duas xícaras. Ele mesmo acrescentou o mel, menos que Kadja. A quantidade certa. E mexeu, com as mãos firmes.

— Posso fazer isso — disse Yrene, com esforço.

— Eu também. — Foi tudo o que ele falou.

Ela conseguiu segurar a xícara dessa vez. Chaol se certificou de que a curandeira bebia da dela antes de levar a própria aos lábios.

— Eu deveria ir. — A ideia de sair do palácio, e ainda mais a subida até a Torre, então a caminhada escada acima até o quarto...

— Descanse. Coma... deve estar faminta.

Yrene olhou para ele.

— Você não está? — Ele se exercitara pesadamente antes de a curandeira chegar; devia estar faminto apenas por isso.

— Estou. Mas não acho que consiga esperar pelo jantar — respondeu Chaol, e acrescentou: — Você poderia se juntar a mim.

Uma coisa era curá-lo, trabalhar com ele, deixar que servisse seu chá. Mas jantar com o homem que servira àquele açougueiro, o homem que trabalhara para ele enquanto aquele exército sombrio era reunido em Morath... Ali estava. Aquela fumaça em seu nariz, o crepitar de chamas e os gritos.

Yrene se inclinou para a frente e apoiou a xícara na mesa, então ficou de pé. Cada movimento era duro, dolorido.

— Preciso voltar à Torre — disse ela, com os joelhos trêmulos. — A vigília é ao pôr do sol. — Ainda faltava uma boa hora, felizmente.

Chaol reparou que Yrene cambaleava e estendeu a mão para ela, mas a curandeira saiu de seu alcance.

— Deixarei os suprimentos. — Porque pensar em carregar aquela bolsa pesada de volta...

— Me deixe arrumar uma carruagem para você.

— Posso pedir no portão de entrada — respondeu a jovem. Se alguém a estava caçando, Yrene escolheria a segurança de uma carruagem.

Ao passar, ela precisou se agarrar à mobília para se manter ereta. A distância até a porta pareceu eterna.

— Yrene.

A curandeira mal conseguiu ficar de pé à porta, mas parou e olhou para trás.

— A aula de amanhã. — A concentração já retornara para aqueles olhos castanhos. — Onde quer que eu a encontre?

Yrene pensou em cancelar. Perguntou-se em que estivera pensando ao pedir que ele, de todas as pessoas, fosse à aula.

Mas... cinco horas. Cinco horas de agonia e ele não cedera.

Talvez fosse simplesmente por isso que Yrene recusara o jantar. Se ele não cedera, então ela não cederia — não o veria como qualquer coisa além do que era. Ao que servira.

— Encontro você no pátio principal ao alvorecer.

Reunir forças para caminhar foi um esforço, mas Yrene conseguiu. Colocou um pé diante do outro.

E deixou Lorde Chaol sozinho naquele quarto, ainda olhando para ela.

Cinco horas de agonia, e a curandeira sabia que não fora apenas físico.

Ao empurrar aquela parede, ela havia sentido que a escuridão também mostrara coisas do outro lado para ele.

Lampejos que às vezes passavam por ela, como tremores. Nada que Yrene conseguisse discernir, mas pareceram... *pareceram* lembranças. Pesadelos. Talvez ambos.

Ainda assim, ele não tinha pedido que ela parasse.

E, conforme arrastava os pés pelo palácio, parte dela se perguntou se Lorde Chaol não lhe pedira que parasse não apenas porque aprendera a lidar com a dor, mas também porque, de alguma maneira, sentia como se a merecesse.

Tudo doía.

Chaol não se permitiu pensar no que vira. No que percorrera sua mente quando aquela dor o havia assolado, queimado, esfolado e estilhaçado. O que... e quem ele vira. O corpo na cama. O colar no pescoço. A cabeça rolando.

Não podia escapar. Não enquanto Yrene trabalhava.

Então a dor o dilacerara, então ele vira aquelas cenas, de novo e de novo.

E tinha rugido, gritado e urrado.

Yrene havia parado apenas quando deslizara até o chão.

Ele fora deixado oco. Vazio.

Mesmo assim, ela não quisera passar mais que um momento necessário a seu lado.

Chaol não a culpava.

Não que importasse. Mas o antigo capitão lembrou a si mesmo que ela havia pedido que ele a ajudasse no dia seguinte.

De qualquer jeito possível.

Chaol permaneceu onde Yrene o deixara e comeu a refeição, ainda vestindo apenas o calção. Kadja não pareceu reparar ou se importar, e ele estava dolorido e cansado demais para se incomodar com modéstia.

Aelin provavelmente teria rido se o visse naquele momento. O homem que saíra cambaleando de seu quarto depois de ela declarar que seu ciclo havia chegado agora se encontrava sentado naquele cômodo elegante, quase totalmente nu e sem dar a mínima.

Nesryn voltou antes do pôr do sol, com o rosto vermelho e os cabelos embaraçados pelo vento. Um olhar para o sorriso hesitante da capitã informou o suficiente a Chaol. Pelo menos ela fora de certo modo bem-sucedida com Sartaq. Talvez conseguisse fazer o que Chaol parecia tentar e fracassar: levantar um exército para levar de volta para casa.

Ele tivera a intenção de falar com o khagan naquele dia — sobre a ameaça que o ataque da noite anterior representava. Tivera a intenção, mas era tarde demais para que tal reunião fosse arranjada.

Chaol mal ouviu Nesryn quando ela sussurrou sobre o possível apoio de Sartaq. Sobre o voo na magnífica ruk. A exaustão estava tão pesada que ele mal conseguia ficar de olhos abertos, mesmo ao imaginar aqueles ruks enfrentando bruxas Dentes de Ferro e serpentes aladas, mesmo ao debater quem poderia sobreviver a tais batalhas.

Mas o lorde conseguia dar a ordem que se enroscava em sua língua: *Vá à caça, Nesryn.*

Se um dos subalternos valg de Erawan tinha, de fato, ido até Antica, o tempo não era seu aliado. Cada passo, cada pedido poderia ser relatado de volta a Erawan. E, se estavam perseguindo Yrene, seja por ler sobre os valg ou por curar a Mão do Rei... Chaol não confiava em ninguém ali o suficiente para pedir aquilo. Ninguém além de Nesryn.

A capitã assentira diante do pedido. Entendera por que Chaol quase cuspira as palavras. Deixá-la ir em direção ao perigo, *caçar* aquele tipo de perigo...

Mas Nesryn fizera aquilo antes em Forte da Fenda. Ela lembrou a Chaol, gentilmente. O sono o chamou, transformando seu corpo em algo estranho e pesado, mas ele conseguiu fazer o último pedido: *Tome cuidado.*

Quando Nesryn o ajudou a subir na cadeira e o empurrou até o quarto, Chaol não resistiu. Ele tentou se erguer até a cama, mas fracassou. Estava apenas vagamente ciente de Nesryn e Kadja o empurrando até o colchão, como se fosse um pedaço de carne.

Yrene não fazia tais coisas. Jamais o empurrava quando Chaol podia fazer aquilo sozinho. Constantemente dizia a ele que se movesse sozinho.

O antigo capitão se perguntava por quê, mas estava cansado demais para refletir melhor sobre isso.

Nesryn disse que se desculparia por ele no jantar, então foi se trocar. Chaol se perguntou se os criados teriam ouvido os gemidos da pedra de amolar contra as lâminas do outro lado da porta do quarto da capitã.

Ele caiu no sono antes de Nesryn partir, quando o pêndulo do relógio na sala de estar anunciava fracamente as 19 horas.

Ninguém deu muita atenção a Nesryn durante o jantar naquela noite. E ninguém lhe deu muita atenção mais tarde, quando ela vestiu as facas de luta, a espada e o arco e a aljava, antes de seguir sorrateira para as ruas da cidade.

Nem mesmo a esposa do khagan.

Conforme a capitã passava por um grande jardim de pedra ao sair do palácio, um lampejo branco atraiu seus olhos — e a fez se abaixar atrás de uma das pilastras que flanqueava o pátio.

Em um segundo, Nesryn tirou a mão da longa faca na lateral do corpo.

Vestida em seda branca, com a longa cortina de cabelos pretos solta, a Grande Imperatriz caminhava, silenciosa e séria como uma assombração, por uma passagem que entremeava as formações rochosas do jardim. Apenas o luar preenchia o espaço — luar e sombra, enquanto ela caminhava sozinha e despercebida, com o vestido simples fluindo atrás de si, como se houvesse um vento fantasma.

Branco pelo luto... pela morte.

O rosto da Grande Imperatriz não estava adornado; a cor da pele era muito mais pálida que a dos filhos. Nenhuma alegria se estampava na expressão; nenhuma vida. Nenhum interesse nessas duas coisas.

Nesryn se demorou às sombras da pilastra, observando a mulher flutuar mais para longe, como se perambulasse pelas trilhas de uma paisagem onírica. Ou talvez algum inferno vazio, estéril.

A capitã se perguntou se o lugar imaginário era de alguma maneira semelhante àquele onde ela mesma caminhara durante os meses iniciais após a morte da mãe. E se perguntou se os dias também se misturavam para a Grande Imperatriz, se a comida era como cinzas em sua boca, e o sono, tão desejado quanto ardiloso.

Apenas quando a mulher do khagan passou para trás de uma pedra grande, desaparecendo de vista, Nesryn prosseguiu, com os passos um pouco mais pesados.

Sob a lua cheia, Antica era um banho de tons de azul e prata, interrompidos pelo brilho dourado de lanternas penduradas nas áreas de refeição públicas e nas barraquinhas de vendedores oferecendo *kahve* e doces. Alguns artistas tocavam melodias em flautas e tambores, uns talentosos o suficiente para fazer Nesryn querer parar, mas o disfarce e a agilidade eram seus aliados aquela noite.

Ela caminhou pelas sombras, discernindo os ruídos da cidade.

Vários templos se espalhavam pelas vias principais: alguns feitos a partir de pilastras de mármore, outros sob telhados de madeira pontiagudos e colunas pintadas, alguns meros pátios cheios de lagos ou jardins de pedras ou animais dormindo. Trinta e seis deuses vigiavam aquela cidade — e havia três vezes mais templos dedicados a eles por lá.

E por cada um que passava, Nesryn se perguntava se aqueles deuses estavam olhando das pilastras ou por trás de rochas entalhadas; se observavam dos beirais do telhado inclinado ou de trás dos olhos do gato manchado, que estava deitado nos degraus do templo, semiacordado.

Nesryn implorou a todos para que tornassem seus pés ágeis e silenciosos, que a guiassem até onde precisava ir enquanto perambulava pelas ruas.

Se um agente valg os seguira até aquele continente — ou pior, um possível príncipe valg... ela observou os telhados e a pilastra imensa da Torre. A construção reluzia ao luar, branca como osso, um farol vigiando a cidade, com as curandeiras no interior.

Chaol e Yrene não fizeram progresso naquele dia, mas... não tinha problema. Nesryn se reassegurou, de novo e de novo, de que não havia problema. Essas coisas demoravam, mesmo que Yrene... Estava evidente que a curandeira tinha algum obstáculo pessoal no que dizia respeito à ascendência de Chaol. A seu antigo papel no império.

Nesryn parou perto da entrada de um beco enquanto um grupo de jovens animados passava cambaleando, cantando músicas lascivas que certamente fariam com que a tia lhes desse um sermão. E mais tarde as cantarolasse também.

Ao monitorar o beco e os telhados retos adjacentes, a capitã concentrou sua atenção em um entalhe tosco na parede de tijolo cor de terra. Uma coruja repousando de asas fechadas, os olhos sobrenaturalmente grandes arregalados e sem piscar pela eternidade. Talvez não passasse de vandalismo; mesmo assim, Nesryn passou a mão enluvada sobre o entalhe, acompanhando as linhas gravadas na lateral da construção.

As corujas de Antica. Estavam por toda parte naquela cidade, um tributo à deusa adorada talvez mais que qualquer outra entre os 36. Nenhum deus principal governava o continente sul, mas Silba... A capitã estudou mais uma vez a poderosa torre, brilhando mais forte que o palácio do lado oposto da cidade. Silba reinava incontestável ali. Para invadir aquela Torre, para *matar* uma das curandeiras, alguém precisaria estar desesperado. Ou completamente sem juízo.

Ou precisaria ser um demônio valg, sem medo dos deuses — apenas da ira do mestre, caso fracassasse.

Mas, se ela fosse um valg naquela cidade, onde se esconderia? Onde espreitaria?

Canais corriam sob algumas das casas, mas não era como a vasta rede de esgotos de Forte da Fenda. No entanto, talvez se Nesryn estudasse as muralhas da Torre...

Ela seguiu para a construção reluzente, com a Torre se erguendo mais próxima a cada passo. A capitã parou nas sombras ao lado de uma casa do outro lado da rua da sólida muralha que envolvia todo o complexo da Torre.

Tochas tremeluziam ao longo de arandelas na muralha pálida; havia guardas posicionados a cada poucos metros. Assim como no alto. Guardas reais, a julgar pelas cores dos uniformes, e guardas da Torre vestindo a cor centáurea-azul com amarelo — tantos que ninguém passaria despercebido. Nesryn estudou os portões de ferro, que estavam selados pelo resto da noite.

— Se estavam abertos ontem à noite, essa é a resposta que nenhum guarda quer dar.

Ela se virou, com a faca inclinada de baixo para cima.

O príncipe Sartaq estava recostado contra a parede da construção a poucos metros, com o olhar na imponente Torre. Espadas gêmeas despontavam acima dos ombros largos, e longas facas pendiam de seu cinto. Ele abandonara as roupas elegantes do jantar pelas vestes de couro de voo, de novo reforçadas com aço nos ombros, manoplas de prata nos punhos e uma echarpe preta no pescoço. Não, não era uma echarpe, mas um tecido para puxar sobre a boca e o nariz quando o pesado capuz do manto estivesse vestido. Para permanecer anônimo, inconspícuo.

Nesryn embainhou a faca.

— Estava me seguindo?

Ele voltou os olhos escuros e tranquilos para ela.

— Não tentou ser exatamente discreta ao sair pelo portão da frente armada até os dentes.

Nesryn se virou na direção da muralha da Torre.

— Não tenho motivo para esconder o que estou fazendo.

— Acha que quem quer que tenha atacado as curandeiras vai estar simplesmente passeando por aí? — As botas de Sartaq mal emitiram um ruído contra as antigas pedras quando ele se aproximou, ficando ao lado da capitã.

— Pensei em investigar como alguém conseguiria entrar. Entender melhor a disposição e onde provavelmente achariam interessante se esconder.

Uma pausa.

— Você parece conhecer sua presa intimamente. — *E não pensou em mencionar nada para mim durante nossa reunião esta manhã*, foi o não dito.

Nesryn olhou de esguelha para Sartaq.

— Queria poder dizer o contrário, mas conheço. Se o ataque foi causado por quem suspeitamos... Passei boa parte da última primavera e do verão caçando esse tipo em Forte da Fenda.

O príncipe observou a muralha por um longo minuto, então indagou, baixinho:

— Quão ruim foi?

Nesryn engoliu em seco quando as imagens lampejaram: os corpos e os esgotos e a explosão do castelo de vidro, uma parede de morte voando em sua direção...

— Capitã Faliq.

Um leve cutucão. Um tom de voz mais suave do que ela esperava de um príncipe-guerreiro.

— O que seus espiões lhe disseram?

O maxilar de Sartaq se contraiu, e sombras lhe cruzaram o rosto antes que o rapaz dissesse:

— Relataram que Forte da Fenda estava cheia de terrores. Pessoas que não eram *pessoas*. Bestas dos piores pesadelos de Vanth.

Vanth — a Deusa dos Mortos. Sua presença naquela cidade precedia até mesmo os curandeiros de Silba. Os adoradores de Vanth eram uma seita enigmática que até mesmo o khagan e seus predecessores temiam e respeitavam, apesar de os rituais serem completamente diferentes do Céu Eterno para o qual o khagan e os darghan acreditavam retornar. Mais cedo, Nesryn passara rapidamente pelo templo de pedras pretas de Vanth, com a entrada marcada apenas por um lance de degraus ônix, que descia para uma câmara subterrânea iluminada por velas brancas como ossos.

— Vejo que nada disso parece bizarro para você — comentou Sartaq.

— Há um ano, talvez parecesse.

O olhar do príncipe percorreu as armas de Nesryn.

— Então realmente enfrentou tais horrores.

— Sim — admitiu ela. — Por qualquer que tenha sido o motivo, considerando que agora a cidade está nas mãos deles. — As palavras saíram tão amargas quanto pareciam.

O príncipe considerou.

— A maioria teria fugido sem nem ao menos os enfrentar.

Ela não teve vontade de confirmar ou negar tal afirmação, que sem dúvida tinha a intenção de consolá-la. Um esforço gentil de um homem que não precisava fazer esse tipo de coisa.

— Eu... Eu vi sua mãe mais cedo. — Nesryn se viu dizendo. — Caminhando sozinha por um jardim.

Os olhos do príncipe estremeceram.

— É?

Uma pergunta cautelosa.

Ela se perguntou se talvez devesse ter ficado calada, mas prosseguiu:

— Só estou mencionando caso... caso seja algo que possa precisar, que possa querer saber.

— Havia um guarda? Uma dama de companhia com ela?

— Nenhum que eu tenha visto.

Havia de fato preocupação contraindo as feições de Sartaq quando ele se recostou contra a parede do prédio.

— Obrigado pelo relatório.

Não cabia a Nesryn perguntar sobre aquilo; para ninguém e certamente não para a família mais poderosa do mundo. Mas ela disse, baixinho:

— Minha mãe morreu quando eu tinha 13 anos. — Ela olhou para a Torre que quase brilhava. — O antigo rei... você sabe o que ele fez com aqueles que tinham magia. Aos curandeiros com esse dom. Então não havia ninguém que pudesse salvar minha mãe da doença devastadora que a tomou. A curandeira que conseguimos encontrar admitiu que era provavelmente devido a um caroço no seio de minha mãe. Que ela talvez tivesse sido capaz de curá-la antes de a magia desaparecer. Antes de ser proibida.

Ela jamais contara a alguém fora da família aquela história. Não tinha certeza de por que contava a ele naquele instante, mas continuou:

— Meu pai queria colocá-la em um barco e velejar até aqui. Estava desesperado por isso. Mas a guerra se deflagrou em nossas terras. Navios foram alistados a serviço de Adarlan, e ela estava doente demais para arriscarmos uma jornada por terra até Eyllwe a fim de tentarmos atravessar de lá. Meu pai vasculhou todos os mapas, todas as rotas de comércio. Quando enfim ele encontrou um mercador que velejaria com eles... apenas eles dois... até Antica... Minha mãe estava tão doente que não podia ser movida. Não teria conseguido chegar até aqui, mesmo que tivessem entrado no barco.

Sartaq a observava, com o rosto ilegível, enquanto Nesryn falava.

A mulher colocou as mãos nos bolsos.

— Então ela ficou. E estávamos todos lá quando ela... quando tudo acabou. — Aquele antigo luto a envolveu, queimando seus olhos. — Levei alguns anos para me sentir normal de novo — comentou ela, depois de um momento. — Dois anos até que eu começasse a notar coisas, como o sol em meu rosto, ou o gosto de comida, que começasse a gostar disso tudo de novo. Meu pai... ele nos manteve unidas. Minha irmã e eu. Se vestiu luto, ele não nos deixou ver. Encheu nossa casa com o máximo de alegria que pôde.

Nesryn ficou calada, sem saber como explicar qual tinha sido o objetivo ao tomar aquele rumo.

— Onde estão agora? Depois do ataque a Forte da Fenda? — perguntou Sartaq por fim.

— Não sei — sussurrou ela, exalando. — Eles fugiram, mas... Não sei para onde, ou se vão conseguir chegar aqui com tantos horrores tomando o mundo.

O príncipe ficou calado por um longo minuto, e Nesryn passou cada segundo desejando ter mantido a boca fechada. Então ele falou:

— Mandarei notícias... discretamente. — Sartaq se afastou da parede. — Para que meus espiões fiquem atentos à família Faliq e que a ajudem, de qualquer maneira possível, até portos mais seguros, caso passem por seu caminho.

O peito de Nesryn se apertou ao ponto de sentir dor, mas ela conseguiu dizer:

— Obrigada. — Era uma oferta generosa. Mais que isso.

— Sinto muito... por sua perda — acrescentou o príncipe. — Ainda que tenha tempo. Eu... Como guerreiro, cresci caminhando lado a lado com a Morte. Mas essa... Tem sido mais difícil de suportar que as outras. E o luto de minha mãe talvez seja ainda mais difícil de enfrentar que o meu. — Ele sacudiu a cabeça, e o luar dançou em seus cabelos pretos. Então, com uma tranquilidade forçada, Sartaq perguntou: — Por que acha que eu estava tão ansioso para correr atrás de você noite adentro?

Nesryn, apesar de não querer, ofereceu um leve sorriso em resposta.

O príncipe ergueu uma sobrancelha.

— Embora ajudasse saber o que exatamente estou procurando.

A capitã considerou contar a ele... considerou a mera presença dele ali.

Ele deu uma risada grave e baixa quando a hesitação de Nesryn prosseguiu um momento a mais.

— Acha que fui eu quem atacou a curandeira? Mesmo depois de ter contado a você esta manhã?

Ela fez uma reverência com a cabeça.

— Não quero ser desrespeitosa. — Mesmo que tivesse visto outro príncipe escravizado naquela primavera, que tivesse disparado uma flecha contra uma rainha para mantê-lo vivo. — Seus espiões estavam certos. Forte da Fenda foi... Eu não desejaria ver Antica sofrer qualquer coisa semelhante.

— E está convencida de que o ataque à Torre foi apenas o início?

— Estou aqui, não estou?

Silêncio.

— Se alguém, familiar ou estrangeiro, oferecer a você um anel ou colar preto, se vir alguém com algo assim... — acrescentou Nesryn. — Não hesite. Nem por um segundo. Ataque rápido e com determinação. Decapitação é a única coisa que os derruba de vez. A pessoa ali dentro se foi. Não tente salvá-la... ou você também acabará escravizado.

A atenção de Sartaq se voltou para a espada ao lado do corpo de Nesryn, para o arco e a flecha presos a suas costas.

— Conte tudo o que sabe — pediu ele, baixinho.

— Não posso.

A mera recusa podia acabar com sua vida, mas Sartaq assentiu, pensativo.

— Conte o que puder, então.

E ela o fez. De pé às sombras além da muralha da Torre, Nesryn explicou tudo o que podia, exceto pelas chaves e os portões, assim como a escravidão de Dorian e aquela do antigo rei.

Quando terminou, a expressão do príncipe não havia mudado, embora ele esfregasse a mandíbula.

— Quando planejava contar isso a meu pai?

— Assim que ele nos concedesse uma audiência particular.

Sartaq xingou, baixinho e com criatividade.

— Com a morte de minha irmã... Tem sido mais difícil para meu pai retornar a nossos ritmos habituais do que ele admite. Ele não aceita meu conselho. Ou o de mais ninguém.

A preocupação no tom do príncipe, assim como a tristeza, fizeram Nesryn dizer:

— Sinto muito.

O rapaz sacudiu a cabeça.

— Preciso pensar no que me contou. Há lugares neste continente, perto da terra natal de meu povo... — Ele esfregou o pescoço. — Quando eu era menino, nos ninhos, contavam histórias sobre horrores semelhantes. — Então, mais para si mesmo que para Nesryn, Sartaq disse: — Talvez esteja na hora de fazer uma visita a minha mãe de fogo. Para ouvir suas histórias de novo. Sobre como aquela antiga ameaça foi resolvida, tempos atrás. Principalmente se agora ela está despertando mais uma vez.

Um registro dos valg... ali? A família de Nesryn jamais lhe contara quaisquer dessas histórias, mas seu povo vinha de regiões distantes do continente. Se os montadores de ruks de alguma maneira soubessem dos valg, ou até mesmo os tivessem enfrentado...

Passadas soaram na rua adiante, e os dois se encostaram nas paredes do beco, com as mãos nos cabos das espadas. Mas era apenas um bêbado, cambaleando para casa no fim da noite, saudando os guardas da Torre ao longo da muralha conforme passava e recebendo algumas gargalhadas em resposta.

— Por acaso há canais aqui abaixo... esgotos próximos que possam se conectar à Torre? — A pergunta de Nesryn não passou de um sussurro.

— Não sei — admitiu Sartaq, em voz igualmente baixa. Ele sorriu sombriamente ao apontar para um antigo bueiro nas pedras íngremes do beco. — Mas seria uma honra acompanhá-la na descoberta de um.

❖ 14 ❖

Yrene já não se importava se fosse assassinada enquanto dormia.

Depois de a solene vigília à luz de velas no pátio da Torre ter enfim acabado, depois de a curandeira ter rastejado até o quarto perto do topo da Torre, com duas acólitas segurando-a de cada lado porque ela desabara na base das escadas, Yrene já não se importava com nada.

Cook levara seu jantar na cama, e ela conseguira dar uma mordida antes de apagar.

Ela acordou depois da meia-noite, com o garfo sobre o peito e um frango picante, lentamente assado, manchando seu vestido azul preferido.

Yrene gemeu, mas se sentiu um pouco mais viva. O suficiente para que se sentasse na semiescuridão do quarto e, depois, se levantasse apenas para cuidar das necessidades e empurrar a minúscula mesa para a frente da porta. A jovem empilhou livros e quaisquer objetos sobressalentes que encontrou sobre o tampo, verificou as trancas duas vezes e cambaleou de volta para a cama, ainda totalmente vestida.

Ela acordou de novo ao alvorecer.

Exatamente quando disse que encontraria Lorde Chaol.

Xingando, Yrene empurrou a mesa e os livros para longe, abriu as fechaduras e se atirou escada abaixo.

A curandeira pedira que o esteio para o cavalo do lorde fosse levado direto para o pátio do palácio, e deixara os suprimentos no quarto de Chaol no dia anterior, então não havia nada para levar além do próprio corpo frenético,

173

que disparava escada abaixo pela infinita espiral da Torre, fazendo cara feia para as corujas que a julgavam silenciosamente conforme passava voando por portas que começavam a se abrir e revelar curandeiras e acólitas de rosto sonolento piscando para ela, exaustas.

Yrene agradeceu a Silba pelos poderes regenerativos do sono profundo e sem sonhos ao correr pelo pátio do complexo, por trilhas ladeadas com lavandas, e sair pelos portões recém-abertos.

Antica começava a despertar, então as ruas estavam misericordiosamente silenciosas ao longo do percurso apressado da curandeira até o palácio, assentado do outro lado da cidade. Ela chegou ao pátio trinta minutos atrasada, ofegante e com suor brotando de cada depressão existente no corpo.

Lorde Westfall começara sem ela.

Engolindo ar, Yrene se deteve ao lado dos altos portões de bronze, com sombras ainda intensas devido ao sol tão baixo no horizonte, e observou a cavalgada acontecer.

Como especificara a curandeira, a égua do tipo ruão tinha um aspecto paciente e era mais baixa — a altura perfeita para que o lorde alcançasse o pito da sela com a mão estendida. O que ele fazia naquele exato momento, percebeu Yrene, sentindo-se bastante satisfeita. Mas o restante...

Bem, parecia que ele decidira *não* usar a rampa de madeira que ela também havia pedido que fosse feita no lugar de um degrau de montaria. A rampa de montaria fora colocada ao lado das baias dos cavalos ainda sombreadas, que ficavam contra a parede leste do pátio — como se o lorde tivesse se recusado terminantemente a chegar perto dela, pedindo que trouxessem o cavalo em vez disso. Para montar a égua sozinho.

Isso não a surpreendeu nem um pouco.

Chaol não olhou para nem um dos guardas aglomerados em volta; pelo menos não mais que o necessário. Como estavam de costas, Yrene só conseguiu identificar um ou dois pelo nome, mas...

Um deles se aproximou silenciosamente para permitir que Chaol apoiasse a outra mão no ombro de sua armadura quando o lorde se esticou com um impulso poderoso. A égua esperou pacientemente o antigo capitão se agarrar com a mão direita ao pito da sela para que se equilibrasse...

Yrene avançou no momento que Lorde Westfall tirou a mão do ombro do guarda e passou para a sela. O rapaz se aproximou mais quando Chaol subiu e ficou sentado de lado na sela, mas o lorde ainda assim não agradeceu muito ao guarda além de um curto aceno de cabeça.

Em vez disso, ele estudou calado a sela diante de si, avaliando como passaria uma das pernas pela lateral do cavalo. Rubor lhe manchou as bochechas, e o queixo formava uma linha. Os guardas se demoraram, e Chaol enrijeceu o corpo, mais e mais tenso...

Mas, então, ele se moveu de novo, inclinando o corpo para trás na sela e puxando a perna direita por cima do pito. O rapaz que o ajudara avançou para segurar as costas do antigo capitão, enquanto outro disparou do lado oposto para evitar que ele caísse, mas o torso de Chaol permaneceu sólido. Impassível.

Seu controle muscular era extraordinário. Um homem que treinara aquele corpo para obedecer, não importassem as circunstâncias, mesmo agora.

E... ele estava sobre a sela.

Conforme se inclinou para cada um dos lados para prender as fivelas do esteio em torno das pernas, Chaol murmurou algo para os guardas que fez com que eles recuassem. O material fora embutido na sela — o encaixe perfeito com base nas estimativas que Yrene dera à mulher na oficina —, sendo projetado para estabilizar as pernas de Chaol no lugar das coxas, que teriam se contraído para mantê-lo firme. Só até que se acostumasse a cavalgar. Poderia muito bem nem precisar daquilo, mas... era melhor que estivesse seguro para a primeira cavalgada.

Yrene limpou a testa suada e se aproximou, oferecendo um agradecimento aos guardas, que retornavam aos postos. Aquele que ajudara Lorde Westfall diretamente se virou na direção da curandeira, e ela deu um grande sorriso a ele ao falar em halha:

— Bom dia, Shen.

O jovem guarda devolveu o sorriso e seguiu na direção dos pequenos estábulos nas sombras mais afastadas do pátio, piscando um olho para Yrene ao passar.

— Bom dia, Yrene.

Ao olhar novamente para a frente, a curandeira viu que Chaol estava sentado ereto na sela; aquela postura rígida e a mandíbula tensa tinham sumido conforme ele a via se aproximar.

A curandeira ajustou o vestido, percebendo, ao alcançar Chaol, que ainda usava as roupas do dia anterior, só que agora com um enorme borrão vermelho no peito.

Chaol notou a mancha, então os cabelos — ai, pelos deuses, os *cabelos* —, mas apenas cumprimentou:

— Bom dia.

Yrene engoliu em seco, ainda ofegante por causa da corrida.

— Desculpe o atraso. — De perto, o esteio realmente se mesclava o suficiente para que a maioria das pessoas não o notasse. Principalmente com a postura do cavaleiro.

Chaol estava esticado e orgulhoso naquele cavalo, com os ombros retos e o cabelo ainda molhado do banho matinal. Yrene engoliu de novo e inclinou a cabeça na direção da rampa de montaria não utilizada do outro lado do pátio.

— Aquilo também foi feito para que usasse, sabia?

O antigo capitão ergueu as sobrancelhas.

— Duvido que haverá uma de prontidão em um campo de batalha — respondeu ele, repuxando a boca para um lado. — Então é melhor eu aprender a montar sozinho.

De fato. Mas, mesmo com o alvorecer frio e dourado ao redor, o que Yrene vira dentro do ferimento de Chaol, o exército que ambos talvez enfrentassem, aquilo tudo lampejou diante da jovem, aumentando as longas sombras...

Um movimento chamou a atenção de Yrene, deixando-a alerta ao ver Shen puxar uma pequena égua branca daquelas mesmas sombras que ela observava. Selada e pronta para montar. Ela franziu a testa para o vestido.

— Se eu vou cavalgar, você também vai — decretou Chaol, simplesmente. Talvez tivesse sido *isso* o que ele murmurara para os guardas antes de terem se dispersado.

— Não vou... faz um tempo desde que andei a cavalo — disparou a curandeira.

— Se eu consigo deixar quatro homens me ajudarem a montar neste maldito cavalo — insistiu Chaol, com o rubor ainda forte nas bochechas. — Então você também consegue subir em um.

Pelo tom de voz, Yrene percebeu que devia ter sido... vergonhoso. Ela *vira* a expressão no rosto do lorde momentos antes. Mas Chaol conseguira. Trincara os dentes e conseguira.

E com os guardas ajudando... Yrene sabia que havia diversos motivos pelos quais ele mal encarava os homens. Que não era apenas o lembrete do que fora um dia que o fazia ficar tenso em sua presença, recusando-se a sequer pensar em treinar com eles.

Mas aquela não era uma conversa para terem naquele momento; não ali e não com a luz começando a voltar aos olhos do lorde.

Então Yrene subiu a bainha do vestido e deixou que Shen a ajudasse a montar.

As saias do vestido subiram o bastante para revelar a maior parte da perna, mas ela já havia visto muito mais ser revelado ali. Naquele mesmo pátio. Nem Shen ou qualquer dos guardas sequer olhou na direção de Yrene. A curandeira se virou para Chaol a fim de ordenar que ele prosseguisse, mas encontrou os olhos do lorde sobre si.

Sobre a perna exposta do tornozelo até o meio da coxa, mais pálida que a maior parte da pele. A jovem bronzeava facilmente, mas fazia meses desde que saíra para nadar e se banhar na luz do sol.

Chaol reparou na atenção da curandeira e encontrou seus olhos.

— Você monta bem — observou o lorde, tão clinicamente quanto ela costumava notar o estado do corpo de seus pacientes.

Yrene olhou com exasperação para ele antes de assentir em agradecimento a Shen e esporear o cavalo para que andasse. O antigo capitão estalou as rédeas, fazendo o mesmo.

A jovem manteve um olho no lorde quando os dois seguiram para os portões do pátio.

O esteio aguentou. A sela aguentou.

Chaol olhou para o esteio abaixo — então para os portões e para a cidade que despertava adiante, com a torre se projetando acima de tudo aquilo, como se fosse a mão de alguém erguida em boas-vindas vigorosas.

A luz do sol penetrou pelo arco aberto, banhando os dois, mas Yrene podia jurar que era muito mais que o alvorecer que brilhava nos olhos do antigo capitão conforme os dois cavalgavam em direção à cidade.

～

Não era como andar de novo, mas era melhor que a cadeira.

Melhor que apenas melhor.

O esteio era incômodo e ia contra todos os instintos de cavaleiro de Chaol, mas... o mantinha firme. Permitia que ele guiasse Yrene pelos portões, com a curandeira agarrando-se ao cepilho vez ou outra, e esquecendo-se completamente das rédeas.

Bem, ele encontrara ao menos uma coisa na qual ela não era tão autoconfiante.

Essa ideia levou um breve sorriso aos lábios de Chaol. Principalmente conforme ela ficava arrumando a saia. Apesar de toda a repreensão da curandeira por causa da modéstia do lorde, deixar as pernas à mostra a desconcertara.

Homens nas ruas — trabalhadores e pedintes e guardas da cidade — olhavam uma, duas vezes. Olhavam à vontade.

Até que reparavam na expressão do antigo capitão e desviavam os olhos. E Chaol se certificou de que o notassem.

Assim como se certificara de que os guardas no pátio mantivessem a postura educada no momento que Yrene havia entrado correndo, bufante e ofegante, queimada de sol e corada. Mesmo com a mancha nas roupas, mesmo usando o vestido do dia anterior e coberta com uma leve camada de suor.

Fora vergonhoso ter precisado de ajuda para subir na sela, como uma mala rebelde, depois de ele ter se recusado a usar a rampa de montaria — fora vergonhoso ver aqueles guardas usando os uniformes impecáveis, com a armadura nos ombros e os cabos das espadas reluzindo ao sol do início da manhã, todos o observando se atrapalhar. Mas Chaol lidara com aquilo. E, então, tinha se pegado esquecendo-se completamente daquilo diante dos olhares de apreciação dos guardas para a curandeira. Nenhuma dama, linda ou simples, jovem ou velha, merecia aqueles olhares embasbacados. E Yrene...

Chaol mantinha a égua próxima da montaria da jovem e encarava qualquer homem que olhasse para os dois enquanto cavalgavam na direção da imponente espiral da Torre, suas pedras pálidas como creme à luz da manhã. Cada homem rapidamente encontrava outro lugar para o qual olhar. Alguns até mesmo pareciam se desculpar.

Se Yrene havia reparado, Chaol não fazia ideia. Ela estava ocupada demais avançando para o pito da sela a cada movimento inesperado do cavalo, ocupada demais encolhendo-se conforme a égua apressava o passo ao subir uma rua especialmente íngreme, fazendo com que a curandeira oscilasse e deslizasse de volta na sela.

— Incline-se para a frente — instruiu Chaol. — Equilibre seu peso. — Ele fez o mesmo, tanto quanto o esteio permitia.

Os cavalos lentamente subiram as ruas, com as cabeças balançando enquanto prosseguiam.

Yrene lançou um olhar afiado de raiva para Chaol.

— Eu *sei* essas coisas.

Ele ergueu as sobrancelhas em uma expressão que dizia: *Quase me enganou.*

A curandeira fez cara feia, mas olhou para a frente. E inclinou o corpo, como ele instruíra.

Chaol estivera dormindo como os mortos quando Nesryn chegou na noite anterior, mas ela o despertara o suficiente para dizer que não tinha encontrado nada a respeito de possíveis valg na cidade. Nenhum esgoto se conectava à Torre, e com a guarda pesada nas muralhas, ninguém entraria por ali. Ele conseguira se manter consciente o bastante para agradecer e ouvir a promessa de Nesryn de prosseguir com a caçada no dia seguinte.

Mas aquele dia sem nuvens e claro... definitivamente não era a escuridão preferida pelos valg. Aelin contara a Chaol como os príncipes valg podiam conjurar escuridão para si mesmos — escuridão que atingia qualquer criatura viva no caminho, drenando-a até secar. Mas ainda que houvesse apenas um valg naquela cidade, independentemente de ser um príncipe ou um reles subalterno...

Chaol afastou o pensamento, franzindo a testa para a estrutura colossal, cada vez mais imponente a cada rua que atravessavam.

— Towers — ponderou ele, olhando para Yrene. — É coincidência que você carregue esse nome, ou seus ancestrais um dia saíram da Torre?

As articulações dos dedos da jovem estavam brancas enquanto agarravam o cepilho, como se ela pudesse ser derrubada ao se voltar.

— Não sei — admitiu Yrene. — Minha... é um conhecimento que jamais obtive.

Chaol considerou as palavras e a forma como a curandeira semicerrava os olhos para a pilastra reluzente da torre adiante em vez de encará-lo. Uma filha de Charco Lavrado. Ele não ousou indagar por que ela poderia não saber a resposta. Onde estava sua família.

Em vez disso, o lorde indicou com o queixo o anel no dedo de Yrene.

— A falsa aliança de casamento adianta mesmo?

Ela examinou o antigo anel arranhado.

— Queria poder dizer o contrário, mas adianta.

— Encontra esse tipo de comportamento aqui? — *Nesta maravilhosa cidade?*

— Muito, muito raramente. — Ela agitou os dedos antes de apoiá-los no cepilho da sela de novo. — Mas é um hábito antigo, de casa.

179

Por um segundo, Chaol se lembrou de uma assassina usando um vestido branco ensanguentado e desabando na entrada do quartel. Lembrou-se da lâmina envenenada com a qual o homem a cortara... e que usara com inúmeras outras.

— Fico feliz — disse ele, depois de um momento. — Que não precise temer essas coisas aqui. — Mesmo os guardas, apesar de todos os olhares fixos, tinham sido respeitosos. Yrene até se dirigira a um deles pelo nome, e o acolhimento que ele havia dado em resposta fora genuíno.

A jovem agarrou o pito da sela outra vez.

— O khagan responsabiliza a todos de acordo com a lei, sejam eles criados ou príncipes.

Não deveria ser um conceito tão novo, ainda assim... Chaol piscou.

— De verdade?

Yrene deu de ombros.

— Até onde ouvi falar e observei. Lordes não podem pagar para se livrar de crimes cometidos, nem depender dos sobrenomes para que sejam soltos. E potenciais criminosos nas ruas veem a mão rigorosa da justiça e raramente ousam testá-la. — Uma pausa. — Por acaso você...

Chaol sabia que pergunta Yrene tinha interrompido.

— Eu tinha ordens de soltar ou fazer vista grossa para nobres que cometiam crimes. Pelo menos aqueles que tinham valor na corte e nos exércitos do rei.

Yrene estudou o cepilho diante de si.

— E seu novo rei?

— Ele é diferente.

Se estivesse vivo. Se tivesse saído de Forte da Fenda. O antigo capitão se obrigou a acrescentar:

— Dorian há muito estuda e admira o khaganato. Talvez coloque algumas das políticas do regime em ação.

Um olhar longo e observador em resposta.

— Acha que o khagan vai se aliar a vocês?

Chaol não tinha contado isso a Yrene, mas era bastante óbvio por que vieram, supôs ele.

— Posso apenas esperar que sim.

— Será que as forças dele fariam tanta diferença contra... os poderes que você mencionou?

— Posso apenas esperar que sim — repetiu o lorde. Ele não conseguia dizer a verdade: seus exércitos eram poucos e dispersos, se é que existiam, em comparação com o poder crescente de Morath...

— O que aconteceu nos últimos meses? — Uma pergunta em voz baixa, cautelosa.

— Está tentando me distrair para que eu fale?

— Quero saber.

— Não é nada que valha a pena contar. — Sua história não merecia ser contada. Nenhuma parte dela.

Yrene se calou; o estalo dos cascos dos cavalos foi o único som durante um quarteirão. Até ela dizer:

— Precisará falar sobre o assunto. Em algum momento. Eu... vislumbrei algo dentro de você ontem.

— Isso não basta? — A pergunta foi tão afiada quanto a faca na lateral de seu corpo.

— Não se for disso que a coisa dentro de você se alimenta. Não se reivindicar a sua posse puder ajudar.

— E tem tanta certeza assim? — Chaol devia tomar cuidado com a língua, ele sabia, mas...

Yrene se endireitou na sela.

— O trauma de qualquer ferimento requer alguma reflexão interna durante e após a cura.

— Não quero isso. Não preciso disso. Só quero ficar de pé... andar de novo.

A curandeira sacudiu a cabeça.

— E quanto a você, então? — prosseguiu ele. — Que tal se fizermos um acordo: você me conta seus segredos mais profundos e sombrios, Yrene Towers, e eu conto os meus.

Indignação iluminou aqueles olhos incríveis, que o encararam com irritação. Chaol devolveu o olhar.

Por fim, a jovem soltou um ruído de deboche e sorriu brevemente.

— Você é teimoso como um burro.

— Já fui chamado de coisas piores — replicou o antigo capitão, e o início de um sorriso lhe repuxou a boca.

— Não me surpreende.

Ele riu, percebendo o início de um sorriso no rosto de Yrene também antes de ela abaixar a cabeça para escondê-lo. Como se compartilhar um sorriso com um filho de Adarlan fosse um grande crime.

Mesmo assim, ele a observou por um longo momento — o humor permanecendo no rosto da jovem, os cabelos pesados e levemente cacheados, que de vez em quando eram soprados pela brisa matinal que vinha do mar. E Chaol se viu ainda sorrindo enquanto algo bem encolhido em seu peito começava a se soltar.

Os dois cavalgaram em silêncio o restante do caminho até a Torre, e, ao se aproximarem, Chaol inclinou a cabeça para trás, percorrendo uma avenida ampla e ensolarada que se inclinava em direção do complexo no alto da montanha.

A Torre era ainda mais dominadora de perto.

Era ampla, mais uma fortaleza que qualquer outra coisa, mas ainda assim arredondada. Prédios flanqueavam as laterais, conectando-se em níveis inferiores. Tudo isso cercado por altas muralhas brancas, com portões de ferro — feitos para parecer uma coruja abrindo as asas — escancarados, revelando arbustos de lavanda e canteiros de flores, que ladeavam as passagens de cascalho cor de areia. Não, não eram canteiros de flores. Eram canteiros de ervas.

O cheiro das plantas se abrindo ao sol da manhã preencheu o nariz de Chaol: manjericão e hortelã e sálvia, e mais daquela lavanda. Mesmo os cavalos, com os cascos estalando nas ruas, pareceram suspirar ao se aproximarem.

Guardas vestindo o que Chaol presumia serem as cores da Torre — centáurea-azul e amarelo — os deixaram passar sem questionamentos, e Yrene fez uma reverência com a cabeça em agradecimento. Eles não olharam para suas pernas. Nem mesmo ousaram ou tiveram a inclinação de serem desrespeitosos. O lorde desviou o rosto antes de encontrar os olhares de indagação dos soldados.

Yrene tomou a frente, guiando-os por um arco e para dentro do pátio do complexo. As janelas do prédio de três andares que circundava o local brilhavam com a luz do sol nascente, mas na área interna...

Além do murmúrio de Antica acordando do lado de fora do complexo, além dos cascos dos cavalos no cascalho pálido, havia apenas o gorgolejar de fontes gêmeas ancoradas contra paredes paralelas do pátio — as bicas em formato de bicos de coruja guinchando e despejando água em pias fundas abaixo. Flores em tons pálidos de cor-de-rosa e roxo ladeavam as paredes entre limoeiros; os canteiros eram organizados, mas deixados para crescer conforme as plantas quisessem.

Era um dos lugares mais serenos nos quais Chaol já pusera os olhos. E vendo-os chegar... Duas dúzias de mulheres com vestidos de todas as cores — embora a maioria fosse do modelo simples que Yrene preferia.

Estavam de pé no cascalho e em fileiras organizadas, algumas mal passavam de crianças, outras estavam na flor da idade. Algumas eram mais idosas.

Incluindo uma mulher de pele escura e cabelos brancos que caminhava da frente da fileira, dando um largo sorriso para Yrene. Não era um rosto que algum dia tivesse estampado beleza, mas havia uma luz nos olhos da mulher — uma bondade e uma serenidade que fizeram Chaol piscar, maravilhado.

Todos os demais a observavam, como se ela fosse o eixo em torno do qual se organizavam. Até mesmo Yrene, que sorriu para a mulher ao descer do cavalo, parecendo grata por voltar ao chão. Um dos guardas que os seguira após a entrada se aproximou para pegar o cavalo, mas hesitou quando Chaol permaneceu montado.

O lorde ignorou o homem enquanto Yrene penteava os cabelos embaraçados com os dedos, falando com a mulher idosa em sua língua.

— Imagino que essa grande multidão esta manhã seja graças a você? — Palavras leves, talvez uma tentativa de normalidade, considerando o que acontecera na biblioteca.

A idosa sorriu — tanto acolhimento. Era mais luminosa que o sol despontando acima das muralhas do complexo.

— As meninas ouviram um boato sobre um belo lorde que viria ensinar. Fui praticamente pisoteada pelo estouro da manada escada abaixo.

A mulher lançou um sorriso sarcástico para três meninas de rosto vermelho, que não tinham mais de 15 anos, as quais olharam para os sapatos com culpa. Então dispararam olhares para Chaol por baixo dos cílios, que não chegavam nem perto de mostrar culpa.

O antigo capitão conteve uma gargalhada.

Yrene se voltou para ele, observando o esteio e a sela conforme o estalar de rodas se aproximando no cascalho preenchia o pátio.

A diversão sumiu. Desmontar diante daquelas mulheres...

Bastava.

A palavra ressoou dentro de Chaol.

Se não conseguia suportar fazer aquilo diante de um grupo dos melhores curandeiros do mundo, então mereceria sofrer. Tinha oferecido ajuda. Então a daria.

De fato, havia algumas meninas mais jovens ao fundo que estavam pálidas, trocando o peso do corpo entre os pés. Nervosas.

Aquele santuário, aquele belo lugar... Uma sombra rastejara sobre ele.

Ele faria o possível para empurrar essa sombra de volta.

— Lorde Chaol Westfall — disse Yrene a ele, gesticulando para a mulher idosa —, apresento Hafiza, alta-curandeira da Torre Cesme.

Uma das meninas coradas suspirou ao ouvir o nome do lorde.

Os olhos de Yrene reviraram. Mas Chaol inclinou a cabeça para a idosa quando ela estendeu as mãos para ele. A pele era como couro — tão quente quanto o sorriso de Hafiza. Ela apertou os dedos do lorde com força.

— Tão belo quanto Yrene falou.

— Eu não disse tal coisa — sibilou a jovem curandeira.

Uma das meninas deu risadinhas.

Yrene lançou um olhar de aviso a ela, e Chaol ergueu as sobrancelhas antes de dizer a Hafiza:

— É uma honra e um prazer, senhora.

— Tão elegante — murmurou uma das jovens atrás do lorde.

Espere até me ver descer do cavalo, foi o que ele quase disse.

Hafiza apertou as mãos de Chaol mais uma vez e as soltou, então ela encarou Yrene, esperando.

A jovem curandeira apenas uniu as mãos e se dirigiu às meninas reunidas:

— Lorde Westfall sofreu um ferimento grave na região lombar e tem dificuldades para andar. Ontem, na oficina, Sindra construiu este esteio para ele, inspirado no modelo das aldeias dos cavalos das estepes, que há muito tempo lidam com tais ferimentos nos montadores. — Ela gesticulou com a mão para indicar as pernas de Chaol e o esteio.

A cada palavra, os ombros do antigo capitão enrijeciam. Mais e mais.

— Se tiverem um paciente em situação semelhante — prosseguiu Yrene —, a liberdade da cavalgada pode ser uma alternativa agradável para uma carruagem ou um palanquim. Principalmente para quem estava acostumado com certo nível de independência anteriormente. — Depois de refletir, ela acrescentou: — Ou mesmo que tenha tido dificuldades de mobilidade a vida inteira, pois isso pode oferecer uma opção positiva enquanto são curados.

Pouco mais que um experimento. Mesmo as meninas coradas tinham perdido os sorrisos conforme estudavam o esteio. Suas pernas.

— Quem gostaria de ajudar Lorde Westfall a descer do cavalo para a cadeira? — perguntou Yrene.

Uma dúzia de mãos se elevou.

Ele tentou sorrir. Tentou e fracassou.

A curandeira apontou para algumas das meninas, que correram até eles. Nenhuma ergueu o olhar para Chaol acima da cintura, ou sequer lhe deu bom dia.

Yrene levantou a voz quando o grupo se juntou a seu redor, certificando-se de que aquelas reunidas no pátio também pudessem ouvir.

— Para pacientes completamente imobilizados, isso pode não ser uma opção, mas Lorde Westfall retém a habilidade de se mover acima da cintura e pode guiar o cavalo com as rédeas. Equilíbrio e segurança, é claro, ainda são preocupações, mas outra é que ele mantenha o uso e a sensação da virilidade, o que também apresenta alguns obstáculos em relação ao conforto do esteio.

Uma das meninas mais jovens soltou uma risadinha diante disso, mas a maioria apenas assentiu, olhando diretamente para a área indicada, como se ele não estivesse nem mesmo vestido. Com o rosto corando, Chaol conteve a vontade de se cobrir.

Duas jovens curandeiras começaram a soltar o esteio enquanto algumas examinavam as fivelas e os talos. Mesmo assim, ainda não o encaravam. Como se fosse algum brinquedo novo, uma nova lição. Alguma esquisitice.

— Cuidado para não o sacudirem demais quando... *cuidado* — alertou Yrene.

Chaol lutou para manter a expressão distante e se pegou sentindo falta dos guardas do palácio. Yrene dava instruções firmes e objetivas às meninas enquanto elas o tiravam da sela.

Ele não tentou ajudar as acólitas, ou resistir, quando foi puxado pelos braços, com alguém segurando para estabilizar sua cintura. O mundo girou quando as meninas o puxaram para baixo. Mas, como o peso do corpo era muito, Chaol sentiu que deslizava da sela, aproximando-se de uma queda, o sol quase um ferrete na pele.

As jovens grunhiam, e alguém passou para o outro lado para ajudar a mover a perna do lorde para cima e, então, para o outro lado do cavalo — ou foi o que ele achou. Chaol só soube disso porque viu a cabeça cacheada despontar pela lateral do cavalo. A moça empurrou, esticando-lhe a perna para cima e deixando-o pendurado ali, com três meninas trincando os dentes enquanto tentavam descê-lo, as demais assistindo àquilo em um silêncio observador...

Uma das meninas soltou um *humpf* e perdeu a firmeza no ombro de Chaol. O mundo desabou...

Mãos fortes e firmes o pegaram, com o nariz do antigo capitão a apenas 10 centímetros do cascalho pálido, enquanto as outras meninas farfalharam e grunhiram, tentando erguê-lo de novo. Ele ficara livre do cavalo, mas as pernas estavam esparramadas abaixo, tão distantes quanto o alto da Torre, bem lá em cima.

Um rugido tomou a mente de Chaol.

Um tipo de nudez percorreu seu corpo. Pior que estar sentado apenas com a roupa de baixo durante quatro horas. Pior que o banho com a criada.

Yrene, segurando o ombro de Chaol onde mal o pegara a tempo, disse às curandeiras:

— Isso poderia ter sido melhor, meninas. Muito melhor, por muitos motivos. — Um suspiro. — Podemos discutir o que deu errado mais tarde, mas, por enquanto, ponham-no na cadeira.

Chaol mal suportava escutá-la, ouvi-la, enquanto pendia entre aquelas meninas, a maioria das quais tinha metade de seu peso. Yrene saiu da frente para permitir que a jovem que o soltara voltasse ao lugar com um assobio agudo.

Rodas chiaram no cascalho próximo. O lorde não se incomodou em olhar para a cadeira de rodas que uma acólita empurrava em sua direção. Não se incomodou em falar ao ser colocado na cadeira, que estremeceu sob seu peso.

— *Cuidado!* — avisou Yrene de novo.

As meninas se demoravam, e o restante do pátio ainda observava. Fazia segundos ou minutos desde que aquela tribulação começara? Chaol agarrou os braços da cadeira conforme Yrene disparava algumas instruções e observações. Apertou os braços com mais força quando uma das meninas se abaixou para lhe tocar os pés, calçados nas botas, para *arrumá-los* para ele.

Palavras subiram pela garganta de Chaol, e ele percebeu que irromperiam, percebeu que poderia fazer pouco para impedir o urro de *se afaste* quando os dedos da acólita se aproximaram do couro preto empoeirado...

Mãos marrons enrugadas repousaram no punho da menina, impedindo-a a poucos centímetros.

— Permita-me — disse Hafiza, tranquilamente.

As meninas recuaram quando a alta-curandeira se abaixou para ajudá-lo.

— Prepare as jovens, Yrene — pediu Hafiza por cima do ombro magro, e a jovem curandeira obedeceu, apressando-as de volta às fileiras.

As mãos da mulher idosa permaneceram nas botas de Chaol — nos pés, que no momento apontavam para direções opostas.

— Devo fazer isso, lorde, ou prefere que seja você?

Palavras lhe faltaram, e Chaol não teve certeza se conseguiria usar as mãos sem que tremessem, então ele deu à mulher um aceno de aprovação.

Hafiza alinhou um pé e esperou até que Yrene tivesse se afastado alguns passos e começado a dar instruções de alongamento para as moças.

— Este é um lugar de aprendizado — murmurou a alta-curandeira. — Alunas mais velhas ensinam as mais jovens. — Mesmo com o sotaque, Chaol a entendia perfeitamente. — O instinto de Yrene, Lorde Westfall, foi mostrar às meninas o que ela fez com o esteio, foi deixar que elas aprendessem como é ter um paciente com dificuldades semelhantes. Para receber esse treinamento, a própria Yrene precisou se aventurar nas estepes, mas muitas destas meninas podem não ter tal oportunidade. Pelo menos não por muitos anos.

Os olhos de Chaol, por fim, encontraram os de Hafiza, e ele achou a compreensão naquele olhar mais devastadora que ser puxado para fora de um cavalo por um grupo de garotas com metade de seu peso.

— Ela tem boa intenção, minha Yrene.

O lorde não respondeu. Não tinha certeza se tinha palavras para isso.

Hafiza lhe arrumou o outro pé.

— Há muitas outras cicatrizes, meu lorde. Além daquela em seu pescoço.

Chaol queria dizer à mulher idosa que sabia muito bem disso.

Mas ele afastou a aspereza, o rugido irritado na mente.

Fizera uma promessa àquelas jovens de ensiná-las, de ajudá-las.

Hafiza pareceu ler isso — sentir isso. Ela apenas deu tapinhas no ombro de Chaol antes de se levantar completamente, gemendo um pouco, e então caminhar de volta ao lugar que lhe restava na fila.

Após ter terminado o alongamento, Yrene tinha se virado para ele e o avaliava. Como se a presença demorada de Hafiza tivesse indicado que ela deixara de ver algo.

Os olhos da jovem se detiveram nos dele, e ela franziu as sobrancelhas. *O que houve?*

Chaol ignorou a pergunta no olhar de Yrene — ignorou o toque de preocupação. Então, enfiando o que quer que sentisse bem para o fundo, ele levou a cadeira até ela. Centímetro a centímetro. Cascalho não era ideal, mas o antigo capitão trincou os dentes. Ele dera a palavra àquelas jovens. Não desistiria.

— Onde paramos na última lição? — perguntou Yrene a uma menina na frente.

— Arrancar o olho — informou ela, com um largo sorriso.

Chaol quase engasgou.

— Certo — afirmou Yrene, esfregando as mãos. — Alguém demonstre para mim.

Ele observou em silêncio quando mãos dispararam para cima e Yrene escolheu uma — uma jovem de compleição menor. A curandeira assumiu a posição de agressora, segurando a menina pela frente com uma intensidade surpreendente.

Mas as mãos finas da garota foram direto para o rosto de Yrene e os polegares para os cantos dos olhos.

Chaol deu um salto na cadeira — ou teria dado, caso a menina não tivesse recuado.

— E a seguir? — perguntou Yrene simplesmente.

— Engancho os polegares assim — a menina fez o movimento no ar entre as duas para que todos vissem — e *pop*.

Algumas das acólitas riram baixinho do *pop* de acompanhamento que a jovem emitiu com a boca.

Aelin teria ficado exultante de alegria.

— Isso mesmo — declarou Yrene, e a menina caminhou de volta à fila. Então a curandeira se virou para ele, com aquela preocupação novamente estampada quando ela viu o que quer que estivesse nos olhos de Chaol, e falou: — Esta é nossa terceira lição do trimestre. Até agora só cobrimos os ataques frontais. Eu costumo pedir que os guardas venham como vítimas voluntárias — alguns risinhos diante daquilo —, mas hoje gostaria que nos contasse o que *você* acha que moças, mais jovens e mais velhas, mais fortes e mais fracas, poderiam fazer contra qualquer tipo de ataque. Sua lista de principais manobras e dicas, por gentileza.

Chaol treinara rapazes prontos para derramar sangue — não para curar pessoas.

Mas defesa era a primeira lição que lhe fora ensinada e que ele ensinara àqueles jovens guardas.

Antes de terem acabado pendurados dos portões do castelo.

O rosto esmurrado e irreconhecível de Ress lampejou em sua mente.

Que bem tinha feito a qualquer um deles na hora que tinham precisado?

Nem um. Nem um dos guardas daquele grupo principal em que Chaol havia confiado e que ele havia treinado, com quem trabalhara durante anos... nem um sobrevivera. Brullo, seu mentor e predecessor, lhe ensinara tudo o que Chaol sabia — e o que eles ganharam com aquilo? Qualquer um que ele conhecera, que tocara... tinha sofrido. As vidas que havia jurado proteger...

O sol se tornou quase branco, e o gorgolejar das fontes gêmeas era uma melodia distante.

Que bem tinha feito *qualquer* dessas coisas à cidade e a seu povo ao serem saqueados?

Chaol ergueu a cabeça e viu as fileiras de mulheres observando-o, com curiosidade no rosto.

Esperando.

Houvera um momento, quando ele tinha atirado a espada no Avery. Quando fora incapaz de suportar seu peso ao lado do corpo e nas mãos, então a atirara nas águas escuras e ondulantes, junto a tudo o que o Capitão da Guarda Real tinha sido e significado.

Chaol estivera afundando e se afogando desde então. Muito antes do ferimento na coluna.

E não tinha nem certeza se ao menos tentara nadar. Não desde que aquela espada fora parar no rio. Não desde que deixara Dorian naquele quarto com o pai e dissera ao amigo — ao irmão — que ele o amava, sabendo que era uma despedida. Chaol... tinha partido. Em todos os sentidos da palavra.

O lorde se obrigou a respirar. A tentar.

Yrene passou para seu lado conforme o silêncio se estendia, de novo parecendo tão confusa e preocupada. Como se não conseguisse entender por que — *por que* talvez ele estivesse minimamente... Chaol afastou esse pensamento. E os demais.

Afastou-os até o fundo cheio de lodo do Avery, onde aquela espada com pomo de águia repousava, esquecida e enferrujando.

Ele ergueu o queixo, olhando cada menina, mulher e idosa no rosto. Curandeiras e criadas e bibliotecárias e cozinheiras, dissera Yrene.

— Quando um agressor vier até vocês — começou o antigo capitão, por fim —, ele provavelmente tentará levá-las para outro lugar. *Nunca* permitam que façam isso. Se permitirem, onde quer que seja o lugar, será o último que verão. — Ele já passara por cenas de assassinato o suficiente em Forte da Fenda, lera e investigara casos o suficiente para saber que aquilo era verdade. — Se tentarem mover vocês do local onde estão, tornem esse local um campo de batalha.

— Sabemos disso — falou uma das meninas coradas. — Foi a primeira lição de Yrene.

A jovem curandeira assentiu com seriedade para Chaol. Mais uma vez, ele não se permitiu olhar para seu pescoço.

— Pisar no dorso do pé? — Ele mal conseguia dizer uma palavra a Yrene.

— Primeira lição também — respondeu a mesma acólita em vez da curandeira.

— E o quanto é debilitante receber um golpe na virilha?

Acenos de cabeça de todos os lados. Yrene certamente conhecia um bom número de manobras.

Chaol deu um sorriso sombrio.

— E quanto a maneiras de fazer com que um homem do meu tamanho ou maior caia de costas com menos de dois movimentos?

Algumas das meninas sorriram ao sacudir a cabeça. Não foi reconfortante.

❧ 15 ❧

Yrene sentiu a raiva intensa de Chaol, como se fosse calor ondulando de uma chaleira.

Não contra as meninas e mulheres. Elas o adoravam. Sorriam e riam, mesmo enquanto se concentravam na lição detalhada e precisa, mesmo com os eventos da biblioteca pairando sobre elas e sobre a Torre, como um manto cinza. Houvera muitas lágrimas na noite anterior durante a vigília — e ainda alguns olhos vermelhos nos corredores naquela manhã quando Yrene tinha passado em disparada.

Ainda bem que não teve sinal de nenhuma das duas coisas quando Lorde Chaol chamou três guardas para que voluntariassem o corpo para as meninas jogarem no cascalho. Repetidas vezes.

Os homens concordaram, talvez porque soubessem que quaisquer ferimentos seriam paparicados e curados pelas melhores curandeiras fora de Doranelle.

Chaol até mesmo respondeu aos sorrisos das moças e, para o choque de Yrene, dos guardas.

Mas Yrene... ela não recebeu nenhum sorriso. Nada.

O rosto de Chaol apenas ficava severo, os olhos reluzentes de frieza, sempre que ela se aproximava para fazer uma pergunta ou assistir enquanto ele repassava os movimentos com uma acólita. Ele estava no controle, e a concentração perseverante não deixava passar nada. Se tivessem ao menos um dos pés na posição errada, o ex-capitão percebia antes que as mulheres se movessem um centímetro.

A lição de uma hora terminou com cada uma delas jogando um guarda de costas no chão. Os pobres homens saíram andando com dificuldade, mas com sorrisos largos. Em grande parte porque Hafiza prometeu um barril de cerveja para cada um deles — e seu tônico de cura mais potente. O que era melhor que qualquer álcool.

As mulheres se dispersaram quando os sinos anunciaram as 10 horas. Algumas foram para aulas, outras para afazeres, algumas para pacientes. Poucas das meninas mais bobas permaneceram, piscando os olhos na direção de Lorde Westfall, com uma delas até mesmo parecendo inclinada a se sentar em seu colo antes de Hafiza lembrar rispidamente que havia uma pilha de roupa suja com o nome da garota.

Antes de a alta-curandeira sair atrás da acólita, Hafiza apenas deu a Yrene o que ela podia jurar ser um olhar de aviso e compreensão.

— Bem — disse a jovem curandeira a Chaol ao ficarem mais uma vez a sós, apesar das risadas de meninas olhando por uma das janelas da Torre. Elas repararam no olhar de Yrene e recolheram as cabeças imediatamente, batendo as janelas com gargalhadas escandalosas.

Que Silba a livrasse das adolescentes.

Yrene jamais fora uma — não daquele jeito. Não tão despreocupada. Não tinha nem mesmo beijado um homem até o outono passado. Certamente jamais dera risadinhas por causa de um. Ela queria que tivesse tido a chance de fazê-lo; queria muitas coisas que acabaram com aquela pira e aquelas tochas.

— Isso foi melhor que o esperado — disse Yrene a Chaol, que olhava para a Torre imponente com a testa franzida. — Tenho certeza de que me implorarão na semana que vem para que você volte. Se estiver interessado, suponho.

Ele nada respondeu.

Yrene engoliu em seco.

— Eu gostaria de tentar de novo hoje, se estiver disposto. Prefere que eu encontre um quarto aqui, ou cavalgamos de volta ao palácio?

Ele a encarou então. Os olhos do lorde estavam sombrios.

— O palácio.

O estômago da jovem se revirou diante do tom gélido.

— Tudo bem. — Foi tudo o que ela conseguiu dizer antes de sair andando em busca dos guardas e dos cavalos.

Os dois cavalgaram de volta em silêncio. Tinham ficado calados durante trechos da cavalgada de ida, mas aquilo era... proposital. Pesado.

Yrene vasculhou a memória em busca do que poderia ter dito durante a lição — do que poderia ter se esquecido. Talvez ver os guardas tão ativos o tivesse lembrado do que ele não tinha no momento. Talvez simplesmente a visão dos guardas o tivesse deixado daquele jeito.

A curandeira refletiu a respeito conforme voltaram para o palácio, conforme Chaol foi ajudado por Shen e outro guarda até a cadeira que esperava. O lorde ofereceu apenas um breve sorriso de agradecimento.

Ele olhou para Yrene por cima de um ombro; o calor da manhã aumentara o bastante para tornar o pátio abafado.

— Vai empurrar, ou devo eu?

Ela piscou.

— Você pode movê-la muito bem sozinho — retrucou a curandeira, com um tom de voz tal qual um bater de pé.

— Talvez devesse pedir a uma de suas acólitas para fazer isso. Ou cinco delas. Ou qualquer que seja o número que considere adequado para lidar com um lorde de Adarlan.

Yrene piscou de novo. Devagar. E não deu aviso nenhum ao sair batendo os pés. Sem se incomodar em esperar para ver se Chaol a seguia, ou com que rapidez o fazia.

As colunas e os corredores e os jardins do palácio passaram como um borrão. Ela estava tão determinada a chegar aos aposentos de Chaol que mal reparou que alguém chamava seu nome.

Somente quando o nome foi repetido uma segunda vez que ela o reconheceu — e se encolheu.

No momento que a curandeira enfim se virou, Kashin — vestindo armadura e suando o suficiente para indicar que provavelmente estivera se exercitando com os guardas do palácio — já estava a seu lado.

— Estava procurando você — disse ele, com os olhos castanhos imediatamente passando para o peito de Yrene. Não... para a mancha que ainda estava no vestido. O príncipe ergueu as sobrancelhas. — Se quiser mandar isso para a lavanderia, tenho certeza de que Hasar pode emprestar algumas roupas a você enquanto é lavado.

Yrene se esquecera de que ainda usava aquele vestido manchado e amarrotado. Não tinha sentido que estava tão desgrenhada até então. Não se sentira como um animal de celeiro.

— Obrigada pela oferta, mas dou um jeito.

Ela recuou um passo, mas Kashin falou:

— Soube do agressor na biblioteca. Providenciei guardas adicionais para chegarem à Torre depois do pôr do sol todas as noites, e ficarem até o alvorecer. Ninguém entrará sem que reparemos.

Era generoso... bondoso. Como Kashin sempre fora com ela.

— Obrigada.

O rosto do príncipe permaneceu sério quando ele engoliu em seco. Yrene se preparou para as palavras que ele diria, mas Kashin apenas falou:

— Por favor, tome cuidado. Sei que deixou o que pensa claro, mas...

— Kashin.

— ... isso não muda o fato de que somos, ou éramos, amigos, Yrene.

Ela se obrigou a encará-lo.

— Lorde Westfall mencionou suas... suspeitas sobre Tumelun — disse ela.

Por um momento, o rapaz olhou para as bandeiras brancas que oscilavam na janela próxima. Yrene abriu a boca, talvez para oferecer condolências finalmente, para tentar consertar aquela coisa que se rompera entre eles, mas o príncipe falou:

— Então entende quanto essa ameaça pode ser grave.

Ela assentiu.

— Entendo. E tomarei cuidado.

— Que bom — disse Kashin simplesmente. Sua expressão se transformou em um sorriso tranquilo, e, por um segundo, Yrene desejou que pudesse sentir qualquer coisa além de mera amizade. Mas jamais fora daquela forma com ele, pelo menos de sua parte. — Como está a cura de Lorde Westfall? Fez progresso?

— Um pouco — respondeu ela, defensiva. Insultar um príncipe ao sair andando não era sábio, mesmo quando ele já tinha sido um amigo, mas quanto mais tempo aquela conversa seguisse... Yrene inspirou. — Eu gostaria de ficar e conversar...

— Então fique. — Aquele sorriso se alargou. Belo... Kashin era realmente um homem belo. Se fosse qualquer outro, se tivesse qualquer outro título...

A curandeira sacudiu a cabeça, oferecendo um sorriso contido.

— Lorde Westfall está me esperando.

— Soube que cavalgou com ele esta manhã até a Torre. Ele não voltou com você?

Ela tentou tirar a expressão de súplica do rosto ao fazer uma reverência.

— Preciso ir. Obrigada de novo pela preocupação... e pelos guardas, príncipe.

O título pairou entre os dois, tilintando como um sino golpeado.

Mas Yrene seguiu, sentindo o olhar de Kashin até virar uma esquina.

A curandeira se recostou contra a parede, fechou os olhos e exalou profundamente. Tola. Tantos outros a chamariam de tola e, no entanto...

— Quase me sinto mal pelo homem.

Yrene abriu os olhos e viu Chaol, ofegante e ainda com o olhar incandescente, movendo-se para virar uma esquina.

— É claro — prosseguiu ele — que eu estava longe o suficiente para não conseguir ouvir, mas certamente vi o rosto *dele* quando partiu.

— Não sabe do que está falando — retrucou Yrene, inexpressivamente, e voltou a caminhar na direção da suíte de Chaol, mais devagar.

— Não diminua o ritmo por minha causa. Estava num tempo impressionante.

A jovem lançou um olhar cortante para ele.

— Por acaso *fiz* alguma coisa para ofendê-lo hoje?

O olhar controlado do antigo capitão não revelou nada, mas os poderosos braços continuaram trabalhando as rodas da cadeira para impulsioná-la.

— Como?

— Por que fica afastando o príncipe? Parece que um dia vocês foram próximos.

Não era o momento ou o lugar para aquela conversa.

— Isso não é da sua conta.

— Satisfaça minha curiosidade.

— Não.

Chaol a acompanhou facilmente conforme Yrene apressava o ritmo. Até as portas da suíte.

Kadja estava de pé do lado de fora, e a curandeira deu a ela uma ordem boba:

— Preciso de tomilho seco, limão e alho. — Essa poderia muito bem ser a lista de ingredientes de uma das antigas receitas de truta fresca da mãe.

A criada sumiu com uma reverência quando Yrene escancarou as portas da suíte, segurando uma aberta para que ele passasse.

— Só para você saber — sibilou ela ao fechar as portas ruidosamente atrás de Chaol. — Sua bosta de atitude não ajuda ninguém com nada.

O lorde parou a cadeira subitamente no meio do saguão, e Yrene estremeceu ao pensar no que isso devia ter feito com suas mãos. Chaol abriu a boca, mas se calou.

Naquele exato momento, a porta do outro quarto se abriu e Nesryn surgiu, com os cabelos úmidos e reluzentes.

— Estava me perguntando aonde você tinha ido — disse ela a Chaol, então deu à curandeira um aceno como cumprimento. — A manhã começou cedo?

Yrene precisou de alguns segundos para reorganizar a sala, a dinâmica com Nesryn presente. Pois ela não era a pessoa... principal. Era a ajuda, a secundária... qualquer coisa.

Chaol sacudiu as mãos — de fato, havia marcas vermelhas ali —, mas disse a Nesryn:

— Fui até a Torre ajudar as moças com uma aula de defesa.

A capitã olhou para a cadeira.

— A cavalo — explicou ele.

Então os olhos de Nesryn se voltaram para Yrene, alegres e arregalados.

— Você... como?

— Um esteio — explicou ela. — Estávamos prestes a retomar nossa segunda tentativa de cura.

— E você realmente conseguiu cavalgar?

Yrene sentiu o tremor interno de Chaol; em grande parte porque ela também estremeceu. Diante da incredulidade.

— Não tentamos nada além de uma caminhada rápida, mas sim — afirmou ele tranquilamente. Controladamente. Como se esperasse tais perguntas de Nesryn. Como se tivesse se acostumado com elas. — Talvez amanhã eu tente um trote.

Mas sem o contrapeso das pernas, os quiques... Yrene repassou os arquivos mentais sobre ferimentos na virilha, mas ficou calada.

— Vou com você — ofereceu Nesryn, os olhos escuros reluzindo. — Posso mostrar a cidade... talvez a casa de meu tio.

— Eu gostaria disso — disse Chaol, apenas. E a mulher lhe deu um beijo na bochecha.

— Vou visitá-los agora por uma ou duas horas — comunicou ela. — Então vou me encontrar com... você sabe. Voltarei esta tarde. E retomarei meus... deveres depois.

Palavras cautelosas. Yrene não a culpava. Não com as armas empilhadas no quarto de Nesryn... mal visíveis pela porta entreaberta. Facas, espadas, múltiplos arcos e aljavas... A capitã tinha um pequeno arsenal no aposento.

Chaol apenas grunhiu em aprovação, sorrindo de leve conforme Nesryn caminhava até as portas da suíte. Ela parou à ombreira, com um sorriso maior que qualquer outro que Yrene vira antes.

Esperança. Cheia de esperança.

Nesryn fechou a porta com um clique.

Sozinha no silêncio de novo, ainda se sentindo como a intrusa ali, a curandeira cruzou os braços.

— Posso lhe trazer algo antes de começarmos?

Chaol apenas empurrou a cadeira para a frente... até o quarto.

— Prefiro a sala de estar — avisou Yrene, pegando a bolsa de suprimentos da mesa do saguão sobre a qual Kadja a deixara. E provavelmente a vasculhara também.

— Prefiro a cama enquanto sofro. — Chaol acrescentou por cima do ombro: — E com sorte você não desmaiará no chão dessa vez.

Ele se moveu facilmente da cadeira para a cama, então começou a abrir a jaqueta.

— Diga — pediu Yrene, permanecendo à porta. — Diga o que fiz para chateá-lo.

Chaol tirou o casaco.

— Quer dizer, além de me exibir como uma boneca quebrada na frente de suas acólitas e fazer com que elas me puxassem para fora daquele cavalo como um peixe morto?

A curandeira enrijeceu, pegando o mordedor antes de soltar a bolsa de suprimentos no chão.

— Muita gente o ajuda aqui no palácio.

— Não tantas quanto você pensa.

— A Torre é um lugar de aprendizado, e pessoas com um ferimento como o seu não aparecem muito por lá, porque geralmente precisamos ir até elas. Eu estava mostrando às acólitas coisas que podem ajudar com incontáveis pacientes no futuro.

— Sim, seu cavalo premiado e destruído. Olhe como estou bem domado para você. Tão dócil.

— Não tive essa intenção, e você sabe disso.

Chaol arrancou a camisa, quase rasgando as costuras ao puxá-la por cima da cabeça.

— Foi algum tipo de punição? Por servir ao rei? Por ser de Adarlan?

— *Não*. — O fato de ele acreditar que ela podia ser tão cruel, tão pouco profissional... — Foi exatamente o que eu acabei de dizer: queria *mostrar* a elas.

— *Eu* não queria que você mostrasse a elas!

Yrene ficou ereta.

Chaol ofegava entre os dentes trincados.

— *Eu* não queria que você me exibisse por aí. Que as deixasse me *manipular*. — Seu peito inflava, os pulmões sob aqueles músculos trabalhavam como foles. — Tem *alguma* ideia de como é? Passar *disso* — o lorde gesticulou para ela, para o corpo, as pernas, a coluna — para *isto*?

Yrene teve a sensação de que o chão se desfazia debaixo dela.

— Sei que é difícil...

— É. Mas você tornou ainda *mais difícil* hoje. Faz com que eu me sente aqui, quase nu, neste quarto, mas *nunca* me senti mais exposto quanto nesta manhã. — Chaol piscou, como se estivesse surpreso por ter vocalizado aquilo... surpreso por ter admitido.

— Eu... eu sinto muito. — Foi tudo o que Yrene conseguiu pensar para dizer.

Ele engoliu em seco.

— Tudo o que eu pensava, tudo o que tinha planejado e queria... Se foi. Tudo o que me resta é meu rei e esse fiapo ridículo e ínfimo de esperança de que sobreviveremos a esta guerra, e que eu conseguirei encontrar uma forma de *fazer* algo com isso.

— Com o quê?

— Com *tudo* o que desabou em minhas mãos. *Tudo*.

A voz de Chaol hesitou naquela palavra.

Os olhos de Yrene ardiam. De vergonha ou tristeza, ela não sabia.

E não queria saber... o que era, ou o que acontecera com ele. O que fazia aquela dor tremeluzir nos olhos do antigo capitão. Ela sabia, sabia que Chaol precisava enfrentar, precisava falar a respeito disso, mas...

— Sinto muito — repetiu a curandeira, acrescentando seriamente: — Eu devia ter considerado seus sentimentos a respeito do assunto.

Ele a observou por um longo momento, então retirou o cinto. Tirou as botas. As meias.

— Pode ficar de calça se... se quiser.

Ele a tirou. Então esperou.

Ainda tomado pela raiva. Ainda olhando para Yrene com muito ressentimento nos olhos.

A curandeira engoliu em seco uma vez. Duas. Talvez devesse ter saído e arrumado um café da manhã para os dois.

Mas dar as costas, mesmo para isso... Ela teve uma sensação, uma que não conseguiu identificar, de que, se lhe desse as costas, se Chaol a visse se virar...

Curandeiros e pacientes exigiam confiança. Um laço.

Se ela desse as costas a Chaol e partisse, aquela rachadura talvez não se fechasse.

Então Yrene gesticulou para que ele se movesse até o centro da cama e se deitasse de barriga para baixo enquanto ela se sentou na beira.

A jovem passou a mão acima de sua coluna, as depressões dos músculos percorrendo profundamente as costas do lorde.

Ela não considerara... os sentimentos de Chaol. Que ele poderia tê-los. As coisas que o assombravam...

A respiração do ex-capitão estava ofegante, rápida. Então Chaol perguntou:

— Só para eu entender: seu rancor é comigo ou com Adarlan em geral?

Ele encarou a parede distante, a entrada do banheiro bloqueada por aquele biombo de madeira entalhada. Yrene manteve a mão firme, preparada sobre suas costas, mesmo ao se encher de vergonha.

Não, ela não estivera em sua melhor forma nos últimos dias. Nem de perto.

Aquela cicatriz no alto da coluna contrastava mais sob a luz do meio da manhã, fazendo a sombra da mão de Yrene sobre a pele parecer algum tipo de marca gêmea.

A coisa que esperava dentro da cicatriz... A magia de Yrene mais uma vez se encolheu diante da proximidade. Ela estivera cansada demais na noite anterior, e ocupada demais naquela manhã, para sequer pensar em encarar aquilo de novo. Em contemplar o que ela poderia ver, poderia enfrentar; o que ele também poderia suportar.

Mas Chaol cumprira com a palavra, instruíra as meninas, apesar de seus erros tolos e grosseiros. Yrene supôs que o mínimo que podia fazer era devolver o favor ao cumprir o que também prometera.

A curandeira tomou fôlego para se acalmar. Não tinha como se preparar para aquilo, ela sabia. Não havia fôlego preparatório encorajador o suficiente a fim de tornar aquilo menos perturbador. Para os dois.

Yrene ofereceu silenciosamente o mordedor de couro a Chaol.

Ele o colocou entre os dentes e mordeu de leve.

A jovem o encarou: o corpo pronto para a dor e a expressão indiscernível conforme Chaol inclinava o rosto na direção da porta.

— Soldados de Adarlan queimaram minha mãe viva quando eu tinha 11 anos — revelou ela, baixinho.

E, antes que Chaol pudesse responder, Yrene pôs a mão na marca no alto da coluna.

❧ 16 ❧

Havia apenas escuridão e dor.

Ele rugia contra elas, distantemente ciente do mordedor na boca, da secura na garganta.

Queimada viva queimada viva queimada viva

O vazio mostrou a ele o fogo. Uma mulher com cabelos castanho--dourados e pele no mesmo tom gritando de agonia na direção dos céus.

Mostrou a ele um corpo destruído em uma cama ensanguentada. Uma cabeça rolando sobre um piso de mármore.

Você fez isso você fez isso você fez isso

Mostrou uma mulher com olhos de chamas azuis e cabelos como ouro puro em cima dele, com a adaga erguida e inclinada para mergulhar em seu coração.

Ele desejava. Às vezes desejava que ela não tivesse sido impedida.

A cicatriz no rosto — das unhas que ela enterrara ali quando o golpeara da primeira vez... Era naquele desejo odioso que Chaol pensava quando olhava no espelho. O corpo na cama e aquele quarto frio e aquele grito. O colar no pescoço e um sorriso que não pertencia ao rosto querido. O coração que ele oferecera e fora deixado largado nas tábuas de madeira do cais do rio. Uma assassina que velejara para longe, e uma rainha que retornara. Uma fileira de homens bons pendurados dos portões do castelo.

Tudo isso contido naquela fina cicatriz. O que ele não podia perdoar ou esquecer.

O vazio mostrava isso a Chaol, de novo e de novo.

Açoitava seu corpo com bifurcados chicotes vermelho-incandescentes. E mostrava aquelas coisas, de novo e de novo.

O vazio mostrou sua mãe. E o irmão. E o pai.

Tudo o que lhe restava. Aquilo em que tinha fracassado. O que ele havia odiado e o que se tornara.

Os limites entre os dois últimos estavam misturados.

E Chaol tentara. Tentara nas últimas semanas, nos últimos meses.

O vazio não queria saber.

Fogo sombrio disparou em seu sangue e veias, tentando afogar esses pensamentos.

A rosa incandescente deixada na mesa de cabeceira. O último abraço de seu rei.

Ele tentara. Tentara sentir *esperança*, mas...

Mulheres que mal passavam de crianças puxando-o de um cavalo. Cutucando e empurrando.

Uma dor o atingiu, na parte baixa e profunda da coluna, e Chaol não conseguiu respirar em meio a ela, não conseguiu gritar para abafá-la...

Uma luz branca se acendeu.

Uma chama. Bem longe.

Não do tipo dourado ou vermelho ou azul. Mas branca como a luz do sol, nítida e limpa.

Um lampejo na escuridão, arqueando-se, como relâmpago cavalgando pela noite...

Então a dor convergiu de novo.

Os olhos do pai — os olhos coléricos do pai quando Chaol anunciou que partiria para se juntar à guarda. Os punhos. As súplicas da mãe. A dor em seu rosto na última vez que vira o filho, cavalgando e deixando Anielle. A última vez que ele vira sua cidade, seu lar. O irmão, pequeno e encolhido na longa sombra do pai.

Um irmão que Chaol havia trocado por outro. Um irmão que ele deixara para trás.

A escuridão o espremeu, esmagando os ossos até virarem pó.

Ela o mataria.

Ela o mataria, aquela dor, aquele... aquele poço infinito e revolto de *nada*.

Talvez fosse uma misericórdia. Chaol não tinha total certeza de que a própria presença — sua presença *adiante* fazia algum tipo de diferença. Não o suficiente para garantir que tentasse. Que ao menos voltasse.

A escuridão gostava daquilo. Parecia prosperar com aquilo.

Mesmo ao apertar o torno em volta de seus ossos. Mesmo ao ferver seu sangue nas veias, fazendo-o urrar e urrar...

Luz branca se chocou contra Chaol, ofuscando-o.

Preenchendo aquele vazio.

A escuridão guinchou e recuou, então se ergueu, como uma onda enorme a seu redor...

Apenas para ricochetear de uma camada de luz branca, envolvendo-o, uma rocha contra a qual a escuridão batia e quebrava.

Uma luz no abismo.

Era quente, e silenciosa, e bondosa. Não se encolhia diante do escuro.

Como se tivesse vivido naquela escuridão durante muito, muito tempo... e entendesse como ela funcionava.

Chaol abriu os olhos.

A mão de Yrene se afastara de suas costas.

Ela já se virava para longe, esticando-se para a camisa do lorde, largada no tapete do quarto.

Ele viu o sangue antes que a curandeira conseguisse escondê-lo.

Depois de cuspir o mordedor, Chaol agarrou a mão dela, ofegando alto aos próprios ouvidos.

— Está ferida.

Yrene limpou o nariz, a boca e o queixo antes de o encarar.

Isso não escondia as manchas no peito, que encharcavam o decote do vestido.

Chaol se impulsionou para a frente.

— Pelos deuses, Yrene...

— Estou bem.

As palavras soaram abafadas, envoltas no sangue que ainda lhe escorria do nariz.

— Isso... isso é comum? — Chaol encheu os pulmões de ar para gritar que alguém trouxesse *outra* curandeira...

— Sim.

— Mentirosa. — Ele ouviu a falsidade na pausa. Viu-a na recusa em encará-lo. Chaol abriu a boca, mas Yrene apoiou a mão em seu braço, abaixando a camisa encharcada de sangue.

— Estou bem. Só preciso... descansar.

Ela parecia tudo, menos bem, com sangue escorrendo e formando crostas no queixo e na boca.

A curandeira pressionou a camisa de Chaol contra o nariz quando um novo filete escorreu.

— Pelo menos — disse ela, através de tecido e sangue — a mancha de antes agora combina com meu vestido.

Uma tentativa patética de humor, mas o lorde ofereceu um sorriso triste.

— Achei que fosse parte do estilo.

Ela lançou um olhar exausto, mas divertido para ele.

— Me dê cinco minutos e poderei voltar e...

— Pode se deitar. Agora mesmo. — Chaol deslizou alguns centímetros no colchão para dar ênfase ao que tinha falado.

Yrene observou os travesseiros; a cama era grande o bastante para que quatro dormissem confortavelmente, um ao lado do outro. Com um gemido, ela pressionou a camisa no rosto e desabou nos travesseiros, chutando os chinelos e puxando as pernas para cima conforme inclinava a cabeça a fim de estancar o sangramento.

— O que posso trazer para você — sugeriu Chaol, observando-a olhar inexpressivamente para o teto. Aquilo tinha acontecido... tinha acontecido para ajudá-lo, provavelmente por causa de qualquer que fosse o humor de merda que ele sentira antes...

A curandeira apenas sacudiu a cabeça.

Em silêncio, Chaol a observou pressionar a camisa contra o nariz. Observou sangue brotar pelo tecido de novo e de novo. Até o fluxo diminuir por fim e então parar.

O nariz, a boca e o queixo de Yrene estavam vermelhos com os resquícios, e os olhos embaçados com dor ou exaustão. Talvez ambos.

— Como? — perguntou ele, então.

A curandeira sabia o que ele queria dizer. Yrene secou o sangue no peito.

— Entrei lá, no lugar da cicatriz, e estava igual a antes. Uma parede que nenhum golpe de minha magia podia destruir. Acho que me mostrou... — Os dedos de Yrene seguraram firme a camisa quando ela a pressionou contra o sangue que encharcava a frente de seu corpo.

— O quê?

— Morath — sussurrou a jovem, e Chaol podia jurar que até mesmo o canto dos pássaros hesitara no jardim. — Mostrou alguma memória, que foi deixada para trás em *você*. Mostrou uma imensa fortaleza sombria cheia de horrores. Um exército esperando nas montanhas do entorno.

O sangue de Chaol gelou quando ele percebeu de quem podia ser aquela memória.

— Era real ou... era alguma manipulação contra você? — Pois suas memórias mesmo tinham sido usadas assim.

— Não sei — admitiu Yrene. — Mas, então, ouvi seus gritos. Não aqui fora, mas... lá dentro. — Ela limpou o nariz de novo. — E percebi que atacar a parede sólida era... Acho que era uma distração. Uma artimanha. Então segui os sons de seus gritos. Até você. — Até aquele lugar bem no fundo do lorde. — Essa coisa estava tão concentrada em destruí-lo que não me viu chegar. — A curandeira estremeceu. — Não sei se ela fez alguma coisa, mas... Eu não consegui suportar. Assistir e ouvir. Eu a assustei quando entrei de repente, mas não sei se estará à espera da próxima vez. Se vai se lembrar. Há... uma senciência nela. Não é uma coisa viva, mas é como se uma memória tivesse sido libertada no mundo.

Chaol assentiu, e silêncio recaiu sobre os dois. Ela limpou o nariz de novo, deixando a camisa coberta de sangue, então apoiou o tecido na mesa ao lado da cama.

Por um número de minutos desconhecidos, a luz do sol se espalhou pelo chão e o vento farfalhou as palmeiras.

— Sinto muito... por sua mãe — lamentou Chaol, por fim.

Pensando na linha do tempo... provavelmente ocorrera poucos meses depois do terror e da perda da própria Aelin.

Tantas delas; as crianças nas quais Adarlan deixara cicatrizes tão profundas. Quando as tinha deixado vivas.

— Ela era tudo o que havia de bom no mundo — comentou Yrene, enroscando-se de lado para olhar as janelas do jardim além do pé da cama. — Ela... Eu sobrevivi porque ela... — A jovem não disse o resto.

— Ela fez o que qualquer mãe faria — concluiu Chaol pela curandeira.

Um aceno de cabeça.

Por serem curandeiras, foram algumas das primeiras vítimas. E continuaram sendo executadas muito depois de a magia ter sumido. Adarlan sempre caçara impiedosamente os curandeiros com dons mágicos. Às vezes sendo entregues a Adarlan pelos aldeões da própria cidade em troca de dinheiro rápido e fácil.

Chaol engoliu em seco.

— Vi o rei de Adarlan massacrar a mulher que Dorian amava diante de mim — confessou depois de um segundo. — E não pude fazer nada para impedi-lo. Para salvá-la. E, quando o rei tentou me matar por ter planejado destroná-lo... Dorian interferiu. Enfrentou o pai, ganhando tempo para que eu fugisse. E eu fugi... fugi porque... não havia mais ninguém para dar continuidade à rebelião. Para avisar o povo, que precisava da informação. Deixei que ele enfrentasse o pai e encarasse as consequências, e *fugi*.

Yrene o observou calada.

— Mas ele está bem agora.

— Não sei. Ele está livre... está vivo. Mas será que está bem? Ele sofreu. Muito. De formas que não consigo começar a... — Sua garganta se apertou até doer. — Deveria ter sido eu. Sempre planejei para que fosse eu em seu lugar.

Uma lágrima deslizou pela ponte do nariz da curandeira.

Chaol a limpou com o dedo antes que a lágrima escorresse para o outro lado.

Yrene o encarou por um longo momento, com as lágrimas tornando aqueles olhos quase radiantes à luz do sol. Ele não sabia quanto tempo se passara. Quanto tempo levara para que ela ao menos tivesse começado a partir aquela escuridão; apenas um pouco.

A porta da suíte se abriu e se fechou, silenciosa o bastante para que Chaol soubesse que era Kadja. Mas aquilo desviou o olhar de Yrene e, sem aquele olhar... havia uma sensação de frio. Um silêncio e um frio.

Ele fechou o punho, deixando aquela lágrima penetrar a pele, para evitar virar o rosto de Yrene para o dele de novo. Para evitar o desejo de ler os olhos da curandeira.

Mas, de repente, a cabeça de Yrene se virou para cima tão rápido que ela quase lhe acertou o nariz.

O dourado dos olhos da curandeira se incendiou.

— Chaol — sussurrou ela, e o lorde pensou que devia ser a primeira vez que ela o chamava assim.

Mas Yrene olhava para baixo, atraindo o olhar do antigo capitão.

Para baixo do torso e das pernas nuas.

Para seus dedos dos pés.

Para os dedos dos pés, lentamente se fechando e abrindo. Como se tentassem se lembrar do movimento.

❧ 17 ❧

Os primos de Nesryn já tinham saído para a escola quando ela bateu à porta externa da bela casa dos tios no Quarteirão Runni. Da rua empoeirada, só o que se podia ver, além das paredes altas e espessas que cercavam a casa, era o portão de carvalho entalhado e reforçado com arabescos de ferro.

Mas quando o portão se abriu sob as mãos de dois guardas que imediatamente a convidaram para entrar, um pátio sombreado e amplo se revelou, feito de pedra pálida, flanqueado por pilastras cobertas por buganvílias de cor magenta e com uma fonte alegre e cheia de pedras marinhas borbulhando no centro.

A casa era típica de Antica — e do povo balruhni, do qual Nesryn e a família descendiam. Há muito adequada ao clima desértico, a construção inteira fora erguida pensando no sol e no vento: janelas externas jamais eram colocadas perto do calor da exposição sul, e as torres estreitas captadoras de brisa no alto do prédio ficavam voltadas para o lado oposto do arenoso vento leste a fim de evitar que se infiltrasse nos quartos que resfriava. A família de Nesryn não tinha a sorte de ter um canal passando por baixo da casa, como muitas das mais abastadas de Antica, mas com as plantas altas e os toldos de madeira entalhada, a sombra mantinha os níveis inferiores públicos em torno do pátio frescos o bastante durante o dia.

De fato, Nesryn inspirou profundamente ao caminhar pelo belo pátio, sendo cumprimentada no meio do caminho pela tia com a pergunta:

— Já comeu?

— Eu me poupei para sua mesa, tia — respondeu ela, mesmo já tendo comido. Era um cumprimento comum em halha entre familiares; *ninguém* visitava uma casa, principalmente na família Faliq, sem comer. Pelo menos uma vez.

A tia de Nesryn — ainda uma bela mulher de silhueta farta, cujos quatro filhos não a fizeram diminuir em nada o ritmo — assentiu com aprovação.

— Eu disse a Brahim esta manhã mesmo que nossa cozinheira é melhor que aqueles do palácio.

Um nível acima, um bufar divertido veio da janela com painel de madeira que dava para o pátio. O escritório do tio. Um dos poucos cômodos comunais no segundo andar, geralmente privado.

— Cuidado, Zahida, ou o khagan pode ouvir e arrastar nossa velha e querida cozinheira para o palácio.

A tia de Nesryn revirou os olhos para a silhueta que mal se via através do painel de madeira ornamentado, e entrelaçou o braço ao da sobrinha.

— Enxerido. Sempre ouvindo nossas conversas aqui embaixo.

O homem riu, mas não comentou mais nada.

Nesryn sorriu, deixando que a tia a guiasse até o espaçoso interior da casa, passando pela estátua de corpo voluptuoso de Inna, Deusa dos Lares Pacíficos e também do povo balruhni, com os braços erguidos em acolhimento e defesa.

— Talvez o cozinheiro de nível inferior do palácio seja o motivo de a realeza ser tão magricela.

A tia de Nesryn brincou, dando tapinhas na barriga.

— E sem dúvida a causa de tanto enchimento ao longo dos anos. — Ela piscou um olho para a sobrinha. — Talvez eu *devesse* me livrar da velha cozinheira, então.

Nesryn beijou a bochecha da mulher, macia como uma pétala.

— Você está mais linda agora que quando eu era criança. — E foi sincera.

A mulher fez um gesto, como se dispensasse o que Nesryn tinha dito, mas mesmo assim sorriu quando as duas passaram para o interior sombreado e fresco da área de estar da casa. Pilastras apoiavam os tetos altos do longo corredor, com vigas de madeira e mobília entalhadas e construídas com inspiração na exuberante flora e fauna da terra natal da família, distante e antiga. Ela adentrou ainda mais a casa com a tia, vendo mais do que a maioria dos convidados jamais veria, até chegarem ao segundo pátio menor nos fundos. Aquele apenas para família e ocupado, em grande parte, por uma longa mesa e cadeiras de assento fundo sob a sombra de um toldo erguido. Àquela hora, o sol estava do lado oposto da casa — exatamente por que a tia a escolhera.

A mulher guiou a sobrinha para um assento adjacente à cabeceira da mesa, o lugar de honra, e correu para informar à cozinheira que trouxesse bebidas.

No silêncio, Nesryn ouviu o vento suspirar entre o jasmim que subia pela parede até a varanda acima. Um lar tão sereno como ela jamais vira; principalmente em comparação com o caos da casa da família em Forte da Fenda.

Uma dor apertou o peito da capitã, e ela o esfregou. Estavam vivos; tinham fugido.

Mas isso não dizia onde estavam no momento. Ou o que poderiam enfrentar naquele continente cheio de tantos terrores.

— Seu pai tem o mesmo olhar quando está pensando demais — comentou o tio de Nesryn atrás da jovem.

A capitã se virou na cadeira, sorrindo levemente quando Brahim Faliq entrou no pátio. O homem era mais baixo que seu pai, porém mais magro — em grande parte graças a *não* assar doces como ganha-pão. Não, o tio de Nesryn ainda estava em forma para a idade, com cabelos pretos apenas salpicados de prata; ambos, talvez, devido à vida de mercador que o mantinha tão ativo.

Mas o rosto de Brahim... Era o rosto de Sayed Faliq. O rosto de seu pai. Com menos de dois anos separando os irmãos, alguns achavam que eles eram gêmeos durante a infância. E foi a visão daquele rosto bondoso e ainda belo que fez a garganta de Nesryn se apertar.

— Um dos poucos traços que herdei, ao que parece — comentou ela.

De fato, enquanto Nesryn era calada e dada à contemplação, a gargalhada estrondosa do pai fora tão constante em sua casa quanto a alegre cantoria e as risadas da irmã.

Nesryn sentiu o tio a estudando ao se sentar a sua frente, deixando a cabeceira da mesa para Zahida. Homens e mulheres governavam o lar juntos, e a autoridade conjunta era tratada como lei pelos filhos. Nesryn certamente entrara na linha, embora a irmã... Ainda conseguia ouvir as brigas acaloradas entre a irmã e o pai conforme Delara ficava mais velha e desejava independência.

— Como capitã da Guarda Real — ponderou o tio de Nesryn —, fico surpreso que tenha tanto tempo para nos visitar.

A tia surgiu, trazendo uma bandeja de chá de hortelã frio e copos.

— Shh. Não reclame, Brahim, ou ela vai parar de vir.

Nesryn sorriu, olhando de um para outro enquanto a tia lhes dava um copo do chá, apoiava a bandeja na mesa entre os três e ocupava o lugar na cabeceira.

— Pensei em vir agora... enquanto as crianças estão na escola.

Outro dos muitos decretos maravilhosos do khaganato: cada criança, não importava o quanto fosse pobre ou rica, tinha o direito de frequentar uma escola. Gratuitamente. Como resultado, quase todos no império eram alfabetizados, o que era muito mais do que Nesryn podia alegar sobre Adarlan.

— E aqui estava eu — zombou o tio, com um sorriso sarcástico —, esperando que voltasse e cantasse mais para nós. Desde que partiu no outro dia, as crianças andam berrando suas músicas como vira-latas. Não tive coragem de dizer que a voz delas não tem exatamente o mesmo nível da voz da prima amada.

Nesryn gargalhou, mesmo com o rosto corando. Ela cantava para poucos — apenas para a família. Jamais cantara para Chaol ou os demais, ou sequer mencionara que sua voz era... melhor que boa. Não era algo que podia ser facilmente mencionado em uma conversa, e os deuses sabiam que muitos dos últimos meses não tinham sido condizentes com cantorias. Mas de repente Nesryn tinha começado a cantar para as crianças na outra noite — uma das músicas que o pai lhe ensinara. Uma canção de ninar de Antica. No fim, os tios também se reuniram, com a tia secando os olhos, e... bem, não tinha mais como voltar atrás, não é?

Provavelmente ouviria provocações a respeito daquilo até nunca mais abrir a boca.

Mas antes tivesse ido até lá apenas pela cantoria. Nesryn suspirou um pouco, tomando coragem.

No silêncio, o casal trocou olhares. Então a tia perguntou, baixinho:

— O que foi?

Nesryn bebeu do chá, considerando as palavras. Pelo menos a tia e o tio esperavam até que ela falasse. A irmã estaria sacudindo Nesryn pelos ombros àquela altura, exigindo uma resposta.

— Houve um ataque na Torre na outra noite. Uma jovem curandeira foi morta por um intruso. O assassino ainda não foi encontrado.

Por mais que ela e Sartaq tivessem varrido os poucos esgotos e canais abaixo de Antica na noite anterior, não haviam encontrado um único caminho na direção da Torre, ou qualquer sinal de um ninho de valg. Só tinham descoberto os típicos e horríveis cheiros de cidade, e ratos correndo no chão.

O tio de Nesryn xingou, o que lhe garantiu um olhar da esposa. Mas mesmo ela esfregou o peito antes de perguntar:

— Ouvimos os boatos, mas... Veio nos avisar?

Nesryn assentiu.

— O ataque condiz com as técnicas de inimigos em Adarlan. Se estiverem aqui, nesta cidade, temo estar ligado a minha chegada.

Ela não ousara contar muito aos tios. Não por falta de confiança, mas por medo de quem pudesse estar ouvindo. Então eles não sabiam dos valg, de Erawan ou das chaves.

Sabiam da missão de levantar um exército, pois isso não era segredo, mas... Nesryn não arriscou lhes contar sobre Sartaq. Que ele e os rukhin podiam ser o caminho para que conquistassem o apoio do khagan, que seu povo talvez soubesse algo a respeito dos valg que nem mesmo o pessoal da capitã descobrira ao lidar com as criaturas. Ela nem sequer arriscou contar que montara a ruk do príncipe. Não que fossem realmente acreditar. Por mais que a família fosse abastada, havia riqueza, e então havia realeza.

— Será que vão mirar nossa família... para atingir você? — perguntou o tio.

Nesryn engoliu em seco.

— Acredito que não, mas não duvidaria de nada. Eu... ainda não se sabe se esse ataque *teve* relação com minha chegada, ou se estamos nos apressando ao concluir isso, mas, caso seja verdade... Vim avisar para que contratem mais guardas, se puderem. — Ela olhou de um para outro, apoiando as mãos com a palma para cima na mesa. — Sinto muito por ter trazido isso até seu lar.

O casal trocou mais um olhar, então cada um lhe segurou uma das mãos.

— Não tem nada do que se desculpar — disse a mulher, ao mesmo tempo que o tio de Nesryn comentou:

— Poder vê-la tão inesperadamente tem sido uma bênção sem tamanho.

A garganta de Nesryn se fechou. Aquilo... era aquilo que Erawan estava determinado a destruir.

A capitã encontraria uma maneira de levantar aquele exército. Ou para resgatar a família da guerra, ou para evitar que a guerra chegasse até aqueles mares.

— Contrataremos mais guardas — decidiu a tia. — Teremos uma escolta para as crianças no caminho da escola. — Um aceno de cabeça para o marido. — E para qualquer lugar que formos nesta cidade.

211

— E quanto a você? — perguntou o homem. — Perambulando pela cidade sozinha. — Nesryn gesticulou com a mão, como se não fosse nada, embora a preocupação dos tios a tocasse. Não contou que caçara os valg nos esgotos de Forte da Fenda durante semanas, e que os procurara nos esgotos de Antica na noite anterior. E certamente não contou quanto estivera envolvida na queda do castelo de vidro. Não tinha desejo algum de ver o tio cair para trás na cadeira, ou ver os lindos cabelos da tia ficarem brancos.

— Posso cuidar de mim mesma.

Os dois não pareceram tão convencidos, mas assentiram mesmo assim, bem no momento em que a cozinheira surgiu, dando um largo sorriso para Nesryn e carregando pratinhos de saladas frias entre as mãos enrugadas.

Por longos momentos, Nesryn comeu tudo o que a tia e o tio empilharam em seu prato; realmente tão bom quanto qualquer comida no palácio. Quando estava cheia a ponto de explodir, após drenar o chá até a borra, a tia lhe disse, maliciosamente:

— Esperava que você trouxesse um convidado, sabe?

Nesryn riu com escárnio, afastando o cabelo do rosto.

— Lorde Westfall está bastante ocupado, tia. — Mas, se Yrene o tinha colocado em um cavalo naquela manhã... talvez conseguisse mesmo levá-lo até lá no dia seguinte. Apresentá-lo à família, às quatro crianças que enchiam aquela casa com caos e alegria.

A tia bebericou delicadamente o chá.

— Ah, não estava falando dele. — Um olhar sarcástico entre Zahida e Brahim. — Estava falando do príncipe Sartaq.

Nesryn ficou feliz por ter terminado o chá.

— O que tem ele?

Aquele sorriso malicioso não sumiu.

— Dizem os boatos que *alguém* — um olhar evidente para a sobrinha — foi vista montando com o príncipe ao alvorecer ontem. Em sua ruk.

A jovem conteve o tremor.

— Eu... estava. — Ela rezou para que ninguém a tivesse visto com Sartaq na noite anterior, para que a notícia de que estavam caçando não chegasse aos ouvidos do agente valg.

O tio gargalhou.

— E quando planejava nos contar? As crianças ficaram exultantes de animação porque a prima amada voou na famosa Kadara.

— Eu não queria me gabar. — Uma desculpa patética.

— Humm. — Foi a única resposta do homem, com astúcia dançando no olhar.

Mas a tia de Nesryn lançou um olhar de compreensão à sobrinha, com aço nos olhos castanhos, como se ela também não tivesse se esquecido por um momento da família que permanecia em Adarlan e que talvez estivesse tentando fugir para esses mares.

— Os ruks não temerão as serpentes aladas — disse Zahida, apenas.

⚔ 18 ⚔

O coração de Yrene galopava enquanto ela se ajoelhava ao lado de Chaol na cama e observava os dedos do lorde se moverem.

— Consegue sentir... isso?

Ele ainda olhava fixo, como se não acreditasse.

— Eu... — As palavras emperraram em sua garganta.

— Consegue controlar o movimento?

Chaol pareceu se concentrar.

Então os dedos dos pés pararam.

— Bom — afirmou Yrene, sentando-se reta para examinar mais de perto. — Agora mova os dedos.

De novo, ele pareceu se concentrar e se concentrar, então...

Dois dedos se fecharam. Depois três no outro pé.

A curandeira sorriu — um sorriso grande, largo — e continuou sorrindo ao virar a cabeça em sua direção.

Chaol apenas a encarou. O sorriso. Um tipo de intensidade concentrada recaiu sobre as feições do antigo capitão, fazendo Yrene se aquietar um pouco.

— Como? — perguntou ele.

— O... Deve ter sido quando eu cheguei até você, quando minha magia afastou a escuridão um pouco para trás... — Fora terrível. Encontrá-lo dentro de toda aquela escuridão. O vazio, o frio, a dor gritante e o horror.

Yrene havia se recusado a aceitar o que a escuridão tinha mostrado naquela parede, de novo e de novo: a terrível fortaleza, o destino que a esperava

214

quando ela voltasse. Ela havia se recusado a aceitar, e tinha golpeado a parede, com sua magia implorando para que parasse, para que recuasse.

Até... até que ela *o* ouvira. Bem distante e mais ao fundo.

Yrene tinha avançado sem rumo, uma lança atirada em direção ao som. E ali estivera ele — ou o que quer que houvesse *dele*. Como se *aquele* fosse o núcleo do fio entre homem e ferimento, e não a parede contra os nervos muito, muito acima.

Ela envolvera aquilo, abraçando com força embora a escuridão tivesse golpeado de novo e de novo. E, em resposta, Yrene enviara sua magia se chocando contra a escuridão, uma foice de luz na sombra. Uma tocha que queimava apenas uma fração.

Apenas o suficiente, ao que parecia.

— Isso é bom — declarou a curandeira, talvez inutilmente. — Isso é maravilhoso.

— É — concordou Chaol, ainda a encarando.

A jovem tomou ciência do sangue sobre si, do próprio estado.

— Vamos começar com isso — instruiu ela. — Faça alguns exercícios antes de pararmos por hoje.

O que Yrene admitira a respeito da mãe... Ela havia contado apenas a Hafiza quando entrara na Torre. A ninguém mais. Não contara a mais ninguém, não desde que tinha chegado cambaleante à fazenda da prima da mãe e implorado por santuário e abrigo.

Ela se perguntou por quanto tempo a história do próprio Chaol teria ficado trancada no peito do lorde.

— Mas antes vou pedir comida — decidiu Yrene, olhando em seguida para o biombo de madeira que protegia o banheiro de vista e, então, para a crosta de sangue no peito e no vestido. — Enquanto esperamos... Gostaria de implorar para usar seu banheiro. E pegar emprestado um conjunto de roupas.

Chaol ainda a observava com aquela expressão concentrada, calma. Diferente de qualquer expressão que a curandeira vira em seu rosto antes. Como se, ao arrancar parte daquela escuridão, essa faceta tivesse sido revelada.

Esse homem que ela ainda não havia conhecido.

Não tinha certeza do que fazer com aquilo. Com ele.

— Pegue o que quiser — respondeu Chaol, a voz grave, rouca.

Yrene estava zonza ao sair da cama, levando a camisa destruída consigo e se apressando para o banheiro. Devido à perda de sangue, foi o que disse a si mesma.

Mesmo ao sorrir durante todo o banho.

— Não consigo deixar de me sentir abandonada, sabe? — reclamou Hasar, debruçada sobre mapas a respeito dos quais Yrene não ousou perguntar. Do outro lado da luxuosa sala de visitas da princesa, ela não conseguia vê-los direito, e apenas assistia à cena conforme Hasar movia diversas miniaturas de marfim de um lado para outro, com as sobrancelhas escuras franzidas em concentração.

— Renia, é claro — prosseguiu a princesa, deslizando uma miniatura 5 centímetros para a direita enquanto franzia a testa —, diz que eu não deveria esperar tanto de seu tempo, mas acho que fiquei mal-acostumada nesses dois anos.

Yrene bebericou do chá de hortelã e não comentou a respeito de nada. Hasar a convocara ao descobrir que a jovem estivera curando Lorde Westfall o dia todo, mandando uma criada levar a curandeira até os aposentos da princesa, com a promessa de bebidas muito necessárias. E, de fato, os biscoitos de alfarroba e o chá tinham afastado pelo menos um pouco da maré de exaustão.

A amizade com a princesa fora puramente acidental. Em uma das primeiras lições externas de Yrene, Hafiza a levara para cuidar de Hasar, que voltara do palácio à beira-mar no nordeste para ser tratada de uma dor estomacal insistente. As duas tinham idade semelhante, e durante as horas que Hafiza passara removendo uma tênia realmente horrorosa do intestino da princesa, Hasar havia ordenado que Yrene falasse.

Então ela falara, tagarelando sobre as lições e ocasionalmente mencionando os momentos mais nojentos do ano em que trabalhara na estalagem Porco Branco. A princesa tinha gostado especialmente das histórias sobre as brigas de bar mais feias. Sua história preferida havia sido sobre a jovem estranha que salvara a vida de Yrene, ensinando-a a se defender e lhe deixando uma pequena fortuna em ouro e joias, e Hasar ordenara que Yrene a narrasse três vezes durante os dias em que Hafiza tinha extraído, pela boca da princesa, a tênia magicamente morta — sairia por um lado ou por outro, dissera a alta-curandeira.

Yrene havia considerado aquilo conversa fiada, e não esperava que a princesa se lembrasse de seu nome depois de Hafiza ter atraído os últimos pedaços da tênia. Mas, após dois dias, ela fora chamada aos aposentos da princesa, onde Hasar estivera ocupada se estufando de todo tipo de guloseimas para compensar o peso perdido.

Magra demais, dissera ela à curandeira como cumprimento. Precisava de uma bunda maior para a amante agarrar à noite.

Yrene tinha caído na gargalhada — a primeira risada verdadeira em muito, muito tempo.

Hasar apenas dera uma risadinha e oferecera um pouco de peixe defumado das planícies cheias de rios, e pronto. Talvez não fosse uma amizade entre iguais, mas Hasar parecia gostar da companhia de Yrene, e a curandeira não estava em posição de recusar a princesa.

Então Hasar fazia questão de mandar chamá-la sempre que visitava Antica — e enfim levara Renia ao palácio, tanto para conhecer o pai quanto Yrene. Se a curandeira fosse sincera, Renia era preferível à princesa de língua afiada, mas Hasar era meio ciumenta e territorial, então costumava se certificar de que a amante ficasse bem longe da corte e de possíveis pretendentes a suas afeições.

Não que Renia jamais tivesse dado motivo para isso. Não, a mulher — um mês mais velha que Yrene — só tinha olhos para a princesa e a amava com devoção inabalável.

Hasar lhe dera o título de lady e concedera terras dentro do próprio território à amante. Ainda assim, Yrene ouvira algumas das outras curandeiras sussurrando que quando Renia havia aparecido pela primeira vez na órbita de Hasar, Hafiza fora discretamente solicitada para curá-la de... coisas indesejáveis da antiga vida. Da antiga profissão, aparentemente. Yrene jamais perguntara os detalhes a Hasar, mas, considerando quanto Renia era leal à princesa, a curandeira se perguntava se o motivo pelo qual Hasar amava tanto ouvir a história da salvadora misteriosa de Yrene não era porque ela também vira uma mulher sofrendo um dia e estendera a mão para ajudar. E então para segurá-la.

— Está sorrindo mais hoje também — comentou a princesa, apoiando a caneta de vidro. — Apesar dessas roupas horrorosas.

— As minhas foram sacrificadas para a causa da cura de Lorde Westfall — explicou Yrene, esfregando o latejar constante na têmpora que nem mesmo o chá e os biscoitos de alfarroba podiam afastar. — Ele teve a bondade de me emprestar algumas.

A princesa sorriu maliciosamente.

— Alguns podem vê-la e presumir que perdeu as roupas por um motivo muito mais prazeroso.

A jovem corou.

— E eu esperaria que lembrassem que sou uma curandeira profissional da Torre.

— Isso tornaria a fofoca ainda mais valiosa.

— Acho que teriam coisas melhores a fazer que cochichar a respeito de uma curandeira qualquer.

— Você é a herdeira não oficial de Hafiza. Isso a torna um pouco interessante.

Yrene não se sentiu insultada pelas palavras francas. Também não explicou a Hasar que provavelmente partiria, e que Hafiza precisaria encontrar outra pessoa. Ela duvidava de que a princesa aprovasse — e não tinha total certeza de que Hasar a *deixaria* partir. Estivera preocupada com Kashin por tanto tempo, mas Hasar...

— Bem, independentemente, não tenho desejos por Lorde Westfall.

— Deveria. Ele é uma bela distração. Até mesmo *eu* estou tentada.

— Mesmo?

Hasar gargalhou.

— Nem um pouco. Mas conseguiria entender por que *você* poderia estar.

— Ele e a capitã Faliq estão envolvidos.

— E se não estivessem?

Yrene tomou um longo gole do chá.

— Ele é meu paciente. Eu sou sua curandeira. Há muitos outros homens belos.

— Como Kashin.

Ela franziu a testa para a princesa por cima da borda preta e dourada da xícara de chá.

— Você fica empurrando seu irmão para mim. É *você* quem o está encorajando?

Hasar colocou a mão no peito, e as unhas feitas brilharam ao sol do fim da tarde.

— Kashin não tinha problemas com mulheres até você aparecer. E vocês já foram amigos tão próximos. Por que eu não iria querer que minha querida amiga e meu irmão formassem uma ligação mais profunda?

— Porque, se você for nomeada khagan, pode nos matar caso ele não jure submissão.

— Ele, sim, possivelmente, se não se curvar. E, se provar que não está carregando os filhos de Kashin, posso deixar que seja esterilizada depois que minha linhagem for estabelecida, e também que mantenha sua riqueza.

218

Palavras tão cruas e casuais. Sobre métodos tão terríveis destinados a evitar que aquele maravilhoso e vasto império se fraturasse. Yrene queria que Kashin estivesse ali para ouvir, para entender.

— E o que você faria... para produzir filhos? — perguntou a curandeira.

Com Renia como a possível futura Grande Imperatriz, Hasar precisaria encontrar *alguma* maneira de produzir um herdeiro de sangue.

A princesa começou a empurrar as miniaturas pelo mapa de novo.

— Já disse a meu pai, e não é de sua conta.

Certo. Pois se Hasar tinha escolhido algum macho para executar a tarefa... era um conhecimento perigoso. Os irmãos poderiam muito bem tentar destruir alguém em quem Hasar e Renia confiassem o bastante para ajudar daquela maneira. Ou pagariam uma grande quantia para saber que Hasar e Renia sequer *consideravam* filhos àquela altura.

— Ouvi dizer que foi caçada por aquele assassino na biblioteca — comentou a princesa. Uma determinação impiedosa lhe tomou o rosto. — Por que não veio até mim primeiro? — Antes que Yrene pudesse responder, Hasar felizmente prosseguiu: — Disseram que foi uma morte estranha... nada típica.

A curandeira tentou bloquear sem sucesso a memória do rosto macilento, parecendo couro.

— Foi.

Hasar bebeu do chá.

— Não me importa se o ataque foi uma tentativa deliberada contra sua vida, ou se foi apenas uma coincidência de merda. — Ela apoiou a xícara com uma precisão delicada. — Quando encontrar quem quer que tenha sido, eu mesma vou decapitá-lo. — A princesa bateu com a mão na espada embainhada descartada na beira da mesa de carvalho.

— Ouvi dizer que o perigo é... considerável — argumentou Yrene, mesmo não duvidando.

— Não encaro levianamente meus amigos sendo caçados como bestas. — Não era a voz da princesa, mas de uma rainha-guerreira. — E não encaro levianamente curandeiras da Torre sendo mortas e aterrorizadas.

Hasar até poderia ter muitos defeitos, mas era leal. Até o fim. Leal às poucas pessoas de quem gostava. Até o fim. Aquilo sempre tinha aquecido algo dentro de Yrene. Ter alguém que de fato era sincera no que dizia. A princesa realmente *decapitaria* o assassino se ele tivesse o azar de esbarrar com ela. Sem fazer perguntas também.

Yrene considerou tudo o que sabia sobre o potencial assassino, e lutou para evitar contar à princesa que decapitação era, de fato, a maneira correta de lidar com um demônio valg.

A não ser que estivesse enfrentando os resquícios de um deles dentro de uma pessoa. Nesse caso... Por mais que a sessão daquele dia com Lorde Westfall tivesse sido terrível e exaustiva, Yrene já catalogara e guardara os pequenos fragmentos de informação que tinha visto. Não apenas para a cura de Chaol, mas caso algum dia enfrentasse aquilo de novo... nos campos de batalha. Mesmo se a ideia de ver aqueles demônios valg em carne e osso...

Depois de tomar um gole de chá para se acalmar, a curandeira perguntou:

— Não está preocupada com o fato de que talvez não seja coincidência que a guerra esteja sobre o continente norte e que agora tenhamos inimigos entre nós? — Ela não ousou mencionar a morte de Tumelun.

— Talvez Lorde Westfall e a capitã Faliq tenham trazido espiões próprios para segui-la.

— Isso não é possível.

— Tem tanta certeza assim? Estão desesperados. E o desespero cria pessoas dispostas a fazer qualquer coisa para conseguir o que precisam.

— E o que precisariam de mim além do que já estou dando a eles?

Hasar chamou Yrene para perto com um estalar dos dedos. A curandeira apoiou a xícara de chá e caminhou pelo tapete azul-escuro até a mesa diante das janelas. Os aposentos da princesa tomavam a vista da baía azul, com os navios e as gaivotas e a extensão reluzente do mar Estreito.

Ela gesticulou para o mapa diante de si.

— O que vê aqui?

A garganta de Yrene se apertou quando ela reconheceu a massa de terra. O continente norte, seu lar. E todas as miniaturas ali, de vermelho e verde e preto...

— Isso são... exércitos?

— Esta é a força do duque Perrington — indicou Hasar, apontando para a linha de miniaturas pretas que se estendia, feito uma muralha, pelo meio do continente. Outros aglomerados estavam ao sul.

E ao norte: um pequeno aglomerado verde. E uma figura vermelha solitária logo além do litoral de Forte da Fenda.

— O que são os demais?

— Há um pequeno exército em Terrasen — respondeu Hasar. Ela abafou uma risada diante das miniaturas verdes reunidas em torno de Orynth.

— E em Adarlan?

Hasar pegou a miniatura vermelha, girando-a entre duas outras.

— Nenhum exército de que se saiba. Dorian Havilliard permanece desaparecido. Será que vai fugir para o norte ou para o sul? Ou talvez cortar pelo continente, embora certamente não haja nada depois das montanhas, exceto aldeias semisselvagens.

— O que é aquela miniatura? — perguntou Yrene, reparando no peão dourado que tinha sido deixado completamente fora do mapa.

A princesa pegou a peça também.

— É Aelin Galathynius. Paradeiro *também* desconhecido.

— Ela não está em Terrasen? Com seu exército?

— Não. — Hasar deu batidinhas nos documentos que estivera consultando enquanto tinha ajustado os próprios mapas. Relatórios, percebeu Yrene. — As últimas notícias indicam que a rainha de Terrasen não está no próprio reino. Ou em qualquer outro. — Um leve sorriso. — Talvez devesse perguntar isso a seu lorde.

— Duvido que ele me conte. — Ela se impediu de dizer que Chaol não era seu lorde.

— Então talvez devesse obrigá-lo.

— Por quê? — perguntou Yrene, cautelosa.

— Porque eu gostaria de saber.

Ela leu nas entrelinhas: Hasar queria a informação — antes do pai ou dos irmãos.

— Por que motivo?

— Quando uma das figuras de poder dos reinos desaparece, não é motivo para comemorar. Principalmente uma que destrói palácios e toma cidades quando quer.

Medo. Muito bem escondido, mas a princesa ao menos considerava a possibilidade de que Aelin Galathynius colocaria os olhos além das próprias terras.

Mas bancar a espiã de Hasar...

— Acha que o ataque à biblioteca tem algo a ver com isso?

— Acho que talvez Lorde Westfall e a capitã Faliq saibam jogar o jogo. E se fizerem parecer que há uma ameaça de Perrington entre nós, por que não consideraríamos nos aliar a eles?

A curandeira não achava que os dois jogavam jogos daquele tipo.

— Acha que estão fazendo isso para ajudar Aelin Galathynius? Ou porque ela está sumida e eles estão com medo de perder um aliado poderoso?

221

— É o que eu gostaria de saber. Assim como o paradeiro da rainha. Ou o melhor palpite que eles tiverem.

Yrene se obrigou a encarar a princesa.

— E por que eu deveria ajudá-la?

O sorriso de uma gata Baast.

— Além do fato de sermos queridas amigas? Não há nada que eu possa lhe dar para adocicar essa oferta, bela Yrene?

— Tenho tudo de que preciso.

— Sim, mas lembre-se de que as armadas são minhas. O mar Estreito é meu. E atravessá-lo pode ser muito, muito difícil para aqueles que se esquecem.

A curandeira não ousou recuar. Não ousou desviar os olhos do olhar sombrio diante de si.

Hasar sabia. Sabia ou imaginava que Yrene queria partir. E, se ela não ajudasse a princesa... a jovem não tinha dúvidas de que, tão intensamente quanto Hasar amava, o desejo por vingança também poderia guiá-la. O suficiente para se certificar de que Yrene jamais deixasse aquele litoral.

— Verei o que consigo descobrir — respondeu a curandeira, recusando-se a suavizar o tom de voz.

— Que bom — declarou a princesa, então tirou as miniaturas do mapa com um gesto da mão, espalhando-as em uma gaveta e fechando-as do lado de dentro. — Para começar, por que não se junta a mim no banquete de Tehome na noite depois de amanhã? Posso manter Kashin ocupado, se isso abrir o caminho para você.

O estômago de Yrene se revirou. Ela esquecera que o feriado da deusa do mar aconteceria em dois dias. Sinceramente, havia feriados quase a cada duas semanas, e ela participava quando podia, mas aquele... Com a frota, com o mar Estreito e vários outros sob sua jurisdição, Hasar certamente honraria Tehome. E o khaganato certamente não fracassaria em honrar a Senhora da Grande Profundeza; não quando os oceanos tinham sido bons para eles durante os séculos.

Então Yrene não ousou protestar. Não se permitiu sequer hesitar diante do olhar penetrante de Hasar.

— Contanto que não se importe que eu use o mesmo vestido da outra noite — comentou ela, o mais casualmente possível, puxando a camisa grande demais.

— Não precisa — replicou Hasar, com um largo sorriso. — Já tenho algo escolhido.

❧ 19 ❧

Chaol continuou movendo os dedos dos pés muito depois de Yrene ter ido embora. Ele os mexia dentro das botas, não exatamente *sentindo-os*, mas apenas o suficiente para saber que *estavam* se movendo.

Como quer que Yrene tivesse conseguido...

Ele não contou a Nesryn quando ela voltou antes do jantar; nenhum sinal dos valg para reportar. Chaol apenas explicara tranquilamente que, como estava fazendo progresso com Yrene, gostaria de adiar a visita à família da capitã para outro dia.

Nesryn parecera um pouco desapontada, mas havia concordado, com aquela máscara fria deslizando de volta ao rosto com algumas piscadas de olhos.

Chaol a tinha beijado quando ela passara a fim de se vestir para o jantar.

Ele a segurara pelo pulso, puxando-a para baixo, e a beijara uma vez. Rápida, mas intensamente.

Nesryn ficara tão surpresa que nem mesmo o tocara antes de Chaol se afastar.

— Arrume-se — disse ele então, indicando o quarto dela.

Com um olhar de esguelha para o antigo capitão e um meio sorriso na boca, Nesryn obedeceu.

Chaol a encarou por alguns minutos, movendo os dedos dos pés dentro das botas.

Não houvera calor ali — no beijo. Nenhum sentimento de verdade.

Ele esperava isso. Afinal, praticamente a empurrara para longe nas últimas semanas. Não a culpava por ter se sentido tão surpresa.

Ainda estava flexionando os dedos dos pés nas botas quando chegaram ao jantar. Naquela noite, Chaol pediria ao khagan por uma audiência. De novo. Com ou sem luto, com ou sem protocolo. E, então, revelaria ao homem o que sabia.

Ele pediria a audiência antes do horário habitual de Yrene; para o caso de perderem a noção do tempo. O que parecia ser recorrente. Tinham sido três horas naquele dia. Três.

A garganta de Chaol ainda parecia seca, apesar do chá com mel que a curandeira o fizera beber até quase enjoar. Depois ela o havia obrigado a se exercitar, fazendo muitos movimentos nos quais ela precisava ajudá-lo: rotação do quadril, balançar cada perna de um lado para outro, girar os tornozelos e os pés formando círculos. Todos destinados a manter o sangue circulando para os músculos que começavam a atrofiar, todos destinados a recriar os caminhos entre a coluna e o cérebro, dissera ela.

Yrene repetira as séries várias e várias vezes, até uma hora haver passado. Até ela ter oscilado novamente de pé, e aquele olhar vítreo ter penetrado seus olhos.

Exaustão. Pois enquanto a curandeira girara as pernas de Chaol, ordenando que ele movesse os dedos dos pés de vez em quando, ela lançara formigamentos da magia nos membros, evitando a coluna inteiramente. Pequenas agulhadas nos dedos dos pés — como se enxames de vaga-lumes tivessem pousado ali. Foi tudo o que ele havia sentido, mesmo com Yrene tentando consertar aqueles caminhos de seu corpo. O pouco que ela conseguia fazer naquele momento, após o pequeno progresso que fizera horas antes.

Mas toda aquela magia... Quando Yrene cambaleara depois do último conjunto de exercícios, Chaol havia chamado Kadja e ordenado uma carruagem armada para a curandeira.

Para sua surpresa, Yrene não tinha protestado. Embora ele supusesse que teria sido difícil, considerando que a curandeira estivera quase dormindo de pé quando partira, com Kadja segurando-a. A jovem havia apenas murmurado algo sobre estar em seu cavalo de novo depois do café da manhã, então se fora.

Mas talvez a sorte que Chaol tivera naquela tarde fosse a última gota.

Horas depois, o khagan não comparecera ao jantar, pois jantava privativamente com a amada esposa, disseram. O não dito era subjacente às palavras: o luto tomava seu curso natural, e a política seria deixada de lado. Chaol tinha tentado parecer o mais compreensivo possível.

Pelo menos Nesryn parecia avançar com Sartaq, mesmo que os demais membros da realeza já tivessem se entediado com sua presença.

Então Chaol jantara e continuara movendo os dedos dos pés dentro das botas, sem contar a ninguém, nem mesmo a Nesryn, muito depois de voltarem à suíte e de o antigo capitão ter desabado na cama.

Ele acordou com o alvorecer, encontrando-se... ansioso para se lavar e se vestir. E se viu tomando café da manhã o mais rápido possível enquanto Nesryn apenas erguia as sobrancelhas.

Embora ela também fosse sair cedo para encontrar Sartaq no alto de um dos 36 minaretes do palácio.

Havia algum feriado no dia seguinte para honrar um dos 36 deuses que cada um daqueles minaretes representava. A deusa do mar, Tehome. Haveria uma cerimônia no cais ao nascer do sol, com todos da realeza, mesmo o khagan, comparecendo para jogar guirlandas na água. Presentes para a Senhora da Grande Profundeza, explicara Nesryn. Depois teria um grande banquete no palácio ao pôr do sol.

Chaol sempre fora indiferente com relação aos próprios feriados em Adarlan, pois achava que eram ritos ultrapassados para honrar forças e elementos que seus ancestrais não podiam explicar. No entanto, o murmurinho de atividade, as guirlandas de flores e conchas erguidas dentro do palácio para substituir finalmente as bandeiras brancas, o cheiro de frutos do mar refogando em manteiga e temperos... Aquilo o intrigava, fazendo-o ver com um pouco mais de nitidez, mais alegria, conforme empurrava a cadeira até o tumultuado pátio do palácio.

Até mesmo o pátio era uma confusão de mercadores que iam e vinham, trazendo comida e decorações e o que pareciam ser artistas. Tudo para implorar à deusa do mar por misericórdia conforme o fim do verão dava espaço às violentas tempestades anuais que poderiam destruir navios e cidades costeiras.

Chaol observou o pátio em busca de Yrene, flexionando os dedos dos pés. Ele viu os cavalos dos dois nas poucas baias ao lado da muralha leste, mas... nenhum sinal da curandeira.

Ela estivera atrasada no dia anterior. Então o lorde esperou um momento de descanso nas entregas e gesticulou aos auxiliares dos estábulos para que o ajudassem a montar. Mas foi o guarda do dia anterior — aquele que mais o ajudara — quem se prontificou quando a égua foi trazida. Shen, como Yrene o chamara; ela o cumprimentara como se o conhecesse bem.

O rapaz não disse nada, embora Chaol soubesse que cada guarda naquele palácio falava uma variedade de línguas além do halha. Ofereceu-lhe apenas um aceno como saudação, o qual ele se viu retornando antes de montar silenciosamente, com os braços se contraindo pelo esforço que fez para se impulsionar. Mas ele conseguiu, talvez com mais facilidade que no dia anterior, o que lhe garantiu o que ele podia ter jurado ser uma piscadela de aprovação de Shen antes de o guarda sair andando de volta a seu posto.

Ignorando o que aquilo fez com seu peito, o antigo capitão prendeu as fivelas do esteio e avaliou o pátio caótico, assim como os portões abertos à frente. Os guardas inspecionavam cada carruagem, cada pedaço de papel que corroborava um pedido da realeza para as mercadorias carregadas.

Que bom. Independentemente de Chaol ter ou não falado com o khagan pessoalmente, pelo menos alguém avisara à guarda para que tomasse cuidado — talvez Kashin.

O sol subiu mais, elevando o calor. Mesmo assim, Yrene não apareceu.

Um relógio soou no interior do palácio. Uma hora atrasada.

A égua ficou inquieta, impaciente sob ele, e Chaol a acariciou no pescoço espesso e suado, murmurando.

Mais 15 minutos se passaram. Ele estudou os portões e a rua além destes.

Nenhuma palavra de aviso viera da Torre, mas ficar parado, apenas esperando ali...

Chaol se viu estalando as rédeas e batendo no flanco do cavalo para lançar o animal em marcha.

Ele tinha decorado o trajeto que Yrene fizera no dia anterior. Talvez esbarrasse com ela a caminho de lá.

⌒

Antica estava entulhada de mercadores e pessoas se preparando para o feriado do dia seguinte, além dos que já brindavam à Senhora da Grande Profundeza, enchendo as tavernas e os salões de refeições que ladeavam as ruas, nos quais músicos tocavam.

Chaol levou quase duas vezes mais para chegar aos portões da Torre, adornados por corujas, embora parte da demora se devesse à procura por

Yrene em cada rua abarrotada e beco por qual passava. Mas ele não encontrou sinal da curandeira.

O lorde e seu cavalo estavam suando ao cavalgar pelos portões da Torre, onde guardas sorriram para ele — rostos que Chaol marcara da lição do dia anterior.

Quantas vezes tinha visto tal cumprimento em Adarlan? E presumido que permaneceriam lá?

O antigo capitão sempre cavalgara até o palácio de vidro pelos escuros portões de ferro sem hesitar, sem realmente fazer mais que reparar em quem estava posicionado ali e quem não estava com a aparência aceitável. Chaol treinara com aqueles homens, aprendera sobre suas famílias e suas vidas.

Seus homens. Tinham sido *seus* homens.

Por isso o sorriso de resposta era contido, e Chaol não conseguia encarar aqueles olhos alegres por mais que um lampejo passageiro conforme cavalgava pelo pátio da Torre, com o cheiro de lavanda envolvendo-o.

Então ele parou alguns metros adentro e virou a égua.

— Yrene Towers saiu hoje? — perguntou ao guarda mais próximo.

Como aqueles do palácio do khagan, cada um dos guardas da Torre era fluente em pelo menos três línguas: halha, a língua do continente norte e a língua das terras a leste. Com visitantes de toda Erilea, aqueles nos portões da Torre *precisavam* ser fluentes nas três línguas comuns.

O guarda diante de Chaol sacudiu a cabeça; suor escorria pela escura pele sob as ondas de calor.

— Ainda não, Lorde Westfall.

Talvez fosse grosseiro procurá-la quando Yrene provavelmente estava ocupada demais com outras coisas para cuidar imediatamente dele. Ela mencionara outros pacientes, afinal.

Com um aceno de agradecimento, o lorde voltou mais uma vez a égua na direção da Torre e estava prestes a seguir para o pátio à esquerda quando uma voz idosa soou abaixo:

— Lorde Westfall. Bom vê-lo perambulando por aí.

Hafiza. A alta-curandeira estava a poucos metros, com uma cesta pendurada no braço fino e duas curandeiras de meia-idade ao lado. Os guardas fizeram uma reverência, e Chaol inclinou a cabeça.

— Eu estava procurando Yrene — explicou ele, como cumprimento.

As sobrancelhas brancas de Hafiza se ergueram.

— Ela não foi até você esta manhã?

Inquietude apertou o estômago do ex-capitão.

— Não, embora talvez tenhamos nos desencontrado...

Uma das curandeiras ao lado de Hafiza deu um passo adiante e murmurou para a alta-curandeira:

— Ela está acamada, senhora.

Hafiza ergueu as sobrancelhas para a mulher.

— Ainda?

Uma sacudida de cabeça.

— Drenada. Eretia foi vê-la há uma hora: estava dormindo.

A boca da alta-curandeira se contraiu, embora Chaol tivesse a sensação de que sabia o que ela estava prestes a dizer, e se sentisse culpado o bastante antes de a idosa falar.

— Nossos poderes conseguem fazer coisas grandiosas, Lorde Westfall, mas também exigem um preço alto. Yrene estava... — A mulher buscou as palavras, ou por não usar a língua nativa ou para poupá-lo de mais culpa. — Ela estava dormindo na carruagem quando chegou ontem à noite. Precisou ser carregada até o quarto.

Chaol se encolheu.

Hafiza deu tapinhas na bota do antigo capitão, e ele podia ter jurado que havia sentido nos dedos do pé.

— Não é preocupante, milorde. Um dia de sono, e ela estará de volta ao palácio amanhã de manhã.

— Se amanhã é feriado — ofereceu Chaol —, ela pode tirar o dia de folga.

A alta-curandeira riu.

— Realmente não conhece Yrene muito bem se acha que ela considera esses feriados como *dias de folga*. — A idosa apontou para ele. — Mas, se *você* quiser o dia de folga, deveria com certeza dizer, pois Yrene provavelmente baterá a sua porta com o nascer do sol.

O lorde sorriu, mesmo ao olhar para a torre que se erguia acima.

— É um sono regenerativo — explicou Hafiza. — Completamente natural. Não deixe que isso o incomode.

Com um último olhar para a torre pálida, ele assentiu e apontou o cavalo de volta para os portões.

— Posso acompanhá-las a algum lugar?

O sorriso de Hafiza foi alegre como o sol do meio-dia.

— Certamente pode, Lorde Westfall.

A alta-curandeira foi parada a cada quarteirão por aqueles que desejavam meramente tocá-la ou pedir que ela *os* tocasse.

Sagrada. Santa. Amada.

Levaram trinta minutos para avançar meia dúzia de quarteirões a partir da Torre. E, por mais que Chaol tivesse se oferecido para esperar enquanto Hafiza e as companheiras entravam no modesto lar em uma rua tranquila, elas o dispensaram.

As ruas estavam cheias o bastante para impedir que o antigo capitão explorasse, então ele voltou logo ao palácio.

Mesmo ao guiar o cavalo em meio à multidão, Chaol se viu olhando para aquela torre pálida — um colosso no horizonte. Para a curandeira que dormia lá dentro.

~

Yrene dormiu por um dia e meio.

Não tivera a intenção. Mal conseguira se levantar por tempo o bastante para atender às necessidades e dispensar Eretia, que tinha ido cutucá-la e certificar-se de que ainda estava viva.

A cura do dia anterior — de dois dias antes, percebeu Yrene ao se vestir à luz cinzenta que precedia o crepúsculo — a dizimara. Aquele pouco progresso e o sangramento nasal tinham cobrado seu preço.

Mas os dedos do lorde tinham se movido. E os caminhos pelos quais Yrene mandara sua magia fluir, pontos de luz disparando por ele... Danificados, sim, mas, se ela conseguisse lentamente começar a substituir aqueles minúsculos comunicadores em frangalhos dentro do homem... Seria demorado e difícil, mas...

Yrene sabia que não era apenas culpa que a fizera acordar tão cedo no dia de Tehome.

Ele era de Adarlan; a curandeira duvidava de que o lorde se importaria se tivesse o dia de folga.

O crepúsculo mal irrompera quando Yrene chegou ao pátio da Torre e parou.

O sol havia penetrado pelas paredes do complexo, lançando alguns feixes de luz dourada nas sombras roxas.

E em um daqueles feixes de luz do sol, com as claras mechas douradas nos brilhantes cabelos castanhos...

— Ela acordou — constatou Lorde Chaol.

Yrene caminhou até ele, com o cascalho estalando no alvorecer sonolento.

— Você cavalgou até aqui?

— Sim, sozinho.

A jovem apenas arqueou uma sobrancelha para a égua branca ao lado da dele.

— E trouxe o outro cavalo?

— Um cavalheiro até o fim.

Ela cruzou os braços, franzindo a testa para onde Chaol estava montado.

— Mais algum movimento?

O sol matinal iluminou os olhos do lorde, quase transformando o marrom em dourado.

— Como está se sentindo?

— Responda à pergunta, por favor.

— Responda a minha.

Yrene o encarou boquiaberta por um tempo e pensou em fazer cara feia.

— Estou bem — afirmou ela, fazendo um gesto de dispensa. — Mas sentiu mais algum...

— Conseguiu o descanso de que precisava?

A curandeira escancarou a boca de verdade dessa vez.

— *Sim.* — E fez cara feia também. — E não é da sua conta...

— Certamente é.

Chaol disse aquilo com tanta *calma*. Com tanta imponência *masculina*.

— Sei que em Adarlan as mulheres se curvam para o que quer que os homens digam, mas aqui, se eu disser que não é da sua conta, então *não é*.

O lorde lhe deu um meio sorriso.

— Então voltamos às animosidades hoje.

Yrene conteve o grito que subia.

— *Nós* não voltamos a nada. Sou sua curandeira, e você é meu paciente, e perguntei sobre o status de seu...

— Se não estiver descansada — interrompeu Chaol, como se fosse a coisa mais racional do mundo. — Não vou deixar que chegue perto de mim.

Ela abriu e fechou a boca.

— E *como* vai decidir isso?

Lentamente os olhos do lorde a percorreram. Cada centímetro.

O coração de Yrene galopou com o longo olhar. A concentração determinada.

— Boa cor — avaliou ele. — Boa postura. Certamente bom atrevimento.

— Não sou um cavalo premiado, como *você* mesmo disse ontem.

— Há dois dias.

A curandeira apoiou as mãos no quadril.

— Estou bem. Agora, como está *você*? — Cada palavra recebeu ênfase.

Os olhos de Chaol pareceram dançar.

— Estou me sentindo muito bem, Yrene. Obrigado por perguntar.

Yrene. Se ela não estivesse disposta a saltar no cavalo para estrangulá-lo, poderia ter contemplado como a maneira de Chaol pronunciar seu nome fazia seus próprios dedos dos pés se retorcerem.

— Não confunda minha bondade com estupidez. Se tiver tido algum progresso ou regressão, *vou* descobrir — sibilou a curandeira, no entanto.

— Se essa é sua bondade, odiaria ver seu lado ruim.

Yrene sabia que tinha sido uma brincadeira, mas... Suas costas enrijeceram.

Chaol pareceu perceber, então se inclinou para baixo na sela.

— Foi uma brincadeira, Yrene. Você tem sido mais generosa que... Foi uma brincadeira.

Ela deu de ombros, seguindo para o cavalo branco.

— Como estão as outras curandeiras depois do ataque? — indagou ele, talvez como uma tentativa de puxá-los de volta a um assunto neutro.

Um tremor percorreu a espinha de Yrene quando ela segurou as rédeas da égua, sem fazer menção de montar. A curandeira oferecera para ajudar com o enterro, mas Hafiza recusara, dizendo a ela que poupasse as forças para Lorde Westfall. Contudo, isso não a tinha impedido de visitar a câmara mortuária sob a Torre dois dias antes — de ver o corpo ressecado deitado na pedra no centro do espaço escavado na rocha, de ver o rosto drenado semelhante a couro e os ossos que se projetavam da pele fina como papel. Yrene oferecera uma oração a Silba antes de partir, e não estivera acordada no dia seguinte, quando enterraram a morta nas catacumbas bem abaixo da torre.

Yrene franzia a testa para a torre que pairava acima, a presença sempre um conforto, mas... Desde aquela noite na biblioteca, apesar dos esforços de Hafiza e Eretia, houvera um sussurro nos corredores, na própria torre. Como se a luz que preenchera aquele lugar tivesse se extinguido.

— Elas estão lutando para manter uma sensação de normalidade — respondeu a curandeira, por fim. — Acho que como um desafio contra... contra quem quer que tenha feito isso. Hafiza e Eretia lideram, servindo de exemplo, ficando calmas e concentradas, sorrindo quando podem. Acho que ajuda as outras meninas a não se sentirem tão petrificadas.

— Se quiser que eu ministre outra lição — ofereceu Chaol. — Meus serviços estão à disposição.

Ela assentiu, distraída, passando o polegar sobre a brida.

Um silêncio recaiu por um longo momento, preenchido pelo odor da lavanda oscilante e dos limoeiros em vasos. Então...

— Estava realmente planejando invadir meu quarto ao alvorecer?

Yrene retirou a atenção da paciente égua branca.

— Você não parece o tipo que fica de preguiça na cama. — Ela ergueu as sobrancelhas. — Mas, se você e a capitã Faliq estiverem...

— Pode vir ao alvorecer, se desejar.

Yrene assentiu, embora normalmente *amasse* dormir.

— Eu ia verificar um paciente antes de visitá-lo. Considerando que nós dois costumamos... perder a noção do tempo. — Ele não respondeu, então a jovem prosseguiu: — Posso encontrá-lo de volta ao palácio em duas horas, se...

— Posso ir junto. Não me importo.

Yrene soltou as rédeas. Observou Chaol. As pernas.

— Antes de irmos, eu gostaria de fazer alguns exercícios com você.

— No cavalo?

Ela caminhou até ele, com o cascalho chiando sob os sapatos.

— Na verdade, é uma maneira bem-sucedida de tratamento para muitos, não apenas para aqueles com ferimentos na coluna. Os movimentos de um cavalo durante a cavalgada podem melhorar o processamento sensorial, entre outros benefícios. — A curandeira abriu o esteio e tirou o pé de Chaol do estribo. — Quando eu estava nas estepes no inverno passado, curei um jovem guerreiro que tinha caído do cavalo em uma caçada violenta, e o ferimento era quase igual ao seu. A aldeia criou o esteio antes de eu chegar lá, pois o guerreiro era ainda menos propenso que você a permanecer em lugares fechados.

Chaol riu com deboche, passando a mão pelos cabelos.

Yrene ergueu-lhe o pé e começou a girá-lo, atenta ao cavalo sobre o qual ele estava sentado.

— Conseguir que ele fizesse qualquer dos exercícios da terapia foi uma provação. Ele odiava ficar entocado no *gir* e queria sentir o ar puro no rosto.

Então, apenas para dar a mim mesma alguns momentos de paz, eu deixava que ele subisse na sela, que cavalgasse um pouco, e depois fazíamos os exercícios com ele montado. Embora somente em troca de exercícios *mais* completos na tenda a seguir. Mas o guerreiro fez tanto progresso enquanto estava montado que se tornou uma parte importante do tratamento. — Yrene cuidadosamente dobrou e esticou a perna de Chaol. — Sei que não sente muito além dos dedos dos pés...

— Nada.

— ... mas quero que se concentre em mexê-los. *Sempre que for possível.* Assim como o resto da perna, mas concentre-se nos pés enquanto eu faço isso.

Chaol se calou, e Yrene não se incomodou em erguer a cabeça conforme movia a perna do lorde, repassando os exercícios que podia com o cavalo. O peso sólido da perna era o suficiente para fazer com que a curandeira suasse, mas ela continuou alongando e dobrando, girando e balançando. E sob as botas, o couro preto espesso se movia... os dedos de fato se agitavam e empurravam.

— Bom — elogiou Yrene. — Continue.

Os dedos de Chaol empurraram o couro de novo.

— As estepes... é de lá que originalmente veio o povo do khagan.

Yrene fez mais uma série completa de exercícios, certificando-se de que os dedos dos pés do lorde se moviam o tempo todo, antes de responder. Depois de colocar a perna de volta no esteio e no estribo, e de dar bastante espaço ao cavalo quando o contornou para soltar a outra perna de Chaol, ela disse:

— Sim. Uma terra linda, impecável. As colinas gramadas se estendem eternamente, interrompidas apenas por esparsas florestas de pinheiros e algumas montanhas carecas. — A jovem grunhiu contra o peso da perna conforme começou a mesma série de exercícios. — Sabia que o primeiro khagan conquistou o continente com apenas cem mil homens? E que ele fez isso em quatro anos? — Ela observou a cidade que despertava ao redor, maravilhada. — Eu sabia sobre a história de seu povo, sobre os darghan, mas, quando fui até as estepes, Kashin me contou... — Yrene se calou, desejando poder voltar atrás naquele último trecho.

— O príncipe foi com você? — Uma pergunta calma, casual. A jovem bateu no pé de Chaol em uma ordem silenciosa para que continuasse agitando os dedos. Ele obedeceu, bufando uma risada.

— Kashin e Hafiza foram comigo. Ficamos lá por mais de um mês. — A curandeira flexionou o pé de Chaol, para cima e para baixo, trabalhando os movimentos repetitivos com cuidado lento, deliberado. Magia ajudava na cura, sim, mas o elemento físico tinha um papel igualmente importante. — Está movendo os dedos o máximo possível?

Uma risada de escárnio.

— Sim, senhora.

Yrene escondeu o sorriso, esticando as pernas do lorde até onde o quadril permitia e girando-as em pequenos círculos.

— Presumo que foi nessa viagem até as estepes que Kashin abriu o coração.

Ela quase soltou a perna, mas, em vez disso, olhou para Chaol com raiva, deparando-se com aqueles olhos castanhos intensos cheios de humor sarcástico.

— Não é da sua conta.

— Para alguém que parece tão determinada a exigir que eu conte tudo, você realmente ama dizer isso.

Yrene revirou os olhos e voltou a dobrar seu joelho, esticando e relaxando.

— Kashin foi um dos primeiros amigos que fiz aqui — comentou ela, depois de um longo momento. — Um de meus primeiros amigos de qualquer lugar.

— Ah. — Uma pausa. — E quando ele quis mais que amizade...

Yrene abaixou a perna de Chaol por fim, prendendo-a de volta no esteio e limpando a poeira das botas de suas palmas. A curandeira apoiou as mãos no quadril conforme olhava para o lorde, semicerrando os olhos contra a luz que nascia.

— Eu não queria mais que aquilo. Disse a ele. E foi isso.

Os lábios de Chaol se repuxaram em um sorriso, e Yrene finalmente se aproximou da égua que esperava, impulsionando-se para a sela. Após ajustar o corpo, arrumando a saia do vestido sobre as pernas, ela completou:

— Meu objetivo é voltar a Charco Lavrado e ajudar onde eu for mais necessária. Nunca senti nada forte o suficiente por Kashin para que eu abrisse mão desse sonho.

Compreensão tomou os olhos de Chaol, e ele abriu a boca — como se fosse dizer algo a respeito. Mas, então, apenas assentiu, sorrindo de novo, e falou:

— Fico feliz por isso. — Ela ergueu uma sobrancelha questionadora, e o sorriso do antigo capitão aumentou. — Onde eu estaria sem você aqui para me cuspir ordens?

Yrene franziu o cenho, pegou as rédeas e guiou o cavalo na direção dos portões, dizendo em tom afiado:

— Avise se começar a sentir desconforto ou formigamento nessa sela e tente manter os dedos se movendo o máximo possível.

Para crédito de Chaol, não houve protesto. Ele apenas retrucou, com aquele meio sorriso:

— Lidere o caminho, Yrene Towers.

E, embora tivesse dito a si mesma que não o fizesse... um pequeno sorriso repuxou a boca de Yrene quando os dois seguiram, cavalgando para a cidade que despertava.

❧ 20 ❧

Com a maior parte da cidade no cais para a cerimônia do alvorecer em honra a Tehome, as ruas estavam silenciosas. Chaol supôs que apenas os mais doentes estariam na cama naquele dia, por isso, quando se aproximaram de uma casa minguada em uma rua ensolarada e poeirenta, ele não ficou tão surpreso ao ser cumprimentado por uma tosse violenta antes mesmo de chegar à porta.

Quer dizer, antes mesmo de Yrene ter chegado à porta. Sem a cadeira, ele permaneceria no alto do cavalo, mas a curandeira não fez nenhum comentário. Simplesmente desceu, amarrou a égua no poste no fim da rua e caminhou até a casa. Chaol continuava movendo os dedos dos pés de vez em quando... o máximo que conseguia dentro das botas. Ele sabia que só o fato de haver movimento já era uma dádiva, mas requeria mais concentração do que antecipara; mais energia também.

O ex-capitão ainda os estava flexionando quando uma idosa abriu a porta da casa, suspirando ao ver Yrene e falando em halha muito lentamente. Aparentemente para que ela entendesse, porque a curandeira respondeu na mesma língua ao entrar na casa e deixar a porta entreaberta, usando as palavras de maneira hesitante e desajeitada. Melhor que ele.

Da rua, pela porta e pelas janelas abertas da casa, Chaol conseguia ver a pequena cama encostada logo abaixo do peitoril pintado... como se para manter o paciente ao ar fresco.

Estava ocupada por um senhor; a fonte daquela tosse.

Yrene falou com a idosa antes de caminhar até o homem, puxando um banquinho baixo, de três pernas.

Chaol acariciou o pescoço do cavalo, agitando os dedos de novo, enquanto Yrene tomou a mão enrugada do velho e pressionou outra contra sua testa.

Cada movimento era cuidadoso, calmo. E o rosto da curandeira...

Havia um sorriso suave ali. Um que ele jamais vira.

A jovem disse algo que ele não conseguiu ouvir para a idosa de mãos entrelaçadas atrás deles, então puxou para baixo a fina coberta do homem.

Chaol se encolheu ao ver as lesões encrostadas no peito e na barriga do senhor. Até mesmo a velha se encolheu.

Mas a curandeira nem piscou, jamais alterou o semblante sereno conforme erguia a mão diante de si. Luz branca se acendeu pelos dedos e palma de sua mão.

O velho, embora inconsciente, inspirou quando Yrene apoiou a mão em seu peito. Bem sobre a pior daquelas feridas.

Durante longos minutos, ela apenas deixou a mão ali, com as sobrancelhas franzidas, conforme luz fluía da palma da mão para o peito do paciente.

E, quando Yrene levantou a mão... A idosa chorou, então beijou as mãos da curandeira, uma após a outra. Ela apenas sorriu, beijando a bochecha flácida da mulher, e se despediu, dando o que deveriam ser instruções rigorosas para a continuação dos cuidados com o homem.

Somente depois que Yrene fechou a porta atrás de si, o belo sorriso sumiu. E ela estudou os paralelepípedos empoeirados, contraindo a boca. Como se tivesse se esquecido de que Chaol estava ali.

O cavalo relinchou, e a curandeira ergueu o rosto.

— Você está bem? — perguntou ele.

Ela apenas soltou a égua e montou, mordendo o lábio inferior conforme começavam uma lenta caminhada.

— Ele tem uma doença que não vai deixá-lo tão fácil. Estamos lutando contra ela há cinco meses. O fato de ter se deflagrado tão terrivelmente dessa vez... — A curandeira sacudiu a cabeça, desapontada. Consigo mesma.

— Não tem cura?

— Já foi derrotada em outros pacientes, mas às vezes o hospedeiro... Ele é muito velho. E, mesmo quando acho que a expulsei, a doença volta. — Yrene expirou. — A esta altura, sinto como se estivesse apenas ganhando tempo, e não dando uma solução.

Chaol observou a tensão em seu maxilar. Alguém que exigia excelência de si mesma; embora, talvez, não esperasse o mesmo de outros. Ou sequer tivesse expectativas.

— Há outros pacientes que precisa ver? — Ele se viu perguntando.

Yrene franziu a testa para as pernas de Chaol. Para o dedão que o lorde empurrava contra o alto da bota, o couro ondulando com o movimento.

— Podemos retornar ao palácio...

— Gosto de estar ao ar livre — interrompeu ele. — As ruas estão vazias. Deixe-me... — O antigo capitão não conseguiu terminar.

Mas Yrene pareceu entender.

— Há uma jovem mãe do outro lado da cidade. — Uma cavalgada muito, muito longa. — Ela está se recuperando de um parto difícil há duas semanas. Eu gostaria de visitá-la.

Chaol tentou não demonstrar alívio demais.

— Então vamos.

∽

Então eles foram. As ruas permaneciam vazias, pois a cerimônia, explicou Yrene, duraria até o meio da manhã. Embora os deuses do império tivessem sido amontoados todos juntos, a maioria das pessoas tomava parte nos feriados.

Tolerância religiosa, dissera ela, era algo que o primeiro khagan defendera — e todos os que vieram depois também. Oprimir várias crenças apenas levava à discórdia dentro do império, então ele absorvera todas. Algumas literalmente, mesclando múltiplos deuses em um. Mas sempre permitindo àqueles desejosos de praticar a liberdade que o fizessem sem medo.

Chaol, por sua vez, contou a Yrene sobre a outra utilidade daquilo, que ele aprendera ao ler sobre a história do governo do khagan: em outros reinos, onde minorias religiosas eram maltratadas, ele havia encontrado *muitos* espiões voluntários.

Ela já sabia disso — e perguntou se ele algum dia havia usado espiões para a própria... posição.

Ele respondeu que não. Embora não tivesse revelado que um dia tivera homens trabalhando infiltrados, mas que não eram como os espiões de Aedion e Ren Allsbrook. Assim como ele mesmo tinha trabalhado em Forte da Fenda na primavera e no verão passados. Mas falar sobre os antigos guardas... Chaol se calou.

Yrene permaneceu em silêncio depois disso, percebendo que o silêncio do lorde não era por falta de assunto.

Então a curandeira o levou para um bairro que era cheio de pequenos jardins e parques, com casas modestas, mas bem conservadas. Obviamente classe média. O lugar lembrou a ele um pouco Forte da Fenda, porém... mais limpo. Mais alegre. Mesmo com as ruas tão quietas naquela manhã, estavam repletas de vida.

Principalmente na pequena casa elegante diante da qual pararam, onde uma jovem de olhos felizes os viu da janela um andar acima. Ela chamou Yrene em halha, então sumiu no interior.

— Bem, isso responde *àquela* pergunta — murmurou a curandeira, bem no momento que a porta da frente se abriu e aquela mulher surgiu com um bebê gorducho nos braços.

Ela parou ao ver Chaol, mas ele ofereceu um educado aceno de cabeça.

A mulher lhe lançou um belo sorriso, que acabou se tornando descaradamente malicioso quando ela se voltou para Yrene e agitou as sobrancelhas.

A curandeira gargalhou, e o som... Por mais que o som fosse lindo, não se comparava ao sorriso em seu rosto. Ao prazer.

Ele jamais vira um rosto tão belo.

Não conforme Yrene desmontava do cavalo e pegava o bebê gorducho — o retrato de um recém-nascido saudável — dos braços esticados da mãe.

— Ah, ela é linda — cantarolou Yrene, acariciando com um dedo a bochecha redonda.

A mãe da criança sorriu.

— Gorda como um porquinho. — A mulher falou na língua de Chaol, ou porque Yrene a usava ou por reparar em suas feições, tão diferentes das variedades de Antica. — E faminta como um também.

A curandeira se balançou com o bebê, cantarolando para a menina.

— A amamentação está indo bem?

— Ela ficaria dia e noite no peito se eu deixasse — queixou-se a mãe, nada envergonhada por conversar sobre tais coisas na presença de Chaol.

Yrene riu, e o sorriso cresceu quando ela permitiu que a mão minúscula se fechasse em torno de seu dedo.

— Ela parece tão saudável quanto é possível — observou a curandeira, então olhou para a mulher. — E você?

— Ando seguindo o regime que me passou... os banhos ajudaram.

— Sem sangramento?

Um aceno negativo com a cabeça. Então ela pareceu reparar no lorde, porque a voz ficou mais baixa, e Chaol subitamente achou o prédio no fim da rua *muito* interessante. — Quanto tempo até eu poder... sabe? Com meu marido.

Yrene deu uma risada.

— Espere mais sete semanas.

A mulher soltou um gritinho de ultraje.

— Mas você me *curou*.

— E você quase sangrou até a morte antes que eu conseguisse. — Palavras que não incitaram réplica. — Dê a seu corpo tempo para descansar. Outros curandeiros diriam mais oito semanas no mínimo, mas... tente com sete. Se sentir *qualquer* desconforto...

— Eu sei, eu sei — falou ela, gesticulando com a mão. — É que... faz um tempo.

Yrene soltou outra gargalhada, e Chaol se pegou olhando em sua direção enquanto ela dizia:

— Bem, pode esperar um pouco mais a esta altura.

A mulher deu um sorriso sarcástico para Yrene quando pegou de volta o bebê balbuciante.

— Certamente espero que *você* aproveite, considerando que eu não posso.

Chaol reparou no olhar significativo antes de Yrene.

E não foi pouca a satisfação arrogante que ele sentiu ao ver a curandeira piscar, então enrijecer o corpo, e depois ficar vermelha.

— O que... ah. Ah, *não*.

A maneira como ela cuspiu aquele *não*... Ele não ficou nada satisfeito com *aquilo*.

A mulher apenas riu, erguendo mais o bebê conforme seguia para a bela casa.

— Eu certamente aproveitaria.

A porta se fechou.

Ainda vermelha, Yrene se voltou para Chaol, propositalmente sem encará-lo.

— Ela tem opiniões fortes.

Ele gargalhou.

— Não tinha percebido que eu era terminantemente um *não*.

Yrene o olhou com raiva, impulsionando-se para a égua.

— Não compartilho a cama com pacientes. E você está com a capitã Faliq — acrescentou a jovem rapidamente. — *E* você...

— Não estou em forma para dar prazer a uma mulher?

Chaol ficou chocado por dizer aquilo. Mas, de novo, mais que um pouco convencido ao ver os olhos de Yrene se incendiarem.

— Não — retrucou ela, de algum jeito ficando mais vermelha. — Certamente não é isso. Mas você é... você.

— Estou tentando não me sentir insultado.

Ela gesticulou com a mão, olhando para todos os lados, menos para Chaol.

— Sabe o que quero dizer.

Que ele era um homem de Adarlan, que servira ao rei? Certamente o fizera. Mas decidiu ter piedade da jovem.

— Eu estava brincando, Yrene. Estou... com Nesryn — disse ele, então.

A curandeira engoliu em seco, ainda corando absurdamente.

— Onde ela está hoje?

— Foi participar da cerimônia com a família. — Nesryn não o convidara, e Chaol alegara querer adiar a cavalgada do casal pela cidade. No entanto, ali estava ele.

Yrene assentiu, distante.

— Vai à festa esta noite... no palácio?

— Sim. E você?

Outro aceno de cabeça. Um silêncio contido.

— Tenho medo de trabalhar em você hoje — revelou ela, por fim. — Porque podemos perder a noção do tempo de novo e acabarmos não indo à festa.

— Seria tão ruim assim se não fôssemos?

A jovem olhou para Chaol ao dobrarem uma esquina.

— Ofenderia alguns deles. Se não ofendesse a própria Senhora da Grande Profundeza. Não tenho certeza do que me assusta mais. — Ele riu de novo conforme ela prosseguia: — Hasar me emprestou um vestido, então preciso ir... ou arriscar sua ira.

Alguma sombra percorreu o rosto de Yrene, e Chaol estava prestes a perguntar a respeito daquilo quando a curandeira disse:

— Quer fazer um tour?

Ele a encarou, pensando na oferta que ela acabara de lançar.

— Admito que não conheço *muito* sobre a história, mas meu trabalho já me levou para todos os bairros, então posso pelo menos evitar que nos percamos...

— Sim — sussurrou ele. — Sim.

O sorriso de Yrene foi hesitante. Quieto.

Mas ela o levou adiante, as ruas começando a se encher conforme as cerimônias acabavam e as comemorações começavam. Conforme pessoas gargalhando desciam pela avenida e pelos becos, com música fluindo por todos os lados, além do cheiro de comida e de temperos os envolvendo.

Ao cavalgarem pelos bairros sinuosos da cidade, enquanto ele se maravilhava com os templos abaulados e as bibliotecas gratuitas, enquanto Yrene mostrava o dinheiro de papel que usavam — casca de amoreira impressa em seda — no lugar de moedas inflexíveis, Chaol esqueceu o calor e o sol incandescente, esqueceu-se até de continuar movendo os dedos de vez em quando.

A curandeira comprou para ele sua guloseima preferida, um tipo de doce de confeiteiro feito de alfarroba, oferecendo sorrisos a qualquer um que passasse por seu caminho. Raramente para Chaol, no entanto.

Não havia nenhuma rua em que ela não virasse, nenhum bairro ou beco que parecia temer. Uma cidade dos deuses, sim; e também uma cidade de aprendizado, de luz e conforto e riqueza.

Quando o sol chegou ao ápice, Yrene o levou a um exuberante jardim público, com árvores e vinhas caídas, que bloqueavam os raios inclementes. Os dois cavalgaram pelo labirinto de passeios; o jardim quase vazio, pois todos compartilhavam a refeição do meio-dia.

Canteiros elevados transbordavam com flores, samambaias penduradas oscilavam à brisa fresca do mar, pássaros chamavam uns aos outros do abrigo das frondes penduradas acima.

— Acha... — começou Yrene, depois de longos minutos calada — que um dia... — Ela mordeu o lábio inferior. — Que poderíamos ter um lugar como este?

— Em Adarlan?

— Em qualquer lugar — respondeu ela. — Mas sim... em Adarlan, em Charco Lavrado. Ouvi dizer que as cidades de Eyllwe foram um dia tão belas quanto esta, antes...

Antes da sombra entre os dois. Antes da sombra no coração de Chaol.

— Elas foram — assegurou ele, selando o pensamento sobre a princesa que vivera naquelas cidades, que as amara. Mesmo com a cicatriz no rosto parecendo pulsar. Mas ele considerou a pergunta de Yrene e, daquelas sombras na memória, ouviu a voz de Aedion Ashryver.

O que acha que as pessoas nos outros continentes, do outro lado de todos aqueles mares, pensam de nós? Acha que nos odeiam ou têm pena de nós pelo que fazemos uns contra os outros? Talvez seja tão ruim lá quanto é aqui. Talvez seja pior. Mas... Preciso acreditar que é melhor. Em algum lugar, é melhor que isto.

Ele se perguntou se algum dia conseguiria contar a Aedion que encontrara tal lugar. Talvez contasse a Dorian o que vira ali. Poderia ajudar a reconstruir as ruínas de Forte da Fenda, de seu reino, como algo assim.

Chaol percebeu que não tinha terminado de responder. Que Yrene ainda esperava enquanto afastava uma vinha extensa de pequenas flores roxas.

— Sim — afirmou o antigo capitão, por fim, àquela cautela que escondia uma minúscula semente incandescente de esperança nos olhos da curandeira. — Acredito que possamos construir isto para nós mesmos um dia. — Ele acrescentou: — Se sobrevivermos à guerra. — Caso conseguisse sair dali com um exército para desafiar Erawan atrás de si.

O tempo o pressionou, sufocando-o. Mais rápido. Ele precisava mover tudo *mais* rápido...

Yrene observou o rosto do lorde sob o calor pesado do jardim.

— Você ama muito seu povo.

Chaol assentiu, incapaz de encontrar as palavras.

Ela abriu a boca, como se fosse dizer algo, mas a fechou.

— Mesmo as pessoas de Charco Lavrado e suas ações não são inocentes nessa última década — comentou a jovem, por fim.

Ele tentou não olhar para a leve cicatriz no pescoço da curandeira. Será que fora um dos compatriotas que havia...

Yrene suspirou, estudando o jardim de rosas que murchava com o calor fervente.

— Deveríamos voltar. Antes que a multidão fique impossível.

Ele se perguntou o que a curandeira tinha pensado em dizer há um momento, antes de mudar de ideia. O que causara aquela sombra à espreita em seus olhos.

Mas Chaol apenas a seguiu, com todas aquelas palavras pairando entre os dois.

⁓

Eles se despediram no palácio, com seus corredores lotados de criados em preparações para as festividades da noite. Yrene tomou a direita para encontrar Hasar e o vestido — e o banho — que lhe fora prometido, e Chaol voltou para a própria suíte, para lavar a poeira e o suor e, então, encontrar um traje adequado.

Nenhum sinal de Nesryn até a metade do banho, quando ela apareceu, gritou que tomaria um também e fechou a porta da própria suíte.

Chaol escolheu o casaco azul e seguiu até o corredor para esperar Nesryn aparecer. Quando ela surgiu, ele piscou para o casaco e a calça ametista de belo corte. O antigo capitão não vira nem sinal do uniforme de guarda havia dias. E não estava prestes a perguntar, portanto apenas falou:

— Você está linda.

Nesryn sorriu, com os cabelos brilhantes ainda molhados do banho.

— Você também não está nada mal. — Ela pareceu reparar na cor do rosto de Chaol e perguntou: — Tomou sol hoje? — O leve sotaque de Nesryn tinha se intensificado, acrescentando um enrolar maior a alguns sons.

— Ajudei Yrene com alguns pacientes pela cidade.

Ela sorriu conforme seguiam pelo corredor.

— Fico feliz em ouvir isso. — Nenhuma palavra sobre a cavalgada e a visita que ele desmarcara; Chaol se perguntou se Nesryn sequer se lembrava.

Ele ainda não tinha contado sobre os dedos dos pés. Mas, ao entrarem no grande salão do palácio... Mais tarde. Discutiriam aquilo mais tarde.

O grande salão estava uma maravilha.

Era a única palavra para aquilo.

A festa não era tão grande quanto Chaol havia imaginado, apenas poucas pessoas além da reunião habitual de vizires e realeza. Contudo, nenhuma despesa fora poupada nas decorações. No banquete.

O lorde olhou um pouco boquiaberto, e Nesryn fez o mesmo, conforme os levavam para os assentos na mesa nobre — uma honra que Chaol ainda se sentia surpreso por terem recebido. O khagan e a esposa não se juntariam a eles, foi o que Duva disse. A mãe não andava bem nos últimos dias, e desejava comemorar com o marido em particular.

Sem dúvida, ver aquelas bandeiras de luto serem abaixadas por fim devia ter sido difícil. E, de qualquer maneira, aquela noite provavelmente não era o melhor momento para pressionar o khagan a respeito de uma aliança.

Mais alguns convidados entraram; Hasar e Renia de braços dados com Yrene.

Quando a curandeira o deixara no cruzamento de um dos corredores principais do palácio, seu rosto brilhava com suor e poeira, as bochechas tingidas de rosa, os cabelos levemente cacheados em torno das orelhas. O vestido também estivera amarrotado depois de um dia de cavalgada, e a bainha, coberta de poeira.

Certamente nada a ver com sua aparência no momento.

Chaol sentiu a atenção de metade dos homens na mesa deslizar para Hasar — para Yrene — quando elas entraram, seguidas por duas das criadas da princesa. Hasar sorria com arrogância, e Renia estava completamente deslumbrante usando vermelho-rubi, mas Yrene...

Para uma bela mulher, vestida nas mais finas roupas e joias que um império podia comprar, havia um ar de resignação a seu respeito. Sim, estava com os ombros esticados e com a coluna reta, mas o sorriso que o atingira no estômago mais cedo sumira havia muito tempo.

Hasar vestira a amiga em um tom cobalto que lhe ressaltava o calor da pele e fazia os cabelos castanhos reluzirem, como se tivessem, de fato, sido folheados. A princesa até mesmo salpicara o rosto de Yrene com cosméticos — ou talvez o indício de rubor nas bochechas sardentas fosse pelo decote do vestido, profundo o bastante para revelar a exuberância de sua silhueta. Decote amplo e corpete justo.

Os vestidos de Yrene certamente não lhe escondiam o corpo, mas aquele... Chaol não tinha notado direito quanto a cintura da curandeira era fina, como o quadril se destacava abaixo da cintura. Como os outros dotes da jovem eram fartos acima.

Ele não foi o único a olhar uma segunda vez. Sartaq e Arghun haviam se inclinado para a frente nos assentos conforme a irmã levava Yrene até a mesa nobre.

Seus cabelos tinham sido deixados, em grande parte, soltos, apenas as laterais foram puxadas para trás, presas com pentes de ouro e rubi. Brincos combinando pendiam das orelhas, roçando a esguia coluna do pescoço.

— Ela parece majestosa — murmurou Nesryn para Chaol.

Yrene, de fato, parecia uma princesa; apesar de parecer uma princesa a caminho da forca, a julgar pela seriedade da expressão ao chegarem à mesa. Qualquer alegria que a curandeira tivesse sentido mais cedo, quando eles se despediram, tinha sumido durante as duas horas que ela passara com Hasar.

Os príncipes se levantaram para cumprimentá-la dessa vez, com Kashin se adiantando.

A herdeira não declarada da alta-curandeira; uma mulher que provavelmente empunharia poder considerável naquele reino. Eles pareciam perceber

245

isso, a intensidade da implicação. Arghun principalmente, pelo olhar ardiloso que deu a Yrene. Uma mulher de poder considerável... e beleza.

Chaol viu a palavra nos olhos de Arghun: *prêmio.*

O maxilar do lorde se contraiu. Yrene certamente não queria as atenções do mais belo dos príncipes — então ele não conseguia imaginar como estaria interessada na afeição dos outros dois.

Arghun abriu a boca para falar com Hasar, mas a princesa caminhou diretamente até Chaol e Nesryn, então murmurou ao ouvido da capitã:

— Saia.

⚝ 21 ⚝

Nesryn piscou para Hasar.

A princesa sorriu, fria como uma cobra, e explicou.

— Não é educado se sentar apenas com seu companheiro. Deveríamos tê-los separado antes.

A capitã olhou para Chaol. Todos observavam. Ele não fazia ideia — nenhuma mesmo — do que dizer. Yrene parecia disposta a derreter no piso de mármore verde.

Sartaq pigarreou.

— Junte-se a mim aqui, capitã Faliq.

Nesryn ficou rapidamente de pé, e Hasar sorriu para ela. A princesa deu tapinhas no encosto do assento que acabara de ser desocupado e cantarolou para Yrene, que se detivera a poucos metros de distância:

— Você senta aqui. Caso seja necessária.

A curandeira lançou um olhar a Chaol que poderia ter sido considerado uma súplica, mas ele manteve a expressão neutra e ofereceu um sorriso de boca fechada.

Nesryn se sentou ao lado de Sartaq, que pedira a um vizir que passasse para o fim da mesa, e Hasar, satisfeita porque os ajustes tinham sido feitos de acordo com seu gosto, considerou que o assento habitual não era de seu agrado e expulsou dois vizires para o lado de Arghun. O segundo assento era para Renia, que deu à amante um olhar de leve reprovação, mas sorriu consigo mesma — como se fosse típico.

A refeição foi retomada, e Chaol desviou a atenção para Yrene. O vizir do outro lado da curandeira sequer a notou. Bandejas foram passadas por criados, e comida e bebida, empilhados e servidos.

— Devo querer saber o motivo? — murmurou Chaol.

Yrene cortava o cordeiro guisado com arroz de açafrão amontoados no prato dourado.

— Não.

O lorde estava disposto a apostar que, quaisquer que fossem as sombras nos olhos da jovem mais cedo, a coisa que ela se impedira de dizer... andava lado a lado com o que quer que estivesse acontecendo ali.

Ele olhou para a ponta da mesa, para onde Nesryn estava, observando-os e em parte ouvindo Sartaq, que falava sobre algo que Chaol não conseguia ouvir por cima do tilintar dos talheres e da discussão.

Ele lançou um olhar de desculpas à capitã.

Nesryn lançou a ele um de aviso em resposta — direcionado a Hasar. *Cuidado.*

— Como estão seus dedos? — perguntou Yrene, comendo pequenas porções da comida. Montados nos cavalos mais cedo, ele a vira devorar a caixa de doces de alfarroba que ela comprara para os dois. Então comer delicadamente ali... era manter a aparência.

— Ativos — respondeu Chaol, com um meio sorriso. Não importava que tivessem se passado apenas duas horas desde que haviam se visto pela última vez.

— Sensação?

— Formigamento.

— Que bom. — Ela engoliu em seco, aquela cicatriz se movendo junto.

Ele sabia que estavam sendo observados. Ouvidos. Yrene também sabia.

Os nós dos dedos da curandeira estavam brancos conforme ela segurava os talheres; as costas retas como uma vareta. Nenhum sorriso. Pouca luz nos olhos delineados com kajal.

Teria a princesa os juntado para que conversassem, ou para manipular Kashin, levando-o a tomar alguma atitude? O príncipe estava, de fato, observando, mesmo enquanto ocupava dois vizires de túnica dourada com uma conversa.

— O papel de peão não combina com você — murmurou Chaol para Yrene.

Aqueles olhos marrom-dourados piscaram.

— Não sei do que está falando.

Mas ela sabia. As palavras não se destinavam a Chaol.

Ele catou assuntos para passar o tempo da refeição.

— Quando se encontra com as moças para a próxima lição?

— Em duas semanas — respondeu Yrene, parte da tensão drenada dos ombros. — Normalmente seria na semana que vem, mas muitas têm exames, então se concentrarão nos estudos.

— Algum exercício e ar fresco podem ajudar.

— Eu diria que sim, mas esses testes são questão de vida ou morte para elas. Certamente eram para mim.

— Ainda falta mais algum para você?

Yrene sacudiu a cabeça, e os brincos encrustados de joias refletiram a luz.

— Completei o último há duas semanas. Sou uma curandeira oficial da Torre. — Um pouco de humor humilde surgiu em seus olhos.

Chaol ergueu a taça para Yrene.

— Parabéns.

A curandeira deu de ombros, mas assentiu em agradecimento.

— Embora Hafiza queira me testar uma última vez.

Ah.

— Então sou de fato um experimento.

Uma tentativa medíocre de suavizar a discussão de dias antes, daquela aspereza que o perfurara.

— Não — retrucou Yrene, baixinho e com rapidez. — Você tem muito pouco a ver com isso. Esse último teste não oficial... tem a ver comigo.

Chaol queria perguntar, mas havia olhos demais sobre eles.

— Então lhe desejo sorte — disse ele, formalmente. Tão diferente de como conversaram enquanto cavalgaram pela cidade.

A refeição passou lenta e rapidamente ao mesmo tempo; a conversa foi forçada e pausada.

Somente quando as sobremesas e o *kahve* foram servidos, Arghun bateu palmas e chamou o entretenimento.

— Com nosso pai nos aposentos — Chaol ouviu Sartaq confidenciar a Nesryn —, costumamos ter comemorações mais... informais.

De fato, uma trupe de músicos elegantemente vestidos surgiu do espaço entre as pilastras além da mesa, carregando instrumentos familiares e desconhecidos. Tambores rufaram, então flautas e cornetas anunciaram a chegada do evento principal: dançarinos.

Um círculo de oito dançarinos, tanto homens quanto mulheres — um número sagrado, explicara Sartaq para Nesryn, que sorria hesitantemente —, emergiu das cortinas ao lado das pilastras.

Chaol tentou não engasgar.

Estavam pintados de dourado, cheios de joias e vestiam túnicas translúcidas feitas da mais fina seda presas com cinto, mas por baixo disso... nada.

Os corpos eram flexíveis e jovens: o ápice da juventude e da virilidade. Quadris se balançavam, costas se arqueavam, mãos se entrelaçavam no ar acima deles conforme começavam a se entremear uns entre os outros em círculos e linhas.

— Eu disse a você. — Foi tudo o que Yrene murmurou para Chaol.

— Acho que Dorian teria gostado — murmurou ele de volta, surpreso ao perceber que os cantos da própria boca se repuxaram para cima quando pensou nisso.

Yrene lhe deu um olhar de interesse, com alguma luz novamente nos olhos. As pessoas haviam se virado nos assentos para ver melhor os dançarinos, os corpos esculturais e os pés descalços e habilidosos.

Movimentos perfeitos e precisos; os corpos eram meros instrumentos da música. Lindos — etéreos, porém... tangíveis. Aelin, percebeu Chaol, teria gostado daquilo também. Muito.

Conforme os dançarinos se apresentavam, criados arrastavam cadeiras e sofás, arrumando almofadas e mesas. Tigelas de ervas para fumar, de cheiro adocicado e enjoativo, foram colocadas sobre elas.

— Não se aproxime demais se quer seus sentidos intactos — avisou Yrene, observando um criado carregar uma das caixas de metal de fumo para uma mesa de madeira entalhada. — É um leve opiáceo.

— Eles realmente se soltam quando os pais não estão presentes.

Alguns dos vizires partiram, mas muitos deixaram a mesa para ocupar assentos acolchoados. A totalidade do grande salão fora reorganizada em questão de momentos para acomodar os convidados que queriam relaxar, então...

Criados surgiram das cortinas, bem arrumados e vestindo seda exuberante, translúcida também. Homens e mulheres, todos belos, encontraram seu caminho até colos e braços de sofás, alguns se aninhando aos pés de vizires e da nobreza.

Chaol vira festas relativamente libertinas no castelo de vidro, mas ainda havia um certo rigor. Uma formalidade e uma sensação de que tais coisas se escondiam atrás de portas fechadas. Dorian certamente as tinha guardado para a privacidade do próprio quarto. Ou para o de outra pessoa. Ou apenas arrastava Chaol para Forte da Fenda, ou até Enseada do Sino, onde a nobreza dava festas muito mais desinibidas que aquelas da rainha Georgina.

Sartaq permaneceu à mesa ao lado de Nesryn, que observava os dançarinos habilidosos com os olhos arregalados de admiração, mas os outros filhos reais... Duva, a mão na barriga, se despediu, com o marido ao lado, silencioso como sempre. A fumaça não era boa para o bebê no ventre, alegou a princesa, e Yrene assentiu em aprovação, embora ninguém tivesse olhado em sua direção.

Arghun reivindicou um sofá para si em volta da dança, recostando-se e inspirando a fumaça que ondulava das brasas nas pequenas caixas de metal ao lado. Membros da corte e vizires competiam pelos assentos mais próximos do príncipe mais velho.

Hasar e a amante ocuparam um pequeno sofá para si mesmas, e as mãos da princesa em breve se entrelaçaram aos cabelos pretos de Renia. A boca de Hasar encontrou um ponto no pescoço da mulher um momento depois. O sorriso de resposta foi lento e largo — os olhos estremeceram até se fechar quando a princesa sussurrou algo contra a pele da amante.

Kashin parecia esperar por minutos enquanto Yrene e Chaol observavam a luxúria que se desenrolava, os dois ainda sentados à mesa quase vazia.

Esperando Yrene, sem dúvida, se levantar.

Rubor manchava as bochechas da curandeira conforme ela mantinha os olhos firmes no *kahve* e no vapor ondulando da pequena xícara.

— Já viu isso antes? — perguntou Chaol.

— Dê uma ou duas horas, e todos sairão para seus quartos... não sozinhos, é claro.

Aparentemente, o príncipe Kashin tinha arrastado a conversa com o vizir a seu lado pelo máximo de tempo que podia suportar. Então, olhando diretamente para Yrene, ele abriu a boca, e Chaol leu o convite nos olhos do homem antes que ele pudesse falar.

O antigo capitão teve talvez um segundo para decidir. Ele viu que Sartaq convidara Nesryn a se sentar com ele — não à mesa, não nos sofás, mas em um par de poltronas nos fundos da sala, onde não havia fumaça e as janelas estavam abertas, mas ainda podiam observar a festa. Ela deu a Chaol um aceno de cabeça reconfortante, seguindo sem pressa conforme caminhava com o príncipe.

Então, quando Kashin se inclinou para a frente para convidar Yrene a se juntar a ele em um sofá, Chaol se virou para a curandeira e falou:

— Eu gostaria de me sentar com você.

Os olhos da jovem estavam levemente arregalados.

— Onde?

Kashin fechou a boca, e o lorde teve a sensação de que havia um alvo sendo desenhado no próprio peito.

Ainda assim, ele encarou Yrene e respondeu:

— Em algum lugar mais silencioso.

Havia apenas alguns sofás restantes, todos próximos da dança e da fumaça mais espessa. Mas havia um, parcialmente escondido nas sombras, perto de uma alcova do outro lado do salão, com um pequeno braseiro daquelas ervas na mesa baixa à frente.

— Se devemos ser vistos juntos esta noite — sussurrou Chaol, tão baixo que apenas Yrene conseguiu ouvir —, então permanecer aqui por um tempo seria melhor que partirmos juntos. — Que mensagem *aquilo* passaria, considerando a mudança na atmosfera da festa. — E eu não deixaria que você saísse sozinha.

A curandeira se levantou silenciosamente, com um sorriso sombrio.

— Então vamos relaxar, Lorde Westfall. — Ela indicou o sofá sombreado além do limite da luz.

Yrene o deixou empurrar a própria cadeira até lá e manteve o queixo erguido, com a saia do vestido se arrastando atrás de si conforme ela seguia para aquela alcova. As costas do vestido eram na maior parte abertas — revelando a pele macia e impecável, assim como a bela depressão da coluna. O decote era baixo o bastante para que Chaol visse as covinhas gêmeas na lombar, como se algum deus tivesse pressionado os polegares ali.

Ele sentiu olhos dos demais sobre os dois quando Yrene se acomodou no sofá. A saia do vestido se aglutinou no chão, estendendo-se além dos tornozelos, e a curandeira estendeu um dos braços nus e expostos no encosto de almofadas felpudas.

Chaol manteve os olhos fixos no olhar de pálpebras baixas de Yrene ao chegar ao sofá, antes que os criados conseguissem se aproximar. Então ele passou da cadeira para as almofadas e, com alguns movimentos, sentou-se virado para ela — assentindo em agradecimento ao criado que afastou a cadeira de rodas. Daquele ponto de vantagem, eles tinham uma vista desobstruída dos dançarinos e da área com assentos, assim como dos criados e da nobreza que já começava a passar mãos e bocas sobre pele e tecido, mesmo enquanto ainda assistia ao entretenimento sem igual.

Algo se revirou — não de um modo desagradável — no estômago de Chaol diante da cena.

— Os criados não são forçados aqui — explicou Yrene, baixinho. — Foi a primeira coisa que perguntei durante meu tempo inicial nessas reuniões. Os criados estão ansiosos para subir de posição, e aqueles que estão aqui sabem que privilégio pode lhes trazer sair do salão com alguém esta noite.

— Mas, se são pagos — replicou Chaol —, se têm preocupação com as próprias posições caso se recusem, então como isso pode ser consentimento de verdade?

— Não é. Não quando se coloca dessa maneira. Mas o khaganato se certificou de que outros limites sejam preservados. Restrições etárias. Consentimento verbal. Punição para aqueles, mesmo da realeza, que quebrem as regras. — Ela dissera o mesmo dias antes.

Uma mulher e um homem, jovens, tinham se posicionado de cada lado de Arghun; um lhe mordiscava o pescoço enquanto o outro traçava círculos ao longo das coxas do príncipe. Durante todo o tempo, Arghun continuou a conversa com um vizir sentado em uma cadeira à esquerda, inabalado.

— Achei que ele tivesse esposa — comentou Chaol.

Yrene acompanhou seu olhar.

— E tem. Ela fica na propriedade de campo. E criados não são considerados casos. As necessidades que atendem... Pode muito bem ser dar um banho. — Os olhos de Yrene dançaram quando ela disse: — Tenho certeza de que descobriu isso em seu primeiro dia.

Chaol corou.

— Fiquei... surpreso com a atenção aos detalhes. E o envolvimento.

— Kadja provavelmente foi selecionada para lhe dar prazer.

— Não tenho interesse nessas distrações. Mesmo com uma criada disposta.

Yrene olhou na direção de Nesryn, envolvida na conversa com Sartaq.

— Ela tem sorte por ter um companheiro tão leal, então.

Ele esperou por uma pontada de ciúmes ao ver o sorriso de Nesryn para o príncipe, cujo corpo era a definição do relaxamento, o braço jogado no encosto do sofá atrás da capitã e um tornozelo cruzado sobre o joelho.

Talvez simplesmente confiasse em Nesryn, mas nada se agitou dentro de si ao ver aquilo.

Chaol notou que Yrene o observava com os olhos como topázio nas sombras e na fumaça.

— Eu me encontrei com minha amiga na outra noite — comentou ela, os cílios estremecendo. Não passava de uma mulher embalada pelos opiáceos incandescentes. Até mesmo o lorde começava a se sentir zonzo. O corpo estava aquecido. Aconchegado. — E de novo esta noite antes do jantar.

Hasar.

— E? — Ele se viu estudando o leve cacheado nas pontas do longo cabelo. Viu os próprios dedos se mexendo, como se imaginasse a sensação da mecha entre eles.

A curandeira esperou até que um criado carregando uma bandeja de frutas cristalizadas passasse.

— Ela me contou que *seu* amigo ainda está sumido. E que uma rede foi lançada pelo centro da mesa.

Chaol piscou, discernindo entre a fumaça e as palavras.

Exércitos. Os exércitos de Perrington tinham sido espalhados pelo continente. Não era à toa que Yrene não discutira aquilo mais cedo nas ruas; não era à toa que havia tanta sombra em seus olhos.

— Onde?

— Montanhas para... sua caçada habitual.

Ele puxou um mapa mental da terra. Do desfiladeiro Ferian até Forte da Fenda. Pelos deuses.

— Tem certeza disso?

Um aceno de cabeça.

Chaol podia sentir olhos se voltando para eles de vez em quando.

Yrene também. Ele tentou não se assustar com a mão que a curandeira apoiou em seu braço, com o olhar que ela ergueu por baixo dos cílios semicerrados, com os olhos sonolentos... convidativos.

— Me perguntaram outro dia, e hoje de novo, de um jeito que não posso recusar.

Ela fora ameaçada. O antigo capitão trincou a mandíbula.

— Preciso de um lugar. Uma direção — murmurou a jovem. — Para onde sua *outra* amiga deve ir.

Aelin.

— Ela está... onde ela está?

— Não sabem.

Aelin estava... desaparecida. Paradeiro desconhecido até mesmo pelos espiões do khaganato.

— Não está em casa?

Um sacudir de cabeça que fez o coração de Chaol começar a bater desesperadamente. Aelin e Dorian — o paradeiro de ambos desconhecido. Desaparecidos. Se Perrington fosse atacar...

— Não sei para onde ela iria. O que planejava fazer. — Ele apoiou uma das mãos sobre a mão de Yrene, tentando ignorar a maciez da pele da jovem. — O plano era ela voltar para casa. Reunir um exército.

— Ela não voltou. E não duvido da clareza dos *olhos* aqui. E lá.

Espiões de Hasar. E outros.

Aelin não estava em Terrasen. Jamais chegara a Orynth.

— Tire esse olhar do rosto — ronronou Yrene, e, embora tivesse roçado no braço do lorde com uma das mãos, seus olhos brilhavam severos.

Chaol teve dificuldades em obedecer, mas conseguiu abrir um sorriso sonolento.

— Por acaso sua amiga acha que eles caíram nas mãos de outro?

— Ela não sabe. — A curandeira lhe passou os dedos pelo braço, leves e lentos. Aquele anel simples ainda brilhava em sua mão. — Quer que eu pergunte a você. Que lhe arranque a informação.

— Ah. — A mão esguia e linda da curandeira deslizou por seu braço. — Por isso a reorganização dos assentos. — E por que Yrene parecera prestes a falar tantas vezes durante o dia, mas decidira pelo silêncio.

— Ela tornará a vida muito difícil se não acreditar que consegui fazê-lo se abrir.

O lorde parou a mão da jovem no bíceps, percebendo, então, que seus dedos tremiam levemente. Talvez fosse a fumaça adocicada e enjoativa rodopiando em torno dos dois, talvez fosse a música e os dançarinos com a pele exposta e as joias.

— Acho que você já fez isso, Yrene Towers — disse ele, no entanto.

Chaol viu o rosto da curandeira corar. Observou como aquilo fez com que o dourado em seus olhos se destacasse.

Perigoso. Perigoso e estúpido e...

Ele sabia que outros os observavam. Sabia que Nesryn estava sentada com o príncipe.

Ela entenderia que era uma atuação. A presença de Nesryn com Sartaq era apenas outra parte daquilo. Outra exibição.

Chaol disse isso a si mesmo conforme continuava a encarar Yrene, continuava a lhe pressionar a mão contra seu braço, continuava a observar o rubor tingindo as bochechas da curandeira, que levou a ponta da língua até os lábios, umedecendo-os.

Ele observou isso também.

Um calor pesado e tranquilizador se acomodou bem no fundo de Chaol.

— Preciso de um lugar. Qualquer lugar.

Ele precisou de alguns segundos para entender o que Yrene queria dizer. A sutil ameaça da princesa, caso a curandeira falhasse em extorquir informações.

— Por que mentir? Eu teria contado a verdade. — A boca de Chaol pareceu distante.

— Depois da lição com as meninas — murmurou a curandeira —, eu devia algo a você.

E essa revelação dos interesses de Hasar...

— Ela tenderá para nossa causa?

Yrene estudou o salão, e Chaol viu que sua mão se afastara da dela, subindo até o ombro exposto e, então, repousando no pescoço da curandeira.

A pele era macia como veludo aquecido pelo sol. Seu polegar acariciou a lateral do pescoço, tão perto daquela fina cicatriz, e a jovem desviou os olhos para ele.

Havia aviso ali — aviso, mas também... Chaol sabia que o aviso não era direcionado a ele. Mas a ela mesma.

— Ela... — Yrene expirou. O antigo capitão não conseguiu resistir a uma segunda carícia do polegar pela lateral do pescoço. A pele roçou contra a mão do lorde quando a curandeira engoliu em seco de novo. — Ela está preocupada com a ameaça do fogo.

E medo podia ser uma motivação que ajudaria ou destruiria qualquer chance de uma aliança.

— Ela acha... acha que você está potencialmente por trás do ataque na biblioteca. Como algum tipo de manipulação.

Chaol riu com deboche, mas seu polegar parou, bem sobre a pulsação trêmula da jovem.

— Ela nos dá mais crédito do que merecemos. — Mas um alarme se acendia nos olhos de Yrene. — Em que você acredita, Yrene Towers?

Ela apoiou a palma sobre uma das mãos do lorde, mas não fez menção de retirar a outra de seu pescoço.

— Acho que sua presença pode ter levado outras forças a entrar em ação, mas não acredito que seja o tipo de homem que faz joguetes.

Mesmo que a posição atual de ambos dissesse o contrário.

— Você vai atrás do que quer — prosseguiu Yrene. — E tenta conquistar isso diretamente. Honestamente.

— Eu costumava ser esse tipo de homem — replicou Chaol, sem conseguir desviar os olhos.

— E agora? — As palavras saíam ofegantes, a pulsação martelava sob a palma da mão do antigo capitão.

— E agora — respondeu ele, aproximando a cabeça da de Yrene, tão perto que o hálito da jovem lhe roçou a boca — eu me pergunto se devia ter ouvido meu pai quando ele tentou me ensinar.

Os olhos da curandeira se voltaram para a boca do lorde, e cada instinto, cada gota de concentração, se resumiu àquele movimento. Cada parte de Chaol despertou em atenção dolorosa.

E aquela sensação, quando o lorde casualmente ajustou o casaco sobre o colo, foi melhor que um banho de gelo.

A fumaça — os opiáceos. Eram algum tipo de afrodisíaco, algo que embaçava o bom senso.

Yrene ainda observava a boca dele, como se fosse um pedaço de fruta, com sua respiração irregular erguendo os seios exuberantes e fartos no confinamento do vestido.

Chaol se obrigou a tirar a mão de seu pescoço. E se obrigou a se recostar.

Nesryn devia estar observando. Devia estar se perguntando o que diabo ele estava fazendo.

Ele devia mais que aquilo à capitã. Devia a Yrene mais que o que quer que tivesse acabado de fazer, qualquer que fosse o absurdo...

— Baía da Caveira — disparou ele. — Diga a ela que fogo pode ser encontrado em baía da Caveira.

Era talvez o único lugar para o qual Aelin jamais iria — ao domínio do lorde pirata. Ele ouvira a história, uma vez, sobre sua "desventura" com Rolfe. Como se destruir a cidade do homem e naufragar seus estimados navios fosse apenas mais uma diversão. Seguir para lá seria, de fato, a última coisa que Aelin faria, considerando a promessa do lorde pirata de matá-la assim que a visse.

Yrene piscou, como se voltasse a se lembrar de si, da situação que os levara até ali, até aquele sofá, até estarem joelho a joelho e quase nariz a nariz.

— Sim — afirmou ela, se afastando e piscando furiosamente de novo. A curandeira franziu a testa para as brasas incandescentes dentro da caixa de metal sobre a mesa. — Isso servirá.

Com um gesto, Yrene afastou uma garra de fumaça que se desenrolava e tentava se colocar entre eles.

— Eu devia ir.

Um pânico selvagem, ansioso, reluziu nos olhos da jovem. Como se a curandeira também tivesse percebido, tivesse *sentido*...

Yrene se levantou, alisando a saia do vestido. A mulher sensual e determinada que caminhara até aquele sofá havia desaparecido. Ali... ali estava a jovem em seus 22 anos, sozinha em uma cidade estrangeira e uma presa dos caprichos dos filhos reais.

— Espero... — começou ela, olhando na direção de Nesryn. Vergonha. Era... vergonha e culpa que pesavam em seus ombros. — Espero que você jamais aprenda a fazer esse tipo de joguete.

Nesryn permanecia absorta na conversa com Sartaq, sem mostrar sinais de nervosismo, de conhecimento de... do que quer que tivesse transpirado ali.

Ele era um desgraçado. Um maldito desgraçado.

— Vejo você amanhã. — Foi tudo em que Chaol conseguiu pensar para dizer. Mas, quando ela se afastou, o lorde também disparou: — Deixe-me arranjar alguém para acompanhá-la.

Porque Kashin os observava do outro lado do salão, mesmo com uma criada no colo, passando a mão por seus cabelos. E aquilo era... ah, aquilo era violência fria no rosto do príncipe conforme ele reparava na atenção de Chaol.

Os outros podiam pensar que o que acabara de acontecer entre ele e Yrene era atuação, mas Kashin... O rapaz não era tão estupidamente leal quanto os demais achavam. Não, estava bastante ciente daqueles ao redor. Ele podia ler outros homens. Avaliá-los.

E não fora a excitação que permitira ao príncipe perceber como aquilo tinha sido genuíno. Mas a culpa que Chaol havia notado tarde demais que ele e Yrene deixaram transparecer.

— Vou pedir a Hasar — disse a curandeira, seguindo para o sofá onde a princesa e a amante estavam sentadas, as bocas percorrendo uma à outra com uma atenção preguiçosa aos detalhes.

Chaol permaneceu em seu lugar, monitorando à medida que Yrene se aproximava das mulheres. Hasar piscou para ela com olhos embaçados.

Mas a luxúria que embaçava o rosto da princesa se dissipou diante do curto aceno de cabeça de Yrene. Missão cumprida. A curandeira se inclinou e sussurrou ao ouvido de Hasar quando lhe beijou as bochechas em despedida. O antigo capitão leu o movimento dos lábios da jovem mesmo do outro lado do salão. *Baía da Caveira.*

A princesa sorriu lentamente, então estalou os dedos para um guarda que esperava. O homem imediatamente caminhou até elas. Chaol observou Hasar comandar o homem, observou o que sem dúvida foi uma ameaça de morte ou coisa pior caso Yrene não voltasse para a Torre em segurança.

A curandeira apenas deu à princesa um sorriso exasperado antes de dar boa noite a ela e a Renia, e seguir o guarda para fora. Ela olhou para trás, para a entrada arqueada.

Mesmo com a extensão de quase 30 metros de mármore polido e de pilastras altas, o espaço entre os dois era tenso.

Como se aquela luz branca que Chaol vira dentro de si havia dois dias fosse uma corda viva. Como se Yrene de algum jeito tivesse se plantado nele naquela tarde.

Ela nem mesmo assentiu antes de partir, com a saia oscilando no corpo.

Quando Chaol olhou para Nesryn de novo, viu que a atenção da capitã estava sobre ele.

E viu o rosto inexpressivo — tão cuidadosamente inexpressivo — quando Nesryn lhe deu um pequeno aceno do que ele presumiu ser compreensão. A partida havia acabado naquela noite. A capitã esperava para ouvir o resultado final.

A fumaça ainda se agarrava às narinas, aos cabelos e às roupas quando Chaol e Nesryn entraram na suíte uma hora depois. O antigo capitão se juntara a ela e Sartaq na pequena área silenciosa e ficara observando convidados partirem para os próprios aposentos, ou os de outra pessoa. Sim, Dorian certamente teria amado aquela corte.

Sartaq os acompanhou até o quarto e lhes ofereceu um boa-noite de certa maneira severo. Mais contido que as palavras e os sorrisos de mais cedo. Chaol não o culpava. Provavelmente havia olhos por toda parte.

Mesmo que os do príncipe se detivessem em grande parte em Nesryn conforme ela se despedia e entrava com Chaol na suíte.

O cômodo estava praticamente todo escuro, exceto por uma lanterna de vidro colorido que Kadja deixara queimando na mesa do saguão. As portas dos quartos se abriam, como bocas de cavernas.

A pausa no saguão mal iluminado se estendeu por um segundo longo demais.

Nesryn silenciosamente deu um passo na direção do próprio quarto.

Chaol agarrou súa mão antes que Nesryn conseguisse avançar 30 centímetros.

Devagar, ela olhou por cima do ombro, com os cabelos escuros movendo-se como seda da cor da meia-noite.

Mesmo na escuridão, ele sabia que Nesryn lia o que estava em seus olhos.

A pele se repuxou sobre os ossos e o coração bateu de maneira estrondosa, mas Chaol esperou.

— Acho que sou necessária em outros lugares, e não neste palácio no momento — falou ela, por fim.

O antigo capitão continuou lhe segurando a mão.

— Não deveríamos discutir isso no corredor.

A mulher engoliu em seco, mas assentiu uma vez. Ela fez menção de empurrar a cadeira de Chaol, mas ele se moveu antes que ela conseguisse, guiando-se para o quarto. Deixando que Nesryn seguisse.

Deixando que ela fechasse a porta atrás dos dois.

O luar entrava pelas janelas do jardim, espalhando-se na cama.

Kadja não acendera as velas, ou antecipando o uso do quarto depois da festa para propósitos diferentes de dormir, ou antecipando que ele poderia sequer retornar. Mas no escuro, com o zumbido das cigarras nas árvores do jardim...

— Preciso de você aqui — admitiu Chaol.

— Precisa? — Uma pergunta direta, sincera.

Ele deu a Nesryn a oportunidade de refletir sobre a pergunta.

— Eu... Era para estarmos fazendo isso juntos. Tudo.

Ela sacudiu a cabeça, e os cabelos curtos se agitaram.

— Caminhos mudam. Sabe disso melhor que qualquer um.

Ele sabia. Realmente sabia muito bem. Mas mesmo assim...

— Para onde pretende ir?

— Sartaq mencionou que deseja buscar respostas entre seu povo, sobre a possibilidade de os valg já terem estado neste continente antes. Eu... eu estou tentada a acompanhá-lo, se ele permitir. Para ver se há de fato respostas a encontrar, e se eu consigo convencê-lo a talvez ir contra as ordens do pai. Ou pelo menos falar em nosso favor.

— Mas o acompanhar para onde? Os montadores ruk no sul?

— Talvez. Ele mencionou na festa que partirá em alguns dias. Mas você e eu temos uma chance de apoio muito ínfima. Quem sabe eu consiga melhorá-las acompanhando o príncipe, encontrando informações de valor entre os rukhin. Se um dos agentes de Erawan estiver em Antica... Confio na guarda do khagan para proteger este palácio e a Torre, mas você e eu, nós deveríamos reunir as forças que conseguirmos antes que Erawan possa mandar mais contra nós. — Ela hesitou. — E você... você está fazendo bastante progresso. Eu não interferiria com isso.

Havia palavras não ditas nas entrelinhas da oferta.

Chaol esfregou o rosto. Para Nesryn partir, simplesmente aceitando aquilo, aquela bifurcação no caminho diante de ambos... O antigo capitão expirou.

— Vamos esperar até o amanhecer para decidirmos qualquer coisa. Nada de bom vem de escolhas feitas tarde da noite.

Ela ficou calada, e Chaol se impulsionou para o colchão antes de retirar o casaco e as botas.

— Quer se sentar comigo? Conte sobre sua família... sobre a comemoração com eles hoje. — Ele recebera apenas os detalhes mais básicos e, talvez, fosse culpa que o impelia naquele instante, mas...

Seus olhos se encontraram na escuridão; o canto de um rouxinol entrava pelas portas fechadas. Chaol podia jurar ter visto compreensão brilhar no rosto de Nesryn, então se assentar como uma rocha largada em uma poça.

A mulher se aproximou da cama com passos silenciosos, desabotoando o casaco e jogando-o por cima de uma cadeira antes de tirar as botas. Ela subiu no colchão e se recostou contra um travesseiro que suspirou com o peso do corpo.

Eu vi, Chaol podia jurar que lia isso percorrendo o olhar de Nesryn. *Eu sei.*

Mas ela falou sobre a cerimônia no cais, sobre como os quatro priminhos tinham jogado guirlandas de flores no mar e, então, corrido aos gritos conforme gaivotas os cercavam para roubar os pequenos bolos de amêndoa das mãos. Ela contou sobre o tio, Brahim, e a tia, Zahida, e a bela casa dos dois, com os múltiplos pátios e as trepadeiras floridas e as telas de arabescos.

Com cada olhar, aquelas palavras não ditas ainda ecoavam. *Eu sei. Eu sei.*

Chaol deixou Nesryn falar, ouviu até sua voz lhe embalar o sono, porque ele também sabia.

⊰ 22 ⊱

Yrene pensou em não aparecer no dia seguinte.

O que tinha acontecido no sofá na noite anterior...

Ela voltara ao quarto superexcitada e frenética, incapaz de se acalmar. Depois de tirar o vestido e as joias de Hasar, a curandeira os tinha dobrado organizadamente na cadeira com as mãos trêmulas, então empurrara o baú para a frente da porta, apenas para o caso de o demônio assassino tê-la visto inalando punhados profanos daquela fumaça e ter pensado em flagrá-la fora de si.

Porque Yrene estivera. Completamente fora de si. Concentrada apenas no calor e no cheiro e no tamanho aconchegante do lorde — o raspar de seus calos contra a pele e em como queria senti-los em outro lugar. Como havia olhado insistentemente para a boca de Chaol para evitar tracejá-la com os dedos. Com os lábios.

Yrene odiava aquelas festas. A fumaça que fazia as pessoas abandonarem qualquer tipo de bom senso. Inibições. Precisamente por isso a nobreza e os ricos adoravam inalá-la, mas...

A curandeira caminhara de um lado para o outro no quarto da torre, passando as mãos pelo rosto até manchar os cosméticos que Hasar havia aplicado pessoalmente.

Yrene tinha lavado o rosto três vezes, depois vestira a camisola mais leve e ficara se revirando na cama, o tecido agarrando-se e farfalhando contra a pele suada e quente.

Contando as horas, os minutos, até as garras daquela fumaça se afrouxarem. Até se dissiparem.

Não foi fácil. E Yrene somente tomou as rédeas da situação nas horas mais silenciosas e mais escuras da noite.

Uma dose mais forte que o normal fora queimada naquela festa. Aquilo rastejava por dentro de Yrene, percorrendo a pele com garras. E o rosto que era chamado, as mãos que ela imaginava roçando sua pele...

A libertação a deixou vazia — insatisfeita.

O alvorecer chegou, e Yrene se irritou quando viu o reflexo exausto no pedaço mínimo de espelho acima da pia.

As garras do opiáceo tinham sumido com as poucas horas de sono que conseguira arrancar, mas... Algo se revirava baixo em seu estômago.

Yrene se lavou e se vestiu, em seguida guardou a roupa elegante e as joias de Hasar em uma sacola sobressalente. Era melhor acabar logo com aquilo. Ela devolveria as coisas da princesa depois. Hasar ficara presunçosa como uma gata Baast com a informação que a curandeira lhe dera, a mentira que Chaol embrulhara para ser entregue à princesa.

Ela havia pensado em não contar ao antigo capitão, mas, mesmo antes da fumaça, antes daquela insensatez... Quando Chaol havia se oferecido para se sentar com Yrene a fim de evitar sua recusa a Kashin, depois de um dia de perambulações pela cidade, com uma tranquilidade sem pressa, ela decidira. Decidira confiar no lorde. E, então, perdera a cabeça de vez.

Yrene mal conseguiu encarar os guardas, os criados, os vizires e a nobreza ao entrar no palácio e seguir para os aposentos de Lorde Westfall. Sem dúvida alguns deles a viram no sofá com Chaol. Outros não — embora talvez tivessem ouvido falar.

A jovem jamais exibira tal comportamento no palácio. Ela deveria contar a Hafiza para que a alta-curandeira soubesse da indiscrição antes que chegasse à Torre por outros lábios.

Não que Hafiza fosse brigar com ela, mas... Yrene não conseguia fugir da sensação de que precisava confessar. Acertar as coisas.

Faria a sessão do dia ser breve. Ou o mais breve possível, depois que perdesse toda a noção de tempo e espaço naquele inferno escuro e revolto do ferimento de Chaol.

Profissional.

Yrene entrou na suíte e, antes de caminhar até o quarto do lorde, disse a Kadja:

— Gengibre, açafrão e limão. — A criada pareceu disposta a protestar, mas ela a ignorou e abriu a porta do aposento.

A curandeira parou tão rápido que quase tropeçou.

A primeira coisa em que reparou foram os lençóis e os travesseiros revirados. Então o peito nu, o quadril mal coberto por um pedaço de seda branco.

E depois uma cabeça castanha, com o rosto no travesseiro ao lado. Ainda dormindo. Exausta.

Os olhos de Chaol se abriram imediatamente, e tudo o que Yrene conseguiu dizer foi um "Ah" baixinho.

Choque e... outra coisa faiscaram no olhar de Chaol; a boca se abriu.

Nesryn se agitou a seu lado, as sobrancelhas franzidas e a camisa amarrotada.

O lorde segurou punhados do lençol, movendo os músculos do peito e do abdômen ao se levantar e apoiar os cotovelos...

Yrene simplesmente saiu.

Ela esperou no sofá dourado da sala de estar, o joelho quicando enquanto observava o jardim, com suas flores de trepadeiras apenas começando a se abrir ao longo das pilastras do lado de fora das portas de vidro.

Mesmo com a fonte gorgolejante, aquilo não chegou a bloquear os sons de Nesryn murmurando ao acordar — então o caminhar dos pés macios do quarto de Chaol até o da capitã, seguido pela porta se fechando.

Um momento depois, rodas gemeram, e ali estava ele. De camisa e calça. Os cabelos ainda bagunçados. Como se ele tivesse passado as mãos. Ou Nesryn o tivesse feito. Repetidamente.

Yrene abraçou o próprio corpo, pois o quarto de algum modo pareceu tão grande. O espaço entre eles aberto demais. Ela devia ter tomado café da manhã. Devia ter feito algo para evitar aquela leveza. Aquele poço vazio no estômago.

— Não me dei conta de que estaria aqui tão cedo — explicou ele, baixinho. A curandeira podia jurar que havia culpa no tom de voz.

— Você disse que eu poderia vir ao alvorecer — retrucou ela, com igual quietude, mas odiou o tom de acusação na voz e rapidamente acrescentou: — Eu devia ter avisado.

— Não. Eu...

— Posso voltar depois — interrompeu ela, colocando-se de pé. — Deixar vocês tomarem café da manhã.

Juntos. Sozinhos.

— Não — replicou Chaol, em tom afiado, parando ao se aproximar do sofá habitual deles. — Agora está bom.

A jovem não conseguia olhar para ele. Não conseguia encará-lo. Ou explicar por quê.

— Yrene.

Ela o ignorou e foi até a mesa, sentando-se atrás do móvel, grata pelo limite de madeira entalhada entre os dois. Pela estabilidade sob a palma da mão quando Yrene abriu a sacola que havia deixado no tampo, e começou a retirar as coisas com precisão cuidadosa. Frascos de óleos de que não precisava. Diários.

Livros... os que ela havia emprestado da biblioteca, *A canção do princípio* entre eles. Assim como aqueles antigos e preciosos pergaminhos. Yrene não conseguira pensar em um lugar mais seguro para eles além dali. Além dele.

— Posso fazer um tônico — propôs a curandeira, muito baixo. — Para ela. Se tal coisa for necessária. Se não for desejada, quero dizer.

Uma criança, foi o que Yrene não conseguiu dizer. Como o bebê gordinho para o qual ela o vira sorrindo tão largamente no dia anterior. Como se fosse uma bênção, uma alegria que ele poderia um dia desejar...

— E posso fazer um de uso diário para você — acrescentou ela, cada palavra cambaleando e tropeçando para fora da boca.

— Ela já está tomando um — respondeu Chaol. — Desde os 14 anos.

Provavelmente desde que sangrara pela primeira vez. Para uma mulher em uma cidade como Forte da Fenda, era sábio. Principalmente se planejava se divertir também.

— Que bom. — Foi tudo o que Yrene conseguiu pensar em dizer, ainda empilhando os livros. — Inteligente.

Chaol se aproximou da mesa até seus joelhos deslizarem sob a ponta oposta à dela.

— Yrene.

Ela pôs livro sobre livro com um estampido.

— Por favor.

A palavra a fez erguer o olhar. Encarando-o de volta — os olhos da cor de terra aquecida pelo sol.

E foi a formação daquela palavra que Yrene viu surgindo no olhar do lorde — *desculpe* — que a fez se erguer da mesa de novo. E caminhar para o outro lado do quarto. Escancarando as portas do jardim.

Não havia nada por que pedir desculpas. Nada.

Eles eram amantes, e ela...

A curandeira se deteve na entrada do jardim até que a porta do quarto de Nesryn se abrisse e se fechasse. Até que ela ouvisse a mulher colocar a cabeça para dentro da sala de estar, murmurar um adeus a Chaol e partir.

Yrene tentou se obrigar a olhar por cima do ombro para a capitã Faliq, para oferecer um sorriso educado, mas fingiu não ouvir o breve encontro. Fingiu estar muito ocupada examinando as flores roxo-pálidas se abrindo ao sol da manhã.

Ela empurrou o vazio para trás. Não se sentia tão pequena, tão... insignificante havia muito, muito tempo.

Você é a provável herdeira de Hafiza, alta-curandeira. Você não é nada para esse homem, e ele não é nada para você. Permaneça em seu caminho. Lembre-se de Charco Lavrado... seu lar. Lembre-se daqueles que lá estão — que precisam de sua ajuda.

Lembre-se de tudo que prometeu fazer. Ser.

A mão de Yrene deslizou para dentro do bolso, fechando-se em torno do bilhete.

O mundo precisa de mais curandeiros.

— Não é o que você pensa — comentou Chaol, atrás de Yrene.

A jovem fechou os olhos por um segundo.

Lute — lute por sua vida infeliz, inútil e desperdiçada.

Ela se virou, forçando um sorriso educado.

— É algo natural. Algo saudável. Fico feliz por se sentir... disposto para a tarefa.

Pela ira que apareceu nos olhos de Chaol, pela tensão no maxilar, talvez ele não estivesse feliz.

O mundo precisa de mais curandeiros. O mundo precisa de mais curandeiros. O mundo precisa de mais curandeiros.

Terminar as coisas com ele, curá-lo e, então, ela poderia deixar Hafiza, deixar a Torre, com a cabeça erguida. Poderia voltar para casa, para a guerra e o derramamento de sangue, e cumprir sua promessa. Fazer valer a dádiva da liberdade concedida por uma estranha naquela noite em Innish.

— Podemos começar?

Seria ali na sala. Porque a ideia de se sentar naquela cama amarrotada que provavelmente ainda estava com o cheiro dos dois...

Havia um aperto na garganta de Yrene, na voz, algo que ela não conseguia afastar, não importava quantos fôlegos tomasse.

Chaol a estudou, sopesando o tom de voz da curandeira. As palavras. A expressão.

Ele viu... ouviu. O aperto, a fragilidade.

Eu não esperava nada, era o que ela queria dizer. *Eu... eu não sou nada. Por favor, não pergunte. Por favor, não insista. Por favor.*

O lorde pareceu ler isso também.

— Não a levei para a cama — disse, então, baixinho.

Yrene se conteve e não mencionou que as evidências pareciam ir contra ele.

— Conversamos por um bom tempo durante a madrugada e caímos no sono — prosseguiu Chaol. — Nada aconteceu.

Yrene ignorou a maneira como seu peito se esvaziou e se encheu ao mesmo tempo diante das palavras, pois não confiava na própria voz conforme acomodava a informação.

Como se sentisse a necessidade da jovem por fôlego, Chaol começou a se virar para o sofá, mas, de repente, sua atenção se voltou para os livros que ela empilhara na mesa. Para os pergaminhos.

A cor se esvaiu de seu rosto.

— O que é isso? — grunhiu Chaol.

A curandeira caminhou até a mesa, pegou o pergaminho e o desenrolou com cuidado para exibir os estranhos símbolos.

— Nousha, a bibliotecária-chefe, encontrou isso para mim naquela noite, quando pedi informações sobre... as coisas que feriram você. Durante toda a... comoção, eu me esqueci. Estava arquivado perto dos livros sobre Eyllwe, então ela colocou junto, por via das dúvidas. Acho que é antigo. Oitocentos anos pelo menos. — Yrene estava tagarelando, mas não conseguia parar, grata por qualquer assunto que não fosse aquele que Chaol estivera tão próximo de abordar. — Acho que são runas, mas jamais vi nada assim. Nousha também não.

— Não são runas — declarou ele, com a voz rouca. — São marcas de Wyrd.

E, pelo que ele contara, Yrene sabia que havia muito mais. Tanta coisa que Chaol não tinha informado. Ela acariciou a capa escura de *A canção do princípio*.

— Este livro... Menciona um portão. E chaves. E três reis para usá-las.

Yrene não tinha certeza de que ele estava respirando. Então, com a voz baixa, Chaol disse:

267

— Você leu isso. Nesse livro.

A curandeira abriu as páginas, passando para a ilustração das três figuras diante daquele portão sobrenatural. Aproximando-se, ela segurou o livro aberto para que ele visse.

— Não consegui ler muito, é uma forma antiga de eyllwe, mas... — Yrene abriu em outra ilustração, aquela do rapaz no altar, sendo infestado pelo poder sombrio. — É isso... é isso o que realmente fazem?

As mãos de Chaol desabaram para as laterais da cadeira quando ele encarou e encarou o painel, mostrando os olhos frios e escuros do rapaz.

— Sim.

A palavra carregava mais dor e medo do que Yrene esperava.

Ela abriu a boca, mas o ex-capitão lhe lançou um olhar de aviso, controlando-se.

— Esconda-o, Yrene. Esconda *tudo* isso. Agora.

O coração da curandeira galopou no peito, nos braços e nas pernas, mas ela pegou os livros. Os pergaminhos. Chaol observava a porta e as janelas enquanto ela os colocava sob almofadas e dentro de alguns dos vasos maiores. Mas o pergaminho... Era precioso demais. Antigo demais para ser tratado de maneira tão grosseira. Mesmo esticá-lo poderia prejudicar a integridade do papel, da tinta.

Ao reparar que Yrene olhava para o pergaminho nas mãos sem saber o que fazer, ele disse casualmente:

— Minhas botas, por favor, Yrene. Tenho um segundo par que prefiro usar hoje.

Certo. Certo.

A curandeira correu da sala de estar para o quarto, encolhendo-se diante da roupa de cama retorcida, do que tão burramente presumira, se passando por uma gigantesca tola...

Ela caminhou até o pequeno toucador, viu as botas de Chaol e enfiou o pergaminho no cano de uma delas. Então pegou o par de botas e o colocou em uma gaveta, cobrindo-o com uma pilha de toalhas de linho.

Yrene retornou à sala de estar um momento depois.

— Não consegui encontrá-las. Talvez Kadja as tenha mandado limpar.

— Que pena — comentou Chaol, despreocupado, depois de já ter tirado as próprias botas, assim como a camisa.

O coração da jovem ainda estava acelerado quando ele se acomodou no sofá dourado, mas não se deitou.

— Sabe ler? — perguntou Yrene, ajoelhando-se diante do lorde e tomando o pé descalço nas mãos. *As marcas de Wyrd?*

— Não. — Os dedos dos pés de Chaol se agitaram quando Yrene começou as rotações cuidadosas em seu tornozelo. — Mas conheço alguém que faz isso por mim quando é importante. — Palavras cuidadosas, disfarçadas para qualquer um que estivesse ouvindo.

A curandeira seguiu lhe exercitando as pernas, esticando e dobrando; os movimentos repetidos de novo e de novo, enquanto ele agitava os dedos o máximo possível.

— Eu deveria mostrar a biblioteca a você algum dia — ofereceu Yrene. — Pode achar algo que seja de seu agrado... para que seu leitor narre para você.

— Tem outros textos interessantes assim?

Ela abaixou a perna esquerda e começou na direita.

— Eu poderia perguntar... Nousha sabe tudo.

— Quando terminarmos. Depois que você descansar. Faz um tempo desde que tive um livro para... me intrigar.

— Seria uma honra acompanhá-lo, milorde. — Chaol fez uma careta para o título formal, mas Yrene continuou o trabalho em sua perna direita, repassando os mesmos exercícios, antes de pedir que ele se deitasse no sofá. Os dois trabalhavam em silêncio conforme a curandeira girava o quadril de Chaol, pedindo que ele tentasse movê-lo sozinho, enquanto dobrava e esticava a perna do lorde o máximo possível.

— Você só fala de Erawan — disse a curandeira, depois de um momento, com voz quase inaudível. Os olhos de Chaol brilharam com aviso diante do nome. — Mas e quanto a Orcus e Mantyx?

— Quem?

Yrene começou outra sequência de exercícios nas pernas, no quadril e na lombar.

— Os outros dois reis. São nomeados naquele livro.

Ele parou de agitar os dedos, e Yrene lhes deu peteLecos, como um lembrete. O ar foi arrancado do antigo capitão quando ele prosseguiu:

— Eles foram derrotados na primeira guerra. Mandados de volta para seu reino ou mortos, não me lembro.

A curandeira considerou aquilo ao lhe abaixar a perna até o sofá, cutucando-o para que se virasse de barriga para baixo.

— Tenho certeza de que você e seus companheiros são habilidosos nessa coisa toda de salvar o mundo — refletiu ela, ganhando um risinho de escárnio de Chaol. — Mas eu me certificaria disso. Qual das opções.

Yrene se sentou na pequena beirada de almofada dourada do sofá que o corpo de Chaol não ocupava.

Ele virou a cabeça na direção da curandeira, com os músculos das costas se retesando.

— Por quê?

— Porque se foram apenas banidos para o próprio reino, quem pode garantir que não estão esperando para que possam voltar a nosso mundo?

❧ 23 ❧

Conforme a pergunta de Yrene pairava entre os dois, os olhos de Chaol ficaram vazios e a cor mais uma vez foi drenada de seu rosto.

— Merda — murmurou ele. — *Merda*.

— Não consegue se lembrar do que aconteceu com os outros dois reis?

— Não... não, tinha presumido que foram destruídos, mas... por que há menção deles *aqui*, dentre todos os lugares?

Yrene sacudiu a cabeça.

— Poderíamos ver... investigar mais.

Um músculo tremeu no queixo de Chaol, e ele soltou uma longa exalação.

— Então investigaremos.

O antigo capitão estendeu a mão para ela em uma ordem silenciosa. Para o mordedor, percebeu a jovem.

Yrene estudou o maxilar e a bochecha de novo, a raiva ardente e o medo. Não era um bom estado para começar uma sessão de cura. Então a curandeira tentou:

— Quem lhe deu essa cicatriz?

Pergunta errada.

As costas de Chaol se enrijeceram, e os dedos se enterraram na almofada sob seu queixo.

— Alguém que merecia me dar isso.

Não era uma resposta.

— O que aconteceu?

271

Ele apenas estendeu a mão de novo, pedindo o mordedor.

— Não vou lhe dar — decidiu Yrene, com o rosto impassível quando ele se virou com olhos ameaçadores. — E não vou começar esta sessão com você sentindo raiva.

— Quando eu estiver sentindo raiva, Yrene, você saberá.

Ela revirou os olhos.

— Diga qual é o problema.

— O problema é que mal consigo mover os dedos dos pés e, talvez, não tenha só um rei valg para enfrentar, mas *três*. Se fracassarmos, se não conseguirmos... — Chaol se interrompeu antes que pudesse verbalizar o restante. O plano que, sem dúvida, era tão secreto que ele mal ousava pensar a respeito.

— Eles destroem tudo... todos... que encontram — concluiu o lorde, encarando o braço do sofá.

— Foram eles que lhe deram essa cicatriz? — A curandeira flexionou os dedos em punho para evitar tocar na marca.

— Não.

Mas ela se inclinou para a frente, roçando o dedo por outra cicatriz, uma minúscula marca nas têmporas de Chaol, mal escondida pelos cabelos.

— E esta? Quem lhe deu esta?

O rosto do lorde ficou severo e distante. No entanto, o ódio, a energia frenética e impaciente... se acalmaram. Ele ficou frio e indiferente, mas aquilo o centrou. O que quer que fosse aquela raiva antiga, era algo que o tranquilizava de novo.

— Meu pai me deu esta cicatriz — explicou Chaol, em voz baixa. — Quando eu era criança.

Horror percorreu Yrene, mas era uma resposta. Uma admissão.

Ela não insistiu mais. Não exigiu mais. Não, a curandeira apenas disse:

— Quando eu entrar no ferimento... — Ela engoliu em seco conforme observava as costas de Chaol. — Tentarei encontrá-lo de novo. Se a coisa estiver esperando por mim, talvez eu precise encontrar alguma outra maneira de o fazer. — Ela refletiu. — E talvez precise encontrar algum outro plano de ataque que não seja uma emboscada. Mas veremos. — E, embora o canto da boca de Yrene tivesse se repuxado para cima no que Chaol sabia que deveria ser o sorriso reconfortante de uma curandeira, ela também sabia que ele tinha reparado em quanto sua respiração havia acelerado.

— Cuidado. — Foi tudo o que Chaol disse.

A jovem apenas ofereceu o mordedor, por fim, levando-o a seus lábios. A boca roçou os dedos da curandeira quando ela deslizou o objeto entre os dentes do lorde.

Por alguns segundos, ele observou o rosto de Yrene.

— Está pronto? — sussurrou ela, diante da ideia de enfrentar aquela escuridão insidiosa mais uma vez.

Chaol ergueu a mão para apertar os dedos da jovem em uma resposta silenciosa.

Mas a curandeira retirou a mão, deixando que os dedos caíssem de volta nas almofadas.

Chaol ainda a estudava, ainda observava o modo como Yrene tomava fôlego para se preparar, quando ela apoiou a mão sobre a marca em suas costas.

∽

Havia nevado no dia em que Chaol dissera ao pai que deixaria Anielle. Que abdicaria do título de herdeiro para se juntar à guarda do castelo em Forte da Fenda.

O pai o expulsara de casa.

Jogara o filho bem nas escadas da entrada da fortaleza.

Ele havia rachado a têmpora na pedra cinza, e os dentes perfuraram os lábios. Os gritos de súplica da mãe de Chaol tinham ecoado da rocha conforme ele deslizara pelo gelo no patamar das escadas. A dor não fora como aquela na cabeça. Ele sentira apenas o corte, afiado como uma navalha, do gelo contra as palmas das mãos nuas, cortando as calças e rasgando os joelhos até deixá-los em carne viva.

Havia somente a mãe suplicando ao marido e o grito do vento que jamais parava, mesmo no verão, circundando o topo da montanha onde ficava a fortaleza, com o lago Prateado abaixo.

Ele estava ali agora. Aquele vento o dilacerava, puxando seus cabelos — mais longos do que Chaol os mantivera desde então. A ventania soprava flocos de neve desgarrados em seu rosto à medida que caíam do céu cinzento. Soprava-os para a triste cidade abaixo, que crescia em direção às margens do lago extenso, curvando-se em torno de seu litoral. Para oeste, para as poderosas cataratas. Ou seu fantasma. Pois a represa as silenciara tempos atrás, assim como o rio que fluía diretamente das montanhas Canino Branco, terminando à porta da fortaleza.

Estava sempre frio em Anielle. Mesmo no verão.

Sempre frio na fortaleza embutida na encosta curva da montanha.

— Patético — disparara o pai, e nenhum dos guardas de expressão petrificada tinha ousado ajudá-lo a se levantar.

A cabeça de Chaol girava e girava, latejando. Sangue morno escorria pelo rosto e congelava.

— Encontre o próprio caminho até Forte da Fenda, então.

— Por favor — sussurrara a mãe. — *Por favor.*

O último vislumbre que Chaol teve da mãe envolvia o pai a segurando acima do cotovelo enquanto a arrastava para dentro da fortaleza de pedra e de madeira pintada. O rosto da mulher estava pálido e angustiado, os olhos da mulher — os olhos de Chaol — com uma borda prateada tão reluzente quanto o lago bem abaixo.

Os pais passaram por uma pequena sombra à espreita na porta aberta da fortaleza.

Terrin.

O irmão mais jovem bravamente avançou na direção de Chaol. Para arriscar aquelas escadas perigosamente congeladas e ajudá-lo.

Mas uma palavra afiada que o pai vociferou em meio à escuridão do corredor o impediu.

Chaol limpou o sangue da boca e silenciosamente sacudiu a cabeça para o irmão.

E foi terror — terror puro — que surgiu no rosto de Terrin ao ver o irmão se colocar de pé. Se o menino sabia que o título acabara de passar para ele...

Chaol não conseguia suportar. Aquele medo no rosto jovem e redondo de Terrin.

Em seguida, ele se virou, trincando o maxilar para afastar a dor no joelho, já inchado e rígido. Sangue e gelo se misturavam, pingando das palmas das mãos.

Chaol conseguiu andar com dificuldade pelo patamar das escadas e descê-las.

Um dos guardas na base deu a ele o manto de lã cinzenta de costume. Uma espada e uma faca.

Outro lhe deu um cavalo e uma sela.

Um terceiro lhe deu um pacote de suprimentos que incluía comida e uma tenda, bandagens e cataplasmas.

Não disseram uma palavra. Não o seguraram mais do que era necessário.

Chaol não sabia seus nomes. E tinha descoberto, anos e anos depois, que o pai os estivera observando de uma das três torres da fortaleza. Que os vira.

O próprio pai de Chaol contara tantos anos depois o que acontecera com os três homens que o ajudaram.

Foram dispensados. No meio do inverno. Banidos para as montanhas Canino Branco com as famílias.

Três famílias enviadas para a natureza selvagem. Havia apenas notícias de duas no início do verão.

Prova. Aquilo tinha sido uma prova, percebera Chaol depois de se convencer a não matar o próprio pai. Prova de que aquele reino estava cheio de corrupção, com homens maus punindo pessoas boas por serem decentes. Prova de que ele estivera certo em deixar Anielle. Em ficar com Dorian... em mantê-lo seguro.

Para proteger aquela promessa de um futuro melhor.

Chaol ainda mandara um mensageiro, o mais discreto, para encontrar as famílias restantes. Sem se importar com quantos anos tinham se passado. Ele havia mandado o homem com ouro.

O mensageiro jamais as encontrou, voltando a Forte da Fenda com o ouro intacto meses depois.

Chaol fizera uma escolha, e aquilo lhe custara. Ele tinha optado e aguentado as consequências.

Um corpo em uma cama. Uma adaga erguida sobre seu coração. Uma cabeça rolando na pedra. Um colar em torno de um pescoço. Uma espada afundando ao leito do Avery.

A dor no corpo era secundária.

Insignificante. Inútil. Qualquer um que ele tinha tentado ajudar... aquilo havia piorado as coisas.

O corpo na cama... Nehemia.

Ela perdera a vida. E talvez tivesse orquestrado aquilo, mas... Ele não havia falado a Celaena — Aelin — para ficar alerta. Não avisara os guardas de Nehemia sobre a atenção do rei. Tinha praticamente matado a princesa. Aelin podia ter perdoado Chaol, aceitado que não era sua culpa, mas ele sabia. Poderia ter feito mais. Sido melhor. Visto melhor.

E, quando Nehemia morrera, aqueles escravizados haviam se revoltado em desafio. Um grito de ação quando a Luz de Eyllwe foi extinguida.

O rei também os extinguira.

275

Calaculla. Endovier. Mulheres e homens e crianças.

E, quando Chaol tinha agido, quando escolhera seu lado...

Sangue e pedra escura e magia gritante.

Você sabia você sabia você sabia

Você jamais será meu amigo meu amigo meu amigo

A escuridão se enfiou garganta abaixo, sufocando-o, estrangulando-o. Chaol permitiu.

Sentiu que abria a mandíbula com vigor para deixar que entrasse mais profundamente.

Tome, disse ele à escuridão.

Sim, ronronou a escuridão em resposta. *Sim*.

Ela mostrou Morath com os horrores sem igual; mostrou aquele calabouço sob o castelo de vidro, onde rostos conhecidos imploravam pela piedade que jamais viria; mostrou as jovens mãos que tinham aplicado aquelas dores, como se tivessem ficado lado a lado ao fazer aquilo...

Ele sabia. Adivinhara quem fora forçado a torturar seus homens. A matá-los. Ambos sabiam.

Chaol sentiu a escuridão inchar, preparando-se para atacar. Para fazê-lo gritar de verdade.

Mas então ela se foi.

Campos dourados ondulantes se estendiam sob um céu azul sem nuvens. Pequenos córregos reluzentes os entremeavam, enroscando-se em torno de um ou outro carvalho. Trechos da mata verde e emaranhada da floresta de Carvalhal à direita.

Atrás de si, um chalé de telhado de sapê, com pedras cinza encrustadas de líquen verde e laranja. Um poço antigo estava a poucos metros, com o balde precariamente apoiado na beira de pedra.

Mais adiante, adjacente à casa, havia uma pequena baia com galinhas soltas, gordas e concentradas na terra em frente.

E logo depois...

Um jardim.

Não era um lugar belo e formal. Mas um jardim atrás de uma parede de pedra baixa, com o portão de madeira aberto.

Duas figuras estavam agachadas entre as fileiras cuidadosamente plantadas de verde. Chaol caminhou até elas.

Ele a conhecia pelos cabelos castanho-dourados, tão mais claros no sol de verão. A pele tinha adquirido um lindo tom marrom, e os olhos...

Era o rosto de uma criança, iluminado de alegria, que olhava para a mulher ajoelhada na terra, apontando para uma planta verde-clara, com cones finos de flores roxas oscilando à brisa morna.

— E aquela? — perguntou a mulher.

— Sálvia — respondeu a criança, que não passava dos 9 anos.

— E o que faz?

A menina sorriu, erguendo o queixo ao recitar:

— Boa para melhorar memória, atenção, humor. Também ajuda com fertilidade, digestão e, em um cataplasma, pode ajudar a anestesiar a pele.

— Excelente.

O sorriso largo da menina revelou três dentes faltando.

A mulher — sua mãe — segurou o rosto redondo com as mãos. A pele era mais escura do que a da filha, os cabelos tinham cachos mais espessos e com mais movimento. Mas as silhuetas.... Era a silhueta que a menina um dia teria. As sardas que ela herdaria. O nariz e a boca.

— Tem estudado, minha criança inteligente.

Ela beijou a filha na testa suada.

Chaol sentiu o beijo — o amor ali contido —, mesmo como um fantasma no portão. Pois era amor que cobria a totalidade daquele mundo, que o emoldurava. Amor e alegria.

Felicidade.

Do tipo que Chaol não conhecera com a própria família. Ou com qualquer outra pessoa.

A menina tinha sido amada. Profundamente. Incondicionalmente.

Aquela era uma memória feliz; uma de poucas.

— E o que é aquele arbusto ali, perto da parede? — perguntou a mulher à criança.

A testa da criança se franziu com concentração.

— Groselha?

— Sim. E o que fazemos com groselha?

Ela apoiou as mãos no quadril, o vestido simples soprando à brisa seca e morna.

— Nós... — A menina bateu com o pé, impaciente com a própria memória por não se lembrar. A mesma irritação que Chaol vira do lado de fora da casa daquele senhor em Antica.

A mãe se aproximou por trás de fininho, pegando a filha nos braços e beijando sua bochecha.

— Fazemos torta de groselha.

O gritinho de felicidade ecoou pelo gramado de cor âmbar e pelos córregos transparentes, mesmo no coração emaranhado e antigo da floresta de Carvalhal.

Talvez até mesmo nas montanhas Canino Branco e na cidade fria aninhada em seus limites.

~

Ele abriu os olhos.

E viu seu pé inteiro apertando as almofadas do sofá.

Sentiu a seda e o bordado arranhando o arco nu do pé. Os dedos.

Sentiu.

Ele se levantou subitamente, sem encontrar Yrene a seu lado.

Nem perto.

Chaol olhou para os pés boquiaberto. Abaixo do tornozelo... Ele moveu e girou o pé. *Sentiu* os músculos.

Palavras ficaram presas em sua garganta. O coração galopava.

— Yrene — chamou Chaol, rouco, procurando por ela.

A curandeira não estava na suíte, mas...

A luz do sol sobre o castanho-dourado lhe chamou a atenção. No jardim.

Ela estava sentada lá fora. Sozinha. Calada.

Ele não se importava se estava apenas semivestido. Chaol se impulsionou para a cadeira, maravilhado com a sensação dos suportes de madeira lisa sob os pés. Podia ter jurado que até mesmo nas pernas... um formigamento fantasma.

O lorde empurrou a cadeira para o pequeno jardim quadrado, sem fôlego e de olhos arregalados. Yrene consertara outra fração, outro...

Ela estava acomodada em uma pequena cadeira ornamentada diante do espelho d'água circular, a cabeça apoiada no punho.

A princípio, Chaol pensou que Yrene estivesse dormindo ao sol.

Mas ele se aproximou e viu o lampejo de luz em seu rosto. Na umidade da pele.

Nenhum sangue... mas lágrimas.

Escorrendo silenciosamente, infinitamente, enquanto a curandeira encarava aquele espelho d'água, com lírios cor-de-rosa e os nenúfares esmeralda tomando quase tudo.

Ela encarava como se não visse. Como se não o ouvisse.

— Yrene.

Outra lágrima escorreu do rosto, pingando no vestido púrpura-pálido. Outra.

— Está ferida — disse Chaol, com a voz rouca, a cadeira esmagando o cascalho branco-pálido do jardim.

— Tinha me esquecido — sussurrou Yrene, com os lábios trêmulos conforme encarava o espelho d'água, sem mover a cabeça. — De como ela era. Do cheiro. Eu tinha me esquecido... de sua voz.

O peito de Chaol se apertou quando a expressão de Yrene desmoronou. Ele empurrou a cadeira até ela, mas não a tocou.

— Fazemos juramentos... de jamais tirar uma vida — disse a curandeira, baixinho. — Ela quebrou esse juramento no dia em que os soldados vieram. Tinha uma adaga escondida no vestido e, quando viu o soldado me agarrar... saltou sobre ele. — Yrene fechou os olhos. — Ela o matou. Para que eu ganhasse tempo para fugir. E fugi. Eu a deixei. Fui embora e a deixei, então assisti... Assisti da floresta enquanto montavam aquela fogueira. E eu conseguia ouvi-la gritando e gritando.

O corpo de Yrene tremeu.

— Ela era boa — sussurrou a jovem. — Ela era boa e era carinhosa e me amava. — Ela ainda não limpara as lágrimas. — E a levaram.

O homem a quem ele havia servido... *ele* a levara.

— Para onde você foi depois disso? — perguntou Chaol num sussurro.

O tremor diminuiu, e Yrene limpou o nariz.

— Minha mãe tinha uma prima no norte de Charco Lavrado. Corri até lá. Levei duas semanas, mas consegui.

Aos 11 anos. Charco Lavrado estivera no meio de ser conquistado, e ela conseguira... aos *11 anos*.

— Eles tinham uma fazenda, e trabalhei lá por seis anos. Fingi ser normal. Fiquei de cabeça baixa. Usava ervas para curar quando não levantava suspeitas. Mas não era o suficiente. Havia... Havia um buraco. Dentro de mim. Eu estava incompleta.

— Então veio para cá?

— Parti. Pretendia vir para cá. Caminhei por Charco Lavrado. Por Carvalhal. Então atravessei... atravessei as montanhas... — A voz de Yrene se tornou um sussurro. — Levei seis meses, mas cheguei... consegui chegar ao porto de Innish.

279

Chaol jamais ouvira falar de Innish. Provavelmente ficava em Melisande se ela tinha cruzado...

Tinha cruzado montanhas.

Aquela mulher delicada a seu lado... Tinha cruzado montanhas para estar ali. Sozinha.

— Fiquei sem dinheiro para a travessia. Então continuei lá. Achei um trabalho.

Ele evitou a vontade de olhar para a cicatriz no pescoço. De perguntar que tipo de trabalho...

— A maioria das meninas estava nas ruas. Innish não era... não é um lugar bom. Mas achei uma estalagem no cais e o dono me contratou. Trabalhei como atendente do bar e criada e... fiquei. Pretendia trabalhar apenas por um mês, mas fiquei por um ano. Deixei que ele tomasse meu dinheiro, minhas gorjetas. Que aumentasse meu aluguel. Que me colocasse em um quarto sob as escadas. Eu não tinha dinheiro para a travessia e achava... Achava que teria de pagar por minha educação aqui. Não queria sair sem fundos para a mensalidade, então... fiquei.

Chaol estudou as mãos da curandeira, que estavam agarradas uma à outra com força no colo. E as imaginou com um balde e um esfregão, com retalhos e louça suja. Imaginou as mãos em carne viva, ardendo. Imaginou a estalagem imunda e os habitantes — o que deviam ter visto e desejado quando a notavam.

— Como chegou até aqui?

A boca de Yrene se contraiu, e as lágrimas se dissiparam. A curandeira expirou.

— É uma longa história.

— Tenho tempo para ouvir.

Ela sacudiu a cabeça de novo e, por fim, olhou para ele. Havia... uma lucidez em seu rosto. Aqueles olhos. E isso não vacilou quando a curandeira disse:

— Sei quem lhe deu esse ferimento.

Chaol ficou completamente imóvel.

O homem que tomara a mãe que ela amava tão profundamente; o homem que a mandara em fuga para o outro lado do mundo.

Ele conseguiu assentir.

— O antigo rei — sussurrou Yrene, estudando o espelho d'água de novo.

— Ele estava... ele também estava possuído?

As palavras mal passaram de um sussurro, quase inaudíveis, até mesmo para ele.

— Sim — respondeu Chaol, com dificuldade. — Durante décadas. Eu... sinto muito por não ter contado. Consideramos que é uma informação... sensível.

— Pelo que pode influenciar a respeito da adequação de seu novo rei.

— Sim, e abrir a porta para questões que não deveriam ser perguntadas.

Yrene esfregou o peito, com o rosto assombrado e pálido.

— Não é à toa que minha magia se encolhe tanto.

— Sinto muito — repetiu Chaol, pois era tudo o que conseguia pensar em oferecer.

Aqueles olhos se voltaram para ele, qualquer resquício de nebulosidade se dissipando.

— É mais um motivo para eu combater isso. Para limpar essa última mancha dele... *disso* para sempre. Agora mesmo, estava esperando por mim. Rindo de mim de novo. Consegui chegar até você, mas, então, a escuridão ao redor era espessa demais. Tinha feito um... casulo. Eu conseguia ver... tudo o que a escuridão lhe mostrou. Suas memórias e as dele. — Yrene esfregou o rosto. — Eu soube, então. O que era... quem o tinha ferido. E vi o que essa coisa fazia com você, e tudo em que consegui pensar para impedi-la, para explodi-la para longe... — Ela apertou os lábios, como se pudessem começar a tremer de novo.

— Um pouco de bondade — concluiu Chaol por ela. — Uma memória de luz e bondade. — Ele não tinha palavras para explicar a gratidão por aquilo, por como devia ter sido oferecer aquela memória da mãe contra o demônio que a destruíra.

Yrene pareceu ler seus pensamentos.

— Fico feliz por ter sido uma memória de minha mãe que derrotou um pouco da escuridão — admitiu ela.

A garganta de Chaol se apertou, e o antigo capitão engoliu em seco.

— Vi sua memória — contou a jovem, baixinho. — O... homem. Seu pai.

— Ele é um desgraçado do maior calibre.

— Não foi culpa sua. Nada daquilo.

Chaol se impediu de discordar.

— Teve sorte por não fraturar o crânio — comentou a curandeira, avaliando-lhe a testa. A cicatriz mal era visível, coberta pelo cabelo.

— Tenho certeza de que meu pai considera o contrário.

Escuridão percorreu os olhos de Yrene.

— Você merecia algo melhor — argumentou ela, apenas.

As palavras atingiram alguma coisa dolorida e pútrida, algo que Chaol tinha trancafiado e não examinava havia muito, muito tempo.

— Obrigado. — Foi o que ele conseguiu responder.

Os dois ficaram em silêncio por longos minutos.

— Que horas são? — perguntou Chaol depois de um tempo.

— Três — respondeu Yrene.

O lorde se sobressaltou.

E os olhos de Yrene foram direto para as pernas do homem. Para os pés. Como tinham se movido com ele.

A boca da curandeira se abriu silenciosamente.

— Mais um pouco de progresso — afirmou o antigo capitão.

Yrene sorriu, timidamente, mas... foi sincero. Não como aquele sorriso que ela estampara no rosto horas e horas antes, quando tinha entrado no quarto e visto Chaol com Nesryn, e ele havia sentido o mundo sendo puxado de baixo de si por causa da expressão no rosto da curandeira. E, quando ela se recusara a encará-lo de volta, quando tinha posto os braços ao redor de si mesma...

Chaol queria ter podido andar. Para que Yrene o visse rastejando em sua direção.

Não sabia por quê. Por que se sentia como o mais baixo dos tipos. Por que mal conseguira encarar Nesryn, por mais que ele soubesse que ela era observadora demais para não estar ciente. Esse fora o acordo não verbalizado entre os dois na noite anterior — silêncio sobre o assunto. E esse motivo apenas...

Yrene cutucou o pé descalço de Chaol.

— Sente isto?

Ele fechou os dedos do pé.

— Sim.

Ela franziu a testa.

— Estou apertando com força ou de leve?

Yrene enterrou o dedo.

— Com força — grunhiu Chaol.

O dedo se suavizou.

— E agora?

— De leve.

A curandeira repetiu o teste no outro pé, tocando cada um dos dedos.

— Acho — observou ela — que empurrei essa coisa para baixo... para algum lugar no meio de suas costas. A marca ainda é a mesma, mas *parece* que... — Yrene sacudiu a cabeça. — Não consigo explicar.

— Não precisa.

Tinha sido sua felicidade — a felicidade pura daquela memória — que dera a ele aquele pouquinho de movimento. O que Yrene mostrara, do que abrira mão, para afastar a mancha daquele ferimento.

— Estou faminto — comentou Chaol, cutucando-a com o cotovelo. — Quer comer comigo?

E para sua surpresa, ela aceitou.

⊰ 24 ⊱

Nesryn sabia.

Ela sabia que não fora mero interesse que levara Chaol a pedir que os dois conversassem na noite anterior, mas culpa.

Não tinha problemas com isso, disse a capitã a si mesma. Ela fora a substituta não para uma, mas para duas das mulheres na vida do lorde. Uma terceira... Ela não tinha problemas com isso, repetiu Nesryn ao voltar da patrulha pelas ruas de Antica — sem que um sussurro valg fosse encontrado — e entrar no terreno do palácio.

Ao erguer o olhar para o palácio, a capitã se preparou para entrar, embora ainda não estivesse pronta para retornar à suíte e esperar passar o violento calor do fim da tarde.

Uma figura imensa no alto de um minarete chamou sua atenção, e Nesryn deu um sorriso triste.

Quando chegou no ninho, ela estava sem fôlego, mas felizmente Kadara era a única presente para testemunhar aquilo.

A ruk estalou o bico para Nesryn como cumprimento e voltou a dilacerar o que parecia ser um pedaço inteiro de bife. Com costelas e tudo.

— Soube que estava vindo para cá — disse Sartaq, surgindo nas escadas atrás da capitã.

Nesryn se virou.

— Eu... como?

O príncipe deu a ela um sorriso sábio e entrou no ninho. Kadara inflou as penas com animação, então voltou a se enterrar na refeição, como se ansiosa para terminar e ir para os céus.

— Este palácio está cheio de espiões. Alguns deles são meus. Queria alguma coisa?

Sartaq a observou — vendo o rosto que no dia anterior os tios comentaram parecer cansado. Desgastado. Infeliz. Eles a entupiram de comida, então insistiram para que Nesryn levasse os quatro filhos do casal de volta ao cais para escolher o peixe da janta. Depois lhe enfiaram mais comida pela garganta antes de a capitã voltar ao palácio para o banquete. *Ainda pálida*, reclamara Zahida. *Seus olhos estão pesados.*

— Eu... — Nesryn examinou a vista adiante, a cidade em polvorosa no calor do fim da tarde. — Eu só queria um pouco de tranquilidade.

— Então deixarei que a tenha — concedeu Sartaq ao se virar para o arco aberto que dava nas escadas.

— Não — disparou a capitã, estendendo a mão para ele. Ela impediu que a mão avançasse, abaixando-a imediatamente quando quase tocara a jaqueta de couro. Ninguém segurava um príncipe. Ninguém. — Não quis dizer que precisava partir. Eu... eu não me incomodo com sua companhia. — Ela acrescentou rapidamente: — Vossa Alteza.

A boca de Sartaq se repuxou para cima.

— É um pouco tarde para começar a usar meu título elegante, não é?

Nesryn lhe lançou um olhar de súplica, mas fora sincera no que tinha dito.

Na noite anterior, conversando com ele na festa, mesmo conversando com ele no beco do lado de fora da Torre algumas noites antes disso... Ela não se sentira calada, afastada ou estranha. Não se sentira fria ou distante. Sartaq havia prestado uma honra a Nesryn ao lhe dar tal atenção, e ao acompanhar Chaol e a capitã de volta a seus aposentos. Não se incomodava com a companhia... por mais que fosse calada, *gostava* de estar perto de outros. Mas às vezes...

— Ontem passei a maior parte do dia com a minha família. Eles podem ser... exaustivos. Exigentes.

— Sei como se sente — comentou o príncipe, em tom seco.

Um sorriso repuxou os lábios da jovem.

— Suponho que saiba.

— Mas você os ama.

— E você não? — Uma pergunta ousada, direta.

Sartaq deu de ombros.

— Kadara é minha família. Os rukhin, eles são minha família. Minha linhagem, no entanto... É difícil nos amarmos sabendo que um dia enfrentaremos um ao outro. O amor não pode existir sem a confiança. — Ele sorriu para a ruk. — Confio em Kadara com minha vida. Eu morreria por ela, e ela por mim. Será que posso dizer o mesmo sobre meus irmãos? Meus pais?

— É uma pena — admitiu Nesryn.

— Pelo menos eu a tenho — disse Sartaq sobre a ruk. — E tenho meus montadores. Sinta pena de meus irmãos, que não têm nenhuma dessas bênçãos.

Ele era um homem bom. O príncipe... ele era um homem bom.

A capitã caminhou até os arcos abertos que davam para a queda mortal até a cidade, bem abaixo.

— Vou partir em breve... para as montanhas dos rukhin — declarou Sartaq, baixinho. — Para buscar as respostas que você e eu debatemos na outra noite na cidade.

Nesryn olhou por cima do ombro para ele, tentando buscar as palavras certas, a coragem.

O rosto do príncipe permaneceu neutro, mesmo quando ele acrescentou:

— Tenho certeza de que sua família pedirá minha cabeça por oferecer, mas... gostaria de me acompanhar?

Sim, era o que Nesryn queria sussurrar. Contudo, ela se obrigou a perguntar:

— Por quanto tempo?

Pois o tempo não estava ao lado dela. Deles. E caçar respostas enquanto tantas ameaças se reuniam por perto...

— Algumas semanas. Não mais que três. Gosto de manter os montadores na linha, e, se ficar ausente por tempo demais, eles começam a puxar a coleira. Então a jornada servirá a dois propósitos, suponho.

— Eu... eu precisaria discutir. Com Lorde Westfall. — Ela prometera isso a ele na noite anterior. Que considerariam esse exato caminho, sopesando as desvantagens e os benefícios. Ainda eram um time nesse sentido, ainda serviam à mesma flâmula.

Sartaq assentiu solenemente, como se pudesse ler tudo no rosto da capitã.

— É claro. Mas vou partir em breve.

Foi quando Nesryn ouviu... o grunhido de criados subindo os degraus até o ninho. Trazendo suprimentos.

— Vai partir *agora* — elucidou ela, ao reparar na lança encostada na parede mais afastada, próxima às estantes de suprimentos. A *sulde*. Os pelos de cavalo ruivos amarrados sob a lâmina voavam ao vento que entrava pelo ninho, e a vara de madeira escura estava polida e lisa.

Os olhos cor de ônix de Sartaq pareceram ficar mais sombrios conforme ele caminhava até a *sulde*, sopesando o estandarte espiritual nas mãos antes de apoiá-lo ao lado, com a madeira ecoando pelo piso de pedra.

— Eu... — Era a primeira vez que Nesryn o via sem palavras.

— Não ia se despedir?

Ela não tinha o direito de fazer tais exigências, esperar tais coisas, sendo eles possíveis aliados ou não.

Mas Sartaq apoiou a *sulde* contra a parede de novo e começou a trançar para trás os cabelos pretos.

— Depois da festa de ontem, achei que você estaria... ocupada.

Com Chaol. As sobrancelhas da jovem se ergueram.

— O dia todo?

O príncipe deu a Nesryn um sorriso malicioso, terminou a longa trança e pegou novamente a lança.

— Eu certamente levaria o dia todo.

Pela misericórdia de algum deus, a capitã foi salva de dar uma resposta pelos criados que surgiram, ofegantes e de rosto vermelho, com as sacolas. Armas reluziam em algumas delas; também havia comida e cobertores.

— A que distância fica?

— Algumas horas antes do anoitecer, então o dia todo amanhã, depois mais meio dia de viagem para chegar ao primeiro dos ninhos, nas montanhas Tavan — respondeu Sartaq ao entregar a *sulde* a um criado passante, seguindo para Kadara, pacientemente à espera de que a carregassem com várias sacolas.

— Não voa à noite?

— Eu me canso. Kadara não. Montadores tolos cometeram esse erro... e caíram pelas nuvens conforme sonhavam.

Nesryn mordeu o lábio.

— Quanto tempo até partir?

— Uma hora.

Uma hora para pensar...

Ela não contara a Chaol. Que vira seus dedos se moverem na noite anterior. Que os vira se fechando e flexionando no sono.

Nesryn tinha chorado; lágrimas silenciosas de alegria escorreram para o travesseiro. Ela não contara a ele. E, quando Chaol havia acordado...

Vamos viver uma aventura, Nesryn Faliq, prometera Chaol em Forte da Fenda. Ela havia chorado também, então.

Mas talvez... talvez nenhum dos dois tivesse visto. O caminho adiante. As bifurcações presentes.

A capitã conseguia ver com nitidez um dos caminhos.

Honra e lealdade, ainda intactos. Mesmo que aquilo o embargasse. Que a embargasse. E ela... ela não queria ser um prêmio de consolação. Um motivo de pena, ou uma distração.

Mas aquele outro caminho, a bifurcação que havia surgido, ramificando--se por pastos e selvas e rios e montanhas... Esse caminho na direção de respostas que poderiam ajudá-los, que poderiam não querer dizer nada, que poderiam mudar o curso daquela guerra, tudo carregado pelas asas douradas de um ruk...

Nesryn viveria uma aventura. Para si mesma. Essa única vez. Ela iria ver sua terra natal, cheirá-la, respirá-la. Veria do alto, veria correndo tão rápido quanto o vento.

Ela devia isso a si mesma. E devia a Chaol também.

Talvez Nesryn e esse príncipe de olhos escuros conseguissem encontrar algum fragmento de salvação contra Morath. E talvez ela ainda voltasse com um exército consigo.

Sartaq ainda observava, o rosto cuidadosamente neutro conforme o último dos criados fazia uma reverência antes de sumir. A *sulde* fora afivelada logo abaixo da sela, facilmente acessível caso o príncipe precisasse, com os pelos de cavalo ruivos flutuando ao vento. Flutuando para o sul.

Na direção daquela terra distante e selvagem das montanhas Tavan. Chamando, como faziam todos os estandartes espirituais, para um horizonte desconhecido. Chamando para que se reivindicasse o que quer que esperasse ali.

— Sim — respondeu Nesryn, em voz baixa.

O príncipe piscou.

— Vou com você — disse ela.

Um leve sorriso repuxou a boca de Sartaq.

— Que bom. — Ele indicou com o queixo o arco pelo qual os criados tinham sumido, a descida do minarete. — Mas traga pouca coisa, pois Kadara já está quase no limite.

A capitã sacudiu a cabeça, reparando no arco e na aljava cheia de flechas já no alto do animal.

— Não tenho nada para trazer comigo.

Sartaq a observou por um longo momento.

— Certamente gostaria de se despedir...

— Não tenho nada — repetiu ela. Os olhos de Sartaq se agitaram diante daquilo, mas Nesryn acrescentou: — Eu... Eu deixarei um bilhete.

O príncipe assentiu solenemente.

— Posso vesti-la quando chegarmos. Há papel e nanquim no armário da parede mais afastada. Deixe a carta na caixa ao lado das escadas, e um dos mensageiros virá verificar ao cair da noite.

As mãos de Nesryn tremiam levemente conforme ela obedecia. Não por medo, mas... pela liberdade.

A capitã escreveu dois bilhetes. O primeiro, para a tia e o tio, cheio de amor, preocupação e desejos de prosperidade. O segundo bilhete... foi breve e direto:

Fui com Sartaq ver os rukhin. Estarei fora por três semanas. Não me deve promessa alguma. E não lhe devo nenhuma também.

Ela selou os dois bilhetes na caixa, sem dúvida verificada com frequência por mensagens dos céus, e colocou as roupas de couro que vestira da última vez que voara.

Nesryn encontrou Sartaq no topo de Kadara, esperando.

O príncipe estendeu a mão calejada para ajudá-la a subir na sela.

Nesryn não hesitou ao lhe tomar a mão, permitindo que os dedos fortes se entrelaçassem aos dela e a puxassem para cima.

Sartaq os afivelou e prendeu, verificando tudo três vezes, mas controlou Kadara para ela não sair em disparada pelo minarete.

— Eu estava rezando para o Céu Eterno e todos os 36 deuses para que você dissesse sim — sussurrou-lhe o príncipe ao ouvido.

Nesryn sorriu, mesmo que ele não conseguisse ver.

— Eu também — murmurou ela, e os dois saltaram para os céus.

⊰ 25 ⊱

Yrene e Chaol correram para a biblioteca da Torre imediatamente após o almoço. O antigo capitão montou no cavalo com relativa facilidade, recebendo de Shen um amistoso tapinha de aprovação nas costas. Alguma pequena parte de Yrene quisera sorrir de alegria ao reparar que o olhar de Chaol encontrara os olhos do homem, oferecendo um sorriso contido de agradecimento.

E, quando passaram por aquelas paredes brancas, conforme a imensidão da Torre se erguia acima de ambos e o cheiro de limão e lavanda enchia o nariz de Yrene... alguma parte da curandeira se acalmou com a presença da construção. Exatamente como fizera desde o primeiro momento que ela a vira, assomando sobre a cidade, no instante em que o navio finalmente se aproximara do litoral e a torre havia surgido, como se fosse um braço pálido erguido, em cumprimento, na direção do céu.

Como se proclamasse, *Bem-vinda, filha. Estávamos a esperando.*

A biblioteca da Torre ficava nos níveis inferiores, e a maioria dos corredores tinha rampa graças aos carrinhos que as bibliotecárias usavam para transportar os livros e coletar quaisquer volumes que as acólitas descuidadas tivessem esquecido de devolver.

Havia algumas escadas, e Yrene fora forçada a trincar os dentes ao empurrá-lo para cima.

Chaol a encarara enquanto a curandeira fizera isso. E, quando ela perguntou a razão, ele respondeu que era a primeira vez que Yrene tocava sua cadeira. Que a movia.

A curandeira pensou que devia ser mesmo. Então avisou a ele que não se acostumasse com aquilo, e deixou que ele voltasse a se impulsionar sozinho pelos corredores bem iluminados da Torre.

Algumas das moças da aula de defesa de Yrene os viram e pararam a fim de bajular o lorde, que as agraciou com um sorriso torto, fazendo com que elas dessem risadinhas enquanto saíam. A própria Yrene sorriu, sacudindo a cabeça, quando viu as moças partirem.

Ou talvez o bom humor se devesse ao fato de que todo o pé de Chaol, do tornozelo para baixo, recuperava sensação *e* movimento. Yrene o obrigara a passar por mais uma série de exercícios antes de irem à Torre, deitando-o no tapete enquanto o ajudava a mover o pé para um lado e para outro, a esticá-lo e a girá-lo. Tudo destinado a fazer o sangue fluir e, talvez, despertar mais das pernas de Chaol.

O progresso fora o suficiente para mantê-la sorrindo até que chegassem à mesa de Nousha, onde a bibliotecária enfiava alguns volumes em sua pesada sacola. Abastecendo-se para o dia.

Yrene olhou para o sino que fora acionado apenas poucas noites antes, mas se recusou a empalidecer. Chaol havia se equipado com uma espada e uma adaga, e ela ficara hipnotizada ao vê-lo afivelando-as com tamanha eficiência. O antigo capitão mal precisara olhar, pois os dedos eram guiados por pura memória muscular. Ela conseguia imaginar a cena — toda manhã e noite que o lorde dedicara a remover o cinto da espada.

Conforme Nousha avaliava Chaol e ele também a observava, Yrene se inclinou sobre a mesa e disse:

— Gostaria de ver a região onde você encontrou aqueles textos de Eyllwe. E os pergaminhos.

As sobrancelhas brancas da bibliotecária se franziram.

— Vai criar problemas? — O olhar deslizou até a espada que Chaol posicionara no colo para evitar que tilintasse contra a cadeira.

— Não se eu puder evitar — informou a curandeira, em voz baixa.

Atrás deles, aninhada em uma poltrona na grande área de estar diante da lareira crepitante, uma gata Baast, branca como a neve, dormia, a cauda longa oscilando igual a um pêndulo ao cair sobre a beira da almofada. Sem dúvida, ouvindo cada palavra — provavelmente para relatar às irmãs.

Nousha suspirou pesadamente, de um jeito que Yrene testemunhara centenas de vezes, mas gesticulou na direção do corredor principal. Ela disparou alguma ordem em halha a uma bibliotecária próxima para que cuidasse da mesa, então liderou o caminho.

Conforme a acompanharam, a gata Baast branca entreabriu um olho verde. A curandeira se certificou de dar a ela um aceno respeitoso com a cabeça. O animal apenas voltou a dormir, satisfeito.

Durante longos minutos, Yrene observou Chaol admirar as lanternas coloridas, as paredes de pedra mornas e as estantes intermináveis.

— Este lugar seria uma concorrência e tanto para a biblioteca de Forte da Fenda — observou ele.

— É tão grande assim?

— Sim, mas é possível que esta seja maior. É mais antiga, definitivamente. — Os olhos de Chaol dançaram com sombras, fragmentos de memória que Yrene se perguntou se veria da próxima vez que trabalhasse em seu ferimento.

O encontro daquele dia... Aquilo a deixara exausta e drenada.

Mas o sal das lágrimas fora purificante. De uma maneira que Yrene desconhecera precisar.

Eles desceram mais e mais, seguindo pela rampa principal que circundava os andares. Passaram por bibliotecários arquivando livros, acólitas estudando, solitárias ou em grupo, ao redor das mesas, curandeiras debruçadas sobre volumes bolorentos em salas sem porta e a ocasional gata Baast jogada sobre as prateleiras, ou caminhando nas sombras, ou simplesmente sentada em um cruzamento... como se à espera.

E assim os três continuaram, indo ainda mais para baixo.

— Como sabia que estavam aqui embaixo? — perguntou Yrene, caminhando atrás de Nousha.

— Temos bons registros. — Foi tudo o que a bibliotecária-chefe respondeu.

Chaol deu a Yrene um olhar que disse: *Temos bibliotecárias rabugentas em Forte da Fenda também.*

A curandeira mordeu o lábio para evitar sorrir. Nousha conseguia sentir o cheiro de risadas e diversão, como um cão farejador em perseguição. E abafá-lo com a mesma determinação.

Por fim, chegaram a um corredor escuro, que fedia a pedra e poeira.

— Segunda prateleira adiante. Não estrague nada — advertiu a mulher, como explicação e despedida, e partiu sem olhar para trás.

As sobrancelhas de Chaol se ergueram com diversão, e Yrene engoliu a risada.

O esforço de se conter cessou quando eles se aproximaram da prateleira que a bibliotecária indicara. Havia pilhas de pergaminhos enfiadas sob livros cujas lombadas reluziam com palavras em eyllwe.

Chaol soltou um assobio baixo entre dentes.

— Qual é a idade da Torre, exatamente?

— Mil e quinhentos anos.

Ele ficou imóvel.

— Esta biblioteca está aqui há tanto tempo assim?

Yrene assentiu.

— Tudo foi construído de uma só vez. Um presente de uma rainha antiga para a curandeira que salvou a vida de seu bebê. Um lugar, perto do palácio, para a curandeira estudar e viver, e para convidar outros a estudar também.

— Então é muito anterior ao khaganato.

— Os khagans são os últimos em uma longa linhagem de conquistadores desde então. Os mais benevolentes após a primeira rainha, com certeza. Mesmo seu palácio não sobreviveu tão bem quanto a Torre. O lugar onde você está hospedado... foi construído no alto dos escombros do castelo da rainha. Depois que os conquistadores que vieram uma geração antes do khaganato o derrubaram até o chão.

Chaol xingou, baixo, mas com criatividade.

— Curandeiros — continuou Yrene, atenta às prateleiras — são imprescindíveis, seja você o governante atual ou o invasor. Todos os outros postos... talvez desnecessários. Mas uma torre cheia de mulheres que podem evitar que uma pessoa morra, mesmo que esteja por um fio...

— Mais valioso que ouro.

— O que levanta a questão de por que o último rei de Adarlan... — A jovem quase falou *seu* rei, mas a palavra soava estranha em sua cabeça agora. — Por que ele sentiu necessidade de destruir quem tinha esse dom no próprio continente. — *Por que a coisa dentro do homem sentiu essa necessidade*, foi o que Yrene não disse.

Chaol não a encarou. E não foi por vergonha.

Ele sabia de algo. Outra coisa.

— O quê? — perguntou ela.

O lorde vasculhou as prateleiras escuras, então ficou atento a qualquer um mais próximo.

— Ele estava realmente... tomado. Invadido.

Tinha sido um choque perceber de quem era o poder sombrio que Yrene combatia dentro do ferimento de Chaol — um choque e, no entanto, um grito de ação para a própria magia. Como se alguma neblina, algum véu de medo, tivesse se dissipado, e tudo o que restara fora a raiva ofuscante e a tristeza, resolutos, quando ela saltara para a escuridão. Mas... o rei estivera realmente possuído, então. Aquele tempo todo.

Chaol tirou um livro da prateleira e o folheou, sem ler de fato as passagens. Yrene tinha quase certeza de que ele não sabia ler eyllwe.

— Ele sabia o que estava acontecendo. O homem dentro do rei lutou contra o demônio o melhor que pôde. Sabia que o tipo deles... — Os valg. — Achava pessoas que tinham *dons*... atraentes. — Possuidores de magia. — Sabia que seu tipo queria conquistar aqueles com dons. Pelo poder.

Infestá-los, como tinha acontecido com o rei. Como aquele desenho em *A canção do princípio* tinha retratado.

O estômago de Yrene se revirou.

— Então o homem no interior lutou pelo controle por tempo o bastante a fim de dar a ordem para que os possuidores de magia fossem mortos. Executados, em vez de serem usados contra ele. Contra nós.

Transformados em hospedeiros e em armas daqueles demônios.

A curandeira se recostou contra a estante atrás deles, deslizando uma das mãos para o pescoço. A pulsação latejava sob seus dedos.

— Foi uma escolha pela qual ele se odiou. Mas a viu como uma decisão necessária. Assim como a forma de se certificar de que aqueles no controle não pudessem *usar* magia. Ou encontrar os que a possuíssem. Não sem listas deles. Ou sem aqueles dispostos a entregá-los por dinheiro, entregá-los aos caçadores nomeados pelo rei.

O sumiço da magia não fora nada natural.

— Ele... ele encontrou uma forma de banir...?

Um aceno firme.

— É uma longa história, mas ele a impediu, amaldiçoando-a. Para evitar que aqueles conquistadores tivessem os exércitos que queriam. E, então, caçou o restante para se certificar de que estivessem em número ainda menor.

O rei de Adarlan tinha impedido a magia, matado seus possuidores, enviado forças para executar a mãe de Yrene e inúmeros outros... não apenas por puro ódio ou ignorância, mas como um jeito deturpado de *salvar* aqueles como ela?

O coração da jovem ressoava pelo corpo.

— Mas curandeiros... não temos poder para empunhar em batalha. Nada além do que você vê em mim.

Chaol estava completamente imóvel enquanto a encarava.

— Acho que vocês podem ter algo que eles querem muito.

Os pelos nos braços da curandeira se arrepiaram.

— Ou querem evitar que vocês tenham muito conhecimento a respeito de algo.

Yrene engoliu em seco, sentindo o sangue ser drenado do rosto.

— Como... seu ferimento.

Um aceno.

Ela expirou, trêmula, seguindo para a estante adiante. Os pergaminhos. Os dedos de Chaol roçaram os seus.

— Não deixarei que nenhum mal lhe aconteça.

Yrene sentiu que ele esperava que ela o desmentisse, mas a curandeira acreditava no lorde.

— E o que mostrei a você mais cedo? — indagou ela, inclinando a cabeça para os pergaminhos. As marcas de Wyrd, como Chaol as chamara.

— É parte da mesma coisa. Um poder mais antigo e diferente. Exterior à magia.

E ele tinha uma amiga que podia lê-las. Usá-las.

— É melhor sermos rápidos — comentou Yrene, ainda cautelosa com relação a potenciais bisbilhoteiros. — Tenho certeza de que o volume de que preciso para seu fungo crônico no dedão está em algum lugar por aqui, e estou ficando com fome.

Chaol lhe lançou um olhar de incredulidade. A curandeira devolveu um encolher de ombros como desculpa.

Mas gargalhadas dançavam nos olhos do antigo capitão conforme ele começava a colocar livros no colo.

O rosto e as orelhas de Nesryn estavam dormentes de frio quando Kadara finalmente pousou sobre uma protuberância rochosa, no alto de uma pequena cordilheira montanhosa de pedra cinza. Seus membros não estavam muito melhores, apesar do couro, e estavam tão doloridos que a capitã se encolheu conforme Sartaq a ajudava a desmontar.

O príncipe fez uma careta.

— Esqueci que não está acostumada a voar por tanto tempo.

Não era a rigidez que a brutalizava de verdade, mas a bexiga...

Apertando as pernas, Nesryn observou o local de acampamento que a ruk considerara adequado a seu mestre. Era protegido em três lados por pedregulhos e pilastras de rocha cinza, com uma ampla projeção contra os elementos, mas sem possibilidade de se esconderem. E perguntar a um príncipe onde se aliviar...

Sartaq apenas apontou para um aglomerado de rochas.

— Há privacidade naquela direção, se precisar.

Com o rosto corado, ela assentiu, sem conseguir encará-lo enquanto se apressava para onde o príncipe indicara, deslizando entre duas rochas para encontrar outra pequena saliência que se abria para uma queda abrupta até as rochas e os rios impiedosos muito, muito abaixo. Nesryn escolheu uma pequena rocha virada para o lado contrário ao do vento e não desperdiçou tempo ao abrir a calça.

Quando ela voltou, ainda se encolhendo, Sartaq tinha removido a maioria das sacolas de Kadara, mas deixara a sela. A capitã se aproximou do poderoso pássaro, que a olhou com atenção, e ergueu a mão na direção da primeira fivela...

— Não — disse o príncipe, com tranquilidade, de pé ao lado de onde apoiara o último conjunto de sacolas sob a projeção, a *sulde* encostada na parede atrás destas. — Deixamos as selas enquanto viajamos.

Nesryn abaixou a mão, examinando a poderosa ave.

— Por quê?

Sartaq removeu dois sacos de dormir e os dispôs contra a parede rochosa, reivindicando um para si.

— Se formos emboscados, se houver algum perigo, precisamos conseguir levantar voo.

Ela observou a cadeia montanhosa ao redor e o céu manchado de rosa e laranja conforme o sol se punha. As montanhas Asimil — uma cadeia pequena e solitária, se a memória de Nesryn da terra não lhe falhava. Ainda muito, muito ao norte das montanhas Tavan dos rukhin. Não tinham passado por uma aldeia ou sinal de civilização havia mais de uma hora, e ali no alto, entre aqueles picos desolados: deslizamentos de terra, enchentes-relâmpago... A capitã supôs que havia muitos perigos.

Supôs que os únicos que conseguiriam alcançá-los lá em cima seriam outros ruks. Ou serpentes aladas.

Sartaq pegou latas de carnes curadas e frutas, mais dois pequenos pedaços de pão.

— Já as viu... as montarias de Morath? — A pergunta foi quase arrancada pelo uivo do vento além da muralha de rochas. Como soubera para onde os pensamentos de Nesryn tinham flutuado, ela não conseguia adivinhar.

Kadara se acomodou perto de uma das três faces, fechando as asas bem apertadas. Tinham parado uma vez mais cedo — para deixar Kadara se alimentar e para que eles atendessem às próprias necessidades —, assim a ruk não precisaria caçar naquelas montanhas estéreis. De barriga ainda cheia, o animal parecia contente em dormir.

— Sim — admitiu Nesryn, soltando a faixa de couro enrodilhada na trança curta e penteando os cabelos com os dedos. Nós se partiram nos dedos ainda congelados conforme a capitã os desfez, grata porque a tarefa evitou que ela estremecesse ao se lembrar das bruxas e de suas montarias. — Kadara tem provavelmente dois terços ou metade do tamanho de uma serpente alada. Talvez. Ela é grande ou pequena para um ruk?

— Achei que tivesse ouvido todas as histórias a meu respeito.

A capitã riu com deboche, sacudindo os cabelos uma última vez conforme se aproximava do saco de dormir e da comida que Sartaq dispusera para ela.

— Sabe que o chamam de Príncipe Alado?

O semblante de um sorriso.

— Sim.

— Gosta do título? — Nesryn se sentou no saco de dormir, cruzando as pernas.

Sartaq passou para ela a lata de frutas, convidando-a a comer. A capitã não se incomodou em esperar por ele antes de começar, saboreando as uvas frias graças às horas ao ar fresco.

— Se gosto do título? — ponderou o rapaz, arrancando um pedaço de pão e passando para ela. Nesryn o aceitou com um aceno de agradecimento. — É estranho, suponho. Tornar-se história enquanto ainda se está vivo. — Um olhar de esguelha para ela enquanto o príncipe também comia o pão. — Você mesma está cercada de algumas lendas vivas. O que *eles* acham disso?

— Aelin certamente gosta. — Ela jamais conhecera outra pessoa com tantos nomes e títulos, nem alguém que gostasse tanto de tagarelar sobre eles. — Os outros... Acho que não os conheço tão bem para adivinhar. Embora Aedion Ashryver... ele puxou a Aelin. — A capitã enfiou outra uva na boca, com os cabelos esvoaçando quando ela se inclinou para a frente e pegou mais algumas na palma da mão. — São primos, porém agem mais como irmãos.

Um olhar de reflexão.

— O Lobo do Norte.

— Ouviu falar dele?

Sartaq passou a lata de carnes curadas, deixando que Nesryn escolhesse quais pedaços queria.

— Eu disse a você, capitã Faliq, meus espiões fazem o trabalho muito bem.

Uma linha cautelosa; cutucá-lo na direção de uma potencial aliança era uma linha cautelosa sobre a qual caminhar. Caso parecesse ansiosa demais, caso elogiasse demais os companheiros, ela se faria transparente, mas se não fizesse nada... Era contra a natureza de Nesryn. Mesmo como guarda da cidade, o dia de folga era geralmente passado procurando *algo* para fazer, fosse isso uma caminhada por Forte da Fenda ou ajudar o pai e a irmã a prepararem as guloseimas do dia seguinte.

Seguidora do vento, como a mãe um dia a chamara. *Incapaz de se manter quieta, sempre perambulando para onde o vento a chama. Para onde a chamará para se aventurar um dia, minha rosa?*

Realmente a que distância o vento a chamara.

— Então espero que seus espiões tenham contado que a Devastação de Aedion é uma legião habilidosa — disse Nesryn.

Um vago aceno de cabeça, e ela sabia que Sartaq via seus planos perfeitamente. Mesmo assim, o príncipe terminou sua parte do pão e perguntou:

— E quais são as histórias que contam a seu respeito, Nesryn Faliq?

A capitã mordeu o porco salgado.

— Ninguém conta histórias sobre mim.

Isso não a incomodava. Fama, notoriedade... Nesryn valorizava outras coisas, supunha ela.

— Nem mesmo a história sobre a flecha que salvou a vida de uma metamorfa? Do disparo impossível feito do alto de um telhado?

Nesryn voltou a cabeça para ele. Sartaq apenas bebeu da água com um olhar que dizia: *Eu falei que meus espiões eram bons.*

— Achei que Arghun fosse aquele que lidava com informações secretas — comentou a capitã, com cautela.

O príncipe passou o cantil de couro.

— Arghun é quem se gaba disso. Eu dificilmente chamaria de secretas.

Nesryn tomou alguns goles d'água e ergueu uma sobrancelha.

— Mas isto é?

Ele gargalhou.

— Suponho que esteja certa.

As sombras ficaram mais intensas, mais longas, e o vento acelerou. Nesryn estudou a rocha em volta, assim como as sacolas.

— Não vai arriscar uma fogueira.

Um aceno negativo com a cabeça, a trança escura oscilando.

— Seria um farol. — Sartaq franziu a testa para as vestes de couro da capitã, para as sacolas amontoadas em torno dos dois. — Tenho cobertores pesados... em algum lugar ali.

Os dois ficaram em silêncio, comendo enquanto o sol sumia e as estrelas começavam a piscar, despertando na última faixa vibrante de azul. A lua também tinha surgido, banhando o acampamento com luz o bastante para enxergarem conforme terminavam, conforme o príncipe selava as latas e as enfiava de volta nas sacolas.

Do outro lado do espaço, Kadara começou a roncar: um chiado profundo que estremecia pela rocha.

Sartaq riu.

— Peço desculpas se isso a mantiver acordada.

Nesryn apenas sacudiu a cabeça. Compartilhar um acampamento com um ruk, nas montanhas bem acima das planícies gramadas, com o Príncipe Alado a seu lado... Não, a família jamais acreditaria naquilo.

Ambos observaram as estrelas em silêncio; nenhum dos dois se moveu para dormir. Uma a uma, as estrelas surgiram, mais claras e nítidas do que Nesryn jamais vira desde aquelas semanas no navio. Estrelas diferentes do que aquelas no norte, percebeu ela, sobressaltada.

Diferentes, mas ainda assim aquelas estrelas tinham queimado por incontáveis séculos acima de seus ancestrais, acima até de seu pai. Será que fora estranho para ele deixá-las para trás? Será que havia sentido sua falta? Ele nunca falara a respeito, de como tinha sido mudar-se para uma terra com estrelas estranhas... se tinha se sentido à deriva durante a noite.

— A Flecha de Neith — declarou Sartaq, depois de incontáveis minutos, recostando-se contra a rocha.

Nesryn afastou o olhar das estrelas e encontrou o rosto do príncipe emoldurado pelo luar, com o tom prateado dançando ao longo do puro ônix da trança.

Ele descansou o antebraço nos joelhos.

— Era assim que meus espiões a chamavam, assim que eu a chamava até sua chegada. Flecha de Neith. — A Deusa Arqueira, assim como da Caça, originalmente vinda de um antigo reino que fora varrido pela areia no oeste, agora abrigada pelo vasto panteão do khaganato. Um canto da boca de Sartaq se repuxou para cima. — Então não fique surpresa se já houver uma história ou duas sobre você soltas pelo mundo.

Nesryn o observou por um longo momento, com o vento uivante da montanha misturando-se aos roncos de Kadara. Ela sempre fora excelente arqueira, orgulhava-se da mira sem igual, mas não tinha aprendido porque almejava o renome. Fizera isso porque gostava, porque isso lhe dera uma direção para concentrar aquela tendência a ser seguidora do vento. Ainda assim...

O príncipe limpou o restante da comida e verificou rapidamente se o acampamento ainda estava seguro antes de ele mesmo prosseguir para as rochas.

Então, com apenas aquelas estrelas estrangeiras como testemunhas, Nesryn sorriu.

⊱ 26 ⊰

Chaol jantou na cozinha da Torre, onde uma mulher fina como uma vareta, chamada de Cook, o entupira de peixe empanado, pão crocante e tomates assados com queijo suave e estragão, depois ainda conseguiu convencê-lo a comer um folheado leve, encharcado com mel e coberto de pistache.

Yrene ficara sentada ao lado, escondendo o sorriso conforme Cook empilhava mais e mais comida no prato de Chaol, até ele literalmente *implorar* para que a mulher parasse.

Ele estava tão cheio que a ideia de se mover parecia uma tarefa monumental, e até Yrene tinha suplicado a Cook que tivesse piedade.

A mulher cedera, embora tivesse voltado toda aquela concentração para os funcionários da cozinha — comandando o serviço do jantar no salão um andar acima com uma autoridade de general que Chaol se percebeu estudando.

Ele e Yrene permaneceram sentados em um silêncio amigável, observando o caos se desenrolar ao redor, mesmo depois de o sol ter se posto há muito tempo do lado de fora das amplas janelas da cozinha.

Chaol havia proferido uma leve menção de selar o cavalo quando Yrene *e* Cook informaram que ele passaria a noite ali e que não se incomodasse em discutir.

E assim fez o lorde. Ele mandou um recado para o palácio por uma curandeira a caminho de lá para ver um paciente na ala dos criados, dizendo a Nesryn onde estava e que não esperasse acordada.

E, quando finalmente seus estômagos estufados se acalmaram, Chaol a seguiu até um quarto no complexo. A Torre era em grande parte composta de escadas, comentou a curandeira sem piedade alguma, e não havia quartos para hóspedes de todo modo. Mas o complexo dos médicos nas adjacências — ela havia indicado o prédio pelo qual passaram, cheio de ângulos e quadrados em contraste com a Torre redonda — sempre tinha alguns quartos no andar térreo disponíveis para a noite, em grande parte para os entes queridos dos pacientes.

Yrene abriu a porta para um quarto que dava para o pátio de um jardim. O espaço era pequeno, mas limpo, com convidativas paredes em cor pálida e aquecidas devido à luz do dia. Uma cama estreita estava disposta contra uma parede, e havia uma cadeira e uma pequena mesa diante da janela. Espaço suficiente para que Chaol conseguisse manobrar a cadeira.

— Deixe-me ver de novo — pediu ela, apontando para os pés do lorde.

Chaol ergueu a perna com as mãos, estendendo-a. Então girou os tornozelos, grunhindo contra o peso considerável.

A curandeira lhe retirou as botas e as meias, e se ajoelhou diante dele.

— Que bom. Precisaremos manter isso.

Ele olhou para a sacola jogada à porta, cheia de livros e pergaminhos que Yrene pilhara da biblioteca. Chaol não sabia que diabo nada daquilo dizia, mas tinham carregado tantos quanto puderam. Se quem quer que fosse, ou o que quer que fosse, tivesse ido àquela biblioteca e roubado alguns e, talvez, não tivesse tido a chance de voltar para pegar mais... Chaol não arriscaria que voltassem, por fim, para buscar o restante.

Yrene havia mencionado que o pergaminho agora escondido nos aposentos do lorde devia ter oitocentos anos. Mas, na profundeza da biblioteca, considerando a idade da Torre...

Ele não mencionou à curandeira as desconfianças de que podia ser muito, muito mais antigo. Cheio de informações que talvez nem tivessem sobrevivido nas terras deles.

— Posso ver se encontro algumas roupas para você — disse Yrene, esquadrinhando o pequeno quarto.

— Ficarei bem com as que tenho. — Sem olhar para a curandeira, Chaol acrescentou: — Eu durmo... sem elas.

— Ah.

Silêncio. Yrene sem dúvida se lembrava de como o encontrara naquela manhã.

Naquela manhã. Fazia mesmo apenas horas? Ela devia estar exausta.

A curandeira gesticulou para a vela que queimava na mesa.

— Precisa de mais luz?

— Estou bem.

— Posso lhe trazer água.

— Estou bem — repetiu Chaol, e os cantos de sua boca se repuxaram para cima.

Yrene apontou para a panela de porcelana no canto.

— Então ao menos me deixe levá-lo até...

— Posso cuidar disso também. É só ter mira.

A jovem corou.

— Certo. — Yrene mordeu o lábio inferior. — Bem... boa noite, então.

Chaol podia jurar que ela se demorava. E teria permitido, a não ser...

— Está tarde — comentou ele. — É melhor ir para seu quarto enquanto as pessoas ainda estão acordadas.

Porque, embora Nesryn não tivesse achado vestígios dos valg em Antica, embora fizesse dias desde aquele ataque na biblioteca da Torre, ele não correria riscos.

— Sim — concordou Yrene, apoiando a mão na ombreira da porta e esticando o braço para fechá-la atrás de si.

— Yrene.

A curandeira parou, inclinando a cabeça.

Chaol a encarou de volta, um pequeno sorriso curvando a boca.

— Obrigado. — Ele engoliu em seco. — Por tudo.

Yrene apenas assentiu e recuou, fechando a porta atrás de si. Mas, ao fazer isso, Chaol viu um relance da luz que lhe dançava nos olhos.

Na manhã seguinte, uma mulher de expressão severa chamada Eretia surgiu à porta de Chaol para informá-lo de que Yrene tinha uma reunião com Hafiza e que o encontraria no palácio na hora do almoço.

Com aquilo, a jovem pedira a Eretia que o acompanhasse de volta ao palácio — uma tarefa que Chaol podia apenas se perguntar por que fora encarregada à idosa, que batia o pé enquanto ele juntava suas armas e a bolsa pesada de livros, estalando a língua com cada ínfimo atraso.

Mas a cavalgada pelas ruas íngremes não tinha sido terrível; a mulher era uma montadora surpreendentemente habilidosa, que não permitia insolência do cavalo. Ainda assim, ela não oferecia agrados, não dando mais que um adeus grunhido antes de deixá-lo no pátio do palácio.

Os guardas trocavam de turno no momento, e a turma da manhã permanecia para conversar. Chaol reconhecia bastante deles àquela altura para ganhar alguns acenos de cabeça como cumprimento, e para acenar de volta em resposta conforme a cadeira era trazida por um dos ajudantes do estábulo.

Assim que o lorde tirou os pés dos estribos e se preparou para o processo ainda desafiador de desmontar, ouviu passadas leves atrás de si. Chaol viu Shen se aproximando, com uma das mãos no antebraço...

O antigo capitão piscou. Mas o guarda já tinha calçado a luva de volta quando parou diante de Chaol.

Ou o que ele presumia ser a mão de Shen. Porque o que vira sob a luva e a manga do uniforme, subindo até o cotovelo... Era uma obra-prima — o antebraço e a mão de metal.

E apenas naquele momento que ele olhava, olhava por tempo o bastante para de fato observar alguma coisa... podia realmente ver as linhas erguidas sobre o bíceps de Shen, onde o braço de metal estava preso a ele.

O guarda reparou no olhar de Chaol. Reparou assim que o lorde hesitou diante do braço e do ombro oferecidos para ajudá-lo a desmontar.

Então o rapaz disse na língua do antigo capitão:

— Eu o ajudei perfeitamente bem antes de você saber, Lorde Westfall.

Algo como vergonha, talvez algo mais profundo, percorreu o corpo de Chaol.

Ele se obrigou a apoiar a mão no ombro do homem — o mesmo ombro que abrigava o braço de metal. E viu que a força por baixo era firme conforme Shen o ajudou a sentar na cadeira à espera.

Após Chaol se acomodar, encarando as mãos estáveis do guarda que levavam seu cavalo embora, Shen explicou:

— Eu a perdi há um ano e meio. Quando o príncipe Arghun visitou a propriedade de um vizir, houve um ataque contra sua vida vindo de um grupo de bandidos de um reino descontente. Fui ferido durante a luta. Yrene trabalhou em mim quando voltei, fui uma de suas primeiras curas notáveis. Ela conseguiu reparar o máximo possível daqui até em cima. — O rapaz apontou para o ponto logo abaixo do cotovelo, então para o ombro.

Chaol estudou a mão, que parecia tão real dentro da luva que não havia como notar a diferença, exceto pelo fato de que não se movia.

— Curandeiros podem fazer muitas maravilhas — comentou Shen. — Mas fazer membros crescerem do nada... — Uma risada baixa. — Isso está além de suas habilidades... mesmo de alguém como Yrene.

O lorde não sabia o que dizer. Um pedido de desculpas parecia errado, mas...

O guarda sorriu para ele, sem qualquer vestígio de piedade.

— Precisei de muito tempo para chegar até este ponto — disse com a voz um pouco baixa.

Chaol sabia que ele não falava do uso habilidoso do braço artificial.

— Mas saiba que não cheguei aqui sozinho — acrescentou Shen.

A oferta não dita brilhou nos olhos castanhos do rapaz. Intacto, aquele homem diante do ex-capitão. Não era menos homem por causa do ferimento, por ter encontrado uma nova maneira de se mover pelo mundo.

E... Shen permanecera como guarda. Como parte de uma das guardas de palácio mais valorizadas do mundo. Não por piedade da parte dos demais, mas por mérito e vontade próprios.

Chaol ainda não conseguia encontrar as palavras certas para explicar o que o percorria.

Shen assentiu como se também entendesse isso.

Era uma longa viagem de volta à suíte. Chaol não marcou os rostos pelos quais passava conforme sons e cheiros e correntes de vento entremeavam os corredores.

Ele voltou para os aposentos e encontrou seu bilhete para Nesryn sobre a mesa do saguão. Não lido.

Foi o suficiente para afastar quaisquer outros pensamentos da mente.

Com o coração acelerado, os dedos tremeram quando ele pegou a carta não lida, não vista.

Mas, então, viu a carta abaixo. Com seu nome escrito com a letra de Nesryn.

Chaol a abriu com um rasgo e leu as poucas linhas.

Ele a leu duas vezes. Três.

Então apoiou a carta na mesa e encarou a porta aberta do quarto de Nesryn. O silêncio que vazava dali.

Ele era um desgraçado.

Chaol arrastara Nesryn até ali. Quase a fizera ser morta em Forte da Fenda tantas vezes, deixara tanto subentendido sobre a relação dos dois, no entanto...

Ele não se permitiu terminar o pensamento. Deveria ter sido melhor. Deveria ter tratado Nesryn melhor. Não era à toa que ela voara até os ninhos de ruks para ajudar Sartaq a encontrar algum tipo de informação sobre a história dos valg naquela terra — ou na deles.

Merda. *Merda.*

Nesryn podia não lhe cobrar nenhuma promessa, mas *Chaol*... Ele as cobraria de si mesmo.

E ele deixara aquela coisa entre os dois se arrastar, usara Nesryn como um tipo de muleta...

Chaol expirou, amassando as duas cartas no punho.

Talvez ele não tivesse dormido bem naquele quarto minúsculo no complexo dos médicos, estando acostumado com acomodações muito maiores e mais elegantes, disse Yrene a si mesma naquela tarde. Isso explicaria as poucas palavras. A falta de sorrisos.

Ela estivera sorrindo ao entrar na suíte de Chaol depois do almoço. Yrene explicara o progresso a Hafiza, que tinha ficado realmente satisfeita. Até mesmo dando um beijo na testa da jovem antes de ela partir. Praticamente saltitando para o palácio.

Até entrar e encontrar o quarto silencioso.

Encontrar Chaol silencioso.

— Está se sentindo bem? — perguntou Yrene, casualmente, ao esconder os livros que ele havia trazido de volta naquela manhã.

— Sim.

Ela se recostou contra a mesa a fim de olhar onde Chaol estava sentado no sofá dourado.

— Não se exercita faz alguns dias. — A curandeira inclinou a cabeça. — Digo, o restante de seu corpo. Deveríamos fazer isso agora.

Para pessoas acostumadas com atividades físicas todo dia, passar tanto tempo sem elas podia se assemelhar à crise de abstinência de um viciado. Desorientado, inquieto. Chaol mantivera os exercícios para as pernas, mas o restante... talvez fosse isso que o incomodava.

— Tudo bem. — Os olhos do lorde estavam vítreos, distantes.

— Aqui ou em uma das instalações de treino dos guardas? — Yrene se preparou para ser ignorada.

— Aqui está bom — respondeu Chaol, inexpressivamente.

Ela tentou de novo:

— Talvez estar perto dos outros guardas seja benéfico para...

— Aqui está bom. — Então ele se moveu para o chão, deslizando o corpo para fora do sofá e afastando-se da mesa baixa conforme se posicionava no tapete aberto. — Preciso que segure meus pés.

A curandeira conteve sua irritação com o tom de voz, com a recusa descarada. Mas, ainda assim, indagou ao se ajoelhar diante do lorde:

— Voltamos mesmo para aquele lugar?

Chaol ignorou a pergunta e se lançou em uma série de abdominais, o corpo musculoso subindo e descendo. Um, dois, três... Yrene perdeu a conta por volta de sessenta.

Cada vez que se erguia por cima dos joelhos dobrados, ele não a encarava.

Era natural que a cura emocional fosse tão difícil quanto a física. Que houvesse dias difíceis — até mesmo *semanas* difíceis. Mas Chaol estivera sorrindo quando Yrene o havia deixado na noite anterior, e...

— Conte o que aconteceu. Algo aconteceu hoje. — O tom de voz talvez não fosse *tão* gentil quanto o de uma curandeira deveria ser.

— Nada aconteceu. — As palavras saíram como um sopro conforme ele continuava se movendo, com suor escorrendo pela lateral do pescoço até a camisa branca abaixo.

Yrene trincou a mandíbula, contando silenciosamente na cabeça. Perder a calma não ajudaria nenhum dos dois.

Por fim, Chaol se virou de barriga para baixo e começou outra série que requeria o auxílio de Yrene para segurar seus pés levemente afastados um do outro.

Para cima e para baixo, para baixo e para cima. Os músculos suados das costas e dos braços se contraíam e esticavam.

Chaol completou mais seis exercícios, então recomeçou a série toda.

Yrene serviu de apoio e o segurou e observou em um silêncio irritadiço.

Que ele tivesse algum espaço. Que pensasse a respeito se era o que ele queria.

Ao inferno com o que ele queria.

O lorde terminou uma série, com a respiração ofegante e o peito chiando conforme encarava o teto.

Algo afiado e determinado percorreu seu rosto, como se em resposta silenciosa a alguma coisa. Chaol se impulsionou para cima a fim de começar a série seguinte...

— Basta.

Os olhos do lorde brilharam, encontrando os de Yrene finalmente.

Ela não se incomodou em parecer agradável ou compreensiva.

— Vai acabar causando uma lesão.

Chaol olhou com raiva para os joelhos dobrados e estabilizados por Yrene, e subiu para um abdominal outra vez.

— Conheço meus limites.

— E eu também — disparou a curandeira, indicando com o queixo as pernas do homem. — Pode ferir as costas se continuar com isso.

O antigo capitão exibiu os dentes; o temperamento tão cruel que Yrene lhe soltou os pés. Os braços de Chaol se esticaram para apoiá-lo quando ele deslizou para trás, mas a curandeira avançou, segurando seus ombros para evitar que desabasse no chão.

A camisa encharcada de suor umedeceu os dedos de Yrene, a respiração lhe soprou ao ouvido quando a curandeira se certificou de que ele não estava prestes a cair.

— Pode deixar comigo — grunhiu Chaol ao ouvido da jovem.

— Me perdoe se eu não acreditar em sua palavra — retrucou Yrene, verificando por conta própria que ele, de fato, podia se sustentar sozinho antes de recuar e se acomodar a poucos metros de distância no tapete.

Em silêncio, os dois se encararam, irritados.

— Exercitar seu corpo é vital — disse ela, com as palavras contidas. — Mas fará mais mal que bem se fizer esforço demais.

— Estou bem.

— Acha que não sei o que está fazendo?

O rosto de Chaol era como uma máscara severa conforme suor lhe escorria pela têmpora.

— Esse era seu santuário — afirmou Yrene, indicando o corpo torneado do antigo capitão, o suor ali. — Quando as coisas ficavam difíceis, quando davam errado, quando você estava chateado ou irritado ou triste, podia se perder no treino. Suar até que seus olhos ardessem, praticar até que os músculos estivessem trêmulos e implorando para que parasse. E agora não pode fazer isso... não como antes.

Ira ferveu no rosto do antigo capitão ao ouvir aquilo.

A curandeira manteve a própria expressão fria e dura ao perguntar:

— Como isso o faz se sentir?

As narinas de Chaol se dilataram.

— Não pense que pode me provocar até que eu fale.

— Como se sente, *Lorde* Westfall?

— Sabe como me sinto, *Yrene*.

— Diga.

Quando o lorde se recusou a responder, ela murmurou consigo mesma:

— Bem, como parece determinado a fazer uma rotina de exercícios completa, posso muito bem trabalhar um pouco suas pernas.

O olhar de Chaol era como um ferrete. A curandeira se perguntava se ele conseguia sentir o aperto no peito dela no momento, o poço que se abria em seu estômago enquanto ele permanecia calado.

Mas Yrene se ajoelhou e seguiu para a extremidade do corpo de Chaol, começando a série de exercícios designada a despertar caminhos entre a mente e a coluna do lorde. As rotações de tornozelo e pé, aquilo ele podia fazer sozinho, embora certamente tivesse trincado os dentes depois da décima série.

Contudo, Yrene o forçou mais, ignorando a raiva profunda e mantendo um sorriso doce no rosto conforme guiava as pernas em seus movimentos.

Foi somente quando a curandeira esticou as mãos para as coxas que Chaol a impediu com a mão no braço.

Ele a encarou, então virou o rosto com o maxilar tenso e disse:

— Estou cansado. Está tarde. Vamos nos encontrar amanhã de manhã.

— Não me importo de começar a cura agora. — Talvez com os exercícios, aqueles caminhos destruídos pudessem estar mais ativos que o normal.

— Quero descansar um pouco.

Era mentira. Apesar dos exercícios, Chaol estava com uma boa cor no rosto e os olhos ainda brilhavam de raiva.

Yrene sopesou sua expressão, o pedido.

— Descansar não se parece em nada com seu estilo.

Os lábios do homem se contraíram.

— Saia.

Yrene riu com deboche da ordem.

— Pode comandar homens e criados, Lorde Westfall, mas não respondo a você. — Mesmo assim, ela se levantou, farta de sua atitude. Apoiando as mãos no quadril, a curandeira olhou para Chaol, que permanecia jogado no tapete. — Pedirei comida. Coisas para ajudar a alimentar o músculo.

— Sei o que comer.

É claro que sabia. Ele estivera esculpindo aquele corpo magnífico havia anos. Mas Yrene apenas alisou a saia do vestido.

— Sim, mas eu estudei o assunto de verdade.

Chaol ficou irritado, mas não disse nada, apenas voltou a encarar os arabescos e a flora bordados no tapete.

Yrene lhe lançou mais um sorriso adocicado.

— Verei você amanhã bem de manhãzinha, Lorde...

— Não me *chame* assim.

A curandeira deu de ombros.

— Acho que o chamarei como quiser.

A cabeça de Chaol se ergueu, o rosto lívido. Yrene se preparou para o ataque verbal, mas ele pareceu se controlar e manteve os ombros rígidos quando apenas repetiu:

— Saia.

O lorde apontou para a porta com o longo braço ao dizer aquilo.

— Eu deveria chutar esse maldito dedo — soltou a curandeira, caminhando até a porta. — Mas uma mão quebrada apenas o manteria aqui por mais tempo.

Chaol, mais uma vez, exibiu os dentes, a ira emanando de seu semblante em ondas, aquela cicatriz na bochecha destacando-se contra a pele vermelha.

— *Saia.*

Yrene simplesmente estampou mais um sorriso enjoativamente doce antes de fechar a porta atrás de si.

A curandeira caminhou pelo palácio em disparada, com os dedos se fechando ao lado do corpo, contendo o rugido.

Pacientes tinham dias ruins. Era um direito. Algo natural, que fazia parte do processo.

Mas... os dois haviam trabalhado tanto daquele comportamento. Chaol começara a lhe contar coisas, e Yrene contara a *ele* coisas que poucos sabiam, e ela se divertira na véspera...

Ela repassou cada palavra trocada na noite anterior. Talvez ele estivesse irritado com alguma coisa que Eretia dissera na cavalgada até lá. A mulher não era conhecida pela delicadeza. Yrene ficava sinceramente surpresa por Eretia tolerar os outros, ainda mais se sentir inclinada a *ajudar* seres humanos. Ela podia tê-lo chateado. Insultado.

310

Ou talvez Chaol tivesse passado a depender da presença constante de Yrene, e a interrupção da rotina tivesse sido desorientadora. Ela ouvira falar de pacientes e curandeiras em tais situações.

Mas o antigo capitão não mostrara indícios de dependência. Não, o oposto acontecia com ele: havia uma independência e um orgulho que o feriam tanto quanto ajudavam.

Com a respiração irregular, pois o comportamento de Chaol havia passado as garras por seu temperamento, Yrene foi procurar Hasar.

A princesa acabava de voltar de sua lição de esgrima. Renia estava fora fazendo compras na cidade, comentara a princesa ao passar o braço úmido de suor pelo de Yrene e levar a curandeira até seus aposentos.

— Todos estão muito, muito ocupados hoje — reclamou Hasar, jogando a trança suada por cima de um ombro. — Até mesmo Kashin saiu com meu pai para alguma reunião sobre as tropas.

— Algum motivo para isso? — Uma pergunta cautelosa.

A princesa deu de ombros.

— Ele não me contou. Embora provavelmente tenha sentido alguma pressão para fazê-lo, considerando que Sartaq deu uma lição em todos ao voar para seu ninho nas montanhas por algumas semanas.

— Ele partiu?

— E levou a capitã Faliq consigo. — Um sorriso sarcástico. — Fico surpresa por não estar consolando Lorde Westfall.

Ah. *Ah.*

— Quando partiram?

— Ontem à tarde. Aparentemente ela não disse nada a respeito. Não levou suas coisas. Apenas deixou um bilhete e sumiu ao pôr do sol. Não achei que Sartaq podia ser tão sedutor.

Yrene não devolveu o sorriso. Apostaria muito dinheiro que Chaol tinha voltado naquela manhã e encontrado o bilhete. Descoberto que Nesryn partira.

— Como soube que ela deixou um bilhete?

— Ah, o mensageiro contou a todos. Não sabia o que havia dentro, mas tinha um bilhete com o nome de Lorde Westfall deixado no ninho. Assim como um para a família da jovem na cidade. O único vestígio de Nesryn.

A curandeira fez uma nota mental para nunca mais mandar correspondência para o palácio. Pelo menos não cartas que fossem importantes.

311

Não era à toa que Chaol estivera inquieto e irritadiço, se Nesryn tinha sumido daquela maneira.

— Suspeita de algum ardil?

— De *Sartaq*? — Hasar gargalhou. A pergunta era resposta o suficiente.

Elas chegaram à porta da princesa, e criados silenciosamente a abriram, saindo da frente. Pouco mais que sombras em carne e osso.

Mas Yrene parou à porta, enterrando os pés conforme a amiga tentava levá-la adiante.

— Esqueci de pedir o chá do lorde — mentiu a curandeira, tirando o braço do de Hasar.

A princesa apenas lançou um sorriso de compreensão.

— Se ouvir alguma fofoca interessante, sabe onde me encontrar.

Yrene conseguiu assentir e se virou.

Ela não foi para os aposentos de Chaol, pois duvidava de que o humor do lorde tivesse melhorado durante os dez minutos que passara disparando pelos corredores do palácio. E, se o visse, sabia que não conseguiria evitar perguntar sobre Nesryn. Cutucá-lo até que o controle se estilhaçasse. E ela não conseguia imaginar em qual situação isso os deixaria. Talvez algo para o qual nenhum dos dois estivesse pronto.

Mas Yrene tinha um dom. E um *thrum* incansável e determinante rugia em seu sangue graças a ele.

Ela não conseguia ficar parada, e não queria voltar à Torre para ler ou ajudar qualquer das outras mulheres com o trabalho.

A curandeira deixou o palácio e seguiu pelas ruas empoeiradas de Antica.

Ela conhecia o caminho. Os cortiços jamais mudavam de lugar. Apenas cresciam ou encolhiam, dependendo do governante.

Sob o sol forte, havia pouco a temer. Não eram pessoas más. Apenas pobres; algumas desesperadas. Muitas esquecidas e sem esperanças.

Então Yrene fez como sempre fazia, mesmo em Innish.

Ela seguiu o som de tosse.

❧ 27 ❧

Quando o sol se pôs, Yrene já ajudara seis pessoas e apenas então deixou os cortiços.

Uma mulher com uma massa perigosa nos pulmões que a teria matado. Ela estivera ocupada demais com o trabalho para ver uma curandeira ou um médico. Três crianças ardendo em febre na casa entulhada demais enquanto a mãe chorava de pânico. E depois de gratidão, conforme a magia de Yrene tranquilizava e acalmava e purificava. Um homem que havia quebrado a perna na semana anterior e visitara um médico medíocre no bairro pobre, porque não podia pagar uma carruagem para levá-lo até a Torre. E o sexto paciente...

A menina não tinha mais de 16 anos. Yrene reparara nela, a princípio, por causa do olho roxo. Então o lábio cortado.

A magia estivera trêmula, assim como os joelhos, mas a curandeira tinha levado a menina por uma porta e curado seu olho. O lábio. As costelas quebradas. Curado os enormes hematomas com formato de mão no antebraço.

Yrene não fizera perguntas. De todo modo, podia ler cada resposta nos olhos assustados da menina. Ela a viu considerando se um retorno ao lar, curada, lhe renderia ferimentos piores.

Então Yrene deixou as cores. Deixou a aparência de hematomas, mas curou tudo internamente, deixando apenas a camada roxa de pele, talvez um pouco dolorida, para esconder os danos consertados.

A curandeira não tentou dizer a ela que partisse. Se era a família ou um amante ou algo totalmente diferente, Yrene sabia que ninguém além da menina poderia decidir se sairia ou não por aquela porta. Tudo o que fez foi informar a jovem de que, se algum dia precisasse, a porta da Torre estaria sempre aberta. Sem perguntas. Sem exigência de pagamento. E eles se certificariam de que ninguém a pudesse levar de novo, a não ser que a menina quisesse.

Ela havia beijado a mão de Yrene em agradecimento e corrido para casa na escuridão que caía.

A curandeira também se apressara, seguindo a pilastra reluzente da Torre, seu farol para casa.

Seu estômago roncava, e a cabeça latejava com fadiga e fome.

Drenada. Era boa a sensação de estar drenada. De ajudar.

No entanto... Aquela energia sedenta e inquieta ainda pulsava. Ainda insistia. *Mais mais mais.*

Ela sabia por quê. O que fora deixado sem resolução. Ainda revolto.

Então mudou de curso, seguindo para a massa brilhante que era o palácio.

A curandeira parou diante da barraca de comida preferida, deleitando-se com uma refeição de cordeiro lentamente assado que ela devorou em poucos minutos. Era raro conseguir comer além dos confinamentos do palácio ou da Torre, graças à agenda ocupada, porém, quando comia... Yrene esfregava a barriga satisfeita enquanto ia para o palácio. Mas, então, viu uma loja de *kahve* aberta e conseguiu achar espaço no estômago para uma xícara. E um folheado coberto de mel.

Perdendo tempo. Inquieta e irritada e burra.

Enojada consigo mesma, Yrene marchou até o palácio, por fim. Com o sol de verão se pondo tão tarde, era bem depois das 23 horas quando finalmente atravessava os corredores escuros.

Talvez ele estivesse dormindo. Quem sabe isso não era uma bênção. Yrene não sabia por que se incomodara em ir até lá. Esfolá-lo vivo podia ter esperado até o dia seguinte.

Ele provavelmente estava dormindo.

Ela torcia para que estivesse. Provavelmente seria melhor se sua curandeira não invadisse o quarto e o sacudisse até que acordasse. Definitivamente não era um comportamento aprovado pela Torre. Por Hafiza.

No entanto, Yrene continuou andando. Apressando o passo, quase trotando pelo piso de mármore. Se Chaol queria retroceder no progresso, tudo bem. Mas a curandeira certamente não precisava deixar que ele fizesse aquilo; não sem tentar impedi-lo.

314

Ela avançou por um corredor longo e escuro. Não era uma covarde; não recuaria daquela briga. Yrene tinha deixado aquela menina no beco em Innish. E, se ele queria ficar emburrado por causa de Nesryn, então tinha o direito. Mas cancelar a *sessão* por causa daquilo...

Inaceitável.

Ela simplesmente lhe diria isso e partiria. Tranquilamente. Racionalmente.

A curandeira fechava o rosto a cada passo, murmurando a palavra aos sussurros. *Inaceitável.*

E ela havia *deixado* que Chaol a expulsasse, não importava o que tentasse dizer a si mesma.

Isso era ainda *mais* inaceitável.

Tola idiota. Yrene murmurava isso também.

Alto o bastante que quase deixou de ouvir o som.

A passada — o raspar de sapatos na pedra — logo atrás de si.

Tarde assim, provavelmente havia criados voltando para os quartos dos senhores deles, mas...

Ali estava. Aquela sensação, formigando de novo.

Apenas sombras e feixes de luar preenchiam o corredor ladeado por pilastras.

Yrene apressou o passo.

Ela ouviu de novo — os passos. Um ritmo casual de caminhada.

Sua boca secou, e o coração acelerou. Yrene não carregava bolsa alguma, nem mesmo a faquinha. Não havia nada nos bolsos além daquele bilhete.

Se apresse, murmurou uma voz baixa e gentil em seu ouvido. Dentro de sua *mente*.

A curandeira jamais ouvira aquela voz antes, mas às vezes sentia seu calor. Percorrendo-a conforme a magia fluía para fora. Era tão familiar para ela quanto a própria voz, as batidas do próprio coração.

Se apresse, menina.

Urgência envolvia cada palavra.

Yrene apressou o passo, quase uma corrida.

Havia uma esquina adiante — ela só precisava dobrá-la, seguir dez metros pelo corredor e estaria na suíte do lorde.

Será que havia uma tranca na porta? Estaria trancada para ela... ou conseguiria manter quem quer que fosse do lado de fora?

Corra, Yrene!

E aquela voz...

Era a voz da mãe que berrava na cabeça da curandeira, no coração.

Yrene não parou para pensar. Para se perguntar.

Ela se lançou em uma corrida.

Os sapatos deslizaram pelo mármore, e a pessoa, a *coisa* atrás de si — aqueles passos também passaram a correr.

Yrene dobrou a esquina, derrapando contra a parede oposta com tanta força que o ombro gritou de dor. Com os pés escorregando, a curandeira lutou para recuperar a velocidade, sem ousar olhar para trás...

Mais rápido!

Yrene conseguia ver a porta. Conseguia ver a luz vazando por baixo.

Um soluço se desprendeu de sua garganta.

Aqueles passos apressados se aproximaram. Ela não ousou arriscar o equilíbrio para olhar.

Seis metros. Três. Um e meio.

Yrene saltou para a maçaneta, agarrando-a com toda força a fim de evitar que deslizasse além da porta ao se impulsionar contra ela.

A porta se abriu, e a curandeira entrou com um giro, as pernas escorregando conforme ela chocou o corpo inteiro contra a porta, procurando a tranca. Havia duas.

Yrene tinha terminado a primeira quando a pessoa do outro lado se chocou contra a porta.

A porta estremeceu.

Os dedos da jovem tremiam, o fôlego escapava em soluços fortes à medida que ela lutava para fechar a segunda tranca, mais pesada.

A curandeira a fechou no momento que a porta cedeu de novo.

— Que *inferno*...

— Entre em seu quarto — sussurrou Yrene para Chaol, sem ousar tirar os olhos da porta enquanto estremecia. Enquanto a maçaneta chacoalhava. — Entre... *agora.*

Ela, então, olhou e o viu na entrada do quarto, com a espada na mão. De olho na porta.

— Quem diabo está aí?

— Entre — pediu Yrene, a voz falhando. — *Por favor.*

Chaol leu o terror no rosto da curandeira. Leu e entendeu.

Ele voltou ao quarto, segurando a porta para Yrene e, depois, selando-a.

A porta da frente se partiu. Chaol trancou a porta do quarto com um clique. Apenas uma tranca.

— A cômoda — sugeriu ele, sem hesitação na voz. — Consegue movê-la?

Yrene se virou para o gaveteiro ao lado da porta. Ela não respondeu, apenas se atirou contra o móvel, com os sapatos mais uma vez escorregando no mármore polido...

A curandeira tirou os sapatos, os pés descalços aderindo melhor à pedra conforme ela tomava fôlego e grunhia e empurrava...

A cômoda escorregou para a frente da porta do quarto.

— As portas do jardim — ordenou Chaol, terminando de trancá-las.

Eram de vidro sólido.

Medo e pânico reviraram o estômago de Yrene, arrancando o fôlego de sua garganta.

— Yrene — disse Chaol equilibradamente. Com calma. Ele a encarou. Acalmando-a. — A que distância fica a entrada mais próxima para o jardim a partir do corredor externo?

— Uma caminhada de dois minutos — respondeu ela automaticamente. Era acessível apenas pelos quartos internos, e como a maioria estava ocupada... Seria preciso tomar o corredor até o final. Ou arriscar correr pelos quartos adjacentes, o que... — Ou um.

— Faça valer.

Yrene observou o quarto em busca de qualquer coisa. Havia um armário ao lado das portas de vidro, bem alto. Alto demais, absurdamente pesado...

Mas o biombo móvel do banheiro...

Ela disparou pelo quarto enquanto Chaol avançou para um conjunto de adagas na mesa de cabeceira.

A curandeira agarrou o pesado biombo de madeira e o levantou e empurrou, xingando quando o objeto prendeu no tapete. Mas conseguiu movê-lo; levou-o até lá. Yrene escancarou as portas do armário e prendeu o biombo entre as portas e a parede, sacudindo algumas vezes para testar. Segurou firme.

Ela correu para a mesa, jogando livros e vasos para fora. Eles se quebraram no chão.

Fique calma; concentre-se.

Yrene arrastou a mesa até o biombo de madeira e a virou de lado com um estalo e um clangor, então empurrou a mesa contra a barricada que tinha feito.

Mas a janela...

Havia uma do outro lado do quarto. Alta e pequena, mas...

— Deixe-a — ordenou Chaol, posicionando-se diante das portas de vidro. Com a espada inclinada e a adaga na outra mão. — Se tentarem esse caminho, o tamanho pequeno os tornará lentos.

Tempo o suficiente para que Chaol matasse aquilo — o que quer que fosse.

— Venha até aqui — chamou ele, baixinho.

Yrene foi, com os olhos disparando entre a porta do quarto e as portas do jardim.

— Respire fundo — instruiu o lorde. — Concentre-se. Medo a fará ser morta tão facilmente quanto uma arma.

Yrene obedeceu.

— Pegue a adaga na cama.

Ela parou diante da arma.

— Faça isso.

A curandeira pegou a adaga, sentindo o metal frio e pesado em sua mão. De difícil manuseio.

A respiração de Chaol estava tranquila, e a concentração determinada conforme ele monitorava as duas portas. A janela.

— O banheiro — sussurrou Yrene.

— As janelas são altas e estreitas demais.

— E se não estiver em um corpo humano?

As palavras irromperam com um sussurro rouco. As ilustrações que vira naquele livro...

— Aí eu vou mantê-lo ocupado enquanto você foge.

Com a mobília na frente das saídas...

As palavras de Chaol foram absorvidas.

— Não fará nada dis...

A porta do quarto estremeceu sob um golpe. Então mais um.

A maçaneta tremeu e tremeu.

Pelos deuses.

Não tinham se incomodado com o jardim. Simplesmente haviam entrado pela porta da frente.

Mais uma batida que fez Yrene se encolher. Então outra.

— Calma — murmurou Chaol.

A adaga da curandeira tremeu quando ele se inclinou para a porta do quarto, com as lâminas determinadas.

Outra batida, furiosa e revolta.

Então... uma voz.

Baixa e sibilante, nem masculina, nem feminina.

— Yrene — sussurrou aquilo pela fenda na porta. Ela conseguia ouvir o sorriso no tom de voz. — Yrene.

O sangue da curandeira gelou. Não era uma voz humana.

— O que você quer — disparou Chaol, a própria voz como aço.

— *Yrene.*

Os joelhos da curandeira tremiam tão selvagemente que ela mal conseguia ficar de pé. Cada momento do treinamento que fizera fugiu dos pensamentos.

— *Saia* — grunhiu Chaol para a porta. — Antes que se arrependa.

— Yrene — sussurrou a coisa, rindo um pouco. — *Yrene.*

Valg. Um deles estivera realmente caçando-a naquela noite, e a seguira de novo essa noite...

Tapando a boca com a mão livre, a curandeira afundou na beira da cama.

— Não desperdice um segundo temendo um covarde que caça mulheres na escuridão — disparou Chaol.

A coisa do outro lado da porta rosnou. A maçaneta chacoalhou.

— Yrene — repetiu aquilo.

O lorde apenas encarou a jovem.

— Seu medo dá a ele poder sobre você.

— *Yrene.*

Chaol se aproximou, pousando a adaga e a espada no colo. Yrene se encolheu, prestes a avisar a ele que não baixasse as armas. Mas o antigo capitão parou diante da curandeira e tomou seu rosto nas mãos, ficando totalmente de costas para a porta, embora Yrene soubesse que ele monitorava cada som e movimento vindo de lá.

— Eu não tenho medo — assegurou ele, baixinho, mas não com fraqueza. — E você também não deveria ter.

— *Yrene* — disparou a coisa do outro lado da porta, chocando-se contra ela.

A curandeira se encolheu para longe, mas Chaol segurou seu rosto com força. Sem desviar o olhar.

— Nós enfrentaremos isso — afirmou ele. — Juntos.

Juntos. Viver ou morrer ali... juntos.

A respiração da curandeira se acalmou, os rostos dos dois estavam tão próximos que o hálito de Chaol roçou a boca de Yrene.

Juntos.

Ela não tinha pensado em usar tal palavra, em *sentir* o que isso significava... Não sentia desde...

Juntos.

Yrene assentiu. Uma vez. Duas.

Chaol analisou os olhos da jovem, sua respiração soprando a boca de Yrene.

Ele ergueu a mão da curandeira, ainda agarrada na adaga, e ajustou a pegada.

— Incline para cima, não reto. Você sabe onde fica. — Ele levou a mão ao peito. Sobre o coração. — Os outros lugares.

Cérebro. Órbita do olho. Garganta, cortar para liberar o sangue vital. Todas as várias artérias que podiam ser atingidas para assegurar um sangramento rápido.

Coisas que ela aprendera para salvar. Não... para terminar.

Mas aquela coisa...

— Decapitação funciona melhor, mas tente derrubá-lo primeiro. Por tempo o suficiente para cortar a cabeça.

Ele fizera aquilo antes, percebeu a curandeira. Matara aquelas coisas. Triunfara contra elas. Enfrentara-as sem magia, apenas com a própria determinação e coragem indômitas.

E ela... ela atravessara montanhas e mares. Fizera isso sozinha.

A mão de Yrene parou de tremer. A respiração se acalmou.

Os dedos de Chaol se fecharam em torno dos de Yrene, o metal fino do cabo se enterrou na palma da mão da jovem.

— Juntos — disse Chaol uma última vez, então a deixou para pegar as próprias armas de novo.

Para encarar a porta.

Havia apenas silêncio.

Ele esperou, calculando. Sentindo. Um predador pronto para atacar.

A adaga de Yrene se manteve firme quando ela se colocou de pé atrás de Chaol.

Um estilhaço ecoou pelo saguão — seguido por gritos.

Yrene se sobressaltou, mas Chaol expirou. Um suspiro de alívio trêmulo.

Ele reconheceu os sons antes da curandeira.

Os gritos de guardas.

Eles falavam halha; gritos pela porta do quarto sobre seu estado. Seguros? Feridos?

Yrene respondeu, com o próprio uso medíocre da língua, que estavam ilesos. Os guardas disseram que a criada vira a porta da suíte quebrada e fora correndo buscá-los.

Não havia mais ninguém na suíte.

⊰ 28 ⊱

O príncipe Kashin chegou rápido, chamado pelos guardas a pedido de Yrene — antes mesmo de ela ou Chaol ousarem remover a mobília que barricava a porta. Qualquer dos outros membros da realeza exigia explicações demais, mas Kashin... Ele entendia a ameaça.

Chaol conhecia a voz do príncipe bem o suficiente àquela altura — Yrene conhecia também — para que, assim que a ouvisse preenchendo o saguão da suíte, ele desse à curandeira um aceno de cabeça e, então, ela pudesse arrastar a mobília que bloqueava a porta.

O lorde ficou grato, apenas por um segundo, por permanecer na cadeira. Alívio poderia ter feito suas pernas cederem.

Ele não conseguira distinguir um caminho viável para fora dali. Não para Yrene. Na cadeira, contra um subalterno valg, Chaol era tão útil quanto carniça, embora tivesse calculado que um lance bem cronometrado da adaga e da espada poderia tê-los salvado. Essa fora sua melhor opção: *lançar*.

Chaol não tinha se importado — não de verdade. Não com o que aquilo significava para ele. E sim com quanto tempo aquele lance ganharia para Yrene.

Alguém a *caçara*. Quisera matá-la. Aterrorizar e atormentar. Talvez pior, se fosse de fato um agente de Morath infestado por um valg. O que muito certamente havia parecido ser.

Chaol não conseguira discernir a voz. Macho ou fêmea. Mas era um deles, sim.

Yrene permaneceu calma ao abrir a porta por fim, revelando um Kashin de olhos arregalados, que ofegava pesadamente. O príncipe a observou da cabeça aos pés, depois deu ao lorde um breve olhar, então retornou a concentração para a curandeira.

— O que aconteceu?

Permanecendo atrás da cadeira de Chaol e com uma calma surpreendente, Yrene respondeu:

— Eu estava caminhando de volta para me certificar de que Lorde Westfall tomasse um tônico.

Mentirosa. Uma mentirosa sutil e bela. Ela provavelmente estivera voltando para dar a ele o segundo sermão pelo qual Chaol esperara a noite toda.

Yrene deu a volta pela cadeira para ficar ao lado do antigo capitão, perto o bastante para que o calor lhe aquecesse o ombro.

— E eu estava quase aqui quando senti alguém atrás de mim. — Ela prosseguiu e explicou o resto, analisando a sala de vez em quando, como se quem quer que fosse o responsável pudesse saltar das sombras. Então Kashin perguntou se ela suspeitava de algum motivo para alguém querer feri-la, e Yrene encarou Chaol, uma conversa silenciosa se desenrolando entre os dois: provavelmente tivera intenção de assustá-la para que não ajudasse o lorde, por qualquer que fosse o propósito maligno de Morath. Contudo, a curandeira apenas disse ao príncipe que não sabia.

O rosto de Kashin se contraiu de fúria conforme ele estudava a porta rachada do quarto de Chaol, então disse, por cima do ombro, para os guardas que vasculhavam a suíte:

— Quero quatro de vocês do lado de fora desta suíte. Outros quatro no fim do corredor. Uma dúzia no jardim. Mais seis nos vários cruzamentos dos corredores que dão aqui.

Yrene soltou um suspiro que poderia muito bem ter sido de alívio.

Kashin ouviu e colocou a mão no cabo da espada ao dizer:

— O castelo já está sendo vasculhado. Planejo me juntar a eles.

Chaol sabia que não era apenas por Yrene. Sabia que o príncipe tinha bons motivos para se juntar à caçada, que provavelmente ainda havia uma bandeira branca pendurada em suas janelas.

Galanteador e dedicado. Talvez como todos os príncipes devessem ser. E talvez um bom amigo para Dorian. Se tudo corresse a favor de sua missão.

Kashin pareceu tomar fôlego a fim de se preparar e, em seguida, perguntou a Yrene, baixinho:

— Antes de eu ir... por que não a acompanho de volta à Torre? Com uma guarda armada, é claro.

Havia preocupação e esperança o suficiente nos olhos do príncipe para que Chaol se ocupasse em monitorar os guardas que ainda examinavam cada centímetro dos aposentos.

— Eu me sinto mais segura aqui — respondeu Yrene, abraçando o corpo.

Chaol tentou não piscar para ela. Para as palavras.

Com ele. Ela se sentia mais segura ali com *ele*.

O lorde conteve a vontade de lembrar à curandeira que estava naquela cadeira.

Então o olhar de Kashin se voltou para ele, como se lembrando que o antigo capitão estava ali. E era desapontamento o que enrijecia o olhar do príncipe — desapontamento e um aviso ao encontrar os olhos de Chaol.

O lorde teve de conter o *próprio* aviso para Kashin, para que parasse de lhe dar aquele olhar e fosse vasculhar o palácio.

Ele guardaria as mãos consigo mesmo. Afinal, não conseguira parar de pensar na carta de Nesryn o dia todo. Isso quando não estivera remoendo o que Shen havia contado — como o afetara ver o que havia por baixo da manga do orgulhoso guarda.

Mas o príncipe apenas acenou com a cabeça, a mão no peito.

— Mande notícias se precisar de algo.

Yrene mal conseguiu acenar na direção de Kashin. Foi um cumprimento desdenhoso o bastante para que Chaol quase se sentisse mal pelo homem.

O príncipe saiu com um olhar demorado para a curandeira; alguns guardas o seguiram, e os demais permaneceram para trás. Chaol observou através das portas do jardim quando eles se posicionaram do lado de fora.

— O quarto de Nesryn está vazio — informou ele, quando estavam sozinhos no cômodo, por fim.

Ele esperou pela pergunta sobre o motivo daquilo, mas percebeu que Yrene sequer mencionara Nesryn no momento que disparara para dentro. Não tinha tentado acordá-la. Tinha ido direto até ele.

Então não foi surpresa quando Yrene apenas disse:

— Eu sei que está.

Espiões do palácio ou fofoca, Chaol não se importava. Não ao ouvi-la falar:

— Posso ficar aqui? Dormirei no chão...

— Pode dormir na cama. Duvido de que eu consiga descansar esta noite.

Mesmo com os guardas do lado de fora... Chaol vira o que um valg podia fazer contra vários homens. Vira Aelin se mover, uma assassina em meio a um campo de homens. E cortá-los em segundos.

Não, ele não dormiria naquela noite.

— Não pode ficar sentado nessa cadeira a noite inteira...

Chaol lançou um olhar a Yrene que dizia o contrário.

Ela engoliu em seco e pediu licença para ir ao banheiro. Enquanto ela se limpava rapidamente, Chaol observou os guardas do lado de fora e a integridade da tranca do quarto. A curandeira surgiu ainda de vestido, com o pescoço molhado e o rosto pálido de novo. Ela hesitou diante da cama.

— Eles trocaram os lençóis — comentou Chaol, baixinho.

Yrene não olhou para ele ao subir na cama. Cada movimento estava mais contido que o normal... frágil.

Terror ainda a tomava. Embora Yrene tivesse se saído incrivelmente bem. Chaol não tinha certeza se *ele* teria conseguido mover aquele gaveteiro, mas puro terror dera à curandeira uma dose de força. Ele ouvira histórias de mães levantando carruagens inteiras de cima dos filhos esmagados.

Yrene deslizou sob as cobertas, mas não fez menção de apoiar a cabeça no travesseiro.

— Como é... matar alguém?

O rosto de Cain lampejou em sua mente.

— Eu... Isso é novo para mim — admitiu Chaol.

A curandeira inclinou a cabeça.

— Tirei minha primeira vida... logo depois do Yulemas, no ano passado.

As sobrancelhas da jovem se franziram.

— Mas... você...

— Eu treinei para isso. Havia lutado antes. Mas jamais matara alguém.

— Você era o capitão da guarda.

— Eu disse — falou Chaol, com um sorriso amargo — que era complicado.

Yrene se aninhou por fim.

— Mas matou desde então.

— Sim. Mas não o suficiente para me acostumar. Contra os valg, sim, mas os humanos que eles infestam... Alguns estão perdidos para sempre. Alguns ainda estão lá, sob o demônio. Descobrir quem matar e quem pode ser poupado... ainda não sei quais são as escolhas ruins. Os mortos não falam.

A cabeça de Yrene deslizou contra o travesseiro.

— Fiz um juramento diante de minha mãe. Quando tinha 7 anos. De nunca matar um ser humano. Algumas curas... ela me disse que oferecer a morte poderia ser uma misericórdia. Mas que isso era diferente de assassinato.

— É.

— Acho... que eu poderia ter tentado matar quem quer que fosse esta noite. Eu estava tão... — Chaol esperou que ela dissesse *assustada. Assustada com meu único defensor em uma cadeira.* — Eu estava determinada a esse ponto a não fugir. Você disse que ganharia tempo para mim, mas... Não posso fazer isso. Não de novo.

O peito de Chaol se apertou.

— Entendo.

— Fico feliz por não ter feito. Mas... quem quer que seja, escapou. Talvez eu não devesse me sentir tão aliviada.

— Kashin pode ter sorte na busca.

— Duvido. Tinham ido embora antes da chegada dos guardas.

Chaol ficou calado, então, depois de um momento, falou:

— Espero que jamais precise usar essa adaga, ou qualquer outra, Yrene. Mesmo como misericórdia.

A tristeza nos olhos da curandeira foi o suficiente para tirar o fôlego de Chaol.

— Obrigada — agradeceu ela, baixinho. — Por estar disposto a tomar aquela morte para si.

Ninguém jamais dissera tal coisa. Mesmo Dorian. Mas fora esperado. Celaena — *Aelin* ficara grata quando ele matara Cain para salvá-la, mas ela também esperava que ele um dia matasse.

Aelin havia matado mais do que Chaol podia contar àquela altura, e a própria escassez de mortes do lorde fora... vergonhosa. Como se tal coisa fosse possível.

Chaol matara bastante desde então. Em Forte da Fenda. Com aqueles rebeldes contra os valg. Mas Yrene... ela tornara esse número menor. Chaol não tinha visto dessa maneira. Com orgulho. Alívio.

— Sinto muito por Nesryn ter partido — murmurou a jovem à luz fraca.

Não me deve promessa alguma. E não lhe devo nenhuma também.

— Prometi uma aventura — admitiu Chaol. — Ela merecia embarcar em uma.

Yrene ficou quieta o bastante para que ele se voltasse das portas do jardim. A curandeira se aninhara no centro da cama, com a atenção completamente fixa no lorde.

— E quanto a você? O que você merece?

— Nada. Não mereço nada.

Ela o estudou.

— Não concordo nem um pouco — murmurou a jovem, com as pálpebras pesadas.

Chaol monitorou as saídas de novo.

— Recebi bastante e desperdicei — disse ele, depois de alguns minutos.

Ele olhou para a curandeira, mas o rosto de Yrene tinha se suavizado com o sono, e sua respiração estava tranquila.

O antigo capitão a observou por um longo tempo.

∽

Yrene ainda dormia quando o dia raiou.

Chaol tinha cochilado alguns minutos por vez, tanto quanto se permitira.

Mas conforme o sol entrou pelo piso do quarto, ele se viu lavando o rosto e esfregando o sono dos olhos.

A curandeira não se inquietou quando Chaol saiu da suíte, indo para o corredor. Os guardas estavam precisamente onde Kashin ordenara que permanecessem. E disseram a ele exatamente para onde precisava ir conforme Chaol os encarava, pedindo orientação.

Em seguida, o lorde informou que, se Yrene fosse ferida enquanto ele estivesse fora, ele mesmo destruiria cada osso no corpo dos homens.

Minutos depois, Chaol encontrou o pátio de treino que a curandeira mencionara no dia anterior.

Já estava cheio de guardas; alguns olharam para ele, outros o ignoraram por completo. Alguns Chaol reconheceu do turno de Shen, e eles acenaram para o lorde.

Um guarda desconhecido se aproximou, mais velho e mais grisalho que o restante.

Como Brullo, seu antigo instrutor e mestre de armas.

Morto — pendurado naqueles portões.

Chaol afastou a imagem, substituindo-a pela curandeira que ainda dormia em sua cama. A expressão da jovem quando tinha declarado para o príncipe e para o mundo que se sentia mais segura ali. Com ele.

O antigo capitão substituiu a dor que atravessou seu corpo ao ver os guardas se exercitando, a visão daquele espaço de treinamento privado, tão parecido com aquele no qual passara tantas horas da vida, pela imagem do braço artificial de Shen, pela força silenciosa irredutível que sentira apoiando-o enquanto montava o cavalo. Não era menos homem sem aquele braço — não era menos guarda.

— Lorde Westfall — cumprimentou o guarda de cabelos grisalhos, usando a língua de Chaol. — O que posso fazer por você a esta hora? — O homem parecia astuto o bastante para saber que, se houvesse algo relacionado ao ataque, aquele não seria o lugar para discutir. Não, ele sabia que Chaol fora até lá por outro motivo e leu a tensão em seu corpo não como fonte de alarme, mas de intriga.

— Treinei durante anos com homens de meu continente — explicou Chaol, levantando a espada e a adaga que levara consigo. — Aprendi tanto quanto eles sabem.

As sobrancelhas do guarda mais velho se ergueram.

O antigo capitão o encarou.

— Eu gostaria de aprender o que *vocês* sabem.

O guarda mais velho — Hashim — trabalhou em Chaol até ele mal conseguir respirar. Mesmo na cadeira. E fora dela.

Hashim, que estava uma posição abaixo de capitão e supervisionava os guardas treinando, encontrou maneiras de Chaol fazer os exercícios com alguém segurando seus pés, ou da cadeira, em versões modificadas.

Ele de fato trabalhara com Shen um ano antes — muitos dos guardas também. Eles se uniram, ajudando o rapaz como podiam com a reorientação do corpo e a forma de lutar durante os longos meses de recuperação.

Então nenhum deles o encarou ou riu. Nenhum sussurrou.

Estavam todos ocupados demais, cansados demais para se incomodar com isso.

O sol subiu sobre o pátio, e ainda assim eles trabalharam. Ainda assim, Hashim mostrou a ele novas formas de golpear com uma lâmina. Como desarmar um oponente.

Uma forma diferente de pensar, de matar. De defender. Uma linguagem de morte diferente.

Eles pararam na hora do café da manhã, todos quase trêmulos com exaustão.

Mesmo sem fôlego, Chaol poderia ter continuado. Não por ter alguma reserva de força, mas porque *queria*.

Yrene o aguardava quando ele voltou à suíte e tomou banho.

Seis horas, eles passaram então, perdidos naquela escuridão. Ao fim, a dor o destruíra, Yrene estava trêmula com exaustão, mas um tipo de consciência precisa despertara nos pés do lorde. Passara dos tornozelos. Como se a dormência fosse uma maré recuando.

A curandeira voltou para a Torre naquela noite com guarda pesada, e Chaol caiu no sono mais profundo da vida.

Ele estava esperando por Hashim no ringue de treinamento antes do alvorecer.

E no alvorecer seguinte.

E no seguinte.

PARTE DOIS
Montanhas e mares

❧ 29 ❧

Tempestades detiveram Nesryn e Sartaq a caminho das montanhas setentrionais de Asimil.

Ao despertar, o príncipe lançou somente um olhar para as nuvens arroxeadas e ordenou que Nesryn colocasse tudo o que pudesse na projeção rochosa. Kadara trocava o peso entre as patas cheias de garras, farfalhando as asas enquanto os olhos dourados monitoravam o temporal que se aproximava a galope.

Daquela altura, o estalo do trovão ecoava de cada rocha e fenda. Conforme Nesryn e Sartaq esperavam sentados, encostados na parede rochosa sob a projeção, os ventos fustigando-os, ela podia jurar que até mesmo a montanha abaixo estremecia. Mas Kadara aguentava firme contra a tempestade, acomodando-se diante dos dois, como uma verdadeira parede de penas brancas e douradas.

Ainda assim, a chuva gélida conseguiu encontrá-los, congelando Nesryn até os ossos, apesar do couro espesso de montaria e do cobertor de lã com o qual Sartaq insistira que se cobrisse. Os dentes da capitã batiam tão violentamente que faziam o queixo doer, e as mãos estavam tão dormentes e doloridas que Nesryn as mantinha enfiadas sob as axilas, apenas para aproveitar qualquer mínimo calor.

Mesmo antes de a magia sumir, ela jamais desejara ter dons mágicos. E depois que esta havia desaparecido, depois dos decretos que a baniram e das caçadas terríveis àqueles que um dia a possuíram, Nesryn nem mesmo ousara

333

pensar em magia. Ficara satisfeita em praticar arco e flecha, em aprender a usar facas e espadas, dominando o corpo até que também fosse uma arma. Magia tinha fracassado, dissera ela ao pai e à irmã sempre que perguntavam. Um bom aço não o faria.

No entanto, sentada naquele penhasco, açoitada pela chuva e pelo vento até que não conseguisse se lembrar da sensação de calor, ela se viu desejando uma faísca de chamas nas veias. Ou pelo menos que uma certa Portadora do Fogo aparecesse rebolando pelo canto do penhasco para aquecê-los.

Mas Aelin estava longe; seu paradeiro, desconhecido, se o relato de Hasar fosse confiável, o que Nesryn achava que era. A verdadeira pergunta era se o desaparecimento de Aelin e de sua corte tinha ligação com uma jogada terrível de Morath, ou com algum ardil da própria rainha.

Tendo visto do que ela era capaz em Forte da Fenda, os planos que fizera e executara sem que nenhum deles soubesse... Nesryn apostava em Aelin. A rainha apareceria onde e quando desejasse... exatamente no momento pretendido. Nesryn supunha que era por isso que gostava da Portadora do Fogo: levando em conta que havia planos sendo tramados por tanto tempo, Aelin demonstrava bastante controle ao manter tudo isso escondido. Ainda mais para alguém que permitia que o mundo a considerasse descontrolada e impetuosa.

E, enquanto aquela tempestade revoltava-se ao redor de Nesryn e Sartaq, ela se perguntava se Aelin Galathynius ainda poderia ter alguma carta na manga que nem mesmo sua corte conhecia. Rezava para que tivesse. Pelo bem de todos.

Mas a magia havia falhado antes, lembrou a capitã a si mesma com os dentes batendo. E ela faria todo o possível para encontrar um modo de combater Morath sem isso.

Passaram-se horas até que o temporal por fim partisse para aterrorizar outras partes do mundo. Sartaq se levantou apenas quando Kadara arrepiou as penas e se sacudiu para se secar da chuva, borrifando-os no processo. Mas Nesryn não estava em posição de reclamar, pois a ruk tomara o pior da tempestade no lugar de seus cavaleiros.

É claro que isso também deixara a sela encharcada, o que tinha acabado resultando em um voo bastante desconfortável conforme planavam nos ventos frios e limpos das montanhas em direção aos pastos abaixo.

Com o atraso, foram forçados a acampar mais uma noite, dessa vez em um bosque, e de novo sem sequer uma brasa para aquecê-los. Nesryn manteve a boca fechada em relação a isso; o frio que permanecia em seus ossos, as raízes que se enterravam em suas costas sob o saco de dormir, o buraco vazio no estômago que frutas e carne-seca e pão dormido não conseguiam tapar.

Sartaq, para seu mérito, deu a Nesryn os próprios cobertores e perguntou se ela queria uma de suas mudas de roupas. Mas ela mal o conhecia, percebeu a capitã. Aquele homem com quem tinha saído voando, aquele príncipe com a *sulde* e a ruk de olhos atentos... Mal passava de um estranho.

Tais coisas não costumavam incomodá-la. No trabalho para a guarda da cidade, ela lidara com estranhos todos os dias, em diversos estados de horror ou pânico. Os encontros agradáveis foram poucos e esparsos, principalmente nos últimos seis meses, depois que a escuridão se espreitara acima da cidade e passara a caçar abaixo desta.

Mas com Sartaq... Enquanto tremia a noite inteira, Nesryn se perguntava se, talvez, tivesse se precipitado em ir até lá, com ou sem uma possível aliança.

Os braços e as pernas doíam, e os olhos queimavam quando a luz cinzenta do alvorecer infiltrou-se pelos pinheiros finos. Kadara já se movia, ansiosa em partir, e Nesryn e Sartaq trocaram menos de meia dúzia de frases antes de subirem aos ares para o último trecho da jornada.

Estavam voando havia duas horas, com os ventos ficando mais gelados quanto mais ao sul navegavam. De repente, Sartaq lhe disse ao ouvido:

— Ali. — Ele apontou para o leste. — Se voar meio dia naquela direção, chegará às fronteiras setentrionais das estepes. O coração dos darghan.

— Você visita com frequência?

Uma pausa. Então ele respondeu contra o vento:

— Kashin tem sua lealdade. E... Tumelun. — O jeito como falou o nome da irmã dizia o bastante. — Mas os rukhin e os darghan foram um dia um único povo. Corríamos atrás dos ruks sobre nossos cavalos Muniqi, seguíamos seus rastros para o interior das montanhas Tavan. — Ele apontou para o sudeste conforme Kadara se virava, mirando as montanhas altas e irregulares que arranhavam o céu. Estavam salpicadas de florestas, com alguns picos cobertos de neve. — E, quando domamos os ruks, alguns dos senhores dos cavalos escolheram não retornar para as estepes.

— Por isso tantas de suas tradições permanecem as mesmas — observou Nesryn, olhando para a *sulde* afivelada à sela. A queda longínqua surgiu abaixo, com grama seca oscilando como um mar dourado, entalhada por rios esguios e entremeados.

335

Ela rapidamente olhou para a direção das montanhas. Embora tivesse praticamente se acostumado com a ideia do quão pouco a separava da morte no alto daquela ruk, lembrar-se disso não ajudava a acalmar o estômago.

— Sim — confirmou Sartaq. — É também por isso que nossos montadores costumam se juntar aos darghan em guerras. Nossas técnicas de luta diferem, mas, de maneira geral, sabemos como trabalhar juntos.

— Uma cavalaria abaixo e cobertura aérea acima — disse Nesryn, tentando não soar interessada demais. — Já entraram em guerra?

O príncipe ficou calado por um minuto, então respondeu:

— Não na escala do que está sendo deflagrado em sua terra. Nosso pai garante que os territórios dentro do império estejam bastante cientes de que lealdade é recompensada. E que resistência é respondida com morte.

Gelo correu pela coluna de Nesryn.

— Então já fui enviado duas vezes até agora para lembrar alguns territórios inquietos dessa fria verdade — prosseguiu Sartaq. Um sopro quente ao ouvido da capitã. — E há clãs dentro dos próprios rukhin. Antigas rivalidades que aprendi a contornar, além de conflitos que precisei apaziguar.

Do jeito mais difícil, foi o que ele não acrescentou. Em vez disso, falou:

— Como guarda da cidade, deve ter lidado com tais coisas.

Nesryn sorriu em escárnio ao pensar nisso.

— Fiquei principalmente patrulhando... raramente fui promovida.

— Considerando sua habilidade com um arco, achei que comandava o lugar.

A capitã sorriu. Galanteador. Sob aquele exterior inabalavelmente seguro, Sartaq decerto flertava desavergonhadamente. Ainda assim, ela considerou a pergunta implícita, embora soubesse a resposta havia anos.

— Adarlan não é tão... aberta quanto o khaganato quando se trata de aceitar o papel das mulheres na hierarquia de guardas ou exércitos — admitiu ela. — Por mais que eu fosse habilidosa, homens costumavam ser promovidos. Então eu era deixada com a tarefa de patrulhar muralhas ou ruas tumultuadas. Cuidar do submundo ou da nobreza era função dos guardas mais importantes. E daqueles cujas famílias vinham de Adarlan.

A irmã ficava transtornada sempre que acontecia aquilo, mas Nesryn sabia que, se perdesse a calma, se desafiasse os superiores... Eram o tipo de homem que diria a ela que ficasse grata por sequer ter sido admitida, então exigiriam que entregasse a espada e o uniforme. Portanto, Nesryn achou melhor permanecer quieta, ser passada por cima, não meramente pelo pagamento, mas pelo fato de que havia poucos guardas como ela, ajudando aqueles que mais precisavam. Era por eles que ficava, que mantinha a cabeça baixa enquanto homens inferiores eram promovidos.

— Ah. — Outro momento de silêncio do príncipe. — Ouvi dizer que não eram tão acolhedores com pessoas de outras terras.

— Para dizer o mínimo. — As palavras saíram mais frias do que a capitã pretendia. Ainda assim, era onde o pai insistira que vivessem, pensando que oferecia algum tipo de vida melhor. Mesmo quando Adarlan lançara guerras para conquistar o continente setentrional, ele tinha permanecido; embora a mãe de Nesryn tivesse tentado convencê-lo a voltar para Antica, a cidade de seu coração. Mas, por qualquer que fosse o motivo, talvez teimosia, talvez afronta contra o povo que queria expulsá-lo de novo, ele permanecera.

E Nesryn tentava não culpá-lo, realmente tentava. A irmã não conseguia entender — a ocasional raiva intensa de Nesryn sobre o assunto. Não, Delara sempre amara Forte da Fenda, amara o tumulto da cidade e prosperara ao conquistar seu povo rude. Não fora surpresa ela ter se casado com um homem nascido e criado na mesma cidade. Uma verdadeira filha de Adarlan... era isso o que a irmã era. Pelo menos do que Adarlan um dia tinha sido, e talvez um dia se tornasse novamente.

Kadara pegou um vento ágil e planou sua extensão, o mundo abaixo passando como um borrão conforme aquelas montanhas imponentes se aproximavam mais e mais.

— Você já foi... — perguntou Sartaq, baixinho.

— Não vale a pena falar sobre isso. — Não quando às vezes ainda podia sentir aquela pedra atingindo sua cabeça, podia ouvir as provocações daquelas crianças. Nesryn engoliu em seco e acrescentou: — Vossa Alteza.

Uma risada baixa.

— E eis que meu título surge de novo. — Mas ele não insistiu, apenas disse: — Vou implorar para que não me chame de príncipe ou Vossa Alteza perto dos outros montadores.

— Vai implorar ou já está implorando?

Os braços de Sartaq se apertaram ao redor de Nesryn, como um aviso debochado.

— Levei anos para conseguir que parassem de perguntar se eu precisava de meus chinelos de seda ou se precisava que criados penteassem meus cabelos. — A capitã riu. — Entre eles, sou apenas Sartaq. Ou capitão — completou ele.

— Capitão?

— Outra coisa que você e eu temos em comum, ao que parece.

Um galanteador desavergonhado mesmo.

— Mas você governa todos os seis clãs de ruks. Eles respondem a você.

— Respondem, e quando todos se reúnem, sou o príncipe. Mas entre o clã de minha família, o Eridun, capitaneio as forças. E obedeço à palavra de minha mãe de fogo. — Ele apertou Nesryn mais uma vez para dar ênfase. — O que também aconselho que faça, se não quiser ser despida e amarrada contra um penhasco no meio de uma tempestade.

— Pelos deuses.

— Pois é.

— Ela já...

— Sim. E, como você disse, não vale a pena falar sobre isso.

Mas Nesryn riu de novo, surpresa ao sentir o rosto dolorido por sorrir tanto nos últimos minutos.

— Obrigada pelo aviso, capitão.

As montanhas Tavan se tornaram colossais, uma muralha de pedra cinza-escuro mais alta que qualquer outra que ela tivesse visto nas próprias terras. Não que tivesse visto muitas montanhas de perto. A família de Nesryn raramente se aventurara para o interior de Adarlan ou para os reinos ao redor — em grande parte porque o pai estivera ocupado, mas parcialmente porque o povo rural naquelas áreas não aceitava muito bem os forasteiros. Ainda que as filhas tivessem nascido em solo de Adarlan, de uma mãe de Adarlan. Às vezes este último fato lhes era mais revoltante.

A capitã apenas rezava para que os rukhin fossem mais receptivos.

Em todas as histórias do pai, as descrições dos ninhais dos rukhin de alguma maneira não traduziam a mera impossibilidade do que fora construído nas laterais e no alto de três picos imponentes reunidos no coração das montanhas Tavan.

Não era nada como a variedade de *gir* — tendas amplas e armadas — que os clãs de cavalos moviam pelas estepes. Não, o ninhal Eridun tinha sido escavado na pedra, com casas e salões e câmaras, muitos deles originalmente ninhos dos próprios ruks.

Alguns desses ninhos permaneciam, em geral perto de um montador ruk e de sua família, de modo que os pássaros pudessem ser chamados em um instante. Seja por um comando assobiado ou por alguém que subisse as incontáveis escadas de corda ancoradas à própria pedra, permitindo movimento entre vários lares e cavernas; embora escadarias internas também tivessem sido construídas no interior dos picos, sobretudo para idosos e crianças.

Os lares em si vinham equipados com uma ampla entrada na caverna para o pouso dos ruks, e a área habitada era escavada logo atrás. Algumas janelas pontuavam a face da rocha aqui e ali, indicando quartos escondidos atrás da pedra e entradas de ar fresco para as câmaras internas.

Não que precisassem de ainda mais ar fresco ali. O vento era um rio entre os três picos próximos que abrigavam o clã de fogo de Sartaq, cheio de ruks de vários tamanhos subindo ou batendo asas ou mergulhando. Nesryn tentou, sem sucesso, contar as residências escavadas nas rochas. Devia haver centenas ali. E talvez mais estivessem dentro das próprias montanhas.

— Isso... isso é apenas *um* clã? — As primeiras palavras de Nesryn em horas.

Kadara subiu até a face do pico mais central. Nesryn deslizou para trás na sela, sentindo o corpo de Sartaq como uma parede morna atrás de si quando ele se inclinou para a frente, guiando-a para que fizesse o mesmo. As coxas do príncipe seguraram as suas, os músculos se contraindo conforme ele mantinha o equilíbrio de ambos com os estribos.

— O Eridun é um dos maiores, além de ser dos mais antigos, se é que se pode acreditar em nós.

— Não se pode? — O ninho ao redor realmente parecia ter existido por eras incontáveis.

— Cada clã alega ser o mais antigo e o primeiro entre os montadores. — Uma risada que estremeceu o corpo de Nesryn. — Quando há uma Reunião, precisa ouvir os argumentos a respeito. É melhor insultar um homem por causa da mulher que dizer cara a cara que o próprio clã é o mais antigo.

A capitã sorriu, mesmo ao fechar os olhos apertados contra a queda íngreme atrás de si. Ágil e sem vacilar, Kadara mirou a mais ampla das projeções; uma varanda, percebeu Nesryn quando a ruk se inclinou naquela direção. As pessoas já estavam de pé e de braços erguidos em cumprimento logo abaixo do enorme arco da boca da caverna.

Nesryn sentiu o sorriso de Sartaq a seu ouvido.

— Ali está o Salão Montanhoso de Altun, a casa de minha mãe de fogo e de minha família. — Altun... *Refúgio do Vento* era a tradução literal. Era de fato maior que qualquer outra residência em meio aos três picos, chamados os Dorgos ou os Três Cantores. A própria caverna tinha pelo menos 12 metros de altura e três vezes mais de largura. No interior, ela conseguia discernir pilastras e o que, de fato, parecia ser um imenso salão.

— O pátio de recepção, onde fazemos nossas reuniões e comemorações — explicou Sartaq, os braços envolvendo-a com mais intensidade quando Kadara deu meia-volta. Fechar os olhos com força de novo diante das pessoas que aguardavam certamente não lhe garantiria admiração, mas...

Nesryn agarrou o pito da sela com uma das mãos, e com a outra segurou o joelho do príncipe, apoiado atrás do seu. Com força o bastante para deixar um hematoma.

Ele apenas riu baixinho.

— Então a famosa arqueira tem uma fraqueza, afinal.

— Descobrirei a sua muito em breve — replicou ela, ganhando outra risada baixa em resposta.

Felizmente a ruk fez uma aterrissagem suave na escura pedra polida da quase varanda enquanto aqueles à espera na entrada se apoiavam devido ao vento das asas.

Logo em seguida, eles pararam, e Nesryn rapidamente se endireitou, afrouxando o aperto mortal tanto na sela quanto no príncipe para ver um salão cheio de pilastras de madeira entalhadas e pintadas. Os braseiros que queimavam por toda parte projetavam a tinta dourada que reluzia em meio ao verde e ao vermelho, e tapetes espessos com estampas fortes e impressionantes cobriam muito do piso de pedra, interrompido apenas por uma mesa redonda e o que parecia ser um pequeno altar contra uma das paredes mais afastadas. Além dele, onde a escuridão era iluminada por tochas em arandelas, um corredor seguia para o interior da montanha, ladeado por portas.

Contudo, bem no centro do Salão Montanhoso de Altun: uma fogueira.

O poço fora escavado do chão, tão profundo e largo que camadas de degraus amplos levavam até ele. Como um pequeno anfiteatro — a atração principal não era um palco, mas a própria chama. O fogo.

Era de fato um domínio digno do Príncipe Alado.

Nesryn endireitou os ombros quando pessoas jovens e velhas avançaram, sorrindo amplamente. Algumas usavam o familiar couro de montaria, outras vestiam belos casacos coloridos de lã pesada, que desciam até os joelhos.

A maioria tinha os cabelos cor de ônix sedosos de Sartaq e a pele marrom ressecada pelo vento.

— Ora, ora — disse uma jovem de casaco cobalto e rubi em tom arrastado, batendo com a bota no liso chão rochoso ao erguer o rosto para os dois. Nesryn se obrigou a ficar parada, a encarar aquele olhar observador. As tranças gêmeas da menina, amarradas com faixas de couro vermelho, desciam muito além dos seios. Então, jogando uma delas por cima de um ombro, ela comentou: — Vejam quem decidiu abrir mão dos agasalhos de pele e dos banhos de óleo para se juntar a nós mais uma vez.

Nesryn conteve a expressão para que demonstrasse uma calma cautelosa. Mas Sartaq apenas soltou as rédeas de Kadara, lançando à capitã um olhar distinto que dizia *Eu falei* antes de responder para a jovem:

— Não finja que não tem rezado para que eu lhe traga mais daqueles lindos chinelos de seda, Borte.

Nesryn mordeu o lábio para evitar o riso, embora os demais certamente não mostrassem tal restrição conforme gargalhadas ecoavam pelas pedras escuras.

Borte cruzou os braços.

— Suponho que saiba onde os comprar, considerando que gosta tanto de usá-los.

Sartaq gargalhou, o som soou intenso e feliz.

Foi difícil não olhar boquiaberta. No palácio, ele não dera tal risada, nem uma vez.

E quando tinha sido a última vez que Nesryn soltara tal som? Mesmo com a tia e o tio, as risadas foram contidas, como se houvesse algum obstáculo invisível sobre ela. Talvez muito antes disso, retrocedendo até os dias em que era apenas uma guarda da cidade sem noção do que rastejava pelos esgotos de Forte da Fenda.

O príncipe desceu suavemente de Kadara e ofereceu a mão para ajudar Nesryn.

Foi a mão que ele ergueu que fez a dúzia, ou mais, de pessoas reunidas ali notá-la... estudá-la. Ninguém com mais atenção que Borte.

Outro olhar malicioso, examinando-a. Vendo o couro, mas nenhuma das características que a marcavam como parte desse povo.

Nesryn lidara com o julgamento de estranhos muito antes daquele dia — aquilo não era novidade. Mesmo que estivesse nos salões dourados de Altun, entre os rukhin.

341

Ignorando a mão oferecida por Sartaq, a capitã obrigou o corpo rígido a deslizar uma perna sobre a sela, desmontando sozinha. Os joelhos estalaram com o impacto, mas Nesryn conseguiu aterrissar com leveza, e não se permitiu tocar o cabelo — o qual certamente se parecia com um ninho de ratos, apesar da trança curta.

Um leve sorriso de aprovação penetrou os olhos escuros de Borte logo antes de a jovem girar o rosto na direção da capitã.

— Uma mulher balruhni nos couros de um rukhin. Isso, sim, é uma visão.

Sartaq não respondeu. Apenas olhou para Nesryn. Um convite. E um desafio.

Então ela pôs as mãos nos bolsos da calça justa e caminhou para se juntar ao príncipe.

— Melhoraria se eu dissesse que peguei Sartaq lixando as unhas esta manhã?

Borte a encarou, piscando uma vez.

Em seguida, virou a cabeça para trás e urrou de rir.

Apesar de ser o alvo do comentário, Sartaq lançou um olhar de aprovação na direção de Nesryn antes de dizer:

— Conheça minha irmã de fogo, Borte. Neta e herdeira de minha mãe de fogo, Houlun. — Ele ergueu a mão entre as duas para puxar uma das tranças da jovem. Ela lhe afastou a mão. — Borte, conheça a capitã Nesryn Faliq. — Sartaq fez uma breve pausa, então acrescentou: — Da Guarda Real de Adarlan.

Silêncio. As sobrancelhas arqueadas de Borte se ergueram.

Um homem idoso usando couro rukhin avançou entre o grupo.

— Mas o que é mais incomum: que uma mulher balruhni seja sua capitã, ou que uma capitã de Adarlan tenha se aventurando tão longe?

Borte gesticulou para calar o homem.

— Sempre a conversa fiada e as perguntas com você — ralhou ela. Para surpresa de Nesryn, o senhor se encolheu e calou a boca. — A verdadeira pergunta é... — Um sorriso malicioso para Sartaq. — Ela vem como emissária ou noiva?

Qualquer tentativa de uma aparência firme, tranquila, calma desapareceu quando Nesryn olhou boquiaberta para a jovem. No mesmo momento, Sartaq disparou:

— *Borte.*

A jovem deu um sorriso totalmente perverso.

— Sartaq jamais traz damas tão belas para casa, de Adarlan *ou* Antica. Cuidado ao caminhar pelas beiradas dos penhascos, capitã Faliq, ou algumas das meninas podem lhe dar um empurrão.

— Você será uma delas? — A voz de Nesryn permaneceu inabalada, mesmo que o rosto tivesse corado.

Borte fez cara feia.

— Não creio, não. — Alguns dos outros riram de novo.

— Como minha irmã de fogo — explicou o príncipe, levando Nesryn na direção do aglomerado de cadeiras de encosto baixo perto da borda da fogueira —, considero Borte uma parente de sangue. Como uma irmã de verdade.

O sorriso diabólico sumiu quando Borte passou a caminhar ao lado de Sartaq.

— Como está sua família?

O rosto do príncipe era indecifrável, exceto pela leve faísca naqueles olhos escuros.

— Ocupada. — Foi tudo o que disse. Uma não resposta.

Mas a jovem assentiu, como se conhecesse bem seus humores e comportamentos, e se manteve calada conforme Sartaq escoltava Nesryn até uma cadeira de madeira entalhada e pintada. O calor da fogueira incandescente era delicioso, e a capitã quase gemeu ao esticar os pés congelados em sua direção.

Borte sibilou.

— Não podia arrumar um par de botas adequado para sua queridinha, Sartaq?

Ele grunhiu em aviso, mas Nesryn franziu a testa para as botas de couro flexíveis. Tinham sido mais caras que qualquer outra que ousara comprar para si, mas Dorian Havilliard insistira. Parte do uniforme, dissera ele com um piscar de olho.

Ela se perguntou se Dorian ainda sorria tão livremente, ou se gastava tão generosamente onde quer que estivesse.

Então olhou na direção de Borte cujas botas eram de couro, porém mais espessas — forradas com o que parecia ser a mais grossa pele de carneiro. Definitivamente melhores para a fria altitude.

— Tenho certeza de que consegue desenterrar um par de algum lugar — disse Sartaq para a irmã de fogo, e Nesryn se virou na cadeira enquanto os dois caminharam de volta para onde Kadara esperava.

343

As pessoas se aproximaram de Sartaq, murmurando baixo demais para que ela ouvisse do outro lado do salão. Mas o príncipe falou com sorrisos leves, conversando conforme descarregava as bolsas, entregando-as a quem quer que estivesse perto, e, então, tirou a sela de Kadara.

Ele fez uma carícia no pescoço da ruk dourada, depois deu uma batidinha firme em seu flanco; em seguida Kadara se foi, batendo as asas para o céu aberto além da entrada da caverna.

Nesryn pensou em ir até eles e se oferecer para ajudar com as sacolas sendo puxadas pela câmara até o corredor, mas o calor que subia lentamente por seu corpo tinha drenado as forças das pernas da capitã.

Sartaq e Borte surgiram, e os demais se dispersaram quando Nesryn reparou no homem sentado perto de um braseiro do outro lado do salão. Uma xícara de vapor fumegante repousava na pequena mesa de madeira ao lado da cadeira, e, embora parecesse haver um pergaminho aberto no colo do sujeito, os olhos permaneciam fixos na capitã.

Nesryn não sabia em que reparar: se no fato de obviamente não vir do continente sul, apesar da pele queimada de sol; ou nos cabelos castanhos curtos, bem diferentes das tranças longas e sedosas dos montadores de ruks; ou nas roupas, mais próximas dos casacos e calças de Adarlan.

Apenas uma adaga lhe pendia da lateral do corpo, e, embora tivesse os ombros largos e parecesse em forma, não tinha uma postura arrogante, aquela certeza impiedosa de um guerreiro. Devia ter 40 e muitos anos, e pálidas linhas brancas marcavam o canto dos olhos por semicerrá-los ao sol ou ao vento.

Borte levou Sartaq para o outro lado do poço do fogo, além das várias pilastras, direto para o homem, que se levantou e fez uma reverência. Ele tinha quase a altura do príncipe, e, mesmo do outro lado do salão, com a fogueira crepitante e o vento gemendo, Nesryn conseguiu ouvir o halha tosco:

— É uma honra, príncipe.

Borte riu com escárnio.

Sartaq apenas deu um aceno curto e respondeu na língua do norte:

— Fui informado de que está aqui durante as últimas semanas como convidado de nossa mãe de fogo.

— Ela foi delicada o bastante para me receber, sim. — O homem pareceu levemente aliviado por usar a língua nativa. Um olhar na direção de Nesryn. Ela não se incomodou em fingir que não ouvia. — Não pude deixar de ouvir o que penso ter sido a menção a uma capitã de Adarlan.

— A capitã Faliq supervisiona a guarda real.

— É mesmo? — murmurou o homem, sem tirar os olhos de Nesryn.

Ela apenas o encarou de volta do outro lado do salão. *Vá em frente. Encare quanto quiser.*

— E seu nome? — perguntou Sartaq, em tom afiado.

O homem voltou o olhar ao príncipe.

— Falkan Ennar.

— Ele é um mercador — disse Borte a Sartaq, em halha.

E se tinha vindo do continente norte... Nesryn ficou de pé, os passos eram quase silenciosos conforme se aproximava. Certificou-se de que fossem, enquanto Falkan a observava durante todo o percurso, percorrendo-a com os olhos, dos pés à cabeça. Certificou-se de que o homem reparasse que sua graciosidade de movimentos não era um dom feminino, mas algo adquirido em treinos onde aprendeu como se aproximar dos outros sem ser detectada.

Falkan enrijeceu o corpo, como se por fim se desse conta. E entendesse que a adaga ao lado do corpo seria de pouca utilidade contra ela se fosse burro o suficiente para tentar alguma coisa.

Que bom. Isso o fazia mais esperto que muitos homens de Forte da Fenda. Parando a uma distância casual, Nesryn perguntou ao mercador:

— Teve alguma notícia?

De perto, ela notou que os olhos dele eram de um tom safira da meia-noite, e não pretos como ela acreditara. Ele provavelmente fora até belo na juventude.

— Notícia de quê?

— De Adarlan. De... tudo.

Falkan levantou-se com uma quietude impressionante; talvez um homem acostumado a se manter firme nas negociações.

— Queria poder oferecer alguma, capitã, mas estou no continente sul há mais de dois anos. Provavelmente tem mais notícias que eu. — Um pedido sutil.

E um que ficaria sem resposta, pois ela não estava prestes a tagarelar sobre os assuntos do próprio reino para que todos ouvissem. Então Nesryn apenas deu de ombros e se voltou para o poço da fogueira do outro lado do salão.

— Antes de eu deixar o continente norte — começou Falkan, conforme ela se afastava —, um rapaz chamado Westfall era o capitão da Guarda Real. É a substituta?

Cautelosa. De fato, precisaria ser muito, muito cautelosa para não revelar demais. A ele, a qualquer um.

— Lorde Westfall é agora Mão do rei Dorian Havilliard.

Um choque desarmou a expressão do mercador. Nesryn reparou naquilo — em cada tique e tremor. Não havia felicidade ou alívio, mas também não havia raiva. Apenas... surpresa. Surpresa pura e sincera.

— Dorian Havilliard é rei?

Diante das sobrancelhas erguidas de Nesryn, o homem explicou:

— Estou há meses nas profundezas selvagens. As notícias não chegam rapidamente. Ou com frequência.

— Um lugar estranho para vender seus bens — murmurou Sartaq. A capitã estava inclinada a concordar.

Falkan apenas lançou um sorriso contido ao príncipe. Um homem com segredos próprios, então.

— Foi uma longa jornada — interrompeu Borte, dando o braço a Nesryn e virando-a para o corredor escuro adiante. — A capitã Faliq precisa de um lanche. E de um banho.

Nesryn não tinha certeza se agradecia à jovem ou se a repreendia por ter interrompido, mas... Seu estômago parecia, de fato, um poço dolorido. E fazia um bom tempo desde que se banhara.

Nem Sartaq nem Falkan as impediram, embora tivessem retomado os murmúrios conforme Borte a acompanhava até o corredor que dava diretamente na própria montanha. Portas de madeira o ladeavam, algumas abertas, revelando pequenos dormitórios; até mesmo uma pequena biblioteca.

— Ele é um homem estranho — comentou Borte em halha. — Minha avó se recusa a falar sobre o motivo de sua vinda... o que busca.

Nesryn ergueu uma sobrancelha.

— Comércio, talvez?

A jovem sacudiu a cabeça, abrindo uma porta no meio do corredor. O quarto era pequeno: havia uma cama estreita encostada a uma parede; na outra, um baú e uma cadeira de madeira. A parede mais afastada tinha uma pia e um jarro, além de uma pilha de panos de aparência macia.

— Não temos mercadorias para vender. *Nós* costumamos ser os mercadores, transportando bens pelo continente. Nosso clã aqui nem tanto, mas alguns dos outros... Os ninhais estão cheios de tesouros de todos os territórios. — Borte empurrou com o dedo do pé a cama bamba e franziu a testa. — Não este lixo velho.

346

Nesryn riu.

— Talvez ele queira ajudá-los a expandir, então.

Borte se virou, as tranças oscilando.

— Não. Ele não se encontra com ninguém, nem parece *interessado* nisso. — Um gesto de ombros. — Importa pouco. Apenas que ele está *aqui*.

A capitã guardou os fragmentos de informação. Ele não parecia ser um dos agentes de Morath, mas quem sabia até onde o braço de Erawan se estendia agora? Se tinha chegado a Antica, então era possível que tivesse se infiltrado no continente. Ela ficaria alerta; sem dúvida Sartaq já estava.

Borte torceu a ponta de uma trança no dedo.

— Vi a maneira como o olhou de cima a baixo. Também não acha que ele está aqui a negócios.

Nesryn sopesou os méritos de admitir a verdade e optou por dizer:

— Esses são dias estranhos para todos nós; aprendi a não acreditar na palavra dos homens. Ou em sua aparência.

Borte soltou a trança.

— Não é à toa que Sartaq a trouxe para casa. Soa exatamente como ele.

Nesryn escondeu o sorriso, sem se incomodar em dizer que achava tal coisa um elogio.

A jovem fungou, gesticulando para o quarto.

— Não é tão requintado quanto o palácio do khagan, mas é melhor que passar a noite em um dos sacos de dormir de bosta de Sartaq.

Nesryn sorriu.

— Suponho que qualquer cama seja melhor que aquilo.

Borte deu um sorriso sarcástico.

— Eu estava falando sério. Você precisa de um banho. E de um pente.

A capitã, por fim, levou a mão aos cabelos e encolheu o corpo. Emaranhados e nós e mais emaranhados. Só desfazer a trança já seria um pesadelo.

— Até mesmo Sartaq trança melhor que isso — provocou Borte.

Nesryn suspirou.

— Apesar dos esforços de minha irmã para me ensinar, sou inútil quando se trata dessas coisas. — Ela ofereceu um piscar de olho à jovem. — Por que acha que mantenho o cabelo tão curto?

De fato, a irmã praticamente desmaiara quando Nesryn voltara para casa certa tarde aos 15 anos, com os cabelos na altura dos ombros. Mantinha as mechas daquele tamanho desde então — em parte para irritar Delara, que ainda se emburrava com aquilo, e em parte porque era *muito* mais fácil de lidar. Empunhar lâminas e flechas era uma coisa, mas fazer penteados... Não levava jeito. E aparecer no quartel dos guardas com um estilo de cabelo bonito *não* teria sido bem recebido.

Borte apenas deu a Nesryn um aceno breve... como se parecesse entender.

— Antes de voar da próxima vez, trançarei direito para você. — Então ela apontou para o fim do corredor, para um conjunto de escadas estreitas que dava para a escuridão. — Os banhos ficam naquela direção.

Nesryn se cheirou e estremeceu.

— Ai, que horror.

Borte deu risinhos quando Nesryn entrou no corredor.

— Me surpreende Sartaq não ter lacrimejado.

A capitã gargalhou ao seguir a jovem para o que ela torcia ser um banho fumegante. Mais uma vez, ao sentir o olhar afiado e observador de Borte, ela perguntou:

— O que foi?

— Você cresceu em Adarlan, não foi?

Nesryn considerou a pergunta, o motivo por trás desta.

— Sim. Nasci e fui criada em Forte da Fenda, embora a família de meu pai venha de Antica.

Borte ficou calada durante alguns passos. Mas, quando chegaram à escada estreita e passaram para o interior escuro, ela sorriu por cima de um ombro para a capitã.

— Então seja bem-vinda ao lar.

Nesryn se perguntou se aquelas palavras seriam as mais belas que já ouvira.

～

Os banhos consistiam em banheiras de cobre antigas, que precisavam ser enchidas com chaleiras, mas a capitã não protestou quando finalmente entrou em uma.

Uma hora depois, com os cabelos finalmente desembaraçados e penteados, ela se viu sentada à imensa mesa redonda no grande salão, enfiando coelho assado na boca, aninhada em roupas quentes e grossas, doadas pela própria Borte. Os lampejos de cobalto e narciso bordados nas mangas prenderam a atenção de Nesryn tanto quanto as bandejas de carne assada à frente. Lindas roupas; em camadas e quentes contra o frio que permeava o salão, mesmo com as fogueiras. E os dedos dos pés... Borte realmente encontrara um par daquelas botas revestidas de lã para ela.

Sartaq estava sentado ao lado de Nesryn à mesa vazia, igualmente calado e comendo com o mesmo entusiasmo. Ainda não tinha se banhado, embora os cabelos embaraçados pelo vento tivessem sido trançados novamente, com a longa trança caindo pelo centro das costas musculosas.

Conforme a barriga começava a se encher e os dedos de Nesryn diminuíam a velocidade, a capitã olhou para o príncipe e viu que ele ria sutilmente.

— Melhor que uvas e porco salgado?

Em uma resposta silenciosa, ela indicou com o queixo os ossos que enchiam seu prato, depois a gordura nos dedos. Seria indelicado lambê-los? Os temperos estavam deliciosos.

— Minha mãe de fogo — disse ele, com aquele sorriso se dissipando — não está aqui.

Nesryn parou de comer. Tinham ido até lá para buscar o conselho dessa mulher...

— De acordo com Borte, ela voltará amanhã ou no dia seguinte.

A capitã esperou por mais. Silêncio podia ser tão eficiente quanto perguntas pronunciadas.

Sartaq empurrou o prato e apoiou os braços na mesa.

— Estou ciente de que você tem pressa. Se pudesse, iria eu mesmo atrás dela, mas nem mesmo Borte tem certeza de para onde ela foi. Houlun é... errante desse jeito. Vê a *sulde* oscilando ao vento e leva o ruk para persegui-lo. E nos bate com a *sulde* se tentarmos impedi-la. — Um gesto na direção da estante de lanças perto da entrada da caverna, a *sulde* do próprio Sartaq estava entre elas.

Nesryn sorriu diante daquilo.

— Ela parece uma mulher interessante.

— E é. De algumas maneiras, sou mais próximo dela que de... — As palavras se dissiparam, e ele sacudiu a cabeça. *Que da própria mãe.* De fato, Nesryn não o vira ser tão aberto, tão brincalhão com os irmãos de verdade como era com Borte.

— Posso esperar — afirmou ela por fim, tentando não se encolher. — Lorde Westfall ainda precisa de tempo para se curar, e eu disse a ele que ficaria fora por três semanas. Posso esperar mais um dia ou dois. — *E, por favor, deuses, nem mais um momento depois disso.*

Sartaq assentiu, batendo com o dedo na madeira antiga da mesa.

349

— Esta noite descansaremos, mas amanhã... — O indício de um sorriso. — Gostaria de um tour amanhã?

— Será uma honra.

O sorriso do príncipe aumentou.

— Talvez também pudéssemos praticar um pouco de arco e flecha. — Ele a olhou com uma franqueza que a fez se mexer no assento. — Estou certamente ansioso para me testar contra a Flecha de Neith, e tenho certeza de que os jovens guerreiros também estão.

Nesryn afastou o próprio prato, erguendo a sobrancelha.

— Eles ouviram falar de mim?

O príncipe sorriu.

— Talvez eu tenha contado uma ou duas histórias na última vez que vim. Por que acha que havia tanta gente reunida quando chegamos? Certamente não costumam se incomodar em vir até aqui para *me* ver.

— Mas Borte parecia que jamais...

— Por acaso Borte parece o tipo de pessoa que facilita para *alguém*?

Algo mais profundo em Nesryn se aqueceu.

— Não. Mas como poderiam saber que eu vinha?

O sorriso de resposta foi o retrato da arrogância principesca.

— Porque mandei notícias um dia antes, dizendo que você provavelmente se juntaria a mim.

Nesryn o olhou boquiaberta, incapaz de manter aquela máscara de calma.

Levantando-se, Sartaq pegou os pratos de ambos.

— Eu disse que estava rezando para que se juntasse a mim, Nesryn Faliq. Se tivesse aparecido de mãos vazias, Borte jamais teria me deixado em paz.

❧ 30 ❧

Dentro da câmara interior do salão, Nesryn não tinha como saber por quanto tempo dormira ou que horas eram. Tivera um sono intermitente, acordando para distinguir os sons além da porta, para detectar se alguém estava desperto. Duvidava de que Sartaq fosse do tipo que a repreenderia por dormir até tarde, mas se os rukhin realmente provocavam o príncipe por causa da vida na corte, talvez ficar de preguiça a manhã inteira não fosse a melhor maneira de conquistá-los.

Então Nesryn se virou e revirou, conseguindo alguns minutos de sono aqui e ali, mas desistiu de vez ao reparar em sombras interrompendo a luz que entrava sob a porta. Alguém, por fim, estava acordado no Salão de Altun.

Ela se vestiu, parando apenas para lavar o rosto. O quarto era quente o bastante para que a água na jarra não estivesse gelada, embora um jato congelando nos olhos pesados certamente teria sido útil.

Trinta minutos depois, sentada na sela diante de Sartaq, Nesryn se arrependeu desse desejo.

Ele estivera de fato acordado, selando Kadara, quando ela havia surgido no grande salão ainda silencioso. O poço da fogueira queimava forte, como se alguém o tivesse alimentado a noite inteira, mas exceto pelo príncipe e sua ruk, o salão cheio de pilastras estava vazio. E permanecia vazio quando Sartaq puxou Nesryn para a sela e Kadara saltou da entrada da caverna.

Ar congelante se chocou contra o rosto da capitã, lhe açoitando as bochechas conforme mergulhavam.

Alguns outros ruk estavam no ar. Provavelmente em busca do café da manhã, explicou Sartaq, com a voz baixa no alvorecer que subia. E foi em busca da refeição da própria Kadara que eles seguiram, saindo dos três picos do ninhal Eridun em direção às montanhas cobertas de pinheiros.

Somente depois que Kadara havia pescado meia dúzia de gordos salmões prateados de um agitado rio turquesa, atirando todos ao ar antes de engoli- -los com uma mordida cortante, Sartaq os guiou para um aglomerado de picos menores.

— O percurso de treino — indicou ele. As rochas eram menos pontia- gudas, as quedas entre os picos eram menos acentuadas, mais como valas suaves e arredondadas. — Onde os novatos aprendem a montar.

Embora menos brutal que os três picos irmãos dos Dorgos, não parecia mais seguro em nada.

— Você disse que criou Kadara desde o ovo. É assim que se faz com todos os montadores?

— Não quando estamos aprendendo a montar. As crianças pegam os ruks experientes e mais dóceis, aqueles velhos demais para longos voos. Aprendemos com eles até os 13 ou 14 anos, então encontramos nosso ovo para criar e treinar por conta própria.

— Treze...

— Montamos pela primeira vez aos 4 anos. Ou os outros montam. Eu, como sabe, estava alguns anos atrasado.

Nesryn apontou para o percurso de treino.

— Deixam crianças de 4 anos montarem sozinhas ao longo *daquilo*?

— Familiares ou parentes de fogo costumam ir em muitos dos voos iniciais.

A capitã piscou para a pequena cadeia montanhosa, tentando, sem su- cesso, imaginar seus vários sobrinhos e sobrinhas, os quais ainda tinham o hábito de saírem correndo nus e aos berros pela casa à primeira menção da palavra *banho*, sendo responsáveis não apenas por comandar uma daquelas bestas, mas por ficar *na* sela.

— Os clãs de cavalos nas estepes têm o mesmo treinamento — explicou Sartaq. — A maioria pode ficar de pé sobre os cavalos aos 6 anos, e eles começam a aprender a empunhar arcos e lanças assim que os pés alcançam os estribos. Fora ficar de pé — ele riu ao pensar nisso —, nossas crianças têm um processo idêntico. — O sol despontou, aquecendo a pele que Nesryn deixara exposta ao vento cortante. — Foi como o primeiro khagan conquistou o continente. Nosso povo já era bem treinado em cavalaria, disciplinado e acostumado a carregar os próprios suprimentos. Os outros exércitos enfrentados... Esses reinos não anteciparam inimigos que sabiam montar sobre a camada espessa de gelo do inverno; eles acreditavam que isso protegeria suas cidades durante os meses frios. E não anteciparam um exército que viajava com pouco, com engenheiros entre eles para fazer armas de qualquer material que encontrassem quando chegassem ao destino. Até hoje, a Academia de Engenheiros de Balruhn é a de maior prestígio do khaganato.

Nesryn sabia daquilo; o pai ainda mencionava a academia de vez em quando. Um primo distante a tinha frequentado e conquistado alguma fama por inventar um tipo de máquina de colheita.

Sartaq guiou Kadara para o sul, disparando para muito além dos picos cobertos de neve.

— Aqueles reinos também não anteciparam um exército que conquistava pela retaguarda, tomando caminhos nos quais poucos se arriscariam. — Ele apontou para o oeste, na direção de uma faixa pálida no horizonte. — O deserto Kyzultum fica para aquele lado. Durante séculos, foi uma barreira entre as estepes e as terras mais verdes. Para tentar conquistar os territórios sul, todos sempre tomaram o caminho mais longo ao redor deste, dando bastante tempo para que os defensores reunissem uma tropa. Então, quando aqueles reinos souberam que o khagan e suas centenas de milhares de guerreiros estavam a caminho, posicionaram os exércitos de modo a interceptá-los. — Orgulho envolvia cada palavra. — Apenas para descobrir que o khagan e seus exércitos tinham atravessado o Kyzultum diretamente, fazendo amizade com nômades locais, há muito desprezados pelos reinos do sul, para que os guiassem. Permitindo que o khagan chegasse de fininho por trás deles e saqueasse as cidades sem vigia.

Nesryn lhe sentiu o sorriso próximo da orelha e percebeu que se acomodava um pouco mais perto de Sartaq.

— Então o que aconteceu? — Ela só ouvira fragmentos das histórias, jamais um relato tão abrangente, e de certo não dos lábios de alguém nascido daquela gloriosa linhagem. — A guerra foi deflagrada?

— Não — respondeu o príncipe. — Ele evitava o combate direto sempre que possível, na verdade. Tornava alguns líderes-chave exemplos cruéis, de modo que o terror se espalhasse. Assim, ao chegar a muitas daquelas cidades ou aos exércitos, a maioria soltava as armas e aceitava os termos de rendição do khagan em troca de proteção. Ele usava medo como arma, tanto quanto empunhava a *sulde*.

— Ouvi falar que tinha duas... *suldes*, quero dizer.

— Tinha. E meu pai ainda as tem. Ébano e Marfim, é como as chamamos. Uma *sulde* com pelo de cavalo branco, para carregar em tempos de paz, e outra com pelo de cavalo preto, para empunhar na guerra.

— Presumo que ele tenha escolhido Ébano para aquelas campanhas.

— Ah, certamente. E, ao terminar de atravessar o Kyzultum e saquear a primeira cidade, as notícias do que aguardava a resistência, notícias de que ele realmente carregava a *sulde* Ébano, se espalharam tão rapidamente e tão longe que, quando o khagan chegou ao reino seguinte, nem mesmo se incomodaram em levantar um exército. Simplesmente se renderam. O khagan os recompensou fartamente por isso, certificando-se de que os demais territórios soubessem disso também. — Sartaq se calou por um momento. — O rei de Adarlan não foi tão inteligente ou misericordioso, foi?

— Não — respondeu Nesryn, engolindo em seco. — Não foi. — O homem tinha destruído e saqueado e escravizado. O homem não... o demônio dentro dele.

Ela acrescentou:

— O exército que Erawan reuniu... Ele começou a reuni-lo muito antes de Dorian e Aelin amadurecerem e reivindicarem seus direitos de nascença. Chaol... Lorde Westfall me contou sobre túneis e câmaras sob o palácio em Forte da Fenda, que estavam lá havia anos. Lugares em que humanos e valg tinham sido alvo de experimentos. Bem debaixo dos pés de cortesãos ignorantes.

— O que incita a pergunta de por quê — refletiu Sartaq. — Se ele conquistou a maior parte do continente norte, por que reunir tal força? Ele achava que Aelin Galathynius estava morta... presumo que não tenha antecipado que Dorian Havilliard se rebelaria também.

Nesryn não contara a ele sobre as Chaves de Wyrd... e ainda não conseguia revelar sua existência.

— Sempre acreditamos que Erawan estava determinado a conquistar este mundo. Parecia motivo o suficiente.

— Mas agora você parece duvidar.

Ela considerou.

— Simplesmente não entendo por quê. Por que todo esse esforço, por que querer conquistar *mais* quando ele secretamente já controlava o continente norte. Erawan saiu impune de muitos horrores. Será que apenas deseja mergulhar nosso mundo em mais escuridão? Será que deseja se chamar mestre da terra?

— Talvez coisas como motivo e razão sejam estranhas para demônios. Talvez ele simplesmente tenha o impulso de destruir.

Nesryn sacudiu a cabeça, semicerrando os olhos contra o sol conforme ele subia mais alto, a luz se tornando ofuscante.

∽

Sartaq voltou para o ninhal Eridun, deixou Kadara no grande salão e continuou com o tour de Nesryn. Ele a poupou da vergonha de implorar para não usarem as escadas de corda na face do penhasco, e a levou pelas escadarias e passagens internas da montanha. Para chegar aos outros dois picos, alegou o príncipe, precisavam voar até o outro lado ou pegar uma das duas pontes amarradas entre eles. Um olhar para a corda e a madeira, e Nesryn anunciou que poderia esperar mais um dia para tentar.

Montar Kadara era uma coisa. A capitã confiava na ave e confiava no montador. Mas a ponte oscilante, por mais que bem construída... Ela precisaria de uma ou duas bebidas antes de tentar cruzá-la.

Mas havia muito para ver dentro da própria montanha — Rokhal, o Sussurrante, era como se chamava. Os outros dois picos irmãos que compunham os Dorgos eram Arik, o Melódico, e Torke, o Rugidor; todos os três batizados pela forma como o próprio vento cantava ao passar por cima e em torno deles.

Rokhal era o maior e o mais escavado; sua joia era o Salão de Altun perto do topo. Mas mesmo nas câmaras abaixo de Altun, Nesryn mal sabia para onde olhar enquanto o príncipe mostrava os corredores e espaços sinuosos.

As várias cozinhas e os pequenos salões de reunião; as casas e as oficinas dos montadores; o ninho de diversos ruks, que variavam em cor desde o dourado de Kadara até marrom-escuro; as ferrarias, onde a armadura era forjada a partir do minério garimpado de dentro da montanha; os anoques, em que as selas eram meticulosamente construídas; os postos de troca, onde se podia comercializar bens domésticos e pequenas bijuterias. E, por fim, no topo do próprio Rokhal, os ringues de treinamento.

Não havia parede ou cerca ao longo do cume largo de topo chato. Apenas a pequena construção arredondada que fornecia alívio do vento e do frio, assim como acesso à escada abaixo.

Nesryn já estava sem fôlego quando os dois abriram a porta de madeira que bloqueava o vento fustigante — e a visão que se estendeu diante da jovem certamente arrancou qualquer ar que lhe restasse nos pulmões.

Mesmo voar acima e entre as montanhas parecia de algum jeito diferente daquilo.

Picos imponentes e cobertos de neve os cercavam, antigos como a própria terra, intocados e dormentes. Perto dali, um longo lago reluzia entre cordilheiras gêmeas, ruks eram meras sombras sobre a superfície azul.

Nesryn jamais vira algo tão grandioso e impiedoso, tão vasto e belo. E, embora fosse tão insignificante quanto uma mosca em comparação ao tamanho das montanhas ao redor, alguma parte sua sentia, intensamente, pertencer àquilo, como nascida daquilo.

Sartaq estava a seu lado, acompanhando aonde perambulava a atenção da jovem, como se os olhares dos dois estivessem unidos. E, quando o olhar de Nesryn recaiu sobre uma montanha larga e solitária na outra ponta do lago, ele inspirou rapidamente. Nenhuma árvore crescia nas laterais escuras; apenas neve fornecia um manto sobre as rochas mais altas e sobre o cume.

— Aquele é Arundin — disse Sartaq, baixinho, como se temesse que até mesmo o vento ouvisse. — O quarto cantor entre esses picos. — O vento realmente parecia fluir da montanha, frio e ágil. — O Silencioso, como o chamamos.

De fato, um tipo de quietude pesada parecia cercar o pico. Nas águas turquesa do lago em seu sopé, havia uma perfeita imagem espelhada, tão nítida que Nesryn se perguntou se era possível mergulhar sob a superfície e encontrar outro mundo, um mundo refletido abaixo.

— Por quê?

Sartaq se virou, como se a visão de Arundin não devesse ser suportada por muito tempo.

— É em suas encostas que os rukhin enterram nossos mortos. Se voarmos perto, verá *suldes* cobrindo as laterais, os únicos indicadores dos caídos.

Era uma pergunta completamente inapropriada e mórbida, mas Nesryn a fez:

— Você algum dia vai ser colocado ali ou vai para a terra sagrada das estepes com o restante de sua família?

O príncipe passou o dedo do pé pela rocha lisa sob eles.

— Essa escolha permanece diante de mim. As duas partes de meu coração provavelmente travarão uma longa guerra por causa disso.

Nesryn certamente entendia — aquela luta entre dois lugares.

Gritos e o clangor de metal desviaram a atenção da capitã do silêncio eterno e atraente de Arundin para o real propósito do espaço acima de Rokhal: os ringues de treinamento.

Homens e mulheres usando couros de montaria estavam de pé em vários círculos e estações. Alguns disparavam flechas em alvos com uma precisão impressionante, outros atiravam lanças, uns lutavam espada a espada. Montadores mais velhos gritavam ordens ou corrigiam mira ou postura, caminhando entre os guerreiros.

Alguns se voltaram na direção de Sartaq quando ele e Nesryn se aproximaram do ringue de treinamento na ponta mais distante do espaço. O circuito de arco e flecha.

Com o vento, o frio... A capitã se viu calculando esses fatores. Admirando a habilidade dos arqueiros ainda mais. E, por algum motivo, não ficou surpresa ao encontrar Borte entre os três arqueiros que miravam em bonecos empalhados, com as longas tranças voando ao vento.

— Veio para que eu esfole seu couro outra vez, irmão? — O sorrisinho da jovem estava cheio de prazer malicioso.

Sartaq soltou aquela gargalhada intensa e agradável de novo, pegando um arco longo e colocando no ombro uma aljava que estava em um suporte próximo. Ele empurrou com o quadril a irmã de fogo para que chegasse para o lado, armando uma flecha com facilidade. O príncipe mirou e disparou, e Nesryn sorriu conforme a flecha encontrava o alvo, bem no pescoço do boneco.

— Impressionante, para um principezinho — cantarolou Borte, em seguida se virou para Nesryn, com as sobrancelhas escuras arqueadas. — E você?

Ora, então. Engolindo o sorriso, Nesryn se desfez do pesado sobretudo de lã, acenou com a cabeça para Borte e se aproximou da estante de flechas e arcos. O vento da montanha era revigorante para quem vestia apenas os couros de montaria como aquecimento, mas ela bloqueou os sussurros de Rokhal ao passar os dedos pela madeira entalhada. Teixo, freixo... Nesryn pegou um dos arcos de teixo, testando o peso, a flexibilidade e a resistência. Uma arma sólida, mortal.

Mas familiar. Tão familiar quanto uma velha amiga. A capitã não pegara em um arco até a morte de sua mãe, e, durante aqueles anos iniciais de luto e entorpecimento, o treinamento físico, a concentração e a força necessárias tinham sido um santuário, e um alívio, e uma forja.

Ela se perguntava se algum dos antigos tutores tinha sobrevivido ao ataque a Forte da Fenda. Se alguma de suas flechas havia derrubado serpentes aladas. Ou lhes reduzido a velocidade o bastante para salvar vidas.

Nesryn permitiu que o pensamento se acalmasse enquanto passava para as aljavas, puxando flechas de dentro destas. As pontas de metal eram mais pesadas que aquelas usadas em Adarlan, o cabo um pouco mais grosso. Projetadas para cortar ventos brutais a velocidades aceleradas. Talvez, se tivessem sorte, derrubar uma serpente alada ou duas.

Escolhendo flechas de várias aljavas e guardando-as na própria aljava antes de cruzá-la às costas, a capitã se aproximou da linha em que Borte, Sartaq e alguns outros a observavam silenciosamente.

— Escolha um alvo — disse Nesryn a Borte.

A jovem abriu um sorriso sarcástico.

— Pescoço, coração, cabeça. — Ela apontou para cada um dos três bonecos, um alvo diferente para cada. O vento os agitou; a mira e a força necessárias para acertar cada alvo era completamente diferente. Borte sabia disso; todos os guerreiros ali sabiam.

Nesryn ergueu um braço para trás da cabeça, arrastando os dedos pela ponta chanfrada. As penas escorregaram contra sua pele conforme ela observava os três alvos. Ouviu o murmúrio do vento correndo além de Rokhal, aquele chamado selvagem que ouvia ecoado pelo próprio coração. *Seguidora do vento*, chamara a mãe.

Uma após a outra, Nesryn sacou uma flecha e disparou.

De novo, e de novo, e de novo.

De novo, e de novo, e de novo.

De novo, e de novo, e de novo.

E, ao terminar, apenas o vento uivante respondeu — o vento de Torke, o Rugidor. Cada ringue de treino tinha parado. Observando o que Nesryn fizera.

Em vez de três flechas distribuídas entre os três bonecos, ela disparara nove.

Três fileiras de disparos perfeitamente alinhados em cada: coração, pescoço e cabeça. Sem um centímetro de diferença. Mesmo com os ventos cantantes.

Quando se virou para o príncipe, ela o encontrou sorrindo, com a longa trança oscilando atrás do corpo, como se também fosse uma *sulde*.

Mas, então, Borte passou por ele com uma cotovelada e sussurrou para Nesryn:

— Me mostre.

~

Durante horas, Nesryn ficou de pé no alto do ringue de treino do Rokhal e explicou como tinha feito, como calculara o vento, o peso e o ar. E tanto quanto mostrou as diversas rotações envolvidas, *eles* também demonstraram as próprias técnicas. A maneira como giravam nas selas a fim de disparar para trás, que arcos usavam para caça ou para a guerra.

As bochechas de Nesryn estavam ressecadas pelo vento, e as mãos, dormentes, mas ela sorria — um sorriso largo e resoluto — quando Sartaq foi abordado por um mensageiro sem fôlego que irrompera da entrada das escadas.

A mãe de fogo havia finalmente retornado ao ninhal.

O rosto do príncipe não revelou nada, embora um aceno tivesse feito Borte ordenar que os curiosos voltassem para as várias estações. Assim eles fizeram, com alguns sorrisos de agradecimento e boas-vindas a Nesryn, os quais ela devolveu com um aceno de cabeça.

Sartaq apoiou a aljava e o arco na estante de madeira, então estendeu a mão para pegar os de Nesryn. Ela os entregou, alongando os dedos depois de horas segurando o arco e o fio.

— Ela estará cansada — avisou Borte, com uma espada curta na mão. O treinamento, aparentemente, não tinha acabado por aquele dia. — Não a perturbe demais.

Ele lançou um olhar incrédulo para a jovem.

— Acha que quero ser surrado com uma colher de novo?

Nesryn engasgou ao ouvir aquilo, mas se enfiou no casaco de lã bordado nas cores cobalto e dourado, afivelando-o com firmeza. Ela seguiu o príncipe em direção ao interior aquecido, arrumando os cabelos embaraçados pelo vento enquanto desciam a escadaria escura.

— Embora algum dia vá liderar os Eridun, Borte treina com os outros?

— Sim — afirmou Sartaq, sem olhar por cima do ombro. — Mães de fogo sempre sabem lutar, atacar e defender. Mas o treinamento dela inclui outras coisas.

359

— Como aprender as diferentes línguas do mundo. — Seu uso da língua do norte era tão impecável quanto o do príncipe.

— Como isso. E história e... mais. Coisas que nem mesmo eu ouço de Borte ou de sua avó.

As palavras ecoaram das pedras ao redor.

— Onde está a mãe de Borte? — Nesryn ousou perguntar.

Os ombros de Sartaq ficaram tensos.

— Sua *sulde* está de pé nas encostas de Arundin.

Apenas pelo modo como ele falou, o jeito frio e seco da voz...

— Sinto muito.

— Eu também. — Foi tudo o que ele disse.

— O pai?

— Um homem que a mãe de Borte conheceu em terras distantes, e com quem não quis ficar mais tempo que uma noite.

Nesryn considerou a jovem destemida e terrível que lutara não com pouca habilidade nos ringues de treinamento.

— Fico feliz por ela ter você, então. E a avó.

Sartaq deu de ombros. Território perigoso e estranho; ela, de alguma maneira, caminhara para um lugar no qual não tinha o direito de se intrometer.

— Você é uma boa professora — disse ele, então.

— Obrigada. — Foi tudo que Nesryn conseguiu dizer. Ele se mantivera próximo enquanto a capitã explicava aos demais as várias posições e técnicas, mas dissera pouco. Um líder que não precisava encher o ar constantemente com palavras e arrogância.

Sartaq expirou, relaxando os ombros.

— E fico aliviado por ver que a realidade está à altura da lenda.

Nesryn riu, grata por estar de volta a um território mais seguro.

— Tinha dúvidas?

Os dois chegaram à plataforma que os levaria ao grande salão. Sartaq esperou Nesryn o alcançar.

— Os relatórios deixaram de fora informações-chave. Isso me fez duvidar de sua precisão.

Foi o brilho malicioso no olhar do príncipe que a fez inclinar a cabeça.

— Deixaram de mencionar o que exatamente?

Os dois chegaram ao grande salão, agora vazio, exceto por uma figura encapuzada quase invisível do outro lado do poço da fogueira — e alguém sentado a seu lado.

Mesmo assim, Sartaq se virou para ela, examinando-a da cabeça aos pés uma vez, então outra. Ele não perdia quase nada.

— Não mencionaram que era bela.

Nesryn abriu e fechou a boca de um jeito que tinha certeza ser uma imitação nada lisonjeira de um peixe fora d'água.

Com um piscar do olho, o príncipe prosseguiu, chamando:

— *Ej.* — O termo rukhin para *mãe*, explicara ele naquela manhã. A capitã correu atrás dele. Os dois deram a volta pelo imenso poço da fogueira, então a figura no topo da escada mais alta puxou o capuz para trás.

Nesryn tinha esperado uma anciã idosa, curvada pela idade e sem dentes.

Em vez disso, uma mulher de costas eretas e tranças nos cabelos ônix manchados de prata sorriu sombriamente para Sartaq. E ainda que a idade tivesse lhe tocado as feições... era o rosto de Borte. Ou o rosto de Borte em quarenta anos.

A mãe de fogo usava couro de montar, embora muito deste estivesse coberto por uma túnica azul-escura — na verdade, um casaco deixado solto sobre os ombros.

Mas a seu lado... Falkan. Com o rosto igualmente sério, e aqueles olhos cor de safira escura observando-os. Ao ver o mercador, Sartaq conteve o ímpeto — irritado por não ter sido o primeiro a reivindicar a atenção da mãe de fogo, ou simplesmente pelo fato de que o sujeito estava presente para aquela reunião.

Educação ou instinto de autopreservação entrou em ação, e Sartaq continuou a aproximação, saltando para o primeiro patamar do poço e caminhando o restante do caminho.

Houlun se levantou quando ele se aproximou, envolvendo-o em um abraço breve e forte. Ela segurou os ombros do rapaz com as mãos ao soltá-lo — a mulher era quase tão alta quanto o príncipe, com os ombros fortes e as coxas musculosas — e o avaliou com um olho sábio.

— A tristeza ainda pesa bastante sobre você — observou ela, passando a mão coberta de cicatrizes sobre a bochecha do príncipe. — Assim como preocupação.

Os olhos de Sartaq se fecharam antes de ele abaixar a cabeça.

— Senti sua falta, *Ej.*

— Bajulador — reclamou Houlun, dando-lhe tapinhas na bochecha.

Para o prazer de Nesryn, ela podia jurar que o príncipe corara.

361

A luz do fogo projetou vermelho e dourado nas poucas mechas prateadas nos cabelos de Houlun conforme ela olhava para além dos ombros largos de Sartaq, para a beira do poço, onde Nesryn estava.

— E a arqueira do norte chega por fim. — Um aceno de cabeça. — Sou Houlun, filha de Dochin, mas pode me chamar de *Ej*, como fazem os demais.

Bastou um olhar para os olhos castanhos da mulher e Nesryn soube que Houlun não deixava passar muita coisa. A capitã fez uma reverência com a cabeça.

— É uma honra.

A mãe de fogo a encarou por um longo momento. A capitã a fitou de volta, permanecendo o mais imóvel possível. Permitindo que a mulher visse o que quisesse.

Por fim, os olhos de Houlun se desviaram na direção de Sartaq.

— Temos assuntos a discutir.

Após aquele olhar destemido sumir, Nesryn expirou, mas manteve a coluna reta como um mastro.

Sartaq assentiu, e algo como alívio lhe percorreu o rosto. Mas, então, ele lançou um olhar na direção de Falkan, que observava tudo do próprio assento.

— São coisas que deveriam ser contadas em privacidade, *Ej*.

Não foi grosseiro, mas certamente nada acolhedor. Nesryn evitou ecoar os sentimentos do príncipe.

Houlun gesticulou com a mão.

— Então podem esperar. — Ela apontou para o banco de pedra.

— Sentem.

— *Ej*...

Falkan se mexeu, como se fosse fazer um favor a todos e partir.

Mas Houlun lhe sinalizou em um aviso silencioso para que permanecesse.

— Quero que todos ouçam.

Sartaq desabou no banco, e o único sinal do descontentamento era o pé que batia no chão. Nesryn se sentou a seu lado, enquanto a mulher severa reivindicou o assento entre os dois e Falkan.

— Um mal antigo está despertando no fundo dessas montanhas — começou a mãe de fogo. — Por isso estive fora nesses últimos dias... para procurá-lo.

— *Ej*. — Aviso e medo envolviam a voz do príncipe.

— Não sou tão velha que não saiba usar minha *sulde*, menino. — Houlun olhou para ele com raiva. De fato, nada a respeito daquela mulher parecia velho.

362

— Você foi atrás do quê? — perguntou Sartaq, franzindo o cenho.

Ela olhou pelo salão em busca de ouvidos perdidos.

— Ninhos de ruk andam sendo saqueados. Ovos foram roubados à noite, filhotes desapareceram.

Sartaq xingou, sujo e baixo. Nesryn piscou ao ouvir aquilo, mesmo com o estômago se apertando.

— Caçadores não ousam caminhar por essas montanhas há décadas — disse o príncipe. — Mas você não deveria tê-los perseguido *sozinha, Ej.*

— Não eram caçadores que eu buscava. Mas algo pior.

Sombras emolduraram o rosto da mulher, e Nesryn engoliu em seco. Se os valg tinham chegado ali...

— Minha própria *ej* chamava essas criaturas de *kharankui.*

— Significa sombra... escuridão — murmurou Sartaq para Nesryn, com pesar fechando sua expressão.

O coração da capitã acelerou. Se os valg já estivessem lá...

— Mas em suas terras — prosseguiu Houlun, olhando de Nesryn para Falkan — elas são chamadas de algo diferente, não é?

Nesryn olhou Falkan de cima a baixo quando ele engoliu em seco, perguntando a si mesma como mentir ou se esquivar de revelar qualquer coisa sobre os valg...

Mas, então, o homem assentiu e respondeu, com a voz quase inaudível acima das chamas:

— Nós as chamamos de aranhas estígias.

❄ 31 ❄

— As aranhas estígias são pouco mais que mitos — conseguiu dizer Nesryn a Houlun. — Seda de Aranha é tão rara que alguns até mesmo duvidam de sua existência. Pode estar perseguindo fantasmas.

Mas foi Falkan quem respondeu, com um sorriso sombrio:

— Desculpe, mas discordo, capitã Faliq. — Ele colocou a mão no bolso peitoral do casaco, e Nesryn ficou tensa, levando a mão para a adaga à cintura...

Não foi uma arma que ele sacou.

O tecido branco reluziu, a iridescência era como fogo estelar conforme Falkan o virava na mão. Até mesmo Sartaq assobiou diante do pedaço de tecido do tamanho de um lenço.

— Seda de Aranha — afirmou o mercador, colocando o pedaço de volta no casaco. — Direto da fonte.

No mesmo instante que a boca de Nesryn se escancarou, o príncipe disse:

— Já viu esses terrores de perto. — Não foi bem uma pergunta.

— Fiz negócio com suas parentes no continente norte — corrigiu Falkan, ainda com aquele sorriso soturno. Junto a sombras. Tantas sombras. — Há quase três anos. Alguns podem considerar a barganha de um tolo, mas fui embora com 90 metros de Seda de Aranha.

O lenço no casaco por si só poderia pagar o resgate de um rei. Noventa metros daquilo...

— Você deve ser tão rico quanto o khagan — disparou ela.

Um gesto de ombros.

— Já descobri que a verdadeira riqueza não está em ouro reluzente e joias.

— Qual foi o preço, então? — perguntou Sartaq, baixinho. Pois as aranhas estígias não negociavam em bens materiais, mas sonhos e desejos e...

— Vinte anos. Vinte anos de minha vida. Tirados não do fim, mas da juventude.

Nesryn o observou: o rosto começava a mostrar sinais da idade, o cabelo ainda não era grisalho...

— Tenho 27 anos — disse Falkan a ela. — No entanto, agora aparento ser um homem de quase 50.

Pelos deuses.

— O que está fazendo no ninho, então? — indagou Nesryn. — As aranhas daqui também produzem seda?

— Não são tão civilizadas quanto as irmãs no norte — explicou Houlun, estalando a língua. — As *kharankui* não criam, apenas destroem. Por muito tempo, moraram nas cavernas e nos desfiladeiros dos montes Dagul, no extremo sul destas montanhas. E, por muito tempo, mantiveram uma distância respeitável.

— Por que acha que vieram roubar nossos ovos agora? — Sartaq olhou para os poucos ruks que permaneciam na entrada da caverna, esperando os montadores. O príncipe se inclinou para a frente, apoiando os antebraços nas coxas.

— Quem mais seria? — replicou a mãe de fogo. — Nenhum caçador foi visto. Quem mais poderia se aproximar sorrateiramente de um ninho de ruk, tão alto no mundo? Sobrevoei-lhes os domínios nos últimos dias. As teias, de fato, cresceram dos picos e dos desfiladeiros dos montes até as florestas de pinheiro nas ravinas, sufocando toda a vida. — Um olhar na direção de Falkan. — Não acredito que seja mera coincidência que as *kharankui* começaram novamente a caçar pelo mundo ao mesmo tempo que um mercador procura nosso ninho em busca de respostas a respeito de suas parentes do norte.

O homem ergueu a mão diante do olhar afiado de Sartaq.

— Não as procurei nem as provoquei. Ouvi sussurros sobre o tesouro de conhecimento de sua mãe de fogo e pensei em buscar seu conselho antes de ousar qualquer coisa.

— O que quer com elas? — perguntou Nesryn, inclinando a cabeça.

Falkan examinou as mãos, flexionando os dedos, como se estivessem duros.

— Quero minha juventude de volta.

— Ele vendeu os 90 metros, mas ainda acha que consegue reivindicar de volta o tempo — explicou Houlun para Sartaq.

— *Posso* reivindicar — insistiu Falkan, o que lhe garantiu um olhar de aviso de Houlun por causa do tom. Ele se controlou, então explicou: — Há... coisas que ainda me restam fazer. Gostaria de realizá-las antes de a velhice interferir. Fui informado de que matar a aranha que comeu meus vinte anos era a única maneira de ter os anos perdidos devolvidos a mim.

As sobrancelhas de Nesryn se semicerraram.

— Por que não caçar aquela aranha em casa então? Por que vir até aqui?

Ele não respondeu.

— Porque também foi dito a ele que apenas um grande guerreiro pode matar uma *kharankui* — respondeu Houlun. — O melhor da terra. Ele ouviu falar de nossa proximidade com os terrores e achou que poderia tentar a sorte aqui primeiro... aprender o que sabemos sobre as aranhas; talvez como matá-las. — Um olhar levemente interessado. — Talvez também encontrar alguma outra maneira de reivindicar os anos, uma rota alternativa *aqui* para poupá-lo do confronto *lá*.

Um plano bem sólido para um homem desequilibrado o bastante a ponto de negociar a própria vida para início de conversa.

— O que isso tem a ver com os ovos e os filhotes roubados, *Ej*? — Aparentemente Sartaq também tinha pouca empatia pelo mercador que trocara a juventude pela riqueza de um rei. Falkan virou o rosto para o fogo, como se bem ciente disso.

— Quero que você os encontre — respondeu Houlun.

— Provavelmente já morreram, *Ej*.

— Aqueles horrores conseguem manter a presa viva por muito tempo nos casulos. Mas está certo, provavelmente já foram consumidos. — Raiva tomou o rosto da mulher, uma visão da guerreira subjacente; a guerreira que a neta também se tornava. — Por isso quero que os encontre da próxima vez que isso acontecer. E lembre àquelas pilhas de imundície profanas que não aceitamos o roubo de nossos filhotes tranquilamente. — A mãe de fogo indicou Falkan com o queixo. — Quando eles forem, você também irá. Veja se as respostas que busca estão lá.

— Por que não ir agora? — perguntou Nesryn. — Por que não as buscar e punir?

— Porque ainda não temos provas — respondeu Sartaq. — E, se atacarmos sem sermos provocados...

— As *kharankui* são inimigas de longa data dos ruks — concluiu Houlun. — Eles guerrearam uma vez, há muito tempo, antes de os montadores subirem das estepes. — Ela sacudiu a cabeça, afugentando a sombra de memória, e declarou para Sartaq: — Por isso manteremos isso em segredo. A última coisa de que precisamos é que montadores e ruks voem para lá em um surto de cólera, ou que encham este lugar de pânico. Ordene que montem guarda nos ninhos, mas não diga por quê.

Sartaq assentiu.

— Como quiser, *Ej*.

A mãe de fogo se virou para Falkan.

— Quero dar uma palavra com meu capitão.

O mercador compreendeu a dispensa e se levantou.

— Estou a sua disposição, príncipe Sartaq. — Com uma reverência graciosa, ele saiu em direção ao salão.

Depois que o som dos passos de Falkan tinha se dissipado, Houlun murmurou:

— Está começando de novo, não está? — Aqueles olhos pretos se voltaram para Nesryn, o fogo emoldurando a parte branca. — Aquele Que Dorme despertou.

— Erawan — sussurrou a capitã, e podia jurar que a grande fogueira oscilara em resposta.

— Sabe sobre ele, *Ej*? — Sartaq se moveu para se sentar do outro lado da mulher, permitindo que Nesryn se aproximasse mais no banco de pedra.

Mas a mãe de fogo a percorreu com o olhar aguçado.

— Você as enfrentou. As bestas de sombras.

Nesryn conteve as lembranças que ressurgiram.

— Enfrentei. Ele montou um exército de terrores no continente norte. Em Morath.

Houlun se virou para Sartaq.

— Seu pai sabe?

— Alguns fragmentos. O luto... — O príncipe observou a fogueira. Houlun apoiou a mão no joelho do príncipe. — Houve um ataque em Antica. A uma curandeira da Torre.

A mulher xingou, tão sujo quanto o filho de fogo.

— Achamos que um dos agentes de Erawan pode estar por trás — prosseguiu Sartaq. — E, em vez de desperdiçar tempo convencendo meu pai a ouvir teorias pela metade, lembrei de seus contos, *Ej*, e pensei em ver se talvez soubesse de algo.

— E se eu lhe contasse? — Um olhar severo, inquisidor, tão destemido quanto o de um ruk. — Se eu lhe contasse o que sei sobre a ameaça, esvaziaria cada ninhal e ninho? Voaria até o outro lado do mar Estreito para enfrentá-los, para jamais retornar?

Sartaq engoliu em seco. E Nesryn percebeu que ele não fora até ali em busca de respostas.

Talvez o príncipe já soubesse o bastante sobre os valg para decidir sozinho como enfrentar a ameaça. Ele tinha ido até lá para conquistar seu povo — aquela mulher. Pois podia comandar os ruks aos olhos do pai e do império, mas naquelas montanhas a palavra de Houlun era lei.

E naquele quarto pico, nas encostas silenciosas de Arundin... A *sulde* da filha de Houlun se erguia ao vento. Uma mulher que entendia o custo da vida; profundamente. Que talvez não estivesse tão ansiosa para deixar que a neta montasse com a legião. Isso se chegasse a permitir que os rukhin do ninhal Eridun partissem.

— Se as *kharankui* estão se agitando, se Erawan despertou no norte — disse Sartaq, com cautela —, é uma ameaça para todos enfrentarem. — Ele fez uma reverência com a cabeça. — Mas quero ouvir o que você sabe, *Ej*. O que talvez até mesmo os reinos do norte tenham perdido para o tempo e a destruição. Por que razão nosso povo, afastado nesta terra, conhece tais histórias quando as antigas guerras dos demônios jamais chegaram a estes litorais.

Houlun os observou, a longa e espessa trança balançando. Então apoiou a mão na pedra e se levantou, grunhindo.

— Preciso comer primeiro e descansar um pouco. Depois contarei a vocês. — Ela franziu a testa para a entrada da caverna, onde o brilho prateado da luz do sol manchava as paredes. — Uma tempestade se aproxima. Eu a ultrapassei no voo de volta. Diga aos outros que se preparem.

Com isso, a mãe de fogo caminhou do calor do poço para o salão adiante. Os passos eram contidos, mas as costas estavam eretas. O ritmo de uma guerreira, brusco e determinado.

368

Mas, em vez de seguir para a mesa redonda ou para a cozinha, Houlun entrou em uma porta que Nesryn havia marcado como o caminho para a pequena biblioteca.

— Ela é nossa Guardadora de Histórias — explicou Sartaq, acompanhando a atenção da capitã. — Estar perto dos textos a ajuda a acessar a memória.

Não apenas uma mãe de fogo que conhecia a história dos rukhin, mas uma sagrada Guardadora de Histórias, um dom raro para se lembrar e contar as lendas e histórias do grande mundo.

Sartaq se levantou, também grunhindo ao se espreguiçar.

— Ela jamais erra quanto a uma tempestade. Deveríamos espalhar a notícia. — Ele apontou para o corredor atrás deles. — Fique com o interior, e eu vou para os outros picos.

Antes que pudesse perguntar quem exatamente ela deveria abordar, o príncipe foi até Kadara.

A capitã franziu a testa. Bem, ao que parecia, teria apenas os próprios pensamentos como companhia. Um mercador caçando aranhas que poderiam ajudá-lo a reivindicar sua juventude, ou pelo menos descobrir como tomá-la de volta das parentes das criaturas ao norte. E as próprias aranhas... Nesryn estremeceu ao pensar naquelas coisas rastejando até ali, entre tantos lugares, para se alimentar dos mais vulneráveis. Monstros lendários.

Talvez Erawan estivesse conjurando todas as coisas sombrias e malignas deste mundo sob sua insígnia.

Esfregando as mãos, como se pudesse implantar na pele o calor da chama, a capitã seguiu para a área dos ninhais.

Uma tempestade se aproximava, ela deveria avisar a qualquer um que cruzasse seu caminho.

Mas Nesryn sabia que uma tempestade já estava ali.

∾

A tempestade chegou logo depois do cair da noite. Grandes garras de relâmpagos rasgaram o céu, e trovões estremeceram cada corredor e chão.

Sentada em torno do poço da fogueira, Nesryn olhou para a entrada da caverna a distância, onde grandiosas cortinas tinham sido puxadas. Elas esvoaçavam e inchavam ao vento, mas permaneciam ancoradas ao chão, abrindo-se apenas levemente para permitir lampejos da noite açoitada pela chuva.

Atrás das cortinas havia três ruks sentados, abrigados no que pareciam ser ninhos de palha e tecido: Kadara, um destemido ruk marrom que, como Nesryn fora informada, pertencia a Houlun, e uma ruk menor com uma cor parda-avermelhada. Essa menor obedecia a Borte — uma verdadeira tampinha, chamara a jovem no jantar, embora sorrisse com orgulho.

Nesryn esticou as pernas doloridas, grata pelo calor da fogueira e pelo cobertor que Sartaq deixara em seu colo. Ela passara horas subindo e descendo as escadarias do ninhal, revelando a quem encontrasse a previsão de Houlun sobre a tempestade iminente.

Alguns lhe deram acenos de agradecimento e saíram correndo; outros ofereceram chá quente e pequenas provas do que quer que estivessem cozinhando em seus lares. Outros perguntaram de onde Nesryn vinha, por que estava ali. E sempre que explicava vir de Adarlan, mas que seu povo era do continente sul, as respostas eram as mesmas: *bem-vinda ao lar*.

A caminhada pelas várias escadas e pelos corredores íngremes tinha cobrado seu preço, assim como as horas de treino daquela manhã. E quando Houlun se acomodou no banco entre Nesryn e Sartaq — depois que Falkan e Borte tinham se retirado para os próprios quartos ao fim do jantar —, a capitã quase cochilava.

Um relâmpago estalou do lado de fora, emoldurando o salão em prata. Por longos minutos, enquanto Houlun encarava a fogueira, havia apenas o estrondo do trovão e o uivo do vento e o pingar da chuva, apenas o estalar da fogueira e o farfalhar das asas dos ruks.

— Noites tempestuosas são o domínio dos Guardadores de Histórias — entoou Houlun em halha. — Conseguimos ouvir uma se aproximando a 150 quilômetros, sentimos o cheiro da eletricidade no ar, feito um cão farejando um rastro. Elas nos dizem para nos prepararmos, para estarmos prontas para elas. Para reunir nossa família bem perto e ouvir com atenção.

Os pelos nos braços de Nesryn se arrepiaram sob o calor do casaco de lã.

— Há muito tempo — prosseguiu a mulher —, antes do khaganato, antes dos senhores dos cavalos nas estepes e da Torre ao mar, antes que qualquer mortal governasse estas terras... Uma fenda surgiu no mundo. Nestas mesmas montanhas.

A expressão de Sartaq estava indecifrável conforme a mãe de fogo falava, mas Nesryn engoliu em seco.

Uma fenda no mundo... um Portão de Wyrd aberto. Ali.

— Ela se abriu e se fechou rapidamente, não passou do lampejo de um relâmpago.

Como se em resposta, raios bifurcados iluminaram o céu além.

— Mas foi tudo de que foi preciso. Para que os horrores entrassem. As *kharankui* e outras bestas das sombras.

As palavras ecoaram por Nesryn.

As *kharankui* — as aranhas estígias... e outros invasores. Nenhuma besta comum.

Mas valg.

A capitã ficou grata por já estar sentada.

— Os valg estiveram *aqui?* — A voz de Nesryn parecia alta demais, comum demais no silêncio preenchido pela tempestade.

Sartaq deu a ela um olhar de aviso, mas Houlun apenas assentiu, com um aceno do queixo.

— A maioria dos valg partiu, pois eles foram chamados para o norte quando mais hordas surgiram lá. Mas este lugar... talvez os valg que chegaram aqui fossem uma vanguarda que avaliou esta terra, e não encontrou o que buscava. Então se mudaram. Mas as *kharankui* permaneceram nos desfiladeiros das montanhas, lacaias de uma coroa sombria. Não partiram. As aranhas aprenderam a língua dos homens conforme comiam aqueles tolos o bastante para se aventurar em seu reino estéril. Alguns que fugiram alegaram que elas permaneceram porque os montes as lembravam de seu próprio mundo devastado. Outros disseram que as aranhas ficaram para vigiar o caminho de volta, para esperar que aquela porta se abrisse de novo. E, enfim, ir para casa.

"A guerra foi travada no leste, nos antigos reinos feéricos. Três reis demônios contra uma rainha feérica e seus exércitos. Demônios que passaram por uma porta entre mundos para conquistar o nosso."

E assim Houlun prosseguiu, descrevendo a história que Nesryn conhecia bem. Ela permitiu que a mãe de fogo narrasse, deixando sua mente girar.

As aranhas estígias; na verdade, valg escondidos à vista esse tempo todo.

A mulher continuou, e Nesryn se recompôs até:

— No entanto, mesmo quando os valg foram banidos para o próprio reino, mesmo quando o último rei demônio que restava escapuliu para os lugares escuros do mundo para se esconder, os feéricos vieram aqui. Até estas montanhas. Eles ensinaram os ruks a enfrentar as *kharankui*, ensinaram os ruks a língua dos feéricos e dos homens. Construíram torres de vigia ao

371

longo dessas montanhas, ergueram faróis de aviso por toda a terra. Seria aquilo uma guarda longínqua contra as *kharankui*? Ou estariam os feéricos também, como as aranhas, esperando que aquela fenda no mundo se abrisse de novo? Quando alguém pensou em questionar, tinham deixado as torres de vigia e desaparecido na memória.

Houlun pausou, e Sartaq perguntou:

— Há... há alguma coisa sobre como os valg podem ser derrotados... além da mera batalha? Algum poder que nos ajude a enfrentar essas novas hordas que Erawan construiu?

A mãe de fogo deslizou o olhar para Nesryn.

— Pergunte a ela — disse a guerreira ao príncipe. — Ela já sabe.

Sartaq mal escondeu a onda de choque ao se inclinar para a frente.

— Não posso contar a você — sussurrou Nesryn. — A nenhum de vocês. Se Morath ouvir um murmúrio sobre isso, o fiapo de esperança que temos desaparecerá.

As Chaves de Wyrd... não podia arriscar dizer aquilo. Nem mesmo para eles.

— Você me trouxe até aqui em uma missão de tolo, então. — Palavras afiadas, frias.

— Não — insistiu a capitã. — Há muito que ainda não sabemos. Que essas aranhas vêm do mundo dos valg, que são *parte* do exército valg e têm um porto aqui, assim como nas montanhas Ruhnn, no continente norte... Talvez esteja ligado, de algum jeito. Talvez haja algo que ainda não aprendemos, alguma fraqueza entre os valg que possamos explorar. — Ela estudou o salão, acalmando o coração galopante. Medo não ajudava ninguém.

Houlun olhou de um para outro.

— A maioria das torres de vigia feéricas se foi, mas ainda há algumas de pé, parcialmente em ruínas. A mais próxima deve ficar a meio dia de voo daqui. Comece por ali... veja se resta algo. Quem sabe consiga encontrar uma resposta ou outra, Nesryn Faliq.

— Ninguém jamais olhou?

— Os feéricos as construíram com armadilhas para manter as aranhas afastadas. Quando as abandonaram, deixaram as torres intactas. Alguns tentaram entrar... para saquear, para aprender. Ninguém retornou.

— Vale o risco? — Uma pergunta fria, de uma capitã para a mãe de fogo do ninhal.

O maxilar de Houlun se contraiu.

— Já contei o que posso... e mesmo isso são apenas fragmentos de conhecimento que passaram além da maioria das memórias desta terra. Mas, se as *kharankui* estão se agitando de novo... Alguém *deveria* ir até aquela torre de vigia. Talvez você descubra algo útil. Aprenda como os feéricos enfrentaram esses terrores, como os mantiveram afastados. — Um longo olhar de avaliação para Nesryn quando o trovão chacoalhou as cavernas de novo. — Talvez isso torne aquele fiapo de esperança um pouco maior.

— Ou nos mate — disse Sartaq, franzindo a testa na direção dos ruks semiadormecidos nos ninhos.

— Nada valioso vem sem um preço, menino — replicou Houlun. — Mas não permaneçam na torre de vigia depois do anoitecer.

❧ 32 ❧

— **B**om — disse Yrene, com o peso enorme e sólido da perna de Chaol apoiado contra o ombro enquanto a curandeira girava o membro devagar.

Deitado sob ela no chão da sala de exercícios do complexo dos médicos da Torre vários dias depois, Chaol a observava em silêncio. O dia já ia tão quente que a curandeira estava encharcada de suor; ou estaria, caso o clima árido não secasse o suor antes que conseguisse, de fato, ensopar as roupas. Yrene conseguia senti-lo, no entanto, no rosto — conseguia vê-lo brilhar em Chaol cuja expressão exibia um ar tenso e concentrado conforme ela se ajoelhava sobre ele.

— Suas pernas estão respondendo bem ao treinamento — observou ela, enterrando os dedos no poderoso músculo das coxas do antigo capitão.

A curandeira não tinha perguntado o que mudara. Por que ele começara a ir até o pátio dos guardas no palácio. Ele também não explicara.

— Estão — respondeu Chaol simplesmente, esfregando o maxilar. Não tinha se barbeado de manhã. Quando ela entrou em sua suíte, depois de Chaol retornar do treino matinal com a guarda, ele dissera que queria sair para cavalgar, para mudar de ares naquele dia.

O fato de estar tão ansioso, tão desejoso de ver a cidade, de se adaptar aos arredores... Yrene não conseguira dizer não. Então tinham ido até ali, depois de uma cavalgada sem destino por Antica, para trabalhar em uma das salas silenciosas naquele corredor. As salas eram todas iguais, cada uma ocupada por mesa, cama e uma parede de armários; e cada uma adornada por uma janela solitária que se abria para as fileiras ordenadas do extenso herbário. De fato, apesar do calor, os aromas de alecrim, hortelã e sálvia enchiam o cômodo.

Chaol resmungou quando Yrene abaixou sua perna esquerda até o piso de pedra fria e começou a trabalhar na direita. A magia da jovem era um latejar baixo que fluía até o corpo do ex-capitão, com o cuidado de evitar a mancha escura que muito, muito lentamente recuava para baixo da coluna.

Os dois a combatiam todo dia. As memórias o devoravam, alimentando--se dele, e Yrene as empurrava, lascando a escuridão que avançava para atormentá-lo.

Às vezes, a curandeira tinha lampejos do que ele sofria naquele turbulento poço escuro. A dor, a raiva, a culpa e a tristeza. Mas apenas de relance, como se fossem tendões de fumaça flutuando por ela. E, embora Chaol não discutisse o que via, Yrene conseguia empurrar aquela onda escura. Tão pouco por vez, apenas lascas de pedra em uma rocha, mas... melhor que nada.

Fechando os olhos, ela deixou que o poder escorresse para as pernas de Chaol, como um enxame de vagalumes brancos, encontrando os caminhos danificados e se reunindo, cercando os pedaços em frangalhos que ficavam calados durante aqueles exercícios, quando deveriam se acender igual ao restante do lorde.

— Estive pesquisando — confessou Yrene, abrindo os olhos ao lhe girar a perna na altura do quadril. — Coisas que curandeiras antigas faziam para pessoas com ferimentos na coluna. Teve uma mulher, Linqin; ela conseguiu fazer um esteio mágico para o corpo inteiro, um tipo de exoesqueleto invisível. Este permitia que a pessoa andasse até chegar a um curandeiro, ou mesmo se a cura fosse, de algum jeito, malsucedida.

Chaol ergueu uma sobrancelha.

— Presumo que não tenha um desses?

A jovem sacudiu a cabeça, lhe abaixando a perna e, mais uma vez, pegando a outra para começar o próximo conjunto de exercícios.

— Linqin só fez cerca de dez, todos conectados a talismãs que o usuário podia vestir. Foram perdidos no tempo, assim como o método para criá-los. E houve outra curandeira, Saanvi, que, de acordo com a lenda, conseguiu evitar completamente o processo de cura ao plantar algum tipo de minúsculo caco de pedra mágico no cérebro...

Chaol se encolheu.

— Não estava sugerindo experimentar em você — comentou ela, batendo na coxa do lorde. — Nem que preciso fazer isso.

Um meio sorriso repuxou a boca de Chaol.

— Então, como esse conhecimento se perdeu? Achei que a biblioteca aqui contivesse todos os seus registros?

Yrene franziu a testa.

— Ambas eram curandeiras lotadas em postos afastados da Torre. Há quatro pelo continente, pequenos centros onde curandeiros da Torre moram e trabalham. Para ajudar as pessoas que não conseguem fazer a viagem até aqui. Linqin e Saanvi estavam tão isoladas que, quando alguém se lembrou de buscar os registros, já tinham sido perdidos. Só temos agora rumores e mitos.

— *Você* mantém registros? De tudo isso? — Chaol gesticulou entre os dois.

A jovem corou.

— Algumas partes. Não quando está agindo como um asno teimoso.

De novo, aquele sorriso repuxou o rosto do lorde, mas Yrene abaixou a perna e recuou, embora permanecesse ajoelhada nos azulejos.

— O que quero dizer — explicou ela, desviando a conversa de seus diários no quarto muitos andares acima — é que isso *foi* feito. Sei que está levando muito tempo, e sei que você está ansioso para voltar...

— Estou. Mas não a estou apressando, Yrene. — Chaol se sentou com um movimento suave. Naquela posição no chão, ele ficava bem mais alto que ela, o mero tamanho era quase sobrepujante. Chaol girou o pé devagar, lutando por cada movimento conforme os músculos no restante das pernas protestavam.

Ele ergueu a cabeça e encontrou o olhar de Yrene. Lendo-o com facilidade.

— Quem quer que a esteja caçando, não terá a chance de feri-la... independentemente de terminarmos amanhã ou daqui a seis meses.

— Eu sei — sussurrou ela. Kashin e os guardas não tinham visto ou encontrado vestígios de quem quer que tivesse tentado atacá-la. E, embora estivesse tudo tranquilo nas últimas noites, Yrene mal dormira, mesmo na segurança da Torre. Apenas a exaustão da cura de Chaol lhe dava algum refúgio.

A curandeira suspirou.

— Acho que deveríamos falar com Nousha de novo. Visitar a biblioteca outra vez.

O olhar de Chaol se tornou cauteloso.

— Por quê?

Yrene franziu a testa para a janela aberta atrás deles: os jardins iluminados e os arbustos de lavanda oscilavam à brisa do mar, as abelhas se balançando entre todos eles. Nenhum sinal de alguém ouvindo por perto.

— Porque ainda não perguntamos *como* aqueles livros e pergaminhos vieram parar aqui.

~

— Não há registros de aquisições com datas tão antigas — informou Nousha na língua de Yrene e de Chaol, formando uma linha tensa de reprovação com a boca enquanto os olhava por cima da mesa.

Ao redor, a biblioteca era uma colmeia escura de atividade, curandeiras e assistentes entrando e saindo, algumas sussurrando "olá" para Yrene e Nousha ao passar. Naquele dia, uma gata Baast laranja relaxava diante da imensa lareira, acompanhando-os, esparramada no braço roliço do sofá com os olhos de berilo.

Yrene ofereceu a melhor tentativa de um sorriso para Nousha.

— Mas talvez haja algum registro de por que aqueles livros sequer eram *necessários* aqui?

A bibliotecária apoiou os antebraços escuros na mesa.

— Algumas pessoas poderiam ser mais cautelosas a respeito do conhecimento que buscam, considerando como estão sendo caçadas... o que *teve início* quando você começou a fuxicar sobre o assunto.

Chaol se inclinou para a frente na cadeira, exibindo os dentes.

— Isso é uma ameaça?

Yrene gesticulou para ignorá-lo. Homem superprotetor.

— Eu *sei* que é perigoso... e provavelmente está ligado a isso. Mas é *por causa* disso, Nousha, que qualquer informação adicional sobre o material aqui, de onde veio, quem o adquiriu... poderia ser vital.

— Para conseguir que ele ande de novo. — Uma frase seca, incrédula.

Yrene não ousou olhar para Chaol.

— Pode ver que nosso progresso está lento — respondeu o antigo capitão, contendo-se. — Talvez os antigos tenham algum tipo de conselho sobre como fazer com que siga mais rápido.

Nousha lançou aos dois um olhar que traduzia sua incredulidade, mas suspirou para o teto.

— Como eu disse, não há registros aqui com datas tão antigas. *Mas* — acrescentou ela quando Chaol abriu a boca — há rumores de que no deserto existem cavernas com tal informação, cavernas de onde veio essa informação. A maioria se perdeu, mas havia uma no oásis Aksara... — O olhar da mulher se tornou sábio quando Yrene se encolheu. — Talvez devessem começar por lá.

~

A curandeira mordeu o lábio enquanto saíam da biblioteca, Chaol a seu lado.

— Por que está se encolhendo? — perguntou ele, quando estavam perto do corredor principal da Torre, do pátio e do cavalo que o levaria para casa por aquela noite.

Yrene cruzou os braços, avaliando os corredores ao redor. Silenciosos àquela hora do dia, logo antes da agitação do jantar.

— Aquele oásis, Aksara. Não é exatamente... fácil de se chegar.

— Longe?

— Não, não é isso. É posse da realeza. *Ninguém* tem permissão de entrar. É um refúgio privado.

— Ah. — Chaol coçou a mancha da barba por fazer no queixo. — E pedir acesso ao lugar diretamente levantará perguntas demais.

— Exatamente.

Ele a estudou, semicerrando os olhos.

— Não ouse sugerir que eu use Kashin — sibilou Yrene.

O antigo capitão ergueu as mãos, com os olhos dançando.

— Eu não ousaria. Embora ele certamente tenha ido correndo no momento que você estalou os dedos na outra noite. É um bom homem.

A jovem apoiou as mãos no quadril.

— Por que *você* não o convida para um retiro romântico no deserto, então?

Chaol riu, acompanhando a curandeira, que seguia para o pátio de novo.

— Não sou versado em intrigas da corte, mas você *tem* outra conexão no palácio.

Yrene fez uma careta.

— Hasar. — Ela brincou com um cacho na ponta do cabelo. — Ela não me pediu para bancar a espiã recentemente. Não tenho certeza se quero... abrir essa porta outra vez.

— Talvez pudesse convencê-la de que uma viagem ao deserto, um passeio, seria... divertido?

— Quer que eu a manipule assim?

O olhar de Chaol brilhava determinado.

— Podemos encontrar outra maneira, se você se sentir desconfortável.

— Não... não, isso pode funcionar. É que Hasar *nasceu* nesse tipo de coisa. Talvez ela me veja e enxergue perfeitamente a verdade. E é poderosa o suficiente para que... Vale a pena arriscar o envolvimento, a raiva de Hasar, se vamos apenas por uma sugestão de Nousha?

Chaol considerou as palavras de Yrene. De um modo que apenas Hafiza fazia de verdade.

— Pensaremos sobre isso. Com Hasar, precisaremos agir com cautela.

A curandeira passou para o pátio, indicando para um dos sentinelas da Torre que o lorde precisava que lhe trouxessem o cavalo dos estábulos.

— Não sou uma cúmplice de intrigas muito boa — admitiu ela, com um sorriso de desculpas.

Ele apenas roçou a mão na sua.

— Acho isso revigorante.

E pelo olhar de Chaol... Yrene acreditou. Tanto que suas bochechas coraram, apenas um pouco.

Ela se voltou para a Torre que se erguia acima deles, somente para ganhar algum espaço para respirar. Olhou mais e mais para o alto, até a própria janelinha cuja vista dava para o mar. Para casa.

A curandeira abaixou o olhar da Torre e encontrou o rosto de Chaol sombrio.

— Desculpe por ter colocado tudo isso sobre você... sobre todos vocês — lamentou ele, em voz baixa.

— Não peça desculpas. Talvez seja isso que essa coisa quer. Usar medo e culpa para acabar com tudo... para nos impedir. — Yrene o estudou, a posição orgulhosa do queixo, a força que Chaol irradiava com cada fôlego. — Embora... eu me preocupe que o tempo não esteja de nosso lado. — A curandeira acrescentou: — Tome todo o tempo que precisar para se curar. Mas... — Ela massageou o peito. — Tenho a sensação de que não foi nosso último encontro com aquele caçador.

Chaol assentiu, com o maxilar tenso.

— Lidaremos com isso.

E assim seria. Juntos... lidariam com aquilo juntos.

Yrene sorriu levemente para ele quando as passadas leves do cavalo se aproximaram no cascalho pálido.

E a ideia de subir de volta ao quarto, a ideia de passar horas se preocupando...

Talvez aquilo a tornasse patética, mas ela disparou:

— Gostaria de ficar para jantar? Cook vai ficar emburrada por você não ter dado um oi.

Ela sabia que não fora apenas medo que a impulsionara. Sabia que só queria passar mais alguns minutos com ele. Conversar de um jeito que tão raramente conversava com outros.

Por um longo momento, Chaol apenas a observou. Como se Yrene fosse a única pessoa no mundo. Ela se preparou para a recusa, para a distância. Sabia que deveria ter simplesmente deixado que ele cavalgasse noite afora.

— E se nos aventurássemos em um jantar fora em vez disso?

— Quer dizer... na cidade? — Ela apontou para os portões abertos.

— A não ser que ache que a cadeira nas ruas...

— As calçadas são lisas. — O coração de Yrene galopava. — Tem alguma preferência do que comer?

Um limite; aquele era um estranho limite que cruzavam. Deixar os territórios neutros e emergir para o mundo além, não como curandeira e paciente, mas como mulher e homem...

— Provaria qualquer coisa — respondeu Chaol, e ela sabia que fora sincero. E pela forma como ele olhou para os portões abertos da Torre, para a cidade que apenas começava a brilhar adiante... Yrene sabia que Chaol *queria* provar qualquer coisa; que estava tão ansioso por uma distração daquela sombra pairando sobre os dois quanto ela.

Então a curandeira sinalizou para os guardas que não precisariam do cavalo. Não por um tempo, ainda.

— Conheço o lugar perfeito.

∽

Algumas pessoas encararam; outras estavam ocupadas demais, cuidando da própria vida ou do percurso para casa, a fim de reparar em Chaol conforme ele empurrava a cadeira ao lado de Yrene.

Ela precisou interferir apenas algumas vezes, para ajudá-lo sobre a saliência de uma curva, ou a descer uma das ruas íngremes. Yrene o levou a um lugar a cinco quarteirões de distância. O estabelecimento era diferente de tudo o que Chaol já vira em Forte da Fenda. Visitara alguns restaurantes privativos com Dorian, sim, mas tinham sido lugares para a elite, para membros e seus convidados.

Esse lugar... era semelhante àqueles clubes privativos no sentido de que era *apenas* para comer, cheio de mesas e cadeiras de madeira entalhada, mas era aberto a qualquer um, como os restaurantes públicos de uma estalagem ou taverna. A frente da construção de pedra pálida tinha vários conjuntos de portas que se abriam para a noite, levando a um pátio cheio de mais mesas e cadeiras sob as estrelas, o espaço se projetando para a própria rua, de modo que os clientes pudessem ver a agitação da cidade, até mesmo olhar para o mar escuro brilhando sob o luar no fim da rua íngreme.

E os perfumes que vinham de dentro: alho, algo pungente, algo defumado...

Yrene murmurou para a mulher que foi recebê-los, pedindo provavelmente uma mesa para dois sem uma cadeira, pois no momento seguinte Chaol foi levado para o pátio na rua, onde um garçom discretamente removeu uma das cadeiras de uma pequena mesa para que ele chegasse até o tampo.

A curandeira ocupou o assento à frente, e mais que algumas cabeças se viraram na direção de ambos. Não para encarar Chaol, mas Yrene.

A curandeira da Torre.

Ela não pareceu notar. O garçom voltou para balbuciar o que só podia ser o cardápio, e Yrene pediu, usando seu halha pausado.

A jovem mordeu o lábio inferior, olhando para a mesa, então para o estabelecimento público.

— Isso está bom?

Chaol observou o céu aberto acima, a cor sangrando até virar um azul--safira, enquanto as estrelas começavam a despertar, piscando. Quando relaxara pela última vez? Quando comera uma refeição que não fosse para manter o corpo saudável e vivo, mas para *aproveitá-la?*

Ele teve dificuldades em encontrar as palavras. Em se acostumar com a tranquilidade.

— Jamais fiz algo assim — admitiu ele, por fim.

No aniversário no último inverno, naquela estufa; mesmo então, com Aelin, ele estivera parte presente, parte concentrado no palácio que deixara para trás, em se lembrar de quem chefiava e de onde Dorian deveria estar. Mas naquele instante...

— O que... uma refeição?

— Uma refeição quando não estava... Uma refeição em que fosse apenas... Chaol.

Ele não tinha certeza se explicara direito, se conseguia articular aquilo... Yrene inclinou a cabeça, a massa de cabelos escorrendo por um ombro.

— Por quê?

— Porque ou eu era o filho e herdeiro de um lorde, ou o capitão da Guarda, e agora Mão do Rei. — O olhar de Yrene não hesitou conforme ele se atrapalhou para explicar. — Ninguém me reconhece aqui. Ninguém sequer ouviu falar de Anielle. E é...

— Libertador?

— Revigorante — replicou Chaol, dando um pequeno sorriso a Yrene ao ecoar a palavra anterior.

Ela corou belamente à luz dourada das lanternas de dentro do salão de jantar atrás dos dois.

— Bem... que bom.

— E você? Sai com amigos com frequência... deixa a curandeira para trás? Yrene observou as pessoas que passavam.

— Não tenho muitos amigos — admitiu ela. — Não porque não os queira — disparou ela, e Chaol sorriu. — Eu apenas... Na Torre, estamos todos ocupados. Às vezes alguns de nós saem para uma refeição ou para beber algo, mas nossos horários raramente se alinham, e é mais fácil comer no refeitório, então... não somos exatamente um grupo animado. Por isso Kashin e Hasar se tornaram meus amigos... quando estão em Antica. Mas jamais tive a chance de fazer muito disto.

Chaol quase perguntou *"Sair para jantar com homens?"*, mas, em vez disso, concluiu:

— Estava concentrada em outra coisa.

Yrene assentiu.

— E talvez um dia... talvez tenha tempo de sair e me divertir, mas... há pessoas que precisam de minha ajuda. Parece egoísta tirar tempo para mim, mesmo agora.

— Não deveria se sentir assim.

— E você é melhor?

Chaol gargalhou, recostando-se quando o garçom chegou, trazendo uma jarra de chá de hortelã frio. Ele esperou até que o homem partisse antes de dizer:

— Talvez você e eu precisemos aprender como viver... se sobrevivermos a essa guerra.

Foi como uma faca afiada e fria entre eles. Mas Yrene esticou os ombros ao erguer o copo de metal com chá, dando um sorriso breve, mas desafiador.

— A viver, Lorde Chaol.

Ele tilintou o copo contra o dela.

— A sermos Chaol e Yrene... mesmo que apenas por uma noite.

Chaol comeu até mal conseguir se mover, os temperos eram como pequenas revelações a cada mordida.

Os dois conversaram enquanto comiam. Yrene explicou os meses iniciais na Torre e como o treinamento fora exigente. Então perguntou sobre o treinamento como capitão, e Chaol se conteve — se conteve ao falar de Brullo e dos outros; no entanto... Ele não podia negar a alegria, a curiosidade de Yrene.

E, de alguma maneira, falar sobre Brullo, o homem que fora um pai melhor que seu pai de verdade... Não doeu, não tanto. Uma dor mais leve, mais silenciosa, porém uma que Chaol podia suportar.

Uma dor que ele se sentia feliz por enfrentar, se isso significasse honrar o legado de um homem bom ao contar sua história.

Então eles conversaram e comeram, e, ao terminarem, Chaol a levou até as reluzentes muralhas brancas da Torre. A própria Yrene parecia reluzente ao sorrir quando pararam nos portões, esperando o cavalo do ex-capitão ser preparado.

— Obrigada — agradeceu ela, as bochechas coradas e brilhantes. — Pela refeição e pela companhia.

— O prazer foi meu — respondeu Chaol, sendo sincero.

— Verei você amanhã de manhã... no palácio?

Uma pergunta desnecessária, mas ele assentiu.

Yrene trocou o peso do corpo entre os pés, ainda sorridente, ainda reluzente. Como se fosse o último raio vibrante de sol, manchando o céu muito depois de ele ter sumido no horizonte.

— O quê? — perguntou ela, e Chaol percebeu que a encarava.

— Obrigado por esta noite — disse o antigo capitão, contendo o que tentava saltar de sua língua: *Não consigo tirar os olhos de você.*

A curandeira mordeu o lábio de novo ao ouvir o estalo de cascos se aproximando no cascalho.

— Boa noite — murmurou, recuando um passo.

Chaol estendeu a mão. Apenas para roçar os dedos nos dela.

Yrene parou, seus dedos se flexionaram, como se fossem pétalas de alguma flor tímida.

— Boa noite — disse ele, simplesmente.

Ao cavalgar de volta para o palácio iluminado do outro lado da cidade, Chaol podia ter jurado que algum peso no peito e nos ombros sumira. Como se tivesse vivido com aquilo a vida inteira, alheio, e agora, mesmo com tudo o que se acumulava ao redor dele, ao redor de Adarlan e daqueles com quem se importava... Como era estranha.

Aquela leveza.

✴ 33 ✴

A Torre de Vigia de Eidolon se projetava dos pinheiros envoltos em neblina, feito o caco de uma espada quebrada. Ficava no alto de um pico baixo que dava para uma muralha sólida de montanhas pantagruélicas. Conforme Nesryn e Sartaq voaram para perto da torre, planando ao longo das colinas encimadas por árvores, a capitã teve a sensação de que corria na direção de uma dura onda de pedra.

Em vez disso, por um segundo, uma letal onda de vidro avançou para cima de Nesryn. Ela piscou, e a onda se fora.

— Ali — sussurrou Sartaq, como se temeroso de que alguém pudesse ouvir ao apontar para as enormes montanhas que espreitavam além. — Acima daquela borda, ali é o início do território das *kharankui*, os montes Dagul. Aqueles na torre de vigia teriam conseguido ver qualquer um que descesse daquelas montanhas, principalmente com a visão feérica.

Com ou sem visão feérica, Nesryn observou as encostas estéreis dos montes; uma parede de rochas e lascas de pedras. Nenhuma árvore, nenhum córrego. Como se a vida ali tivesse fugido.

— Houlun sobrevoou *aquilo*?

— Acredite em mim — grunhiu o príncipe —, não estou nada satisfeito. Borte já ouviu bastante esta manhã.

— Estou surpresa por suas patelas ainda funcionarem.

— Não reparou que eu estava andando com dificuldade mais cedo?

Apesar da torre de vigia próxima, apesar da parede de montanhas que se erguia a distância, Nesryn riu. Podia ter jurado que Sartaq se aproximara, o peito largo empurrando a aljava e o arco que ela prendera às costas, assim como as longas facas gêmeas, cortesia de Borte.

Não tinham contado a ninguém aonde iam ou o que buscavam, o que não lhes garantira poucos olhares de raiva de Borte durante o café da manhã, além de relances curiosos de Falkan do outro lado da mesa redonda. Mas na noite anterior, quando Sartaq deixara Nesryn à porta do quarto, tinham concordado que o segredo era vital... por enquanto.

Então partiram uma hora depois do alvorecer, armados e carregando algumas sacolas de suprimentos. Embora planejassem voltar para casa bem antes do pôr do sol, Nesryn insistira para que levassem os equipamentos. Caso o pior acontecesse, caso *qualquer coisa* acontecesse, era melhor estarem preparados.

Apesar da ira por ter sido deixada no escuro, Borte trançara o cabelo de Nesryn depois do café da manhã — uma trança apertada e elegante, que começava no alto da cabeça e terminava bem onde a capa se apoiava para cobrir o couro de voo. A trança ficara tão apertada que Nesryn precisara conter a ânsia de afrouxá-la durante as horas em que voaram, mas com a torre à vista e notando que os cabelos mal tinham se mexido, a capitã supôs que a trança podia ficar.

Kadara circundou a torre de vigia duas vezes, abaixando a cada passagem.

— Nenhum sinal de teias — observou Nesryn. Os níveis superiores da torre de vigia haviam sido destruídos pelas intempéries ou por algum exército que passara tempos antes, deixando apenas dois andares acima do chão. Ambos expostos aos elementos. A sinuosa escadaria no centro estava coberta por folhas de pinheiro e terra, assim como por vigas quebradas e blocos de pedra. Mas não havia indício de vida. Ou de qualquer tipo de biblioteca milagrosamente preservada.

Com o tamanho de Kadara, a ruk precisou encontrar uma clareira próxima para aterrissar, pois Sartaq não confiava que as paredes da torre de vigia pudessem suportá-la. A ave saltou para o ar assim que os dois começaram a subir a pequena encosta até o pátio da torre de vigia. Ela circundaria acima até que Sartaq assobiasse para chamá-la, aparentemente.

Outro truque dos rukhin e dos darghan nas estepes: os assobios, assim como as flechas assobiantes. Durante muito tempo, isso havia permitido que ambos os povos se comunicassem de um jeito em que poucos reparavam ou se incomodavam em compreender, passando mensagens pelo território inimigo ou pelas fileiras do exército. Os montadores tinham treinado os ruks para entender os assobios também... para distinguir um chamado por ajuda de um aviso para fugir.

Nesryn rezou, a cada passo difícil pelos pinheiros espessos e pelas rochas de granito, para que só precisassem do assobio a fim de chamar o animal. Não era uma boa rastreadora, mas Sartaq, ao que parecia, lia habilmente os sinais no entorno.

Um sacudir de cabeça do príncipe lhe disse o bastante: nenhum indício de presença, aracnídea ou de outro tipo. Nesryn tentou não parecer aliviada demais. Apesar das árvores altas, os montes eram uma presença sólida e agourenta à direita, atraindo o olhar mesmo ao repelir cada instinto.

Blocos de pedra os receberam primeiro. Grandes pedaços retangulares, meio enterrados nas folhas de pinheiro e no solo. O peso total do verão cobria a terra, mas o ar estava fresco, e as sombras sob as árvores, simplesmente geladas.

— Não os culpo por abandonar a torre. Se é tão frio assim no verão, imagine no inverno — murmurou Nesryn.

Sartaq sorriu, mas levou um dedo aos lábios conforme atravessavam as últimas árvores. Envergonhada por precisar ser lembrada disso, Nesryn pegou o arco e engatilhou uma flecha, deixando-a pender frouxa enquanto inclinavam a cabeça para trás e observavam a torre.

Devia ser enorme há milhares de anos, se as ruínas eram o suficiente para fazer com que ela se sentisse pequena. Qualquer quartel ou alojamento fora derrubado ou apodrecera tempos atrás, mas o arco de pedra que dava para a própria torre permanecera intacto, ladeado por estátuas gêmeas de algum tipo de pássaro corroídas pelo tempo.

Sartaq se aproximou, a longa faca reluzindo como mercúrio à luz aquosa conforme ele estudava as estátuas.

— Ruks? — A pergunta pareceu um mero sopro.

Nesryn semicerrou os olhos.

— Não... olhe a cabeça. O bico. São... corujas. — Corujas altas e esguias, com as asas bem fechadas. O símbolo de Silba, da Torre.

O príncipe engoliu em seco.

— Sejamos rápidos. Não acho que seja sábio nos demorarmos.

Nesryn assentiu, com um olho atrás deles ao passar pelo arco aberto. Era uma posição familiar, a retaguarda; nos esgotos de Forte da Fenda, costumava deixar Chaol caminhar à frente enquanto ela dava cobertura, a flecha apontada para a escuridão às costas de ambos. Então o corpo agiu por pura memória muscular quando Sartaq deu os primeiros passos pelo arco e Nesryn girou para trás, a flecha apontada para a floresta de pinheiros, observando as árvores.

Nada. Nem um pássaro ou farfalhar de vento entre os pinheiros.

Ela se virou um segundo depois, avaliando eficientemente, como sempre fizera, mesmo antes do treinamento: marcando saídas, obstáculos, possíveis refúgios. Mas não havia muito em que reparar na ruína.

O piso da torre estava bem iluminado graças ao teto que sumira, com a escada em ruínas dando para o céu cinzento. Aberturas nas pedras revelavam onde arqueiros poderiam ter um dia se posicionado... ou observado do interior quente de uma torre em um dia congelante.

— Nada acima — observou Nesryn, talvez um pouco inutilmente, encarando Sartaq quando este dava um passo na direção de um arco aberto que levava a uma escada escura. A capitã lhe pegou o cotovelo. — Não.

Ele lançou um olhar incrédulo por cima do ombro.

Nesryn manteve o próprio rosto como pedra.

— Sua *ej* disse que essas torres estavam cheias de armadilhas. Só porque ainda não vimos uma não significa que não estejam aqui. — Ela apontou com a flecha na direção do arco aberto para os níveis subterrâneos. — Ficaremos calados, caminharemos com cuidado. Vou na frente.

Ao inferno com ficar na retaguarda se ele estava disposto a mergulhar no perigo.

Os olhos do príncipe se incendiaram, mas a capitã não lhe permitiu o protesto.

— Enfrentei alguns dos horrores de Morath na primavera e no verão. Sei como distingui-los e onde atacar.

Sartaq a olhou de cima a baixo de novo.

— Realmente deveria ter sido promovida.

Ela sorriu, soltando o bíceps musculoso. Encolhendo-se ao se dar conta das liberdades que tomara ao segurá-lo, ao tocar um príncipe sem permissão...

— Dois capitães, lembra? — disse Sartaq, ao reparar no tremor que ela não conseguiu esconder.

De fato. Nesryn inclinou a cabeça e se colocou diante de Sartaq — atravessando o arco das escadas em direção ao piso inferior.

O braço da capitã ficou tenso quando ela esticou o fio do arco, observando a escuridão imediatamente além da entrada da escadaria. Quando nada saltou para fora, Nesryn afrouxou o arco, recolocou a flecha na aljava e pegou um punhado de pedras do chão, cacos e lascas dos blocos de rochas caídos ao redor.

Um passo atrás, Sartaq fez o mesmo, enchendo os bolsos.

Ouvindo com atenção, Nesryn jogou uma das pedras para baixo da escada espiralada, deixando que quicasse e estalasse e...

Um leve *clique*, e Nesryn se impulsionou para trás, chocando-se contra Sartaq e lançando os dois estatelados no chão. Um estampido soou na escadaria abaixo, então outro.

No silêncio que se seguiu, em que a respiração pesada de Nesryn era o único som, ela ouviu com atenção de novo.

— Disparos ocultos — observou a capitã, encolhendo-se ao encontrar o rosto de Sartaq a poucos centímetros de distância. Os olhos do príncipe estavam na escada, mesmo enquanto mantinha uma das mãos nas costas de Nesryn e a outra na faca longa inclinada na direção do arco.

— Parece que lhe devo minha vida, capitã — disse o príncipe. Então Nesryn rapidamente recuou e ofereceu a mão para ajudá-lo a se levantar. Sartaq a segurou, pousando a mão morna sobre a dela ao ser puxado de pé.

— Não se preocupe — respondeu ela, secamente. — Não contarei a Borte. — Nesryn catou mais um punhado de pedras e as lançou; elas rolaram, se espalhando no escuro das escadas. Mais alguns cliques e estampidos... então silêncio.

— Vamos devagar — sugeriu ela, todo o humor sumindo, e não esperou pelo aceno de Sartaq ao tatear o primeiro degrau para baixo com a ponta do arco.

Nesryn bateu e empurrou ao longo da escada, observando as paredes, o teto. Nada. Ela fez isso com o segundo, o terceiro e o quarto degraus — até onde o arco alcançava. E somente quando se sentiu satisfeita de que nenhuma surpresa a esperava, a capitã permitiu que eles pisassem naqueles degraus.

Ela repetiu o processo com os quatro degraus seguintes, sem encontrar nada. Mas ao chegarem à primeira curva das escadas espiraladas...

— *Realmente* devo minha vida a você — sussurrou Sartaq, quando viram o que tinha sido disparado de uma fenda na parede do nono degrau.

Ferrões farpados. Feitos para se chocar contra a carne e permanecerem ali — a não ser que a vítima quisesse rasgar mais da pele ou dos órgãos nos ganchos curvos e cruéis ao puxá-los para fora.

O ferrão fora disparado com tanta força que se enterrara profundamente na argamassa entre as pedras.

— Lembre-se de que essas armadilhas não eram para agressores humanos — sussurrou Nesryn.

Mas para aranhas grandes como cavalos. Que podiam falar e planejar e se lembrar.

Nesryn deu batidinhas nos degraus adiante, a madeira do arco emitindo um eco vazio pela câmara escura, testando a fenda de onde o ferrão fora disparado.

— Os feéricos devem ter memorizado que degraus evitar enquanto moravam aqui — observou ela, enquanto cobriam mais alguns metros. — Mas não acho que fossem burros o bastante para fazer um padrão fácil.

De fato, o ferrão seguinte surgira três passos abaixo. Aquele depois desse, cinco degraus adiante. Mas depois disso... Sartaq levou a mão ao bolso e pegou mais um punhado de pedras. Os dois se agacharam quando ele jogou algumas escada abaixo.

Clique.

Nesryn estava tão concentrada na parede que não considerou de onde viera o *clique*. Não da frente, mas de baixo.

Em um segundo, estava agachada em um degrau.

No seguinte, o degrau deslizava abaixo dela, e um poço escuro se abria no lugar...

Mãos fortes envolveram o ombro e o pescoço da jovem; uma lâmina quicou na pedra...

Nesryn buscava a beira do degrau mais próximo enquanto Sartaq a segurava, grunhindo em virtude do peso, enquanto sua faca longa quicava para a escuridão abaixo.

Metal atingiu metal. Quicou contra ele de novo e de novo, com o clangor preenchendo as escadas.

Ferrões. Provavelmente um campo de ferrões de metal...

Sartaq a puxou para cima, e as unhas de Nesryn racharam na pedra quando ela buscou apoio no degrau liso. Mas estava na parte superior, com o corpo meio jogado nas escadas entre as pernas do príncipe, ambos ofegantes conforme olhavam o buraco abaixo.

— Acho que estamos quites — disse ela, lutando sem sucesso para dominar o tremor.

Ele lhe segurou o ombro e roçou a parte de trás da cabeça de Nesryn com a outra mão. Um toque reconfortante, casual.

— Quem quer que tenha construído este lugar, não teve piedade das *kharankui*.

Foi preciso mais um minuto para a capitã parar de tremer. Sartaq esperou pacientemente, acariciando os cabelos da jovem, passando os dedos pelas saliências da trança que Borte fizera. Nesryn permitiu, aproximando-se do toque ao estudar o buraco que precisariam saltar e as escadas ainda adiante.

Quando conseguiu por fim ficar de pé sem que os joelhos se dobrassem para dentro, os dois saltaram o buraco com cuidado — atravessando vários degraus antes que outro buraco surgisse, dessa vez acompanhado por um ferrão. Mesmo assim, eles prosseguiram, os minutos passando, até finalmente chegarem ao nível abaixo.

Feixes de luz pálida brilharam de buracos cuidadosamente escondidos no piso superior, ou talvez por alguma aparelhagem de espelhos nas passagens bem acima. Nesryn não se importava, contanto que a luz fosse forte o bastante para que enxergassem.

E eles enxergaram.

O nível inferior era um calabouço.

Cinco celas estavam abertas, as portas arrancadas, com prisioneiros e guardas há muito desaparecidos. No centro, havia uma mesa retangular de pedra.

— Quem acha que os feéricos são criaturas saltitantes, que amam poesia e cantoria, precisa de uma aula de história — murmurou Sartaq, conforme pausavam no último degrau, sem ousar tocar o chão. — Aquela mesa de pedra não era usada para escrever relatórios ou para comer.

De fato, manchas escuras ainda marcavam a superfície. Mas havia uma mesa de trabalho contra a parede próxima, cheia de uma diversidade de armas. Quaisquer documentos desintegraram tempos atrás com a neve e a chuva, e qualquer livro com capa de couro... também se fora.

— Arriscamos ou partimos? — refletiu Sartaq.

— Viemos até aqui — respondeu Nesryn, semicerrando os olhos para a parede mais afastada. — Ali... tem algo escrito ali. — Perto do chão, em letras pretas... uma caligrafia emaranhada.

O príncipe apenas levou a mão aos bolsos, lançando mais pedras pelo espaço. Nenhum clique ou rangido respondeu. Ele jogou algumas no teto, nas paredes. Nada.

— Bom o bastante para mim — afirmou a capitã.

Sartaq assentiu, embora ambos testassem cada bloco de pedra ora com a ponta do arco da capitã, ora com a espada fina e elegante do príncipe. Conseguiram passar pela mesa de pedra, mas Nesryn não se incomodou em examinar os vários instrumentos que foram descartados.

Ela vira os homens de Chaol pendurados dos portões do castelo. Vira as marcas em seus corpos.

Sartaq parou à mesa de trabalho, identificando as armas ali.

— Algumas ainda estão afiadas — observou ele, e Nesryn se aproximou quando o príncipe tirou uma longa adaga da bainha. A luz do sol aquosa se refletiu na lâmina, dançando pelas marcas entalhadas no centro.

Nesryn pegou uma espada curta, e o estojo de couro quase se desfez em sua mão. A capitã limpou a poeira antiga do cabo, revelando um metal escuro e reluzente, gravado com espirais de ouro, o guarda-mão curvando-se levemente nas pontas.

O estojo era de fato tão velho que se despedaçou quando Nesryn ergueu a espada cujo peso era leve apesar do tamanho; o equilíbrio era perfeito. Mais marcas tinham sido gravadas no sulco da lâmina. Um nome ou uma oração, talvez.

— Apenas lâminas feéricas poderiam permanecer tão afiadas depois de mil anos — comentou Sartaq, apoiando a faca que estivera inspecionando. — Provavelmente forjada pelos ferreiros feéricos em Asterion, a leste de Doranelle, talvez até mesmo antes da primeira das guerras contra os demônios.

Um príncipe que estudara não apenas a história do próprio império, mas a de muitos outros.

História com certeza não era a matéria mais forte de Nesryn, então ela perguntou:

— Asterion... como os cavalos?

— Exatamente. Grandes ferreiros e criadores de cavalos. Ou assim foi um dia, antes de as fronteiras se fecharem e o mundo escurecer.

A capitã estudou a espada curta em sua mão, o metal brilhava, como se imbuído de luz estelar, interrompido apenas pelos entalhes ao longo do sulco.

— Estou me perguntando o que será que as marcas dizem.

Sartaq examinou outra lâmina; feixes de luz dançavam na superfície do belo rosto.

— Provavelmente feitiços contra inimigos; talvez até mesmo contra os... — Ele parou diante da palavra.

392

Nesryn assentiu mesmo assim. Os valg.

— Parte de mim espera jamais precisarmos descobrir. — Deixando que Sartaq escolhesse uma arma para si, Nesryn prendeu a espada curta no cinto, então se aproximou da parede mais afastada, onde havia uma inscrição escura rabiscada na base.

Ela testou cada bloco de pedra no chão, mas não encontrou nada.

Por fim, olhou para a inscrição em letras pretas descascadas. Não pretas, mas...

— Sangue — disse o príncipe, aproximando-se por trás com uma faca de Asterion ao lado.

Nenhum sinal de um corpo, ou qualquer resquício de quem quer que tivesse escrito aquilo, talvez enquanto estivesse morrendo.

— Está na língua feérica — observou Nesryn. — Por acaso seus tutores chiques lhe ensinaram o Velho Idioma durante as aulas de história?

Um aceno negativo com a cabeça.

Ela suspirou.

— Deveríamos encontrar um jeito de anotar isso. A não ser que sua memória seja do tipo que...

— Não é. — Ele xingou, voltando-se para as escadas. — Tenho papel e tinta nas selas de Kadara. Poderia...

Não foram as palavras interrompidas que a fizeram virar. Mas a maneira como Sartaq ficou completamente imóvel.

Nesryn soltou aquela lâmina feérica de onde a amarrara.

— Não há necessidade de traduzir — disse uma voz feminina e tranquila em halha. — Diz *Olhe para cima*. Uma pena que não deram atenção.

Nesryn de fato olhou para cima, para o que surgiu das escadas, rastejando pelo teto em sua direção, e conteve o grito.

❧ 34 ❧

Era pior que qualquer sonho de Nesryn.

A *kharankui* que deslizou do teto para o chão era muito pior.

Maior que um cavalo. A pele era preta e cinza, manchada de borrões brancos, os múltiplos olhos pareciam infinitos lagos de obsidiana. E, apesar do tamanho, era esguia e reluzente; mais para viúva negra que aranha-lobo.

— Aquelas iscas feéricas se esqueceram de *olhar para cima* quando construíram este lugar — disse a aranha, com uma bela voz, apesar da total monstruosidade. As longas pernas dianteiras estalaram contra a pedra antiga. — Não se lembraram dos seres para quem montaram essas armadilhas.

Nesryn avaliou a escada atrás da aranha, as entradas de luz, em busca de alguma saída. Não encontrou nenhuma.

Aquela torre de vigia se tornara uma verdadeira teia. Tola, perfeitamente tola por se demorar...

As garras nas pontas das pernas da aranha arranharam a rocha.

Nesryn embainhou a espada de novo.

— Que bom — ronronou a aranha. — Que bom que sabe quanto esse lixo feérico será inútil.

A capitã sacou o arco, armando uma flecha.

O animal gargalhou.

— Se arqueiros feéricos não me impediram tempos atrás, humana, você não o fará agora.

A seu lado, a espada de Sartaq se ergueu infimamente.

Morrer ali, naquele momento, não ocorrera a Nesryn no café da manhã enquanto Borte trançava seus cabelos.

Mas não havia nada a ser feito conforme a aranha se aproximava, as presas descendo pelo maxilar.

— Depois que terminar com você, montador, farei sua ave gritar. — Gotas de líquido pingaram das presas. Veneno.

Então a aranha avançou.

Nesryn disparou uma flecha, mirando outra antes que a primeira encontrasse o alvo. Mas a aranha se moveu tão rapidamente que o golpe destinado a um olho atingiu a casca grossa no abdômen, mal se enterrando. A criatura se chocou contra a mesa de tortura de pedra, como se fosse saltar para atingi-los...

Sartaq golpeou, um corte brutal na direção da perna cheia de garras mais próxima.

A aranha gritou, sangue preto jorrou, e eles correram para aquela porta distante...

Mas a *kharankui* os interceptou, enfiando as patas entre a parede e a mesa de pedra, bloqueando o caminho dos dois. Tão perto que o fedor de morte emanava daquelas presas...

— Imundície humana — disparou a aranha, com veneno jorrando nas pedras aos pés de ambos.

Pelo canto do olho, Nesryn viu Sartaq esticar um braço em seu caminho para empurrá-la longe, para saltar diante daquela mandíbula mortal...

Inicialmente, a capitã não sabia o que tinha acontecido.

O que fora o borrão de movimento, o que fizera a *kharankui* gritar.

Em um segundo, ela estava pronta para enfrentar o martírio idiota de Sartaq, no seguinte... a aranha se chocava contra a sala, rolando de novo e de novo.

Não era Kadara, mas algo grande, armado com garras e presas...

Um lobo cinza. Tão grande quanto um pônei e totalmente feroz.

Sartaq não desperdiçou tempo, e Nesryn também não. Eles dispararam para o arco e as escadas adiante, sem se importar com quantos ferrões ou flechas disparavam das paredes enquanto corriam mais rápido até mesmo que as armadilhas. Arremessando-se escada acima, saltando pelos buracos entre os degraus, não pararam ao ouvir os estalos e gritos abaixo...

Um ganido canino soou, então silêncio.

Nesryn e Sartaq chegaram ao topo das escadas, correndo para as árvores além do arco aberto. O príncipe estava com a mão em suas costas, empurrando-a adiante, ambos em parte voltados para a torre.

A aranha explodiu da escuridão, mirando não as árvores, mas as escadas superiores da torre de vigia. Como se fosse subir para emboscar o lobo quando o animal a perseguisse.

E exatamente como a *kharankui* planejara, o lobo se atirou da escadaria, seguindo para o bosque depois do arco aberto, sem nem sequer olhar para trás.

A aranha saltou. Dourado lampejou no céu.

O grito de guerra de Kadara fez os pinheiros tremerem. Suas garras rasgaram o abdômen da *kharankui* e a lançaram, rolando, escada abaixo.

O lobo disparou para longe quando o rugido de aviso de Sartaq para a ruk foi engolido pelos gritos de ave e aranha. A *kharankui* aterrissou de costas, precisamente onde Kadara a queria.

A barriga estava exposta para as garras da ruk. E para o bico afiado como uma lâmina.

Alguns cortes cruéis, sangue preto jorrando e pernas lustrosas se debatendo e... silêncio.

O arco de Nesryn pendia de sua mão trêmula à medida que Kadara desmembrava a aranha convulsiva. Ela se virou para Sartaq, mas os olhos do príncipe estavam voltados para longe. Para o lobo.

A capitã soube. Bem no momento que o lobo andou em sua direção, com um corte profundo na lateral, e ela viu os olhos cor de safira escura.

Soube o que era, *quem* era, ao ver as pontas da pelagem cinzenta treme-luzirem e o corpo inteiro se encher de luz, encolhendo e fluindo.

Quando Falkan cambaleou de pé adiante, a mão pressionando o ferimento ensanguentado nas costelas, Nesryn sussurrou:

— Você é um metamorfo.

🎋 35 🎋

Com sangue escorrendo entre os dedos, Falkan caiu de joelhos, espalhando folhas de pinheiro.

Nesryn fez menção de correr até ele, mas Sartaq a bloqueou com um braço.

— Não — avisou.

A capitã empurrou o braço do príncipe para longe e correu até o homem ferido, ajoelhando-se diante dele.

— Você nos seguiu até aqui.

Falkan ergueu a cabeça, dor enchendo seus olhos de lágrimas.

— Ouvi ontem à noite. Em sua fogueira.

— Sem dúvida como algum rato ou inseto — grunhiu Sartaq.

Algo como vergonha de fato tomou a expressão do mercador.

— Voei até aqui como um falcão e os vi entrar. Então vi quando *ela* rastejou montanha acima atrás de vocês. — O metamorfo estremeceu ao olhar para onde a aranha fora deixada dilacerada por Kadara que, naquele instante, estava sentada no alto da torre, estudando *Falkan*, como se fosse a próxima refeição.

Nesryn gesticulou na direção do pássaro para que descesse com as bolsas da sela. Kadara propositalmente a ignorou.

— Ele precisa de ajuda — sibilou ela para Sartaq. — Ataduras.

— Minha *ej* sabe? — Foi tudo o que o príncipe quis saber.

Sem sucesso, o homem tentou retirar a mão encharcada de sangue da lateral, ofegando com os dentes trincados.

— Sim — conseguiu dizer ele. — Contei tudo a ela.

— E qual corte lhe pagou para vir até aqui?

— *Sartaq.* — Nesryn jamais o ouvira falar daquele jeito, jamais o tinha visto tão *furioso.* Ela agarrou o braço do príncipe. — Ele salvou nossas vidas. Agora devolvemos o favor. — A capitã apontou para a ruk. — Ataduras.

Sartaq voltou aqueles olhos lívidos para Nesryn.

— Seu tipo é composto de assassinos e espiões — grunhiu o príncipe. — Melhor deixar que morra.

— Não sou nem um nem outro — retrucou Falkan, arquejando. — Sou o que disse: um mercador. Em Adarlan, quando era novo, nem *sabia* que tinha o dom. Isso... isso existia em minha família, mas, quando a magia sumiu, eu já havia presumido que não o tinha. Fiquei *feliz* por isso. Mas não devia ter amadurecido o suficiente, porque quando coloquei os pés nestas terras como homem, como *isto*... — Um gesto para o corpo. Para os vinte anos dos quais abrira mão. Falkan se encolheu após o movimento, sentindo dor no ferimento. — Eu podia usá-lo. Podia mudar. Mal e não com frequência, mas consigo controlar, se me concentrar. — Ele disse ao príncipe: — Não significa nada para mim, essa herança. Era o dom de meu irmão, de meu pai... jamais o quis. Ainda não o quero.

— Mesmo assim, consegue mudar de pássaro para lobo e para homem com a mesma facilidade como se tivesse treinado.

— Confie em mim, é mais do que fiz em minha... — Falkan gemeu, oscilando.

Nesryn o segurou antes que ele caísse de boca na terra, então disparou para Sartaq:

— Se não pegar ataduras e suprimentos para ele agora mesmo, lhe darei um ferimento igual.

O príncipe piscou para ela, escancarando a boca.

Em seguida, ele assobiou entre dentes, um som agudo e rápido, enquanto caminhava para Kadara com passos contidos.

A ruk desceu da torre e pousou em uma das estátuas de coruja ancoradas nas paredes do arco, as rochas estalando sob ela.

— Não sou um assassino — insistiu Falkan, ainda trêmulo. — Conheci alguns, mas não sou um.

398

— Acredito em você — disse Nesryn, sendo sincera. Sartaq tirou as sacolas de Kadara, vasculhando-as. — *A da esquerda* — gritou a capitã. O príncipe lançou outro olhar por cima do ombro para ela, mas obedeceu.

— Queria matá-la eu mesmo — explicou Falkan, sem fôlego, com os olhos vítreos, sem dúvida por causa da perda de sangue. — Para ver se... isso poderia devolver os anos. Mesmo... mesmo que ela não seja aquela que tomou minha juventude, achei que talvez houvesse algum... sistema conjunto entre elas, mesmo através de oceanos. Uma teia, quem sabe, de tudo que esses animais tomaram. — Uma risada amarga, contida. — Mas parece que meu golpe mortal também foi tomado de mim.

— Acho que podemos todos perdoar Kadara por ter feito isso em seu lugar — comentou Nesryn, reparando no sangue preto manchando o bico e as penas da ruk.

Outra risada dolorosa.

— Você não tem medo... do que eu sou.

Sartaq caminhou até eles com ataduras e sálvia. E o que parecia ser um pote de uma substância semelhante a mel, provavelmente para selar o ferimento até que conseguissem chegar a um curandeiro. Que bom.

— Uma de minhas amigas é metamorfa — admitiu Nesryn, bem no momento que Falkan desmaiou em seus braços.

Estavam no ar minutos depois de Nesryn ter limpado a laceração nas costelas de Falkan e de Sartaq ter, de fato, selado o ferimento com o que parecia ser algum tipo de folha e uma camada de mel. Para manter a infecção afastada e estancar a perda de sangue conforme rapidamente voavam de volta ao ninhal.

Nesryn e o príncipe mal se falaram, embora, com Falkan apoiado atrás deles, a viagem não tivesse permitido muitas oportunidades. Foi um voo tenso e perigoso, pois o peso morto do mercador ocasionalmente os inclinava tanto para o lado que Sartaq precisava grunhir ao segurá-lo na sela. Havia apenas dois conjuntos de fivelas, dissera ele a Nesryn quando subiram na sela. O príncipe não desperdiçaria a vida de nenhum dos dois com um metamorfo, com ou sem dívida de vida.

Mas eles conseguiram, exatamente quando o sol se pôs e os três picos dos Dorgos se acenderam com inúmeras fogueiras, como se as montanhas estivessem cobertas por vagalumes.

Kadara soltou um grito esganiçado conforme se aproximavam do Salão Montanhoso de Altun. Algum tipo de sinal, aparentemente, porque ao aterrissarem, Borte, Houlun e diversos outros estavam reunidos, já armados com suprimentos.

Ninguém questionou o que acontecera a Falkan. Ninguém se perguntou como ele havia chegado lá. Ou por ordens de Houlun para que não os incomodassem ou simplesmente pelo caos de tirá-lo da ruk e levá-lo aos cuidados de uma curandeira. Ninguém, exceto Borte.

Sartaq ainda estava com raiva; o suficiente para levar a *ej* para um canto do salão e começar a exigir respostas sobre o metamorfo. Ou pelo menos era o que parecia, pelo maxilar trincado e os braços cruzados.

Houlun apenas o enfrentava, os pés firmes no chão e o maxilar tão tenso quanto o do príncipe.

Sozinha com Kadara, Nesryn começou a soltar as sacolas enquanto Borte comentou a certa distância:

— O fato de ele ter a coragem de *lhe* dar um sermão me diz que algo deu *muito* errado. E o fato de ela permitir me diz que ela sente uma ponta de culpa.

Nesryn não respondeu, grunhindo ao puxar uma sacola especialmente pesada.

Borte caminhou em torno de Kadara, observando o pássaro. Com atenção.

— Sangue preto nas garras, no bico e no peito. Muito sangue preto.

Nesryn soltou a sacola contra a parede.

— E *as costas* estão incrustadas com sangue vermelho.

De Falkan, que se apoiara ali durante o voo.

— E essa é uma lâmina nova. *Uma lâmina feérica* — sussurrou Borte, avançando para examinar a lâmina exposta que pendia do cinto de espadas da capitã. Nesryn recuou um passo.

A boca de Borte se contraiu.

— O que quer que você saiba, quero saber.

— A decisão não cabe a mim.

Elas olharam na direção de Sartaq, que ainda estava irritado enquanto Houlun apenas o deixava descarregar.

Borte começou a enumerar o que sabia, usando os dedos.

— *Ej* parte sozinha durante dias. Então vocês saem e retornam com um homem que não partiu com vocês e que não levou um ruk. E a pobre Kadara volta coberta dessa... imundície. — Uma fungada na direção do sangue preto. A ave estalou o bico em resposta.

— É lama — mentiu Nesryn.

A jovem gargalhou.

— E eu sou uma princesa feérica. Posso começar a fazer perguntas por aí ou...

A capitã a arrastou até a parede com as sacolas.

— Mesmo que eu lhe conte, *não* pode deixar escapar uma palavra para ninguém. Nem se envolver de qualquer maneira.

Borte levou a mão ao coração.

— Eu juro.

Nesryn suspirou na direção do teto rochoso distante, e Kadara lhe lançou um olhar de aviso, como se pedisse que ela reconsiderasse a decisão. Mas ela contou tudo a Borte.

Ela devia ter dado ouvidos a Kadara. Borte, para seu crédito, não contou nada a mais ninguém. Exceto por Sartaq, que por fim voltara, batendo os pés, da conversa com Houlun, apenas para receber um sermão e um tapa no ombro por não ter informado à irmã de fogo aonde ia. E pior, por não tê-la *convidado*.

O príncipe olhou com raiva para Nesryn ao perceber quem tinha contado aquilo a Borte, mas ela estava cansada demais para se importar. Em vez disso, simplesmente caminhou até o quarto, ziguezagueando entre as pilastras. Ela sabia que Sartaq estava em seu encalço graças ao berro de Borte:

— *Vai me levar da próxima vez, seu asno teimoso!*

E logo antes de Nesryn chegar à porta do quarto, ao santuário de uma cama macia, o príncipe agarrou seu cotovelo.

— Tenho algumas palavras para você.

Ela apenas entrou no quarto, e Sartaq a seguiu, batendo os pés atrás de Nesryn. Ele fechou a porta e se recostou contra a madeira, então cruzou os braços no mesmo momento que a capitã.

— Borte ameaçou fazer perguntas diretas pelo ninhal se eu não contasse nada.

— Não me importa.

Nesryn piscou.

— Então o quê...

— Quem tem as Chaves de Wyrd? — A pergunta ecoou entre os dois. Nesryn engoliu em seco.

— O que é uma Chave de Wyrd?

Sartaq se afastou da porta.

— Mentirosa — sussurrou ele. — Enquanto estávamos fora, minha *ej* se lembrou de algumas das outras histórias, puxou-as da memória coletiva que possui como Guardadora de Histórias. Contos de um Portão de Wyrd pelo qual os valg e seus reis passaram, que poderia ser aberto à vontade com três chaves quando usadas juntas. Lembrou-se de que essas chaves *desapareceram* depois que a própria Maeve as roubou e usou para mandar os valg de volta. Que estão escondidas, diz ela. Pelo mundo.

Nesryn apenas ergueu uma sobrancelha.

— E daí?

Uma risada fria de escárnio.

— Foi assim que Erawan levantou um exército tão rapidamente, por isso que nem mesmo Aelin do Fogo Selvagem pode enfrentá-lo sem ajuda. Ele deve ter pelo menos uma. Não todas, ou já estaríamos chamando Erawan de mestre. Mas pelo menos uma, talvez duas. Então onde está a terceira?

Ela sinceramente não fazia ideia. Se Aelin e os demais tinham alguma suspeita, jamais a compartilharam. Apenas haviam dito que o objetivo final, além da guerra e da morte, era recuperar as chaves em posse de Erawan. Mas mesmo contar isso a ele...

— Talvez agora entenda — disse Nesryn, com igual frieza — por que estamos tão desesperados pelos exércitos de seu pai.

— Para serem massacrados.

— Quando Erawan acabar de nos massacrar, virá bater a sua porta.

Sartaq xingou.

— O que vi hoje, aquela *coisa*... — Ele esfregou o rosto com as mãos trêmulas. — Os valg um dia usaram aquelas aranhas como soldados de infantaria. Legiões delas. — Ele abaixou as mãos. — Houlun ficou sabendo de três outras torres de vigia em ruínas... ao sul. Voaremos para a primeira assim que o metamorfo estiver curado.

— Levaremos Falkan?

Sartaq puxou a porta para que se abrisse, com tanta força que a capitã se surpreendeu por não tê-la arrancado das dobradiças.

— Por mais que seja um metamorfo de bosta como ele alegou, um homem que pode se transformar em um lobo daquele tamanho é uma arma boa demais para não levar para o perigo. — Um olhar afiado de raiva. — Ele montará comigo.

— E onde eu estarei?

Sartaq lhe deu um sorriso sem humor antes de seguir para o corredor.

— Voará com Borte.

⚜ 36 ⚜

A atrofia nas pernas... estava se revertendo.

Três semanas depois, Yrene se maravilhava com aquilo. Tinham recuperado movimento até o joelho, mas não acima. Chaol já conseguia dobrar as pernas, porém não conseguia mover as coxas. Não conseguia pôr o peso do corpo sobre elas.

Mas os exercícios matinais com os guardas, as tardes passadas nas sessões de cura, emaranhado em escuridão e memória e dor...

Aquilo era músculo crescendo novamente em suas pernas. Preenchendo os ombros já largos e o peitoral impressionante. Graças ao treino ao sol da manhã, o tom de pele de Chaol tinha se intensificado para um marrom exuberante, e a cor caía bem nos braços marcados por músculos.

Eles trabalhavam todo dia em um ritmo tranquilo, entrando em uma rotina que se tornara tão parte de Yrene quanto lavar o rosto, escovar os dentes e desejar uma xícara de *kahve* ao acordar.

Chaol se juntara a ela novamente nas aulas de defesa. As acólitas mais jovens eram incorrigíveis e ainda davam risadinhas em sua presença, mas pelo menos jamais se atrasaram desde a chegada do antigo capitão. Ele até mesmo tinha ensinado à própria Yrene algumas manobras para enfrentar agressores maiores. E embora sempre trocassem muitos sorrisos no pátio da Torre, ele e a curandeira ficavam sérios conforme Chaol repassava aqueles métodos, conforme consideravam quando ela poderia precisar deles.

Mas não houvera qualquer sussurro de quem quer que a tivesse atacado — nenhuma confirmação de que fora, de fato, um valg. Uma pequena misericórdia, supunha Yrene.

Ainda assim, ela prestava atenção às lições, e, ainda assim, Chaol cuidadosamente a treinava.

Os irmãos reais tinham vindo e ido e voltado novamente, e Yrene não vira Kashin além do jantar em que o procurara para agradecer a ajuda e generosidade na noite do ataque. O príncipe dissera ser desnecessário, mas ela havia lhe tocado o ombro em agradecimento mesmo assim. Antes de ocupar um assento seguro ao lado de Chaol.

A causa particular do antigo capitão com o khagan... Chaol e Yrene não arriscaram falar sobre a guerra — a necessidade de exércitos. E em relação ao oásis de Aksara e ao poço de conhecimento que poderia estar escondido sob as palmeiras, ao motivo de aquele lugar *ter* tais informações sobre os valg... Nenhum dos dois pensara em um modo de manipular Hasar para que os levasse até lá sem levantar suspeitas. Sem arriscar que a princesa tomasse ciência daqueles pergaminhos que eles ainda mantinham escondidos no quarto de Chaol.

Mas Yrene sentia que o tempo o pressionava. Via como os olhos do lorde às vezes se tornavam distantes, como se encarando uma terra longínqua. Lembrando-se dos amigos que lá lutavam. Por seu povo. Chaol sempre se esforçava mais depois disso — e cada centímetro de movimento conquistado nas pernas se devia, em grande parte, tanto a ele mesmo quanto à magia da curandeira.

E ela se esforçava também. Perguntava-se se as batalhas teriam começado; perguntava-se se algum dia chegaria a tempo de sequer ajudar. Perguntava-se o que teria restado quando tivesse retornado.

A escuridão que encontravam quando ela o curava, aquela do demônio que vivera dentro do homem que destruíra tanto do mundo... Também trabalhavam para superar aquilo. Yrene não fora arrastada para as lembranças do ex-capitão como antes, não fora forçada a testemunhar os horrores de Morath ou suportar as atenções da *coisa* que permanecia em seu corpo, mas a magia da jovem ainda avançava contra aquele ferimento, cercando-o como mil pontos de luz branca, devorando e engolindo e dilacerando.

Ele aguentava a dor, arrastando-se pelo que quer que a escuridão lhe mostrasse. Jamais se encolhendo frente a ela, dia após dia. Parando apenas quando a força da curandeira hesitava e Chaol insistia para que ela pausasse para comer, ou tirar uma soneca no sofá dourado, ou apenas conversar enquanto os dois tomavam chá gelado.

Yrene supunha que o ritmo constante precisaria terminar em algum momento.

Achava que provavelmente seria devido a uma discussão entre os dois. Não devido a notícias de longe.

Depois de duas semanas fora em uma propriedade à beira-mar para escapar do calor do verão, e onde ficara entocado com a mulher ainda de luto, o khagan retornou ao jantar formal noturno. Uma reunião alegre — ou era o que parecia de longe. Sem mais ataques ao palácio ou à Torre, a vigilância silenciosa havia diminuído consideravelmente nas últimas semanas.

Mas, quando Yrene e Chaol entraram no salão, quando ela interpretou a tensão inquieta entre aqueles sentados à mesa nobre, pensou em pedir a ele que partissem. Vizires se agitavam nos assentos. Arghun, que certamente *não* fizera falta ao se juntar aos pais à beira-mar, sorria arrogantemente.

Hasar abriu um largo sorriso para Yrene — de sabedoria. Nada bom.

Eles avançaram talvez 15 minutos no jantar antes que a princesa atacasse. Ela se inclinou para a frente e disse a Chaol:

— Você deve estar satisfeito esta noite, Lorde Westfall.

Yrene se manteve perfeitamente reta na cadeira, com o garfo firme ao levar um pedaço de robalo temperado com limão à boca e se obrigar a engolir.

— E por que eu deveria estar, Vossa Alteza? — replicou Chaol, tranquilamente, bebendo da taça de água.

Os sorrisos de Hasar podiam ser terríveis. Mortais. E aquele que estampava ao falar a seguir fez Yrene se perguntar por que algum dia se incomodara em responder às convocações da princesa.

— Bem, fazendo os cálculos, a capitã Faliq deve retornar com meu irmão amanhã.

A mão de Yrene apertou o garfo enquanto ela contou os dias.

Três semanas. Fazia três semanas desde que Nesryn e Sartaq tinham partido para as montanhas Tavan.

Nesryn voltaria no dia seguinte. E embora nada — *nada* — tivesse acontecido entre Yrene e Chaol...

A curandeira não conseguia conter a sensação do peito afundando. Não conseguia segurar a sensação de que uma porta estava prestes a ser permanentemente fechada em sua cara.

Não tinham falado sobre Nesryn. Sobre o que quer que houvesse entre eles. E Chaol jamais tocara Yrene mais que o necessário, jamais olhara para ela como naquela noite da festa.

Porque, é claro — é claro que estava esperando por Nesryn. A mulher que... a quem ele devia sua lealdade.

A curandeira se obrigou a comer mais um pedaço, mesmo com o peixe se tornando azedo na boca.

Tola. Era uma *tola* e...

— Não soube da notícia? — perguntou o antigo capitão, arrastando a voz, tão irreverente quanto a princesa. Ele apoiou a taça, os nós dos dedos roçaram os de Yrene, cuja mão estava sobre a mesa.

Para qualquer um, poderia ter sido um toque acidental, mas com Chaol... Cada movimento era controlado. Centrado. O roçar de sua pele contra a dela, um sussurro para reconfortá-la, como se ele sentisse que as paredes estavam, de fato, se fechando em volta da jovem...

Hasar lançou um olhar insatisfeito para Yrene. *Por que não me informou disso?*

A curandeira deu a ela um inocente encolher do corpo em resposta. *Eu não sabia*. Era verdade.

— Suponho que nos contará? — respondeu Hasar ao lorde, friamente.

Chaol deu de ombros.

— Recebi a notícia hoje... da capitã Faliq. Ela e seu irmão decidiram estender a viagem em mais três semanas. Ao que parece, sua habilidade com o arco e flecha tinha grande demanda entre os rukhin. Eles imploraram para mantê-la por mais tempo, e ela cedeu.

Yrene controlou a expressão para estampar neutralidade. Mesmo quando alívio e vergonha percorreram seu corpo.

Uma boa mulher; uma mulher corajosa. Era essa mulher que Yrene ficara tão aliviada ao ouvir que *não* voltaria. Que não... interromperia.

— Nosso irmão é sábio em manter uma guerreira tão habilidosa por tanto tempo quanto possível — comentou Arghun na ponta da mesa.

A isca estava ali, enterrada fundo.

Chaol, de novo, deu de ombros.

— Ele é realmente sábio por saber quanto ela é especial. — As palavras foram ditas com veracidade, mas...

Ela estava imaginando coisas. Interpretando demais, presumindo que o tom de voz não tinha afeição alguma além do orgulho.

Arghun se inclinou para a frente, então disse a Hasar:

— Bem, então há a questão da *outra* notícia, irmã. A qual presumo que Lorde Westfall também tenha ouvido.

Alguns lugares adiante, a conversa do khagan com os vizires mais próximos se interrompeu.

— Ah, sim — concordou Hasar, girando o vinho ao relaxar na cadeira. — Tinha me esquecido.

Yrene tentou encontrar os olhos de Renia, conseguir que a amante da princesa revelasse *algo* a respeito do que parecia estar se avolumando, a onda prestes a quebrar. O motivo pelo qual o salão estava tão carregado. Mas Renia apenas observava Hasar, com uma das mãos no braço da princesa, como se dizendo *cuidado*.

Não pelo que estava prestes a revelar, mas por *como* Hasar revelaria aquilo.

Chaol olhou de Arghun para Hasar. Pelos sorrisos arrogantes do príncipe e da princesa, estava bastante evidente que sabiam que ele não ouvira. Mas o antigo capitão ainda parecia debater os méritos de aparentar saber ou admitir a verdade...

Yrene o poupou da escolha.

— Eu não ouvi — intrometeu-se ela. — O que aconteceu?

Sob a mesa, o joelho de Chaol roçou o seu em agradecimento. Yrene disse a si mesma que o que lhe percorrera o corpo fora apenas prazer devido ao fato de que ele *conseguia* mover aquele joelho. Mesmo quando pavor se acumulou em seu estômago.

— Bem — começou Hasar, com as notas de abertura de uma dança que ela e Arghun tinham coordenado antes daquela refeição. — Houve alguns... avanços no continente vizinho, ao que parece.

Naquele momento, Yrene pressionou o joelho *dela* contra o de Chaol, uma solidariedade silenciosa. *Juntos*, ela tentou dizer apenas com o toque.

— Tantos avanços no norte. Nobres desaparecidos revelando-se mais uma vez. Tanto Dorian Havilliard quanto a rainha de Terrasen. A última de maneira bastante dramática, inclusive — disse Arghun à curandeira, a Chaol e, então, ao pai.

— Onde? — sussurrou Yrene, porque Chaol não podia. De fato, ele perdera o fôlego à menção de seu rei.

Hasar sorriu para ela... aquele sorriso satisfeito que a princesa dera na chegada da amiga.

— Baía da Caveira.

A mentira, o palpite que Chaol lhe dera para que entregasse à princesa... Provara-se verdadeiro.

Yrene o sentiu ficar tenso, embora o rosto não revelasse nada além de interesse indiferente.

— Um porto pirata ao sul, Grande Khagan — explicou Chaol a Urus, que estava sentado na ponta da mesa, como se ele estivesse de fato ciente daquela notícia, como se fizesse parte daquela conversa. — No meio de um arquipélago maior.

O khagan olhou para os vizires visivelmente insatisfeitos e franziu a testa com eles.

— E por que eles surgiriam em baía da Caveira?

Chaol não tinha resposta, mas Arghun ficou mais que feliz em fornecê-la.

— Porque Aelin Galathynius decidiu enfrentar o exército que Perrington tinha acampado na beira do arquipélago.

Yrene deslizou a mão para fora da mesa — para segurar o joelho de Chaol. Tensão irradiava de cada linha severa do corpo do lorde.

— A vitória foi a favor dela ou de Perrington? — perguntou Duva, a mão na barriga crescente. Como se fosse uma partida esportiva. De fato, o marido olhava para a ponta da mesa, para as cabeças que viravam.

— Ah, dela — respondeu Hasar. — Já tínhamos olhos na cidade, então conseguimos um relatório completo. — Aquele sorriso secreto e arrogante de novo para Yrene. Espiões enviados usando a informação da curandeira. — Seu poder é considerável — acrescentou a princesa ao pai. — Nossas fontes dizem que queimou o próprio céu. E, então, devastou a maior parte da frota reunida contra ela. Com um único golpe.

Pelos deuses.

Os vizires se agitaram, e o rosto do khagan ficou severo.

— Os boatos sobre a destruição do castelo de vidro não eram exagerados, então.

— Não — respondeu Arghun, suavemente. — E seus poderes aumentaram desde então. Assim como seus aliados. Dorian Havilliard viaja com sua corte. E baía da Caveira e seu lorde pirata agora se ajoelham diante de Aelin.

Conquistadora.

— Eles lutam *com* ela — interrompeu Chaol. — Contra as forças de Perrington.

— Lutam? — Hasar assumiu o golpe, atacando com facilidade. — Pois não é Perrington quem agora veleja pela costa de Eyllwe, queimando cidades por prazer.

— Isso é mentira — rebateu o antigo capitão, baixo demais.

— É? — Arghun deu de ombros, então encarou o pai, o retrato do filho preocupado. — Ninguém a viu, é claro, mas cidades inteiras foram deixadas às cinzas e em ruínas. Dizem que veleja para Banjali, determinada a subjugar a família Ytger para que lhe reúna um exército.

— Isso é *mentira* — disparou Chaol, estampando os dentes. Vizires deram risinhos e arquejaram, mas, mesmo assim, ele disse ao khagan: — Conheço Aelin Galathynius, Grande Khagan. Não é seu estilo, não faz parte de sua natureza. A família Ytger... — Ele hesitou.

É importante para ela. Yrene sentiu as palavras na língua, como se estivessem na dela. A princesa e o príncipe se inclinaram para a frente, esperando confirmação. Prova da potencial fraqueza de Aelin Galathynius.

Não na magia, mas em quem era vital para ela. E Eyllwe, posicionada entre as forças de Perrington e o khaganato... Yrene conseguia ver as engrenagens girando em suas mentes.

— A família Ytger seria mais bem utilizada como um aliado do sul — corrigiu Chaol, com os ombros rígidos. — Aelin é esperta o suficiente para saber disso.

— E suponho que você saiba — disse Hasar. — Pois foi seu amante em certo momento. Ou esse foi o rei Dorian? Ou os dois? Os espiões jamais foram precisos a respeito de quem estava na cama de Aelin e quando.

Yrene engoliu a surpresa. Chaol... e Aelin Galathynius?

— Eu a conheço bem, sim — respondeu ele, tenso.

Seu joelho pressionou o de Yrene, como se dissesse: *Depois, explicarei depois.*

— Mas isto *é* guerra — replicou Arghun. — A guerra induz as pessoas a fazer coisas que talvez não considerassem normalmente.

A condescendência e o deboche bastaram para fazer a curandeira trincar os dentes. Aquilo era um ataque planejado, uma aliança temporária entre dois irmãos.

— Ela está de olho neste litoral? — interrompeu Kashin. Era a pergunta de um soldado. Destinada a avaliar a ameaça a sua terra, a seu rei.

Hasar limpou as unhas.

— Quem sabe? Com tal poder... Talvez estejamos todos a seu dispor para sermos conquistados.

— Aelin já tem uma guerra a travar — disparou Chaol. — E não é uma conquistadora.

— Baía da Caveira e Eyllwe sugerem o contrário.

Um vizir sussurrou ao ouvido do khagan. Outro se aproximou para ouvir. Já calculando.

— Grande Khagan, sei que alguns podem distorcer tais coisas para parecer uma desvantagem a Aelin, mas juro a você que a rainha de Terrasen pretende apenas libertar nossa terra — disse o antigo capitão a Urus. — Meu rei não se aliaria a ela, caso contrário.

— Mas você *juraria*? — ponderou Hasar. — Juraria pela vida de Yrene? Chaol piscou para a princesa.

— Depois de tudo que viu — prosseguiu ela —, tudo que testemunhou sobre seu caráter... juraria pela vida de Yrene Towers que Aelin Galathynius não usaria tais táticas? Não tentaria *tomar* exércitos em vez de reuni-los? Inclusive o nosso?

Diga que sim. Diga que sim.

Ao encarar Hasar, e depois Arghun, Chaol nem mesmo olhou para Yrene. O khagan e os vizires se afastaram.

O lorde não disse nada. Não jurou nada.

O pequeno sorriso de Hasar não era nada menos que triunfante.

— Foi o que pensei.

O estômago de Yrene se revirou.

O khagan avaliou Chaol.

— Se Perrington e Aelin Galathynius estão reunindo exércitos, talvez destruam uns aos outros e me poupem da dor de cabeça.

Um músculo se contraiu no maxilar do antigo capitão.

— Talvez, se for tão poderosa, ela possa enfrentar Perrington sozinha — refletiu Arghun.

— Não se esqueça do rei Dorian — intrometeu-se Hasar. — Ora, apostaria que os dois seriam capazes de lidar com Perrington e qualquer exército que ele tenha construído sem muita assistência. Melhor deixar que lidem com isso em vez de desperdiçar nosso sangue em solo estrangeiro.

Yrene estava trêmula. Tremia de... de *raiva* do cuidadoso jogo de palavras, do jogo que os dois irmãos haviam construído para evitar velejar em direção à guerra.

— Mas — replicou Kashin, parecendo reparar na expressão da curandeira — também seria possível argumentar que, se de fato *ajudássemos* governantes tão poderosos, poderíamos contar com benefícios nos anos de paz muito mais valiosos que os riscos agora. — Ele se virou para o khagan. — Se formos a seu socorro, pai, caso algum dia enfrentemos tal ameaça, imagine aquele poder voltado contra nossos inimigos.

— Ou voltado contra nós, se ela achar mais fácil quebrar seus juramentos — interrompeu Arghun.

O khagan estudou Arghun, o filho mais velho que franzia a testa com desprezo para Kashin. Duva, ainda com a mão na barriga distendida, apenas observava. Sem ser notada ou incluída, nem mesmo pelo marido.

Arghun se virou de volta para o pai.

— A magia de nosso povo é mínima. O Céu Eterno e os 36 deuses abençoaram mais nossos curandeiros. — Um franzir da testa para Yrene. — Contra tal poder, o que é ferro e madeira? Aelin Galathynius tomou Forte da Fenda, então tomou baía da Caveira, e agora parece preparada para tomar Eyllwe. Um governante sábio teria ido para o norte, fortificado seu reino, para depois avançar ao sul a partir das fronteiras. Se ela não é uma tola, então seus conselheiros o são.

— Eles são guerreiros bem-treinados que já viram mais guerra e batalha que você jamais verá — respondeu Chaol friamente.

O príncipe mais velho enrijeceu o corpo. Hasar riu baixinho.

O khagan, de novo, sopesou as palavras ao redor.

— Isso permanece uma questão a ser discutida em salas de conselho, não em mesas de jantar — disse ele, ainda que o tom não desse garantias. Não a Chaol, não a Yrene. — Embora eu esteja inclinado a concordar com o que os fatos oferecem.

Para seu mérito, Chaol não discutiu mais. Não se encolheu ou fez cara feia. Apenas assentiu uma vez.

— Obrigado pela honra de sua contínua consideração, Grande Khagan.

Arghun e Hasar trocaram olhares de deboche. Mas o homem apenas voltou à refeição.

Nem Yrene nem Chaol tocaram no resto da comida.

Víbora. A princesa era uma víbora, e Arghun era um belo de um canalha tanto quanto qualquer outro que Chaol já encontrara.

Havia alguma verdade em sua relutância — o medo dos poderes de Aelin e a ameaça que ela poderia representar. Mas Chaol os tinha decifrado. Entendera que Hasar simplesmente não *queria* deixar os confortos do lar, os braços da amante, e velejar para a guerra. Não queria a sujeira de tudo isso.

E Arghun... O homem negociava poder, conhecimento. Chaol não tinha dúvidas de que a argumentação do sujeito contra ele era mais para forçá-lo a uma posição em que ficaria desesperado.

Ainda mais que já estava. Disposto a oferecer qualquer coisa por ajuda.

Kashin faria o que o pai lhe dissesse. E quanto ao khagan...

Horas depois, Chaol ainda trincava os dentes, deitado na cama, enquanto encarava o teto. Yrene o deixara com um aperto no ombro, prometendo vê--lo no dia seguinte.

Ele mal conseguira responder.

Deveria ter mentido. Deveria ter jurado que confiava em Aelin com a própria vida.

Porque Hasar soubera que, se pedisse a ele que jurasse pela vida de Yrene...

Mesmo que seus 36 deuses não se importassem com Chaol, ele não podia arriscar.

Vira Aelin fazer coisas terríveis.

Ainda sonhava com ela estripando Archer Finn a sangue-frio. Ainda sonhava com o que restara do corpo de Cova naquele beco. Ainda sonhava com ela assassinando homens, como gado, em Forte da Fenda e Endovier, e ele sabia exatamente como ela podia se tornar insensível e cruel. Até brigara com ela no início do verão a respeito disso — sobre a necessidade de haver algum controle de seu poder. E como não havia.

Rowan era um bom macho. Sem nenhum medo de Aelin, de sua magia. Mas será que *ela* ouviria seus conselhos? Aedion e Aelin podiam tanto acabar se socando quanto concordando, e Lysandra... Chaol não a conhecia bem o suficiente para julgar se a metamorfa manteria a amiga na linha.

Aelin tinha, de fato, mudado; amadurecido e se tornado uma rainha. Ainda estava se tornando.

Mas ele sabia que não havia amarras, não interiores, contra até que ponto Aelin iria para proteger aqueles que amava. Proteger o próprio reino. Se alguém ficasse em seu caminho, se a impedisse de protegê-los... Não havia limites dentro da jovem em relação a isso. Nenhum limite.

Então Chaol não fora capaz de jurar pela vida de Yrene que ele acreditava em uma Aelin acima de tais métodos. Com a história complicada com Rolfe, ela provavelmente usara o poder da magia para intimidá-lo, fazendo com que se juntasse à causa.

Mas com Eyllwe... teriam dado algum sinal de resistência para levá-la a aterrorizá-los? Chaol não conseguia imaginar que Aelin *considerasse* ferir pessoas inocentes, ainda mais o povo de sua amada amiga. No entanto, ela conhecia os riscos que Perrington — Erawan — representava. O que ele faria com todos se ela não os reunisse. Por quaisquer meios necessários.

Ele esfregou o rosto. Se Aelin tivesse se controlado, se tivesse bancado a rainha angustiada... Teria tornado a tarefa de Chaol muito mais fácil.

Talvez ela tivesse lhes custado aquela guerra. Aquela única chance de um futuro.

Pelo menos o paradeiro de Dorian era conhecido — sem dúvida tão seguro quanto se podia esperar com a corte da rainha de Terrasen como companhia.

Chaol fez uma oração silenciosa de agradecimento por essa pequena graça.

Uma batida fraca fez com que ele se levantasse subitamente. Não viera do saguão, mas das portas de vidro que se abriam para o jardim.

Suas pernas estremeceram, dobrando-se levemente no joelho — mais reação que movimento controlado. Chaol e Yrene estavam repassando os cruéis exercícios para as pernas duas vezes ao dia. As diversas terapias lhe garantiam movimento centímetro a centímetro, junto à magia que Yrene despejava em seu corpo enquanto Chaol suportava a horda de memórias da escuridão. Ele jamais contava à curandeira o que via, o que o deixava aos gritos.

Não havia motivo. E contar a Yrene quão terrivelmente ele fracassara, quanto errara em seu julgamento, apenas o deixava enjoado. Mas o que estava no jardim velado pela noite... Não era uma memória.

O antigo capitão semicerrou os olhos para a alta figura masculina parada ali, com a mão erguida em um cumprimento silencioso — a mão do próprio Chaol foi até a faca sob o travesseiro. Mas a figura se aproximou da luz da lanterna, e Chaol expirou, gesticulando para o príncipe entrar.

Com o giro de uma pequena faca, Kashin destrancou a porta do jardim e entrou.

— Arrombar fechaduras não é uma habilidade que eu esperaria de um príncipe — disse Chaol, como cumprimento.

O rapaz se deteve do lado de dentro da porta, a lanterna exterior iluminando o suficiente de seu rosto para que Chaol discernisse um meio sorriso.

— Aprendi mais para sair e entrar de fininho nos quartos das damas que para roubar, sinto dizer.

— Achei que sua corte fosse um pouco mais aberta em relação a esse tipo de coisa que a minha.

Aquele sorriso aumentou.

— Talvez, mas maridos velhos e rabugentos são iguais nos dois continentes.

Chaol riu, sacudindo a cabeça.

— O que posso fazer por você, príncipe?

Kashin estudou a porta da suíte, Chaol fez o mesmo — buscando alguma sombra tremeluzente do outro lado. Quando não encontraram nenhuma, o príncipe disse:

— Presumo que não tenha descoberto nada em minha corte a respeito de quem pode estar atormentando Yrene.

— Queria poder dizer o contrário. — Mas, sem Nesryn, ele tivera poucas chances de sair por Antica à caça de sinais de um potencial agente valg. E as coisas andavam, de fato, bastante silenciosas nas últimas três semanas, de modo que uma parte de Chaol tivesse esperanças de o agressor haver simplesmente... partido. Uma atmosfera consideravelmente mais calma recaíra sobre o palácio e a Torre desde então, como se as sombras tivessem realmente passado.

Kashin assentiu.

— Sei que Sartaq partiu com sua capitã em busca de respostas sobre essa ameaça.

Chaol não ousou confirmar ou negar. Não tinha total certeza de como Sartaq deixara as coisas com a família, se tinha recebido a bênção do pai ao partir.

— Pode ser justamente por isso que meus irmãos montaram uma frente tão unificada contra você esta noite — prosseguiu o príncipe. — Se o próprio Sartaq levar essa ameaça a sério, sabem que podem ter uma janela limitada para convencer nosso pai a não se juntar à causa.

— Mas, se a ameaça for real — indagou Chaol —, se puder avançar para estas terras, por que não lutar? Por que não a impedir antes que chegue a estes litorais?

— Porque isso é guerra — respondeu Kashin, e o jeito como ele falou, o jeito como estava de pé, de algum modo fez com que Chaol se sentisse de fato jovem. — Embora a maneira como meus irmãos apresentaram o argumento tenha sido desagradável, suspeito de que Arghun e Hasar estão cientes dos custos de se juntar a sua causa. Nunca no passado todo o poder dos exércitos do khaganato foi enviado para uma terra estrangeira. Ah, sim, algumas legiões, fossem os rukhin ou a armada ou meus senhores dos cavalos. Às vezes unidos, mas jamais inteiros, jamais o que você requer. O custo da vida, o simples esvaziamento de nossos cofres... será imenso. Não cometa o erro de pensar que meus irmãos não entendem isso muito, muito bem.

— E o medo que têm de Aelin?

O rapaz riu com deboche.

— Sobre isso, não posso comentar. Talvez seja fundamentado. Talvez não seja.

— Então você entrou em meu quarto às escondidas para me contar isso? — Ele deveria falar com mais respeito, mas...

— Vim revelar mais um fragmento de informação, que Arghun escolheu não mencionar.

O antigo capitão esperou, desejando que não estivesse sentado na cama, nu da cintura para cima.

— Recebemos um relatório de nosso vizir de Comércio Exterior de que um grande pedido lucrativo foi feito para uma arma relativamente nova — continuou Kashin.

O fôlego de Chaol falhou. Se Morath tinha encontrado algum jeito...

— Chama-se lança-chamas — disse o príncipe. — Nossos melhores engenheiros o fizeram, combinando várias armas de nosso continente.

Pelos deuses. Se Morath o tivesse no arsenal...

— O capitão Rolfe encomendou para sua frota. Há meses.

Rolfe...

— E, quando chegou a notícia de que baía da Caveira tinha se curvado a Aelin Galathynius, chegou também um pedido para ainda mais lança--chamas a serem enviados ao norte.

Chaol processou a informação.

— Por que Arghun não diria isso no jantar?

— Porque os lança-chamas são muito, muito caros.

— Isso certamente é bom para sua economia.

— É. — E *não* era bom para a tentativa de Arghun de evitar aquela guerra.

Chaol se calou por um segundo.

416

— E você, príncipe? Deseja entrar nessa guerra?

Kashin não respondeu imediatamente. Ele observou o quarto, o teto, a cama e, por fim, o próprio Chaol.

— Essa será a grande guerra de nosso tempo — respondeu o príncipe, baixinho. — Quando estivermos mortos, quando até mesmo os netos de nossos netos estiverem mortos, ainda falarão sobre essa guerra. Sussurrarão sobre ela em volta de fogueiras, cantarão nos grandes salões. Quem viveu e morreu, quem lutou e quem se acovardou. — Ele engoliu em seco. — Minha *sulde* sopra para o norte, dia e noite, os pelos do cavalo sopram para o norte. Então talvez eu encontre meu destino nas planícies de Charco Lavrado. Ou diante das paredes brancas de Orynth. Mas é para o norte que irei... se meu pai ordenar.

Chaol refletiu sobre aquilo. Então olhou para os baús contra a parede perto do banheiro.

Kashin se virou para partir no momento que Chaol perguntou:

— Quando será a próxima reunião de seu pai com o vizir do Comércio Exterior?

⊰ 37 ⊱

O tempo de Nesryn tinha acabado.

Falkan precisou de dez dias para se recuperar, o que deixou a capitã e Sartaq com muito pouco tempo a fim de visitar as ruínas da outra torre de vigia ao sul. Ela tentou convencer o príncipe a ir sem o metamorfo, mas ele se recusou. Mesmo com Borte determinada a se juntar a eles, Sartaq não arriscaria.

No entanto, ele encontrou outras maneiras de preencher o tempo, levando-a para outros ninhais a norte e oeste, onde se encontraram com as mães de fogo governantes e os capitães, tanto homens quanto mulheres, que lideravam as forças.

Alguns eram acolhedores e cumprimentavam Sartaq com banquetes e festas que avançavam noite adentro.

Outros, como Berlad, eram distantes, e as mães de fogo e outros diversos líderes não os convidavam para ficar mais tempo que o necessário. Certamente não traziam os jarros do leite de cabra fermentado que bebiam — e que era forte o bastante para fazer crescer pelo no peito, no rosto e nos dentes de Nesryn. Ela quase morrera engasgada da primeira vez que o experimentara, o que havia lhe garantido tapinhas calorosos nas costas e um brinde em sua honra.

Era o acolhimento que ainda a surpreendia. Os sorrisos dos rukhin que pediam, alguns timidamente, outros corajosamente, por demonstrações com o arco e flecha. E apesar de tudo que lhes mostrava, Nesryn também aprendia.

Ela planava com Sartaq pelos desfiladeiros das montanhas, acertando os alvos que ele apontava, aprendendo a disparar ao vento, *como* o vento.

Ele até mesmo deixou que ela montasse Kadara sozinha — apenas uma vez, e o suficiente para que Nesryn novamente se perguntasse como permitiam que crianças de 4 anos fizessem aquilo, mas... ela jamais se sentira tão livre.

Tão livre de fardos e tão liberta, mas também tranquila consigo mesma.

E assim foram, de clã em clã, lar em lar. Sartaq verificava os montadores e o treinamento, parava para visitar novos bebês e ajudava os idosos. Nesryn permanecia à sombra; ou tentava.

Sempre que se demorava um passo atrás, o príncipe a cutucava adiante. Sempre que havia uma tarefa com os demais, ele pedia que ela a fizesse. A limpeza depois de uma refeição, a devolução das flechas do treino de tiro ao alvo, a limpeza das fezes de ruk dos corredores e dos ninhos.

Nessa última tarefa, pelo menos, o príncipe se juntou a ela. Não importava a patente, não importava a posição de capitão, fazia todas as tarefas sem nenhuma palavra de reclamação. Ninguém estava acima do trabalho, dissera ele a Nesryn certa noite, quando ela perguntara.

E estivesse ela raspando fezes secas do chão ou ensinando jovens guerreiros a prender a corda em um arco, algo antes inquieto dentro de Nesryn se apaziguara.

A capitã não conseguia mais imaginar — as reuniões silenciosas no palácio em Forte da Fenda, onde dera ordens a guardas sérios e, então, saíra em meio a pisos de mármore e luxo. Não conseguia se lembrar do quartel da cidade, onde tinha espreitado nos fundos de uma sala lotada, recebido suas ordens e depois ficado de pé em uma esquina durante horas, observando as pessoas comprarem e comerem e brigarem e perambularem.

Outra vida, outro mundo.

Ali nas montanhas profundas, inspirando o ar gélido, sentada em volta do poço da fogueira para ouvir Houlun narrar os contos dos rukhin e dos senhores dos cavalos, contos do primeiro khagan e de sua amada mulher, a quem o nome de Borte homenageava... Não conseguia se lembrar daquela vida de antes.

E não queria voltar para ela.

Foi em uma dessas fogueiras, conforme Nesryn soltava a trança apertada que Borte a ensinara a fazer, que a capitã surpreendeu até a si mesma.

Houlun tinha se acomodado, com um amolador na mão enquanto afiava uma adaga, preparando-se para trabalhar enquanto falava com o pequeno grupo — Sartaq, Borte, Falkan, que andava com dificuldade e estava com o rosto lívido, e seis outros que Nesryn descobrira serem primos de Borte de algum modo. A mãe de fogo observou-lhes os rostos, dourados e tremeluzindo com as chamas, e sugeriu:

— Que tal um conto de Adarlan?

Todos os olhos se voltaram para Nesryn e Falkan.

O metamorfo se encolheu.

— Creio que os meus sejam bastante tediosos — comentou ele. — Fiz uma visita interessante ao deserto Vermelho certa vez, mas... — O mercador gesticulou da melhor maneira que pôde para Nesryn. — Gostaria de ouvir uma de suas histórias primeiro, capitã.

Nesryn tentou não ficar inquieta sob o peso de tantos olhares.

— As histórias com as quais cresci eram na maioria sobre vocês, sobre estas terras — admitiu. — Sorrisos largos diante daquilo. Sartaq apenas piscou um olho. Nesryn abaixou a cabeça, o rosto corando.

— Conte uma história sobre os feéricos — sugeriu Borte. — Sobre o príncipe feérico que você conheceu.

A capitã sacudiu a cabeça.

— Não tenho nenhuma assim; não o conheço tão bem. — Quando Borte franziu a testa, ela acrescentou: — Mas posso cantar para vocês.

Silêncio.

Houlun apoiou o amolador.

— Uma canção seria bem-vinda. — Ela fez careta para Borte e Sartaq. — Considerando que nenhum de meus filhos consegue cantar para salvar a própria vida. — Borte revirou os olhos para a mãe de fogo, mas Sartaq fez uma reverência com a cabeça em um pedido de desculpas, com um sorriso torto na boca.

Nesryn sorriu, mesmo com o coração galopando diante da oferta ousada. Jamais se apresentara para ninguém, mas aquilo... Não era bem uma apresentação, era mais como um compartilhamento. Ela ouviu o vento sussurrando do lado de fora da entrada da caverna por um longo momento; os demais se calaram.

— Esta é uma canção de Adarlan — disse a capitã, por fim. — Das encostas ao norte de Forte da Fenda, onde minha mãe nasceu. — Uma dor antiga e familiar encheu seu peito. — Ela costumava cantar para mim... antes de morrer.

Um brilho de simpatia no olhar de aço de Houlun. No entanto, Nesryn olhou para Borte ao falar isso, encontrando o rosto da jovem incomumente suave — encarando a capitã como se não a tivesse visto antes. Nesryn lhe deu um pequeno e sutil aceno de cabeça. *É um peso que nós duas carregamos.*

Borte ofereceu um sorriso breve e silencioso em retorno.

Nesryn ouviu o vento mais uma vez, e deixou-se flutuar de volta ao lindo quartinho em Forte da Fenda, se deixou sentir as mãos sedosas da mãe acariciando seu rosto, seu cabelo. Ela havia se deixado levar pelas histórias do pai sobre sua distante terra natal, sobre os ruks e os senhores dos cavalos, tanto que raramente perguntara qualquer coisa sobre Adarlan, apesar de ser uma filha das duas terras.

E essa canção da mãe... Uma das poucas histórias que tinha, na forma que mais amava. Sobre sua terra natal em dias melhores. Nesryn queria compartilhá-la com eles — aquele lampejo do que sua terra poderia se tornar de novo.

Ela pigarreou. Tomou fôlego para se preparar.

Então abriu a boca e cantou.

Com o estalar da fogueira como a única batida, a voz de Nesryn preencheu o Salão Montanhoso de Altun, serpenteando entre as antigas pilastras, quicando da rocha escavada.

Ela sentiu que Sartaq ficara bastante quieto, sentiu que não havia humor nem nada severo em seu rosto.

Mas Nesryn se concentrou na música, naquelas palavras antigas, naquela história de invernos distantes e manchas de sangue na neve; aquela história de mães e filhas, de como amaram e lutaram e cuidaram umas das outras.

A voz de Nesryn se elevou e desceu, forte e graciosa como um ruk, e ela podia ter jurado que até mesmo os ventos uivantes pararam para ouvi-la.

E, quando terminou, com uma nota alta e floreada falando do sol da primavera irrompendo em terras frias, quando o silêncio e a fogueira crepitante encheram o mundo mais uma vez...

Borte estava chorando. Lágrimas silenciosas escorriam pelo belo rosto. Deixando o amolador de lado, a mão de Houlun segurava firme a da neta. Um ferimento ainda cicatrizando... para as duas.

E talvez para Sartaq também — pois luto se estampava em seu rosto. Luto e assombro, mas talvez também algo infinitamente mais carinhoso conforme ele falava:

— Outra história para espalhar sobre a Flecha de Neith.

Nesryn abaixou a cabeça de novo, aceitando os elogios com um sorriso. Falkan bateu palmas do melhor jeito que conseguiu, e pediu outra música.

Para a própria surpresa, ela os agraciou. Uma canção montanhosa animada e alegre que o pai lhe ensinara, sobre córregos correndo apressados por campos floridos com flores selvagens.

E, mesmo com o avançar da noite, enquanto cantava naquele lindo salão montanhoso, Nesryn podia sentir o olhar de Sartaq. Diferente de qualquer um que ele lhe lançara antes.

E, embora tivesse dito a si mesma que deveria, ela não se esquivou do olhar.

∿

Alguns dias depois, quando Falkan tinha por fim se curado, eles ousaram se aventurar até as outras três torres de vigia que Houlun descobrira.

Não encontraram nada nas duas primeiras, ambas longe o bastante para requerer viagens separadas. Houlun proibira o grupo de acampar na floresta — então, em vez de arriscar a ira da mulher, eles voltaram todas as noites, ficando alguns dias para deixar que Kadara e Arcas, a doce ruk de Borte, descansassem após o esforço.

Sartaq se afeiçoou apenas infimamente ao metamorfo. Ele observava Falkan tão cautelosamente quanto Kadara, mas, pelo menos, tentava puxar conversa de vez em quando.

Borte, por outro lado, enchia Falkan com torrentes infinitas de perguntas enquanto eles vasculhavam as ruínas que não passavam de pouco mais que escombros. *Qual é a sensação de ser um pato, batendo os pés sob a água, mas deslizando tão suavemente na superfície?*

Quando você come na forma de um animal, a carne cabe toda em seu estômago humano?

Precisa esperar entre comer na forma de um animal e se transformar em humano de novo por causa disso?

Você defeca como um animal?

A última arrancara uma gargalhada aguda de Sartaq, pelo menos. Ainda que o metamorfo tivesse ficado vermelho e evitado responder à pergunta.

Mesmo depois de visitar duas torres de vigia, o grupo não havia descoberto nada sobre por que elas foram construídas e quem aqueles guardiões tão antigos tinham enfrentado — ou *como* foram derrotados.

E com uma torre restante... Nesryn fizera uma contagem dos dias e percebera que as três semanas prometidas a Chaol haviam terminado.

Sartaq também sabia. Então ele fora atrás da jovem nos ninhos dos ruks, onde ela havia ido admirar os pássaros descansando ou alisando as penas ou voando para o exterior. Ela frequentemente ia até lá durante as tardes mais calmas, apenas para observá-los: a inteligência de olhos aguçados, os laços amorosos.

Ela estivera recostada contra a parede ao lado da porta quando ele surgiu. Durante vários minutos, os dois ficaram observando um casal se acariciando com o bico antes que um saltasse para a beirada da imensa entrada da caverna e descesse para o vazio abaixo.

— Aquele ali — disse o príncipe por fim, apontando para um ruk marrom-avermelhado sentado diante da parede oposta. Nesryn o vira antes, principalmente reparando que ele estava sozinho, que jamais era visitado por um montador, diferentemente de alguns dos outros. — O montador morreu há alguns meses. Agarrou o peito durante uma refeição e morreu. O homem era velho, mas o ruk... — Sartaq deu um sorriso triste para o animal. — Ele é jovem... ainda não tem 4 anos.

— O que acontece com aqueles cujos montadores morrem?

— Nós lhes oferecemos a liberdade. Alguns voam para a natureza. Alguns ficam. — O príncipe cruzou os braços. — Ele ficou.

— Eles conseguem novos montadores?

— Alguns sim. Se os aceitarem. A escolha é do ruk.

Nesryn ouviu o convite em sua voz. Lendo-o nos olhos do príncipe.

Sua garganta se fechou.

— Nossas três semanas acabaram.

— De fato.

Ela o encarou, inclinando a cabeça para trás para lhe ver o rosto.

— Precisamos de mais tempo.

— Então o que disse?

Uma pergunta simples.

No entanto, Nesryn levara horas para descobrir como escrever a carta para Chaol, em seguida a entregara ao mensageiro mais rápido de Sartaq.

— Pedi mais três semanas.

Ele inclinou a cabeça, observando-a com aquela intensidade irrefreável.

— Muito pode acontecer em três semanas.

Nesryn se obrigou a manter os ombros retos, o queixo erguido.

— Mesmo assim, ao final delas, preciso retornar a Antica.

Sartaq assentiu, embora algo parecido com desapontamento tivesse brilhado em seu olhar.

— Então suponho que o ruk no ninhal precisará esperar que outro montador venha.

Isso fora há um dia. A conversa que a deixara incapaz de olhar por muito tempo na direção do príncipe.

Durante o voo de horas daquela manhã, ela havia olhado uma ou duas vezes de esguelha para onde Kadara voava, com Sartaq e Falkan às costas.

A ruk fazia uma curva ampla, vendo a última torre muito abaixo, localizada em uma rara planície entre as colinas e os picos das montanhas Tavan. Com o verão tão avançado, o local estava cheio de grama esmeralda e córregos cor de safira — a ruína era pouco mais que uma pilha de pedra.

Borte guiou Arcas com um assobio entre os dentes e um puxão nas rédeas, então a ruk guinou para a esquerda antes de se endireitar. Ela era uma montadora habilidosa e mais ousada que Sartaq, em grande parte graças ao tamanho pequeno e à agilidade de Arcas. A jovem vencera as últimas três corridas entre todos os clãs — competições de destreza, velocidade e pensamento rápido.

— Você escolheu Arcas ou ela a escolheu? — perguntou Nesryn por cima do barulho do vento.

Borte se inclinou para a frente e acariciou o pescoço da ruk.

— Foi mútuo. Vi essa cabeça penada se levantar do ninho e foi meu fim. Todos me disseram para escolher um filhote maior; minha mãe mesmo me passou um sermão. — Um sorriso triste ao dizer isso. — Mas eu sabia que Arcas era minha. Eu a vi e soube.

Nesryn ficou calada enquanto se dirigiam para a linda planície e para a ruína. A luz do sol dançava nas asas de Kadara.

— Deveria levar aquele ruk no ninhal para um voo alguma hora — sugeriu Borte, permitindo que Arcas descesse em uma aterrissagem suave. — Para testá-lo.

— Partirei em breve. Não seria justo com nenhum de nós.

— Eu sei. Mas talvez devesse mesmo assim.

Borte tinha adorado encontrar as armadilhas escondidas pelos feéricos.

O que não foi um problema para Nesryn, pois a menina era muito melhor em descobri-las.

Aquela torre, para o desapontamento de Borte, sofrera um desabamento em dado momento, bloqueando os níveis inferiores. Acima destes, restava apenas uma câmara aberta para o céu.

Era aí que Falkan entrava.

À medida que a forma do metamorfo se mesclava e encolhia, Sartaq não se incomodou em esconder o tremor. E ele estremeceu mais uma vez, quando o bloco de pedra no qual Falkan estivera sentado revelou uma centopeia. Que prontamente se ergueu e acenou para eles com as inúmeras patas.

Nesryn se encolheu de nojo, mesmo quando Borte gargalhou e acenou de volta.

Mas lá se foi Falkan, rastejando entre as pedras caídas para visualizar o que restava abaixo.

— Não sei por que incomoda tanto você — comentou Borte com Sartaq, estalando a língua. — Acho incrível.

— Não é *o que* ele é — admitiu o príncipe, observando a pilha de rochas à espera do retorno da centopeia. — É a ideia de ossos derretendo, pele ondulando como água... — Ele estremeceu e se virou para Nesryn. — Sua amiga... a metamorfa. Jamais a incomodou?

— Não — respondeu Nesryn simplesmente. — Nunca nem mesmo a tinha visto se transformar até aquele dia relatado por seus batedores.

— O Disparo Impossível — murmurou Sartaq. — Então foi mesmo uma metamorfa que salvou.

A capitã assentiu.

— O nome dela é Lysandra.

Borte cutucou o príncipe com o cotovelo.

— Não quer ir para o norte, irmão? E conhecer todas essas pessoas de quem Nesryn fala? Metamorfos e rainhas cuspidoras de fogo e príncipes feéricos...

— Estou começando a achar que sua obsessão com qualquer coisa relacionada aos feéricos pode não ser saudável — resmungou ele.

— Só peguei uma ou duas adagas — insistiu Borte.

— Você levou tantas da última torre de vigia que a pobre Arcas mal conseguiu sair do chão.

— É para meu comércio — bufou a jovem. — Para quando nosso povo engolir o orgulho e se lembrar de que *podemos* ter um comércio lucrativo.

— Não é à toa que se afeiçoou tanto a Falkan — comentou Nesryn, o que lhe garantiu um golpe de Borte nas costelas. A capitã a empurrou para longe, rindo.

A jovem levou as mãos aos quadris.

— Saibam vocês dois que...

As palavras foram interrompidas por um grito.

Não de Falkan abaixo.

Mas do lado de fora. De Kadara.

Nesryn tinha uma flecha apontada antes que eles corressem para o campo.

Apenas para encontrá-lo cheio de ruks. E de montadores com expressões sombrias.

Sartaq suspirou, curvando os ombros. Mas Borte os empurrou, xingando imundícies conforme mantinha a espada em punho — de fato, uma lâmina forjada em Asterion, do arsenal da última torre.

Um rapaz mais ou menos da idade de Nesryn tinha desmontado do próprio ruk, um pássaro de um tom de marrom tão escuro que era quase preto, e caminhava arrogantemente na direção do grupo, com um sorriso petulante no rosto bonito. Foi até ele que Borte disparou, praticamente batendo os pés em meio à grama alta.

A unidade de rukhin continuou olhando, altiva e fria. Nenhum deles se curvou para Sartaq.

— O que *inferno* estão fazendo aqui? — indagou Borte, parando a uma distância saudável do rapaz e pondo a mão no quadril.

Ele usava couros como os da jovem, mas as cores da faixa no braço... Berlad. O menos receptivo de todos os ninhais que haviam visitado e um dos mais poderosos. Os montadores tinham sido meticulosamente treinados, as cavernas eram imaculadamente limpas.

O jovem ignorou Borte e chamou Sartaq.

— Vimos seus ruks enquanto voávamos acima. Está longe de seu ninhal, capitão.

Perguntas cautelosas.

— Saia, Yeran. Ninguém o convidou para vir aqui — sibilou Borte.

Yeran ergueu uma sobrancelha tranquila.

— Ainda latindo, pelo visto.

Ela cuspiu aos pés do rapaz, e os outros montadores ficaram tensos. Mesmo assim, Borte os encarou com raiva.

Todos abaixaram os olhares.

Atrás deles, pedras foram esmagadas, e os olhos de Yeran se incendiaram. Ele dobrou os joelhos, como se fosse avançar em Borte — para jogá-la para trás de si quando viu Falkan surgir das ruínas.

Em forma de lobo.

Mas Borte saiu do alcance de Yeran e declarou, docemente:

— Meu novo bicho de estimação.

O rapaz olhou boquiaberto da moça para o lobo quando Falkan se sentou ao lado de Nesryn. Ela não conseguiu resistir a acariciar as orelhas peludas.

Para mérito do metamorfo, ele permitiu, até mesmo virando a cabeça na direção da palma de Borte.

— Que companhia estranha tem reunido ultimamente, capitão — conseguiu dizer Yeran para Sartaq.

Borte estalou os dedos diante do rosto do rapaz.

— Não pode se dirigir a mim?

Yeran deu um sorriso preguiçoso a ela.

— Tem finalmente algo a dizer que valha a pena ouvir?

Ela foi tomada pelo ódio. Mas Sartaq, sorrindo levemente, caminhou para o lado da irmã de fogo.

— Temos assuntos para tratar desse lado, e paramos para um descanso. O que traz vocês tão ao sul?

Yeran fechou a mão em torno do cabo de uma longa faca na lateral do corpo.

— Três filhotes desapareceram. Pensamos em rastreá-los, mas não encontramos nada.

O estômago de Nesryn se revirou conforme ela imaginou aquelas aranhas caminhando pelos ninhais, entre os ruks, até os filhotes de penugem macia tão bravamente vigiados. Até as famílias humanas que dormiam tão perto.

— Quando foram levados? — O rosto de Sartaq estava duro como pedra.

— Há duas noites. — Yeran esfregou o queixo. — Suspeitamos de caçadores, mas não havia cheiro humano, nenhuma pegada ou acampamento.

Olhe para cima. O aviso ensanguentado na torre de vigia de Eidolon ecoou pela mente de Nesryn.

Pela de Sartaq também, se a tensão em seu maxilar era algum indicativo.

— Volte para seu ninhal, capitão — aconselhou Sartaq, apontando para a parede de montanhas além da planície, para a rocha cinzenta tão vazia em comparação à vida que murmurava ao redor. Sempre... os montes Dagul sempre pareciam observar. Esperar. — Não rastreie além deste ponto.

Cautela tomou os olhos castanhos de Yeran quando ele olhou de Borte para Sartaq, então para Nesryn e Falkan.

— As *kharankui*.

Os montadores se agitaram. Até mesmo os ruks farfalharam as asas ao ouvir o nome, como se também soubessem.

Mas Borte declarou alto para que todos ouvissem:

— Você ouviu meu irmão. Rasteje de volta para seu ninhal.

Yeran fez uma reverência debochada para ela.

— Volte para o seu que voltarei para o meu, Borte.

Ela arreganhou os dentes.

Mesmo assim, o rapaz montou no ruk com uma graciosidade simples e poderosa, e os demais levantaram voo com um gesto de queixo. Yeran esperou até que todos tivessem subido aos céus antes de dizer a Sartaq:

— Se as *kharankui* começaram a despertar, precisamos reunir uma legião para fazê-las recuar. Antes que seja tarde demais.

Um vento puxou a trança de Sartaq, soprando-a na direção daquelas montanhas. Nesryn desejou poder lhe ver o rosto, o que estamparia à menção de uma legião.

— Isso será resolvido — assegurou o príncipe. — Fiquem atentos. E mantenham crianças e filhotes perto.

Yeran assentiu seriamente, um soldado recebendo a ordem de um comandante — um capitão ordenado por seu príncipe. Em seguida, olhou para Borte.

Ela fez um gesto vulgar para o rapaz.

Yeran apenas piscou um olho para ela antes de assobiar para o ruk e disparar até os céus, levantando uma brisa poderosa que fez as tranças de Borte balançarem.

Ela o observou até que voasse na direção dos demais, então cuspiu no chão onde seu ruk estivera.

— Canalha — sibilou ela, virando-se e disparando para Nesryn e Falkan.

O metamorfo se transformou, cambaleando quando retornou à forma humana.

— Não há nada lá embaixo que valha a pena ver — anunciou ele, quando Sartaq se aproximou do grupo.

Nesryn franziu a testa para os montes.

— Acho que está na hora de traçarmos uma estratégia diferente, de toda maneira.

Sartaq acompanhou seu olhar, aproximando-se o bastante da capitã para que o calor de seu corpo emanasse para o dela. Juntos, os dois encararam aquela muralha de montanhas. O que aguardava além.

— Aquele jovem capitão, Yeran — começou Falkan, cautelosamente. — Você parece conhecê-lo bem

Borte fez uma careta.

— Ele é meu prometido.

❧ 38 ❧

Embora Kashin não parecesse disposto a pressionar o pai em público ou em particular, ele certamente não era desprovido de recursos. Quando Chaol se aproximou das portas seladas da reunião de comércio do khagan, escondeu o sorriso ao ver Hashim, Shen e dois outros guardas com quem treinara posicionados do lado de fora. Shen piscou para ele, com a armadura reluzindo à luz aquosa do sol matinal, e agilmente bateu com a mão artificial antes de abrir a porta.

Chaol não ousou sequer acenar em gratidão ou reconhecimento a Shen, Hashim ou os demais guardas. Não conforme empurrava a cadeira para a sala do conselho inundada pelo sol, encontrando o khagan e três vizires de túnicas douradas em volta de uma longa mesa de madeira polida preta.

Todos o encararam em silêncio. Mas Chaol continuou se aproximando da mesa com a cabeça erguida, o rosto estampando um sorriso agradável e controlado.

— Espero não estar interrompendo, mas há uma questão que gostaria de discutir.

Os lábios do khagan se apertaram em uma linha tensa. Ele usava uma túnica verde-clara e calças escuras com o corte justo o suficiente para revelar o corpo do guerreiro ainda espreitando sob o exterior envelhecido.

— Já disse diversas vezes, Lorde Westfall, que deveria falar com meu vizir-chefe — faz um aceno para o homem de expressão azeda a sua frente — se deseja marcar uma reunião.

Chaol parou diante da mesa, flexionando e movendo os pés. Tinha feito tantos exercícios para as pernas quanto conseguira naquela manhã, depois do treino com a guarda do palácio. E, embora tivesse recuperado os movimentos até os joelhos, colocar o peso do corpo neles, *ficar de pé...*

O antigo capitão afastou o pensamento da mente. Ficar de pé ou sentado não tinha nada a ver com isso — com aquele momento.

Ainda podia falar com dignidade e autoridade, estando de pé ou deitado de costas. A cadeira não era uma prisão, nada que o tornava inferior.

Então Chaol fez uma reverência com a cabeça, sorrindo de leve.

— Com todo respeito, Grande Khagan, não estou aqui para encontrá-lo.

Urus piscou, a única demonstração de surpresa ao notar Chaol inclinando a cabeça para o homem de túnica azul-celeste que Kashin descrevera.

— Estou aqui para falar com seu vizir do Comércio Exterior.

O vizir olhou do khagan para Chaol, como se pronto a proclamar inocência, mesmo com interesse brilhando nos olhos castanhos. Contudo, o homem não ousou falar.

Chaol encarou o khagan por longos segundos.

Ele não lembrou a si mesmo que tinha interrompido uma reunião particular daquele que talvez fosse o homem mais poderoso do mundo. Não lembrou a si mesmo que era um convidado em uma corte estrangeira, e que o destino de seus amigos e compatriotas dependia do que realizasse ali. Apenas encarou o khagan, de homem para homem, guerreiro para guerreiro.

Tinha enfrentado um rei antes, e sobrevivera para contar a história.

O khagan, por fim, inclinou o queixo para um lugar vazio à mesa. Não era uma acolhida declarada, mas era melhor que nada.

Chaol assentiu em agradecimento e se aproximou, mantendo o fôlego controlado mesmo ao encarar todos os quatro homens e dizer ao vizir do Comércio Exterior:

— Recebi notícias de que dois pedidos grandes de lança-chamas foram feitos pela armada do capitão Rolfe; um antes da chegada de Aelin Galathynius a baía da Caveira, e outro ainda maior depois disso.

As sobrancelhas brancas do khagan se ergueram. O vizir do Comércio Exterior se agitou no assento, mas assentiu.

— Sim — confirmou ele na língua de Chaol. — Isso é verdade.

— Quanto diria que cada lança-chamas custa exatamente?

Os vizires se entreolharam, e quem declarou o valor foi outro homem, que Chaol presumiu ser o vizir de Comércio Interno.

Chaol apenas esperou. Kashin dissera a ele o número astronômico na noite anterior. E, justamente como apostara, o khagan virou a cabeça para o vizir ao ouvir o custo.

— E quantas estão agora sendo enviadas para Rolfe; portanto, para Terrasen? — perguntou o lorde.

Outro número. Chaol deixou que o khagan fizesse as contas, observando de esguelha enquanto as sobrancelhas do homem se erguiam ainda mais.

O vizir-chefe apoiou os antebraços na mesa.

— Está tentando nos convencer das boas ou más intenções de Aelin Galathynius, Lorde Westfall?

Chaol ignorou a provocação. Ele simplesmente disse ao vizir do Comércio Exterior:

— Gostaria de fazer outro pedido. Gostaria de dobrar o pedido da rainha de Terrasen, na verdade.

Silêncio.

O vizir do Comércio Exterior pareceu prestes a dar uma cambalhota na cadeira.

Mas o vizir-chefe respondeu com escárnio:

— Com que dinheiro?

Chaol voltou um sorriso preguiçoso para o homem.

— Vim até aqui com quatro baús de um tesouro inestimável. — O tesouro para resgatar um reino, na verdade. — Acho que isso deve cobrir o custo.

Silêncio absoluto mais uma vez.

Até que o khagan perguntou ao vizir do Comércio Exterior:

— E isso cobrirá o custo?

— O tesouro precisará ser avaliado e pesado...

— Isso já está sendo feito — avisou Chaol, recostando-se na cadeira. — Terá o número esta tarde.

Outro segundo de silêncio. Então o khagan murmurou em halha para o vizir do Comércio Exterior, levando-o a reunir seus papéis e, com um olhar cauteloso para Chaol, sair às pressas da sala. Uma palavra inexpressiva do khagan para o vizir-chefe e o vizir do Comércio Interno, e os dois homens também partiram, com o primeiro lançando outra expressão fria de escárnio para Chaol antes de sair.

Sozinho com o khagan, o lorde esperou em silêncio.

Urus se levantou da cadeira e caminhou até as janelas que se abriam para um jardim florido e sombreado.

432

— Suponho que se ache muito inteligente pelo subterfúgio para conseguir uma audiência comigo.

— Falei a verdade — admitiu Chaol. — Queria discutir o negócio com seu vizir do Comércio Exterior. Mesmo que seus exércitos não se juntem a nós, não vejo como alguém pode ser contrário a nossa compra dessas armas.

— E, sem dúvida, a intenção foi me fazer perceber quanto a guerra pode ser lucrativa, se seu lado está disposto a investir em nossos recursos.

Chaol permaneceu em silêncio.

O khagan se virou da vista do jardim, e a luz do sol fez seus cabelos brancos brilharem.

— Não gosto de ser manipulado para entrar em guerra, Lorde Westfall.

Chaol o encarou, mesmo enquanto se agarrava aos braços da cadeira.

— Ao menos sabe o que *é* a arte da guerra? — perguntou o khagan, em voz baixa.

Chaol trincou o maxilar.

— Suponho que esteja prestes a descobrir, não é?

O khagan sequer deu um sorriso.

— Não se trata de meras batalhas e suprimentos e estratégia. A arte da guerra é a dedicação absoluta de um exército contra os inimigos. — Um olhar longo, avaliador. — É isso que você encara, a frente reunida e sólida de Morath. A convicção em dizimá-los até virarem pó.

— Sei bem disso.

— Sabe? Entende o que Morath já está fazendo com vocês? Eles constroem, planejam e atacam, e vocês mal conseguem acompanhar. Estão jogando de acordo com as regras que Perrington estabelece; perderão por causa disso.

O café da manhã de Chaol se revirou no estômago.

— Ainda podemos triunfar.

O khagan sacudiu a cabeça uma vez.

— Para fazer isso, seu triunfo precisa ser completo. Cada último fragmento de resistência precisa ser esmagado.

As pernas de Chaol coçaram... e ele moveu os pés, infimamente. *Fiquem de pé*, comandou ele às pernas. *Fiquem de pé*.

O lorde empurrou os pés para baixo, os músculos gritando em protesto.

— Por isso precisamos que seus exércitos nos ajudem — grunhiu Chaol, quando as pernas se recusaram a obedecer.

O khagan olhou na direção dos pés tensos de Chaol, como se pudesse ver a luta travada dentro do corpo do antigo capitão.

— Não gosto de ser caçado como um cervo premiado no bosque. Eu disse a você que esperasse; disse que me desse o respeito de vestir luto por minha filha...

— E se eu lhe dissesse que sua filha pode ter sido assassinada?

Silêncio, horrível e vazio, preencheu o espaço entre eles.

— E se eu lhe dissesse que agentes de Perrington podem estar aqui, podem já *o* estar caçando, manipulando-*o* para que fique dentro ou fora disso? — disparou Chaol.

A expressão do khagan ficou tensa. Chaol se preparou para os berros, para que Urus sacasse a longa faca encrustada de joias da lateral do corpo e a enfiasse em seu peito. Mas o homem apenas disse em voz baixa:

— Está dispensado.

Como se os guardas tivessem ouvido cada palavra, as portas se abriram. Com uma expressão sombria, Hashim chamou Chaol na direção da parede.

Ele não se moveu. Passos se aproximaram por trás. Para removê-lo fisicamente.

O lorde bateu com os pés nos pedais da cadeira, empurrando e lutando e trincando os dentes. Ao inferno que o empurrariam para fora dali; ao inferno que permitiria que eles o arrastassem para longe...

— Não vim apenas para salvar meu povo, mas *todos* os povos desse mundo — grunhiu Chaol para o khagan.

Alguém — Shen — agarrou os cabos da cadeira e começou a virá-la.

Chaol girou, exibindo os dentes para o guarda.

— *Não a toque.*

Mas Shen não soltou os cabos, ainda que um pedido de desculpas tivesse brilhado em seus olhos. Ele sabia... Chaol percebeu que o guarda sabia exatamente qual era a sensação de ter a cadeira tocada, movida, sem que fosse pedido. Assim como Chaol sabia o que desafiar a ordem do khagan para escoltá-lo da sala significava para Shen.

Então, mais uma vez, o lorde fixou o olhar no khagan.

— Sua cidade é a maior que já vi, seu império é o padrão de acordo com o qual todos deveriam ser medidos. Quando Morath vier devastá-los, quem ficará a seu lado se todos formos carniça?

Os olhos do khagan queimavam como carvão.

Shen continuou empurrando a cadeira na direção da porta.

Os braços de Chaol tremiam com o esforço de evitar empurrar o guarda para longe, as pernas estremeciam conforme ele tentava se levantar de novo e de novo. Chaol olhou por cima do ombro e grunhiu:

— Fiquei do maldito lado errado por muito tempo, e isso me custou *tudo*. Não cometa os mesmos erros que eu...

— Não ouse dizer a um khagan o que ele deve fazer — interrompeu Urus, os olhos como lascas de gelo. Ele virou o rosto para os guardas que se agitavam à porta. — Escoltem Lorde Westfall de volta aos aposentos. Não permitam que ele entre em minhas reuniões de novo.

A ameaça estava subjacente às palavras calmas, frias. Urus não tinha necessidade de levantar a voz, de berrar para fazer a promessa de punição evidente o bastante para os guardas.

Chaol fez força de novo e de novo contra a cadeira, com os braços tensos conforme lutava para ficar de pé, para se erguer infimamente.

Mas, então, Shen passou com a cadeira pelas portas, seguindo para os corredores fortemente iluminados.

Ainda assim, o corpo de Chaol não obedeceu. Não respondeu.

As portas da câmara do conselho se fecharam com um clique baixo que reverberou por cada osso e músculo do antigo capitão, o som mais maldito que qualquer palavra que o khagan tivesse proferido.

◡

Yrene deixara Chaol com os próprios pensamentos na noite anterior.

Deixara-os e disparara de volta à Torre, decidindo que Hasar... Ah, ela não se importaria nem um pouco de manipular a princesa. E havia percebido exatamente como faria com que Hasar a convidasse para aquele maldito oásis.

Mas parecia que até mesmo uma manhã no ringue de treinamento com os guardas não acalmara o tom afiado do temperamento de Chaol. O temperamento ainda estava irritado enquanto ele esperava na sala de estar e Yrene mandava Kadja em outra tarefa de tola — *barbante, leite de cabra e vinagre* —, preparando-se, por fim, para trabalhar em Chaol.

O verão fervia rumo a um fim fumegante, e os ventos selvagens do outono começavam a açoitar as águas turquesa da baía. Era sempre quente em Antica, mas o mar Estreito se tornava violento e implacável de Yulemas até Beltane. Se uma armada não velejasse do continente sul antes disso... Bem, Yrene supunha que, depois da noite anterior, nenhuma velejaria mesmo.

Sentado perto do sofá dourado habitual, Chaol não a cumprimentou com mais que um olhar passageiro. Nada parecido com o costumeiro sorriso sombrio. E as marcas sob os olhos do antigo capitão... Qualquer ideia de entrar correndo para contar o plano se dissipou da mente de Yrene quando ela perguntou:

— Ficou acordado a noite toda?

— Durante partes dela — respondeu Chaol, a voz baixa.

A jovem se aproximou do sofá, mas não se sentou. Em vez disso, simplesmente cruzou os braços sobre a barriga e o observou.

— Talvez o khagan reconsidere. Ele sabe como os filhos tramam. É inteligente demais para não ter visto Arghun e Hasar trabalhando juntos, pela primeira vez, sem ficar desconfiado.

— E você conhece o khagan tão bem? — Uma pergunta fria, afiada.

— Não, mas certamente vivo aqui há muito mais tempo que você.

Os olhos castanhos de Chaol brilharam.

— Não tenho dois anos para desperdiçar. Para fazer os joguetes dessa corte.

E Yrene tinha, aparentemente.

Ela conteve a irritação.

— Bem, ficar emburrado não vai consertar nada.

As narinas de Chaol se dilataram.

— De fato.

Ela não o via daquele jeito havia semanas.

Já fazia tanto tempo assim? O aniversário de Yrene seria em duas semanas. Mais cedo que ela se dera conta.

Não era o momento de mencionar aquilo, ou o plano que ela montara. Era inconsequente, na verdade, considerando tudo o que os sufocava. Os fardos que ele carregava. A frustração e o desespero que a curandeira via pesando sobre aqueles ombros.

— Conte o que aconteceu. — Algo tinha acontecido, algo mudara desde que tinham se despedido na noite anterior.

Um olhar cortante em sua direção. Yrene se preparou para a recusa quando a mandíbula de Chaol ficou tensa.

— Fui ver o khagan esta manhã — confessou ele, então.

— Conseguiu uma audiência?

— Não exatamente. — Os lábios se contraíram em uma linha.

— O que aconteceu? — Yrene apoiou a mão no braço do sofá.

— Ele fez com que me atirassem para fora da sala. — Palavras frias, inexpressivas. — Não pude nem mesmo tentar contornar os guardas. Tentar fazer com que ele ouvisse.

— Se estivesse de pé, teria sido jogado para fora mesmo assim. — Provavelmente sendo ferido no processo.

Chaol a encarou com raiva.

— Não queria lutar contra eles. Queria *implorar* a ele. E não consegui nem ficar de joelhos para fazer isso.

O coração de Yrene se apertou quando ele olhou na direção da janela do jardim. Raiva e tristeza e medo passaram por seu rosto.

— Você já fez um progresso incrível.

— Quero poder lutar ao lado de meus homens de novo — disse Chaol, baixinho. — Morrer ao lado deles.

As palavras a atravessaram como um corte gélido de medo, mas a curandeira respondeu firmemente:

— Pode fazer isso de um cavalo.

— Quero fazer isso ombro a ombro — grunhiu ele. — Quero lutar na lama, em um campo de batalha.

— Então vai se curar aqui apenas para poder morrer em outro lugar? — As palavras dispararam da boca de Yrene.

— Sim.

Uma resposta fria, severa. Assim como a expressão.

Aquela tempestade que se formava dentro de Chaol... Yrene não veria seu progresso ser arruinado por isso.

E a guerra estava realmente se deflagrando por seu lar. Independentemente do que Chaol desejasse fazer de si mesmo, ele — *eles* não tinham tempo. O povo de Yrene em Charco Lavrado não tinha tempo.

Pensando nisso, ela avançou até o antigo capitão, segurou-o por baixo de um ombro e falou:

— Então se levante.

~

Chaol estava com um humor de merda e sabia disso.

Quanto mais pensava a respeito daquilo, mais percebia quão facilmente o príncipe e a princesa haviam jogado com ele, brincado com ele na noite anterior... Não importava *que* movimento Aelin fizesse. Qualquer coisa que a rainha tivesse feito, eles teriam voltado contra ela. Contra ele. Se tivesse bancado a donzela, teriam chamado Aelin de uma aliada fraca e hesitante. Não havia como vencer.

A reunião com o khagan fora uma estupidez. Talvez Kashin o tivesse enganado também. Pois se o khagan estivera disposto a ouvi-lo antes, certamente não estaria mais. E mesmo que Nesryn voltasse com os rukhin de Sartaq no encalço... O bilhete no dia anterior fora cuidadosamente escrito:

Os rukhin são arqueiros habilidosos. Acham minhas habilidades intrigantes também. Gostaria de continuar instruindo. E aprendendo. Eles voam livremente aqui. Eu o verei em três semanas.

Chaol não sabia o que pensar a respeito daquilo. Da penúltima linha. Seria um insulto a ele, ou uma mensagem codificada de que os rukhin e Sartaq poderiam desobedecer aos comandos do khagan se ele se recusasse a deixá-los partir? Será que Sartaq realmente arriscaria uma traição para ajudá-los? Chaol não ousou deixar a mensagem sem ser queimada.

Voam livremente. Ele jamais conhecera tal sensação. Aquilo jamais estaria à disposição para que ele descobrisse. Aquelas semanas com Yrene, jantando na cidade sob as estrelas, conversando sobre tudo e nada... Tinha chegado perto, talvez. Mas não mudava o que estava adiante.

Não; ainda estavam bastante solitários naquela guerra. E quanto mais permanecesse, com os amigos já em combate, já em movimento...

Chaol ainda estava ali. Na cadeira. Sem exército, sem aliados.

— Levante-se.

Ele se virou lentamente para Yrene quando ela repetiu o comando, com uma das mãos segurando forte sob o ombro do lorde e o rosto cheio de um desafio incandescente.

Chaol piscou para a curandeira.

— O quê. — Não foi bem uma pergunta.

— Le-van-te-se. — Ela contraiu os lábios. — Quer tanto morrer nessa guerra, então *se levante.*

Yrene estava de mau humor também. Que bom. Chaol estava tinindo de vontade de brigar — pois os embates com os guardas ainda eram insatisfatórios na maldita cadeira. Mas Yrene...

Ele não se permitira tocá-la nas últimas semanas. Obrigara-se a manter distância, apesar dos momentos não intencionais de contato, como as vezes em que a cabeça de Yrene caía para perto da dele e tudo o que Chaol podia fazer era observar a boca da curandeira.

Mas ele vira tensão ali durante o jantar da noite anterior, quando Hasar fizera provocações quanto ao retorno de Nesryn. Então o desapontamento que ela se esforçara tanto para manter escondido, depois o alívio quando Chaol revelara o prolongamento da viagem da capitã.

Ele era um perfeito canalha. Mesmo que conseguisse convencer o khagan a salvar a pele dos amigos naquela guerra... Iria embora dali. De mãos vazias ou com um exército, ele partiria. E, apesar dos planos de Yrene de retornar para o continente, Chaol não tinha certeza de quando a veria de novo. Ou mesmo se a veria.

Talvez nenhum dos dois sobrevivesse mesmo.

E aquela única tarefa, aquela única tarefa que os amigos lhe tinham dado, que Dorian lhe dera...

Chaol fracassara.

Mesmo com tudo o que suportara, tudo o que aprendera... Não fora o suficiente.

Ele deu um olhar significativo para as pernas.

— *Como?* — Tinham feito mais progresso que poderia ter sonhado, mas aquilo...

A mão de Yrene se apertou a ponto de causar dor.

— Você mesmo disse: não tem dois anos. Consertei o suficiente para saber que você *deveria* conseguir ficar de pé. Então levante. — Yrene chegou ao ponto de puxá-lo.

Chaol a encarou com sobrancelhas franzidas, deixando que o temperamento se descontrolasse mais um pouco.

— Me solte.

— Ou *o quê?* — Ah, ela estava colérica.

— Quem sabe o que os espiões dirão aos príncipes? — Palavras frias, severas.

A boca de Yrene se contraiu.

— Não tenho nada a temer de seus relatórios.

— Não tem? Não pareceu se incomodar com os privilégios que vieram com isso quando estalou os dedos e Kashin estava aqui. Talvez ele se canse da enrolação.

— Isso é bobagem, e você sabe muito bem. — Yrene puxou o braço de Chaol. — Levante-se.

Ele não fez tal coisa.

— Então um príncipe não é bom o bastante para você, mas o filho deserdado de um lorde é?

Chaol jamais proferira esse pensamento. Nem para si mesmo.

— Só porque está irritado por Hasar e Arghun terem sido mais espertos que você, pelo khagan ainda não ter lhe dado ouvidos, isso não lhe dá o direito de tentar *me* arrastar para uma briga. — Seus lábios se retorceram em um esgar. — Agora, se está mesmo tão ansioso para correr para a batalha, levante-se.

Chaol desvencilhou o ombro da mão de Yrene.

— Não respondeu à pergunta.

— Não vou responder à pergunta. — A curandeira não lhe agarrou o ombro de novo, mas passou o braço inteiro por baixo de Chaol e grunhiu, como se fosse levantá-lo sozinha, embora ele tivesse quase o dobro de seu peso.

O lorde trincou os dentes e, apenas para evitar que Yrene se ferisse, se desvencilhou da jovem de novo e pôs os pés no chão. Apoiou as mãos nos braços da cadeira e se impulsionou para a frente o máximo que conseguiu.

— E?

Chaol podia mover os joelhos, assim como uma das pernas, e sentira as coxas formigando vez ou outra na última semana, mas...

— E você se lembra de como ficar de pé, não se lembra?

— Por que pareceu tão aliviada quando eu disse que Nesryn se atrasaria mais algumas semanas? — disparou ele de volta, apenas.

Cor preencheu a pele sardenta de Yrene, mas ela avançou para ele de novo, entrelaçando os braços nos do lorde.

— Não queria distraí-lo de nosso progresso.

— Mentirosa. — O cheiro da curandeira o envolveu quando ela puxou, e a cadeira rangeu conforme ele começava a empurrar os braços.

Então Yrene se desviou e partiu para a ofensiva, escorregadia como uma víbora.

— Acho que *você* ficou aliviado — disse ela, irritada, com o hálito quente contra o ouvido de Chaol. — Acho que *você* ficou feliz por ela permanecer longe, para poder fingir que está preso a ela pela honra e deixar que isso seja um obstáculo. Para que, enquanto estiver aqui comigo, não precise vê-la observando, não precise *pensar* sobre o que ela significa para você. Com Nesryn longe, ela é uma lembrança, um ideal distante, mas, quando está aqui e você a olha, o que *vê*? O que *sente*?

— Eu a tive em minha cama, então acho que isso diz o bastante sobre meus sentimentos.

Chaol odiou as palavras, mesmo quando o temperamento, o tom afiado... também eram um alívio.

Yrene inspirou, mas não recuou.

— Sim, você a teve em sua cama, mas acho que ela provavelmente era uma distração e estava farta disso. Talvez farta de ser um prêmio de consolação.

Os braços de Chaol se esticaram, e a cadeira sacudiu quando ele se impulsionou de novo e de novo para cima, no mínimo para que ficasse de pé por tempo suficiente para encará-la com raiva.

— Não sabe do que está falando. — Ela nem sequer mencionara Aelin, não perguntara depois do jantar da noite anterior. Até...

— Ela escolheu mesmo Dorian? A rainha. Fico surpresa por conseguir suportar qualquer um de vocês, considerando sua história. O que seu reino fez com o dela.

Um rugido tomou os ouvidos de Chaol enquanto ele começava a trocar o peso do corpo entre os pés, desejando que a coluna aguentasse ao disparar:

— Não pareceu se importar nem um pouco naquela noite da festa. Estava praticamente me implorando. — Ele não sabia que diabo saía de sua boca.

As unhas de Yrene se enterraram em suas costas.

— Ficaria surpreso com as pessoas que o opiato o faz considerar. Com quem se flagra disposta a se manchar.

— Certo. Um filho de Adarlan. Um traidor infiel que quebra juramentos. É o que sou, não é?

— Não tenho como saber... você nem mesmo raramente tenta falar sobre isso.

— E você é muito boa nisso, suponho?

— Você é a questão aqui, não eu.

— No entanto, foi designada a mim porque sua alta-curandeira viu isso de outro modo. Viu que não importava quanto subisse na torre, ainda seria aquela menina de Charco Lavrado. — Uma risada lhe escapou, gélida e amarga. — Conheci outra mulher que perdeu tanto quanto você. E sabe o que ela fez com isso... com essa perda? — Chaol mal conseguia impedir que as palavras saíssem, mal conseguia pensar por cima do rugido na cabeça. — Ela caçou as pessoas responsáveis por isso e as *extinguiu*. O que *você* se incomodou em fazer durante esses malditos anos?

Chaol sentiu as palavras atingirem o alvo.

Sentiu a quietude estremecer seu corpo.

No momento que se impulsionou para cima — no momento que seu peso se ajustou, e os joelhos se dobraram, e ele se viu de pé.

Longe demais. Fora longe demais. Nunca acreditara naquelas coisas. Nem ao menos pensara nelas.

Não a respeito de Yrene.

O peito da jovem inflou com um fôlego hesitante que roçou contra o dele, e a curandeira piscou para Chaol, fechando a boca. E com o movimento, ele pôde ver uma parede se erguendo. Selando-se.

Nunca mais. Ela nunca o perdoaria, não sorriria para ele, pelo que Chaol dissera.

Jamais esqueceria. De pé ou não.

— Yrene — disse ele, rouco, mas a curandeira o soltou e recuou um passo, sacudindo a cabeça. Deixando-o de pé... sozinho. Sozinho e exposto ao recuar outro passo, conforme a luz do sol se refletia nas lágrimas prateadas que começavam a lhe contornar os olhos.

Aquilo abriu o peito de Chaol.

Ele colocou a mão ali, como se conseguisse sentir o buraco do lado de dentro, mesmo quando suas pernas cambalearam.

— Não sou *ninguém* para ao menos mencionar tais coisas. Não sou *nada* e fui *eu mesmo* que...

— Posso não ter enfrentado reis e estilhaçado castelos — retrucou Yrene friamente, com a voz trêmula de raiva ao continuar recuando. — Mas sou a potencial herdeira da alta-curandeira. Por meu próprio trabalho e sofrimento e sacrifício. E você está de pé neste momento por causa disso. Pessoas estão *vivas* por causa disso. Então, posso não ser uma guerreira empunhando uma espada por aí, posso não ser digna de seus gloriosos contos, mas, pelo menos, eu *salvo* vidas... não acabo com elas.

— Eu sei — admitiu Chaol, lutando contra a ânsia de agarrar os braços da cadeira, que pareciam tão abaixo, quando seu equilíbrio vacilou. — Yrene, *eu sei.* — Longe demais. Ele tinha ido longe demais, e jamais se odiara tanto por querer começar uma briga e ser tão terrivelmente *burro*, pois estivera, na verdade, falando de si mesmo...

Yrene recuou mais um passo.

— Por favor — pediu ele.

Mas ela se dirigia para a porta. E se partisse...

Chaol deixara que todos se fossem. Ele mesmo já dera as costas também, mas com Aelin, com Dorian, com Nesryn deixara que partissem e não fora atrás deles.

Mas aquela mulher que recuava na direção da porta, tentando evitar que as lágrimas caíssem — lágrimas da mágoa que *ele* causara, lágrimas da raiva que ele tanto merecia...

Yrene estendeu a mão para a maçaneta, atrapalhando-se desnorteadamente para pegá-la.

E, se ela partisse, se Chaol deixasse que ela se fosse...

Yrene empurrou a maçaneta para baixo.

E ele deu um passo em sua direção.

⚔ 39 ⚔

Chaol não parou para pensar.

Ele não se maravilhou com a sensação de estar tão alto, com o peso e o balanço do corpo, conforme dava aquele passo cambaleante.

Havia apenas Yrene, e a mão na maçaneta da porta, e as lágrimas nos olhos furiosos e lindos. Os mais belos que já vira.

Os olhos da jovem se arregalaram quando ele deu aquele passo em sua direção.

Quando avançou e oscilou. Mas conseguiu dar outro.

Yrene seguiu aos tropeços na direção do lorde, estudando-o da cabeça aos pés, erguendo a mão para cobrir a boca aberta. Ela parou a poucos metros.

Chaol não percebera quanto ela era pequena. Quanto era delicada.

Como... qual era o aspecto, a aparência e o *gosto* do mundo daquele jeito.

— Não vá — sussurrou ele. — Sinto muito.

Yrene o observou de novo, dos pés ao rosto. Lágrimas lhe escorreram pelas bochechas quando a curandeira virou a cabeça para trás.

— Sinto muito — repetiu Chaol.

Mesmo assim, Yrene não falou. Lágrimas apenas rolaram e rolaram.

— Não quis dizer nada daquilo — continuou ele, rouco, os joelhos começando a doer e ceder, as coxas trêmulas. — Eu estava querendo uma briga e... não quis dizer nada daquilo, Yrene. Nada. Me desculpe.

— Mas uma semente disso devia estar dentro de você — sussurrou ela.

Chaol sacudiu a cabeça, e o movimento o fez cambalear. Ele segurou o encosto da poltrona estofada para permanecer de pé.

— Estava me referindo a mim mesmo. O que você fez, Yrene, o que ainda está disposta a fazer... Você fez isso... *tudo* isso, não por glória ou ambição, mas porque acredita que é a coisa certa a fazer. Sua coragem, sua inteligência, sua determinação irrefreável... Não tenho palavras para isso, Yrene.

A expressão da curandeira não mudou.

— Por favor, Yrene.

Chaol estendeu a mão para ela, arriscando um passo cambaleante, sem equilíbrio.

A jovem deu um passo para trás.

As mãos do ex-capitão se fecharam no ar.

O lorde trincou a mandíbula ao lutar para permanecer de pé, o corpo oscilando e esquisito.

— Talvez se associar com pessoas pequenas, fracas e patéticas como eu o faça se sentir melhor a respeito de si mesmo.

— Eu *não*... — Chaol trincou os dentes e avançou mais um passo na direção de Yrene, precisando apenas tocá-la, tomar e apertar sua mão para apenas *mostrar* que não era daquele jeito. Que não pensava daquela maneira. O antigo capitão cambaleou para a esquerda, estendendo a mão ao se equilibrar e falar: — Sabe que não eu quis dizer aquilo.

Ela recuou, mantendo-se fora do alcance.

— Sei mesmo?

Chaol avançou mais um passo. Outro.

A curandeira se desviou todas as vezes.

— Sabe disso, maldição — grunhiu ele, obrigando as pernas a darem mais um passo vacilante.

Yrene desviou do caminho.

Chaol piscou, parando.

Lendo o brilho nos olhos da jovem. O tom de voz.

A bruxinha o enganava para que andasse. Atraindo-o para que se movesse. Para que a seguisse.

Yrene parou, encarando-o, sem um traço de mágoa nos olhos, como se dissesse: *Demorou bastante para se dar conta*. Um pequeno sorriso se abriu na boca da curandeira.

Ele estava de pé. Estava... andando.

Andando. E aquela mulher diante de si...

Chaol deu mais um passo.

Yrene recuou.

Não era uma caçada, mas uma dança.

Ele não desviou os olhos quando cambaleou e deu mais um passo, então outro, com o corpo dolorido, trêmulo. Mas suportou aquilo. Lutou por cada centímetro na direção de Yrene. Cada passo que a fez recuar para a parede.

O fôlego saía em arquejos breves, e aqueles olhos dourados estavam muito arregalados conforme Chaol a seguia pelo quarto. Conforme Yrene o levava, um pé após o outro.

Até que as costas da curandeira atingiram a parede, fazendo a arandela chacoalhar. Como se Yrene tivesse perdido a noção de onde estava.

Chaol estava imediatamente sobre ela.

Ele apoiou uma das mãos no papel de parede, sentindo a textura lisa sob a palma ao colocar o peso ali. Para manter o corpo reto enquanto as coxas tremiam e as costas se esticavam.

Eram preocupações menores, secundárias.

Sua outra mão...

Os olhos de Yrene ainda brilhavam com aquelas lágrimas que ele causara.

Uma ainda estava na bochecha da curandeira.

Chaol a limpou. Junto a outra que ele notou em seu queixo.

Não entendia — como ela podia ser tão delicada, tão pequena, quando tinha lhe virado a vida completamente de ponta-cabeça. Fizera milagres com aquelas mãos e aquela alma, essa mulher que atravessara montanhas e mares.

Ela tremia. Não de medo, não ao erguer o rosto para ele.

Somente quando Yrene apoiou as mãos no peito de Chaol, não para empurrá-lo, mas para sentir as batidas tempestuosas e estrondosas do coração abaixo, ele inclinou a cabeça e a beijou.

～

Chaol estava de pé. Estava *andando*.

E estava beijando Yrene.

Ela mal conseguiu respirar, mal conseguiu se manter dentro da própria pele, conforme a boca de Chaol se acomodava sobre a sua.

Foi como acordar ou nascer ou cair do céu. Era uma resposta e uma canção, e ela não conseguia pensar ou sentir com rapidez o suficiente.

As mãos de Yrene se fecharam na camisa do lorde, os dedos se entremearam a punhados de tecido, puxando-o mais para perto.

Os lábios de Chaol acariciaram os seus com movimentos pacientes, lentos, como se tracejassem a sensação da curandeira. E quando dentes roçaram seu lábio inferior... Yrene abriu a boca para ele.

Chaol entrou, pressionando-a mais contra a parede. Ela mal sentiu a moldura enterrando-se na coluna e o papel de parede escorregadio contra as costas conforme a língua do lorde deslizava para dentro de sua boca.

Yrene gemeu, sem se importar com quem ouvisse, com quem pudesse estar ouvindo. Todos podiam ir para o inferno até onde ela se importava. Estava queimando, brilhando...

Chaol encostou a mão em seu queixo, inclinando o rosto de Yrene para reivindicar melhor sua boca. Ela arqueou o corpo, implorando silenciosamente que ele a *tomasse*...

A curandeira sabia que Chaol não fora sincero no que dissera, sabia que ele estivera enfurecido consigo mesmo. Ela o havia atraído para aquela briga, e mesmo que a tivesse magoado... Soubera no momento que Chaol ficara de pé, quando o próprio coração parara subitamente, que ele não fora sincero.

Que ele teria rastejado.

Esse homem, esse homem nobre e altruísta e incrível...

Yrene passou as mãos pelos ombros de Chaol, os dedos deslizaram pelos sedosos cabelos castanhos. *Mais, mais, mais...*

Mesmo que o beijo já fosse intenso. Como se Chaol quisesse aprender cada gosto, cada ângulo seu.

Yrene roçou a língua contra a dele, e o gemido do antigo capitão fez os dedos dos pés da jovem se flexionarem nas sandálias...

Ela sentiu o tremor percorrer o corpo do lorde antes de registrar o que era. O esforço.

Ainda assim, ele a beijava, parecia determinado a fazer isso, mesmo que aquilo o fizesse desabar no chão.

Pequenos passos. Distâncias curtas.

Yrene se afastou, colocando a mão no peito de Chaol quando este fez menção de reivindicar sua boca de novo.

— Você deveria se sentar.

Os olhos do lorde estavam completamente pretos.

— Eu... me deixe... *por favor*, Yrene.

Cada palavra foi como um fôlego interrompido. Como se Chaol tivesse libertado alguma amarra sobre si mesmo.

Yrene lutou para manter a respiração firme. Para organizar os pensamentos. Se ficasse tempo demais de pé, ele poderia sobrecarregar a coluna. E antes que pudesse encorajar as caminhadas e... *mais*, precisava entrar no ferimento de Chaol para dar uma olhada. Talvez tivesse recuado o bastante sozinho.

Chaol roçou a boca contra a dela. O calor sedoso dos lábios foi o suficiente para deixá-la disposta a ignorar o bom senso.

Mas Yrene afastou o desejo e delicadamente saiu do alcance de Chaol.

— Agora terei modos de recompensá-lo — disse a curandeira, tentando o humor.

Ele não sorriu de volta. Não fez nada a não ser observá-la com uma intenção quase predatória quando Yrene recuou um passo e lhe ofereceu o braço. Para caminhar de volta até a cadeira.

Para *caminhar*.

Ele estava *caminhando*...

Chaol fez isso. Afastou-se da parede e cambaleou...

Yrene o segurou, equilibrando-o.

— Achei que jamais se intrometesse para me ajudar — comentou Chaol, em tom sarcástico, erguendo uma sobrancelha.

— Na cadeira, sim. Mas agora pode cair de uma altura muito maior.

Chaol segurou uma gargalhada, então se aproximou para lhe sussurrar ao ouvido:

— Será na cama ou no sofá agora, Yrene?

Ela engoliu em seco, ousando um olhar de esguelha para ele. Os olhos de Chaol ainda estavam sombrios, o rosto, vermelho, e os lábios, inchados. Dela.

O sangue de Yrene esquentou, seu interior estava quase derretido. Como o teria quase nu diante de si agora?

— Ainda é meu paciente. — A curandeira conseguiu dizer de modo mais formal, então o guiou até a cadeira. Quase o empurrou nela, depois quase saltou sobre Chaol também. — E, embora não exista um voto oficial a respeito de tais coisas, planejo manter tudo em um nível profissional.

O sorriso de resposta foi tudo, menos profissional. Assim como a maneira como ele grunhiu:

— Venha cá.

O coração de Yrene ecoou por cada membro conforme a curandeira cobria os 30 centímetros de espaço entre os dois. Conforme fixava os olhos no olhar incandescente de Chaol e se sentava em seu colo.

Chaol deslizou uma das mãos sob os cabelos de Yrene para lhe segurar a nuca, então puxou o rosto da curandeira contra o seu e lhe roçou um beijo no canto da boca. Depois no outro canto. Yrene o agarrou pelo ombro, enterrando os dedos nos músculos rígidos abaixo, com a respiração irregular enquanto ele mordiscava seu lábio inferior enquanto, com a outra mão, começava a explorar o tronco...

Uma porta se abriu no corredor, e Yrene se levantou imediatamente, caminhando pela sala de estar até a escrivaninha — até os frascos de óleo ali — no momento que Kadja passou pela porta com uma bandeja nas mãos.

A criada havia encontrado os "ingredientes" de que Yrene precisava. Barbante, leite de cabra e vinagre.

A curandeira mal conseguiu se lembrar das palavras de agradecimento quando a menina apoiou a bandeja na mesa.

Se Kadja viu seus rostos, os cabelos e as roupas, e se conseguiu interpretar a tensão incandescente entre os dois, ela não disse nada. Yrene não tinha dúvidas de que a jovem poderia suspeitar, de que certamente reportaria aquilo para quem quer que segurasse sua coleira, mas... ao se recostar contra a escrivaninha enquanto Kadja partia tão silenciosamente quanto entrara, Yrene percebeu que não se importava.

A curandeira viu que Chaol ainda a observava, com o peito ofegante.

— O que faremos agora? — perguntou Yrene, em voz baixa.

Pois ela não sabia... como *voltar*...

Chaol não respondeu. Apenas estendeu completamente uma perna diante do corpo. Então a outra. Depois repetiu isso, maravilhando-se.

— Não olhamos para trás — disse ele, encontrando o olhar de Yrene. — Olhar para trás não ajuda nada nem ninguém. — A forma como disse... Parecia que significava algo mais. Para ele, ao menos.

Mas o sorriso de Chaol aumentou e os olhos brilharam conforme ele acrescentava:

— Só podemos seguir em frente.

Yrene foi até ele, incapaz de se impedir, como se aquele sorriso fosse um farol na escuridão.

E, quando Chaol empurrou a cadeira até o sofá e tirou a camisa, quando se deitou e ela apoiou as mãos nas costas quentes e fortes... Yrene também sorriu.

❧ 40 ❧

Ficar de pé e caminhar alguns passos não era o mesmo que recuperar todas as faculdades.

A semana seguinte provou isso. Yrene ainda lutava com o que quer que estivesse à espreita na coluna de Chaol, ainda se agarrando — até a base, explicou ela — e ainda impedindo os movimentos totais. Corridas, assim como a maioria dos saltos e chutes: fora de questão. Mas, graças à firme bengala de madeira que Yrene solicitara para ele, Chaol podia ficar de pé e podia andar.

E era o diabo de um milagre.

Ele levava a bengala e a cadeira para o treinamento matinal com Hashim e os guardas, para os momentos que se esforçasse demais e não conseguisse fazer a viagem de volta aos aposentos. Yrene tinha se juntado a ele durante as primeiras lições, instruindo Hashim a respeito de onde se concentrar nas pernas de Chaol. Para reconstruir mais músculos. Para estabilizá-lo mais. Ela fizera o mesmo por Shen, Hashim confidenciara certa manhã — fora supervisionar a maioria das sessões iniciais de treinamento depois do ferimento.

Então Yrene estivera lá, observando de longe, naquele primeiro dia em que Chaol tinha pegado uma espada contra Hashim e duelado. Ou feito o melhor possível com a bengala em uma das mãos.

O equilíbrio estava uma bosta, as pernas não pareciam confiáveis, mas ele tinha conseguido dar alguns bons golpes contra o homem. E uma bengala... não era uma arma ruim se a luta exigisse.

Ao fim do duelo, os olhos de Yrene estavam arregalados como pires quando Chaol se aproximou do lugar dela na parede, apoiando-se pesadamente na bengala enquanto o corpo tremia.

A cor no rosto da jovem, percebeu Chaol com uma fração nada pequena de satisfação masculina, se devia a muito mais que calor. E, quando partiram por fim, caminhando lentamente para as sombras frias dos corredores, Yrene o puxou para uma alcova fechada por uma cortina e o beijou.

Chaol recostou-se contra uma prateleira de suprimentos em busca de apoio, as mãos percorrendo todo o corpo de Yrene, as curvas generosas e a cintura fina, então se emaranharam no longo e pesado cabelo. Ela o beijou de novo e de novo, sem fôlego e ofegante, e depois lambeu — de fato *lambeu* — o suor do pescoço do lorde.

Chaol gemeu tão alto que não foi surpresa quando um criado apareceu um segundo depois, escancarando a cortina, como se para ralhar com dois funcionários por fugir dos deveres.

Yrene empalideceu ao se endireitar e pedir ao criado reverente e briguento que não dissesse nada. Ele a assegurou de que não o faria, mas Yrene ficou abalada e manteve distância durante o restante da caminhada de volta.

E a mantinha todos os dias desde então. O que estava enlouquecendo Chaol.

Mas ele entendia. Com a posição dela, tanto na Torre quanto dentro do palácio, deveriam ser mais espertos. Mais cuidadosos.

E com Kadja sempre em seus aposentos...

Chaol estava controlando as próprias mãos. Mesmo quando Yrene apoiava as mãos em suas costas para curá-lo, esforçando-se mais e mais para quebrar aquela última parede de escuridão.

Chaol queria dizer a ela, considerou dizer a ela, que já era o suficiente. Que viveria alegremente com a bengala pelo resto da vida. Que Yrene lhe dera mais do que ele poderia esperar.

Pois via os guardas todas as manhãs. As armas e os escudos.

E pensava naquela guerra, deflagrando-se sobre seus amigos. Sobre sua terra natal.

Mesmo que não trouxesse um exército consigo ao retornar, encontraria alguma forma de ficar de pé naqueles campos de batalha. Pelo menos cavalgar já era uma opção viável para lutar ao lado deles.

Ao lutar por... ela.

Ele estivera pensando nisso conforme caminhavam para o jantar no palácio certa noite, mais de uma semana depois. Com a bengala, levava mais tempo que o comum, mas Chaol não se importava com nenhum momento a mais passado em companhia de Yrene.

Ela usava o vestido roxo — o preferido do ex-capitão — e parte dos cabelos se cacheava devido ao dia incomumente úmido. Mas a curandeira parecia sobressaltada, inquieta.

— O que foi?

A realeza não se importara na primeira noite em que Chaol caminhara com as próprias pernas até o jantar. Mais um milagre cotidiano da Torre, embora o próprio khagan tivesse parabenizado Yrene. Ela havia ficado radiante diante do elogio. Mesmo que o homem tivesse ignorado Chaol — como fazia desde aquela reunião fatídica.

Yrene esfregou a cicatriz no pescoço, como se doesse. Ele não perguntara sobre aquilo; não quisera saber. Apenas porque, se soubesse... mesmo com uma guerra sobre eles, poderia muito bem gastar o tempo para caçar quem quer que tivesse feito aquilo, e enterrá-lo.

— Convenci Hasar a me fazer uma festa — disse a jovem, em voz baixa.

Chaol esperou até passarem por um grupo de criados antes de perguntar:

— Por que motivo?

Ela exalou.

— É meu aniversário. Em três dias.

— Seu aniversário?

— Sabe, a comemoração do dia em que você nasceu...

Chaol a cutucou com o cotovelo, embora o gesto fizesse a coluna desviar e mover, levando a bengala a ranger com o peso.

— Não fazia ideia de que demônias os tivessem.

Yrene mostrou a língua a ele.

— Sim, até mesmo meu tipo os tem.

Chaol sorriu.

— Então pediu que ela desse uma festa para você? — Considerando como a *última* festa tinha terminado... Ele podia muito bem acabar como uma daquelas pessoas que saía de fininho para um quarto escuro. Principalmente se Yrene usasse aquele vestido de novo.

— Não exatamente — respondeu ela, de maneira sarcástica. — Mencionei que meu aniversário estava chegando e como *seus* planos para ele eram chatos...

Chaol riu.

— Muita arrogância sua.

Yrene piscou os olhos.

— E *talvez* eu tenha mencionado que, em todos os meus anos aqui, nunca fui ao deserto e estava pensando em uma viagem por conta própria, mas que ficaria triste se não comemorasse com ela...

— E imagino que ela tenha sugerido um oásis do qual a família é dona em vez disso?

Ela murmurou, confirmando.

— Uma pequena excursão noturna para Aksara, uma cavalgada de meio dia até o leste, para o acampamento de tendas permanentes dentro do oásis. Então a curandeira podia tramar no fim das contas. Mas...

— Estará fervendo neste calor.

— A princesa quer uma festa no deserto. Então ela terá uma. — Yrene mordeu o lábio, aquelas sombras dançaram de novo. — Também consegui perguntar a ela a respeito... de Aksara. Da história do local. — Chaol se preparou. — Hasar ficou entediada antes de contar muito, mas disse que, certa vez, ouviu que o oásis nasceu sobre uma cidade de mortos. Que as ruínas são apenas um portão. Não gostam de arriscar perturbar os mortos, então jamais deixam a própria nascente... para se aventurar na selva ao redor.

Não era à toa que ela parecera preocupada.

— Não apenas cavernas a encontrar, então.

— Talvez Nousha queira dizer outra coisa; talvez também haja cavernas lá com informação. — Ela expirou. — Suponho que veremos. Eu me certifiquei de bocejar bastante enquanto Hasar contava isso, então duvido de que ela imagine por que nem sequer perguntei.

Chaol beijou a têmpora da curandeira, um roçar breve de boca que ninguém poderia notar.

— Esperta, Yrene.

— Quis contar a você na outra semana, mas você levantou e acabei esquecendo. Bela ardilosa da corte que sou.

Ele lhe acariciou com a mão livre a extensão da coluna. Um pouco mais baixo.

— Andamos ocupados. — O rosto de Yrene corou com um lindo tom de cor-de-rosa, mas, em seguida, um pensamento ocorreu a ele. — O que *você* realmente quer de aniversário? E qual aniversário é?

— De 22 anos. E não sei. Se não fosse por isso, não teria mencionado.

— Não ia me contar?

A curandeira franziu a testa, sentindo-se culpada.

— Imaginei que, com tudo o que está o pressionando, aniversários eram banais. — A mão da jovem passou para o bolso, para segurar aquela coisa sobre a qual ele jamais perguntara.

Eles se aproximaram do clamor do jantar no grande salão. Chaol roçou os dedos contra os dela, e Yrene parou diante do pedido silencioso. O salão se estendia diante deles, com o vaivém de criados e vizires.

Ele se apoiou na bengala quando os dois pararam, deixando que o objeto estabilizasse seu peso.

— Estou convidado para essa festa no deserto, pelo menos?

— Ah, sim. Você e todas as minhas outras pessoas preferidas: Arghun, Kashin e um punhado de vizires agradáveis.

— Fico feliz por estar entre os convidados, considerando que Hasar me odeia.

— Não. — Os olhos de Yrene ficaram sombrios. — Se Hasar o odiasse, não acho que estaria vivo agora.

Pelos deuses. Aquela era a mulher de quem Yrene tinha ficado amiga.

— Pelo menos Renia estará lá — prosseguiu a curandeira. — Mas Duva não deve ficar no calor naquela condição, e o marido não deixará seu lado. Tenho certeza de que assim que chegarmos lá, com ou sem informação, eu provavelmente vou desejar ter podido dar uma desculpa semelhante.

— Temos alguns dias. Poderíamos, tecnicamente, dar a mesma desculpa se precisarmos partir.

As palavras foram absorvidas. O convite e a implicação. O rosto de Yrene ficou belamente vermelho, e ela bateu no braço do lorde.

— Espertalhão.

Chaol riu e olhou para o corredor em busca de um canto sombreado. Mas Yrene sussurrou:

— Não podemos.

Não por causa da piada sofrível, mas pelo desejo que ela sem dúvida viu se acumular nos olhos de Chaol. O desejo que ele viu exibido nos dela.

Ele arrumou o casaco.

— Bem, tentarei encontrar um presente que seja adequado e comparável a todo um *retiro* no deserto, mas não me cobre.

Yrene passou o braço pelo dele, nada mais que uma curandeira acompanhando o paciente até a mesa.

— Tenho tudo de que preciso. — Foi sua única resposta.

454

⚜ 41 ⚜

Foi preciso mais de uma semana para planejar.

Mais de uma semana só para que Sartaq e Houlun desencavassem mapas antigos dos montes Dagul.

A maioria era vaga e inútil. Coisas que montadores haviam verificado do ar, mas sem ousar chegar perto demais para detalhes. O território das *kharankui* era pequeno, porém ficara maior, mais ousado nos últimos anos.

E era para dentro do coração escuro daquele território que rumavam.

A parte mais difícil era convencer Borte a não ir.

Contudo, Nesryn e Sartaq deixaram isso para Houlun. E uma palavra ríspida da mãe de fogo fez a menina entrar na linha. Mesmo com os olhos tomados de ultraje, ela cedeu aos desejos da avó. Como herdeira, disparara Houlun, a primeira obrigação de Borte era com o *povo*. A linhagem acabava com ela. Se Borte entrasse no emaranhado sombrio de Dagul, poderia muito bem cuspir onde a *sulde* da mãe estava fincada nas encostas de Arundin.

A jovem insistira que se ela, como herdeira de Houlun, tivesse de ficar, então Sartaq, como potencial sucessor do khagan, deveria ficar também.

Ao ouvir isso, o príncipe apenas saiu batendo os pés pelos corredores internos de Altun, dizendo que se suceder o pai significava ficar sentado sem fazer nada enquanto outros lutavam por ele, então os irmãos podiam ficar com a maldita coroa.

Então apenas os três iriam: Nesryn e Sartaq voando em Kadara, e Falkan enfiado no bolso da capitã, como um rato do campo.

Houvera um debate final na noite anterior sobre levar uma legião. Borte defendera a ideia, Sartaq fora contra. Eles não sabiam quantas *kharankui* viviam nos picos estéreis e nos vales florestados entre eles. Não podiam arriscar perder tantas vidas desnecessariamente, e não tinham tempo para desperdiçar em um reconhecimento completo. Três podiam entrar despercebidos... mas um exército de ruks seria avistado muito antes de chegar.

A discussão tinha se deflagrado diante do poço da fogueira, mas Houlun a resolvera: a pequena companhia iria. E, se não voltassem em quatro dias, um exército seguiria. Precisariam de meio dia para voar até lá, um dia para avaliar a área e um dia para entrar e voltar com os filhotes roubados. Talvez até mesmo descobrissem o que os feéricos temiam das aranhas, como as enfrentaram. Se tivessem sorte.

Estavam voando havia horas; a muralha alta dos montes ficava mais próxima a cada bater de asas de Kadara. Em breve cruzariam aquela primeira cordilheira das montanhas cinzentas e entrariam no território das aranhas. O café da manhã de Nesryn pesava no estômago a cada quilômetro que se aproximavam, e a boca parecia tão seca quanto pergaminho.

Sartaq estava sentado atrás da capitã e permanecera calado durante a maior parte da viagem. Falkan cochilava no bolso do peito de Nesryn, emergindo apenas de vez em quando para colocar o focinho cheio de bigodes para fora, farejar o ar, então entrar de novo. Conservando a força enquanto podia.

O metamorfo ainda dormia quando Nesryn perguntou a Sartaq:

— Foi sincero quanto ao que disse ontem à noite... sobre recusar a coroa se isso significasse não lutar?

O corpo do príncipe era uma muralha quente a suas costas.

— Meu pai foi à guerra... todos os khagans foram. Ele tem as *sulde* Ébano e Marfim exatamente por isso. Mas, se por algum motivo acontecesse de me serem negadas tais coisas em favor da sobrevivência da linhagem... Sim. Uma vida confinada àquela corte não é o que quero.

— No entanto, é favorito para se tornar khagan um dia.

— Dizem os boatos. Mas meu pai jamais sugeriu isso ou falou a respeito. Até onde sei, ele poderia coroar Duva em meu lugar. Os deuses sabem que ela certamente seria uma governante bondosa. E é a única de nós que está prestes a ter um filho.

Nesryn mordeu o lábio.

— Por quê... por que você não se casou? — Ela jamais tivera coragem de perguntar, embora certamente tivesse se pegado pensando sobre isso durante as últimas semanas.

As mãos de Sartaq se flexionaram nas rédeas antes de ele responder:

— Andei ocupado demais. E as mulheres que me foram apresentadas como potenciais noivas... Não eram para mim.

Nesryn não tinha direito de se intrometer, mas insistiu:

— Por quê?

— Porque sempre que lhes mostrei Kadara elas se acovardaram ou fingiram estar interessadas, ou perguntaram exatamente quanto tempo eu passaria longe.

— Torcendo por ausências frequentes ou porque sentiriam sua falta?

Sartaq riu.

— Não saberia dizer. A própria pergunta pareceu um controle que eu sabia não querer para mim.

— Então seu pai permite que se case como quiser? — Território perigoso, estranho. Nesryn esperou que Sartaq a provocasse por causa daquilo, mas ele se calou.

— Sim. Até mesmo o casamento arranjado de Duva... Ela foi totalmente a favor. Disse que não queria precisar escolher entre uma corte de víboras para encontrar um homem bom e, ainda assim, rezar para que ele não a enganasse. Eu me pergunto se algo pode ser dito a respeito disso. Ela deu sorte, de toda maneira; por mais que seja calado, o marido a adora. Vi seu rosto quando se conheceram. Vi o dela também. Alívio e... algo mais.

E o que seria deles — do filho — se outro herdeiro fosse escolhido para o trono? Então Nesryn perguntou, cautelosamente:

— Por que não acabar com essa tradição de competirem uns com os outros?

Sartaq ficou calado por um longo minuto.

— Talvez um dia quem quer que assuma o trono acabe com ela. Ame os irmãos mais que honre a tradição. Gosto de acreditar que superamos quem éramos séculos antes, quando o império ainda era frágil. Mas talvez agora, esses anos de relativa paz, talvez seja essa a época perigosa. — O príncipe deu de ombros, e o corpo se moveu contra o dela. — Talvez a guerra resolva a questão da sucessão por nós.

E talvez fosse porque estavam tão acima do mundo, porque aquela terra sombria disparava cada vez mais para perto, Nesryn perguntou:

— Não há nada que manteria você longe da guerra se ela o chamasse, então?

— Soa como se estivesse reconsiderando seu objetivo de nos arrastar para o norte.

A capitã enrijeceu o corpo.

— Admito que essas semanas aqui... Antes era mais fácil pedir sua ajuda. Quando os rukhin eram uma legião sem nome e sem rosto. Quando eu não sabia como se chamavam, não conhecia as famílias. Quando não conhecia Houlun ou Borte. Ou não sabia que Borte é *prometida*.

Uma risada baixa diante disso. Borte tinha se recusado — recusado terminantemente — a responder às perguntas de Nesryn sobre Yeran. Dissera que nem valia a pena falar sobre aquilo.

— Tenho certeza de que Borte ficaria feliz em ir à guerra, pelo menos para competir com Yeran pela glória no campo de batalha.

— Uma disputa de verdadeiro amor, então.

Sartaq sorriu para ela.

— Não faz ideia. — Ele suspirou. — Começou há três anos... essa competição entre eles. Logo depois que a mãe de Borte morreu.

A pausa foi carregada o bastante para que Nesryn indagasse:

— Você conhecia bem a mãe dela?

Ele levou um momento para responder:

— Mencionei certa vez que já fui enviado a outros reinos para resolver disputas ou murmúrios de insatisfação. Da última vez que meu pai me enviou, levei comigo uma pequena unidade de rukhin e a mãe de Borte entre eles.

De novo, aquele silêncio pesado. Nesryn lenta e cuidadosamente, apoiou a mão no antebraço de Sartaq que a envolvia. Os músculos fortes abaixo do couro se tensionaram... então relaxaram.

— É uma longa história e uma história difícil, mas houve violência entre os rukhin e o grupo que buscava derrubar nosso império. A mãe de Borte... Um deles fez um disparo covarde por trás. Uma flecha envenenada no pescoço quando estávamos prestes a permitir que se rendessem. — O vento uivou ao redor. — Não deixei que nenhum deles saísse com vida depois disso.

As palavras vazias, frias, disseram o bastante.

— Eu mesmo carreguei o corpo de volta — revelou Sartaq, as palavras arrancadas pelo vento. — Ainda consigo ouvir os gritos de Borte quando aterrissei em Altun. Ainda a vejo ajoelhada sozinha nas encostas de Arundin depois do enterro, agarrada à *sulde* da mãe plantada no chão.

Nesryn lhe segurou o braço com mais força. Sartaq apoiou a própria mão enluvada na dela e apertou de leve ao soltar uma longa exalação.

— Seis meses depois — prosseguiu o príncipe —, Borte competiu na Reunião, os três dias de competições e corridas anuais entre todos os clãs. Ela tinha 17 anos, e Yeran, 20, e estavam páreo a páreo na última grande corrida. Conforme se aproximavam da chegada, Yeran fez uma manobra que *poderia* ser considerada uma trapaça, mas Borte a antecipou a quilômetros de distância e o bateu mesmo assim. E, então, de fato, bateu muito nele quando aterrissaram. Literalmente. Yeran desceu do ruk, e ela o *derrubou* no chão, socando seu rosto pela merda que fizera, pois quase tinha matado Arcas. — Sartaq riu consigo mesmo. — Não sei as especificidades do que aconteceu depois na comemoração, mas o vi tentando falar com ela em certo momento, e a vi gargalhar na cara de Yeran antes de sair andando. Ele ficou emburrado até partirem na manhã seguinte, e, pelo que sei, não se viram durante um ano. Até a Reunião seguinte.

— Que Borte venceu de novo — adivinhou Nesryn.

— De fato venceu. Por pouco. *Ela* fez a manobra questionável dessa vez, se arrasando no processo, mas tecnicamente venceu. Acho que Yeran ficou secretamente tão apavorado de quanto Borte chegou perto de um ferimento permanente ou da morte que deixou a vitória para ela. Borte jamais me contou os detalhes *daquela* comemoração, mas ficou abalada durante dias. Todos presumimos que fosse dos ferimentos, mas tais coisas jamais a incomodaram antes.

— E este ano?

— Este ano, uma semana antes da Reunião, Yeran apareceu em Altun. Não falou com Houlun nem comigo. Apenas foi direto ao corredor onde Borte estava. Ninguém sabe o que aconteceu, mas ele ficou por menos de trinta minutos desde a aterrissagem até a partida. Uma semana depois, Borte venceu a corrida de novo. E, quando foi coroada vencedora, o pai de Yeran se apresentou para declarar o noivado dela com seu filho.

— Uma surpresa?

— Considerando que sempre que Borte e Yeran estão juntos, eles pulam no pescoço um do outro, sim. Mas também uma surpresa para Borte. Ela entrou na encenação, mas eu os vi discutindo no corredor mais tarde. Se ao menos *sabia* disso, ou se queria que fosse revelado daquela maneira, Borte até hoje não contou. Mas não questionou o noivado. Embora também não o tenha acolhido. Nenhum dia foi declarado para o casamento, embora a união certamente pudesse apaziguar nossos... laços tensos com Berlad.

Nesryn sorriu de leve.

— Espero que se entendam.

— Talvez esta guerra faça isso por eles também.

Kadara voou mais e mais perto da muralha dos montes, a luz se tornando fraca e fria conforme nuvens passavam diante do sol. Eles ultrapassaram a beirada alta dos primeiros picos, planando em uma corrente ascendente bem no alto, com a totalidade de Dagul se estendendo adiante.

— Pelos deuses — sussurrou Nesryn.

Havia picos cinza-escuro de rochas estéreis, pinheiros finos incrustando os vales bem abaixo. Nenhum lago, nenhum rio, exceto pelo ocasional filete de gotas.

Mal visível pelo manto de teias que cobria tudo.

Algumas teias eram espessas e brancas, sufocando a vida das árvores. Outras eram redes reluzentes entre picos, como se buscassem capturar o próprio vento.

Nenhuma vida. Nenhum zumbido de inseto ou grito de besta. Nenhuma folha cantando ou asa se agitando.

Falkan despontou a cabeça do bolso ao observarem a terra morta abaixo, e soltou um guincho. Nesryn quase fez o mesmo.

— Houlun não estava exagerando — murmurou Sartaq. — Elas se fortaleceram.

— Como vamos aterrissar? — perguntou a capitã. — Mal se pode ver um ponto seguro. Poderiam ter levado os filhotes e os ovos para qualquer lugar.

Ela varreu os picos e os vales em busca de movimento, qualquer lampejo daqueles corpos pretos e lustrosos, mas não viu nada.

— Faremos uma varredura pelo território — avisou Sartaq. — Para ter uma ideia da disposição. Talvez entender uma ou duas coisas sobre seus hábitos alimentares.

Pelos deuses.

— Mantenha Kadara no alto. Voe casualmente. Se parecermos à caça de algo, podem emergir em grande número.

Sartaq deu um assobio agudo para a ave, que de fato disparou para o alto mais rápido que o habitual. Como se estivesse feliz por subir e se afastar um pouco mais do território encoberto abaixo.

— Fique escondido, amigo — disse Nesryn a Falkan, as mãos trêmulas quando deu tapinhas no bolso do seio. — Caso estejam observando de baixo, é melhor mantermos você em segredo e revelá-lo quando elas menos esperarem.

As patinhas minúsculas bateram em compreensão, e o metamorfo deslizou de volta ao bolso.

O grupo voou em círculos a esmo durante um tempo, com Kadara ocasionalmente mergulhando, como se perseguisse alguma águia ou falcão. À caça do almoço, talvez.

— Aquele aglomerado de picos — indicou Sartaq depois de um tempo, apontando na direção do ponto mais alto dos montes. Como chifres disparando para o céu, dois picos irmãos se projetavam, tão próximos um do outro que poderiam muito bem ter sido um dia uma única montanha. Entre os cumes semelhantes a garras, um desfiladeiro coberto de xisto serpenteava até um labirinto de pedras. — Kadara não para de olhar nessa direção.

— Circunde-o, mas mantenha-se distante.

Antes que Sartaq pudesse dar a ordem, Kadara obedeceu.

— Alguma coisa está se movendo no desfiladeiro — sussurrou Nesryn, semicerrando os olhos.

A ruk bateu as asas para perto, aproximando-se mais dos picos do que era aconselhável.

— Kadara — avisou o príncipe.

Mas a ave abriu as asas, frenética. Disparando.

No momento que a coisa no desfiladeiro se tornou nítida.

Movendo-se sobre o xisto, oscilando e batendo asas com penas ralas...

Um filhote.

Sartaq xingou.

— Mais rápido, Kadara. *Mais rápido.* — A ruk não precisava de encorajamento.

O filhote gritava, com aquelas asas pequenas demais se debatendo conforme ele tentava se erguer do chão sem sucesso. Tinha surgido dos pinheiros que seguiam diretamente para o limiar do desfiladeiro, e se dirigia para o centro do labirinto de rochas.

Nesryn soltou o arco e engatilhou uma flecha; Sartaq fez o mesmo atrás dela.

— *Nem um pio, Kadara* — avisou o príncipe no momento que a ruk abriu o bico. — Vai alertá-las.

Mas o filhote guinchava, o terror era palpável mesmo de longe.

Kadara pegou um vento e *voou*.

— Vamos — sussurrou Nesryn, com a flecha apontada para o bosque, para quaisquer que fossem os horrores dos quais escapara o filhote, que sem dúvida o perseguiam.

O bebê ruk se aproximou da parte mais ampla da abertura do desfiladeiro, parando diante da parede de pedra, como se soubesse que mais o aguardava lá dentro.

Encurralado.

— Mergulhe para dentro, corte pelo desfiladeiro, então voe para fora — ordenou Sartaq à ruk, que guinou para a direita de forma tão inclinada que o abdômen de Nesryn se tensionou com o esforço de se manter na sela.

Kadara se nivelou, caindo metro após metro na direção do filhote que se contorcia e gritava para o céu ao ver a ruk correndo até ele.

— Firme — ordenou Sartaq. — Firme, Kadara.

Nesryn manteve a flecha apontada para o labirinto de rochas adiante; Sartaq se virou para cobrir a floresta atrás. A ave planou mais e mais perto do desfiladeiro coberto de xisto, em direção ao filhote acinzentado e penado que ficara totalmente imóvel, esperando pela salvação das garras que Kadara abria.

Dez metros. Seis metros.

O braço de Nesryn se esforçava para manter a flecha engatilhada.

Um vento empurrou Kadara, derrubando-a para o lado, fazendo o mundo se inclinar enquanto uma luz tremeluzia.

No momento que a ruk se equilibrou, assim que as garras se abriram para pegar o filhote, Nesryn percebeu o que era o tremeluzir. O que a mudança de ângulo tinha revelado adiante.

— *Cuidado!*

O grito disparou de sua garganta. Mas era tarde demais.

As garras de Kadara se fecharam em torno do filhote, catando-o do chão no instante que ela voou para cima entre os picos do desfiladeiro.

Direto para a gigantesca teia tecida entre eles.

⊰ 42 ⊱

O filhote foi uma armadilha.

Aquele fora o último pensamento de Nesryn antes de Kadara se chocar contra a teia — a *rede* tecida entre os dois picos. Construída não para pegar o vento, mas *ruks*.

Ela apenas teve a sensação de que Sartaq atirava o corpo sobre o seu, ancorando-a à sela e segurando firme enquanto Kadara gritava.

Estalos, luzes difusas e rochas; xisto e céu cinzento e penas douradas; vento uivante, o grito agudo do filhote e o urro de Sartaq.

Então veio a contorção, o choque contra pedras, tão forte que o impacto soou entre os dentes e os ossos da capitã. Depois a queda, o tombo, enquanto o corpo amarrado de Kadara curvava-se mais e mais, protegendo o filhote nas garras do impacto final, e Sartaq se aninhava sobre Nesryn.

Então o *bum*. E o quicar — o quicar que rompeu as faixas de couro na sela. Ainda presos a ela, ainda estavam atados enquanto disparavam para fora do corpo de Kadara. O arco de Nesryn tinha sido atirado de sua mão, e os dedos se fechavam sobre ar...

Sartaq os girou, o corpo era uma parede sólida em torno do dela, então Nesryn percebeu onde estava o céu, onde estava o solo...

Ele rugiu ao atingirem o xisto, ao manter Nesryn sobre si, absorvendo o pior do impacto.

Por um segundo, havia apenas o gotejamento apressado do xisto se agitando e o estampido de rochas se despedaçando das paredes do desfiladeiro.

Por um segundo, Nesryn não conseguiu se lembrar de onde estava seu corpo, seu fôlego...

Então ouviu um raspar de asas no xisto.

Os olhos se abriram subitamente, e a capitã se movia antes de ter palavras para nomear seus movimentos.

Um corte descia por seu punho, coberto de pedrinhas e terra. Ela não o sentira, mal tinha reparado no sangue enquanto tateava desorientadamente pelas faixas da sela, libertando-as, arquejando entre dentes ao conseguir erguer a cabeça, ousar olhar...

Ele estava zonzo. Piscando para o céu cinzento acima. Mas vivo, *respirando*, com sangue escorrendo pela têmpora, pela bochecha, pela boca...

Nesryn soluçou com os dentes trincados. As pernas se soltaram por fim, permitindo que ela se virasse e o alcançasse, os fragmentos emaranhados de couro em frangalhos entre eles.

Sartaq estava semienterrado no xisto. As mãos estavam para cima, mas as pernas...

— Não estão quebradas — disse ele, rouco. — Não estão quebradas. — Foi mais para si mesmo que para Nesryn. Ela conseguiu manter os dedos firmes ao abrir as fivelas. Os couros espessos de montaria tinham salvado a vida do príncipe, tinham salvado a pele de ser esfolada dos ossos. Ele absorvera o impacto por ela, movendo-a de modo a ser atingido primeiro...

Nesryn raspou o xisto que cobria os ombros e os braços de Sartaq, com rochas afiadas cortando seus dedos. A faixa de couro na ponta da trança tinha se soltado no impacto, e os cabelos caíam no rosto, bloqueando em parte a visão da capitã da floresta atrás deles e da rocha ao redor.

— Levante-se — mandou ela, ofegante. — Levante-se.

Sartaq inspirou, piscando furiosamente.

— *Levante-se* — implorou Nesryn.

Xisto se agitou adiante, e um grito grave e cheio de dor ecoou da rocha. O príncipe levantou o corpo.

— *Kadara*...

Nesryn se virou de joelhos, procurando por seu arco mesmo enquanto reparava na ruk.

Deitada 10 metros à frente, Kadara estava coberta pela seda quase invisível. Uma rede fantasma, as asas presas, a cabeça baixa...

Sartaq se esticou com dificuldade, oscilando e escorregando no xisto solto conforme sacava a faca de Asterion.

Nesryn conseguiu se levantar, as pernas trêmulas. A cabeça girava, procurando de novo e de novo pelo arco no desfiladeiro...

Estava ali. Perto da parede. Intacto.

Ela disparou para a arma enquanto Sartaq correu até a ruk, alcançando o arco no momento que ele cortou a primeira parte da teia.

— Você vai ficar bem — dizia ele a Kadara, com sangue lhe cobrindo as mãos e o pescoço. — Vou tirá-la daí...

Nesryn colocou o arco no ombro e levou a mão ao bolso. Falkan...

Uma perninha empurrou-a em resposta. *Vivo.*

A capitã não perdeu tempo ao correr até a ruk, sacar a própria lâmina feérica da bainha que Borte encontrara para ela, então cortar as mechas espessas. O material se agarrou a seus dedos, rasgando a pele, mas Nesryn cortou e partiu, trabalhando por uma asa conforme Sartaq abria caminho pela outra.

Os dois chegaram às pernas de Kadara ao mesmo tempo.

E viram que as garras da ruk estavam vazias.

A cabeça de Nesryn se voltou para cima, observando o desfiladeiro, as pilhas de xisto imperturbado...

O filhote fora arremessado durante a colisão. Como se nem mesmo as garras de Kadara tivessem conseguido se manter fechadas contra a dor do impacto. O bebê ruk estava deitado, perto da beira do desfiladeiro, esforçando-se para se levantar, pios baixos de nervoso ecoando pela rocha.

— De pé, Kadara — ordenou Sartaq, com a voz falhando. — *De pé.*

Grandes asas se agitaram, xisto estalou e a ruk tentou obedecer. Nesryn cambaleou na direção do filhote, com sinais inconfundíveis de sangue na cabeça cinza penada, os grandes olhos pretos estavam arregalados de terror e súplica...

Aconteceu tão rápido que Nesryn não teve tempo de gritar.

Em um segundo, o filhote abriu o bico para chorar por ajuda.

No seguinte, gritou, os olhos se arregalando quando uma longa perna de ébano surgiu de trás de uma pilastra de rocha e desceu contra sua coluna.

Osso foi esmagado, e sangue, jorrado. E Nesryn parou subitamente, cambaleando tanto que caiu para trás de bunda, com um grito sem palavras nos lábios ao ver o filhote ser arrastado pela rocha, debatendo-se e gritando...

Então o bebê ruk ficou em silêncio.

E Nesryn já vira coisas terríveis, coisas que a deixaram enjoada e tiraram seu sono, mas aquele filhote, apavorado e suplicante, sentindo dor e sendo arrastado para longe, *silenciando...*

A capitã se virou, escorregando no xisto ao avançar de um jeito atrapalhado até Kadara, até Sartaq, que também vira o animal ser levado para trás daquela rocha enquanto gritava para que Kadara voasse...

A poderosa ruk tentou se levantar sem sucesso.

— *VOE* — berrou o príncipe.

Muito, muito devagar a ruk ficou de pé, o bico arranhado se arrastando pela rocha solta.

Ela não conseguiria. Não chegaria ao ar a tempo. Pois logo além da linha das árvores encobertas por teias... sombras se contorciam. Se aproximavam.

Nesryn embainhou a espada e sacou o arco. A flecha tremeu quando ela a mirou na direção da rocha para onde o filhote fora puxado, então para as árvores quase cem metros além.

— *Vá, Kadara* — implorou Sartaq. — *Levante-se!*

O pássaro mal estava em forma para voar, quem dirá carregar montadores...

Rochas estalaram e rolaram atrás de Nesryn. Do labirinto de pedras dentro do desfiladeiro.

Encurralados. Estavam encurralados...

Falkan se agitou no bolso da capitã, tentando se libertar. Ela o cobriu com o antebraço, pressionando firme.

— Ainda não — sussurrou ela. — Ainda não.

Seus poderes não eram como os de Lysandra. Ele tentara se transformar em ruk naquela semana, mas falhara. O grande lobo era o máximo que conseguia. Qualquer coisa maior estava além de sua magia.

— *Kadara...*

A primeira das aranhas saiu do limite das árvores. Tão preta e lustrosa quanto a irmã que fora morta.

Nesryn soltou a flecha.

A aranha caiu para trás, gritando — um som profano estremeceu as rochas quando aquela flecha se enterrou em um dos olhos do inseto. A capitã imediatamente sacou outra flecha, recuando na direção de Kadara, que apenas naquele momento começava a bater as asas...

A ruk cambaleou.

— *VOE!* — gritou Sartaq.

Vento agitou os cabelos de Nesryn e fez com que lascas de xisto deslizassem. O solo roncou a suas costas, mas a capitã não ousou tirar os olhos da segunda aranha que surgiu das árvores. Ela disparou de novo, a canção da flecha foi abafada pelo bater das asas de Kadara. Uma batida pesada, dolorosa, mas que se manteve firme...

Nesryn olhou para trás por um segundo. Apenas um, apenas para ver a ruk oscilando e se agitando, lutando por cada bater de asas conforme subia o estreito desfiladeiro, com sangue e xisto pingando de si. Bem naquele momento, uma *kharankui* surgiu de uma das sombras das rochas no alto do pico, com as pernas flexionadas como se fosse saltar nas costas da ruk...

A capitã disparou, e uma segunda flecha se seguiu. De Sartaq.

Ambas encontraram o alvo. Uma perfurando um olho, e a outra a boca aberta da aranha.

O animal gritou, rolando do poleiro. Kadara se balançou para longe, para desviar da aranha, evitando por pouco a face afiada do pico. O tombo da *kharankui* ressoou pelo labirinto de rochas adiante.

Mas, então, Kadara estava no alto, no céu cinzento, batendo as asas desesperadamente.

Sartaq se virou para Nesryn no momento que ela virou o rosto para a floresta de pinheiros.

Para onde meia dúzia de *kharankui* surgiram, sibilando.

Sangue cobria o príncipe, cada fôlego era difícil, mas Sartaq conseguiu segurar o braço de Nesryn e sussurrar:

— *Corra.*

Então eles correram.

Não na direção dos pinheiros atrás.

Mas para a escuridão do sinuoso desfiladeiro adiante.

⊰ 43 ⊱

Sem o esteio, Chaol recebeu uma égua preta chamada Farasha, cujo nome era quase tão inapropriado quanto podia ser. Significava *borboleta*, disse Yrene ao se reunirem no pátio do palácio três dias depois.

Farasha não era nada disso.

Puxando a mordaça, batendo os cascos e virando a cabeça, Farasha se divertiu testando os limites do cavaleiro muito antes de a companhia destinada ao deserto terminar de se agrupar. Criados tinham seguido no dia anterior a fim de preparar o acampamento.

Chaol sabia que os nobres lhe dariam o cavalo mais destemido. Não um garanhão, mas um próximo o bastante para se equiparar em fúria. E Farasha nascera furiosa, o antigo capitão estava disposto a apostar.

Mas maldito fosse se permitisse que aqueles nobres o fizessem pedir por outro cavalo. Um que não forçaria tanto suas costas e suas pernas.

Yrene franzia a testa para Farasha, para ele, ao acariciar a crina preta como a noite da própria égua de pelagem castanha.

Ambos eram belos cavalos, embora nenhum se comparasse ao incrível garanhão Asterion que Dorian lhe dera como presente de aniversário no último inverno.

Outra comemoração de aniversário. Outra época... outra vida.

Chaol se perguntou o que teria acontecido com aquele lindo cavalo, o qual jamais nomeara. Como se soubesse, bem no fundo, que aquelas poucas semanas de felicidade seriam passageiras. Ele se perguntou se ainda estaria no estábulo real. Ou se as bruxas o teriam roubado — ou deixado que suas montarias terríveis o fizessem de refeição.

Talvez por isso Farasha se ressentisse de sua presença. Talvez sentisse que ele tinha esquecido aquele garanhão de coração nobre no norte. E quisesse que Chaol pagasse por isso.

A raça era de um ramo dos Asterion, comentara Hasar ao trotar por ele sobre seu garanhão branco, circundando-os duas vezes. A cabeça aperfeiçoada, em formato de cunha, e a cauda alta eram marcadores idênticos aos dos ancestrais feéricos. Mas aqueles cavalos, os Muniqi, tinham sido criados para os climas desérticos daquela terra. Para as areias que iriam cruzar naquele dia e para as estepes que um dia foram o lar do khagan. A princesa até mesmo apontara para uma leve protuberância entre os olhos do cavalo — a *jibbah* —, a marca de uma cavidade maior que permitia aos Muniqi ser bem-sucedidos nos desertos secos e impiedosos daquele continente.

E, então, havia a velocidade do Muniqi. Não tão rápido quanto um Asterion, admitira Hasar. Mas quase.

Yrene observara a breve *lição* da princesa, com o rosto cuidadosamente neutro, usando o tempo para ajustar a bengala de Chaol presa atrás da sela, então para mexer nas roupas que vestia.

Enquanto Chaol usava os habituais casaco azul e calça marrom, Yrene abrira mão de um vestido.

Eles a haviam vestido de branco e dourado contra o sol, com a longa túnica descendo até os joelhos e revelando a calça larga e transparente enfiada dentro de botas marrons altas. Um cinto marcava a cintura fina, e um cinturão reluzente com contas de ouro e prata estava transpassado entre os seios. Yrene deixara metade dos cabelos presos, como de costume, mas alguém entremeara pedaços de linha dourada aos fios.

Linda. Tão bela quanto um alvorecer.

Havia talvez trinta deles no total, ninguém que Yrene conhecesse de fato, pois Hasar não se incomodara em convidar nenhuma das curandeiras da Torre. Cães de pernas ágeis caminhavam no pátio, entremeando-se sob os cascos da dúzia de cavalos dos guardas. Aqueles cavalos definitivamente não eram Muniqi. Eram requintados para guardas — os homens de Chaol não haviam recebido bestas de qualidade nem sequer próxima a daquelas —, mas sem a *consciência* que os Muniqi tinham, como se ouvissem cada palavra dita.

Hasar sinalizou para Shen, que estava de pé altivamente ao portão, para que soprasse uma corneta...

E, então, se foram.

Para uma mulher que comandava navios, Hasar parecia muito mais interessada na herança equina do povo da própria família. E parecia mais que ansiosa para liberar suas habilidades como montadora darghan. A princesa xingou e fez careta quando as ruas da cidade os atrasaram. Mesmo com a notícia dada com muita antecedência para que o caminho ao sair de Antica fosse liberado, as ruas estreitas e íngremes seguraram consideravelmente sua velocidade.

E havia também o calor brutal. Já suando, Chaol cavalgava ao lado de Yrene, mantendo tensas as rédeas de Farasha, que tinha tentado dar uma mordida não em um, mas em dois comerciantes que olhavam boquiabertos das calçadas. *Borboleta*, claro.

Chaol manteve um olho na égua, e o outro na cidade que passava. E, conforme cavalgavam para os portões leste, em direção às montanhas áridas e cobertas de vegetação espinhenta adiante, Yrene apontava marcos e dava fragmentos de informações.

Água corria por aquedutos que passavam entre os prédios, alimentando casas e fontes públicas, além de inúmeros jardins e parques espalhados por todo lado. Um conquistador podia ter tomado aquela cidade três séculos antes, mas esse mesmo conquistador a amara muito. Tratando-a bem e alimentando-a.

Eles atravessaram o portão leste, então seguiram por uma longa estrada de terra que cortava a extensão além da propriedade da cidade. Hasar não se incomodou em esperar, e incitou seu garanhão a um galope que os deixou abanando a terra levantada por ela.

Alegando que não queria comer a poeira da irmã durante todo o caminho até o oásis, Kashin a seguiu, logo depois de dar um pequeno sorriso para Yrene e um comando assobiado para o próprio cavalo. Então a maioria dos nobres e vizires, aparentemente já tendo feito apostas, se lançou em diversas corridas páreo a páreo em velocidade, galopando em meio a cidades esvaziadas com bastante antecedência. Como se aquele reino fosse seu parque de diversões.

Uma festa de aniversário de fato. A princesa provavelmente estava entediada e não queria que o pai pensasse que ela era irresponsável demais. Embora Chaol tivesse ficado surpreso ao descobrir que Arghun se juntaria a eles. Pois, decerto, com a maioria dos irmãos fora, podia ter aproveitado a oportunidade de maquinar algum esquema. Mas ali estava ele, seguindo perto de Kashin conforme se misturavam ao horizonte.

Alguns dos nobres permaneceram na retaguarda com Chaol e Yrene, deixando que os demais colocassem alguns quilômetros entre eles. Tinham percorrido o restante das cidades periféricas, e os cavalos estavam encharcados de suor e ofegantes enquanto subiam uma grande colina rochosa. As dunas começavam logo do outro lado, lhe dissera Yrene. Hidratariam os cavalos ali; então percorreriam o restante da trilha pela areia.

A curandeira sorria levemente para ele enquanto subiam o rochedo, tomando uma trilha delimitada em meio à vegetação. Cavalos tinham pisoteado ali; arbustos estavam quebrados e destruídos por montadores descuidados. Alguns arbustos até mesmo exibiam manchas de sangue, já seco sob o sol brutal.

Alguém deveria açoitar o montador tão inconsequente assim com a montaria.

Outros haviam chegado ao topo do rochedo, hidratado os cavalos e seguido em frente. Tudo o que Chaol vislumbrou foram corpos e pele de cavalo desaparecendo no céu; como se simplesmente tivessem caminhado da beira do penhasco e sumido no ar.

Farasha bateu os pés e oscilou ao subir a colina, e as costas e coxas de Chaol se esforçaram para que ele se mantivesse sentado, sem o esteio para segurá-lo. O lorde não ousou deixar que a égua captasse um pingo de desconforto.

Yrene chegou ao cume primeiro; as roupas brancas eram como um farol no dia azul e sem nuvens, e os cabelos brilhavam forte como ouro velho. Ela esperou por Chaol, com a égua castanha sob ela ofegando pesadamente, a pelagem exuberante reluzindo com tons do mais profundo rubi.

A curandeira desmontou conforme Chaol impulsionava Farasha até o final da colina, e então...

Aquilo lhe tirou o fôlego.

O deserto.

Era um mar estéril, onde areia dourada sibilava. Colinas e ondas e ravinas, em ondulações eternas, vazias, porém murmurantes. Nenhuma árvore ou arbusto ou brilho d'água à vista.

A mão impiedosa de um deus moldara aquele lugar. Ainda soprava seu hálito por ele, movendo as dunas grão após grão.

Chaol jamais vira tal paisagem. Tal maravilha. Era um mundo completamente novo.

Talvez fosse uma bênção inesperada que a informação que buscavam estivesse lá.

Ele levou a atenção para Yrene, que interpretava seu rosto. Sua reação.

— Essa beleza não é para todos — disse ela. — Mas canta para mim, de algum jeito.

Um mar onde navios jamais velejariam, alguns homens olhariam para aquilo e veriam apenas morte incandescente. Chaol via apenas quietude... e pureza. E a vida lenta, rastejante. Uma beleza indomada, selvagem.

— Sei o que quer dizer — argumentou ele, cuidadosamente descendo de Farasha. Yrene o monitorou, mas não fez nada além de estender a bengala, deixando que ele encontrasse a melhor maneira de passar a perna, com as costas reclamando e oscilando, para então deslizar até a rocha arenosa. A bengala estava imediatamente na mão do lorde, embora a curandeira não tivesse feito menção de segurá-lo quando Chaol finalmente soltou a sela e estendeu a mão para as rédeas de Farasha.

A égua ficou tensa, como se considerasse avançar contra ele, mas Chaol olhou para ela com total seriedade. A bengala rangeu ao se enterrar na rocha abaixo.

Os olhos pretos de Farasha brilharam, como se ela tivesse sido feita no reino em chamas de Hellas, mas Chaol se manteve firme; o máximo possível. Não desviou os olhos dos do animal.

Por fim, a égua bufou e ousou deixar que ele a puxasse até a gamela coberta de areia que estava quase aos pedaços devido à idade. A gamela talvez estivesse ali por tanto tempo quanto o deserto, hidratando os cavalos de centenas de conquistadores.

Farasha pareceu entender que entrariam naquele oceano de areia e bebeu generosamente. Yrene também levou seu cavalo para perto, mantendo a égua castanha a uma distância saudável de Farasha, então disse:

— Como está se sentindo?

— Sólido — respondeu Chaol, sendo sincero. — Estarei dolorido quando chegarmos lá, mas o esforço não é tão ruim. — Sem a bengala, ele não ousava tentar andar mais que alguns passos. Mal dava conta disso.

A curandeira ainda assim colocou a mão na lombar do antigo capitão, então nas coxas, permitindo que a magia avaliasse. Mesmo com as roupas e o calor, o toque das mãos deixou Chaol ciente de cada centímetro de espaço entre eles.

Mas outros se reuniam em torno da gamela imensa e antiga, então o lorde se afastou do toque examinador e levou Farasha para uma distância segura. Mas montar a égua de novo...

— Tome o tempo que precisar — murmurou Yrene, mas permaneceu a poucos passos de distância.

Chaol tivera um degrau no palácio. Ali, a não ser que subisse na precária beira da gamela... A distância entre o pé e o estribo jamais parecera tão longa. Equilibrar-se em um pé ao se erguer, empurrar com o outro para se impulsionar para cima, levar a perna para o outro lado da sela... Ele percorreu as etapas, sentindo os movimentos que fizera milhares de vezes antes. Aprendera a cavalgar antes dos 6 anos — estivera sobre um cavalo quase a vida inteira.

É claro que tinha recebido um cavalo demoníaco para fazer aquilo.

Mas Farasha se manteve firme, encarando o mar ondulante de areia, o caminho que fora pisoteado colina abaixo — a entrada para o deserto. Mesmo com os ventos agitados empurrando as areias para novos formatos e vales, as pegadas que os demais haviam deixado eram bastante nítidas. Ele podia até mesmo ver alguns deles subindo e descendo colinas, pouco mais que borrões de preto e branco.

No entanto, ele permanecia ali. Encarando os estribos e a sela.

— Posso encontrar um degrau ou um balde... — sugeriu Yrene, casualmente.

Chaol se moveu. Talvez não tão graciosamente quanto gostaria, talvez com mais esforço do que pretendia, mas conseguiu. A bengala rangeu quando ele a usou para se impulsionar para cima, então caiu na rocha quando ele a soltou para segurar o pito da sela, bem no momento que o pé escorregou — por pouco — para dentro do estribo. Farasha se agitou com o peso do cavaleiro enquanto Chaol se impulsionava mais para o alto da sela, com as costas e as coxas reclamando quando ele passou a perna por cima. Mas estava no alto.

Yrene caminhou até a bengala caída e a limpou.

— Nada mal, Lorde Westfall. — Ela prendeu a bengala atrás da sela e montou a égua. — Nada mal mesmo.

Com o rosto ainda excessivamente quente, ele escondeu o sorriso e esporeou Farasha para que finalmente descesse a colina arenosa.

Devagar, eles acompanharam as pegadas que os demais tinham deixado. O calor ondulava das areias.

Para cima e para baixo, os únicos ruídos eram os passos abafados dos cavalos e as areias suspirantes. O grupo prosseguia em uma fila longa e sinuosa. Guardas tinham sido posicionados ao longo, segurando mastros altos encimados pela bandeira do khagan e a insígnia de um cavalo preto correndo, marcando a direção geral até o oásis. Chaol sentiu pena dos pobres homens cujas ordens eram ficar de pé no calor devido às vontades de uma princesa, mas não disse nada.

As dunas se aplainaram depois de um tempo, o horizonte se alterou e revelou uma planície reta, arenosa. E ao longe, oscilando e ondulando ao calor...

— Ali montaremos acampamento — indicou Yrene, apontando na direção de um denso aglomerado de verde. Nenhum sinal da antiga cidade de mortos que fora enterrada e sobre a qual Hasar alegara que o oásis havia sido construído. Não que esperassem ver muito de nada do ponto de vantagem deles.

De longe, poderia muito bem levar mais trinta minutos. Certamente naquele ritmo.

Apesar do suor que lhe ensopava as roupas brancas, Yrene sorria. Talvez ela também precisasse de um dia fora. Para respirar o ar puro.

A curandeira reparou na atenção do lorde e se virou. O sol tinha destacado suas sardas, escurecendo a pele para um tom de marrom lustroso, e cachos de cabelos se enroscavam em torno do rosto sorridente.

Farasha repuxou as rédeas, com o corpo estremecendo de impaciência.

— Tenho um cavalo Asterion — contou Chaol, e a boca de Yrene se curvou com uma expressão de quem estava impressionada. Ele deu de ombros. — Gostaria de ver como um Muniqi se compara.

As sobrancelhas da jovem se franziram.

— Quer dizer... — Ela reparou na extensão reta e suave de terra entre eles e o oásis. Perfeita para correr. — Ah, não posso... um galope?

Chaol esperou pelas palavras sobre a coluna, as pernas. Não veio nada.

— Está com medo? — perguntou ele, arqueando a sobrancelha.

— Destas coisas? *Sim.* — Yrene encolheu o corpo para o cavalo inquieto sob ela.

— É tão doce quanto uma vaca leiteira — comentou Chaol sobre a égua castanha da curandeira.

O lorde se inclinou para baixo para acariciar o pescoço de "Borboleta".

A égua tentou mordê-lo. Ele puxou as rédeas o suficiente para dizer a ela que estava muito ciente da implicância.

— Aposto uma corrida com você — disse ele.

Os olhos de Yrene brilharam.

— O prêmio? — sussurrou ela, para choque de Chaol.

Ele não conseguia se lembrar da última vez. A última vez que se sentira tão ciente de cada sopro e gota de sangue, quente e latejando no corpo.

— Um beijo. Quando e onde eu escolher.

— Como assim *onde*.

Chaol apenas sorriu. E deixou Farasha correr livremente.

Yrene xingou, mais maliciosamente que ele jamais ouvira, mas o antigo capitão não ousou olhar para trás — não quando Farasha se tornou uma tempestade escura sobre a areia.

Ele jamais conseguira testar o Asterion. Mas se era mais rápido que *isso*...

Voando sobre a areia, Farasha era um filete de relâmpago escuro disparando pelo deserto dourado. Ele mal conseguia acompanhar, trincando os dentes contra os músculos que reclamavam.

Chaol os esqueceu de toda forma diante do borrão marrom-avermelhado e preto que surgiu em sua visão periférica — e da montadora de branco no alto deste.

Os cabelos de Yrene subiam e caíam atrás da jovem em um emaranhado de cachos castanho-dourados, se elevando a cada latejar poderoso das pernas da égua na areia dura. As roupas brancas esvoaçavam ao vento, o dourado e o prateado reluziam como estrelas, e o rosto...

Chaol não conseguia respirar ao ver a alegria selvagem no rosto de Yrene, a excitação descontrolada.

Farasha percebeu a égua que avançava sobre eles, encontrando-os a cada passada, e fez menção de avançar para a frente. De deixá-los na poeira.

Mas Chaol a conteve com as rédeas e os pés, maravilhando-se por sequer conseguir fazê-lo. Maravilhando-se porque aquela mulher que se aproximava, que cavalgava a seu lado, sorrindo para ele como se fosse a única coisa naquele mar incandescente e estéril... Ela fizera aquilo... lhe dera aquilo.

Yrene sorria e, então, gargalhava, como se não conseguisse conter a risada dentro de si.

Chaol pensou que aquele devia ser o som mais lindo que já ouvira.

E que aquele momento, voando juntos sobre as areias, devorando o vento do deserto, com os cabelos da jovem como uma bandeira marrom-dourada...

Ele sentiu, talvez pela primeira vez, como se estivesse acordado.

E ficou grato, no fundo de seu ser, por isso.

⇥ 44 ⇤

Yrene estava ensopada de suor, embora tivesse secado tão rápido que ela apenas *sentia* a essência se agarrando.

Felizmente o oásis era sombreado e fresco, com um lago grande e raso no centro. Os cavalos foram levados para a sombra mais pesada para serem hidratados e escovados, e criados e guardas ocuparam um lugar apartado para a própria limpeza e diversão.

Nenhum sinal de qualquer tipo de caverna mencionado por Nousha, ou da cidade de mortos que Hasar alegava espreitar na selva adiante. Mas o local era vasto, e no grande lago... A realeza já estava mergulhada nas águas frias.

De imediato, Yrene viu que Renia usava apenas um fino vestido de seda — que fazia pouco para esconder seus dons consideráveis conforme ela emergia da água, gargalhando de algo que Hasar dissera.

— Ora, então — disse Chaol, tossindo ao lado de Yrene.

— Eu comentei com você sobre as festas — murmurou ela, seguindo para as tendas espalhadas por palmeiras altas e arbustos. Eram brancas e emolduradas de dourado, cada uma delas marcada pela bandeira do príncipe ou da princesa. Mas com Sartaq e Duva longe do grupo, Chaol e Yrene tinham sido designados às deles, respectivamente.

Ainda bem que as duas ficavam próximas uma da outra. Yrene observou as abas abertas da tenda — o espaço era tão grande quanto o chalé que ela dividira com a mãe na infância —, então se virou para Chaol, que estava de costas, recuando. Mesmo com a bengala, seu manquetear estava mais acentuado que naquela manhã. E Yrene vira como ele estivera travado ao descer daquele cavalo infernal.

— Sei que quer se lavar — disse ela. — Mas preciso examiná-lo. Suas costas e pernas, quero dizer. Depois de toda essa cavalgadura.

Talvez não devesse ter apostado corrida com ele. De todo modo, nem mesmo se lembrava de quem chegara ao limite do oásis. Estivera ocupada demais gargalhando, sentindo como se saísse do próprio corpo e pensando que provavelmente jamais se sentiria daquela maneira de novo. Estivera ocupada demais olhando para o rosto de Chaol, tomado por tamanha luz.

O ex-capitão parou às abas da tenda, com a bengala oscilando, como se tivesse colocado muito mais peso ali do que deixava à mostra. Mas o que fez Yrene se preocupar — só um pouco — foi o alívio na expressão do lorde quando perguntou:

— Sua tenda ou a minha?

— Minha — respondeu ela, ciente dos criados e da nobreza que provavelmente não faziam ideia de que ela era a causa daquela excursão, mas que alegremente reportariam seu paradeiro. Ele assentiu, e a curandeira monitorou cada subida e posicionamento de pernas, o movimento do torso, a forma como ele se apoiou naquela bengala.

Quando passou por ela e entrou na tenda, Chaol murmurou ao ouvido de Yrene:

— Eu venci, aliás.

Yrene olhou na direção do sol que descia, e sentiu seu interior ficar tenso em resposta.

❧

Chaol estava dolorido, mas felizmente ainda conseguia andar quando Yrene terminou o exame completo. E o conjunto de alongamentos relaxantes para as pernas e a coluna. E a massagem.

Ele teve a distinta sensação de que a curandeira brincava com ele, embora suas mãos permanecessem castas. Desinteressadas.

Ela até mesmo teve a ousadia de chamar um criado para pedir um jarro d'água.

A tenda era adequada à princesa que habitualmente a ocupava. Uma grande cama repousava no centro, sobre uma plataforma, e o chão estava coberto com tapetes ornamentais. Áreas de estar estavam espalhadas pelo recinto, com uma área de banho e uma latrina fechadas por uma cortina, e havia ouro *por todo lado*.

Ou os criados tinham levado aquilo no dia anterior, ou o povo daquela terra temia tanto a ira do khaganato que não ousava roubar o lugar. Ou estavam tão bem cuidados que não precisavam.

Os demais estavam todos no lago do oásis. Chaol vestiu novamente as roupas que já estavam secas, e os dois surgiram para procurar o que buscavam.

Tinham sussurrado na tenda; nenhum deles vira nada interessante na chegada. E, no lago do oásis, definitivamente não havia nenhum indicativo de uma caverna ou de ruínas perto da realeza que se banhava com os amigos. Confortáveis, relaxados. Livres, de maneiras que Adarlan jamais fora, para seu detrimento. Chaol não era ingênuo o bastante para achar que nenhuma tramoia, ou intriga, se desenvolvia naquele momento nas águas frias, mas jamais ouvira falar de nobres de Adarlan entrarem em um buraco de natação e se divertirem.

Embora ele certamente se perguntasse o que diabo Hasar estava pensando ao dar tal festa para Yrene, tivesse ou não sido manipulada a fazer aquilo, considerando que a princesa estava bastante ciente de que a curandeira mal conhecia a maioria daqueles reunidos.

Yrene hesitou na beira da clareira e olhou para Chaol entre cílios — um olhar que qualquer um poderia interpretar como tímido. Possivelmente uma mulher hesitante em se despir e ficar apenas com as roupas mais leves que eles usavam na água. Permitindo que quaisquer observadores se esquecessem de que ela era uma curandeira e completamente acostumada com muito mais pele à mostra.

— Acho que não estou disposta para um banho — murmurou Yrene por cima das gargalhadas e dos jatos daqueles nas águas do oásis. — Gostaria de um passeio?

Palavras agradáveis, educadas conforme a curandeira inclinava a cabeça na direção dos poucos acres de selva indomada que se estendia à esquerda. Ela não se considerava uma cortesã, mas podia certamente mentir muito bem. Chaol supôs que, como curandeira, era uma habilidade que se provara útil.

— Seria um prazer — respondeu o lorde, oferecendo o braço a ela.

Yrene hesitou de novo, o retrato da modéstia... olhando por cima do ombro para aqueles no lago. A realeza que observava. Kashin incluído.

Chaol deixaria que ela escolhesse quando e como deixar evidente para o príncipe — *de novo* — que não estava interessada. Embora não conseguisse evitar uma leve pontada de culpa quando Yrene passou os braços pelo dele e os dois entraram na escuridão da selva do oásis.

Kashin era um bom homem. Chaol duvidava de que suas palavras a respeito das intenções de ir à guerra fossem mentiras. E arriscar antagonizar o príncipe ao exibir o que ele tinha com Yrene... o antigo capitão olhou de esguelha para ela, a bengala se enterrando nas raízes e no solo macio. A curandeira ofereceu um leve sorriso em resposta, com as bochechas ainda vermelhas do sol.

Ao inferno com se preocupar com antagonizar Kashin.

O gorgolejar da nascente do oásis se misturou com as palmeiras suspirantes acima conforme eles seguiam mais para dentro em meio à fauna, escolhendo qual caminho seguir; sem direção em mente.

— Em Anielle — começou Chaol —, há dezenas de fontes termais pelo leito do vale, perto do lago Prateado. São mantidas aquecidas pelas chaminés na terra. Quando eu era menino, costumávamos mergulhar nelas depois de um dia de treinamento.

— Foi esse treinamento que o inspirou a se juntar à guarda? — perguntou Yrene, como se percebesse que, de fato, ele tinha oferecido aquele fragmento de si.

— Em parte — respondeu Chaol, a voz grave quando falou. — Eu simplesmente era... bom naquilo. Em luta, em esgrima, em arco e flecha, tudo isso. Recebi o treinamento adequado ao herdeiro de um lorde de um povo montanhoso que enfrentava homens selvagens das montanhas Canino Branco havia muito tempo. Mas meu verdadeiro treinamento começou quando cheguei a Forte da Fenda e me juntei à guarda real.

Yrene reduziu a velocidade no momento que ele desviou de um emaranhado complexo de raízes, deixando que Chaol se concentrasse em onde colocar os pés e a bengala.

— Suponho que ser teimoso e cabeça-dura o tenha tornado um bom aluno pelo aspecto da disciplina.

Chaol riu, cutucando-a com o cotovelo.

— Sim. Era o primeiro na arena de treinamento e o último a ir embora. Apesar de ficar destruído todos os dias. — O peito se apertou ao se lembrar dos rostos deles, daqueles homens que o treinaram, que o pressionaram mais e mais, a ponto de deixá-lo andando com dificuldade e sangrando, mas que, depois, se certificavam de que Chaol fosse remendado no quartel à noite. Em geral com uma refeição aconchegante e um tapinha nas costas.

E foi em honra daqueles homens, seus irmãos, que Chaol acrescentou, rouco:

— Não eram todos homens ruins, Yrene. Aqueles com que... com que cresci, que comandei... Eram homens bons.

Ele viu o rosto sorridente de Ress, o rubor que o jovem guarda jamais conseguia esconder perto de Aelin. Seus olhos queimaram.

Yrene parou, com o oásis murmurando ao redor. As costas e as pernas de Chaol estavam mais que gratas pelo descanso quando ela retirou o braço do dele e tocou sua bochecha.

— Se eles são parcialmente responsáveis por você ser... você — disse ela, erguendo-se para roçar a boca na dele —, então acredito que são.

— Eram — sussurrou ele.

E ali estava. Aquela única palavra, engolida pela argila e pela sombra do oásis, que ele não suportava. *Eram.*

Ainda podia recuar... recuar daquele precipício invisível diante deles. Yrene permaneceu de pé perto de Chaol, a mão sobre seu coração, esperando que ele decidisse se falaria.

E talvez fosse apenas porque ela estava com a mão sobre seu coração, mas Chaol sussurrou:

— Eles foram torturados durante semanas nessa primavera. Então massacrados e deixados pendurados nos portões do castelo.

Luto e horror tremeluziram nos olhos de Yrene. Chaol mal conseguiu suportar quando prosseguiu:

— Nenhum deles cedeu. Quando o rei e... outros... — Ele não conseguia terminar. Ainda não. Talvez jamais conseguisse, pois teria de enfrentar aquela suspeita e provável verdade. — Quando questionaram os guardas a meu respeito. Nenhum deles cedeu e me entregou.

Ele não tinha palavras para aquilo... aquela coragem, aquele sacrifício.

Yrene engoliu em seco e segurou a bochecha do lorde com a mão.

— Foi minha culpa — murmurou Chaol por fim. — O rei... ele fez isso para me punir. Por fugir, por ajudar os rebeldes em Forte da Fenda. Ele... foi tudo por minha causa.

— Não pode se culpar. — Palavras simples, honestas.

E completamente mentirosas.

Elas o levaram de volta à consciência mais efetivamente que um balde d'água fria.

Chaol se esquivou do toque de Yrene.

Não deveria ter contado aquilo a ela, não deveria ter mencionado nada. No aniversário da jovem, pelos deuses. Enquanto deveriam se concentrar em encontrar algum tipo de fragmento de informação que pudesse ajudar.

Ele levara a espada e a adaga. Então, ao andar até as palmeiras e as samambaias, deixando Yrene o seguir, verificou para ter certeza de que ambas ainda estavam presas à cintura. Verificou porque precisava fazer *alguma coisa* com as mãos trêmulas, as entranhas expostas.

Chaol guardou as palavras, as memórias novamente dentro de si. Mais profundamente. Selando-as ao contar as armas, uma após a outra.

Yrene apenas o seguia, sem dizer nada, enquanto abriam caminho e entravam mais profundamente no interior da selva. O lugar inteiro era maior que muitas aldeias, mas pouco do verde fora domado — certamente não havia nenhuma trilha a ser encontrada, ou indicação de uma cidade de mortos sob eles.

Até que pálidas pilastras caídas começaram a surgir entre raízes e arbustos. Um bom sinal, supôs Chaol. Se houvesse uma caverna, podia estar perto; talvez como alguma moradia antiga.

Mas o nível de arquitetura sobre o qual subiram e desviaram, forçando-o a escolher os passos cuidadosamente...

— Esse não era um povo que morava em cavernas e enterrava os mortos em buracos — observou ele, raspando a pedra antiga com a bengala.

— Hasar disse que era uma *cidade* de mortos. — Yrene franziu a testa para as colunas ornamentadas e as lascas de pedra entalhada cobertas com vida florestal. — Uma necrópole vasta bem abaixo de nossos pés.

Chaol estudou o leito da selva.

— Mas achei que o povo do khagan deixasse os mortos sob o céu aberto no coração do território natal.

— E fazem isso mesmo. — Yrene passou as mãos por uma pilastra com entalhes de animais e criaturas estranhas. — Mas... este local é anterior ao khaganato. À Torre e Antica também. Feito para quem quer que estivesse aqui antes. — Um conjunto de degraus em ruínas dava para uma plataforma onde árvores tinham crescido através da própria pedra, derrubando colunas entalhadas no encalço. — Hasar alegou que os túneis são todos armadilhas inteligentes. Feitas para manter os ladrões fora, ou os mortos dentro.

Apesar do calor, os pelos nos braços de Chaol se arrepiaram.

— Está me contando isso agora?

— Presumi que Nousha queria dizer algo diferente. Que seria uma *caverna*, e, se estivesse ligada a estas ruínas, ela teria mencionado. — A curandeira pisou na plataforma, e as pernas de Chaol protestaram quando ele a seguiu. — Mas não vejo qualquer tipo de formação rochosa aqui, nada grande o bastante para uma caverna. A única pedra... é disto. — O amplo portão para dentro da necrópole abaixo, alegara Hasar.

Eles observaram o complexo destruído, as enormes pilastras já quebradas ou cobertas de raízes e gavinhas. O silêncio era tão pesado quanto o calor sombreado. Como se nenhum dos pássaros canoros ou insetos murmurantes do oásis ousassem se aventurar ali.

— É perturbador — murmurou ela.

Tinham vinte guardas à distância de um grito. Ainda assim, Chaol viu que a mão livre deslizou para a espada. Se uma cidade de mortos estava adormecida sob seus pés, talvez Hasar estivesse certa. Deviam ser deixados dormindo.

Yrene se virou, verificando as pilastras, os entalhes. Nenhuma caverna... nenhuma mesmo.

— Mas Nousha conhecia o local — refletiu. — Deve ter sido importante... o lugar. Para a Torre.

— Mas sua importância foi esquecida ao longo do tempo, ou distorcida. De modo que apenas o nome e a sensação de importância restassem.

— Curandeiros sempre foram atraídos para este reino, sabia? — comentou Yrene distraidamente, passando a mão por uma coluna. — A terra simplesmente... os abençoava com a magia. Mais que qualquer outro tipo. Como se este fosse algum terreno fértil para a cura.

— Por quê?

Ela tracejou um entalhe em uma coluna mais longa que a maioria dos navios.

— Por que qualquer coisa prospera? Plantas crescem melhor em certas condições, aquelas mais vantajosas para elas.

— E o continente sul é um lugar para curandeiros prosperarem?

Algo tinha despertado o interesse de Yrene, tornando suas palavras um murmúrio quando disse:

— Talvez fosse um santuário.

Chaol se aproximou, encolhendo-se diante da dor lancinante nas costas, mas a esquecendo assim que examinou o entalhe sob a palma da mão de Yrene.

482

Duas forças opostas tinham sido gravadas na face ampla da coluna. Na esquerda: guerreiros altos, de ombros largos, armados com espadas e escudos; chamas ondulantes e água jorravam, e animais de todo tipo estavam no ar ou a seus joelhos. Orelhas pontiagudas... aquelas eram orelhas pontiagudas nas cabeças das figuras.

E diante deles...

— Você disse que nada é coincidência. — Yrene apontou para o exército que enfrentava as forças feéricas.

Menores que os feéricos, porém mais corpulentos. Garras e presas e lâminas de aparência cruel.

Ela proferiu uma palavra sem som.

Valg.

Pelos deuses.

A curandeira correu para as outras pilastras, arrancando gavinhas e terra. Mais rostos feéricos. Imagens.

Algumas retratando batalhas corpo a corpo contra comandantes valg. Umas de derrota. Outras triunfantes.

Chaol se moveu com ela tanto quanto conseguiu. Olhando, olhando...

Ali, enfiada nas densas sombras de palmeiras baixas e espessas. Uma estrutura quadrada e em ruínas. Um mausoléu.

— Uma caverna — sussurrou Yrene. Ou o que poderia ser interpretado como uma conforme o conhecimento se tornava confuso.

Chaol arrancou as gavinhas para ela com a mão livre enquanto suas costas protestaram.

Arrancou e rasgou para procurar o que fora entalhado nos portões da necrópole.

— Nousha disse que, segundo as lendas, alguns daqueles pergaminhos vieram daqui — disse Chaol. — De um lugar cheio de marcas de Wyrd, de entalhes de feéricos e valg. Mas esta não era uma cidade viva. Então devem ter sido retirados de tumbas ou de arquivos sob nossos pés. — Do portal logo em frente.

— Não enterravam humanos aqui — murmurou Yrene.

Pois as marcas nos portões selados de pedra...

— O Velho Idioma.

Chaol as vira marcadas no rosto e no braço de Rowan.

Aquele era um local de enterro feérico. *Feérico*; não humano.

483

— Achei que apenas um grupo de feéricos tinha deixado Doranelle... para estabelecer Terrasen com Brannon — comentou Chaol.

— Talvez outro tenha se estabelecido aqui durante qualquer que fosse esta guerra.

A primeira guerra. A primeira guerra dos demônios, antes de Elena e Gavin nascerem, antes de Terrasen.

Chaol estudou Yrene. O rosto pálido.

— Ou talvez quisessem esconder algo.

A curandeira franziu a testa para o solo, como se pudesse ver as tumbas abaixo.

— Um tesouro?

— De outro tipo.

Ela o encarou diante do tom... da quietude. E medo, frio e afiado, lhe penetrou o coração.

— Não entendi — disse Yrene, baixinho.

— Magia feérica é passada pela linhagem. Não aparece aleatoriamente. Talvez essas pessoas tenham vindo até aqui. E depois foram esquecidas pelo mundo, forças boas e más. Talvez soubessem que este lugar era afastado o bastante para permanecer intocado. Que guerras seriam travadas em outro lugar. Por eles. — Chaol indicou com o queixo o entalhe de um soldado valg.

— Enquanto o continente sul permaneceria em grande parte tomado pelos mortais. Enquanto as sementes plantadas aqui pelos feéricos eram geradas em linhagens humanas, tornando-os um povo com um dom e inclinado à magia da cura.

— Uma teoria interessante — ponderou Yrene, rouca. — Mas não sabemos se verdadeira.

— Se quisesse esconder algo precioso, não deixaria oculto em plena vista? Em um lugar onde pudesse apostar que uma força poderosa brotaria para defendê-lo? Como um império. Diversos deles. Cujas muralhas não tivessem sido penetradas por conquistadores durante toda a história. Que visse o valor dos curandeiros e achasse que seu dom era para uma coisa, mas sem jamais saber que poderia ser um tesouro esperando para ser usado em outra época. Uma arma.

— Nós não matamos.

— Não — reiterou Chaol, com o sangue ficando gélido. — Mas você e todas as curandeiras aqui... Só existe mais um lugar assim no mundo. Fortemente vigiado e protegido por um poder tão poderoso quanto.

— Doranelle... os curandeiros feéricos em Doranelle.

Vigiados por Maeve. Vorazmente.

Que lutara naquela primeira guerra. Que lutara contra os valg.

— O que isso significa? — sussurrou Yrene.

Chaol tinha a sensação de que o chão escorregava de seus pés.

— Fui enviado aqui para buscar um exército. Mas me pergunto... Me pergunto se alguma outra força me trouxe para buscar uma coisa diferente.

Yrene lhe deu a mão, uma promessa silenciosa. Uma na qual ele pensaria depois.

— Talvez por isso quem quer que esteja espreitando a Torre, tenha me caçado — murmurou a curandeira. — Se essa coisa foi realmente enviada por Morath... Eles não nos querem descobrindo nada disso. Por meio de sua cura.

Chaol lhe apertou os dedos.

— E aqueles pergaminhos na biblioteca... ou foram roubados ou levados daqui, esquecidos, exceto pela lenda sobre de onde vieram. De onde os curandeiros desta terra podem ter se originado.

Não da necrópole... mas do povo feérico que a construíra.

— Os pergaminhos — disparou Yrene. — Se voltarmos e encontrarmos alguém para... para traduzi-los.

— Podem explicar isto. O que os curandeiros podiam fazer contra os valg.

Ela engoliu em seco.

— Hafiza. Eu me pergunto se ela sabe o que são aqueles pergaminhos, de algum jeito. A posição de alta-curandeira não é apenas de poder, mas de aprendizado. Ela é uma biblioteca ambulante, tendo aprendido coisas com a antecessora desconhecidas a qualquer um na Torre. — Yrene torceu um cacho em um dedo. — Vale a pena mostrar a ela alguns dos textos. Para ver se sabe o que são.

Compartilhar a informação com mais alguém era um risco, mas valia a pena corrê-lo. Chaol assentiu.

A risada de alguém penetrou até mesmo o silêncio pesado do oásis.

Yrene soltou a mão do lorde.

— Vamos ter de sorrir e nos divertir entre eles. Então podemos partir com a primeira luz do dia.

— Vou mandar notícias para que Nesryn retorne. Assim que voltarmos. Não tenho certeza se podemos esperar mais pela ajuda do khagan.

— Tentaremos convencê-lo de novo mesmo assim — prometeu ela.

O antigo capitão inclinou a cabeça. — Ainda precisará vencer esta guerra,

Chaol — disse Yrene, baixinho. — Independentemente do papel que possamos ter.

Ele roçou o polegar em sua bochecha.

— Não tenho intenção alguma de perdê-la.

Não foi uma tarefa fácil fingir que não tinham esbarrado em algo imenso. Que algo não os abalara até os ossos.

Hasar ficou entediada de se banhar e pediu música e dança e almoço. O que se transformou em horas de ócio à sombra, ouvindo os músicos e comendo uma variedade de iguarias que Yrene não fazia ideia de como chegara até lá.

Mas, conforme o sol se punha, todos se dispersaram até as tendas e se trocaram para o jantar. Depois do que ela descobrira com Chaol, até mesmo ficar sozinha por um momento a deixava sobressaltada, mas ela se lavou e colocou o vestido translúcido roxo que Hasar fornecera.

Chaol estava esperando do lado de fora da tenda.

A princesa tinha levado roupas para ele também. Lindas, de um azul intenso que ressaltava o dourado nos olhos castanhos do antigo capitão, assim como o tom suave de verão de sua pele.

Yrene corou quando o olhar de Chaol deslizou por seu decote, indo até os pedaços de pele que o vestido com dobras esvoaçantes revelava ao longo da cintura. As coxas. Miçangas prateadas e transparentes tinham sido costuradas na coisa toda, fazendo a roupa brilhar como as estrelas que começavam a piscar e ganhar vida no céu.

Tochas e lanternas tinham sido acesas em torno do lago do oásis, e mesas e sofás e almofadas, colocados do lado de fora. Música tocava, e já havia pessoas se perdendo no banquete disposto sobre as várias mesas, com Hasar fazendo a corte, majestosa como qualquer rainha, sentada à mesa mais central ao longo do lago emoldurado em fogo.

Ao ver Yrene, ela sinalizou para que a amiga se aproximasse. Chaol também.

Dois assentos foram deixados livres à direita da princesa. A curandeira podia ter jurado que Chaol os avaliara a cada passo, como se vasculhando as cadeiras, aqueles ao redor delas e o próprio oásis em busca de armadilhas ou ameaças. A mão roçou contra o fragmento de pele exposto ao longo das costas de Yrene — como se em confirmação de que estava tudo livre.

— Não achou que esqueci minha convidada de honra, não é? — comentou Hasar, beijando as bochechas da curandeira. Chaol fez uma reverência para a princesa da melhor forma possível e ocupou o assento do outro lado de Yrene, apoiando a bengala contra a mesa.

— Hoje foi maravilhoso! — exclamou Yrene, e não estava mentindo. — Obrigada.

Hasar ficou calada por um segundo, olhando a jovem de cima a baixo com uma suavidade incomum.

— Sei que não sou uma pessoa fácil de se gostar, ou uma amiga fácil de se ter — admitiu ela, e seus olhos escuros encontraram os da amiga por fim. — Mas você jamais fez com que me sentisse dessa forma.

A garganta de Yrene se apertou ao ouvir as palavras sinceras. A princesa inclinou a cabeça, acenando para a festa ao redor.

— Isso é o mínimo que posso fazer para honrar minha amiga. — Renia deu batidinhas de leve no braço de Hasar, como se em aprovação e compreensão.

Então a curandeira fez uma reverência com a cabeça e disse à princesa:

— Não tenho interesse em amigos fáceis... em pessoas fáceis. Acho que confio menos nelas que nas difíceis, e também as acho muito menos interessantes.

Isso levou um sorriso ao rosto de Hasar. Em seguida, inclinando-se à mesa para observar Chaol, ela falou lentamente:

— Você está muito bonito, Lorde Westfall.

— E você está linda, princesa.

Hasar, embora bem-vestida, jamais seria chamada assim. Mas ela aceitou o elogio com aquele sorriso felino que, por algum motivo, lembrou Yrene daquela estranha em Innish; aquele conhecimento de que a beleza era passageira, mas o poder... o poder era uma moeda muito mais valiosa.

O banquete prosseguiu, e Yrene sofreu durante um brinde não tão ingênuo de Hasar para a *amiga querida, leal e inteligente*. Mas bebeu com eles. Chaol também. Vinho e cerveja de mel, os copos sempre cheios antes que Yrene conseguisse sequer reparar no alcance quase silencioso dos criados servindo.

Foram precisos trinta minutos antes que a conversa sobre a guerra começasse.

Arghun foi o primeiro. Um brinde debochado, à segurança e à serenidade em tempos tão turbulentos.

A curandeira bebeu, mas tentou esconder a surpresa quando viu Chaol fazendo o mesmo, com um vago sorriso estampado no rosto.

Então Hasar começou a refletir sobre se os desertos do Oeste estariam abertos para disputa entre as partes interessadas, considerando que todos estavam tão concentrados na parte leste do continente.

Chaol apenas deu de ombros. Como se tivesse chegado a alguma conclusão naquela tarde. Algum entendimento a respeito daquela guerra e do papel daqueles nobres.

A princesa também pareceu notar. E, apesar de aquilo ser uma festa de aniversário, ela ponderou em voz alta, para ninguém em particular:

— Talvez Aelin Galathynius devesse arrastar seu querido ego até aqui e escolher um de meus irmãos para casar. Talvez assim considerássemos ajudá-la. Se tal influência permanecesse na família.

O que queria dizer toda aquela chama, todo aquele poder bruto... preso àquela corte, unido à linhagem, para jamais ser uma ameaça.

— Meus irmãos precisariam suportar estar com alguém como ela, é claro — prosseguiu Hasar. — Mas não são homens de sangue tão fraco quanto se poderia crer. — Um olhar na direção de Kashin, que parecia fingir não ouvir, mesmo com a risada de escárnio de Arghun. Yrene se perguntou se os demais sabiam quanto Kashin era habilidoso em abafar as provocações... que jamais caía nas armadilhas simplesmente porque não se dava o trabalho de se importar.

— Por mais que fosse interessante ver Aelin Galathynius lidar com todos vocês... — respondeu Chaol, com igual tranquilidade. Um sorriso misterioso e sábio, como se o antigo capitão pudesse muito bem se divertir com tal visão. Como se Aelin pudesse muito bem fazer joguetes sangrentos com todos eles. — Casamento não é uma opção para ela.

As sobrancelhas de Hasar se ergueram.

— Com um homem?

Renia lançou um olhar afiado que Hasar ignorou.

Chaol gargalhou.

— Com qualquer um. Além de seu amado.

— Rei Dorian — disse Arghun, girando o vinho. — Fico surpreso por conseguir suportar *aquele lá*.

Chaol enrijeceu, mas sacudiu a cabeça.

— Não. Outro príncipe... estrangeiro e poderoso.

Toda a realeza congelou. Até mesmo Kashin olhou naquela direção.

— Por favor, conte: quem é? — Hasar bebericou do vinho, aqueles olhos aguçados ficaram sombrios.

— Príncipe Rowan Whitethorn, de Doranelle. Antigo comandante da rainha Maeve e agora membro da casa real de Aelin.

Yrene podia jurar que o sangue fora completamente drenado do rosto de Arghun.

— Aelin Galathynius se casará com Rowan Whitethorn?

Pela maneira como o príncipe disse o nome... ele de fato ouvira falar do tal Rowan.

Chaol o mencionara mais de uma vez brevemente; Rowan, que conseguira curar grande parte dos danos à coluna do ex-capitão. Um príncipe feérico. E o amado de Aelin.

O lorde deu de ombros.

— Eles são *carranam*, e Rowan lhe fez o juramento de sangue.

— Ele fez esse juramento a Maeve — replicou Arghun.

Chaol se recostou no assento.

— Fez. E Aelin obrigou Maeve a libertá-lo para que pudesse jurar a ela. Bem diante de Maeve.

Arghun e Hasar trocaram olhares.

— Como? — indagou o primeiro.

A boca de Chaol se repuxou no canto.

— Da mesma maneira que Aelin alcança todos os seus objetivos. — Ele ergueu as sobrancelhas. — Ela cercou a cidade de Maeve com fogo. E, quando Maeve lhe disse que Doranelle era feita de pedra, Aelin simplesmente respondeu que o povo não era.

Um calafrio percorreu a espinha de Yrene.

— Então além de bárbara é desequilibrada — disse Hasar, com desprezo.

— Será? Quem mais enfrentou Maeve e saiu ileso, conseguindo ainda por cima o que queria?

— Ela teria destruído uma cidade inteira por um homem — disparou a princesa.

— O macho feérico de sangue puro mais poderoso do mundo — respondeu Chaol simplesmente. — Um recurso valioso para qualquer corte. Principalmente depois de se apaixonarem um pelo outro.

Embora os olhos dançassem enquanto falava, um tremor de tensão percorria as últimas palavras.

Mas Arghun aproveitou as palavras.

— Se é uma união de amor, então arriscam saber que os inimigos irão atrás dele para puni-la. — O homem sorriu, como se para dizer que já cogitava fazer isso.

Chaol riu com escárnio, e o príncipe enrijeceu o corpo.

— Boa sorte para qualquer um que tente ir atrás de Rowan Whitethorn.

— Porque Aelin os queimará até virarem cinzas? — perguntou Hasar, com uma doçura venenosa.

Mas foi Kashin quem respondeu, baixinho:

— Porque Rowan Whitethorn sempre será a pessoa que sairá com vida desse encontro. Não o agressor.

Uma pausa de silêncio.

— Bem, se Aelin não pode representar o próprio continente — argumentou a princesa, então — talvez olhemos em outra direção. — Ela deu um risinho para o irmão mais novo. — Talvez Yrene Towers possa ser oferecida no lugar da rainha.

— Não tenho sangue nobre — disparou a curandeira. — Ou real. — Hasar tinha perdido a cabeça.

A princesa deu de ombros.

— Tenho certeza de que Lorde Westfall, como a Mão do Rei, pode lhe encontrar um título. Torná-la uma condessa ou duquesa, ou quaisquer que sejam os termos que usem. É claro que nós saberíamos que mal passa de uma ordenhadora usando joias, mas se permanecesse entre nós... Tenho certeza de que alguns aqui não se importariam com seu começo humilde. — Ela fizera aquilo com Renia... por Renia.

A diversão sumiu do rosto de Chaol.

— Agora parece que quer tomar parte na guerra, princesa.

Hasar gesticulou com a mão.

— Estou apenas ponderando as possibilidades. — Ela avaliou Yrene e Kashin, e a comida no estômago da curandeira se tornou chumbo. — Sempre disse que fariam crianças tão lindas.

— Se o futuro khagan lhes permitisse viver.

— Uma pequena consideração... para lidar mais tarde.

Kashin inclinou o corpo, com o maxilar tenso.

— O vinho lhe sobe à cabeça, irmã.

A princesa revirou os olhos.

— Por que não? Yrene é a herdeira não declarada da Torre. É uma posição de poder, e se Lorde Westfall dispusesse sobre ela um título real... digamos, inventasse uma historinha sobre a linhagem real ser recém-descoberta, ela poderia muito bem se casar com você, Ka...

— Ela não se casará.

As palavras de Chaol soaram diretas. Severas.

— E por que não, Lorde Westfall? — perguntou Kashin, o rubor lhe tomando o rosto.

Chaol o encarou.

— Ela não se casará com você.

Hasar sorriu.

— Acho que a dama pode falar por si mesma.

Yrene queria atirar a cadeira no lago e afundar até o leito. E morar ali, sob a superfície, para sempre. Em vez de enfrentar o príncipe à espera de uma resposta, a princesa que ria como um demônio e o lorde cuja expressão estava severa de raiva.

Mas, se era uma oferta séria, se fazer aquilo pudesse levar o poder total dos exércitos do continente sul a seu auxílio, para salvá-los...

— Nem mesmo considere — insistiu Chaol, baixo demais. — Ela está falando um monte de merdas.

Pessoas arquejaram. Hasar soltou uma gargalhada.

— Falará com respeito com minha irmã ou se encontrará mais uma vez com pernas que não funcionam — disparou Arghun.

Chaol os ignorou. As mãos de Yrene tremiam terrivelmente a ponto de a curandeira deslizá-las para baixo da mesa.

Será que a princesa a levara ao oásis para que fosse encurralada até que concordasse com aquela ideia ultrajante, ou aquilo fora simplesmente um impulso, um pensamento à toa para provocar e corroer Lorde Westfall?

Chaol parecia prestes a abrir a boca para dizer mais, para arrancar aquela ideia ridícula da cabeça da nobre, mas hesitou.

Não porque concordava, percebeu Yrene, mas porque queria dar a ela o espaço para escolher sozinha. Um homem acostumado a dar ordens, a ser obedecido. No entanto, ela sentia que aquilo também era novo para ele. A paciência; a confiança.

E ela confiava em Chaol. Para que fizesse o que precisava. Para que encontrasse um modo de sobreviver àquela guerra, com aquele exército ou com outro. Se não acontecesse ali, com aquelas pessoas, ele velejaria para outro lugar.

Yrene olhou para Hasar, Kashin e os demais; alguns dando risinhos, outros trocando olhares de desprezo. Arghun principalmente. Enojado pela ideia de sujar a linhagem da família.

Ela confiava em Chaol.

Mas não confiava naqueles nobres.

A curandeira sorriu para Hasar, então para Kashin.

— Essa é uma conversa muito séria para meu aniversário. Por que eu deveria escolher um homem esta noite quando tenho tantos homens belos em minha companhia nesse exato instante?

Ela podia jurar que um tremor de alívio percorreu Chaol.

— De fato — cantarolou Hasar, com o sorriso se tornando mais afiado. A curandeira tentou não se encolher diante das presas invisíveis reveladas naquele sorriso. — Noivados são coisas bastante odiosas. Olhe para a pobre Duva, presa em uma relação com aquele principezinho emburrado de olhos tristes.

E assim a conversa seguiu em frente. Yrene não olhou para Kashin ou para os demais. Olhou apenas para a taça constantemente reenchida — e dali bebeu. Ou para Chaol, que parecia em parte inclinado a se jogar por cima da curandeira e virar a cadeira de Hasar de volta no lago.

Mas a refeição passou, e Yrene continuou bebendo — tanto que não tinha percebido exatamente quanto tinha tomado até se levantar depois da sobremesa. O mundo girou e oscilou, e Chaol a segurou com a mão no cotovelo, mesmo que também não estivesse muito firme.

— Parece que não sabem beber no norte — disse Arghun, com um riso debochado.

Chaol gargalhou.

— Eu o aconselharia a jamais dizer isso a alguém de Terrasen.

— Suponho que não haja nada a fazer além de beber quando se vive no meio de tanta neve e ovelha — comentou Arghun, de modo arrastado, esticando-se na cadeira.

— Pode ser — disse Chaol, colocando o braço nas costas de Yrene para guiá-la até as árvores e para as tendas. — Mas isso não impedirá Aelin Galathynius ou Aedion Ashryver de deixá-lo debaixo da mesa de tão bêbado.

— Ou debaixo de uma cadeira? — cantarolou Hasar para Chaol.

Talvez fosse o vinho. Talvez fosse o calor, ou a mão em suas costas, ou o fato de que aquele homem a seu lado tinha lutado de novo e de novo sem jamais reclamar.

De repente, Yrene avançou contra a princesa.

E, embora Chaol fosse contra empurrar Hasar no lago, Yrene não teve problemas em fazer isso ela mesma. Em um segundo, a princesa estava sorrindo sarcasticamente para ela.

No outro, as pernas e as saias e as joias subiram, e o grito de Hasar perfurou as dunas quando Yrene a empurrou, com cadeira e tudo, na água.

⊰ 45 ⊱

Yrene sabia que era uma mulher morta.

Soube disso no momento em que Hasar atingiu a água escura e todos se colocaram de pé, gritando e sacando armas.

Chaol a colocou atrás de si em um instante, já com uma espada parcialmente empunhada: uma lâmina que ela nem mesmo o vira pegar antes que estivesse em sua mão.

O lago não era fundo, e Hasar ficou de pé rapidamente, ensopada e irritada, com os dentes expostos e os cabelos completamente murchos enquanto apontava para Yrene.

Ninguém falou.

Ela apontou e apontou, e Yrene se preparou para a ordem de execução.

Eles a matariam, então matariam Chaol por tentar salvá-la.

Ela o sentiu avaliando todos os guardas, os príncipes, os vizires. Cada pessoa que se colocaria no caminho até os cavalos, cada pessoa que pudesse confrontá-lo.

Mas um chiado baixo soou atrás da curandeira.

Yrene girou, e viu Renia segurando a barriga com uma das mãos e pondo a outra sobre a boca enquanto olhava para a amante e *urrava*.

Hasar se virou para Renia, que apenas esticou o dedo, apontando e rugindo de tanto rir. Lágrimas escorriam dos olhos da mulher.

Então Kashin inclinou a cabeça para trás e gargalhou com diversão também.

Yrene e Chaol não ousaram se mover.

Não até que Hasar empurrasse para longe um criado que se atirara no lago para ajudá-la, rastejasse de volta para a borda pavimentada e lançasse um olhar fulminante para a amiga, com a ira total de todos os poderosos khagans antes dela.

Silêncio de novo.

Mas então, em tom de escárnio, a princesa disparou:

— Estava me perguntando quando criaria coragem.

Ela saiu andando, deixando um rastro de água atrás de si, enquanto Renia voltava a gargalhar.

Yrene viu o olhar de Chaol; observou-o soltar lentamente a mão da espada. Observou as pupilas se encolherem de novo. Observou-o perceber...

Que não morreriam.

— Com isso — disse Yrene, em voz baixa —, acho que está na hora de ir para a cama.

Renia parou de rir por tempo o suficiente para comentar:

— Eu iria antes que ela volte.

Yrene assentiu e levou Chaol pelo pulso de volta às árvores e à escuridão e às tochas.

Ela não conseguia deixar de se perguntar se as risadas de Renia e Kashin, apesar de terem sido em parte verdadeiras, também não tinham sido um presente. Um presente de aniversário, para mantê-los longe da forca. Das duas pessoas que melhor entendiam quanto os humores de Hasar podiam ser mortais.

Manter a cabeça, decidiu Yrene, era de fato um presente de aniversário muito bom.

Teria sido fácil para Chaol gritar com ela. Indagar como poderia sequer *pensar* em arriscar a vida daquela forma. Meses antes, ele teria gritado. Maldição, ainda estava ponderando se o faria.

Mesmo ao entrarem na espaçosa tenda de Yrene, ele continuava apaziguando os instintos que subiram aos berros até a superfície no momento que aqueles guardas foram pressionados a agir, levando as mãos às espadas.

Alguma pequena parte de Chaol estava profundamente grata, tão grata a ponto de os joelhos fraquejarem, por nenhum dos guardas ser aqueles com quem ele treinara nas últimas semanas — por não ter sido forçado a fazer essa escolha, ultrapassar esse limite entre eles.

Mas ele vira o terror nos olhos de Yrene. Assim que ela havia percebido o que estava prestes a acontecer, o que teria acontecido se a amante da princesa e Kashin não se intrometessem para apaziguar a situação.

Chaol sabia que Yrene fizera aquilo por ele.

Pelo insulto debochado e cheio de ódio.

E pela maneira como ela caminhava de um lado para outro dentro da tenda, ziguezagueando entre sofás e mesas e almofadas... Chaol também sabia que ela estava bastante ciente do restante.

Ele ocupou um assento no braço cilíndrico da poltrona, apoiando a bengala ao lado, e esperou.

Yrene se virou para ele, deslumbrante naquele vestido roxo que quase fizera os joelhos do lorde cederem assim que ela saiu da tenda. Não apenas pelo quanto lhe caía bem, mas pelas faixas de pele macia. As curvas. A luz e a cor da jovem.

— Antes de você começar a gritar — declarou a curandeira —, preciso dizer que o que acabou de acontecer é prova de que eu *não* deveria me casar com um príncipe.

Chaol cruzou os braços.

— Tendo vivido com um príncipe pela maior parte da vida, diria o exato oposto.

Yrene gesticulou com a mão e continuou andando.

— Sei que foi idiota.

— Incrivelmente.

Ela sibilou; não para ele. Para a lembrança. O temperamento.

— Não me arrependo de ter feito aquilo.

Um sorriso repuxou a boca do lorde.

— É uma imagem da qual provavelmente me lembrarei pelo resto da vida.

E se lembraria mesmo. O jeito como os pés de Hasar tinham subido por cima da cabeça, a expressão de grito logo antes de atingir a água...

— Como pode estar se divertindo tanto?

— Ah, não estou. — Os lábios de Chaol de fato estavam curvados. — Mas é certamente divertido ver esse seu temperamento voltado para alguém que não seja eu.

— Não tenho um temperamento.

Ele ergueu uma sobrancelha.

— Conheci um número considerável de pessoas com temperamentos, e o seu, Yrene Towers, está entre os melhores.

— Como Aelin Galathynius.

Uma sombra passou por ele.

— Ela teria gostado muito de ver Hasar virando no lago.

— Ela vai realmente se casar com o príncipe feérico?

— Talvez. Provavelmente.

— Você está... chateado com isso?

E, embora tivesse perguntando casualmente, com aquela máscara de curandeira como um retrato da curiosidade tranquila, Chaol selecionou as palavras cuidadosamente.

— Aelin foi muito importante para mim. Ainda é, embora de outra maneira. E por um tempo... Não foi fácil mudar os sonhos que havia planejado para meu futuro. Principalmente os sonhos com ela.

Yrene inclinou a cabeça, a luz da lanterna dançou nos cachos macios.

— Por quê?

— Porque quando a conheci, quando me apaixonei por ela, Aelin não era... Ela usava outro nome. Outro título e identidade. E as coisas entre nós se desmoronaram antes que eu soubesse a verdade, mas... Acho que eu sabia. Quando descobri que ela era realmente Aelin. Eu sabia que, entre ela e Dorian, eu...

— Você jamais deixaria Adarlan. Ou ele.

Chaol mexeu na bengala ao lado, passando as mãos pela madeira lisa.

— Ela também sabia, eu acho. Muito antes de mim. Mas, mesmo assim... Ela partiu em certo momento. É uma longa história, mas Aelin partiu sozinha para Wendlyn. E foi onde ela conheceu o príncipe Rowan. E por respeito a mim, porque não tínhamos de fato terminado, ela esperou. Por ele. Os dois esperaram. E, quando ela voltou para Forte da Fenda, tudo acabou. Entre nós, quero dizer. Oficialmente. Mal. Eu lidei muito mal com a situação, e ela também, e simplesmente... Fizemos as pazes antes de irmos para caminhos separados meses atrás. E eles partiram juntos. Como deveria ser. Eles são... Se algum dia os conhecer, entenderá. Como Hasar, ela não é uma pessoa fácil de se estar, de compreender. Aelin assusta *todo mundo*. — Ele riu com deboche. — Mas não ele. Acho que foi por isso que ela se apaixonou por ele, contra a própria vontade. Rowan viu tudo o que Aelin era e é, e não teve medo.

Yrene ficou calada por um momento.

— Mas você teve?

— Foi um... período difícil para mim. Tudo o que eu conhecia foi esmagado. Tudo. E ela... Acho que lhe atribuí a culpa por muito disso. Comecei a vê-la como um monstro.

— Ela é?

— Depende de quem está contando a história, suponho. — Chaol estudou a complexa estampa vermelha e verde do tapete sob suas botas. — Mas eu não acho. Não há mais ninguém a quem eu confiaria para cuidar desta guerra. Ninguém mais em quem eu confiaria para enfrentar Morath inteira, exceto Aelin. Nem mesmo Dorian. Se há algum modo de vencer, ela a encontrará. Os custos podem ser altos, mas ela o fará. — Ele sacudiu a cabeça. — E é seu aniversário. Provavelmente deveríamos falar de coisas mais agradáveis.

Yrene não sorriu.

— Você esperou enquanto ela estava fora. Não foi? Mesmo sabendo o quê... quem... ela realmente era?

Chaol não admitira aquilo, nem mesmo para si.

A garganta se apertou.

— Sim.

Então foi a vez da curandeira de estudar aquele tapete de lã sob os dois.

— Mas você... não a ama ainda?

— Não — respondeu ele, e jamais fora tão sincero na vida. Baixinho, Chaol acrescentou: — Nem Nesryn.

As sobrancelhas de Yrene se ergueram ao ouvir aquilo, mas ele pôs a mão na bengala, gemendo um pouco ao se colocar de pé, e avançou até ela. A curandeira acompanhou cada movimento, incapaz de ignorar a tarefa de cura; seus olhos dispararam até as pernas e o tronco do lorde, até a maneira como Chaol segurava a bengala.

Ele parou a um passo de distância, tirando um embrulhinho de dentro do bolso. Silenciosamente, o antigo capitão o estendeu para ela, o veludo preto como as dunas ondulantes além.

— O que é isso?

Chaol apenas estendeu o pedaço de tecido dobrado.

— Não tinham uma caixa de que eu gostasse, então apenas usei o tecido...

Yrene o tomou da mão dele, com os dedos levemente trêmulos ao abrir as pontas do embrulho que ele carregara o dia todo.

À luz da lanterna, o medalhão prateado reluziu e balançou quando ela o ergueu entre os dedos, arregalando os olhos.

— Não posso aceitar isto.

— É melhor aceitar — disse ele, conforme ela abaixava o medalhão oval na palma da mão para examiná-lo. — Mandei gravar suas iniciais.

De fato, Yrene já tracejava as letras cursivas que Chaol pedira que o joalheiro de Antica gravasse na frente. Ela virou o medalhão para o verso...

Yrene levou a mão ao pescoço, bem por cima daquela cicatriz.

— Montanhas. E mares — sussurrou ela.

— Para jamais se esquecer de que as subiu e os atravessou. Que você... e apenas você... se trouxe até aqui.

Yrene soltou uma risada breve, baixinha; um som de alegria pura. Ele não pôde se permitir identificar o outro som contido ali.

— Eu comprei isso — explicou Chaol, então — para que você pudesse guardar o que quer que leva no bolso. Para não precisar ficar mudando de vestido em vestido. O que quer que seja.

Surpresa brilhou nos olhos de Yrene.

— Você sabe?

— Não sei *o que* é, mas a vejo segurando algo ali dentro o tempo todo.

Ele havia calculado que era algo pequeno, então baseara o tamanho do medalhão nisso. O lorde jamais vira uma dobra ou peso nos bolsos de Yrene para sugerir o tamanho, e estudara outros objetos que ela colocara ali enquanto trabalhava nele — papéis, frascos — contra a total finura do objeto. Talvez fosse uma mecha de cabelo ou alguma pequena pedra...

— Não é nada refinado como uma festa no deserto...

— Desde meus 11 anos ninguém me dá um presente.

Desde a mãe.

— Um presente de aniversário, quero dizer — explicou Yrene. — Eu...

Ela passou a fina corrente de prata do medalhão por cima da cabeça, com os elos se agarrando nos cachos indomados e exuberantes. Chaol a observou erguer a massa de cabelo sobre a corrente, apoiando-a, oscilante, no limite dos seios. Contra o tom marrom da pele, o medalhão parecia mercúrio. Yrene passou os dedos finos sobre a superfície gravada.

O peito de Chaol se apertou quando Yrene ergueu a cabeça, e ele viu que lágrimas delineavam seus olhos.

— Obrigada — agradeceu ela, baixinho.

Ele deu de ombros, incapaz de pensar em uma resposta.

Yrene apenas caminhou até Chaol, e ele tomou coragem, se preparou, quando as mãos seguraram seu rosto. Quando Yrene o encarou.

— Fico feliz — sussurrou ela — por você não amar aquela rainha. Ou Nesryn.

O coração de Chaol ressoava em cada centímetro do corpo.

Yrene ficou nas pontas dos dedos dos pés e deu um beijo, leve como uma carícia, em sua boca. Sem jamais desviar os olhos.

Chaol leu as palavras não ditas ali. E se perguntou se ela teria lido aquelas não proferidas por ele também.

— Sempre o estimarei — disse Yrene, e Chaol sabia que ela não falava do medalhão. Não quando abaixou a mão do rosto para o peito do lorde. Sobre o coração revoltoso. — Não importa o que possa recair sobre o mundo. — Outro beijo leve como pena. — Não importam os oceanos, as montanhas ou as florestas no caminho.

Qualquer amarra que ele tivesse se soltou. Deixando a bengala cair no chão, Chaol passou a mão em torno da cintura de Yrene, e o polegar acariciou o fragmento de pele nua que o vestido revelava. Ele mergulhou a outra mão naqueles cabelos exuberantes e pesados, segurando a nuca da curandeira ao lhe virar o rosto para cima. Enquanto estudava aqueles olhos castanho--dourados, a emoção que brilhava ali.

— Também fico feliz por não as amar, Yrene Towers — sussurrou Chaol contra os lábios da jovem.

Então sua boca estava na dela, e Yrene se abriu para Chaol, o calor e a maciez lhe arrancaram um gemido do fundo da garganta.

As mãos da curandeira dispararam para os cabelos e os ombros do lorde, passando pelo peito até chegarem ao pescoço. Como se não conseguisse tocá-lo o suficiente.

Chaol se deliciou com os dedos que Yrene enterrou em suas roupas, como se fossem garras buscando apoio. Ele deslizou a língua contra a dela, e o gemido de Yrene quando ela se impulsionou contra seu corpo...

Chaol recuou com os dois na direção da cama, onde os lençóis brancos estavam quase brilhando à luz da lanterna, sem se importar com os passos dificultosos e cambaleantes. Não diante daquele vestido que mal passava de teias de aranha e névoa, não ao jamais tirar a boca da de Yrene, ao permanecer *incapaz* de tirar a boca da de Yrene.

Os joelhos da jovem atingiram o colchão atrás deles, e ela afastou os lábios por tempo o bastante para protestar:

— Suas costas...

— Darei um jeito. — Ele desceu a boca sobre a de Yrene de novo, e o beijo o queimou até a alma.

Sua. Ela era sua, e Chaol jamais tivera algo que pudesse chamar assim. Que quisesse chamar assim.

Ele não conseguia afastar a boca por tempo o bastante para perguntar se Yrene o considerava seu. Para explicar que ele já sabia a própria resposta. Que talvez tivesse sabido desde o momento que Yrene entrara naquela sala de estar e não olhara para ele com um pingo de pena ou tristeza.

Chaol a empurrou com a pressão do quadril, e Yrene permitiu que ele a deitasse na cama cuidadosamente — respeitosamente.

O puxão que a curandeira lhe deu, trazendo-o sobre si, não foi nada assim.

Chaol riu abafado contra o pescoço morno, a pele mais macia que seda, conforme Yrene se atrapalhava com os botões e as fivelas. Ela se contorceu contra Chaol, e, quando ele apoiou o peso sobre o corpo da curandeira, cada parte rígida se alinhando com tantas partes macias da jovem...

Ele ia sair voando da própria pele.

O fôlego de Yrene estava afiado e difícil contra seu ouvido. Ela puxava desesperadamente a camisa, tentando deslizar as mãos até as costas do lorde.

— Achei que você estivesse farta de tocar minhas costas.

Ela o calou com um beijo profundo que o fez esquecer a linguagem por um tempo.

Esquecer o próprio nome e o título e tudo, exceto ela.

Yrene.

Yrene.

Yrene.

Ela gemeu quando Chaol deslizou a mão por sua coxa, expondo a pele sob as dobras daquele vestido. Quando ele fez isso com a outra perna. Quando mordiscou a boca de Yrene e traçou círculos preguiçosos com os dedos sobre aquelas lindas coxas, começando no limite exterior e arqueando até...

Yrene não gostava de que brincassem com ela.

Não quando passou a mão em torno dele, e o corpo inteiro de Chaol se curvou ao toque, à sensação. Não era apenas a mão de alguém lhe fazendo carícias, mas *Yrene* fazendo aquilo...

Ele não conseguia pensar, não conseguia fazer nada a não ser provar e tocar e ceder.

No entanto...

Ele encontrou palavras. Encontrou linguagem de novo. Por tempo suficiente para perguntar:

— Você já...

— Sim. — A palavra saiu como um arquejo áspero. — Uma vez.

Chaol afastou a onda de escuridão, a linha naquele pescoço. Ele apenas o beijou e lambeu, então perguntou, contra a pele de Yrene, com a boca subindo pelo queixo:

— Você quer...

— *Continue*.

Mas ele se obrigou a parar. Obrigou-se a se erguer e olhar para o rosto da jovem, com as mãos nas coxas escorregadias, e com a mão dela ainda o agarrando e acariciando.

— Sim, então?

Os olhos de Yrene eram como chamas douradas.

— Sim — sussurrou ela, erguendo o corpo e beijando-o carinhosamente. Não de leve, mas com carinho. Com abertura. — Sim.

Um tremor o percorreu ao ouvir as palavras, e Chaol segurou a coxa de Yrene bem onde encontrava o quadril. Ela o soltou para erguer o quadril, empurrando-se para cima dele. Sentindo-o, com apenas o fino painel do vestido translúcido entre os dois. Nada por baixo.

Chaol o deslizou para o lado, empurrando o material até a cintura da curandeira. Ele mergulhou a cabeça, ansioso para ver quanto quisesse, e depois tocar e provar e descobrir o que fazia Yrene Towers perder o controle de vez...

— Depois — implorou ela, rouca. — Depois.

Ele não conseguia negar nada a ela. Aquela mulher, que tinha tudo o que ele era, tudo o que lhe restava, em suas lindas mãos.

Então Chaol tirou a camisa, em seguida a calça, com algumas manobras mais complicadas. Depois tirou o vestido de Yrene, deixando-o em frangalhos no chão ao lado da cama.

Até que ela estivesse usando apenas aquele medalhão. Até que Chaol pudesse observar cada centímetro e se visse incapaz de respirar.

— Sempre a estimarei — sussurrou Chaol ao deslizar para dentro dela, lenta e profundamente. Prazer percorreu sua coluna. — Não importa o que possa recair sobre o mundo. — Yrene lhe beijou o pescoço, o ombro, o maxilar. — Não importam os oceanos, as montanhas ou as florestas no caminho.

Chaol encontrou o olhar dela ao parar, deixando que ela se ajustasse. Permitindo que *ele* se ajustasse à sensação de que todo o eixo do mundo tinha mudado. Olhando para aqueles olhos, cheios de luz, ele se perguntou se Yrene também sentia aquilo.

Mas a curandeira o beijou de novo, em resposta e com um pedido silencioso. E, ao começar a se mover dentro dela, Chaol percebeu que ali, entre as dunas e as estrelas... Ali, no coração de uma terra estrangeira... Ali, com ela, estava em casa.

⊰ 46 ⊱

Aquilo a quebrou, e a desfez, e a fez renascer.

Jogada sobre o peito de Chaol horas depois, ouvindo as batidas de seu coração, Yrene ainda não tinha palavras para o que se passara entre eles. Não a união física, não as diversas rodadas, mas apenas a sensação *dele*. De pertencimento.

Ela jamais soubera que podia *ser* daquele jeito. Seu breve, nada impressionante e único encontro sexual fora no outono anterior e a deixara sem pressa alguma para procurá-lo de novo. Mas aquilo...

Chaol tinha se certificado de que Yrene encontrasse o prazer. Repetidas vezes. Antes de ele sequer encontrar o próprio.

E, além disso, as *coisas* que ele a fez sentir...

Não apenas como resultado de seu corpo, mas de quem ele era...

Yrene deu um beijo despreocupado no músculo esculpido do peito de Chaol, saboreando os dedos que ele ainda deslizava por sua coluna, de novo e de novo.

Era segurança, e alegria, e conforto, e o fato de saber que não importasse o que recaísse sobre eles... Chaol não recuaria. Não cederia. Yrene empurrou o rosto contra ele.

Era perigoso, ela sabia, sentir tais coisas. Ela já percebera o que estava nos próprios olhos quando ele a tinha olhado. O coração que oferecera sem dizer. Mas ver aquele medalhão que ele de alguma forma havia encontrado e pensado com tanto carinho a respeito... As iniciais estavam lindamente gravadas, mas as montanhas e as ondas... Era um trabalho impressionante, feito por um mestre joelheiro em Antica.

— Não consegui sozinha — murmurou Yrene contra a pele de Chaol.

— Hmm?

Ela passou os dedos pelas depressões da barriga do lorde antes de se apoiar em um cotovelo e lhe estudar o rosto na escuridão. As lanternas tinham se extinguido havia muito tempo, e o silêncio caíra sobre o acampamento, substituído pelo zumbido e o murmurar de besouros nas palmeiras.

— Chegar aqui. As montanhas, sim, mas os mares... Alguém me ajudou.

Alerta preencheu aqueles olhos saciados.

— É?

Yrene pegou o medalhão. Entre as rodadas de amor, quando fora mover a bengala para que ficasse ao alcance da cama, ela colocara o pequeno bilhete dentro do presente. O encaixe fora perfeito.

— Eu estava presa em Innish, sem ter como partir. E certa noite uma estranha apareceu na pousada. Ela era... tudo o que eu não era. Tudo o que eu tinha esquecido. Ela esperava por um barco, e durante as três noites em que ficou lá, acho que *queria* que os vagabundos a roubassem... estava ansiosa por uma briga. Mas se manteve distante. Eu fora encarregada da limpeza naquela noite... sozinha.

A mão de Chaol ficou tensa nas costas da jovem, mas ele não falou nada.

— E mercenários que haviam mexido comigo mais cedo me encontraram no beco.

Ele ficou completamente imóvel.

— Acho... Eu *sei* que eles queriam... — Yrene afastou o terror gélido que a invadiu, mesmo tantos anos depois. — A mulher, a menina, o que quer que fosse, ela os interrompeu antes que eles conseguissem tentar. Ela... lidou com eles. E, quando terminou, me ensinou como me defender.

A mão de Chaol começou a acariciá-la de novo.

— Então foi assim que você aprendeu.

Ela passou a mão sobre a cicatriz no pescoço.

— Mas outros mercenários, amigos dos primeiros, voltaram. Um deles segurou uma faca em meu pescoço para fazer com que a mulher soltasse as armas. Ela se recusou. Então usei o que ela me ensinara para desarmar e imobilizar o homem.

Chaol exalou impressionado, soprando-lhe os cabelos.

— Para ela, foi um teste. Ela estava ciente do segundo grupo circundando, então me disse que queria que eu tivesse uma experiência *controlada*. Jamais ouvira falar de nada mais ridículo. — A mulher era genial ou inconsequente. Provavelmente os dois. — Mas ela me disse... me disse que era melhor sofrer nas ruas de Antica que nas de Innish. E que, se eu quisesse vir até aqui, deveria vir. Que se quisesse algo, deveria *tomar*. Ela me disse para lutar por minha vida miserável.

Yrene afastou os cabelos encharcados de suor dos olhos.

— Eu a remendei, e ela foi embora. E quando voltei para meu quarto... Ela havia me deixado uma sacola de ouro. E um broche dourado com um rubi do tamanho do ovo de um rouxinol. Para pagar por minha viagem até aqui e qualquer mensalidade na Torre.

Chaol piscou, surpreso.

— Acho que era um deus — sussurrou a curandeira, a voz falhando. — Eu... eu não sei quem *faria* aquilo. Tenho um pouco de ouro ainda, mas o broche... Jamais o vendi. Ainda o guardo.

Ele franziu a testa para o colar, como se tivesse julgado mal o tamanho.

— Não é isso que eu guardo no bolso — acrescentou Yrene. As sobrancelhas de Chaol se ergueram. — Deixei Innish naquela manhã. Peguei o ouro e o broche, e naveguei até aqui. Então atravessei montanhas sozinha, sim, mas o mar Estreito... — Yrene tracejou as ondas no medalhão. — Eu o atravessei por causa dela. Ensino as acólitas na Torre porque ela me disse para compartilhar o conhecimento com qualquer mulher que quisesse ouvir. Ensino porque faz com que eu sinta como se a estivesse reembolsando, de alguma forma pequena.

Ela passou o polegar pelas iniciais na frente do medalhão.

— Jamais descobri seu nome. Ela apenas deixou um bilhete com duas linhas. *Para onde precisar ir, e mais um pouco. O mundo precisa de mais curandeiros.* É isso que guardo no bolso, aquele pequeno pedaço de papel, que está aqui dentro agora. — Yrene bateu no colar. — Sei que é tolice, mas isso me deu coragem. Quando as coisas estavam difíceis, isso me deu coragem. Ainda me dá.

Chaol afastou os cabelos da testa de Yrene e a beijou.

— Não há nada tolo a respeito disso. E quem quer que ela seja... serei para sempre grato.

— Eu também — sussurrou a curandeira, quando Chaol deslizou a boca por seu queixo, fazendo com que seus dedos dos pés se flexionassem. — Eu também.

506

⊰ 47 ⊱

O desfiladeiro entre os picos gêmeos de Dagul era maior do que parecia.

Ele se estendia mais e mais, um labirinto de rochas pontiagudas e imponentes.

Nesryn e Sartaq não ousaram parar.

Teias às vezes bloqueavam o caminho, ou pairavam acima, mas, mesmo assim, os dois avançavam, procurando qualquer tipo de caminho para o alto. Para onde Kadara pudesse puxá-los até o céu.

Pois lá embaixo, com as paredes fechadas e estreitas do desfiladeiro, a ruk não conseguia alcançá-los. Se quisessem ter alguma chance de resgate, precisariam encontrar um caminho para cima.

Nesryn não ousou deixar Falkan sair — ainda não. Não quando tantas coisas ainda poderiam dar errado. Permitir que as aranhas soubessem que tipo de carta tinham na manga... Não, ainda não arriscaria usá-lo.

Mas a tentação a corroía. As paredes eram lisas, inadequadas para escalada, e, conforme corriam pelo desfiladeiro, hora após hora, o fôlego úmido e difícil de Sartaq ecoava da rocha.

Ele não estava em condições de subir. Mal conseguia ficar de pé, ou segurar a espada.

Nesryn trazia uma flecha engatilhada, pronta para o disparo, ao dobrarem esquina após esquina, olhando para cima de vez em quando.

O desfiladeiro era tão apertado em certos pontos que precisavam se espremer para passar; o céu parecia um córrego aquoso acima. Eles não falavam nada, não ousavam fazer mais que respirar enquanto mantinham os passos leves.

Não fazia diferença. Nesryn sabia que fazia pouca diferença.

Uma armadilha fora armada para eles, e tinham caído nela. As *kharankui* sabiam onde estavam. Provavelmente os seguiam por diversão, arrebanhando os dois.

Fazia horas desde que ouviram pela última vez o estrondo das asas de Kadara.

E a luz... começava a se apagar.

Depois que a escuridão caísse, depois que o caminho ficasse escuro demais para avançarem... Nesryn levou a mão a Falkan, ainda em seu bolso. Quando a noite caísse sobre o desfiladeiro, decidiu ela, então o usaria.

Eles avançaram por uma passagem particularmente estreita entre duas rochas que quase se tocavam, com Sartaq grunhindo logo atrás.

— Devemos estar quase no final — sussurrou ele.

Nesryn não mencionou suas dúvidas de que as aranhas fossem burras o bastante para permitir a saída do grupo pelo outro lado do desfiladeiro, direto para as garras de Kadara à espera. Se a ruk ferida ao menos conseguisse carregar o peso.

A passagem se tornou uma fração mais larga, e a capitã apenas prosseguiu, contando as respirações. Provavelmente eram suas últimas...

Pensar assim não ajudava ninguém. Nesryn encarara a morte no verão, quando aquela onda de vidro viera se estilhaçando em sua direção. Ela havia encarado a morte e sido salva.

Talvez tivesse sorte de novo.

Sartaq cambaleou atrás da capitã, respirando com dificuldade. Água. Precisavam desesperadamente de água — e ataduras para seus ferimentos. Se as aranhas não os encontrassem, então a falta d'água no árido desfiladeiro poderia muito bem matá-los antes. Muito antes de qualquer ajuda dos rukhin de Eridun chegar.

Nesryn forçou um passo diante do outro. O caminho se estreitou de novo, a rocha estava apertada como um torno. Ela girou de lado, arrastando-se, com as espadas arranhando a superfície.

Sartaq grunhiu, então soltou um xingamento de dor.

— Estou preso.

Nesryn o encontrou realmente entalado atrás de si, o volume do peito largo e dos ombros estava preso. O príncipe se impulsionou para a frente, com sangue escorrendo dos ferimentos conforme ele empurrava e puxava.

— Pare — ordenou Nesryn. — Pare, vá para trás e saia, se conseguir. — Não tinha outro caminho e nada sobre o que subir, mas se retirassem suas armas...

Os olhos escuros de Sartaq encontraram os seus. Ela viu as palavras se formando.

Continue seguindo.

— Sartaq — sussurrou ela.

Então eles ouviram.

Patas estalando na pedra. Apressando-se.

Muitas delas. Demais. Vindo de trás, aproximando-se.

Nesryn agarrou a mão do príncipe, puxando-o.

— Empurre — disse ela, ofegante. — *Empurre.*

Sartaq grunhiu de dor, as veias do pescoço saltando conforme tentava se espremer e passar, as botas arranhando a rocha solta...

Nesryn enterrou os próprios pés, trincando os dentes ao puxá-lo para a frente.

Clique, clique, clique...

— Mais forte — pediu ela, arquejante.

Ele inclinou a cabeça, empurrando contra a rocha que o segurava.

— Que bela peça, nosso convidado — sibilou uma voz feminina baixa. — Tão grande que nem mesmo cabe na passagem. Que banquete.

Nesryn ofegava mais e mais, a mão estava traiçoeiramente escorregadia com suor e sangue de ambos, mas ela a fechou no pulso de Sartaq com força o bastante para sentir ossos se moverem por dentro...

— Vá — sussurrou ele, esforçando-se para passar. — Fuja.

Falkan se agitava no bolso da capitã, tentando emergir. Mas com a rocha pressionando o peito da capitã, a passagem era apertada demais para ele até mesmo despontar a cabeça...

— Um lindo par — continuou a fêmea. — Como os cabelos dela brilham feito uma noite sem lua. Levaremos os dois para nossa casa, nossos convidados de honra.

Um choro subiu pela garganta de Nesryn.

— Por favor — implorou ela, observando a rocha bem acima de ambos, a beirada até as partes superiores do estreito desfiladeiro, os chifres curvos dos picos, puxando o braço de Sartaq mais e mais. — *Por favor* — implorou Nesryn a elas, a *qualquer um.*

Mas o rosto do príncipe ficou calmo. Tão calmo.

Ele parou de empurrar, parou de tentar se impulsionar para a frente.

Nesryn sacudiu a cabeça, *puxando* seu braço.

Sartaq não se moveu. Nem um centímetro.

Os olhos escuros encontraram os dela. Não havia medo ali.

— Ouvi as histórias dos espiões sobre você — disse Sartaq, com convicção e tranquilidade. — A destemida balruhni no império de Adarlan. A Flecha de Neith. E soube...

Nesryn chorou, puxando mais e mais.

O príncipe sorriu para ela... suavemente. Docemente. De uma forma que Nesryn ainda não vira.

— Eu a amei antes mesmo de colocar os olhos em você — confessou ele.

— Por favor — soluçou Nesryn.

A mão de Sartaq se apertou sobre a dela.

— Queria que tivéssemos tido tempo.

Um sibilo atrás do príncipe, um volume crescente de preto reluzente...

Então ele sumiu. Arrancado de suas mãos.

Como se jamais tivesse existido.

Nesryn mal conseguia ver através das lágrimas conforme se arrastava e se espremia ao longo do desfiladeiro. Conforme disparava por cima das rochas, com os braços esticados, os pés determinados.

Continue seguindo. As palavras eram como uma canção no sangue e nos ossos conforme mergulhava para a frente.

Continue seguindo e saia; encontre *ajuda*...

Mas, por fim, o desfiladeiro se abriu para uma câmara ampla. Nesryn cambaleou para fora do torno que a estivera segurando, ofegante, com o sangue de Sartaq ainda cobrindo as palmas das mãos, com o rosto do homem ainda surgindo diante de si...

O caminho se curvava adiante, e Nesryn oscilou até lá, com a mão disparando para Falkan, cuja cabeça despontava. Ela chorou ao vê-lo, chorou quando os estalos e os sibilos recomeçaram a soar atrás de si, aproximando-se de novo.

Tinha acabado. Era o fim, e Nesryn praticamente o matara. Jamais deveria ter partido, jamais deveria ter feito *nada* daquilo...

A capitã correu na direção da curva do desfiladeiro, lascas de xisto espalharam-se sob suas botas.

Levaremos os dois para nossa casa...

Vivos. A aranha falara como se fossem levá-los *vivos* para seu covil. Por uma breve janela de tempo antes de o *banquete* começar. E se tinha dito a verdade...

Nesryn bateu com a mão sobre Falkan, que se agitava, o que lhe garantiu um guincho de ultraje.

Mas ela disse, baixo como o vento na grama:

— Ainda não. Ainda não, meu amigo.

E, quando reduziu os passos, quando parou por completo, a capitã lhe sussurrou seu plano.

~

As *kharankui* não tentaram esconder sua chegada.

Sibilando e gargalhando, se apressaram pela curva do desfiladeiro.

E pararam ao ver Nesryn, ofegando e de joelhos, com sangue dos cortes nos braços, na clavícula, enchendo o ar abafado com o próprio cheiro. Viu as aranhas notarem o xisto borrifado a seu redor, com gotas de sangue sobre ele.

Como se Nesryn tivesse caído feio. Como se não pudesse mais continuar.

Estalando, tagarelando umas com as outras, elas a cercaram. Uma parede de pernas e presas antigas e fétidas, de abdomens inchados e bulbosos. E olhos. Mais olhos que podia contar, e seu reflexo estava em todos eles.

O tremor de Nesryn não era fingido.

— Uma pena que não nos deu tanta diversão — reclamou uma.

— Nós a teremos mais tarde — respondeu outra.

A capitã tremeu mais forte.

Uma delas suspirou.

— Como seu sangue tem cheiro fresco. Como é limpo.

— P-por favor — implorou ela.

As *kharankui* apenas riram.

Então aquela atrás de Nesryn a golpeou.

Prendendo-a contra o xisto, rochas cortando o rosto, as mãos, e Nesryn gritou contra as garras que se enterraram em suas costas. Gritou quando conseguiu olhar por cima do ombro e ver aquelas fiandeiras pairando acima de suas pernas.

Ao ver a seda que disparou delas, pronta para ser tecida. Para envolvê-la bem apertada.

⊰ 48 ⊱

Nesryn acordou com mordidas fortes.

Ela ergueu o tronco, com um grito nos lábios...

O grito morreu quando Nesryn sentiu os dentinhos mordendo seu pescoço e sua orelha. Mordiscando-a até que acordasse.

Falkan. A capitã se encolheu, com a cabeça latejando. Bile subiu por sua garganta.

Ele não lhe mordiscava a cabeça. Mas a seda que amarrava o corpo, as mechas espessas que fediam. E a caverna na qual estava...

Não, não era uma caverna. Mas uma seção coberta do desfiladeiro. Mal iluminada pela lua.

Mantendo a respiração tranquila, Nesryn observou a escuridão de cada lado, o arco de pedra acima não tinha mais que 10 metros...

Ali. Espalhado no chão próximo, coberto do pé ao pescoço de seda. Com o rosto encrostado com sangue, os olhos fechados...

O peito de Sartaq subia e descia.

Nesryn estremeceu com a força que usou para conter o choro, enquanto Falkan rastejava por seu corpo, mastigando as mechas com os dentes terríveis.

Ela não precisava dizer ao metamorfo que se apressasse. A capitã observou o desfiladeiro vazio, observou as escadas escuras adiante.

Onde quer que estivessem... Era diferente ali.

A rocha era lisa. Polida. E entalhada. Inúmeros detalhes foram gravados no espaço, antigo e primitivo.

Falkan mordeu e mordeu; a seda se soltava mecha por mecha.

— Sartaq. — Nesryn ousou sussurrar. —Sartaq. — O príncipe não se mexeu.

Estalos soaram além do arco.

— Pare — murmurou ela para Falkan. — *Pare.*

O metamorfo interrompeu o caminho pelas costas de Nesryn e agarrou-se às vestes de couro conforme uma sombra mais escura que a noite surgiu de uma esquina atrás do grupo. Ou adiante — ela não fazia ideia de onde estava o verdadeiro norte. Se ainda estavam dentro do próprio desfiladeiro, ou no alto de mais um pico.

A aranha era um pouco maior que as demais; sua escuridão, mais intensa. Como se a própria luz das estrelas odiasse tocá-la.

A *kharankui* parou ao notar que Nesryn a encarava.

A capitã controlou a respiração, buscando na mente *algo* para lhes ganhar tempo, para ganhar tempo para Sartaq e Falkan...

— São vocês que têm bisbilhotado os lugares esquecidos — disse a aranha em halha, com uma voz linda, lírica.

Nesryn engoliu em seco uma vez, duas, tentando sem sucesso umedecer a língua seca como papel. Com a garganta arranhando, ela conseguiu dizer:

— Sim.

— O que procuram?

Falkan a beliscou nas costas como um aviso... uma ordem. Mantenha-a distraída. Enquanto ele mastigava.

— Fomos pagos por um mercador, que fez negócio com suas irmãs no norte, as aranhas estígias... — disparou Nesryn.

— Irmãs! — sibilou a aranha. — Podem ser nossas parentes de sangue, mas não são verdadeiras irmãs de alma. Tolas de coração mole, negociando com mortais... *negociando* quando nascemos para *devorá-los.*

As mãos de Nesryn estremeceram atrás das costas.

— P-por isso ele nos mandou. Ele não ficou impressionado com elas. D-disse que não chegavam aos pés da lenda... — A capitã não fazia ideia do que saía de sua boca. — Então ele queria vê-las, descobrir se poderiam n-n-negociar.

Falkan roçou contra o braço de Nesryn para reconfortá-la silenciosamente.

— Negociar? Não temos nada para negociar além dos ossos de seu povo.

— Não há Seda de Aranha aqui?

— Não. Mas sentimos prazer em saborear seus sonhos, seus anos, antes de acabarmos com vocês.

Será que já teriam feito isso com Sartaq? Seria por isso que ele não se movia? Conforme os fios atrás da capitã se partiam bem lentamente, ela se obrigou a perguntar:

— Então... então o que fazem aqui?

A aranha deu um passo adiante, e Nesryn se preparou. Mas o animal ergueu a perna fina com a ponta em garra e apontou para as paredes polidas, escavadas.

— Nós esperamos.

Quando os olhos finalmente se ajustaram à escuridão, a capitã viu para o que a aranha apontava.

Um entalhe de um arco — um portão.

E uma imagem de uma figura de túnica de pé além dele.

Ela semicerrou os olhos, esforçando-se para discernir quem estava ali.

— P-por quem esperam?

Houlun dissera que, certa vez, os valg passaram por ali...

A aranha limpou a poeira que cobria a figura. Revelando cabelos longos e esvoaçantes gravados ali. E o que Nesryn pensara ser uma túnica... Era um vestido.

— Nossa rainha — disse a *kharankui*. — Esperamos que Sua Majestade Sombria retorne por fim.

— Não... não Erawan? — Lacaias de uma coroa sombria, dissera Houlun...

A aranha cuspiu, o veneno caiu perto dos pés cobertos de Sartaq.

— Não ele. Jamais *ele*.

— Então quem...

— Esperamos pela Rainha dos Valg — ronronou ela, esfregando-se contra o entalhe. — Que neste mundo se chama Maeve.

⊰ 49 ⊱

Rainha dos Valg.

— Maeve é rainha dos *feéricos* — replicou Nesryn, com cautela.

A aranha riu, baixa e maliciosamente.

— Foi o que ela os fez acreditarem.

Pense, pense, pense.

— Que... que rainha poderosa ela deve ser — gaguejou Nesryn. — Para governar ambos. — Falkan mastigava furiosamente, cada mecha muito, muito lentamente cedendo. — Você... você me conta a história?

A aranha a estudou, aqueles olhos infinitos como poços do inferno.

— Não irá comprar sua vida, mortal.

— Eu... eu sei. — A capitã estremeceu mais, as palavras saíram aos tropeços. — Mas histórias... Sempre amei histórias... principalmente destas terras. *Seguidora do vento* era como minha mãe me chamava, porque eu estava sempre flutuando para onde o vento me puxasse, sempre sonhando com aquelas histórias. E aqui... aqui me trouxe o vento. Então gostaria de ouvir uma última história, se você permitir. Antes de encontrar meu fim.

A aranha ficou calada por um segundo. E outro. Então se acomodou sob o entalhe do arco: o portão de Wyrd.

— Considere um presente... por sua coragem em sequer pedir.

Nesryn não disse nada, com o coração galopando por cada parte do corpo.

— Há muito tempo — começou a aranha, baixinho, com aquela linda voz —, em outro mundo, em outra vida, existia uma terra de escuridão, frio e vento. Governada por três reis, mestres das sombras e da dor. Irmãos. O mundo nem sempre fora daquele jeito, não nascera daquele jeito. Mas eles travaram uma poderosa guerra. Uma guerra para acabar com todas as guerras. E aqueles três reis a venceram. Transformando o mundo em um deserto, um paraíso para aqueles que viviam na escuridão. Por mil anos, eles governaram, iguais em poder, com os filhos e as filhas espalhados pela terra a fim de garantir a manutenção do domínio. Até que uma rainha surgiu... seu poder era uma nova e sombria canção no mundo. Tantas coisas maravilhosas ela conseguia fazer com aquele poder, coisas tão terríveis e maravilhosas...

A aranha suspirou.

— Cada um deles a desejou, aqueles reis. Eles a perseguiram, cortejaram. Mas ela só ousou se aliar a um, o mais forte.

— Erawan — murmurou Nesryn.

— Não. Orcus, o mais velho dos reis valg. Eles se casaram, mas Maeve não estava satisfeita. Inquieta, nossa rainha passava longas horas refletindo sobre as charadas do mundo, de outros mundos. E com seus dons, encontrou um modo de espiar. De perfurar o véu entre os mundos. De ver reinos de verde e luz e música. — A aranha cuspiu, como se tal coisa fosse uma abominação. — E um dia, quando Orcus tinha ido ver os irmãos, ela tomou um caminho entre reinos. Passou para além do próprio mundo, para o seguinte.

O sangue de Nesryn gelou.

— C-como?

— Ela havia observado. Tinha aprendido sobre tais fendas entre mundos. Uma porta que podia se abrir e fechar aleatoriamente, ou caso as palavras certas fossem ditas. — Os olhos sombrios da aranha brilharam. — Viemos com ela, suas amadas damas de companhia. Entramos com ela neste... lugar. Neste exato ponto.

Nesryn olhou para a pedra polida. Até mesmo Falkan pareceu parar e fazer o mesmo.

— Ela nos pediu para ficar... para vigiar o portão. Caso alguém a perseguisse. Pois ela decidira que não queria voltar. Para o marido, para seu mundo. Então ela se foi, e apenas ouvimos sussurros por meio de nossas irmãs e nossas parentes menores, carregados pelo vento. — A *kharankui* se calou.

— O que vocês ouviram? — insistiu Nesryn.

— Que Orcus chegou, com os irmãos no encalço. Que Orcus ficara sabendo da partida da esposa, e então havia descoberto como ela o fizera.

Foi além do que ela havia feito e encontrou uma forma de *controlar* o portão entre mundos. Fez chaves para isso e as compartilhou com os irmãos. Três chaves, para três reis.

— Eles foram de mundo em mundo, abrindo portões conforme queriam, avançando com seus exércitos e devastando aqueles reinos enquanto a caçavam. Até que chegaram a este mundo.

— E a encontraram? — perguntou Nesryn, quase sem fôlego.

— Não — respondeu a aranha, com algo como um sorriso na voz. — Pois Sua Majestade Sombria tinha deixado estas montanhas, encontrado outra terra e se preparado bem. Ela sabia que um dia seria encontrada. E planejara se esconder em plena vista. Então foi o que fez. Ela encontrou um lindo povo de vida longa, quase imortais também, governado por duas rainhas irmãs.

Mab e Mora. Pelos deuses...

— E, usando seus poderes, ela invadiu as mentes das duas, fez com que acreditassem ter uma irmã, uma irmã mais velha para governar com elas. Três rainhas, para os três reis que poderiam um dia vir. Quando voltaram ao palácio, Sua Majestade Sombria invadiu também a mente de todos aqueles que lá viviam. E de qualquer um que viesse. Plantando a ideia de que uma terceira rainha sempre havia existido, sempre havia governado. Se de alguma forma resistissem ao poder, ela encontrava formas de acabar com eles. — Uma gargalhada cruel.

Nesryn ouvira as lendas. Do poder sombrio e inominável de Maeve, uma escuridão que podia devorar estrelas. Que Maeve jamais revelara uma forma feérica, apenas aquela escuridão mortal. E que vivera muito além do tempo de qualquer feérico conhecido. Vivera tanto tempo que a única duração de vida comparável... Erawan.

Um tempo de vida valg. Para uma rainha valg.

A aranha parou de novo. Falkan quase chegara às mãos da jovem, mas ainda não era o bastante para soltá-las.

— Então os reis valg chegaram, mas sem saber quem os enfrentava na guerra? — perguntou a capitã.

— Precisamente. — Um ronronar de prazer. — Disfarçada em um corpo feérico, eles não a reconheceram, os tolos. E ela usou isso contra eles. Sabia como derrotá-los, como seus exércitos funcionavam. Quando percebeu o que tinham feito para chegar aqui, as chaves que possuíam... ela as queria. Para bani-los, matá-los, e usar as chaves como quisesse dentro deste mundo. E de outros.

"Então ela as pegou. Entrou de fininho e as pegou, cercando-se de guerreiros feéricos para que outros não perguntassem *como* exatamente ela sabia de tantas coisas. Ah, a esperta rainha alegou que era pela união com o mundo espiritual, mas... ela sabia. Tinha monitorado aqueles campos de batalha. Sabia como os reis trabalhavam. Ela roubou as chaves. Conseguiu mandar dois daqueles reis de volta, Orcus entre eles. E, antes que pudesse ir atrás do último rei, o mais jovem, que amava tanto os irmãos, as chaves lhe foram tomadas." — Um sibilo.

— Por Brannon — sussurrou Nesryn.

— Isso, o rei de fogo. Ele viu a escuridão nela, mas não a reconheceu. Ele se perguntou a respeito daquilo, desconfiou, mas tudo o que conhecia sobre os valg, nosso povo, eram os soldados *machos*. Os subalternos, os príncipes e os reis. Não sabia que uma fêmea... Quão diferente e extraordinária é uma fêmea valg. Mesmo *ele* foi enganado por ela; Maeve encontrou caminhos dentro de sua mente para evitar que percebesse de verdade. — Outra risada baixa, linda. — Mesmo agora, quando tudo deveria estar evidente para seu espírito enxerido... Mesmo agora, ele não sabe. Para sua destruição iminente... sim, para sua destruição e a de outros.

Náusea se revirou em Nesryn. *Aelin.* A destruição de Aelin.

— Mas, embora ele não tivesse adivinhado a verdade a respeito da origem de nossa rainha, ela ainda sabia que seu fogo... Ela temia gravemente o fogo. Como todos os verdadeiros valg temem. — A capitã guardou esse fragmento. — Ele partiu, construindo seu reino bem longe, e ela construiu suas defesas também. Tantas defesas inteligentes, caso Erawan emergisse de novo e percebesse que a rainha que ele havia buscado para o irmão, em cuja busca conquistara mundos, estava ali o tempo todo. Que ela havia construído exércitos feéricos e que os deixaria lutar uns contra os outros.

Uma aranha em uma teia. Isso que Maeve era.

Falkan chegou às mãos de Nesryn, mastigando a seda ali. Sartaq permanecia inconsciente, tão perigosamente perto da aranha.

— Então você esperou esses milhares de anos... para que ela retornasse para estas montanhas?

— Ela ordenou que vigiássemos a passagem, que guardássemos a fenda no mundo. Então guardamos. E assim faremos até que ela nos convoque para seu lado mais uma vez.

A cabeça de Nesryn se virou. Maeve... pensaria nisso depois. Se sobrevivessem àquilo.

Ela agitou os dedos para Falkan, sinalizando.

Silenciosamente, mantendo-se nas sombras, o metamorfo disparou para a escuridão.

— E agora você sabe... como a Guarda Sombria passou a morar aqui. — A aranha se levantou com um arquejo alto. — Espero que tenha sido uma última história adequada, seguidora do vento.

Nesryn abriu a boca quando a aranha avançou, girando os pulsos às costas...

— Irmã — sibilou uma voz feminina da escuridão adiante. — Irmã, uma palavra.

A aranha parou, virando o corpo bulboso na direção da entrada arqueada.

— *O quê.*

Uma pontada de medo.

— Há um problema, irmã. Uma ameaça.

— Fale! — disparou a aranha, se apressando na direção da parente.

— Ruks no horizonte norte. Vinte ao menos...

A aranha sibilou.

— Vigie os mortais. Lidarei com os pássaros.

Pernas estalaram, e xisto se agitou em torno da criatura. O coração de Nesryn galopava conforme ela flexionava os dedos doloridos.

— Sartaq — sussurrou ela.

Os olhos do príncipe se abriram do outro lado. Alertas. Calmos.

A outra aranha entrou, menor que a líder. Sartaq ficou tenso, com os ombros fazendo esforço, como se fosse tentar irromper da seda que o segurava.

Mas a aranha apenas sussurrou:

— *Rápido!*

⚜ 50 ⚜

Sartaq relaxou ao ouvir a voz de Falkan sair da horrível boca da *kharankui*.

Nesryn arrancou as mãos de dentro da teia, engolindo o grunhido de dor quando as fibras rasgaram sua pele. A boca e a língua de Falkan deviam estar doendo...

Ela olhou para a aranha pairando acima do príncipe, cortando a seda que o amarrava com os movimentos das garras. De fato, onde aquelas pinças passavam, sangue escorria.

— Rápido — sussurrou o metamorfo. — Suas armas estão ali no canto.

Nesryn conseguia distinguir o leve brilho de luz das estrelas na curva de seu arco, junto ao prateado cru da espada curta de Asterion.

Falkan cortou as amarras, e o príncipe se libertou. Afastando a teia e cambaleando ao ficar de pé, ele apoiou a mão na pedra. Sangue, havia tanto sangue por todo ele...

Mas Sartaq correu até Nesryn, arrancando os fios que ainda lhe cobriam os pés.

— Está ferida?

— Mais rápido — urgiu o metamorfo, olhando para a entrada do arco atrás deles. — Não vai levar muito tempo para perceberem que ninguém está vindo.

Nesryn libertou os pés, e Sartaq a levantou.

— Ouviu o que ela disse sobre Maeve...

— Ah, ouvi — sussurrou o príncipe, quando correram até as armas. Ele entregou a Nesryn o arco e a aljava, assim como a lâmina feérica, então, pegando as próprias adagas de Asterion, sibilou para Falkan: — Para qual lado?

O metamorfo correu para a frente, além do entalhe de Maeve.

— Aqui... há uma inclinação para cima. Estamos logo do outro lado do desfiladeiro. Se conseguirmos chegar ao alto...

— Viu Kadara?

— Não — respondeu o mercador. — Mas...

Não esperaram para ouvir o resto antes de começarem a rastejar com pés silenciosos pelo arco, entrando no desfiladeiro iluminado pelas estrelas adiante. De fato, uma inclinação íngreme de pedras soltas se erguia do chão, como se fosse um caminho direto para as estrelas.

Eles chegaram até a metade da encosta traiçoeira. Falkan era como uma sombra escura às costas da dupla. De repente um grito agudo disparou da montanha além. Mas os céus estavam vazios, nenhum sinal de Kadara...

— Fogo — sussurrou Nesryn conforme dispararam para o ápice do pico. — Ela disse que todos os valg odeiam fogo. *Elas* odeiam fogo. — Pois as aranhas, devorando vida, devorando almas... Eram tão valg quanto Erawan. Originavam-se do mesmo inferno escuro. — Tire a pederneira do bolso — ordenou ela ao príncipe.

— E acendo *o quê?* — Seus olhos passaram para as flechas às costas de Nesryn quando o grupo parou no ápice estreito do pico, o chifre curvo. — Estamos encurralados aqui. — Ele observou o céu. — Pode não nos garantir nada.

Nesryn sacou uma flecha, colocando o arco no ombro ao puxar uma faixa da camisa de sob o casaco das vestes de montaria. A capitã rasgou a base, cortou o pedaço ao meio e envolveu um deles na flecha.

— Precisamos de algo para a faísca pegar — ressaltou ela, conforme Sartaq sacava a pederneira do bolso do peito.

Uma faca brilhou, e, então, um pedaço da trança de Sartaq estava em sua mão esticada.

Nesryn não hesitou. Apenas envolveu a trança no tecido, estendeu a flecha para ele, e Sartaq bateu a pederneira diversas vezes. Faíscas voaram, flutuando...

Uma pegou. Fogo se acendeu. Bem no momento que a escuridão tomou o desfiladeiro abaixo. Ombro a ombro, as aranhas surgiram. Duas dúzias, no mínimo.

Nesryn engatilhou a flecha, puxando a corda do arco para trás — e mirou o alto.

Não diretamente para elas. Mas um tiro no céu, alto o bastante para penetrar as estrelas brilhantes.

As aranhas pararam, observando a flecha atingir o zênite, então mergulhar para baixo e para baixo...

— Outra — disse a capitã, pegando aquela segunda faixa de tecido e envolvendo-a novamente na cabeça da flecha seguinte; apenas três permaneceram na aljava. Sartaq cortou um segundo pedaço da trança, passando-o sobre a ponta. A pederneira raspou, faíscas brilharam, e, conforme aquela primeira flecha mergulhava na direção das aranhas já se afastando do caminho, Nesryn soltou a segunda flecha.

As aranhas ficaram tão distraídas olhando para cima que não olharam adiante.

A maior delas, aquela que falara com Nesryn por tanto tempo, menos ainda.

E, quando a flecha incandescente se chocou contra seu abdômen, perfurando profundamente, o grito da aranha chacoalhou as próprias pedras sob eles.

— Outra — sussurrou Nesryn, buscando a próxima flecha enquanto Sartaq arrancava tecido da própria camisa. — Rápido.

Sem ter para onde ir, sem ter como mantê-las afastadas.

— Transforme-se — disse ela a Falkan, que monitorava as aranhas em pânico e em recusa diante das ordens berradas da líder para que apagassem o fogo em seu abdômen. — Se vai se transformar em algo, faça isso *agora*.

O metamorfo virou aquele rosto horroroso de aranha para os dois. Sartaq arrancou outro pedaço da trança e passou sobre a cabeça da terceira flecha.

— Vou contê-las — disse Falkan.

Faíscas voaram, e chama se acendeu naquela terceira flecha de fogo.

— Um favor, capitã — pediu o metamorfo.

Tempo. Não tinham *tempo*...

— Quando eu tinha 7 anos, meu irmão mais velho gerou uma filha bastarda de uma pobre mulher em Forte da Fenda. Abandonou as duas. Faz vinte anos desde então, e, quando tive idade o suficiente para ir até a cidade, para começar meu comércio, procurei por ela. Encontrei a mãe depois de alguns anos... no leito de morte. A mulher mal conseguiu falar por tempo o suficiente para contar que tinha expulsado a menina de casa. Ela não sabia onde minha sobrinha estava. Não se importava. Ela morreu antes que pudesse me dar um nome.

As mãos de Nesryn tremeram conforme ela mirava a flecha na direção da aranha que tentava passar pela irmã em chamas.

— Rápido — avisou Sartaq.

— Se ela tiver sobrevivido — prosseguiu Falkan —, se tiver crescido, pode ter o dom da metamorfose também. Mas não importa se o tem ou não. O que importa... Ela é minha família. Tudo o que me resta. E procurei por ela por muito tempo.

Nesryn disparou a terceira flecha. Uma aranha gritou quando a arma encontrou o alvo. As outras recuaram.

— Encontre minha sobrinha — pediu o mercador, dando um passo na direção dos horrores que aconteciam abaixo. — Minha fortuna... é toda dela. E talvez tenha fracassado com ela em vida. Mas não em minha morte.

Nesryn abriu a boca, sem acreditar naquilo, nas palavras que saíam...

Mas Falkan correu pelo caminho e saltou bem na frente daquela fileira incandescente de aranhas.

Sartaq agarrou o cotovelo da capitã, apontando para a encosta íngreme abaixo do minúsculo pico.

— Este...

Em um momento, ela estava de pé. No seguinte, Sartaq a atirara para trás, com a espada zunindo.

Nesryn cambaleou, agitando os braços para se manter erguida ao perceber o que tinha subido de fininho pelo outro lado do pico: a aranha que sibilava para eles, com veneno pingando das enormes presas.

A aranha avançou para Sartaq com as duas pernas da frente.

Ele desviou e golpeou para baixo, acertando o alvo.

Sangue preto jorrou conforme a aranha gritava... mas não antes de enfiar aquela garra profundamente na coxa do príncipe.

Nesryn se moveu, disparando a quarta flecha bem contra um daqueles olhos. A quinta e última flecha disparou um momento depois, acertando a boca aberta da aranha enquanto ela gritava.

A aranha mordeu a flecha, cortando-a em duas.

Nesryn soltou o arco e sacou a lâmina feérica.

O bicho sibilou para a arma.

A capitã se colocou entre Sartaq e a aranha. Abaixo, as *kharankui* gritavam e guinchavam. Ela não ousou olhar para ver o que Falkan fazia. Se ainda lutava.

A lâmina era um filete de luar entre Nesryn e a aranha.

A *kharankui* avançou um passo, e a capitã recuou um enquanto Sartaq se esforçava para ficar de pé ao lado da capitã.

— *Vou fazê-la implorar pela morte* — ameaçou a aranha, tomada pelo ódio e avançando de novo.

O animal se encolheu, preparando-se para saltar.

Faça valer; faça o golpe valer...

A *kharankui* saltou.

E saiu rolando do penhasco quando uma ruk preta se chocou contra ela, rugindo de fúria.

Não Kadara. Mas Arcas.

Borte.

✥ 51 ✥

Como um redemoinho de fúria, Arcas guinou para cima, então mergulhou de novo. O grito de batalha de Borte ecoou das pedras quando ela e a ruk miraram as *kharankui* no desfiladeiro abaixo. A aranha que as segurava, com sangue — sangue vermelho — pingando.

Outro grito partiu a noite, um que Nesryn aprendera tão bem quanto a própria voz.

E lá estava Kadara, mergulhando determinada até eles, com mais dois ruks no encalço.

Sartaq soltou o que poderia ter sido um soluço ao ver um dos outros ruks se afastar, mergulhando para onde Borte planava e avançava e estilhaçava as fileiras de *kharankui*.

Um ruk com penas marrons muito escuras... e um rapaz sobre ele.

Yeran.

Nesryn não reconheceu o outro montador que voava atrás de Kadara. Sangue manchava as penas douradas da ruk, mas ela voava firme, pairando acima conforme o outro ruk se aproximava.

— Segure firme e não tenha medo da queda — sussurrou Sartaq, passando a mão pela bochecha de Nesryn. Sob o luar, seu rosto estava coberto de terra e sangue, os olhos, cheios de dor, mas ainda assim...

Então uma parede de asas chegou, com garras poderosas abertas.

Elas se fecharam em torno da cintura de Nesryn e nas coxas, impulsionando-a a se sentar reta no ar, com Sartaq preso na outra. Em seguida, o grande pássaro disparou para a noite.

O vento rugiu, mas a ruk os levou para mais alto. Kadara entrou em formação atrás — protegendo a retaguarda. Por entre os cabelos esvoaçantes, Nesryn olhou para trás, em direção ao desfiladeiro delineado por fogo.

Para onde Borte e Yeran disparavam para cima, com uma forma escura agarrada nas garras do ruk. Completamente inerte.

Borte não havia terminado.

Uma luz se acendeu no alto de seu ruk. Uma flecha em chamas.

Borte a disparou para o alto no céu.

Um sinal, percebeu Nesryn, no momento que inúmeras asas preencheram o ar ao redor. E, quando a flecha caiu sobre uma teia e chamas irromperam, centenas de luzes se acenderam no céu.

Montadores de ruks. Cada um levando uma flecha incandescente. Cada um apontando-a para baixo.

Como uma chuva de estrelas cadentes, as flechas caíram na escuridão de Dagul. Aterrissaram em teias e árvores. E incendiaram tudo. Uma após a outra após a outra.

Até que a noite se acendeu, até que fumaça subiu, misturando-se aos gritos crescentes ecoando dos picos e da floresta.

Os ruks viraram para o norte. Nesryn tremia ao se agarrar às garras que a seguravam. Do outro lado, Sartaq a encarou, com os cabelos recém-cortados na altura dos ombros ondulando ao vento.

As chamas abaixo deixavam os ferimentos no rosto, nas mãos e no pescoço ainda mais terríveis. A pele estava macilenta, os lábios, pálidos, os olhos, pesados de exaustão e alívio. Mas ainda assim...

Sartaq sorriu, mal passando de uma curva na boca. As palavras que o príncipe tinha confessado flutuavam pelo vento entre eles.

Nesryn não conseguia desviar os olhos. Não conseguia virar o rosto.

Então ela sorriu de volta.

Abaixo e atrás deles, no meio da noite, os montes Dagul queimavam.

⚜ 52 ⚜

Chaol e Yrene galoparam de volta para Antica ao alvorecer.

Deixaram um bilhete para Hasar, alegando que a curandeira tinha um paciente gravemente doente que precisava ser examinado, e correram pelas dunas sob o sol nascente.

Nenhum dos dois dormira muito, mas, se o que pensavam sobre os curandeiros fosse verdade, não arriscariam se demorar.

As costas de Chaol doíam graças à cavalgada do dia anterior e à... outra cavalgada da noite anterior. Múltiplas cavalgadas. Então, quando os minaretes e as paredes brancas de Antica surgiram, ele já estava sibilando entre dentes.

Yrene franziu a testa para Chaol durante todo o doloroso caminho pelas ruas lotadas até o palácio. Não tinham discutido as acomodações para a noite, mas ele não se importava se precisasse subir cada um dos degraus da Torre. Na cama da curandeira ou na sua. A ideia de deixá-la, mesmo por um segundo...

Chaol se encolheu ao descer de Farasha — a égua preta estava misteriosamente bem-comportada —, e aceitou a bengala que o ajudante de estábulo mais próximo tinha trazido da égua de Yrene.

Ele conseguiu dar alguns passos até a curandeira, andando com bastante dificuldade e dor, mas Yrene estendeu a mão em aviso.

— *Nem* pense em tentar me levantar para sair deste cavalo, ou me carregar, ou *qualquer coisa*.

Ele deu um olhar sarcástico para ela, mas obedeceu.

— *Qualquer coisa?*

Yrene assumiu um lindo tom escarlate ao descer da égua, passando as rédeas ao ajudante de estábulo que esperava. O homem se curvou de alívio, totalmente grato por não ter a tarefa de cuidar da impetuosa Farasha, que no momento sopesava o pobre coitado encarregado de arrastá-la em direção aos estábulos como se fosse devorá-lo no almoço. De fato, o cavalo de Hellas.

— Sim, *qualquer coisa* — insistiu Yrene, afofando as roupas amarrotadas. — É provavelmente por causa de *qualquer coisa* que você está andando com mais dificuldade do que antes.

Chaol esperou que ela o alcançasse e se apoiou na bengala por tempo o bastante para dar um beijo na têmpora da curandeira. Ele não se importava com quem visse. Com quem reportasse aquilo. Podiam ir todos para o inferno. Mas atrás deles, Chaol podia jurar que Shen e os outros guardas sorriam de orelha a orelha.

Ele piscou um olho para a jovem.

— Então é melhor me curar, Yrene Towers, porque planejo fazer bastante *qualquer coisa* com você esta noite.

Ela ficou ainda mais vermelha, mas inclinou o queixo para cima, orgulhosa.

— Vamos nos concentrar nestes pergaminhos primeiro, seu espertalhão.

Chaol sorriu, um sorriso largo e livre, e o sentiu em cada centímetro do corpo dolorido conforme os dois caminhavam de volta ao palácio.

∽

Qualquer alegria teve vida curta.

Chaol captou os sussurros de alguma coisa errada assim que entraram na silenciosa ala onde ele estava hospedado. Assim que viu os guardas murmurando e os criados correndo de um lado para o outro. Yrene apenas trocou um olhar com o lorde, e os dois correram o mais rápido que Chaol conseguiu. Pontadas de queimação dispararam pelas costas do antigo capitão, desceram pelas coxas, mas se algo tivesse acontecido...

As portas da suíte estávam entreabertas, com dois guardas posicionados do lado de fora, os quais lançaram a ele olhares cheios de pena e pesar. O estômago de Chaol se revirou.

Nesryn. Se tivesse voltado, se algo tivesse acontecido com aquele valg em seu encalço...

Chaol disparou para a suíte; as dores no corpo emudeceram, a cabeça se encheu de silêncio estridente.

A porta de Nesryn estava aberta.

Mas nenhum corpo estava jogado na cama. Nenhum sangue manchava o tapete, ou sujava as paredes.

Os aposentos pareciam iguais. Mas os dois dormitórios... Destruídos.

Dilacerados, como se algum vento poderoso tivesse estilhaçado as janelas e devastado o espaço.

A sala de estar era a pior. O sofá dourado de sempre: esfrangalhado. Os quadros e a arte revirados ou rachados ou cortados.

A escrivaninha fora saqueada, os tapetes virados...

Kadja estava ajoelhada no canto, reunindo pedaços de um vaso quebrado.

— Cuidado — pediu Yrene, caminhando até a jovem enquanto ela catava pedaços com as mãos expostas. — Pegue uma vassoura e uma pá em vez de usar as próprias mãos.

— Quem fez isso? — perguntou Chaol, baixinho.

Medo brilhou nos olhos de Kadja conforme ela se levantava.

— Estava assim quando entrei esta manhã.

— Não ouviu absolutamente nada? — indagou Yrene.

A dúvida afiada naquelas palavras deixou Chaol tenso. A curandeira não confiara na criada por um segundo, inventando tarefas para mantê-la longe, mas que Kadja *fizesse* aquilo...

— Com você fora, milorde, eu... tirei a noite para visitar meus pais.

Ele tentou não se encolher. Uma família. Ela tinha família ali, e Chaol jamais se incomodara em perguntar...

— E seus pais podem atestar o fato de que estava com eles a noite toda?

Chaol se virou.

— Yrene.

A curandeira nem mesmo olhou para ele ao avaliar Kadja. A criada se intimidou com aquele olhar destemido.

— Mas suponho que deixar a porta destrancada para alguém teria sido mais esperto.

Kadja se encolheu, curvando os ombros para dentro.

— Yrene... Isso pode ter vindo de qualquer coisa. Pode ter vindo de qualquer um.

— Sim, qualquer um. Principalmente alguém que estivesse procurando alguma coisa.

As palavras se encaixaram no mesmo momento que a bagunça do quarto. Chaol encarou a criada.

— Não limpe mais nada. Tudo aqui pode oferecer alguma prova de quem fez isso. — Ele franziu a testa. — Quanto já conseguiu limpar?

Pelo estado do quarto, não muito.

— Acabei de começar. Achei que não voltaria até esta noite, então não...

— Tudo bem. — Diante do encolher de corpo da criada, Chaol acrescentou: — Vá para seus pais. Tire o dia de folga, Kadja. Fico feliz que não estivesse aqui quando isso aconteceu.

Yrene deu a ele um franzir de testa como se dissesse que a menina poderia muito bem ter sido a causa daquilo, mas manteve a boca fechada. Em um minuto, Kadja partiu, fechando as portas do corredor com um clique baixo.

A curandeira passou as mãos pelo rosto.

— Eles levaram tudo. *Tudo*.

— Levaram? — Chaol andou até a escrivaninha, olhando dentro das gavetas enquanto apoiava a mão na superfície. As costas doíam e se contorciam...

Yrene disparou para o sofá dourado, levantando as almofadas destruídas.

— Todos aqueles livros, os pergaminhos...

— Era de conhecimento de todos que estaríamos fora. — Ele se recostou totalmente contra a escrivaninha, quase suspirando pelo peso que isso tirou das costas.

Yrene abriu uma trilha pelo quarto, inspecionando todos os lugares em que escondera aqueles livros e pergaminhos.

— Eles levaram tudo. Até mesmo *A canção do princípio*.

— E o quarto?

Ela sumiu imediatamente. Chaol esfregou as costas, sibilando baixinho. Mais farfalhar, então:

— Há!

A jovem ressurgiu, agitando uma das botas no ar.

— Pelo menos não encontraram isto.

Aquele primeiro pergaminho. Chaol levou um sorriso à boca.

— Pelo menos isso.

Yrene levou a bota ao peito, como se fosse um bebê.

— Estão ficando desesperados. Isso torna as pessoas perigosas. Não deveríamos ficar aqui.

Chaol avaliou os danos.

— Está certa.

— Então iremos direto para a Torre.

Ele olhou pelas portas abertas para o saguão. Para o quarto de Nesryn.

Ela deveria voltar em breve. E, quando voltasse e descobrisse que ele se fora, com Yrene... Chaol a tratara terrivelmente. Permitira-se esquecer do que tinha prometido, do que deixara implícito em Forte da Fenda. No navio até lá. E Nesryn talvez não cobrasse promessa alguma, mas Chaol havia quebrado tantas.

— O que foi? — A pergunta de Yrene mal passou de um sussurro.

Ele fechou os olhos. Era um canalha. Tinha arrastado Nesryn até lá, e era assim que a tratava. Enquanto ela estava fora caçando respostas, arriscando a vida, enquanto buscava algum fiapo de esperança de erguer um exército... Chaol mandaria uma mensagem... imediatamente. Para que voltasse o mais rápido possível.

— Não é nada — respondeu ele, por fim. — Talvez você devesse ficar na Torre esta noite. Há guardas o suficiente por lá para fazer qualquer um pensar duas vezes. — Ao ver mágoa percorrer os olhos da jovem, ele acrescentou: — Não pode parecer que estou fugindo. Principalmente com a realeza agora começando a achar que posso ser alguém de interesse. Que Aelin continua sendo uma fonte de preocupação e intriga... talvez eu devesse usar isso em vantagem própria. — Ele brincou com a bengala, jogando-a entre as mãos. — Mas eu deveria ficar aqui. E você, Yrene, você deveria ir.

Ela abriu a boca para protestar, mas parou, endireitando-se. Um brilho metálico penetrou os olhos da curandeira.

— Eu mesma levo o pergaminho para Hafiza, então.

Ao assentir, Chaol detestou o tom da voz, a tristeza naqueles olhos. Ele também errara com ela. Em não terminar primeiro com Nesryn, para deixar tudo explicado. Tinha feito uma confusão.

Um tolo. Fora um tolo ao pensar que poderia sair daquela situação. Ultrapassar a pessoa que fora, os erros que tinha cometido.

Um tolo.

⊰ 53 ⊱

Yrene disparou para o alto da Torre, com o cuidado de não esmagar o pergaminho no punho.

A destruição do quarto abalara Chaol. Assim como Yrene, mas...

Não foi medo de se ferir ou da morte. Outra coisa havia mexido com ele.

Na outra mão, a curandeira segurava o medalhão; o metal parecia quente contra a pele.

Alguém sabia que eles estavam perto de descobrir o que quer que quisessem manter em segredo. Ou pelo menos *suspeitavam* de que eles poderiam descobrir algo e tinham destruído quaisquer fontes possíveis. E depois das peças que começaram a encaixar nas ruínas em meio a Aksara...

Yrene controlou o temperamento ao chegar ao último patamar da Torre, o calor sufocando-a.

Hafiza estava em sua oficina particular, repreendendo-se, debruçada sobre um tônico que ondulava com fumaça espessa.

— Ah, Yrene — disse ela, sem olhar para cima enquanto acrescentava uma gota de algum líquido. Frascos e bacias e tigelas cobriam a mesa, espalhados entre os livros abertos e um conjunto de ampulhetas de bronze com diversas medidas de tempo. — Como foi sua festa?

Reveladora.

— Incrível.

— Presumo que o jovem lorde tenha finalmente entregado seu coração.

Yrene tossiu.

533

Hafiza sorriu ao erguer a cabeça por fim.

— Ah, eu sabia.

— Nós não somos... quero dizer, não há nada oficial...

— Esse medalhão sugere o contrário.

A jovem tapou o medalhão com a mão, corando.

— Ele não é... ele é um *lorde*.

Diante das sobrancelhas erguidas de Hafiza, o temperamento dela se afiou. Quem mais sabia? Quem mais tinha visto e comentado e apostado?

— Ele é um lorde de Adarlan — explicou Yrene.

— E?

— *Adarlan.*

— Achei que tivesse superado isso.

Talvez tivesse. Talvez não.

— Não é nada com que se preocupar.

Um sorriso sábio.

— Que bom.

Yrene respirou fundo pelo nariz.

— Mas infelizmente não está aqui para me contar todos os detalhes sórdidos.

— Ai! — Yrene fez uma careta. — Não.

Hafiza acrescentou mais algumas gotas ao tônico, e a substância se agitou. Ela pegou a ampulheta de dez minutos e a virou, então a areia branca como osso passou a escorrer para a base antiga. A proclamação de uma reunião que começara mesmo antes de Hafiza dizer:

— Presumo que tenha algo a ver com esse pergaminho em sua mão?

Yrene olhou para o corredor aberto, então correu para fechar a porta. Em seguida, as janelas.

Quando terminou, a alta-curandeira apoiara o tônico, o rosto incomumente sério.

A jovem explicou o saque do quarto. Os livros e os pergaminhos levados. As ruínas no oásis e a teoria insana de que talvez os curandeiros não tivessem simplesmente surgido ali, mas que tivessem sido *plantados* ali, em segredo. Contra os valg e seus reis.

E, pela primeira vez desde que Yrene a conhecera, o rosto de tom marrom da idosa pareceu perder um pouco da cor. Os olhos escuros e nítidos se arregalaram.

534

— Tem certeza... de que essas são as forças se reunindo em seu continente? — Hafiza se acomodou na pequena cadeira atrás da mesa de trabalho.

— Sim. O próprio Lorde Westfall os viu. Lutou contra eles. Por isso veio para cá. Não para levantar um exército contra meros homens leais ao império de Adarlan, mas um exército que lute contra demônios que usam corpos humanos, demônios que geram monstros. Tão grandiosos e terríveis que nem mesmo todo o poder de Aelin Galathynius e de Dorian Havilliard basta.

A alta-curandeira sacudiu a cabeça, a nuvem de cabelos brancos esvoaçando.

— E agora vocês dois acreditam que os curandeiros têm algum papel nisso tudo?

Yrene caminhou de um lado para outro.

— Talvez. Fomos incansavelmente caçados em nosso próprio continente, e sei que não parece nada, mas, se um assentamento de feéricos com aptidão para a cura começou de fato uma civilização aqui tempos atrás... *Por quê?* Por que deixar Doranelle, por que vir para tão longe e deixar tão poucos vestígios, mas garantir que o legado da cura sobrevivesse?

— Foi por isso que veio... e trouxe esse pergaminho.

Yrene apoiou o pergaminho diante da alta-curandeira.

— Como Nousha conhecia apenas lendas vagas e não conseguia ler a língua escrita aqui, achei que você poderia saber a história verdadeira. Ou me contar sobre o que trata esse pergaminho.

Hafiza cuidadosamente o abriu, apoiando as pontas com vários frascos. Letras escuras e esquisitas tinham sido pintadas ali. A alta-curandeira tracejou o dedo enrugado sobre algumas.

— Não sei ler tal linguagem. — Ela percorreu a mão pelo pergaminho de novo.

Os ombros de Yrene se curvaram.

— Mas isso me lembra... — Hafiza passou os olhos pelas estantes de livros na oficina, alguns deles selados atrás de vidro. Ela se levantou e seguiu até um cofre trancado no canto sombreado da sala. As portas não eram de vidro, mas de metal. Ferro.

Ela tirou uma chave que estava ao redor do pescoço e o abriu, chamando Yrene.

Seguindo apressada e quase aos tropeços pela sala, ela chegou ao lado de Hafiza. Nas lombadas de alguns dos volumes, quase podres pela idade...

— Marcas de Wyrd — murmurou a jovem curandeira.

— Me disseram que não eram livros para olhos humanos... que esse tipo de conhecimento era melhor ser mantido trancafiado e esquecido, a não ser que encontrasse seu caminho para o mundo.

— Por quê?

Hafiza deu de ombros, estudando os antigos textos nas prateleiras diante delas, mas sem tocá-los.

— Foi tudo o que minha predecessora me disse: *Não se destinam aos olhos humanos.* Ah, uma ou duas vezes, estive bêbada o suficiente para considerar se abriria os livros, mas sempre que pego esta chave... — Ela brincou com o longo colar, a chave feita do mais preto ferro pendia dele. O objeto fazia conjunto com o armário. — Reconsidero.

Hafiza sopesou a chave na palma da mão.

— Não sei como ler estes livros, ou que língua é essa, mas, se esses pergaminhos e livros estavam na biblioteca, então o fato de que *estes* foram trancafiados aqui... Talvez seja o tipo de informação pela qual valha a pena matar.

Gelo percorreu a coluna de Yrene.

— Chaol... Lorde Westfall conhece alguém que sabe ler essas marcas. — Aelin Galathynius, dissera ele. — Talvez devêssemos levá-los até ela. O pergaminho e esses poucos livros.

A boca da alta-curandeira se contraiu quando ela fechou as portas de ferro do armário e as trancou com um pesado clique.

— Preciso pensar nisso, Yrene. Os riscos. Se estes livros deveriam sair.

A jovem assentiu.

— Sim, é claro. Mas temo que talvez não tenhamos muito tempo.

Hafiza deslizou a chave de ferro de volta para debaixo da túnica e voltou para a mesa de trabalho, com Yrene no encalço.

— Conheço um pouco da história — admitiu a idosa. — Achei que fosse um mito, mas... minha predecessora me contou isso assim que cheguei. Durante o festival da Lua de Inverno. Ela estava bêbada, porque eu a enchi de álcool para que revelasse seus segredos. Mas, em vez disso, ela começou a tagarelar, e acabou me dando uma aula de história. — A alta-curandeira riu, sacudindo a cabeça. — Jamais me esqueci, em grande parte porque fiquei muito desapontada por ter conseguido tão pouco com três garrafas de vinho caro compradas com todo o dinheiro que tinha.

Yrene se recostou contra a antiga mesa de trabalho quando Hafiza se sentou e entrelaçou os dedos no colo.

— Ela me contou que há muito tempo, antes de os homens aparecerem aqui, antes de os senhores dos cavalos e os ruks acima das estepes, esta terra realmente pertencia aos feéricos. Um pequeno e lindo reinozinho, com capital aqui. Antica foi construída sobre suas ruínas. Mas os templos aos deuses eram erguidos além das muralhas da cidade, nas montanhas, nas terras dos rios, nas dunas.

— Como a necrópole em Aksara.

— Sim. E ela me contou que eles não queimavam os corpos dos mortos, mas os colocavam em tumbas dentro de sarcófagos tão espessos que nenhum martelo ou aparelho conseguia abri-los. Selados com feitiços e fechaduras inteligentes. Para jamais serem abertos.

— Por quê?

— Aquela bêbada estúpida me disse que era porque viviam com medo de que alguém *entrasse*. Para lhes tomar os corpos.

Yrene ficou feliz por estar encostada na mesa.

— A maneira como os valg agora usam os humanos para possessão.

Um aceno.

— Ela tagarelou sobre como tinham deixado o conhecimento da cura para que nós encontrássemos. Que eles tinham roubado de outro lugar e que esses ensinamentos formavam a base da Torre. Que a própria Kamala fora treinada nas artes dos feéricos cujos registros foram descobertos em tumbas e catacumbas há muito perdidas para nós. Kamala fundou a Torre com base no que ela e sua pequena ordem aprenderam. Adoravam Silba porque ela era a deusa da cura feérica também. — Hafiza indicou as corujas entalhadas pela oficina, pela própria Torre, e esfregou a têmpora. — Então sua teoria poderia se sustentar. Jamais descobri como os feéricos vieram até aqui, para onde foram e por que sumiram. Mas estiveram aqui e, de acordo com minha predecessora, deixaram algum tipo de conhecimento ou poder para trás. — Um franzir da testa na direção daquela estante trancada.

— Que alguém está agora tentando apagar. — Yrene engoliu em seco.

— Nousha vai me matar quando souber que aqueles livros e pergaminhos foram levados.

— Ah, pode ser, realmente. Mas provavelmente vai sair à caça de quem quer que tenha feito isso primeiro.

— O que tudo isso *significa*? Por que ter tanto trabalho?

Hafiza caminhou de volta para o tônico. A ampulheta estava quase vazia.

— Talvez seja o que você deve descobrir. — Ela acrescentou mais algumas gotas de líquido ao tônico, então pegou a ampulheta de um minuto e a virou. — Considerarei a questão dos livros, Yrene.

～

Yrene voltou para o quarto, escancarou a janela para deixar a brisa entrar na câmara abafada e se sentou na cama por um minuto inteiro antes de sair andando de novo.

Deixara o pergaminho com Hafiza, pensando que a estante de livros trancada era mais segura que qualquer outro lugar. Mas não eram pergaminhos ou livros antigos que enchiam sua cabeça conforme ela virava à esquerda e seguia para o andar de baixo.

Progresso. Tinham feito progresso com o ferimento de Chaol, significativamente, mas tinham retornado e encontrado o quarto destruído.

O quarto *dele* — não deles. Chaol deixara isso bem evidente mais cedo.

Os passos de Yrene não hesitaram, mesmo com as pernas doendo após quase dois dias de cavalgada. Devia haver alguma conexão... o progresso do lorde, aqueles ataques.

Ela jamais conseguiria pensar no quarto silencioso e abafado. Ou na biblioteca, não quando acabaria saltando a cada passo ou miada de uma curiosa gata Baast.

Mas havia um lugar, silencioso e seguro. Um lugar onde poderia trabalhar os fios emaranhados que os levaram até ali.

～

O Ventre estava vazio.

Depois de ter se limpado e colocado o vestido lavanda de tecido pálido e fino, Yrene seguira para a câmara cheia de vapor, incapaz de não olhar para a banheira na parede mais afastada. Para onde aquela curandeira chorara apenas horas antes da morte.

Ela esfregou o rosto, respirando para se acalmar.

As banheiras dos dois lados a chamavam, as águas borbulhantes eram convidativas, prometendo acalmar braços e pernas doloridos. Mas Yrene permaneceu no centro da câmara, em meio àqueles sinos que tocavam levemente, e encarou a escuridão bem no alto.

De uma estalactite na escuridão, longe demais para ser vista, caiu uma gota d'água — aterrissando em sua testa. Yrene fechou os olhos diante da água fria e ríspida, mas não fez menção de limpá-la.

Os sinos cantavam e murmuravam, as vozes das irmãs há muito mortas. Ela se perguntou se aquela curandeira que tinha morrido... Se sua voz agora cantava ali.

Yrene olhou para cima, para a fileira mais próxima de sinos pendurados, de diversos tamanhos e formatos. Seu sino...

Com pés descalços e silenciosos, Yrene caminhou até a pequena estalagmite que se projetava do chão perto da parede, para a corrente frouxa entre ela e outra pilastra a poucos metros. Sete outros sinos pendiam ali, mas a curandeira não precisava de um lembrete de qual era o seu.

Ela sorriu para o pequeno sino de prata, comprado com o outro daquela estranha. Ali estava o próprio nome, gravado na lateral — talvez o mesmo joalheiro que Chaol tinha encontrado para o amuleto que pendia de seu pescoço. Mesmo ali, Yrene não quisera se separar da joia.

Cuidadosamente, ela roçou o dedo sobre o sino, sobre seu nome e a data em que entrara na Torre.

Em seguida ao toque, um ressoar baixo e doce saltitou, ecoando pelas paredes de pedra e pelos outros sinos, fazendo alguns deles tocarem como que em resposta.

Por todo lado, o som do sino de Yrene dançou, e ela girou onde estava, como se pudesse seguir o som. E quando se dissipou...

Yrene deu um peteleco no sino de novo. Um som mais alto, mais nítido.

O som ecoou pela câmara, e a curandeira o observou e acompanhou.

Ele se dissipou de novo, mas não antes que o poder de Yrene despertasse em resposta.

Com mãos que não lhe pertenciam por completo, ela tocou o sino uma terceira vez.

E, conforme a cantoria preenchia a câmara, a jovem começou a caminhar.

Para todo lugar que o som ia, Yrene seguia.

Os pés descalços batiam na pedra úmida, e a curandeira acompanhava o caminho do som pelo Ventre, como se ele fosse um coelho correndo adiante.

Em torno das estalagmites que se erguiam do chão. Sob as estalactites que escorriam de cima. Atravessando a câmara; serpenteando pelas paredes; fazendo as velas tremerem. Adiante e adiante, ela acompanhava aquele som.

Além dos sinos de gerações de curandeiras, todos cantando ao encalço.

Yrene tamborilou os dedos por eles também.

Uma onda de som respondeu.

Deve entrar onde teme caminhar.

Ela prosseguiu, os sinos tocando, tocando, tocando. Mesmo assim, ela seguiu o som do próprio sino, aquela canção doce e nítida que a chamava para a frente. Puxando-a.

Aquela escuridão ainda vivia dentro dele; no ferimento. Eles a tinham empurrado tão para trás, mas ela permanecia. No dia anterior, ele contara coisas que lhe partiram o coração, mas não a história completa.

Mas, se a chave para derrotar aquele fiapo de escuridão valg não estivesse somente em enfrentar as memórias, se explosões sem direção da magia de Yrene não fizessem nada...

Ela seguiu o som do sino de prata até o ponto final:

Um canto antigo da câmara, com correntes enferrujadas pela idade e alguns dos sinos verdes pela oxidação.

Ali, o som de seu sino se calava.

Não, não estava calado. Mas esperava. Murmurava contra o canto de pedra.

Havia um pequeno sino, pendurado bem na ponta da corrente. Tão enferrujado que a letra estava quase impossível de ler.

Mas Yrene leu o nome ali.

Yafa Towers.

Ela não sentiu o golpe duro da pedra ao cair de joelhos. Ao ler aquele nome, a data — a data de duzentos anos antes.

Uma mulher Towers. Uma curandeira Towers. Ali... com ela. Uma mulher Towers estivera cantando naquela câmara durante os anos em que Yrene vivera ali. Mesmo agora, mesmo tão longe de casa, ela jamais estivera sozinha.

Yafa. Yrene proferiu o nome, sem som, com a mão no coração.

Entre onde teme caminhar...

Ela olhou para a escuridão do Ventre acima.

Alimentando-se. O poder do valg estivera se alimentando dele...

Sim, foi o que a escuridão acima pareceu dizer. Nem uma gota soou; nem um sino tocou.

Yrene olhou para as mãos, caídas, inertes ao lado do corpo. Conjurou adiante o leve brilho branco do próprio poder, deixando que preenchesse a câmara, que ecoasse da rocha em uma canção silenciosa. Que ecoasse daqueles sinos, as vozes de milhares de suas irmãs, a voz da Towers antes de Yrene.

Entre onde teme caminhar...

Não o vazio que espreitava dentro dele. Mas o vazio dentro dela.

Aquele que começara no dia em que soldados tinham se reunido em torno do chalé, puxando-a pelos cabelos até a grama verde.

Será que Yafa soubera, ali, dentro daquela câmara, tão fundo na terra, o que acontecera naquele dia do outro lado do oceano? Será que observara durante os últimos dois meses e lançara sua canção antiga e enferrujada, como uma súplica silenciosa?

Não eram homens ruins, Yrene.

Não, não eram. Os homens que ele havia comandado, com quem havia treinado, que tinham usado o mesmo uniforme, se curvado ao mesmo rei que os soldados que vieram naquele dia...

Não eram homens ruins. Existiam pessoas em Adarlan que valia salvar — por quem valia lutar. Não eram o inimigo, jamais tinham sido. Talvez ela já soubesse disso antes da revelação de Chaol no oásis no dia anterior. Talvez ela apenas não tivesse tido vontade de saber.

Mas a coisa que permanecia dentro dele, aquele fiapo do demônio que ordenara tudo...

Sei o que você é, disse Yrene silenciosamente.

Pois era a mesma coisa que vivia dentro dela durante aqueles anos, lhe tomando coisas, embora a sustentasse. Uma criatura diferente, mas ainda assim igual.

A curandeira reuniu a magia de volta para dentro do corpo, e o brilho se dissipou. Ela sorriu para a doce escuridão acima. *Agora entendo.*

Outra gota d'água beijou sua testa em resposta.

Sorrindo, Yrene estendeu a mão para o sino de sua ancestral. E o tocou.

⊰ 54 ⊱

Chaol acordou na manhã seguinte e mal conseguiu se mover.

Tinham consertado o quarto e acrescentado mais guardas, e, quando a realeza por fim voltara das dunas ao pôr do sol, tudo estava em ordem.

Ele não vira Yrene pelo resto daquele dia, e se perguntava se ela e a alta-curandeira teriam, de fato, encontrado algo de valor no pergaminho. No entanto, quando chegara o jantar e ela ainda não havia aparecido, Chaol mandara Kadja buscar notícias com Shen.

O próprio Shen tinha voltado — corando um pouco, sem dúvida graças à beleza da criada que o levara até ali — para explicar que se certificara de receber da Torre notícias de que Yrene tinha voltado em segurança e que não tinha deixado a torre desde então.

Mesmo assim, Chaol cogitou chamá-la quando suas costas começaram a doer ao ponto de ficar insuportável, quando nem mesmo a bengala conseguia ajudá-lo a atravessar o quarto. Mas a suíte não era segura. E, se ela começasse a ficar lá, e Nesryn voltasse antes que Chaol pudesse explicar...

Ele não conseguia tirar esse pensamento da cabeça. O que tinha feito, a confiança que quebrara.

Então ele conseguira tomar um banho, esperando que fosse aliviar os músculos doloridos, e quase rastejara até a cama.

Chaol acordou ao alvorecer, tentou pegar a bengala ao lado da cama e conteve o grito de dor.

Pânico se chocou contra ele, selvagem e afiado. O lorde trincou os dentes, tentando lutar contra aquilo.

Dedos dos pés. Conseguia mover os dedos dos pés. E os tornozelos. E os joelhos...

O pescoço se arqueou diante das ondas de dor quando ele moveu os joelhos, as coxas, o quadril.

Pelos deuses. Tinha forçado demais, tinha...

A porta se escancarou e abriu, e ali estava ela, naquele vestido roxo.

Os olhos de Yrene se arregalaram, então se acalmaram; como se estivesse prestes a contar algo a ele.

Em vez disso, aquela máscara de calma tranquilizadora cobriu o rosto da curandeira enquanto ela prendia parte do cabelo, como de costume, e se aproximava com passadas determinadas.

— Consegue se mover?

— Sim, mas a dor... — Chaol mal conseguia falar.

Soltando a sacola no carpete, Yrene enrolou as mangas.

— Consegue se virar?

Não. Ele tentara e...

Ela não esperou por uma resposta.

— Descreva exatamente o que fez ontem, desde o momento que parti até agora.

Chaol descreveu. Tudo, até o banho...

Yrene xingou imundícies.

— Gelo. *Gelo* para ajudar músculos cansados, *não* calor. — Ela exalou. — Preciso que vire. Vai sentir uma dor dos infernos, mas é melhor se fizer de uma vez só...

Ele não esperou. Trincou os dentes e o fez.

Um grito disparou da garganta de Chaol, mas Yrene foi imediatamente para lá, com as mãos na bochecha e nos cabelos do lorde, com a boca contra sua têmpora.

— Bom — sussurrou ela contra a pele. — Um homem corajoso.

Ele não se incomodara em vestir mais que calções para dormir, então a curandeira precisou fazer pouco para prepará-lo conforme passou as mãos pelas costas de Chaol, tracejando o ar acima da pele.

— O ferimento... o ferimento voltou — sussurrou Yrene.

— Não estou surpreso — disse ele, com os dentes trincados. Nada surpreso.

Ela abaixo as mãos para a lateral do próprio corpo.

— Por quê?

Ele passou o dedo sobre a colcha bordada.

— Apenas... faça o que precisar fazer.

Yrene parou diante da esquiva... então vasculhou a bolsa em busca de algo. O mordedor. No entanto, ela o segurou nas mãos em vez de colocar na boca de Chaol.

— Vou entrar — disse ela, baixinho.

— Tudo bem.

— Não... Vou entrar e vou acabar com isso. Hoje. Agora mesmo.

Foi preciso um momento para as palavras serem absorvidas. Tudo o que aquilo compreenderia. Ele ousou perguntar:

— E se eu não conseguir? — *Encarar, suportar?*

Não havia medo nos olhos de Yrene, nenhuma hesitação.

— Essa pergunta não sou eu que preciso responder.

Não, jamais fora. Chaol observou a luz do sol dançar no medalhão, sobre as montanhas e os mares. O que Yrene poderia testemunhar dentro dele naquele momento, quanto fracassara terrivelmente, de novo e de novo...

Mas tinham caminhado até ali. Juntos. Ela não dera as costas. Para nada daquilo.

E ele também não faria isso.

— Pode se ferir se ficar tempo demais — disse Chaol, com um nó na garganta.

De novo, nenhuma sombra de dúvida ou terror.

— Tenho uma teoria. Quero testá-la. — Yrene deslizou o mordedor entre os lábios de Chaol, e ele mordeu levemente. — E você... você é a única pessoa em quem posso testar.

No momento que ela lhe colocou as mãos na coluna exposta, ocorreu ao antigo capitão por que ele era o único em quem Yrene poderia testar. Mas não havia nada que pudesse fazer conforme dor e escuridão se chocavam contra ele.

Não tinha como impedir a curandeira, que mergulhava em seu corpo, com a magia como uma luz branca invasora em torno deles, dentro deles.

Os valg. O corpo de Chaol tinha sido manchado pelo poder, e Yrene...

Yrene não hesitou.

Ela disparou por ele, descendo pela escada da coluna, pegando os corredores dos ossos e do sangue.

Era uma lança de luz, disparada diretamente contra a escuridão, mirando aquela sombra que pairava e se estendia mais uma vez. Que tentava reivindicá-lo de novo.

Yrene se chocou contra a escuridão e gritou.

A escuridão rugiu de volta, e as duas se entrelaçaram, atracando-se.

Era estranha e fria e vazia; estava cheia de podridão e vento e ódio.

Yrene se atirou para dentro dela. Até a última gota.

E acima, como se a superfície de um mar escuro como a noite os separasse, Chaol urrava de dor.

Naquele dia. Terminaria naquele dia.

Sei o que você é.

Então Yrene lutou, e a escuridão revidou.

⊰ 55 ⊱

A agonia o dilacerou, interminável e infinita.

Chaol apagou em um minuto. O que o fez cair livremente naquele lugar. Naquele poço.

O fundo da descida.

O inferno oco sob as raízes de uma montanha.

Ali, onde tudo estava trancado e enterrado. Ali, onde tudo fora se enraizar.

A fundação vazia, minada e cortada, arruinada e transformada em nada além daquele poço.

Nada.

Nada.

Nada.

Uma inutilidade e um nada.

Ele viu o pai primeiro. Depois a mãe e o irmão e aquela fortaleza fria na montanha. Viu as escadas cobertas de gelo e neve, manchadas com sangue. Viu o homem para quem ele alegremente tinha se vendido, pensando que isso levaria Aelin para a segurança. *Celaena* para a segurança.

Ele mandara a mulher que tinha amado para a segurança de outro assassinato. Ele a enviara a Wendlyn, pensando que era melhor que Adarlan. Para *matar* a família real.

Seu pai surgiu do escuro, o espelho do homem que ele poderia ter se tornado, que um dia poderia ser. Desgosto e desapontamento contorceram as feições do homem que o encarava, o filho que poderia ter sido.

O preço pedido por seu pai... ele achou que era uma sentença de prisão.

Mas talvez tivesse sido uma chance de liberdade — de salvar o filho inútil e perdido do mal que provavelmente suspeitava de que estava prestes a ser liberado.

Ele tinha quebrado aquela promessa ao pai.

Chaol o odiava, mas ainda assim seu pai — aquele canalha horrível e miserável — cumprira com sua parte do acordo.

Ele... não cumprira.

Quebrador de juramento. Traidor.

Tudo o que fizera, Aelin destruíra. A começar por sua honra.

Ela, com aquela fluidez, aquela área sombria em que vivia... Chaol quebrara os votos por ela. Quebrara tudo o que era por ela.

Podia vê-la na escuridão.

Os cabelos dourados, os olhos turquesa que tinham sido a última pista, a última peça do quebra-cabeça.

Mentirosa. Assassina. Ladra.

Ela se banhava no sol sobre uma espreguiçadeira na varanda da suíte que ocupara no palácio, com um livro no colo. Inclinando a cabeça para o lado, Aelin o olhou com aquele meio sorriso preguiçoso. Um gato sendo despertado do repouso.

Ele a odiava.

Odiava aquele rosto, a diversão e a severidade. O temperamento e a crueldade que podiam reduzir alguém a frangalhos sem uma palavra sequer — apenas um olhar. Apenas um segundo de silêncio.

Ela *gostava* dessas coisas. Deliciava-se com elas.

E Chaol ficara tão enfeitiçado por isso, por aquela mulher que era uma chama viva. Ele estivera disposto a deixar tudo para trás. A honra. Os votos que fizera.

Por aquela mulher arrogante, altiva, orgulhosa, ele destruíra partes de si mesmo.

E depois, ela lhe dera as costas, como se ele fosse um brinquedo quebrado.

Direto para os braços daquele príncipe feérico, que surgiu da escuridão. Que se aproximou da espreguiçadeira na varanda, sentando-se na ponta.

O meio sorriso ficou diferente. Os olhos brilharam.

O interesse letal e predatório se concentrou no príncipe. Ela pareceu brilhar mais forte. Tornar-se mais alerta. Mais centrada. Mais... viva.

Fogo e gelo. Um fim e um início.

Os dois não se tocaram.

Apenas permaneceram na espreguiçadeira, alguma conversa não dita se passando entre eles. Como se tivessem finalmente encontrado algum reflexo de si mesmos no mundo.

Chaol os odiava.

Ele os *odiava* por aquela tranquilidade, aquela intensidade, aquela sensação de completude.

Aelin o devastara, devastara sua vida, e, então, tinha caminhado direto para o príncipe, como se passasse de um cômodo ao outro.

E depois de tudo ter ficado destruído, depois de ele ter dado as costas para tudo o que conhecia e de ter mentido para quem mais importava para guardar os segredos de Aelin, ela não tinha estado lá para lutar. Para ajudar.

Apenas voltara meses depois e atirara tudo na cara de Chaol.

Sua inutilidade. O nada que era.

Você me lembra de como o mundo deveria ser. De como o mundo pode ser.

Mentiras. As palavras de uma menina grata a ele por ter lhe oferecido a liberdade, por instigá-la e instigá-la, até que estivesse rugindo para o mundo de novo.

Uma menina que deixara de existir na noite em que encontraram aquele corpo na cama.

Quando ela havia lhe rasgado o rosto.

Quando tentara mergulhar a adaga em seu coração.

A predadora que ele tinha visto naqueles olhos... fora libertada.

Não havia coleira que pudesse mantê-la amarrada. E palavras como *honra* e *dever* e *confiança*, elas tinham desaparecido.

Aelin estripara aquele cortesão nos túneis. Deixara o corpo do homem cair, e fechara os olhos, com precisamente a mesma expressão no rosto que exibia durante aqueles espasmos de paixão. E, quando tinha aberto os olhos de novo...

Assassina. Mentirosa. Ladra.

Ela ainda estava sentada na espreguiçadeira, com o príncipe feérico ao lado, ambos observando a cena no túnel, como se fossem espectadores em uma partida.

Observando Archer Finn desabar sobre pedras, com o sangue vazando, com o rosto contraído de choque e dor. Observando Chaol de pé ali, incapaz de se mover ou de falar, conforme ela inspirava a morte e a vingança diante de si.

Conforme Celaena Sardothien se desfazia, destruindo-se completamente.

Ele, ainda assim, tentara protegê-la. Libertá-la. Redimir-se.

Você sempre será meu inimigo.

Ela rugira aquelas palavras com dez anos de ódio.

E falara a verdade. Tanto quanto qualquer criança que perdera e sofrera nas mãos de Adarlan.

Como Yrene falaria.

O jardim surgiu em outro bolsão de escuridão. O jardim e o chalé, a mãe e a criança rindo.

Yrene.

A coisa que ele não vira se aproximando. A pessoa que não esperara encontrar.

Ali na escuridão... ali estava ela.

No entanto, mesmo assim fracassara. Não agira corretamente com ela, ou com Nesryn.

Devia ter esperado, devia ter respeitado as duas o suficiente para acabar com uma e começar com a outra, mas, pelo visto, fracassara naquilo também.

Aelin e Rowan permaneciam na espreguiçadeira à luz do sol.

Chaol viu o príncipe feérico cuidadosa e respeitosamente pegar a mão de Aelin, virando-a. Expondo o pulso ao sol. Expondo as leves marcas de grilhões.

Viu Rowan passar o polegar por aquelas cicatrizes. Viu o fogo nos olhos de Aelin queimar.

De novo e de novo, ele acariciou as cicatrizes com o polegar. E a máscara de Aelin caiu.

Havia fogo naquele rosto. E ódio. E esperteza.

Mas também tristeza. Medo. Desespero. Culpa.

Vergonha.

Orgulho e esperança e amor. O peso de um fardo do qual fugira, mas que agora...

Amo você.

Desculpe.

Aelin tentara explicar. Dissera do jeito mais explicado possível. Dera a verdade a ele para que pudesse decifrá-la depois que ela se fosse, para que, então, entendesse. Ela fora sincera naquelas palavras. *Desculpe.*

Um pedido de desculpas pelas mentiras. Pelo que fizera com ele, com a vida dele. Por jurar que o escolheria, que optaria por ele, não importasse o que acontecesse. *Sempre.*

Ele queria odiá-la por aquela mentira. Aquela falsa promessa descartada nas florestas nebulosas de Wendlyn.

No entanto.

Ali, com o príncipe, sem a máscara... Aquele era o fundo do poço de Aelin.

Ela fora até Rowan com a alma cambaleante. Fora até ele como era, como jamais fora com mais ninguém. E tinha voltado inteira.

Ainda assim, ela havia esperado — esperado para estar com ele.

Chaol desejara Yrene e a levara para a cama sem ao menos pensar em Nesryn, mas Aelin...

Ela e Rowan estavam olhando para ele. Ainda como um animal no bosque, ambos. Mas seus olhos compreendiam. Sabiam.

Ela havia se apaixonado por outra pessoa, quisera outra pessoa; tão intensamente quanto ele queria Yrene.

Mas fora Aelin, cínica e irreverente, quem o honrara. Mais que ele honrara Nesryn.

O queixo da rainha se abaixou como se ela dissesse *sim.*

E Rowan... O príncipe a deixara voltar para Adarlan. Para acertar as coisas pelo reino dela, mas também para que decidisse sozinha o que queria. Quem queria. E se Aelin tivesse escolhido Chaol... Ele sabia, bem no fundo, que Rowan teria se afastado. Se aquela escolha a tivesse feito feliz, o guerreiro feérico teria lhe dado as costas sem nem dizer a ela como se sentia.

Vergonha o sufocou, nauseante e escorregadia.

Chaol a chamara de monstro. Pelo poder, pelas ações, no entanto...

Não a culpava.

Ele entendia.

Que talvez tivesse prometido coisas, mas... ela mudara. O caminho tinha mudado.

Ele entendia.

Ele prometera a Nesryn... ou deixara implícito. E, quando ele mudara, quando o caminho se alterara; quando Yrene havia aparecido no caminho...

Ele entendia.

Aelin sorriu levemente para Chaol quando ela e Rowan ondularam com um raio de sol e sumiram.

Deixando um piso de mármore vermelho com sangue empoçado.

Uma cabeça caindo grosseiramente sobre azulejos lisos.

Um príncipe gritando de agonia, ódio e desespero.

Amo você.

Vá.

Aquilo... se tivesse havido uma separação, foi naquele momento.

Quando ele se virou e fugiu. E deixou o amigo, o irmão, naquela câmara.

Quando fugiu daquela luta, daquela morte.

Dorian o perdoara. Não o culpava.

Mas, ainda assim, ele fugira. Ainda assim, se fora.

Tudo o que planejara, que trabalhara para salvar, tudo ruíra.

Dorian estava diante de Chaol, com as mãos nos bolsos, um leve sorriso no rosto.

Não merecia servir tal homem. Tal rei.

A escuridão forçou mais. Revelando aquela sala de conselho sangrenta. Revelando o príncipe e o rei que ele servira. Revelando o que os dois tinham feito. A seus homens.

Naquela câmara sob o castelo.

Como Dorian tinha sorrido. Sorrido enquanto Ress gritara, enquanto Brullo lhe cuspira no rosto.

Era culpa dele... tudo aquilo. Cada momento de dor, aquelas mortes...

A escuridão mostrou a ele as mãos de Dorian ao usarem aqueles instrumentos sob o castelo. Com sangue jorrando e ossos se partindo. Mãos determinadas, limpas. E aquele sorriso.

Ele sabia. Soubera, adivinhara. Nada jamais consertaria aquilo. Para os homens dele; para Dorian, que precisaria viver com aquilo.

Para Dorian, a quem ele abandonara no castelo.

Aquele momento, de novo e de novo: a escuridão lhe mostrava aquilo.

Quando Dorian tinha se mantido firme. Quando tinha revelado a magia, praticamente uma sentença de morte, e ganhado tempo para que Chaol fugisse.

Ele sentira tanto medo; tanto medo de magia, de perda, de *tudo*. E esse medo... o levara até essas coisas mesmo assim. Apressara-o para aquele caminho. Chaol se agarrara com tanta força, lutara contra aquilo e lhe custara tudo. Tarde demais. Era tarde demais para mudar de ideia.

E quando o pior havia acontecido; quando vira aquele colar; quando vira seus homens pendurados nos portões, com os corpos destruídos bicados por corvos...

Aquilo o arrasara até o interior. Até o poço vazio sob a montanha em que estivera.

Ele havia desabado. Tinha se deixado perder tudo de vista.

E encontrara um lampejo de paz em Forte da Fenda, mesmo depois do ferimento, no entanto...

Era como colocar um curativo sobre um ferimento à faca na barriga.

Não tinha se curado. Descontrolado e revoltado, não *quisera* se curar.

Não de verdade. Seu corpo, sim, mas mesmo assim...

Alguma parte de Chaol sussurrara que era merecido.

E o ferimento à alma... Ele se sentira contente por deixá-lo apodrecer.

Um fracassado e mentiroso e quebrador de juramento.

A escuridão se reuniu, com um vento a agitando.

Podia ficar ali para sempre. Na escuridão atemporal.

Sim, sussurrou a escuridão.

Ele poderia ficar e se revoltar e odiar e se enroscar em nada além de sombras.

Mas Dorian permanecia diante de Chaol, ainda sorrindo levemente. Esperando.

Esperando.

Por... ele.

Chaol fizera uma promessa. Ainda não a quebrara.

De salvá-los.

Seu amigo, seu reino.

Ainda tinha isso.

Mesmo ali, no fundo daquele inferno escuro, ainda tinha isso.

E a estrada pela qual viajara até então... Não, não olharia para trás.

E se prosseguirmos apenas para encontrar mais dor e desespero?

Aelin sorrira diante da pergunta, feita naquele telhado em Forte da Fenda. Como se tivesse entendido, muito antes de Chaol, que ele encontraria aquele poço. E descobriria a resposta sozinho.

Então não é o fim.

Isso...

Isso não é era o fim. Essa fenda dentro de si, esse fundo, não era o fim.

Restava uma promessa.

Que ele ainda cumpriria.

Não é o fim.

Chaol sorriu para Dorian cujos olhos cor de safira brilharam com alegria — com amor.

552

— Vou voltar para casa — sussurrou ele para seu irmão, seu rei.

Dorian apenas fez uma reverência com a cabeça e sumiu na escuridão.

Deixando Yrene de pé atrás dele.

Ela brilhava com luz branca, intensa como uma estrela recém-nascida.

— A escuridão pertence a você — disse a curandeira, baixinho. — Para moldar como quiser. Para dar poder ou torná-la inofensiva.

— Foi do valg em algum momento? — As palavras ecoaram no vazio.

— Sim. Mas é sua agora. Este lugar, esta última semente.

Permaneceria dentro de Chaol, uma cicatriz e um lembrete.

— Vai crescer de novo?

— Apenas se você deixar. Apenas se não a encher de coisas melhores. Apenas se não perdoar. — Chaol sabia que Yrene não estava falando apenas de outros. — Mas, se for bom consigo mesmo, se você... se você se amar... — A boca tremeu. — Se você se amar tanto quanto amo você...

Algo começou a bater no peito do lorde. Um tambor que se calara lá embaixo.

Yrene estendeu a mão para ele, sua luminescência ondulando na escuridão.

Não é o fim.

— Vai machucar? — perguntou Chaol, rouco. — O caminho de volta... o caminho para fora?

O caminho de volta à vida, a ele mesmo.

— Sim — sussurrou a curandeira. — Mas apenas desta última vez. A escuridão não quer perdê-lo.

— Creio que não possa dizer o mesmo.

O sorriso de Yrene estava mais forte que o brilho do corpo. Uma estrela. Era uma estrela cadente.

Ela estendeu a mão de novo. Uma promessa silenciosa — do que aguardava do outro lado da escuridão.

Chaol ainda tinha muito que fazer. Juramentos para manter.

E ao olhar para ela, para aquele sorriso...

Vida. Tinha a *vida* para saborear, pela qual lutar.

E a destruição que começara e terminara ali... Sim, pertencia a ele. Tinha *permissão* de se destruir, para que o conserto pudesse começar.

Para que *ele* pudesse começar de novo.

Chaol devia isso a seu rei, a seu país.

E devia isso a si mesmo.

Yrene assentiu como se para dizer sim.

Então Chaol ficou de pé.

Ele observou a escuridão, aquele pedaço de si. E não recuou diante dela.

Então, sorrindo para Yrene, pegou a mão da curandeira.

⊰ 56 ⊱

Era agonia e desespero e medo. Era alegria e riso e descanso.

Era vida, tudo aquilo, e, quando aquela escuridão avançou para Yrene e ele, Chaol não a temeu.

Apenas olhou na direção da escuridão e sorriu.

Não estava quebrado.

Fora refeito.

E, quando a escuridão o encarou...

Chaol acariciou a bochecha da jovem com a mão. Beijou sua testa.

A escuridão afrouxou o toque e rolou de volta para aquele poço. Aninhou--se no chão rochoso, então silenciosa e cuidadosamente o observou.

Chaol teve a sensação de que subia, de que era sugado por uma porta fina demais. Yrene o agarrou, puxando-o consigo.

Ela não soltou. Não hesitou. Ela os lançou para cima, como uma estrela correndo para a noite.

Luz branca se chocou contra os dois...

Não. Luz do dia.

Chaol apertou bem os olhos para se proteger da claridade.

A primeira coisa que sentiu foi nada.

Nenhuma dor. Nenhuma dormência. Nenhum latejar ou exaustão.

Tudo havia sumido.

As pernas estavam... Ele mexeu uma delas. Balançou-a e girou-a sem uma faísca de dor ou tensão.

Suave como manteiga.

Então olhou para a direita, para onde Yrene sempre se sentava.

Ela simplesmente sorria para ele.

— Como? — perguntou Chaol, rouco.

Alegria iluminou os incríveis olhos da curandeira.

— Minha teoria... Explicarei depois.

— A marca está...

A boca da curandeira se contraiu.

— Está menor, mas... ainda está lá. — Ela cutucou um ponto na coluna do lorde. — Embora eu não sinta nada quando a toco. Nada mesmo.

Um lembrete. Como se algum deus quisesse que Chaol se lembrasse daquilo, que se lembrasse do que ocorrera.

Ele se sentou, maravilhando-se com a facilidade, com a falta de rigidez.

— Você me curou.

— Acho que nós dois merecemos crédito considerável desta vez. — Os lábios de Yrene estavam pálidos demais, a pele, macilenta.

Chaol acariciou sua bochecha com os nós dos dedos.

— Está se sentindo bem?

— Estou... cansada. Mas bem. *Você* está se sentindo bem?

Ele a pegou no colo e enterrou a cabeça no pescoço da jovem.

— Sim — sussurrou Chaol. — Mil vezes, sim.

Seu peito... havia uma leveza nele. Nos ombros.

Yrene o afastou.

— Ainda precisa tomar cuidado. Está recém-curado, ainda pode se ferir. Dê tempo a seu corpo para que descanse, para deixar a cura se estabelecer.

Ele ergueu uma sobrancelha.

— Descansar compreende o que exatamente?

O sorriso de Yrene se tornou malicioso.

— Algumas coisas que apenas pacientes especiais descobrem.

A pele de Chaol se repuxou sobre os ossos, mas a curandeira desceu de seu colo.

— Talvez queira se banhar.

O antigo capitão piscou, olhando para si mesmo. Para a cama. Então se encolheu.

Havia vômito. Nos lençóis e no braço esquerdo.

— Quando...

— Não tenho certeza.

O sol poente já estava emoldurando o jardim, enchendo o quarto de longas sombras.

Horas. O dia todo, eles permaneceram ali.

Chaol saiu da cama, maravilhando-se com como deslizava pelo mundo, como uma lâmina atravessando seda.

Ele sentiu Yrene observando conforme caminhava para o banheiro.

— Água quente é seguro agora? — perguntou o lorde por cima do ombro, tirando o calção e entrando no banho deliciosamente quente.

— Sim — confirmou Yrene. — Não está mais cheio de músculos tensos.

Ele mergulhou na água, esfregando-se. Cada movimento... pelos deuses.

Quando Chaol irrompeu na superfície, limpando a água do rosto, ela estava de pé à porta arqueada.

Ele ficou imóvel diante da nebulosidade nos olhos de Yrene.

Devagar, ela desatou os laços na frente daquele vestido lilás e deixou que a roupa descesse até o chão, assim como as roupas íntimas.

A boca de Chaol ficou seca conforme ela manteve os olhos fixos nele, balançando o quadril a cada passo que dava para a banheira. Para as escadas.

Yrene entrou na água, e o sangue de Chaol latejou nos ouvidos.

Ele estava sobre Yrene antes que ela chegasse ao último degrau.

～

Os dois perderam o jantar. E a sobremesa.

E o *kahve* da meia-noite.

Kadja entrara durante o banho para trocar os lençóis, mas Yrene não conseguiu se sentir envergonhada do que a criada provavelmente ouvira. Eles certamente não tinham sido silenciosos na água.

E certamente não foram silenciosos durante as horas que se seguiram.

A curandeira andava com dificuldade por conta da exaustão quando se separaram, suada o bastante para que outra ida à banheira fosse iminente. O peito de Chaol subia e descia com fôlegos poderosos.

No deserto, ele fora inacreditável. Mas agora, curado — não só na coluna, nas pernas; curado naquele lugar escuro e pútrido dentro da alma...

Chaol deu um beijo na testa suada e pegajosa de Yrene, os lábios tocaram os cachos soltos que surgiram graças ao banho. A outra mão lhe traçou círculos na lombar.

— Você disse algo... lá naquele poço — sondou Chaol.

— Mmm. — Estava cansada demais para formar palavras além de um murmúrio.

— Você disse que me ama.

Bem, isso a despertou.

O estômago de Yrene se revirou.

— Não se sinta obrigado a...

Chaol a calou com aquele olhar firme, inabalado.

— É verdade?

Yrene tracejou a cicatriz na bochecha do lorde. Ela não vira muito do início, entrara em suas memórias apenas a tempo de ver aquele belo homem de cabelos escuros — *Dorian* — sorrindo para Chaol. Mas a curandeira intuíra, soubera quem dera a ele aquela cicatriz recente.

— Sim. — E apesar da voz baixa, fora sincera com cada gota da alma.

Os cantos da boca de Chaol se repuxaram para cima.

— Então é algo bom, Yrene Towers, pois a amo também.

O peito de Yrene se apertou; ela ficou cheia demais para o próprio corpo, para o que corria por ela.

— Desde o momento que entrou na sala de estar naquele primeiro dia — confessou ele. — Acho que eu sabia, mesmo então.

— Eu era uma estranha.

— Você me olhou sem uma gota de pena. Você me *viu*. Não a cadeira ou o ferimento. Você me viu. Foi a primeira vez que me senti... visto. Que me senti *acordado* em muito tempo.

Yrene beijou-lhe o peito, bem sobre o coração.

— Como podia resistir a estes músculos?

A risada de Chaol ecoou pela boca e pelos ossos da curandeira.

— Uma perfeita profissional.

Ela sorriu contra sua pele.

— As curandeiras não vão me deixar em paz por isso. Hafiza já está nas nuvens de alegria.

Mas, então, ela enrijeceu o corpo, considerando o caminho adiante. As escolhas.

— Quando Nesryn voltar, quero deixar tudo explicado — disse Chaol, depois de um momento. — Embora acredite que ela sabia antes de mim.

Yrene assentiu, tentando combater o tremor que percorria seu corpo.

— E além disso... A escolha é sua, Yrene. Quando partirá. Como partirá. Se quer realmente partir.

Ela se preparou.

— Mas, se me aceitar, haverá um lugar para você em meu navio. A meu lado.

A jovem soltou um murmúrio frágil e traçou um círculo em torno do mamilo dele.

— Que tipo de lugar?

Chaol se espreguiçou como um gato, prendendo os braços sob a cabeça ao prosseguir:

— As opções de sempre: criada da copa, cozinheira, lavadora de louças...

Yrene lhe cutucou as costelas, fazendo-o gargalhar. Foi um som lindo, intenso e profundo.

Mas os olhos castanhos se suavizaram quando Chaol lhe segurou o rosto.

— De qual lugar gostaria, Yrene?

O coração da curandeira acelerou diante da pergunta, do timbre da voz. Mas ela deu um sorriso divertido e respondeu:

— Qualquer um que me dê o direito de gritar com você caso se esforce demais. — A curandeira passou a mão pelas pernas do antigo capitão, pelas costas. Cuidadoso... ele precisaria ser muito, muito cuidadoso por um tempo.

Um canto da boca de Chaol se voltou para cima, e ele a puxou para si.

— Acho que conheço a posição ideal.

❧ 57 ❧

O ninhal Eridun estava em polvorosa quando eles voltaram.

Falkan estava vivo — por pouco — e causara tanto pânico na ocasião da chegada dos ruks em Altun que Houlun precisara saltar diante da aranha ferida para evitar que os outros ruks o despedaçassem.

Sartaq tinha conseguido ficar de pé por tempo o suficiente para abraçar Kadara e pedir que uma curandeira fosse imediatamente até ela, então ele fora abraçar Borte, que estava coberta de sangue preto e sorrindo de orelha a orelha. Em seguida, Sartaq deu o braço a Yeran, o qual Borte fazia questão de ignorar, o que Nesryn supôs ser uma melhora em relação à hostilidade descarada.

— Como? — perguntou Sartaq à irmã de fogo, enquanto Nesryn pairava perto da forma inconsciente de Falkan, ainda não confiando que os ruks fossem se controlar.

Depois que a companhia de ruks de Berlad retornou para o próprio ninhal, Yeran se afastou da montaria que o esperava e respondeu:

— Borte foi me buscar. Disse que sairia em uma missão estupidamente perigosa e que eu poderia deixá-la morrer sozinha ou ir junto.

Sartaq deu uma risada rouca.

— Você foi proibida — disse ele a Borte, olhando para Houlun, que se ajoelhava ao lado de Falkan. A mãe de fogo realmente parecia dividida entre alívio e fúria desmedida.

A jovem fungou.

— Por minha mãe de fogo *aqui*. Como no momento estou prometida a um capitão de Berlad — com ênfase em *no momento*, para a tristeza de Yeran, ao que parecia —, também posso alegar lealdade parcial à mãe de fogo *de lá*. Que não teve problema algum em me deixar *aproveitar o tempo* com meu prometido.

— Iremos conversar, ela e eu — disparou Houlun, com irritação ao se levantar e passar caminhando, ordenando que várias pessoas levassem Falkan mais para o interior do salão. Encolhendo-se devido ao peso da aranha, eles obedeceram rapidamente.

Borte deu de ombros, virando-se para seguir Houlun para onde o metamorfo seria remendado da melhor maneira que pudessem naquele corpo de aranha.

— Pelo menos a noção de aproveitar o tempo da mãe de fogo está alinhada com a minha — disse ela antes de sair.

No entanto, quando a jovem partiu, Nesryn podia jurar que Borte deu a Yeran um sorriso breve e secreto.

O rapaz a observou se afastar por um longo momento, então se virou para eles com um sorriso torto.

— Ela prometeu marcar uma data. Foi assim que conseguiu fazer com que minha mãe de fogo aprovasse. — Ele piscou um olho para Sartaq. — Uma pena que eu não disse a ela que não aprovo a data.

E, com isso, ele saiu caminhando atrás de Borte, correndo um pouco para alcançá-la. Ela se virou para Yeran, com palavras afiadas já disparando dos lábios, mas permitiu que ele a seguisse para o salão.

Quando Nesryn se virou para Sartaq, foi a tempo de vê-lo cambalear.

A capitã avançou, e o corpo dolorido protestou conforme ela segurava o príncipe pelo torso. Alguém gritou por um curandeiro, mas Sartaq firmou as pernas no chão, mesmo que ainda mantivesse os braços em torno de Nesryn.

Ela percebeu que não tinha muita vontade de retirar os próprios braços da cintura do príncipe.

Sartaq a encarou com aquele sorriso tranquilo e doce na boca de novo.

— Você me salvou.

— Parecia um triste fim para os contos do Príncipe Alado — respondeu ela, franzindo a testa para o corte na perna. — Você deveria estar sentado...

Do outro lado do salão, luz brilhou, pessoas gritaram... e, então, a aranha se foi. Sendo substituída por um homem, coberto por cortes profundos e sangue.

Quando Nesryn virou o rosto de volta, os olhos de Sartaq estavam sobre ela.

A garganta da jovem se fechou, e a boca se contraiu em uma linha trêmula quando Nesryn percebeu que os dois estavam ali. Eles estavam ali, e vivos, e ela jamais conhecera terror e desespero tão verdadeiros quanto naqueles momentos que ele fora arrastado para longe.

— Não chore — murmurou Sartaq, aproximando-se para roçar a boca sobre as lágrimas que escaparam. Ele disse contra a pele dela: — O que diriam sobre a Flecha de Neith?

A capitã gargalhou, apesar de não querer, apesar do que acontecera, e o abraçou o mais forte que ousava, apoiando a cabeça contra seu peito.

Sartaq apenas lhe acariciou os cabelos em silêncio, abraçando-a de volta.

O Conselho de Clãs se encontrou dois dias depois, ao alvorecer.

Mães de fogo de todos os ninhais e os respectivos capitães se reuniram no salão; eram tantos que o espaço estava lotado.

Nesryn dormira todo o dia anterior.

Não no quarto, mas aninhada na cama, ao lado do príncipe que estava naquele momento com ela diante do grupo reunido.

Ambos tinham sido tratados e banhados, e, embora Sartaq sequer a tivesse beijado... Nesryn não havia protestado quando ele a pegara pela mão e andara com ela até o próprio quarto.

Então eles dormiram. E ao acordarem, depois que os ferimentos receberam novas ataduras, ambos saíram e encontraram o salão cheio de montadores.

Falkan estava sentado contra a parede mais afastada, com o braço em uma tipoia, mas os olhos atentos. Nesryn sorrira para ele ao entrar, mas aquele não era o momento para essa reunião. Ou para as possíveis verdades que ela levava.

Quando Houlun terminou de receber a todos, quando o silêncio recaiu sobre o salão, Nesryn ficou de pé, ombro a ombro com Sartaq. Era estranho vê-lo com o cabelo curto — estranho, mas não horrível. Cresceria de novo, dissera ele, após a capitã ter franzido a testa naquela manhã.

Todos os olhares passavam de um para outro, alguns calorosos e acolhedores, outros preocupados, alguns severos.

Então Sartaq disse ao grupo reunido:

— As *kharankui* despertaram de novo. — Murmúrios e agitação farfalharam pelo salão. — E, embora a ameaça tenha sido resolvida com bravura e ousadia pelo clã Berlad, as aranhas provavelmente retornarão. Elas ouviram um chamado sombrio pelo mundo. E estão preparadas para atendê-lo.

Nesryn deu um passo adiante. Ergueu o queixo. E, por mais que a enchessem de pavor, proferir as palavras ali parecia tão natural quanto respirar.

— Aprendemos muitas coisas no desfiladeiro de Dagul — começou ela, a voz ecoando pelas pilastras e pedras do salão. — Coisas que mudarão a guerra no norte. E mudarão este mundo.

Cada olhar estava sobre ela. Houlun assentia do lugar perto de Borte enquanto a jovem sorria para encorajá-la. Yeran estava sentado próximo, em parte observando sua prometida.

Os dedos de Sartaq roçaram os seus. Uma vez — como um pedido. E promessa.

— Não enfrentamos um exército de homens no continente norte — prosseguiu a capitã. — Mas de demônios. E, se não nos levantarmos para enfrentar essa ameaça, se não nos levantarmos como um único povo, de *todas* as terras... Então encontraremos nossa ruína.

Assim ela contou a eles. A história toda. De Erawan. E Maeve.

Nesryn não mencionou a busca pelas chaves, mas, quando terminou, o salão estava agitado conforme os clãs sussurravam uns para os outros.

— Deixo essa escolha para vocês — anunciou Sartaq, sem hesitação na voz. — Os horrores nos montes Dagul são apenas o começo. Não julgarei, caso escolham permanecer. Mas aos que voarem comigo, decolaremos sob a flâmula do khagan. Deixaremos que debatam entre si.

E com isso, pegando Nesryn pela mão, o príncipe a levou do salão, e Falkan os seguiu. Borte e Houlun ficaram, como chefes do clã Eridun. Nesryn sabia de qual lado eles ficariam, que voariam para o norte, mas os demais...

Sussurros se transformaram em um debate deflagrado quando eles chegaram a um dos espaços de reunião particulares para a família. No entanto, Sartaq ficou na pequena sala por apenas um momento antes de seguir para as cozinhas, deixando Nesryn e Falkan com um piscar de olho e a promessa de voltar com comida.

Sozinha com o metamorfo, Nesryn caminhou para o fogo e aqueceu as mãos.

— Como está se sentindo? — perguntou ela, olhando por cima do ombro para ele, que havia se sentado devagar em uma cadeira de madeira com encosto baixo.

— Tudo dói. — O metamorfo fez uma careta, esfregando a perna. — Lembre-me de jamais fazer nada heroico de novo.

Ela riu mais alto que o estalar do fogo.

— Obrigada... por fazer aquilo.

— Não tenho ninguém em minha vida que sentiria minha falta mesmo.

A garganta de Nesryn se apertou, mas ela perguntou:

— Se voarmos para o norte... para Antica e depois finalmente para o continente norte... — Ela não conseguia mais dizer a palavra. *Casa*. — Você virá?

O metamorfo ficou calado por um longo momento.

— Você iria me querer lá? Qualquer um de vocês?

Por fim, a capitã se virou do fogo, com os olhos ardendo.

— Tenho algo a contar.

～

Falkan chorou.

Ele apoiou a cabeça nas mãos e chorou quando Nesryn contou do que suspeitava. Ela não sabia muito sobre a história pessoal de Lysandra, mas as idades e o local se encaixavam. Apenas a descrição não batia. A mãe descrevera uma menina comum, de cabelos castanhos. Não uma beldade de cabelos pretos e olhos verdes.

Mas sim — sim, ele iria. Para a guerra e para encontrá-la. A sobrinha. Seu último fiapo de família no mundo, pela qual ele jamais parara de procurar.

Sartaq voltou com comida, e, trinta minutos depois, vieram notícias do salão.

Os clãs tinham decidido.

Com as mãos trêmulas, Nesryn caminhou até a porta, onde Sartaq estendeu a mão para ela.

Seus dedos se entrelaçaram, e o príncipe a levou para o salão que voltara a ficar silencioso. Falkan se levantou dolorosamente da cadeira, gemendo ao limpar as lágrimas, e andou com dificuldade atrás do casal.

Os três tinham dado um punhado de passos até que uma mensageira veio em disparada pelo salão.

Nesryn se afastou de Sartaq para deixar que ele lidasse com a menina ofegante de olhos arregalados. Mas foi para ela que a mensageira estendeu a carta.

As mãos da capitã tremeram quando ela reconheceu a letra.

Nesryn sentiu Sartaq enrijecer o corpo quando ele também percebeu que a letra era de Chaol. O príncipe recuou, fechando os olhos, para deixar que ela lesse a mensagem.

A capitã a leu duas vezes, e precisou tomar fôlego para evitar vomitar.

— Ele... ele requer minha presença em Antica. *Precisa* de mim — avisou Nesryn, com o bilhete oscilando na mão trêmula. — Ele implora para que retornemos imediatamente. Tão rápido quanto os ventos possam nos carregar.

Sartaq pegou a carta para ler por conta própria. Falkan permaneceu calado e atento conforme o príncipe lia. Ele xingou.

— Tem algo errado — disse Sartaq, e Nesryn assentiu.

Se Chaol, que jamais pedia ajuda, jamais *queria* ajuda, dissera a eles que se apressassem... Ela olhou na direção da sala do conselho, ainda esperando para anunciar a decisão.

Mas Nesryn apenas perguntou ao príncipe:

— Quando podemos decolar?

❧ 58 ❧

A manhã veio e se foi, e Yrene não estava com pressa para sair da cama. Nem Chaol. Eles comeram um almoço preguiçoso na sala de estar, sem se incomodar com roupas adequadas.

Hafiza decidiria no próprio tempo se daria os livros a eles. Então só precisavam esperar. E depois teriam de esperar para encontrar Aelin Galathynius de novo, ou qualquer um que conseguisse decifrá-los. Chaol disse isso depois que Yrene contou a ele o que a alta-curandeira confirmara.

— Deve haver informação considerável nesses livros — ponderou Chaol ao mastigar sementes de romã. A fruta era como pequenos rubis que ele jogava na boca.

— Se datarem de quando achamos — disse Yrene —, se muitos daqueles textos vieram da necrópole ou de locais semelhantes, poderiam ser um tesouro. Sobre os valg. Nossa conexão com eles.

— Aelin deu sorte quando esbarrou naqueles poucos livros em Forte da Fenda.

Chaol contara tudo na noite anterior: a assassina chamada Celaena revelara ser a rainha chamada Aelin. A história inteira, exposta. Longa e triste. Sua voz ficara rouca ao falar de Dorian. Sobre o colar e o príncipe valg. Daqueles que tinham perdido. Do próprio papel, dos sacrifícios que fizera, das promessas que quebrara. Tudo.

E, se Yrene já não o amasse, teria amado então, ao saber aquela verdade. Ao ver o homem que ele estava se tornando, como amadurecera, depois de tudo.

— De algum jeito, o rei os esqueceu durante a pesquisa e expulsão iniciais.

— Ou talvez algum deus tenha se certificado disso — ponderou Yrene, erguendo uma sobrancelha. — Suponho que não há muitas gatas Baast naquela biblioteca.

Chaol sacudiu a cabeça e apoiou a carcaça vazia da romã.

— Aelin sempre teve um ou dois deuses empoleirados no ombro. Nada me surpreenderia a essa altura.

Yrene refletiu.

— E o que aconteceu com o rei? Se ele tinha aquele demônio valg dentro de si.

A expressão de Chaol ficou sombria quando ele se recostou no sofá substituto, que não chegava nem perto de ser tão confortável quanto o outro dourado em frangalhos.

— Aelin o curou.

A curandeira se sentou mais ereta.

— Como?

— Ela queimou o demônio de dentro do rei. Bem, ela e Dorian.

— E o homem, o verdadeiro rei, sobreviveu a isso?

— Não. Inicialmente, sim. Mas nem Aelin nem Dorian quiseram falar muito sobre o que aconteceu naquela ponte. Ele sobreviveu tempo o bastante para explicar o que tinha sido feito, mas acho que enfraquecia rapidamente. Então Aelin destruiu o castelo. E ele junto.

— Mas fogo acabou com o demônio valg dentro do homem?

— Sim. E acho que ajudou a salvar Dorian também. Ou, pelo menos, lhe garantiu liberdade o suficiente para que revidasse sozinho. — Ele inclinou a cabeça. — Por que pergunta?

— Porque aquela teoria que eu tinha... — O joelho de Yrene fraquejou. Ela observou o quarto, as portas. Ninguém por perto. — Acho... — Ela se aproximou mais, segurando o joelho de Chaol. — Acho que os valg são parasitas. Infecções.

Ele abriu a boca, mas a curandeira prosseguiu:

— Hafiza e eu tiramos uma tênia de Hasar assim que eu cheguei aqui. Elas se alimentam do hospedeiro, bem parecido com o que os valg fazem. Assumem o controle das necessidades básicas, como a fome. E, por fim, matam o hospedeiro, depois que todos esses recursos foram esgotados.

Chaol ficou completamente imóvel.

— Mas esses não são vermes irracionais.

— Sim, e era o que eu queria ver com você ontem. Quanta consciência tinha aquela escuridão. A extensão de seu poder. Se deixara algum tipo de parasita em sua corrente sanguínea. Não deixou, mas... — Havia o outro parasita, alimentando-se de você, dando controle a ele.

Chaol ficou calado.

Yrene pigarreou, acariciando o punho do lorde com o polegar.

— Percebi na noite anterior. Que eu fazia isso também. Meu ódio, minha raiva, meu medo e minha dor. — Ela afastou um cacho solto. — Eram todos parasitas, alimentando-se de mim ao longo desses anos. Me sustentando, mas também se alimentando de mim.

E depois que ela havia entendido isso — que o lugar em que mais temia caminhar era *dentro* de si mesma, onde talvez precisasse reconhecer exatamente o que morava *ali*...

— Quando percebi o que *eu* estava fazendo, entendi que era isso que o valg era de verdade, no fundo. O que suas próprias sombras são. *Parasitas.* E suportá-las ao longo dessas semanas não era o mesmo que *enfrentá-las.* Então ataquei como eu faria com qualquer parasita; cercando-a. Fiz com que fosse até você, com que *o* atacasse com toda a força para se afastar de *mim.* Para que *você* pudesse enfrentá-lo, derrotá-lo. Para que fosse para onde mais temia caminhar, e decidir, por fim, se estava pronto para revidar.

Os olhos de Chaol estavam nítidos, brilhantes.

— Essa foi uma grande descoberta.

— De fato. — Yrene considerou o que ele relacionara, sobre Aelin e o demônio dentro do rei morto. — Fogo limpa. É purificador. Mas não é usado com frequência entre as artes da cura. É muito indomável. Água é mais adequada à cura. E há também os dons de cura puros. Como o meu.

— Luz — disse Chaol. — Parecia um enxame de luzes contra a escuridão.

Yrene assentiu.

— Aelin conseguiu libertar Dorian e o pai. De maneira grosseira e tosca, e um deles não sobreviveu. Mas e se uma *curandeira* com meu tipo de dom tratasse alguém possuído, *infectado* pelos valg? O anel, o colar, são dispositivos de implantação. Como um punhado de água ruim ou comida estragada. Apenas um veículo para algo pequeno, a semente daqueles demônios, que então crescem nos hospedeiros. Removê-los é o primeiro passo, mas você disse que o demônio pode permanecer mesmo depois.

O peito de Chaol começou a inflar em um ritmo irregular quando ele assentiu.

— Acho que posso curá-los — sussurrou Yrene. — Acho que os valg... Acho que são parasitas e posso *tratar* as pessoas que eles infectam.

— Então todos que Erawan capturou, presos por aqueles anéis e colares...

— Poderíamos potencialmente libertá-los.

Chaol lhe apertou a mão.

— Mas é preciso se aproximar deles. E de seu poder, Yrene...

— Presumo que seria nesse momento que Aelin e Dorian entrariam. Para segurá-los.

— Não tem como testar isso, no entanto. Sem riscos consideráveis. — O maxilar de Chaol ficou tenso. — Dever ser por isso que os agentes de Erawan a estão caçando. Para apagar o conhecimento. Para evitar que perceba isso ao me curar. E que passe a informação para outras curandeiras.

— Mas, se esse é o caso... Por que agora? Por que esperar tanto?

— Talvez Erawan nem tivesse considerado isso. Até Aelin expulsar o valg de Dorian e do rei. — Ele esfregou o peito. — Mas há um anel. Ele pertenceu a Athril, amigo do rei Brannon e de Maeve. O objeto concedeu a Athril imunidade contra os valg. Foi perdido na história, e era o único de seu tipo. Aelin o encontrou. E Maeve o queria tanto que trocou Rowan pelo anel. De acordo com a lenda, a própria Mala o forjou para Athril, mas... Mala amava Brannon, não Athril.

Chaol disparou do sofá, e Yrene o observou caminhar de um lado para outro.

— Havia uma tapeçaria. No antigo quarto de Aelin. Uma tapeçaria que mostrava um cervo e escondia a entrada que dava para a tumba onde a chave de Wyrd havia sido escondida por Brannon. Foi a primeira pista de Aelin, e o que a levou a seguir por esse caminho.

— E? — A palavra foi como um sopro de ar.

— E havia uma coruja entre os animais da floresta. Era a forma de Athril. Não a de Brannon. Tudo isso estava codificado, a tapeçaria, a tumba. Símbolo sobre símbolo. Mas a coruja... Jamais pensamos. Jamais consideramos.

— Consideraram o quê?

Chaol parou no meio do quarto.

— Que a coruja poderia não ser apenas Athril em forma animal, mas uma insígnia pela lealdade a outra pessoa.

E, apesar do dia quente, o sangue de Yrene gelou quando ela disse:

— Silba.

Chaol assentiu lentamente.

— A Deusa da Cura.

— Não foi Mala quem fez o anel da imunidade — murmurou Yrene.

— Não. Não foi.

Foi Silba.

— Precisamos ir até Hafiza — disse a curandeira, baixinho. — Mesmo que ela não nos deixe levar os livros, deveríamos pedir para vê-los, para ver por conta própria o que pode ter sobrevivido esse tempo todo. O que aqueles curandeiros feéricos podem ter aprendido naquela guerra.

Chaol indicou para que ela se levantasse.

— Iremos agora.

Mas as portas da suíte se abriram e Hasar entrou como uma brisa com seu esvoaçante vestido dourado e verde.

— Bem — disse ela, sorrindo para a ausência de roupas dos dois, para os cabelos despenteados. — Pelo menos estão confortáveis.

Yrene teve a sensação de que o chão estava prestes a ser puxado sob seus pés quando a princesa sorriu para Chaol.

— Recebemos notícias. De suas terras.

— O que é? — As palavras foram cuspidas.

Hasar limpou as unhas.

— Ah, apenas que a armada da rainha Maeve conseguiu encontrar o esquadrão que Aelin Galathynius anda reunindo bem sorrateiramente. Foi uma batalha *e tanto*.

⊱ 59 ⊰

Chaol pensou em estrangular a princesa com aquele sorriso irônico, mas conseguiu manter as mãos na lateral do corpo, conseguiu manter o queixo erguido apesar do fato de estar vestindo apenas calças, e falou:

— O. Quê. Aconteceu.

Uma batalha naval. Aelin contra *Maeve*. Chaol esperou que a espada oscilante caísse. Se fosse tarde demais...

Hasar ergueu o olhar das unhas.

— Foi um espetáculo, aparentemente. Uma armada feérica contra uma força humana maltrapilha...

— Hasar, por favor — murmurou Yrene.

A princesa suspirou para o teto.

— Tudo bem. Maeve foi aniquilada.

Chaol afundou no sofá.

Aelin; graças aos deuses, Aelin conseguira encontrar uma forma...

— Mas houve alguns detalhes interessantes. — Então ela tagarelou os fatos. Os números. Um terço da armada de Maeve, empunhando bandeiras Whitethorn, a traíra, se juntado à frota de Terrasen. Dorian lutara, defendendo a linha de frente com Rowan. Então um bando de serpentes aladas apareceu de repente para lutar por Aelin.

Manon Bico Negro. Chaol estaria disposto a apostar a vida que, de alguma forma, ou por Aelin ou por Dorian, aquela bruxa lhes fizera um favor, possivelmente alterando o curso daquela guerra.

571

— Dizem que a magia foi impressionante — prosseguiu Hasar. — Gelo e vento e água. — Dorian e Rowan. — Até mesmo rumores de uma metamorfa. — Lysandra. — Mas nenhuma escuridão. Ou o que quer que seja que Maeve usa para lutar. E nenhuma chama.

Chaol apoiou os antebraços nos joelhos.

— Embora alguns relatórios digam que foram avistadas chamas e sombras na praia, bem distante. Lampejos de ambos. Surgiram e sumiram. E ninguém viu Aelin ou a Rainha Sombria na frota.

Teria sido típico de Aelin passar a batalha entre ela e Maeve para a praia. Para minimizar as mortes, para que pudesse liberar seu poder total sem hesitação.

— Como eu disse — prosseguiu a princesa, afofando a saia do vestido —, eles venceram. Aelin foi vista voltando para a armada horas depois. Eles zarparam... para o norte, aparentemente.

Chaol murmurou uma oração de agradecimento a Mala. E uma oração de agradecimento a qualquer que fosse o deus que olhasse por Dorian também.

— Alguma grande morte?

— De homens, sim, mas nenhuma das peças interessantes — comentou ela, e Chaol a odiou. — Mas Maeve... surgiu e se foi, nem um sussurro restou. — A princesa franziu a testa para as janelas. — Talvez veleje para cá e lamba suas feridas.

O lorde rezou para que não fosse o caso. No entanto, se a armada de Maeve ainda estivesse no mar Estreito quando eles fizessem a travessia...

— Mas os demais velejam para o norte agora, para onde? — *Onde posso encontrar meu rei, meu irmão?*

— Presumo que para Terrasen, agora que Aelin tem sua armada. Ah, e mais uma também.

Hasar sorriu para ele. Esperando pela pergunta... pela súplica.

— Que outra armada? — Chaol se obrigou a perguntar.

Ela deu de ombros, caminhando para a saída do quarto.

— Parece que Aelin cobrou uma dívida. Com os Assassinos Silenciosos do deserto Vermelho.

Os olhos de Chaol arderam.

— E com Wendlyn.

As mãos começaram a tremer.

— Quantos navios? — sussurrou ele.

— Todos eles — respondeu Hasar, com a mão na porta. — Toda a armada de Wendlyn apareceu, comandada pelo próprio príncipe herdeiro Galan.

Aelin... O sangue de Chaol ferveu, e ele olhou para Yrene. Os olhos da curandeira estavam arregalados, brilhando. Brilhando com esperança; esperança incandescente e preciosa.

— Pelo visto — refletiu a princesa como se fosse um pensamento passageiro —, há muita gente que a tem em grande estima. E que acredita no que ela está vendendo.

— Que é o quê? — sussurrou Yrene.

Hasar deu de ombros.

— Presumo que seja o que ela tentou me vender quando me escreveu uma mensagem semanas atrás, pedindo minha ajuda. De uma princesa para outra.

Chaol tomou um fôlego trêmulo.

— O que Aelin prometeu a você?

Hasar sorriu consigo mesma.

— Um mundo melhor.

❧ 60 ❧

Chaol estava agitado ao lado de Yrene conforme corriam pelas ruas estreitas de Antica, lotadas de gente voltando para a casa naquela noite. Não por raiva, percebeu ela, mas com propósito.

Aelin reunira um exército, e, se pudessem se juntar a eles, trazer alguma força do khaganato... Yrene viu a esperança nos olhos de Chaol. A concentração.

Uma chance de tolo naquela guerra. Mas apenas se conseguissem convencer a realeza.

Um último empurrão, declarou ele, quando entraram no interior fresco da Torre e correram escada acima. Chaol não se importava se precisasse rastejar diante do khagan. Ele faria uma última tentativa de convencê-lo.

Mas primeiro: Hafiza. E os livros que poderiam conter uma arma muito mais valiosa que espadas ou flechas — conhecimento.

Os passos do lorde não vacilaram conforme os dois subiam o interior infinito da Torre. Mesmo com tudo o que pesava sobre eles, Chaol ainda lhe murmurou ao ouvido:

— Não é à toa que essas pernas são tão lindas.

Yrene o afastou, o rosto corado.

— Troglodita.

Àquela hora, a maioria das acólitas já se dirigia ao jantar. Várias sorriram para Chaol ao passar por ele nas escadas, algumas mais jovens deram risinhos. Ele lançou a todas sorrisos calorosos e indulgentes, que as levou a fazerem mais escândalo.

Dela. Ele era dela, Yrene queria gritar para as meninas. Aquele homem lindo, corajoso e altruísta — era dela.

E Yrene iria para casa com ele.

Foi esse pensamento que a deixou levemente mais séria. A percepção de que aquelas caminhadas infinitas pelo interior da Torre poderiam estar contadas. Que ela não sentiria o cheiro da lavanda e do pão assado por um longo tempo. Nem ouviria aquelas risadas.

A mão de Chaol roçou a sua, em sinal de compreensão. Yrene apenas segurou seus dedos com força. Sim, deixaria uma parte de si ali. Mas o que levaria consigo ao partir... Ela sorria quando, por fim, chegaram ao alto da Torre.

Chaol apoiou a mão na parede da plataforma, ofegando. A porta do escritório de Hafiza estava entreaberta, o que deixava entrar o restante da luz poente.

— Quem quer que tenha construído esta coisa era um sádico.

Yrene gargalhou, batendo à porta do escritório e abrindo-a.

— Foi Kamala. E de acordo com os boatos, ela... — Yrene parou ao encontrar o escritório da alta-curandeira vazio.

Ela deu a volta em torno de Chaol na plataforma, caminhando até a oficina... a porta estava entreaberta.

— Hafiza?

Nenhuma resposta, mas Yrene abriu a porta mesmo assim.

Vazia. Felizmente aquela estante de livros ainda estava trancada.

Provavelmente fazia rondas, ou estava jantando, então. Embora tivessem visto todos descerem depois que os sinos do jantar soaram, e Hafiza não estivera entre eles.

— Espere aqui — pediu Yrene ao descer as escadas para a plataforma seguinte, um nível acima do próprio quarto.

— Eretia — disse ela, entrando no pequeno quarto.

A curandeira mais velha grunhiu em resposta.

— Vi um belo traseiro passar por aqui há um momento.

A tosse de Chaol soou do andar de cima.

— Sabe onde está Hafiza? — perguntou Yrene, rindo.

— Na oficina. — A mulher nem mesmo virou. — Ela passou o dia todo lá.

— Você tem... certeza?

— Sim. Eu a vi entrar, fechar a porta, e ela não saiu mais.

— A porta estava aberta agora pouco.

— Então provavelmente passou por mim.

Sem dizer uma palavra? Não era da natureza de Hafiza.

Yrene coçou a cabeça, observando a plataforma atrás de si. As poucas portas ali. Não se incomodou em se despedir de Eretia antes de sair para bater às portas. Uma estava vazia; a outra curandeira disse o mesmo: Hafiza estava na oficina.

Chaol esperava no alto das escadas quando a jovem subiu de novo.

— Nenhuma sorte?

Ela bateu com o pé no chão. Talvez estivesse paranoica, mas...

— Vamos ver o refeitório. — Foi tudo que ela disse.

Yrene viu o brilho nos olhos de Chaol. A preocupação... e o aviso.

Eles desceram dois andares até que a curandeira parou na própria plataforma.

A porta de seu quarto estava fechada... mas havia algo enfiado por baixo dela. Como se um pé descuidado tivesse chutado aquilo para ali.

— O que é isso?

Chaol sacou a espada tão rápido que Yrene nem mesmo o viu se mover, cada movimento de seu corpo e da lâmina era uma dança. A curandeira se abaixou e puxou o objeto para fora. Metal raspou na pedra.

E ali, pendendo da corrente... a chave de ferro de Hafiza.

Chaol estudou a porta e as escadas conforme Yrene passava o colar por cima da cabeça com dedos trêmulos.

— Ela não a enfiou ali por acidente — disse ele.

E se tinha pensado em esconder a chave ali...

— Sabia que algo a perseguia.

— Não havia sinal de entrada forçada ou de ataque lá em cima — replicou Chaol.

— Ela podia estar apenas assustada, mas... Hafiza não faz nada sem pensar.

Chaol colocou a mão na lombar de Yrene, empurrando-a na direção das escadas.

— Precisamos notificar a guarda... começar uma equipe de busca.

Ela estava prestes a passar mal. Vomitaria bem ali nos degraus.

Se Yrene fosse responsável por ter levado aquilo a Hafiza...

Pânico não ajudava ninguém. Nada.

Yrene se obrigou a respirar uma vez. Então uma segunda vez.

— Precisamos ser rápidos. Suas costas conseguem...

— Dou um jeito. Parece tudo bem.

Yrene avaliou sua pose, o equilíbrio.

— Então corra.

∽

Girando e girando, eles dispararam pelos degraus da Torre. Perguntando a qualquer um que passasse se haviam visto Hafiza. *Na oficina*, todos responderam.

Como se ela tivesse simplesmente sumido, virado nada. Virado sombras.

Chaol vira o bastante, suportara o bastante para dar atenção ao próprio pressentimento.

E seu pressentimento lhe dizia que algo acontecera ou estava se desdobrando.

O rosto de Yrene estava pálido como osso devido ao pavor, e aquela chave de ferro quicava contra seu peito a cada passo. Eles chegaram à base da Torre, e Yrene alertou a guarda com poucas palavras, explicando calmamente que a alta-curandeira havia desaparecido.

Mas levava tempo demais para organizar equipes de busca. Qualquer coisa poderia acontecer em minutos. Segundos.

No corredor tumultuado do andar principal da Torre, Yrene pediu a algumas curandeiras a localização de Hafiza. Não, ela não estava no refeitório. Não, não estava nos herbários. Elas tinham acabado de passar por ali, e não a viram.

Era um complexo enorme.

— Cobriríamos mais lugares se nos separássemos — sugeriu Yrene, ofegante, observando o corredor.

— Não. Podem estar esperando isso. Ficaremos juntos.

A jovem esfregou o rosto com as mãos.

— Histeria coletiva pode fazer a... pessoa agir mais rápido. Com mais inconsequência. Manteremos segredo. — Ela abaixou as mãos. — Por onde começamos? Ela poderia estar na cidade, poderia estar *m*...

— Quantas saídas levam da Torre para as ruas?

— Apenas o portão principal e um pequeno portão lateral para entregas. Ambos são pesadamente vigiados.

Eles visitaram os dois em questão de minutos. Nada. Os guardas eram bem treinados e tinham mantido um registro de todos que entraram ou saíram desde o início da manhã. Hafiza não tinha sido vista. E nenhuma carroça havia entrado ou saído desde bem cedo. Antes de Eretia tê-la visto pela última vez.

— Deve estar em algum lugar na propriedade — argumentou Chaol, observando a torre que pairava acima, o complexo dos médicos. — A não ser que consiga pensar em outra maneira de entrar ou sair. Talvez algo que possa ter sido esquecido.

Yrene ficou completamente imóvel, os olhos brilhando como chamas ao crepúsculo que caía.

— A biblioteca — sussurrou a curandeira, disparando em uma corrida.

Rápida; ela era rápida, e ele quase não conseguia acompanhá-la. *Correndo.* Pelos deuses, ele estava *correndo* e...

— Há boatos sobre túneis na biblioteca — comentou Yrene, ofegante, levando-o por um corredor familiar. — Bem no fundo. Que se conectam com o exterior. Mas não sabemos onde. Os boatos dizem que foram selados, mas...

O coração do lorde se agitava.

— Isso explicaria como foi possível ir e vir sem ser visto.

E se a alta-curandeira tivesse sido levada ali para baixo...

— Como conseguiram que ela viesse? Sem que ninguém reparasse?

Ele não queria responder. Os valg podiam conjurar sombras se quisessem. E se esconder ali dentro. E as sombras podiam se tornar mortais em um instante.

Yrene parou subitamente diante da mesa principal da biblioteca, e a cabeça de Nousha se ergueu. O mármore era tão liso que a jovem precisou se agarrar às bordas da mesa para evitar cair.

— Você viu Hafiza? — disparou ela.

Nousha olhou de um para outro. Reparou na espada que Chaol ainda empunhava.

— O que houve.

— Onde são os túneis? — indagou Yrene. — Aqueles que selaram com tábuas... onde *são*?

Atrás dela, uma gata Baast cinza como uma tempestade saltou da vigília diante da lareira e disparou para a entrada da biblioteca.

Nousha olhou para um antigo sino do tamanho de um melão no alto da mesa. Um martelo estava a seu lado.

Yrene bateu com a mão no martelo.

— Não. Vai alertá-lo de que... de que sabemos.

A pele marrom da mulher pareceu empalidecer.

— Desça até o andar inferior. Caminhe reto até a parede. Dobre à esquerda. Pegue esse caminho até a parede mais afastada... até o final. Onde a pedra é áspera e bruta. Tome a direita. Você os verá.

O peito de Yrene arquejava, mas ela assentiu, murmurando as direções para si mesma. Chaol as memorizou, plantando-as na mente.

A bibliotecária ficou de pé.

— Devo chamar a guarda?

— Sim — afirmou Chaol. — Mas discretamente. Mande-a atrás de nós. O mais rápido que conseguir.

As mãos de Nousha tremeram quando ela as uniu diante do corpo.

— Aqueles túneis estão intocados há muito tempo. Fiquem alerta. Nem mesmo nós sabemos o que tem lá embaixo.

Chaol pensou em mencionar a utilidade de avisos enigmáticos antes de mergulharem para a batalha, mas simplesmente entrelaçou os dedos aos de Yrene e se lançou com ela pelo corredor.

⚜ 61 ⚜

Yrene contou cada passo. Não que isso ajudasse, mas o cérebro simplesmente produzia os números em uma contagem infinita.

Um, dois, três... quarenta.

Trezentos.

Quatrocentos e vinte e quatro.

Setecentos e vinte e um.

Eles desciam mais e mais, vasculhando cada sombra e corredor, cada alcova, cada sala de leitura, cada nicho. Nada.

Apenas acólitas trabalhando silenciosamente, muitas juntando as coisas para encerrar o dia. Nenhuma gata Baast; nem uma.

Oitocentos e trinta.

Mil e três.

Eles chegaram ao fundo da biblioteca. As luzes estavam mais fracas. Mais sonolentas.

As sombras estavam mais alerta. Yrene via rostos em todas elas.

Chaol mergulhou adiante, a espada como mercúrio conforme seguiam as direções de Nousha.

A temperatura caiu. As luzes ficaram mais escassas e muito mais afastadas.

Livros de couro foram substituídos por pergaminhos puídos. Pergaminhos substituídos por tábuas entalhadas. Prateleiras de madeira deram lugar a alcovas de pedra. O piso de mármore se tornou bruto. Assim como as paredes.

— Aqui — sussurrou Chaol, fazendo Yrene parar, e erguendo a espada.

O corredor adiante estava iluminado por uma única vela. Deixada queimando no chão.

E ao final dele: quatro portas.

Três seladas com pedras pesadas, mas a quarta... Aberta. A pedra rolou para o lado. Havia outra vela solitária diante dela, iluminando a escuridão além.

Um túnel. Mais profundo que o Ventre — mais profundo que qualquer nível da Torre.

Chaol apontou para a terra áspera da passagem adiante.

— Pegadas. Dois pares, lado a lado.

Decerto, o chão fora mexido.

Ele se virou para ela.

— Fique aqui, eu vou...

— Não. — Chaol sopesava a palavra, a pose de Yrene quando ela acrescentou: — Juntos. Faremos isso juntos.

Ele tomou mais um momento para considerar, então assentiu. Cuidadosamente, ele a levou adiante, mostrando onde pisar para evitar qualquer barulho alto ou pedaço de pedra solto.

A vela ao lado da porta aberta do túnel os chamava. Um farol. Um convite.

A luz dançou ao longo da lâmina de Chaol quando ele a inclinou diante da entrada do túnel.

Nada além de blocos de pedra caídos e uma passagem escura infinita os recebeu.

Yrene inspirou pelo nariz e expirou pela boca. Hafiza. Hafiza estava ali. Ferida ou pior, e...

Chaol lhe deu a mão e a guiou para dentro da escuridão.

Lentamente, os dois avançaram em silêncio durante minutos incontáveis. Até a luz da única vela se extinguir atrás deles — e outra surgir. Fraca, longínqua. Como se depois de uma esquina distante.

Como se alguém estivesse esperando.

∿

Chaol sabia que era uma armadilha.

Sabia que a alta-curandeira não era o alvo, mas a isca. Mas, se chegassem tarde demais...

Ele não deixaria que isso acontecesse.

Os dois avançaram aos poucos na direção da segunda vela, a luz quase equivalia ao soar do sino do jantar.

Mas ele seguiu mesmo assim, com Yrene acompanhando-o.

A única vela ficou mais brilhante.

Não era uma vela. Era uma luz dourada da passagem além. Emoldurando a parede de pedra atrás desta.

Yrene tentou se apressar, mas Chaol manteve o ritmo lento. Silenciosos como a morte.

Embora não tivesse dúvidas de que quem quer que fosse já sabia da chegada dos dois.

Eles chegaram à curva no túnel, e Chaol estudou a luz na parede mais afastada, tentando discernir alguma sombra ou inquietação. Havia apenas luz.

Então Chaol olhou do outro lado da esquina. Yrene também.

Ela perdeu o fôlego. Chaol vira algumas coisas no último ano, mas aquilo...

Era uma câmara, tão imensa quanto o salão do trono inteiro no palácio de Forte da Fenda, talvez maior. O teto se erguia sobre pilastras escavadas que recuavam até a escuridão, com um conjunto de escadas que ia do túnel até o andar principal. Naquele momento, ele entendeu por que a luz sobre as paredes estivera dourada.

Pois, iluminado pelas tochas que queimavam por toda parte, havia... *Ouro*.

A riqueza de um antigo império enchia a câmara. Baús e estátuas e joias de puro ouro. Armaduras. Espadas.

E espalhados entre tudo havia sarcófagos. Feitos não de ouro, mas de pedra impenetrável.

Uma tumba... e um tesouro. E bem no fundo, erguendo-se sobre um altar imponente...

Yrene soltou um ruído baixo ao ver a alta-curandeira sentada em um trono dourado, amordaçada e atada. Mas foi a mulher ao lado de Hafiza, com uma faca apoiada na barriga redonda, que fez o sangue de Chaol gelar.

Duva. Aquela que se tornara a caçula do khagan.

Ela sorriu conforme os dois se aproximavam — e a expressão não era humana.

Era valg.

≈ 62 ≈

— Ora! — disse a coisa dentro da princesa. — Vocês demoraram bastante.

As palavras ecoaram pela imensa câmara, quicando em pedra e ouro.

Chaol avaliou cada sombra, cada objeto pelo qual passaram. Todas as possíveis armas. Todas as possíveis rotas de fuga.

Hafiza não se moveu quando eles se aproximaram, caminhando pela ampla avenida entre sarcófagos e ouro infinito reluzente. Uma necrópole.

Talvez uma imensa cidade subterrânea, estendendo-se do deserto até ali.

Quando visitaram Aksara, Duva ficara para trás. Alegando que a gravidez...

Um sibilo informou a Chaol que Yrene percebera o mesmo.

Duva estava grávida... e o valg a dominava.

Chaol sopesou as chances. Uma princesa infestada com valg, armada com uma faca e alguma magia sombria, a alta-curandeira atada ao trono...

E Yrene.

— Porque vejo que está calculando, Lorde Westfall, eu o pouparei do trabalho e darei suas opções. — Com aquela faca, Duva traçou linhas carinhosas e aleatórias sobre o ventre cheio, mal agitando o tecido do vestido.

— Bem, precisará escolher. Eu, a alta-curandeira ou Yrene Towers. — A princesa sorriu e sussurrou de novo: — *Yrene.*

E aquela voz...

Yrene estremeceu. A voz daquela noite.

Mas, ao pararem na base dos degraus íngremes do altar, a jovem curandeira ergueu o queixo e disse à princesa, firme como qualquer rainha:

— O que você quer?

Duva inclinou a cabeça, e os olhos estavam completamente pretos. O ébano dos valg.

— Não quer saber *como*?

— Tenho certeza de que nos contará de qualquer modo — retrucou Chaol.

Os olhos de Duva se semicerraram com irritação, mas ela soltou uma pequena risada.

— Estes túneis seguem diretamente do palácio para a Torre. Aqueles feéricos imortais chatos enterravam a realeza deles aqui. Renegados da linhagem nobre de Mora. — Ela fez um gesto com o braço para indicar a câmara inteira. — Tenho certeza de que o khagan vai ficar em polvorosa ao descobrir quanto ouro está sob seus pés. Outra carta para jogar quando chegar o momento.

Yrene encarava incessantemente Hafiza, a qual os observava com calma.

Uma mulher pronta para seu fim. Que só queria se certificar de que Yrene não achasse que ela sentia medo.

— Estava esperando que descobrissem que era eu — revelou Duva. — Quando destruí todos aqueles preciosos livros e pergaminhos, achei que certamente perceberiam que fui a única que não foi à festa. Mas então percebi: como *poderiam* suspeitar de mim? — Ela apoiou a mão no ventre cheio. — Por isso mesmo ele a escolheu. A linda e gentil Duva. Boazinha demais para contestar o trono. — O sorriso de uma víbora. — Sabia que Hasar tentou pegar o anel primeiro? Ela o viu no dote de casamento enviado por *Perrington* e o quis. Mas Duva o pegou antes que a irmã conseguisse. — Ela estendeu o dedo, revelando a aliança grossa de prata. Nenhum reflexo de pedra de Wyrd.

— Está por baixo — sussurrou Duva. — Um truquezinho inteligente para escondê-la. E, assim que ela fez os votos àquele príncipe humano gentil e apaixonado, isso foi parar em sua mão. — Ela deu um risinho. — E ninguém nem sequer notou. — Um lampejo dos dentes brancos. — Exceto pela irmãzinha de olhos atentos. — Ela estalou a língua. — Tumelun suspeitou de que algo estava errado. Me pegou fuçando lugares esquecidos. Então eu a peguei também. — A princesa gargalhou. — Ou não, na verdade. Pois a empurrei direto daquela varanda.

Yrene prendeu o fôlego.

— Uma princesa tão selvagem e impetuosa — prosseguiu Duva. — Com tendência a tais *humores*. Não poderia simplesmente deixar que ela fosse aos amados pais e reclamasse de mim, não é?

— Sua *vadia* — disparou Yrene.

— Foi assim que ela me chamou — respondeu Duva. — Disse que eu não parecia *normal*. — A princesa acariciou a barriga com a mão, então tamborilou com um dedo na lateral da cabeça. — Deveriam ter ouvido como ela gritou. Duva, como Duva *gritou* quando empurrei a pirralha da varanda. Mas eu a calei bem rápido não foi? — Ela levou mais uma vez a faca até a barriga e arranhou o tecido de seda.

— Por que está *aqui* — sussurrou Yrene. — O que *quer*?

— Você.

O coração de Chaol saltou ao ouvir a palavra.

Duva se esticou.

— O Rei Sombrio ouviu sussurros. Sussurros de que uma curandeira abençoada com os dons de Silba tinha entrado na Torre. E isso o deixou muito, muito alerta.

— Porque posso extinguir todos vocês como os parasitas que são?

Chaol lançou um olhar de aviso à curandeira.

Mas Duva tirou a adaga do ventre e estudou a lâmina.

— Por que acham que Maeve reuniu seus curandeiros, sem jamais permitir que saíssem das fronteiras patrulhadas? Ela sabia que voltaríamos. Queria estar pronta; queria se proteger. Proteger seus estimados favoritos, aqueles curandeiros de Doranelle. Seu exército secreto — murmurou, indicando com a adaga a necrópole. — Como eram inteligentes aqueles feéricos, os que escaparam de suas garras depois da última guerra. Eles fugiram para cá, os curandeiros que sabiam que a rainha os manteria enjaulados como animais. E, então, cultivaram a magia na terra, no povo. Encorajaram os poderes certos a se levantarem para se assegurar de que esta terra sempre seria forte, sempre seria defendida. Depois sumiram, levando seus tesouros e histórias para baixo da terra. Garantindo que fossem esquecidos no subsolo, enquanto o pequeno *jardim* estava plantado acima.

— Por quê? — Foi tudo o que Chaol disse.

— Para dar àqueles que Maeve não considerava importantes uma chance de sobrevivência caso Erawan retornasse. — Duva estalou a língua. — Tão nobres, aqueles feéricos renegados. E assim a Torre cresceu, e Sua Majes-

tade Sombria de fato se ergueu de novo, e então caiu, e então adormeceu. E mesmo ele se esqueceu do que alguém com os dons certos poderia fazer. Mas, então, despertou mais uma vez. E se lembrou dos curandeiros. Por isso se certificou de expurgar os que tinham o dom nas terras do norte.
— Um sorriso para Yrene, odioso e frio. — Mas parece que uma pequena curandeira escapou da execução. E chegou até esta cidade, com um império para protegê-la.

A respiração de Yrene estava irregular. Chaol viu a culpa e o temor a invadirem. Ela se julgava responsável por trazer aquilo até eles. Tumelun, Duva, a Torre, o khaganato.

Mas o que Yrene não percebeu, Chaol viu por ela. Viu com o peso de um continente, de um mundo sobre ele. Viu o que aterrorizara tanto Erawan a ponto de mandar um de seus agentes para lá.

Porque Yrene, com o poder maduro e encarando aquele demônio valg orgulhoso... Esperança.

Era esperança que estava de pé ao lado de Chaol, escondida e protegida durante os anos naquela cidade, e nos anos anteriores, lançada à terra pelos próprios deuses, oculta das forças prontas para destruí-la.

Uma semente de esperança.

A mais perigosa de todas as armas contra Erawan, contra a escuridão antiga dos valg.

O que ele fora enviado para levar de volta à terra natal, para seu povo. O que fora levado até ali para *proteger*. Mais preciosa que soldados, que qualquer arma. A única chance de salvação.

Esperança.

— Por que não me matar, então? — indagou Yrene. — Por que simplesmente não me matar?

Chaol não ousara fazer essa pergunta ou mesmo pensar nela.

Duva apoiou a adaga na barriga de novo.

— Porque você é muito mais útil para Erawan viva, Yrene Towers.

Yrene estava trêmula. Até os ossos, ela tremia.

— Não sou ninguém — sussurrou a curandeira.

Aquela lâmina... aquela lâmina estava apoiada acima do útero. E Hafiza permanecia imóvel, observando, sempre calma, ao lado de Duva.

— Não é? — cantarolou a princesa. — Dois anos é um ritmo *sobrenaturalmente* rápido para chegar tão alto na Torre. Não é, curandeira?

Yrene quis vomitar quando o demônio dentro de Duva olhou para Hafiza.

A alta-curandeira a encarou sem vacilar.

Duva riu baixinho.

— Ela sabia. Disse isso quando eu a transportei do quarto mais cedo. Que eu tinha vindo atrás de você. A Herdeira de Silba.

A mão de Yrene deslizou para o medalhão. Para o bilhete ali dentro.

O mundo precisa de mais curandeiros.

Será que fora a própria Silba que surgira naquela noite em Innish, que a mandara até Antica, com uma mensagem que mais tarde compreenderia?

O mundo precisava de mais curandeiros... para combater Erawan.

— Foi por isso que Erawan me mandou — prosseguiu Duva. — Para ser sua espiã. Para ver se uma curandeira com aqueles dons, com *os* dons, poderia de fato emergir da Torre. E para evitar que você descobrisse demais. — Um pequeno gesto de ombros. — É claro que matar aquela princesa pirralha e a outra curandeira foram... erros, mas tenho certeza de que Sua Majestade Sombria me perdoará por isso quando eu retornar com você.

Um rugido lhe tomou a mente, tão alto que Yrene mal conseguiu se ouvir ao disparar:

— Se pretende me levar até ele, por que matar a curandeira com a qual me confundiu? E por que não matar todas as curandeiras nesta cidade e se poupar do problema?

Duva riu com escárnio, mexendo aquela adaga.

— Porque *isso* levantaria perguntas demais. *Por que* Erawan estava perseguindo seu tipo? Certas peças importantes poderiam ter começado a se perguntar. Então era para a Torre ser deixada em paz, na ignorância. Permanecendo aqui, destacada do norte, sem jamais deixar estas praias. Até chegar o momento de meu soberano lidar com *este* império. — Um sorriso que fez o sangue de Yrene gelar. — Quanto àquela curandeira... Não teve nada a ver com quanto ela se parecia com você. Ela estava no lugar errado na hora errada. Bem, na hora certa para *mim*, pois eu estava assustadoramente faminta, e não poderia exatamente me alimentar sem ser vista. Mas também para causar algum medo em você, para fazê-la perceber o perigo e parar de trabalhar nesse tolo de Adarlan, para parar de se intrometer demais em questões tão antigas. Mas você não deu ouvidos, deu?

As mãos de Yrene se fecharam em garras ao lado do corpo.

587

— Uma pena, Yrene Towers — prosseguiu Duva. — Uma pena. Pois a cada dia que trabalhou nele, que o curou, se tornou evidente que você, de fato, era a tal. A tal que meu Rei Sombrio deseja. E, depois que os espiões da própria Duva contaram a ela como o tinha curado de vez, depois que ele estava andando de novo e você havia provado sem sombra de dúvida que era aquela que fui enviada para encontrar... — Ela olhou com escárnio para Hafiza, e Yrene quis arrancar aquela expressão do rosto da princesa. — Eu soube imediatamente que um ataque deflagrado seria complicado. Mas atraí--la até aqui... Fácil demais. Estou até meio desapontada. Então, você virá comigo, Yrene Towers. Para Morath — declarou ela, virando a faca na mão.

Chaol se colocou diante da curandeira.

— Está se esquecendo de uma coisa.

Duva ergueu uma sobrancelha perfeita.

— É?

— Ainda não venceu.

Vá, Yrene queria dizer a ele. *Vá.*

Pois aquilo que começava a se enroscar em torno dos dedos de Duva, em volta do cabo daquela adaga era poder sombrio.

— O que é engraçado, Lorde Westfall — disse Duva, olhando para os dois do topo do altar —, é que você acha que pode ganhar tempo até a chegada dos guardas. Mas até lá estará morto, e ninguém *ousará* questionar minha palavra quando eu disser como tentou nos matar aqui embaixo. Para levar este ouro de volta para seu pobre reinozinho depois de ter gasto o próprio, pedindo aquelas armas ao vizir de meu pai. Ora, poderia comprar mil exércitos com isto.

— Ainda tem de *nos* enfrentar — sibilou Yrene.

— Suponho que sim. — Duva tirou algo do bolso. Outro anel, feito de uma pedra tão escura que engolia a luz. Sem dúvida enviado diretamente de Morath. — Mas depois que puser isto... fará o que eu disser.

— E por que eu *sequer*...

A princesa segurou a faca contra o pescoço de Hafiza.

— Por isso.

Yrene olhou para Chaol, mas ele estava examinando a câmara, as escadas e as saídas.

O poder sombrio que espiralava em torno dos dedos da princesa.

— Então — disse ela, descendo um degrau do altar. — Vamos começar.

Ela deu um segundo passo antes que acontecesse.

Chaol não se moveu. Mas Hafiza sim.

Ela impulsionou o corpo, com cadeira e tudo, com o peso inteiro daquele trono dourado, escada abaixo.

Bem em cima de Duva.

Yrene gritou, correndo até elas, e Chaol se lançou em movimento.

Hafiza e o bebê, o bebê e Hafiza...

A mulher idosa e a princesa rolaram para baixo dos degraus íngremes, e madeira se partiu. Era de madeira, não de metal. O trono havia sido pintado e se despedaçava conforme elas rolavam. Duva gritava, mas Hafiza permanecia quieta, mesmo quando a mordaça se soltou...

Elas atingiram o piso de pedra com um estalo que Yrene sentiu no coração.

Chaol estava imediatamente lá, não se direcionando para Duva, estatelada no chão, mas para Hafiza, esparramada e imóvel. Ele a puxou para trás, com farpas e cordas agarrando-se a ela, a boca entreaberta...

Os olhos se abrindo...

Yrene soluçou, segurando a alta-curandeira pelo outro braço e ajudando-o a puxá-la para fora do caminho, na direção de uma estátua imponente de um soldado feérico.

Naquele exato momento, Duva se apoiou nos cotovelos, com os cabelos soltos em volta do rosto, e disse, com raiva:

— Seu monte pútrido de *merda*...

Chaol ficou de pé, com a espada inclinada à frente enquanto Yrene buscava magia para curar o corpo idoso e frágil.

Hafiza conseguiu erguer o braço por tempo o suficiente para segurar o pulso de Yrene. *Vá*, era o que parecia dizer.

Duva ficou de pé, com longas farpas presas no pescoço e sangue pingando da boca. Sangue escuro.

Chaol deu a Yrene um único olhar por cima do ombro. *Fuja.*

E que levasse Hafiza junto.

Yrene abriu a boca para dizer a ele que *não*, mas Chaol já estava virado para a frente de novo. Na direção da princesa que avançava um passo.

O vestido estava rasgado, revelando a barriga firme e redonda por baixo. Uma queda como aquela com um bebê...

Um bebê.

Yrene segurou Hafiza sob os ombros finos, puxando o peso leve pelo chão.

Chaol não a mataria. Duva.

Yrene chorou entre dentes trincados ao arrastar Hafiza mais e mais para trás, em meio àquela avenida ladeada por ouro, as estátuas observando inexpressivamente.

Ele jamais pensaria em ferir Duva, não com aquele bebê no ventre da princesa.

O peito de Yrene afundou com o murmúrio baixo do poder que preencheu a câmara.

Ele não revidaria. Ganharia tempo para ela.

Para tirar Hafiza de lá e para fugir.

— Isso provavelmente vai doer muito — ronronou a princesa.

Yrene se virou bem no momento que sombras dispararam da princesa, apontadas diretamente para Chaol.

Ele rolou para o lado, mas a explosão se expandiu e atingiu a estátua atrás da qual Chaol se escondera.

— Que teatralidade — repreendeu Duva, e Yrene se apressou, deslizando Hafiza na direção das escadas distantes. Deixando-o... deixando-o para trás.

Mas movimento chamou sua atenção, e então...

Uma estátua caiu no caminho da princesa.

Duva a atirou para o lado com magia. Ouro em pedaços choveu pelo lugar, ressoando sobre os sarcófagos e com a rachadura ecoando pela câmara.

— Vai tornar isto entediante — reclamou Duva, atirando um punhado de escuridão para onde ele estivera. Yrene tropeçou quando o recinto estremeceu, mas continuou de pé.

Outro golpe.

Outro.

A princesa sibilou. Então adivinhou o sarcófago em que Chaol se escondia e o cercou, disparando o poder indistintamente.

Ele surgiu, com um escudo na mão.

Não era um escudo; era um espelho antigo.

O poder se refletiu no metal, estilhaçando o vidro, mesmo ao ricochetear de volta contra a princesa.

Yrene viu o sangue primeiro. Nos dois.

Então viu o pavor na expressão de Chaol quando Duva foi atirada para trás, chocando-se contra um sarcófago de pedra com tanta força que os ossos estalaram.

Ela atingiu o chão e não se moveu.

Yrene esperou um segundo. Dois.

A curandeira apoiou Hafiza no chão e correu. Correu direto para Chaol, que ofegava, olhando boquiaberto para o corpo caído da mulher.

— O que foi que eu fiz — sussurrou ele, recusando-se a tirar os olhos da princesa totalmente imóvel. Sangue lhe escorria pelo rosto devido aos cacos daquele espelho, mas nada grande, nada letal.

Já com Duva...

Yrene disparou por ele, pela espada, e foi até a princesa no chão. Se estivesse inconsciente, a curandeira talvez conseguisse tirar o demônio valg de dentro da jovem, talvez conseguisse tentar consertar o corpo...

A curandeira virou o corpo de Duva.

E encontrou a princesa sorrindo para ela.

Aconteceu muito rápido. Rápido demais.

Duva avançou contra o rosto de Yrene, contra a garganta, com faixas pretas de poder saltando das palmas de suas mãos.

Então Yrene não estava lá. Estava nas pedras, jogada para o lado, pois Chaol tinha se atirado entre ela e a princesa.

Sem escudo, sem arma.

Apenas com as costas, completamente expostas, quando ele empurrou Yrene e recebeu a força total do ataque valg.

⊰ 63 ⊱

Dor urrou pela coluna de Chaol. Percorrendo as pernas. Os braços. Até mesmo as pontas dos dedos.

Pior que no castelo de vidro.

Pior que naquelas sessões de cura.

Mas tudo o que podia ver, tudo o que tinha visto era Yrene, aquele poder disparando para seu coração...

Chaol caiu no chão, e o grito da curandeira penetrou a dor.

Levante-se levante-se levante-se

— Uma pena que todo aquele trabalho árduo não tenha dado em nada — provocou Duva, apontando com o dedo para a coluna do lorde. — Suas pobres, pobres costas.

Aquele poder sombrio se chocou contra a coluna de Chaol de novo.

Algo quebrou.

De novo. De novo.

A sensação nas pernas foi a primeira que sumiu.

— *Pare* — soluçou Yrene, de joelhos. — *Pare!*

— Fuja — sussurrou ele, forçando as palmas das mãos nas pedras, forçando os braços a empurrarem, para erguê-lo...

Duva apenas levou a mão ao bolso e pegou aquele anel preto.

— Você sabe como fazer isso parar.

— *Não* — grunhiu Chaol, e as costas urraram quando ele tentou puxar as pernas para se levantar de novo e de novo...

Yrene rastejou um passo para longe. Outro. Desviando o olhar entre os dois.

De novo não. Ele não suportaria ver aquilo; ele não suportaria *viver* aquilo mais uma vez.

Mas, então, Chaol viu o que Yrene pegou com a mão direita.

Na direção do que ela estivera rastejando.

Sua espada.

Duva deu um risinho, passando por cima de suas pernas abertas e imóveis quando avançou contra Yrene. Quando a curandeira ficou de pé e ergueu a espada de Chaol.

A lâmina tremeu e os ombros de Yrene se agitaram no momento que ela soluçou entre dentes.

— O que acha que isso poderia fazer — cantarolou Duva — contra isto?

Chicotes de poder escuro se esticaram das palmas das mãos da princesa.

Não. Chaol gemeu a palavra, gritou para o próprio corpo, para os ferimentos que se forçavam para dentro, para a dor que o puxava para baixo. Duva ergueu o braço para golpear...

E Yrene atirou a espada. Um lance reto, sem habilidade e descontrolado.

Mas Duva se abaixou...

Yrene correu.

Ágil como uma corça, ela se virou e correu, disparando para o labirinto de cadáveres e tesouro.

E, como um cão farejando um cheiro, Duva grunhiu e saiu em perseguição.

∽

Ela não tinha um plano. Não tinha nada.

Nenhuma opção. Nada mesmo.

A coluna de Chaol...

Foi-se. Todo aquele trabalho... destruído.

Yrene vasculhou as pilhas de ouro, buscando, buscando...

As sombras de Duva explodiram ao redor, lançando cacos de ouro pelo ar. Emoldurando cada fôlego de Yrene.

Antes de correr, ela pegou uma espada curta de um baú transbordando com tesouros, a lâmina zunindo no ar.

Se conseguisse aprisioná-la, levar Duva ao chão por tempo o bastante...

Uma rajada de poder destruiu o sarcófago de pedra diante da curandeira. Pedaços de rocha voaram.

Yrene ouviu o estampido antes de sentir o impacto.

Então a cabeça latejou de dor e o mundo girou.

Ela lutou para ficar de pé com cada batida do coração, cada gota de concentração que algum dia dominara.

Yrene não permitiu que os pés vacilassem. Continuou em movimento, ganhando qualquer tempo possível para eles. Depois de dar a volta em uma estátua, ela...

Duva estava a sua frente.

A curandeira seguiu desgovernada até ela, com aquela espada curta tão perto da barriga da princesa, daquele ventre...

Yrene espalmou as mãos, soltando a arma. Duva se manteve firme, passando os braços em torno do pescoço e do tronco da curandeira. Prendendo-a.

Ao puxar Yrene de volta para aquela avenida, a princesa sibilou:

— Este corpo não gosta de correr tanto assim.

A curandeira se debateu, mas Duva segurou firme. Forte demais... para alguém de seu tamanho, era forte demais.

— Quero que veja isto. Quero que ambos vejam isto — debochou Duva ao ouvido de Yrene.

Chaol tinha rastejado até o meio do caminho. Rastejado, deixando um rastro de sangue, sem que as pernas obedecessem. Para ajudá-la.

Ele ficou imóvel, com sangue escorrendo da boca, quando Duva pisou na passarela, pressionando Yrene contra o próprio corpo.

— Será que devo obrigá-la a vê-lo morrer, ou obrigá-lo a me ver colocando o anel em você?

— *Não toque nele* — grunhiu Yrene, mesmo com o aperto em sua garganta.

Mesmo com sangue nos dentes trincados, os braços de Chaol se esforçavam e cediam conforme ele tentava se levantar.

— É uma pena que eu não tenha dois anéis — ponderou Duva para Chaol. — Tenho certeza de que seus amigos pagariam caro por você. — Um gemido. — Mas suponho que sua morte seja igualmente devastadora.

Duva afrouxou o braço no tronco de Yrene e apontou para ele...

Yrene se moveu.

Ela pisou no pé da princesa. Bem no peito do pé.

E, quando Duva se curvou, a curandeira lhe deu um tapa espalmado no cotovelo, liberando o braço que prendia seu pescoço.

Então Yrene conseguiu se virar e descer o cotovelo bem no rosto de Duva. A princesa caiu feito uma pedra, o sangue jorrando.

Yrene avançou para a adaga na lateral de Chaol. A lâmina gemeu quando ela a libertou da bainha e se atirou sobre a princesa espantada, montando-a.

Ela puxou aquela lâmina para o alto a fim de mergulhá-la no pescoço de Duva, para cortar aquela cabeça. Pedaço por pedaço.

— *Não* — disse Chaol, rouco, com a palavra cheia de sangue.

Duva destruíra aquilo — destruíra *tudo*.

Considerando o sangue que lhe saía pela boca, que subia pela garganta... Yrene chorou, com a adaga posicionada no pescoço da princesa.

Ele estava morrendo. Duva abrira algo dentro dele.

As sobrancelhas da princesa começaram a se agitar e se franzir conforme ela se movia.

Agora.

Precisava ser agora. Mergulhar aquela lâmina. Acabar com aquilo.

Acabar com aquilo, e talvez conseguir salvá-lo. Impedir aquele sangramento interno letal. Mas sua coluna, sua *coluna*...

Uma vida. Ela fizera um juramento de jamais tomar uma vida.

E com aquela mulher diante de si, a segunda vida no ventre...

A adaga desceu. Yrene o faria. Yrene o *faria*, e...

— Yrene — sussurrou Chaol, e a palavra estava tão cheia de dor, tão baixa...

Era tarde demais.

A magia conseguia sentir aquilo, a morte. Ela jamais contara a Chaol sobre aquele dom terrível — que curandeiras *sabiam* quando a morte estava próxima. Silba, senhora das mortes tranquilas.

A morte que ela daria a Duva e ao bebê não seria daquele tipo.

A morte de Chaol não seria daquele tipo.

Mas ela...

Mas ela...

A princesa parecia tão jovem, mesmo ao se agitar. E a vida naquele ventre...

A vida diante de si...

Yrene soltou a faca no chão.

O clangor ecoou por ouro e pedras e ossos.

Chaol fechou os olhos com o que Yrene poderia jurar ser alívio.

A mão leve de alguém lhe tocou o ombro.

A curandeira conhecia aquele toque. Hafiza.

Mas, quando Yrene olhou, quando se virou e chorou...

Havia mais dois atrás da alta-curandeira, segurando-a de pé. Permitindo que Hafiza se abaixasse ao lado de Duva para soprar no rosto da princesa, colocando-a em um sono imperturbado.

Nesryn. Os cabelos estavam embaraçados pelo vento, as bochechas rosadas e ressecadas...

E Sartaq, com os próprios cabelos muito mais curtos. O rosto do príncipe estava tenso, e os olhos se arregalaram quando ele viu a irmã inconsciente e ensanguentada. No mesmo instante, Nesryn sussurrou:

— Chegamos tarde demais...

Yrene avançou sobre as pedras até Chaol. Os joelhos se rasgaram no chão, mas a curandeira mal sentiu, mal sentiu o sangue escorrendo pela têmpora quando ela segurou a cabeça do antigo capitão no colo e fechou os olhos, reunindo seu poder.

Branco irradiou, mas havia vermelho e preto por toda parte.

Demais. Coisas demais quebradas e rasgadas e dilaceradas...

O peito dele mal subia. Chaol não abriu os olhos.

— *Acorde* — ordenou ela, a voz falhando. Yrene mergulhou para dentro de seu poder, mas os danos... Era como tentar consertar buracos em um navio afundando.

Demais. Demais e...

Gritos e passos ao redor.

A vida de Chaol começou a definhar e se tornar névoa em torno da magia da curandeira. A morte circundava, uma águia com um olho sobre eles.

— *Lute* — soluçou Yrene, sacudindo-o. — Seu canalha teimoso, *lute*.

Qual tinha sido o objetivo, o objetivo de tudo aquilo, se agora, quando importava...

— Por favor — sussurrou ela.

O peito de Chaol se ergueu, uma nota alta antes do último mergulho...

Ela não podia suportar aquilo. Não iria suportar.

Uma luz tremeluziu. Dentro daquela massa agonizante de vermelho e preto.

Uma vela se acendeu. Uma florescência branca.

Então outra.

E outra.

Luzes floresciam ao longo daquele interior partido. E onde elas brilhavam...

Carne se fechava. Ossos se alisavam.

Luz após luz após luz.

O peito do homem continuava subindo e descendo. Subindo e descendo.

Mas em meio à dor, à escuridão e à luz...

A voz de uma mulher que era tanto familiar quanto estranha. Uma voz que era tanto de Hafiza quanto... de outra. Alguém que não era humana, que jamais fora. Falando por meio da própria Hafiza; as duas vozes se misturando na escuridão.

Os danos são grandes demais. Deve haver um custo caso sejam reparados.

Todas aquelas luzes pareceram hesitar diante daquela voz sobrenatural.

Yrene roçou por todas elas, percorreu-as como a um campo de flores brancas. As luzes tremiam e oscilavam naquele lugar silencioso de dor.

Não eram luzes... mas curandeiras.

Yrene conhecia suas luzes, suas essências. Eretia — aquela mais próxima era Eretia.

A voz que era tanto de Hafiza quanto de Outra falou de novo: *Deve haver um custo.*

Pois o que a princesa fizera com ele... Não havia como retornar daquilo.

Eu pagarei. Yrene falou para a dor e a escuridão e a luz

Uma filha de Charco Lavrado pagará a dívida de um filho de Adarlan?

Sim.

Ela podia jurar que a mão carinhosa e morna de alguém lhe acariciou o rosto.

E Yrene soube que não pertencia a Hafiza ou à Outra. Não pertencia a nenhuma curandeira viva.

Mas a uma que jamais a deixara, mesmo ao se tornar cinzas ao vento.

A Outra disse: *Oferece isso de própria vontade?*

Sim. Com todo o meu coração.

Tinha sido dele desde o início, de todo modo.

Aquelas mãos fantasmas e amorosas acariciaram a bochecha de Yrene de novo e se dissiparam.

A Outra falou: *Escolhi bem. Você pagará a dívida, Yrene Towers. E espero que a veja pelo que realmente é.*

Yrene tentou falar. Mas luz se acendeu, suave e tranquilizadora.

Isso a ofuscou, por dentro e por fora. Deixando-a encolhida sobre a cabeça de Chaol, com os dedos agarrados à camisa dele. Sentindo as batidas de seu coração ressoarem sob as palmas das mãos. A aspereza do fôlego de Chaol contra sua orelha.

Havia mãos em seus ombros. Dois pares. Elas se apertaram, uma sugestão silenciosa para que erguesse a cabeça. Assim fez Yrene.

Hafiza estava atrás dela, Eretia ao lado. Cada uma com a mão no ombro da jovem.

Atrás de cada uma delas havia duas curandeiras. Com as mãos nos ombros delas.

Atrás dessas, mais duas. E mais. E mais.

Uma corrente viva de poder.

Todas as curandeiras da Torre, jovens e velhas, estavam naquela sala de ouro e ossos.

Todas conectadas. Todas canalizando para Yrene, para a mão que ela ainda mantinha sobre Chaol.

Nesryn e Sartaq estavam a poucos metros; ela com a mão na boca. Porque Chaol...

As curandeiras da Torre abaixaram as mãos, partindo aquela ponte de contato, quando os pés de Chaol se moveram. Então os joelhos.

Então os olhos se entreabriram e ele estava encarando Yrene, as lágrimas da jovem caindo em seu rosto encrustado de sangue. Chaol ergueu a mão para tocar seus lábios.

— Morto?

— Vivo — sussurrou ela, conforme abaixava o rosto para o dele. — Muito vivo.

Ele sorriu contra a boca de Yrene, suspirando profundamente ao falar:

— Que bom.

A jovem curandeira ergueu a cabeça, e Chaol sorriu para ela de novo, com sangue seco descolando do rosto com o movimento.

E onde certa vez aquela cicatriz cortara sua bochecha... apenas pele imaculada permanecia.

❧ 64 ❧

O corpo de Chaol doía, mas era a dor da novidade. De músculos doloridos, e não partidos.

E o ar nos pulmões... não ardia respirar.

Yrene o ajudou a se sentar; Chaol sentia a cabeça girando.

Ele piscou, encontrando Nesryn e Sartaq diante de si conforme as curandeiras começavam a sair em fileira, as expressões sombrias. A longa trança do príncipe tinha sido cortada, então seus cabelos estavam soltos na altura dos ombros, e Nesryn... ela vestia couro de montaria e os olhos escuros estavam mais iluminados do que ele jamais vira — mesmo com a seriedade da expressão.

— O quê... — disse Chaol, rouco.

— Você mandou um bilhete para voltarmos — explicou Nesryn, o rosto mortalmente pálido. — Voamos o mais rápido possível. Nos disseram que você tinha vindo à Torre mais cedo esta noite. Os guardas estavam logo atrás de nós, até acelerarmos o passo. Nos perdemos um pouco aqui embaixo, mas então... gatos lideraram o caminho.

Nesryn lançou um olhar maravilhado e confuso por cima do ombro para os degraus do túnel, onde havia meia dúzia de gatas com olhos de berilo sentadas, limpando-se. Elas repararam na atenção humana e se dispersaram, com as caudas para o alto.

— Também achamos que curandeiras poderiam ser necessárias e pedimos que algumas seguissem — acrescentou Sartaq, sorrindo. — Mas aparentemente muitas mais quiseram vir.

Considerando o número de mulheres que saía em fileira depois de os gatos terem desaparecido... Todas elas. Todas elas tinham vindo.

Atrás de Chaol e Yrene, Eretia cuidava de Hafiza. Viva, de olhos atentos, mas... frágil.

Eretia resmungava para a idosa, repreendendo-a pelo heroísmo. Mas, mesmo ao fazer isso, os olhos da mulher brilhavam com lágrimas. Talvez mais, pois Hafiza passou o polegar pela bochecha de Eretia.

— Ela está... — começou Sartaq, indicando com o queixo Duva, que estava estatelada no chão.

— Inconsciente — disse Hafiza, com a garganta seca. — Dormirá até ser acordada.

— Mesmo com um anel valg? — perguntou Nesryn, quando Sartaq fez menção de pegar a irmã do piso de pedra. Ela o bloqueou pondo um braço em frente ao tronco dele, o que lhe garantiu um olhar de incredulidade do príncipe. Havia cortes e queimaduras nos dois, percebeu Chaol. E o jeito como o príncipe se movera... andando com dificuldade. Algo acontecera.

— Mesmo com o anel, ela permanecerá dormindo — respondeu Hafiza.

Yrene apenas encarava a princesa, com a adaga ao lado no chão.

— Obrigado... por poupá-la — agradeceu Sartaq, notando a arma.

A curandeira apenas pressionou o rosto contra o peito de Chaol. Ele acariciou seus cabelos, vendo que estavam úmidos...

— Está sangrando...

— Estou bem — assegurou Yrene contra a camisa dele.

Chaol recuou, observando seu rosto. A têmpora ensanguentada.

— Não está nada bem — respondeu ele, virando a cabeça na direção de Eretia. — Ela está ferida...

A mulher revirou os olhos.

— É bom ver que nada disso tirou sua disposição habitual.

Chaol lhe lançou um olhar inexpressivo.

Hafiza olhou por cima do ombro de Eretia e perguntou sarcasticamente a Yrene:

— Tem certeza de que esse homem insistente valeu o custo?

Antes que a jovem curandeira pudesse responder, Chaol indagou:

— Qual custo?

Uma quietude tomou conta delas, e até mesmo Yrene olhou para Hafiza quando a mulher se desvencilhou dos cuidados de Eretia. Com a voz baixa, a alta-curandeira explicou:

— Os danos eram grandes demais. Mesmo com todas nós... A morte segurava sua mão.

Ele se virou para Yrene, pavor se revirava em seu estômago.

— O que você fez? — sussurrou Chaol. Ela não o encarou.

— Ela provavelmente fez um acordo tolo, foi isso — disparou Eretia.

— Ofereceu pagar o preço sem nem saber qual era. Para salvar seu pescoço. Todas ouvimos.

A própria Eretia estava perto de não ter um pescoço funcional, mas Chaol indagou, o mais tranquilamente possível:

— Pagar o preço a *quem*?

— Não é um pagamento — corrigiu Hafiza, apoiando a mão no ombro de Eretia para fazê-la se calar. — Mas uma restauração do equilíbrio. Àquela que gosta de vê-lo intacto. Que falou através de mim enquanto todas nos reunimos dentro de você.

— Qual foi o custo? — insistiu Chaol, rouco. Se ela tivesse aberto mão de alguma coisa, ele encontraria um jeito de recuperá-la. Não se importava com o que precisasse pagar, ele...

— Para manter sua vida presa a este mundo, precisamos uni-la a outra. À dela. Duas vidas — elucidou Hafiza — agora dividindo um fio. Mas, mesmo assim... — Ela indicou as pernas de Chaol, o pé que ele deslizou para cima para apoiar no chão. — O demônio quebrou muitas, muitas partes suas. Partes demais. E para salvar a maior parte de você, houve um custo também.

Yrene ficou imóvel.

— O que quer dizer?

Hafiza olhou mais uma vez de um para outro.

— Resta algum dano à espinha, impactando a parte inferior das pernas. Nem mesmo nós conseguimos reparar isso.

Chaol olhou da alta-curandeira para as pernas, que no momento se moviam. Ele chegou a colocar algum peso sobre elas. As penas aguentaram.

— Com o a união da vida dos dois, com o poder de Yrene fluindo para você... Isso agirá como um esteio — prosseguiu. — Estabilizando a área, garantindo a você a habilidade de usar suas pernas sempre que a magia de Yrene estiver plena. — Ele se preparou para o *mas*. A idosa deu um sorriso triste. — Mas, quando o poder de Yrene vacilar, quando ela estiver drenada ou cansada, seu ferimento recuperará o controle, e sua habilidade de caminhar será de novo prejudicada. Isso vai exigir que você use uma bengala no mínimo; em dias difíceis, talvez muitos dias, a cadeira. Mas o ferimento na coluna vai permanecer.

As palavras se assentaram dentro de Chaol. Flutuaram e assentaram.

Yrene ficou completamente calada. Tão imóvel que Chaol a encarou.

— Não posso simplesmente o curar de novo? — Ela se inclinou na direção dele, como se fosse fazer exatamente isso.

Hafiza sacudiu a cabeça.

— Faz parte do equilíbrio, do custo. Não provoque a compaixão da força que lhe concedeu isso.

Chaol lhe tocou a mão.

— Não é um fardo, Yrene — disse ele, baixinho. — Receber isto. Não é fardo algum.

Ainda assim, o rosto da jovem se encheu de dor.

— Mas eu...

— Usar a cadeira não é uma punição. Não é uma prisão — comentou Chaol. — Nunca foi. E sou um homem naquela cadeira, ou com aquela bengala, tanto quanto sou de pé. — Ele limpou a lágrima que escorreu pela bochecha de Yrene.

— Eu queria curá-lo — sussurrou ela.

— Você curou — disse ele, sorrindo. — Yrene, de todas as maneiras que realmente importam... Você curou.

Chaol limpou as outras lágrimas que caíram, roçando um beijo na bochecha morna da curandeira.

— Há outra peça da união de vida, desse acordo — acrescentou Hafiza, gentilmente. Eles se viraram para ela. — Quando chegar o momento, seja a morte boa ou cruel... Reivindicará os dois.

Os olhos dourados de Yrene ainda estavam delineados por lágrimas, mas não havia medo em seu rosto, nenhuma tristeza remanescente — nenhuma.

— Juntos — afirmou Chaol, baixinho, entrelaçando as mãos deles.

A força dela seria a dele. E, quando Yrene se fosse, ele iria. Mas, se ele fosse antes dela...

Temor se revirou no estômago de Chaol.

— O verdadeiro preço de tudo isso — completou Hafiza, percebendo o pânico. — Não é temer pela própria vida, mas pelo que perder sua vida fará ao outro.

— Sugiro que não vão à guerra — grunhiu Eretia.

Mas Yrene sacudiu a cabeça e esticou os ombros ao declarar:

— Iremos à guerra. — Apontando para Duva, ela olhou para Sartaq. Como se não tivesse acabado de oferecer a própria *vida* para salvar... — É *isso* o que Erawan fará. Com todos vocês. Se não formos.

— Eu sei — respondeu ele, baixinho. O príncipe se virou para Nesryn, e conforme ela o encarava de volta... Chaol viu. O brilho entre eles. Uma união, nova e trêmula. Mas ali estava, junto aos cortes e aos ferimentos que ambos exibiam. — Eu sei — repetiu Sartaq, roçando os dedos nos de Nesryn.

O olhar da capitã encontrou o de Chaol naquele instante.

Ela sorriu suavemente para ele, olhando para Yrene, que estava perguntando a Hafiza se ela conseguia ficar de pé. Ele jamais vira Nesryn parecer tão... tranquila. Tão silenciosamente feliz.

Chaol engoliu em seco. *Desculpe,* disse ele, baixinho.

Ela sacudiu a cabeça enquanto Sartaq pegava a irmã nos braços com um gemido, apoiando o peso na perna boa. *Acho que me virei muito bem.*

Chaol sorriu. *Então fico feliz por você.*

Os olhos de Nesryn se arregalaram quando Chaol finalmente se levantou, levando Yrene consigo. Os movimentos eram tão suaves quanto qualquer manobra que poderia ter feito sem o esteio invisível da magia da curandeira fluindo entre os dois.

Nesryn limpou as lágrimas quando Chaol se aproximou e a abraçou com força.

— Obrigado — disse ele ao ouvido da capitã.

Ela o apertou de volta.

— Obrigada a *você*... por me trazer aqui. Para tudo isto.

Para o príncipe que olhava para Nesryn com uma emoção silenciosa e ardente.

— Temos tantas coisas para contar a vocês — acrescentou ela.

Chaol assentiu.

— E nós a vocês.

Eles se afastaram e Yrene se aproximou... abraçando Nesryn também.

— O que faremos com todo esse ouro? — indagou Eretia, levando Hafiza consigo quando os guardas formaram um caminho vivo para que elas saíssem da tumba. — Que tranqueira cafona — disparou ela, franzindo para uma estátua imponente de um soldado feérico.

Chaol gargalhou, e Yrene se juntou a ele, passando o braço por seu tronco conforme caminhavam atrás das curandeiras.

Vivo, dissera Yrene a ele. Enfim, conforme saíam da escuridão, Chaol sentiu que era verdade.

〜

Sartaq levou Duva até o khagan, então chamou os irmãos e a irmã.

Porque Yrene insistiu para que estivessem lá. Chaol e Hafiza insistiram para que estivessem lá.

O khagan, no primeiro indício de emoção que Yrene jamais vira do homem, avançou para o corpo inconsciente e ensanguentado de Duva quando Sartaq andou com dificuldade até o corredor em que o grupo estivera esperando. Vizires se aproximaram. Hasar soltou um arquejo do que Yrene poderia jurar ser dor verdadeira.

Sartaq não deixou que o pai a tocasse. Não deixou que ninguém além de Nesryn se aproximasse ao deitar Duva em um sofá baixo.

Yrene se manteve alguns passos para trás, observando calada, com Chaol ao lado.

Aquele laço entre os dois... Ela conseguia senti-lo, quase. Como uma faixa viva de luz calma e sedosa fluindo dela... para ele.

E Chaol realmente não parecia se importar que um pedaço de sua coluna, dos nervos, teria danos permanentes por tanto tempo quanto vivessem.

Sim, ele conseguiria mover as pernas com movimentos limitados, mesmo quando a magia de Yrene estivesse esgotada. Mas ficar de pé — jamais seria uma possibilidade durante aqueles momentos. A curandeira supôs que em breve descobririam como e quando o nível do próprio poder se relacionaria com a necessidade do lorde de uma bengala ou uma cadeira ou nenhuma das duas.

Mas Chaol estava certo. Se ficasse de pé ou andasse com dificuldade ou se sentasse... isso não o alterava. Não alterava quem ele era. Yrene se apaixonara por ele muito antes de Chaol sequer ficar de pé. Ela o amaria não importava como ele se movesse pelo mundo.

E se brigarmos? perguntara Yrene a ele na caminhada até ali. *E então?*

Chaol apenas a tinha beijado na têmpora. *Já brigamos o tempo todo. Não será nada novo.* Então ele acrescentara: *Acha que eu gostaria de estar com alguém que não bata de frente comigo regularmente?*

Mas ela havia franzido a testa. Chaol tinha prosseguido: *E esse laço entre nós, Yrene... não muda nada. Entre você e eu. Precisará de seu espaço; precisarei do meu. Então, se acha por um momento que vai poder usar desculpas esfarrapadas para jamais sair do meu lado...*

Ela o cutucara nas costelas. *Como se eu quisesse andar com você o dia inteiro como alguma menina apaixonada!*

Chaol rira, puxando-a para mais perto. Mas Yrene apenas lhe dera tapinhas no braço e dissera: *E acho que pode se cuidar muito bem sozinho.*

Ele apenas beijara sua testa de novo. E pronto.

No momento, Yrene roçava os dedos contra os dele, e a mão de Chaol se fechava sobre a sua, conforme Sartaq pigarreava e segurava a mão inerte de Duva. Para exibir a aliança de casamento ali.

— Nossa irmã foi escravizada por um demônio enviado por Perrington na forma deste anel.

Murmúrios e inquietação.

— Que absurdo! — disparou Arghun.

— Perrington não é um homem. Ele é Erawan — declarou Sartaq, ignorando o irmão mais velho, e Yrene percebeu que Nesryn devia ter lhe contado tudo. — O rei valg.

Ainda segurando a mão de Yrene, Chaol acrescentou, para que todos ouvissem:

— Erawan enviou este anel como um presente de casamento, sabendo que Duva o colocaria no dedo, sabendo que o demônio a aprisionaria. No dia de seu casamento. — Eles tinham deixado o segundo anel na Torre, trancafiado dentro de um dos baús antigos, para ser descartado depois.

— O bebê — indagou o khagan, com os olhos naquela barriga arranhada, nos arranhões que manchavam o pescoço de Duva, embora Hafiza já tivesse removido as piores farpas.

— Essas coisas são mentiras — disse Arghun, irritado. — De pessoas desesperadas e ardilosas.

— Não são mentiras — interrompeu Hafiza, com o queixo erguido. — E temos testemunhas que dirão isso. Guardas, curandeiras e seu próprio irmão, príncipe, se não acredita em nós.

Desafiar a palavra da alta-curandeira... Arghun se calou.

Kashin abriu caminho até a frente da multidão, ganhando um olhar raivoso de Hasar ao empurrá-la com o ombro para passar.

— Isso explica... — Ele olhou para a irmã adormecida. — Ela não tem sido a mesma.

— Ela era a mesma — disparou Arghun.

Kashin voltou um olhar irritado para o irmão mais velho.

— Se algum dia tivesse se dignado a passar algum tempo com ela, teria notado as diferenças. — Ele sacudiu a cabeça. — Achei que estava deprimida pelo casamento arranjado e depois a gravidez. — Luto tomou os olhos dele quando Kashin encarou Chaol. — Foi ela, não foi? Ela matou Tumelun.

Uma onda de choque percorreu a sala, e todos os olhos se fixaram nele. Mas Chaol se voltou para o khagan cujo rosto estava lívido e arrasado de uma forma que Yrene ainda não vira e não poderia imaginar. Perder um filho, suportar aquilo...

— Sim — confirmou Chaol, fazendo uma reverência com a cabeça para o khagan. — O demônio confessou, mas não foi Duva. O demônio deu a entender que Duva lutou durante cada segundo... revoltando-se contra a morte de sua filha.

O khagan fechou os olhos por um longo momento.

Kashin ergueu as palmas das mãos para Yrene no silêncio pesado.

— Pode consertá-la? Se ainda estiver lá dentro de alguma forma? — Uma súplica arrasada. Não de um príncipe para uma curandeira, mas de um amigo para uma amiga. Como um dia tinham sido, como ela esperava que pudessem ser de novo.

O grupo se concentrou então em Yrene. Ela não permitiu que um pingo de dúvida curvasse suas costas ao dizer:

— Tentarei.

— Há coisas que você deveria saber, Grande Khagan — acrescentou Chaol. — Sobre Erawan. A ameaça que ele representa. O que você e esta terra podem oferecer contra ele. E o que podem ganhar no processo.

— Pensa em tramar em um momento como este? — disparou Arghun.

— Não — respondeu Chaol, nitidamente, sem hesitar. — Mas considere que Morath já chegou a este litoral. Já matou e feriu aqueles com quem se importa. E se não nos levantarmos para enfrentar essa ameaça... — Os dedos apertaram os de Yrene. — A princesa Duva será apenas a primeira. E a princesa Tumelun não será a última vítima de Erawan e dos valg.

Nesryn avançou um passo.

— Trazemos más notícias do sul, Grande Khagan. As *kharankui* estão se agitando de novo, convocadas por... por seu mestre sombrio. — Muitos se inquietaram diante do termo usado pela capitã. Mas alguns se entreolharam, com confusão nos olhos, e ela explicou: — Criaturas da escuridão do mundo valg. Essa guerra já vazou para estas terras.

Um silêncio cheio de murmúrios e vestes farfalhando.

Mas o khagan não tirou os olhos da filha inconsciente.

— Salve-a — pediu ele, as palavras direcionadas a Yrene.

Hafiza assentiu sutilmente para a jovem curandeira, indicando que ela avançasse.

A mensagem foi bastante evidente: um teste. O último. Não entre Yrene e a alta-curandeira. Mas algo muito maior.

Talvez o que de fato chamara Yrene para aquele litoral. Que a guiara por dois impérios, sobre montanhas e mares.

Uma infecção. Um parasita. Ela os enfrentara antes.

Mas aquele demônio ali dentro... Yrene se aproximou da princesa adormecida.

E começou.

❧ 65 ❧

As mãos de Yrene não tremeram quando ela as estendeu diante da princesa.

Luz branca brilhou em torno de seus dedos, envolvendo-os, protegendo-os conforme ela pegava a mão da princesa adormecida. Era tão pequena... tão delicada em comparação com os horrores que Duva cometera com elas.

A magia ondulou e se flexionou quando Yrene pegou a falsa aliança. Como se fosse algum tipo de ímã, deformando o mundo ao redor.

A mão de Chaol repousou nas costas da curandeira em apoio silencioso.

Ela se preparou, inspirando ao fechar os dedos em torno do anel.

Era pior.

Muito pior que o que estivera dentro de Chaol.

Enquanto o ferimento do ex-capitão fora uma reles sombra, em Duva havia um lago escuro como nanquim de escuridão. De corrupção. O oposto de tudo no mundo.

Yrene ofegou com os dentes trincados, então a magia se incendiou em torno da mão — a luz como uma barreira, uma luva entre ela e aquele anel — e *puxou*.

O anel deslizou para fora.

E Duva começou a gritar.

O corpo se arqueou, afastando-se do sofá; Sartaq e Kashin avançaram para as pernas e os ombros da princesa, respectivamente.

Com os dentes trincados, os príncipes a seguraram enquanto ela se debatia contra eles, gritando sem palavras conforme o feitiço de sono de Hafiza a mantinha inconsciente.

— *Você a está machucando* — disparou o khagan. Yrene não se incomodou em olhar para ele ao estudar Duva. O corpo da princesa se debatia para cima e para baixo, de novo e de novo.

— *Shh* — sibilou Hasar para o pai. — Deixe Yrene trabalhar. Alguém traga um ferreiro para abrir aquele maldito anel.

O mundo além se dissipou em borrão e som. A curandeira estava longinquamente ciente de um rapaz — o marido de Duva — correndo até eles. Cobrindo a boca com um grito; sendo contido por Nesryn.

Chaol apenas continuou ajoelhado ao lado de Yrene, retirando a mão de suas costas com uma última carícia tranquilizadora enquanto ela encarava Duva incessantemente conforme a princesa se contorcia.

— Ela vai *se* ferir — disse Arghun, irritado. — Pare com isso...

Um verdadeiro parasita. Uma sombra viva dentro da princesa. Preenchendo seu sangue, plantado na mente de Duva.

Ela conseguia sentir o demônio valg no interior, debatendo-se e guinchando.

Yrene levantou as mãos diante do corpo. A luz branca tomou sua pele. Ela *se tornou* aquela luz, contida nos limites já fracos do próprio corpo.

Alguém arquejou quando a curandeira estendeu as mãos brilhantes e ofuscantes na direção do corpo da princesa, como se guiada por algum puxão invisível.

O demônio começou a entrar em pânico, sentindo a aproximação.

Distante, Yrene ouviu Sartaq xingar. Ouviu o estalar de madeira quando Duva bateu com o pé no braço do sofá.

Havia apenas o valg se debatendo, agarrando-se ao poder. Apenas as mãos incandescentes dela, estendendo-se até a princesa.

Yrene repousou as mãos brilhantes no peito de Duva.

Uma luz brilhou, forte como um sol. Pessoas gritaram.

Mas tão rápido quanto surgiu, a luz sumiu, sugada para dentro de Yrene — para onde as mãos encontraram o peito de Duva. Sugadas para o interior da própria princesa.

Assim como Yrene.

Havia uma tempestade sombria do lado de dentro.

Fria e revoltosa e antiga.

Yrene sentiu o demônio alojado ali. Alojado *por toda parte*. Uma tênia, de fato.

— *Todos vocês morrerão...* — começou a sibilar o valg.

Yrene liberou o próprio poder.

Uma torrente de luz branca inundou cada veia e osso e nervo.

Não um rio, mas uma faixa de luz feita de incontáveis sementes do poder da curandeira — tantas que eram uma legião, todas caçando cada canto escuro e pútrido, cada reentrância de maldade aos berros.

Bem longe, além delas, um ferreiro chegou. Um martelo atingiu o metal. Hasar grunhiu — o som foi imitado por Chaol, bem ao ouvido de Yrene.

Semiconsciente, ela viu a pedra preta e reluzente contida no metal conforme cuidadosamente a passaram adiante no lenço de um vizir.

O demônio valg rugiu quando a magia de Yrene o sufocou, o afogou. Ela ofegava contra o ataque conforme ele revidava. Empurrando-a.

A mão de Chaol começou novamente a lhe esfregar as costas, formando linhas relaxantes.

O mundo sumiu ainda mais.

Não tenho medo de você, disse a curandeira para a escuridão. *E você não tem para onde fugir.*

Duva se debateu, tentando afastar a mão de Yrene. Ela pressionou com mais força o peito da princesa.

O tempo ficou mais lento e se curvou. A curandeira estava vagamente ciente da dor nos joelhos, da cãibra nas costas. Vagamente ciente de Sartaq e Kashin recusando-se a oferecer o lugar deles a outra pessoa.

Mesmo assim, Yrene lançou a magia fluindo para dentro de Duva. Preenchendo-a com aquela luz voraz.

O demônio gritou o tempo todo.

Mas, pouco a pouco, ela o empurrou para trás, mais para o fundo.

Até que o viu, aninhado no centro da princesa.

Sua verdadeira forma... Era tão terrível quanto imaginara.

Fumaça espiralava e se recolhia a seu redor, revelando lampejos de membros e de garras esguios e desengonçados, a pele em grande parte cinzenta, sem pelos e escorregadia, assim como olhos sobrenaturalmente grandes que se revoltaram quando Yrene os encarou.

Encarou de verdade.

O demônio sibilou, revelando dentes pontiagudos, afiados como os de um peixe. *Seu mundo cairá. Como os outros caíram. Como todos cairão.*

O demônio enterrou as garras nas profundezas da escuridão. Duva gritou.

— Patético — disse Yrene a ele.

Talvez tivesse dito a palavra em voz alta, pois silêncio recaiu.

Em um lugar distante, aquele laço flutuava para longe... afinando-se. A mão às costas se afastou.

— Completamente patético — repetiu a curandeira, com a magia reunindo-se atrás dela em uma poderosa onda branca cristada. — Que um príncipe ataque uma mulher indefesa.

O demônio cambaleou para trás, fugindo da onda e agarrando-se à escuridão como se fosse passar *através* de Duva.

Yrene avançou. Deixou que a onda caísse.

E quando seu poder se chocou contra aquele último resquício do demônio, ele gargalhou. *Não sou príncipe algum, menina. Mas uma* princesa. *E minhas irmãs em breve a encontrarão.*

A luz de Yrene irrompeu, despedaçando e cortando, devorando cada último pedaço de escuridão...

A curandeira disparou de volta ao próprio corpo, desabando no chão. Chaol gritou seu nome.

Mas Hasar estava ali, puxando-a para cima conforme Yrene avançava até Duva, com as mãos agitadas...

Então Duva tossiu, engasgando, tentando se virar de lado.

— Virem-na — disse a curandeira para os príncipes, com a voz áspera. Eles obedeceram bem no momento que Duva arquejou e vomitou da beira do sofá. O vômito sujou os joelhos de Yrene, fedendo como as profundezas do inferno. Mas ela observou a sujeira. Comida, em grande parte comida e gotas de sangue.

Duva teve ânsia de novo; um ruído grave, engasgado.

Apenas fumaça preta saiu por seus lábios. A princesa vomitou de novo e de novo.

Até que uma gavinha se despejou no piso esmeralda.

E, quando as sombras serpentearam para fora dos lábios de Duva... Yrene sentiu. Mesmo quando a magia se repuxou e se curvou, a curandeira sentiu o restante daquele demônio valg desaparecer em nada.

Uma gota de orvalho dissolvida pelo sol.

Seu corpo ficou frio e dolorido. Vazio. A magia de Yrene drenada até o fundo.

Ela piscou para a parede de pessoas de pé em torno do sofá.

Os filhos do khagan estavam ao lado do pai, com as mãos nas espadas, os rostos fechados.

Letais... de raiva. Não de Yrene, não de Duva, mas do homem que mandara aquilo para aquela casa. Para aquela família.

O rosto de Duva relaxou com um fôlego exalado, e uma cor lhe floresceu nas bochechas.

O marido da princesa tentou avançar até ela de novo, mas Yrene o impediu com a mão erguida.

Pesada... a mão estava tão pesada. Então a curandeira encontrou o olhar de pânico do rapaz. Que não estava voltado para o rosto da mulher, mas para a barriga. Yrene assentiu para ele como se para dizer: *Vou verificar.*

Ela apoiou as mãos naquele ventre redondo e alto.

E lançou sua magia vasculhando, dançando ao redor... da vida ali dentro.

Algo novo e alegre respondeu.

Alto.

O chute despertou Duva com um *uff*, e suas pálpebras se abriram.

A princesa piscou para todos. Piscou para Yrene, para a mão que a curandeira ainda mantinha sobre sua barriga.

— Está... — As palavras soaram roucas e partidas.

Yrene sorriu, ofegando levemente, o alívio como uma onda arrebentando em seu peito.

— Saudável e humano.

Duva apenas a encarou até que lágrimas se acumulassem e escorressem daqueles olhos escuros.

O marido afundou em uma cadeira e cobriu o rosto; seus ombros tremiam.

Houve um agito de movimento, e então o khagan estava ali.

E o homem mais poderoso do mundo caiu de joelhos diante do sofá e estendeu a mão para a filha. Apertando-a contra si.

— É verdade, Duva? — indagou Arghun da ponta do sofá, e Yrene resistiu à vontade de brigar com ele a fim de que desse espaço para a mulher entender tudo por que passara.

Sartaq não tinha reservas. Ele grunhiu para o irmão mais velho:

— *Cale a boca.*

Mas, antes que Arghun pudesse responder, Duva levantou a cabeça do ombro do khagan.

Lágrimas escorreram por suas bochechas conforme a princesa observava Sartaq e Arghun. Então Hasar. Depois Kashin. E, por fim, o marido, que ergueu a cabeça das mãos.

Sombras ainda cobriam aquele belo rosto, mas... sombras humanas.

— É verdade — sussurrou ela, a voz falhando ao olhar de volta para os irmãos e a irmã. — Tudo.

E, quando tudo que aquela confissão abrangia foi absorvido, o khagan a puxou contra si de novo, balançando-a carinhosamente enquanto Duva chorava.

Hasar se deteve ao pé do sofá quando os irmãos se aproximaram para abraçar Duva, com algo como anseio no rosto.

Ela reparou no olhar de Yrene e proferiu, sem som, a palavra: *Obrigada*.

A curandeira apenas fez uma reverência com a cabeça e recuou para onde Chaol a aguardava. Não a seu lado, mas sentado na cadeira dele ao lado de uma pilastra próxima. Devia ter pedido que um criado a trouxesse da suíte enquanto Yrene batalhava dentro de Duva e o laço entre eles afinara.

Chaol empurrou a cadeira até a curandeira, observando-lhe as feições. No entanto, o rosto não continha nenhum luto, nenhuma frustração.

Apenas admiração — admiração e tanta adoração que aquilo tirou o fôlego da jovem. Yrene se acomodou no colo de Chaol, e ele a abraçou quando a curandeira beijou sua bochecha.

Uma porta se escancarou do outro lado do salão, e pés e saias apressados preencheram o ar. E choro. A Grande Imperatriz chorava ao se atirar na filha.

Ela avançou 30 centímetros antes que Kashin saltasse e agarrasse a mãe pela cintura. O vestido branco oscilou com a força da corrida impedida, e ela falou em halha, rápido demais para que Yrene entendesse, com a pele macilenta contra o preto intenso dos longos cabelos lisos. A mulher não pareceu reparar em mais ninguém além da filha diante de si quando Kashin murmurou uma explicação, acariciando as costas finas da mãe com linhas relaxantes.

A Grande Imperatriz apenas caiu de joelhos e abraçou Duva.

Uma dor antiga despertou em Yrene ao ver mãe e filha, ao ver as duas juntas, chorando com luto e alegria.

Chaol lhe apertou o ombro com uma compreensão silenciosa conforme Yrene deslizava de seu colo e os dois se viraram para ir embora.

— Qualquer coisa — disse o khagan, por cima do ombro, para a curandeira. O homem ainda estava ajoelhado ao lado de Duva e da mulher, enquanto Hasar, por fim, se aproximava para abraçar a irmã. A mãe das princesas apenas abraçou as duas, beijando as irmãs na bochecha e na testa e nos cabelos conforme elas se abraçavam com força. — Qualquer coisa que desejar — completou ele. — Peça, e será sua.

Yrene não hesitou. As palavras saíram aos tropeços de seus lábios.

— Um favor, Grande Khagan. Peço um favor.

⁓

O palácio estava em polvorosa, mas, mesmo assim, Chaol e Yrene se viram sozinhos com Nesryn e Sartaq, sentados, entre tantos lugares, na suíte deles.

O príncipe e Nesryn tinham se unido aos dois na longa caminhada de volta ao quarto enquanto Chaol seguia com a cadeira bem próxima de Yrene. Ela estivera cambaleando, mas era teimosa demais para mencionar aquilo. Chegara até mesmo a examinar *Chaol* com aqueles olhos aguçados de curandeira, perguntando sobre as costas e as pernas dele. Como se fosse *ele* que tivesse drenado o poder até o fim.

O lorde sentira aquilo, a mudança no próprio corpo conforme grandiosas ondas do poder de Yrene fluíam para Duva. A tensão crescente em partes das costas e das pernas. Apenas então ele tinha deixado o lado da curandeira, com os passos irregulares conforme seguia para encostar no braço de madeira de um sofá próximo, pedindo baixinho ao criado mais próximo que trouxesse a cadeira. Quando voltaram com a cadeira, Chaol precisava dela — as pernas ainda eram capazes de algum movimento, mas não de ficar de pé.

Mas isso não o tinha frustrado, não o tinha envergonhado. Se aquele seria o estado natural de seu corpo durante o resto da vida... não era uma punição, de maneira alguma.

Chaol ainda pensava nisso quando chegaram à suíte, refletindo sobre como poderiam pensar em uma rotina para ele lutar em batalha com as curas de Yrene.

Pois ele lutaria. E se o poder da jovem fosse drenado, Chaol lutaria também. Montado em um cavalo ou sentado na própria cadeira.

E, quando Yrene precisasse curar, quando a magia em suas veias a chamasse para aqueles campos de batalha e o laço entre eles ficasse mais fraco... Chaol se viraria com uma bengala ou com a cadeira. Não se acovardaria.

Se sobrevivesse à batalha. À guerra. Se *eles* sobrevivessem.

Chaol e Yrene ocuparam lugares no infeliz substituto do sofá dourado — o qual ele sinceramente pensava em levar de volta a Adarlan, com as partes quebradas e tudo — enquanto Nesryn e o príncipe se sentaram, cautelosamente, em cadeiras separadas. O antigo capitão tentou não demonstrar muita atenção ou curiosidade a respeito daquilo.

— Como sabiam que estávamos em tamanho apuro? — perguntou Yrene por fim. — Antes de encontrarem os guardas, quero dizer.

Sartaq piscou, afastando-se dos próprios pensamentos. Um canto da boca se repuxou.

— Kadja — respondeu ele, indicando com o queixo a criada que no momento servia o chá diante deles. — Foi ela quem viu Duva partir... para aqueles túneis. Ela é minha... empregada.

Chaol estudou a criada, que não deu indícios de que ouvia.

— Obrigado — agradeceu ele, com a voz rouca.

Mas Yrene foi mais longe, pegando a mão da mulher e apertando-a.

— Devemos nossa vida a você — declarou ela. — Como podemos retribuir?

Kadja apenas sacudiu a cabeça e recuou para fora do quarto. Eles a encararam por um momento.

— Arghun está, sem dúvida, pensando se deve puni-la por isso — ponderou Sartaq. — Por um lado, isso salvou Duva. Por outro... ela não contou nada a ele.

Nesryn franziu a testa.

— Nós precisamos encontrar uma maneira de protegê-la, então. Se ele é tão ingrato.

— Ah, ele é — confirmou Sartaq, e Chaol tentou não piscar diante da informalidade entre os dois, ou o uso de *nós*. — Mas pensarei nisso.

O antigo capitão conteve-se para não revelar que, com uma palavra a Shen, Kadja teria um protetor fiel pelo resto da vida.

— E agora? — perguntou Yrene, apenas.

Nesryn passou a mão pelos cabelos pretos. Diferente. Sim, havia algo completamente diferente a seu respeito. A capitã olhou para Sartaq, não em busca de permissão, mas... como se estivesse se assegurando de que ele estava ali. Então disse as palavras que deixaram Chaol feliz por já estar sentado:

— Maeve é uma rainha valg.

Tudo saiu, então. O que ela e Sartaq tinham descoberto nas últimas semanas: aranhas estígias, que eram de fato soldados da infantaria valg. Um metamorfo que poderia ser o tio de Lysandra. E uma rainha valg que havia se disfarçado de feérica por milhares de anos, escondendo-se dos reis demônios que ela atraíra para aquele mundo na tentativa de escapar deles.

— Isso explica por que os curandeiros feéricos devem ter fugido também — murmurou Yrene, quando Nesryn se calou. — Por que o próprio complexo de curandeiros de Maeve fica na fronteira com o mundo mortal. Talvez não tanto para que tenham acesso a humanos que precisem de cuidados... mas como uma patrulha fronteiriça contra os valg, caso algum dia tentem cercar seu território.

Quão perto os valg tinham inadvertidamente chegado quando Aelin combatera aqueles príncipes em Wendlyn.

— Também explica por que Aelin relatou uma coruja ao lado de Maeve quando as duas se conheceram pela primeira vez — comentou Nesryn, indicando Yrene, cujas sobrancelhas se uniram.

— A coruja deve ser a forma feérica de um curandeiro — disparou, então, a curandeira. — Algum curandeiro que Maeve mantém próximo... como um guarda-costas. Deixando que todos acreditassem que fosse algum bicho de estimação...

Chaol virou a cabeça. Sartaq deu a ele um olhar como se dissesse que entendia bem a sensação.

— O que aconteceu antes de chegarmos? — perguntou Nesryn. — Quando encontramos vocês...

A mão de Yrene apertou a dele. E foi a vez de Chaol contar o que eles tinham descoberto, o que tinham suportado. Que, independentemente do que Maeve pudesse planejar fazer, ainda restava Erawan a enfrentar.

— Quando eu estava curando Duva, o demônio... — murmurou Yrene, e esfregou o peito. Chaol jamais vira algo tão extraordinário quanto aquela cura: o brilho ofuscante das mãos da jovem, a expressão quase divina em seu rosto. Como se ela fosse a própria Silba. — O demônio me contou que não era um príncipe valg... mas uma princesa.

Silêncio.

— A aranha! — exclamou Nesryn, então. — Ela alegou que os reis valg tinham filhos *e* filhas. Príncipes e princesas.

Chaol xingou. Não, as pernas não conseguiriam funcionar tão cedo, com ou sem o poço de poder de Yrene, que se enchia lentamente.

— Precisaremos de uma Portadora do Fogo, ao que parece — comentou ele. E para traduzir os livros que Hafiza disse que entregaria satisfeita para a causa deles.

Nesryn mordeu o lábio.

— Aelin zarpou para o norte, em direção a Terrasen, com uma armada. As bruxas também.

— Ou apenas as Treze — replicou Chaol. — Os relatos estavam confusos. Talvez nem seja a aliança de Manon Bico Negro, na verdade.

— É, sim — disse Nesryn. — Aposto tudo que é. — Ela voltou a atenção para Sartaq, que assentiu... permissão silenciosa. A capitã apoiou os antebraços nos joelhos. — Não voltamos sozinhos quando disparamos para cá.

Chaol olhou de um para outro.

— Quantos?

O rosto do príncipe ficou tenso.

— Os rukhin são muito vitais internamente, então só pude arriscar trazer a metade. — Chaol esperou. — Trouxe mil.

Ele ficou de fato feliz por estar sentado. Mil montadores ruk... Chaol coçou o maxilar.

— Se pudermos nos unir ao esquadrão de Aelin, e às Treze e a qualquer outra Dente de Ferro que Manon Bico Negro consiga voltar para nosso lado...

— Teremos uma legião aérea para combater a legião de Morath — concluiu Nesryn, com os olhos brilhando. Com esperança, sim, mas algo como pavor também. Como se talvez percebesse o que o combate significaria. As vidas em jogo. Ainda assim, ela se virou para Yrene. — E se puder curar aqueles infectados pelos valg...

— Ainda precisamos encontrar um jeito de derrubar os hospedeiros — argumentou Sartaq. — Por tempo suficiente para que Yrene e qualquer outra curandeira os cure.

Sim, havia isso para considerar também. Yrene os interrompeu:

— Bem, como você disse, temos Aelin Portadora do Fogo lutando por nós, não temos? Se ela consegue produzir chamas, certamente consegue produzir fumaça. — A boca da curandeira se repuxou para o lado. — Acho que tenho algumas ideias.

Ela abriu a boca como se fosse dizer mais, porém as portas da suíte se abriram e Hasar entrou.

A princesa pareceu se controlar ao ver Sartaq.

— Parece que estou atrasada para o conselho de guerra.

Sartaq apoiou o tornozelo sobre o joelho.

— Quem disse que é isso que estamos discutindo?

Hasar ocupou um lugar e arrumou a cascata de cabelos sobre um ombro.

— Quer dizer que os ruks cagando nos telhados só estão aqui para fazê-lo parecer importante?

O príncipe bufou uma risada baixa.

— Sim, irmã?

A princesa olhou para Yrene, então para Chaol.

— Irei com vocês.

Chaol não ousou se mover, mas a curandeira perguntou:

— Sozinha?

— Não sozinha. — A diversão debochada sumiu do rosto dela. — Você salvou a vida de Duva. E a nossa, se ela tivesse ficado mais ousada. — Um olhar para Sartaq, que observava com leve surpresa. — Duva é o melhor de nós. O melhor de mim. — Hasar engoliu em seco. — Então irei com vocês, com quaisquer navios que consiga levar, para que minha irmã nunca mais olhe por cima do ombro com medo.

Exceto por medo uns dos outros, Chaol evitou dizer.

No entanto, Hasar captou as palavras em seus olhos.

— Não ela — disse a princesa, baixinho. — Todos os outros — acrescentou, com um olhar firme para Sartaq, que assentiu sombriamente. — Mas jamais Duva.

Uma promessa não dita, percebeu Chaol, entre os demais irmãos.

— Então precisará sofrer em minha companhia por um tempo ainda, Lorde Westfall — informou Hasar, mas aquele sorriso desafiador não estava tão afiado. — Porque por minhas irmãs, tanto viva quanto morta, marcharei com minha *sulde* até os portões de Morath e farei aquele demônio desgraçado pagar. — Ela encontrou o olhar de Yrene. — E por você, Yrene Towers. Pelo que fez por Duva, ajudarei a salvar sua terra.

A curandeira se levantou, com as mãos trêmulas. E nenhum deles disse uma palavra quando Yrene chegou ao assento de Hasar e passou os braços em torno do pescoço da princesa para lhe dar um abraço apertado.

⚜ 66 ⚜

Nesryn estava completamente exausta. Queria dormir por uma semana. Um mês.

Mas, de alguma forma, se viu andando pelos corredores, seguindo para o minarete de Kadara. Sozinha.

Sartaq fora falar com o pai, e Hasar se juntara a ele. E, embora as coisas certamente não estivessem estranhas com Chaol e Yrene, Nesryn tinha dado privacidade a eles. Chaol estivera à beira da morte, afinal de contas. A capitã tinha poucas ilusões a respeito do que provavelmente aconteceria naquela suíte.

E que ela precisaria encontrar um alojamento próprio.

Nesryn supôs que precisaria encontrar alojamento para algumas pessoas naquela noite, de todo modo — a começar por Borte, que ficara maravilhada com Antica e com o mar, mesmo que tivessem chegado tão rápido quanto o vento poderia carregá-los. E Falkan, que fora de fato com eles, viajando no bolso de Borte, como um rato do campo, o que não deixou Yeran muito satisfeito. Ou foi o que pareceu da última vez que Nesryn o vira no ninhal Eridun, quando Sartaq encarregava as diversas mães de fogo e os capitães a reunirem seus rukhin a fim de voar até Antica.

A capitã chegou à escada que dava para o minarete quando o pajem a encontrou. O menino estava sem fôlego, mas conseguiu fazer uma reverência graciosa ao lhe entregar uma carta.

Tinha a data de duas semanas antes. Com a letra do tio.

Os dedos de Nesryn tremeram quando ela partiu o selo.

Um minuto depois, estava disparando pelas escadas do minarete.

∽

As pessoas gritaram de espanto e surpresa quando o ruk marrom-avermelhado planou sobre os prédios e os lares de Antica.

Nesryn murmurava para o pássaro, guiando-o na direção do Quarteirão Runni enquanto voavam, em uma brisa beijada pelo sal, tão rápido quanto as asas da ave conseguiam carregá-los.

A capitã o reivindicara ao deixar o ninhal Eridun.

Fora direto aos ninhos, onde ele ainda esperava por um montador que jamais voltaria, e olhou profundamente nos olhos dourados do pássaro. Dissera a ele que se chamava Nesryn Faliq, e que era a filha de Sayed e Cybele Faliq, e que seria sua montadora se ele a aceitasse.

Ela se perguntava se o ruk, cujo antigo montador chamara de Salkhi, percebera que a ardência em seus olhos não era devido ao vento estrondoso quando ele abaixara a cabeça para ela.

Então Nesryn tinha voado sobre Salkhi, que acompanhara Kadara à frente da legião, conforme os rukhin rumavam para o norte. Disparando para Antica.

E naquele momento, quando o ruk pousou na rua diante da casa de seu tio, levando alguns vendedores a abandonar suas barracas em puro terror e algumas crianças a soltar os brinquedos para olhar boquiabertas e, então, sorrir, Nesryn deu tapinhas no amplo pescoço do animal e desmontou.

Os portões da frente da casa do tio se escancararam.

E, quando Nesryn viu o pai de pé ali, quando a irmã passou correndo, os filhos disparando para fora com um rebuliço esganiçado...

Nesryn caiu de joelhos e chorou.

∽

Como Sartaq a encontrou duas horas depois, Nesryn não sabia. Embora pudesse supor que um ruk sentado na rua de um quarteirão luxuoso de Antica certamente causasse agitação. E fosse fácil de ver.

Ela chorara e rira e abraçara a família durante minutos incontáveis bem no meio da rua, com Salkhi vigiando.

Quando o tio e a tia os chamaram para dentro para *pelo menos chorar enquanto tomavam uma boa xícara de chá*, a família de Nesryn contara a ela sobre suas aventuras. Os mares selvagens por onde viajaram, os inimigos dos quais o navio desviara na viagem até lá. Mas conseguiram... e ali ficariam enquanto a guerra se deflagrava, dissera o pai, acompanhado pelos acenos da tia e do tio.

Ao sair, por fim, pelos portões da casa, com o pai reivindicando a honra de acompanhar a filha até Salkhi — depois de ter dispensado a irmã para que ela fosse *controlar aquele circo de crianças* —, Nesryn parou tão rapidamente que o pai quase se chocou contra ela.

Porque de pé ao lado de Salkhi estava Sartaq, com um meio sorriso no rosto. E do outro lado do ruk... Kadara esperava pacientemente, os dois animais formando um par verdadeiramente orgulhoso.

Os olhos do pai de Nesryn se arregalaram, como se reconhecesse a ruk antes do príncipe.

Mas, então, ele fez uma reverência. Profunda.

A capitã contara à família — com detalhes moderados — o que acontecera com ela entre os rukhin. A irmã e a tia a encararam com raiva quando as várias crianças começaram a declarar que elas também seriam montadoras de ruks. E, então, saíram pela casa gritando e batendo os braços, saltando dos móveis sem nenhum cuidado.

Nesryn imaginou que Sartaq esperaria até ser abordado, mas o príncipe viu seu pai e caminhou para a frente. Então estendeu a mão para apertar a mão do outro homem.

— Ouvi falar que a família da capitã Faliq tinha chegado em segurança, finalmente — disse Sartaq, como cumprimento. — Pensei em vir recebê-los eu mesmo.

Algo inflou no peito de Nesryn até doer quando Sartaq inclinou a cabeça para o pai dela.

Sayed Faliq parecia prestes a cair morto, fosse pelo gesto de respeito ou pela mera presença de Kadara atrás deles. De fato, várias pequenas cabeças começaram a surgir atrás das pernas dele, observando o príncipe, então os ruks, e então...

— *KADARA!*

A criança mais nova da tia e do tio de Nesryn — que não passava dos 4 anos — gritou o nome da ruk tão alto que qualquer um na cidade que ainda desconhecesse a presença do pássaro naquela rua ficaria logo ciente.

621

Sartaq gargalhou quando as crianças passaram direto pelo pai de Nesryn, correndo até o pássaro dourado.

A irmã da capitã estava em seu encalço, um aviso saltando dos lábios...

Até que Kadara se abaixou até o chão, e Salkhi a acompanhou em seguida. As crianças pararam, com reverência lhes invadindo conforme esticavam as mãos hesitantes na direção dos dois ruks para acariciá-los suavemente.

Delara suspirou de alívio. Então percebeu quem estava diante de Nesryn e do pai.

A mulher ficou vermelha e alisou o vestido, como se isso de alguma forma fosse cobrir as manchas recentes de comida, cortesia da criança caçula. Depois, recuou lentamente para a casa, fazendo uma reverência conforme seguia.

Sartaq gargalhou ao vê-la sumir — mas não antes de ela dar a Nesryn um olhar afiado que dizia: *Ah, você está tão apaixonada que não dá nem para fazer piada.*

Nesryn fez um gesto vulgar para a irmã pelas costas, algo que o pai escolheu não ver.

— Peço desculpas se meus netos e sobrinhos tomarem alguma liberdade com sua ruk, príncipe — disse o pai das duas a Sartaq enquanto isso.

Mas Sartaq abriu um amplo sorriso — um sorriso mais radiante que qualquer um que Nesryn o vira dar antes.

— Kadara finge ser uma montaria nobre, mas está mais para uma galinha--mãe que qualquer outra coisa.

A ave inchou as penas, o que garantiu gritinhos de satisfação das crianças.

O pai de Nesryn apertou o ombro da jovem antes de dizer ao príncipe:

— Acho que vou lá evitar que tentem sair voando nela.

Então eles ficaram sozinhos. Na rua. Do lado de fora da casa do tio de Nesryn. Com toda Antica observando-os boquiaberta.

Sartaq não pareceu reparar. Certamente não ao dizer:

— Quer caminhar comigo?

Engolindo em seco, com um olhar para trás em direção ao pai que supervisionava o alvoroço das crianças tentando subir em Salkhi e Kadara, Nesryn assentiu.

Eles seguiram para o beco silencioso e vazio atrás da casa da família, caminhando calados por alguns passos. Até que Sartaq falou:

— Conversei com meu pai.

E a capitã se perguntou, então, se aquela reunião não seria boa. Se o exército que tinham trazido seria ordenado a voltar aos ninhais. Ou se o príncipe, a vida que ela vira para si naquelas belas montanhas... se talvez a realidade também os tivesse encontrado.

Pois ele era um príncipe. E, apesar do tanto que a capitã amava a família, apesar do tanto que a deixavam orgulhosa, não havia uma gota de sangue nobre em sua linhagem. O pai de Nesryn apertando a mão de Sartaq era o mais perto que qualquer Faliq já chegara da realeza.

— É? — Ela conseguiu dizer.

— Nós... discutimos as coisas.

O peito da jovem pesou diante das palavras cuidadosas.

— Entendo.

Sartaq parou, o beco arenoso murmurando com o zumbido das abelhas no jasmim que se agarrava às paredes dos pátios vizinhos. Aquele atrás dos dois: o pátio dos fundos da família de Nesryn. Ela desejou poder rastejar por cima do muro e se esconder ali dentro. Em vez de ouvir aquilo.

Mas a capitã se obrigou a encará-lo. Viu o príncipe lhe observando o rosto.

— Eu disse a ele — continuou Sartaq, por fim — que planejava liderar os rukhin contra Erawan, com ou sem seu consentimento.

Pior. Aquilo ficava cada vez pior. Nesryn queria que o rosto de Sartaq não fosse tão terrivelmente indecifrável.

O príncipe tomou fôlego.

— Ele me perguntou por quê.

— Espero que tenha dito a ele que o destino do mundo poderia depender disso.

Sartaq riu.

— Eu disse. Mas também falei que a mulher que amo planeja seguir para a guerra. E que pretendo acompanhá-la.

Nesryn não permitiu que as palavras fossem absorvidas. Não se permitiu acreditar em nada daquilo, até que ele tivesse terminado.

— Ele me disse que você é da plebe. Que um potencial herdeiro do khagan precisa se casar com uma princesa, ou uma lady, ou alguém com terras e alianças a oferecer.

A garganta da capitã se fechou. Ela tentou abafar o som, as palavras. Não queria ouvir o restante.

Mas Sartaq pegou sua mão.

— Eu disse a ele que, se isso era o necessário para ser escolhido como herdeiro, eu não queria aquela posição. E saí andando.

623

Nesryn inspirou.

— Você perdeu o *juízo*?

Ele sorriu suavemente.

— Certamente espero que não, pelo bem deste império. — Ele a puxou para mais perto, até que seus corpos estivessem quase se tocando. — Porque meu pai me designou herdeiro antes que eu saísse da sala.

Nesryn saiu do próprio corpo. Só conseguia respirar.

E, quando tentou fazer uma reverência, Sartaq agarrou seus ombros com força, impedindo-a antes mesmo que a cabeça da capitã se abaixasse.

— Jamais de você — disse ele, baixinho.

Herdeiro... ele fora feito *herdeiro*. De tudo aquilo. Daquela terra que ela amava, daquela terra que ainda desejava explorar, tanto que doía.

Sartaq ergueu a mão para segurar o queixo de Nesryn; os calos lhe arranharam a pele.

— Voaremos para a guerra. O futuro é incerto. Exceto por isto. — Ele roçou a boca na dela. — Exceto pelo que sinto por você. Nenhum exército de demônios, nenhuma rainha ou rei sombrio mudará isso.

Nesryn estremeceu, deixando as palavras serem absorvidas.

— Eu... Sartaq, você é *herdeiro*...

Ele se afastou para estudá-la de novo.

— Iremos para a guerra, Nesryn Faliq. E, quando destruirmos Erawan e seus exércitos, quando a escuridão for, por fim, banida deste mundo... Então você e eu voaremos de volta para cá. Juntos. — Sartaq a beijou de novo, uma leve carícia com a boca. — E assim permaneceremos até o fim de nossos dias.

Ela ouviu a oferta, a promessa.

O mundo que Sartaq dispunha a seus pés.

Nesryn tremeu com aquilo. Com o que ele ofertava tão livremente. Não o império ou a coroa, mas... a vida. O coração.

Ela se perguntou se Sartaq sabia que seu coração fora dele desde aquele primeiro voo sobre Kadara.

Sartaq sorriu, como se dissesse que sim, sabia.

Então Nesryn passou os braços em torno do pescoço dele e o beijou.

Foi hesitante, e suave, e cheio de surpresa, aquele beijo. Ele tinha o gosto do vento, de uma nascente montanhosa. Ele tinha o gosto de casa.

Nesryn segurou o rosto de Sartaq entre as mãos ao se afastar.

— Para a guerra, Sartaq — sussurrou ela, memorizando cada expressão do rosto dele. — E, então, veremos o que virá depois.

Ela abaixo as mãos para a lateral do próprio corpo.

— Por quê?

Ele passou o dedo sobre a colcha bordada.

— Apenas... faça o que precisar fazer.

Yrene parou diante da esquiva... então vasculhou a bolsa em busca de algo. O mordedor. No entanto, ela o segurou nas mãos em vez de colocar na boca de Chaol.

— Vou entrar — disse ela, baixinho.

— Tudo bem.

— Não... Vou entrar e vou acabar com isso. Hoje. Agora mesmo.

Foi preciso um momento para as palavras serem absorvidas. Tudo o que aquilo compreenderia. Ele ousou perguntar:

— E se eu não conseguir? — *Encarar, suportar?*

Não havia medo nos olhos de Yrene, nenhuma hesitação.

— Essa pergunta não sou eu que preciso responder.

Não, jamais fora. Chaol observou a luz do sol dançar no medalhão, sobre as montanhas e os mares. O que Yrene poderia testemunhar dentro dele naquele momento, quanto fracassara terrivelmente, de novo e de novo...

Mas tinham caminhado até ali. Juntos. Ela não dera as costas. Para nada daquilo.

E ele também não faria isso.

— Pode se ferir se ficar tempo demais — disse Chaol, com um nó na garganta.

De novo, nenhuma sombra de dúvida ou terror.

— Tenho uma teoria. Quero testá-la. — Yrene deslizou o mordedor entre os lábios de Chaol, e ele mordeu levemente. — E você... você é a única pessoa em quem posso testar.

No momento que ela lhe colocou as mãos na coluna exposta, ocorreu ao antigo capitão por que ele era o único em quem Yrene poderia testar. Mas não havia nada que pudesse fazer conforme dor e escuridão se chocavam contra ele.

Não tinha como impedir a curandeira, que mergulhava em seu corpo, com a magia como uma luz branca invasora em torno deles, dentro deles.

Os valg. O corpo de Chaol tinha sido manchado pelo poder, e Yrene...

Pânico se chocou contra ele, selvagem e afiado. O lorde trincou os dentes, tentando lutar contra aquilo.

Dedos dos pés. Conseguia mover os dedos dos pés. E os tornozelos. E os joelhos...

O pescoço se arqueou diante das ondas de dor quando ele moveu os joelhos, as coxas, o quadril.

Pelos deuses. Tinha forçado demais, tinha...

A porta se escancarou e abriu, e ali estava ela, naquele vestido roxo.

Os olhos de Yrene se arregalaram, então se acalmaram; como se estivesse prestes a contar algo a ele.

Em vez disso, aquela máscara de calma tranquilizadora cobriu o rosto da curandeira enquanto ela prendia parte do cabelo, como de costume, e se aproximava com passadas determinadas.

— Consegue se mover?

— Sim, mas a dor... — Chaol mal conseguia falar.

Soltando a sacola no carpete, Yrene enrolou as mangas.

— Consegue se virar?

Não. Ele tentara e...

Ela não esperou por uma resposta.

— Descreva exatamente o que fez ontem, desde o momento que parti até agora.

Chaol descreveu. Tudo, até o banho...

Yrene xingou imundícies.

— Gelo. *Gelo* para ajudar músculos cansados, *não* calor. — Ela exalou. — Preciso que vire. Vai sentir uma dor dos infernos, mas é melhor se fizer de uma vez só...

Ele não esperou. Trincou os dentes e o fez.

Um grito disparou da garganta de Chaol, mas Yrene foi imediatamente para lá, com as mãos na bochecha e nos cabelos do lorde, com a boca contra sua têmpora.

— Bom — sussurrou ela contra a pele. — Um homem corajoso.

Ele não se incomodara em vestir mais que calções para dormir, então a curandeira precisou fazer pouco para prepará-lo conforme passou as mãos pelas costas de Chaol, tracejando o ar acima da pele.

— O ferimento... o ferimento voltou — sussurrou Yrene.

— Não estou surpreso — disse ele, com os dentes trincados. Nada surpreso.

Ele deu um sorriso compreensivo e convencido. Como se tivesse decidido tudo o que viria depois, e nada do que ela dissesse pudesse convencê-lo do contrário.

E do pátio a apenas um muro de distância, a irmã de Nesryn gritou, alto o suficiente para que a vizinhança inteira ouvisse:

— *Eu falei, pai!*

⊰ 67 ⊱

Duas semanas depois, mal nascia o dia e Yrene se encontrava no convés de um imenso navio luxuoso, observando o sol nascer sobre Antica pela última vez.

O navio fervilhava com atividade, mas ela permanecia de pé diante do parapeito, contando os minaretes do palácio. Passando os olhos por cada quarteirão reluzente enquanto a cidade despertava à nova luz.

Os ventos do outono já fustigavam os mares, e o navio oscilava e avançava sob Yrene.

Para casa. Velejariam para casa naquele dia.

Não tivera muitas despedidas, não precisara. Mas Kashin, ainda assim, fora encontrá-la, no momento que Yrene tinha cavalgado até o cais. Chaol dera um aceno de cabeça ao príncipe antes de guiar a égua da curandeira para o navio.

Por um longo momento, Kashin havia encarado o navio — os outros reunidos no porto. Então ele dissera, baixinho:

— Queria jamais ter dito uma palavra a você nas estepes naquela noite.

Yrene começara a sacudir a cabeça, incerta do que responder.

— Senti falta de tê-la... como amiga — prosseguira ele. — Pois não tenho muitos.

— Eu sei. — Foi o que a curandeira conseguira dizer. E então acrescentara: — Senti falta de tê-lo como meu amigo também.

Porque tinha mesmo. E o que ele estava disposto a fazer por ela, por seu povo...

Yrene pegara a mão de Kashin. Apertando-a. Ainda havia dor nos olhos do príncipe, delineando aquele belo rosto, mas... compreensão. E um brilho nítido e destemido quando Kashin contemplou o horizonte norte.

Ele havia lhe apertado a mão em resposta.

— Obrigado de novo... por Duva. — Um sorriso breve na direção daquele céu setentrional. — Nós nos veremos de novo, Yrene Towers. Tenho certeza disso.

Ela sorrira de volta para Kashin, sem palavras. Mas ele piscara um olho, tirando a mão da dela.

— Minha *sulde* ainda sopra para o norte. Quem sabe o que posso encontrar na estrada adiante? Principalmente agora que Sartaq tem o fardo de ser o herdeiro, e eu estou livre para fazer como quiser.

A cidade estivera em polvorosa por causa daquilo. Comemorando, debatendo — ainda continuava. O que os outros irmãos reais pensavam, Yrene não sabia, mas... havia paz nos olhos de Kashin. E nos olhos dos outros, quando ela os vira. E parte dela de fato se perguntava se Sartaq tinha chegado a algum acordo não dito que ia além de *Jamais Duva*. Para talvez até mesmo *Jamais nós*.

Yrene sorrira de novo para o príncipe... para seu amigo.

— Obrigada, por todo o seu carinho.

Kashin apenas tinha feito uma reverência para ela e saído caminhando na luz cinzenta.

E, durante a hora que se passara desde então, Yrene ficara de pé no convés do navio, silenciosamente observando a cidade que despertava a distância, enquanto os demais preparavam as coisas ao redor e abaixo.

Por longos minutos, a curandeira inspirou o mar e os temperos e os sons de Antica ao sol nascente. Levou-os até o fundo dos pulmões, permitindo que se assentassem. Deixou que os olhos sorvessem as pedras de cor creme da Torre Cesme que se erguia acima de tudo aquilo.

Mesmo no início da manhã, a torre era um farol, uma lança protuberante de esperança e calma.

Ela se perguntou se algum dia a veria de novo. Pois o que esperava adiante...

Yrene apoiou as mãos no parapeito quando outra lufada de vento agitou o navio. Um vento do continente, como se todos os 36 deuses de Antica mandassem um sopro coletivo para lançá-los depressa para casa.

Para a travessia do mar Estreito... e para a guerra.

O navio começou a se mover, enfim; o mundo, um tumulto de ação e cores e sons, mas Yrene permaneceu diante do parapeito. Observando a cidade ficar menor e menor.

E, mesmo quando a costa mal passava de uma sombra, Yrene poderia ter jurado que ainda via a Torre acima dela, reluzindo branca ao sol, como se fosse um braço erguido num adeus.

⚜ 68 ⚜

Chaol Westfall não subestimou nenhum de seus passos. Mesmo aqueles que o lançaram correndo até um balde para vomitar o conteúdo do estômago durante os primeiros dias no mar.

Mas uma das vantagens de viajar com uma curandeira era que Yrene facilmente acalmava seu estômago. E depois de duas semanas no mar, desviando de tempestades furiosas que o capitão chamava apenas de Destruidoras de Navios... O estômago do lorde finalmente o perdoara.

Chaol encontrou Yrene no parapeito da proa, olhando para o continente. Ou para onde estaria o continente, se ousassem velejar perto o suficiente. Estavam se mantendo bem afastados conforme acompanhavam a costa de seu continente, e, pela reunião com o capitão momentos antes, estavam em algum lugar perto do norte de Eyllwe. Perto da fronteira de Charco Lavrado.

Não havia nenhum sinal de Aelin ou de sua armada, mas isso era esperado, considerando quanto tinham se atrasado em Antica antes de partirem.

Mas Chaol afastou isso da mente ao passar os braços em volta da cintura de Yrene e lhe dar um beijo na curva do pescoço.

A curandeira nem mesmo se sobressaltou com o toque vindo de trás. Como se tivesse aprendido a cadência dos passos de Chaol. Como se não subestimasse nenhum deles.

Yrene se recostou em Chaol, relaxando o corpo com um suspiro ao apoiar as mãos sobre a do lorde, que repousava na barriga da jovem.

Fora preciso um dia inteiro depois da cura de Duva para que ele conseguisse caminhar com a bengala — apesar de com rigidez e hesitação. Assim como fora naqueles primeiros dias de recuperação: as costas estavam tensas ao ponto de doer, cada passo requeria sua atenção total. Mas Chaol trincara os dentes, e Yrene murmurara encorajamentos quando ele tivera de aprender vários movimentos. Um dia depois disso, a maior parte da coxeadura se suavizara, embora ele continuasse com a bengala; e mais um dia depois, Chaol caminhara com o mínimo de desconforto.

Mas, mesmo no navio, depois das duas semanas ao mar com pouco para Yrene curar além de estômagos enjoados e queimaduras de sol, Chaol mantinha a bengala na cabine e a cadeira guardada abaixo do convés, para quando fossem necessárias novamente.

Ele olhou por cima do ombro de Yrene, até os dedos entrelaçados de ambos. Para os anéis gêmeos que tinham passado a adornar as mãos dos dois.

— Observar o horizonte não vai nos levar lá mais rápido — murmurou Chaol contra o pescoço de Yrene.

— Nem provocar sua esposa por causa disso.

Ele sorriu contra a pele da jovem.

— De que outra maneira vou me divertir durante as longas horas a não ser a provocando, Lady Westfall?

Yrene riu com deboche, como sempre fazia diante do título. Mas Chaol jamais ouvira nada mais adequado — a não ser os votos que tinham proferido no templo de Silba na Torre, duas semanas e meia antes. A cerimônia fora pequena, mas Hasar insistira em um banquete depois, que humilhava todos os outros já feitos no palácio. A princesa poderia ser muitas coisas, mas certamente sabia como dar uma festa.

E como liderar uma armada.

Que os deuses o ajudassem quando Hasar e Aedion se conhecessem.

— Para alguém que odeia ser chamado de Lorde Westfall — ponderou Yrene —, você certamente parece gostar de usar o título em mim.

— É adequado a você — respondeu ele, beijando o pescoço da curandeira de novo.

— Sim, tão adequado que Eretia não para de debochar de mim com reverências e cumprimentos.

— Eretia é alguém que eu poderia alegremente ter deixado para trás em Antica.

Yrene riu, mas lhe beliscou o pulso, se desvencilhando do abraço.

— Vai se sentir grato pela presença dela quando chegarmos à terra firme.

— Espero que sim.

Ela o beliscou de novo, mas Chaol segurou sua mão e deu um beijo nos dedos.

Esposa — sua esposa. Ele jamais vira o caminho adiante tão nitidamente quanto naquela tarde três semanas antes, quando a encontrara sentada no jardim e simplesmente... soubera. Soubera o que queria, então tinha ido até a cadeira da curandeira, se ajoelhado a seu lado e simplesmente feito o pedido.

Quer se casar comigo, Yrene? Quer ser minha esposa?

Ela havia jogado os braços em torno de seu pescoço, derrubando ambos na fonte. Onde permaneceram, para a irritação dos peixes, beijando-se até que uma criada fizera questão de tossir ao passar.

E ao olhar para ela naquele momento no navio, com a maresia cacheando as mechas do cabelo, destacando aquelas sardas no nariz e nas bochechas... Chaol sorriu.

O sorriso de resposta de Yrene foi mais radiante que o sol no mar ao redor.

Chaol levara aquele maldito sofá dourado com eles, com almofadas rasgadas e tudo o mais, o que não lhe garantira poucos comentários de Hasar quando o móvel fora carregado para o compartimento de carga, mas ele não se importava. Se sobrevivessem àquela guerra, Chaol construiria uma casa para Yrene em volta daquele maldito móvel. Assim como um estábulo para Farasha, que no momento aterrorizava os pobres soldados encarregados de limpar sua baia a bordo do navio.

Um presente de casamento de Hasar, junto do próprio cavalo Muniqi de Yrene.

Ele quase dissera à princesa que ela podia ficar com o cavalo de Hellas, mas havia algo de peculiar na ideia de avançar contra soldados de infantaria de Morath sobre um cavalo chamado Borboleta.

Ainda recostada contra ele, Yrene fechou a mão sobre o medalhão que jamais tirava, exceto para tomar banho. Chaol se perguntou se poderia mudá-lo para conter as novas iniciais da curandeira.

Não mais Yrene Towers... mas Yrene Westfall.

Ela sorriu para o medalhão, a prata quase ofuscante sob o sol do meio-dia.

— Acho que não preciso mais de meu bilhete.

— Por quê?

— Porque não estou sozinha — disse ela, passando os dedos sobre o metal. — E porque encontrei minha coragem.

Ele beijou a bochecha de Yrene, mas não disse nada quando ela abriu o medalhão e cuidadosamente tirou o papel amarronzado. O vento tentou arrancá-lo de seus dedos, mas Yrene segurou firme, abrindo o fino fragmento.

Ela observou o texto que lera milhares de vezes.

— Eu me pergunto se ela voltará para essa guerra. Quem quer que fosse. Falava do império como... — A curandeira sacudiu a cabeça, mais para si mesma, e dobrou o bilhete de novo. — Talvez ela volte para casa e lute, de qualquer que seja o lugar para onde tenha velejado. — Ela ofereceu a Chaol o pedaço de papel e se virou para o mar adiante.

Chaol pegou o bilhete de Yrene, cujo papel estava macio como veludo devido às incontáveis leituras e dobraduras e ao modo como ela o guardara no bolso e o amassara durante todos aqueles anos.

Ele o abriu e leu as palavras que já sabia que o bilhete continha:

Para onde precisar ir — e mais um pouco. O mundo precisa de mais curandeiros.

As ondas se acalmaram. O próprio navio pareceu parar.

Chaol olhou para Yrene, então sorriu serenamente para o mar e para o bilhete.

Para a caligrafia que ele conhecia tão bem quanto a própria.

Yrene congelou ao ver as lágrimas que desciam pelo rosto de Chaol sem que ele conseguisse as controlar.

— O que foi?

Ela teria 16 anos, quase 17 então. E se estivera em Innish...

Teria sido a caminho do deserto Vermelho, para treinar com os Assassinos Silenciosos. Os hematomas que Yrene descrevera... A surra que Arobynn Hamel lhe dera como punição por libertar os escravizados de Rolfe e destruir baía da Caveira.

— Chaol?

Para onde precisar ir — e mais um pouco. O mundo precisa de mais curandeiros.

Ali, com a letra dela...

Chaol olhou para cima por fim, piscando para afastar as lágrimas enquanto observava o rosto da esposa. Cada lindo traço, aqueles olhos dourados.

Um presente.

Um presente de uma rainha que vira outra mulher no inferno e decidira estender a mão. Sem qualquer intenção de que fosse correspondido. Um momento de bondade, um puxão em um fio...

E nem mesmo Aelin teria como saber que, ao salvar uma garçonete daqueles mercenários, ao ensiná-la a se defender, ao dar a ela aquele ouro e aquele bilhete...

Nem mesmo Aelin poderia saber ou sonhar ou adivinhar como aquele momento de bondade seria respondido.

Não apenas por uma curandeira abençoada pela própria Silba e capaz de aniquilar os valg.

Mas pelas trezentas curandeiras que tinham vindo com ela.

As trezentas curandeiras da Torre que estavam espalhadas pelos mil navios do próprio khagan.

Um favor, pedira Yrene ao homem em troca de salvar sua filha mais amada.

Qualquer coisa, prometera o khagan.

Yrene se ajoelhara diante dele. *Salve meu povo.*

Foi tudo o que ela pediu. Tudo por que implorou.

Salve meu povo.

Então o khagan respondera.

Com mil navios da armada de Hasar, assim como sua própria armada. Cheios dos soldados de infantaria de Kashin e da cavalaria darghan.

E acima deles, cobrindo o horizonte bem atrás da capitania em que Chaol e Yrene velejavam... Acima deles, voavam mil rukhin liderados por Sartaq e Nesryn, de todos os ninhais e fogueiras.

Um exército para desafiar Morath, com mais por vir, ainda se reunindo em Antica sob o comando de Kashin. Duas semanas, dera Chaol ao khagan e a Kashin, mas com as tempestades de outono, ele não quisera arriscar esperar mais. Então aquela força inicial... Apenas metade. Apenas metade, mas ainda assim a extensão do que velejava e voava atrás de si...

Chaol dobrou o bilhete nas marcas de dobradura já gastas e cuidadosamente o colocou de volta no medalhão de Yrene.

— Guarde isso por mais um tempo — disse ele, baixinho. — Acho que tem alguém que gostaria de ver esse bilhete.

Os olhos de Yrene se encheram de surpresa e curiosidade, mas ela não perguntou nada quando Chaol passou novamente os braços em volta da esposa e a segurou firme.

Cada passo, tudo aquilo, levara até ali.

Daquela fortaleza nas montanhas cobertas de neve onde um homem com o rosto tão severo quanto a pedra ao redor o atirara ao frio; àquela mina de sal em Endovier, onde uma assassina com olhos como fogo selvagem rira dele com deboche, inalterada apesar de um ano no inferno.

Uma assassina que encontrara sua esposa, ou elas haviam se encontrado, duas mulheres abençoadas pelos deuses perambulando pelas ruínas sombrias do mundo. E que agora continham seu destino entre elas.

Cada passo. Cada curva na escuridão. Cada momento de desespero e raiva e dor.

Aquilo o levara até precisamente onde ele tinha de estar.

Onde *queria* estar.

Um momento de bondade. De uma jovem que acabava com vidas para uma mulher que as salvava.

Aquele fiapo murcho de escuridão dentro de si se encolheu ainda mais. Encolheu-se e quebrou, virando nada além de poeira que foi varrida pelo vento do mar. Além dos mil navios que velejavam orgulhosamente e destemidamente atrás de Chaol. Além das curandeiras espalhadas entre soldados e cavalos, com Hafiza liderando-as; quase todas tinham ido quando Yrene também pedira que elas salvassem seu povo. Além dos ruks voando pelas nuvens, buscando ameaças adiante.

Yrene observava Chaol com cautela. Ele a beijou uma vez — duas.

Ele não se arrependia. Não olhava para trás.

Não com Yrene nos braços, a seu lado dele. Não com o bilhete que ela levava, aquele fragmento de prova... aquele fragmento de prova de que ele estava exatamente onde deveria estar. De que sempre estivera destinado a chegar ali. *Aqui.*

— Em algum momento vou ouvir uma explicação para essa reação dramática — disse Yrene por fim, estalando a língua. — Ou vai simplesmente me beijar pelo resto do dia?

Chaol deu uma risada silenciosa.

— É uma longa história. — Ele passou o braço pela cintura da curandeira e encarou o horizonte com ela. — E talvez queira se sentar primeiro.

— Essas são minhas preferidas — brincou Yrene, piscando um olho.

Chaol riu de novo, sentindo o som em cada parte do corpo, deixando que ressoasse nítido e claro como um sino. Um último badalar de alegria antes que a tempestade da guerra chegasse.

— Vamos — disse ele a Yrene, acenando para os soldados que trabalhavam com os homens de Hasar para manter os navios velejando com rapidez rumo ao norte, à batalha e ao derramamento de sangue. — Contarei no almoço.

Ela se colocou na ponta dos pés para beijá-lo antes que Chaol os levasse para a espaçosa cabine do casal.

— Acho bom que essa sua história valha a pena — comentou ela, com um sorriso sarcástico.

Chaol sorriu de volta para a esposa, para a luz na direção da qual caminhara inadvertidamente a vida inteira, mesmo quando não conseguira vê-la.

— Vale sim — disse ele, baixinho, para Yrene. — Vale sim.

⚜ CORAÇÃO DE FOGO ⚜

Eles a haviam sepultado em escuridão e ferro.

Ela dormia, pois a haviam forçado a dormir — tinham soprado fumaça espiralada e doce pelos buracos de respiro inteligentemente ocultos na peça de ferro acima. Em volta. Abaixo.

Um caixão feito por uma rainha antiga para aprisionar o sol no interior.

Coberta de ferro, selada dentro dele, ela dormia. Sonhava.

Flutuava sobre mares, pela escuridão, pelo fogo. Uma princesa do nada. Sem nome.

A princesa cantava para a escuridão, para a chama. E elas cantavam de volta.

Não havia início ou fim ou meio. Apenas a canção, e o mar, e o sarcófago de ferro que se tornara seu quarto.

Até que eles se foram.

Até que luz ofuscante inundou o escuro dormente e morno. Até que o vento soprou para dentro, gelado e com cheiro de chuva.

Ela não conseguiu senti-lo no rosto. Não com a máscara mortuária ainda presa a ele.

Os olhos se abriram. A luz queimou toda forma e cor depois de tanto tempo nas profundezas escuras.

Mas um rosto surgiu diante dela — acima dela. Olhando por cima da tampa que fora empurrada para o lado.

Cabelos pretos esvoaçantes. Pele pálida como a lua. Lábios vermelhos como sangue.

A boca da antiga rainha se abriu em um sorriso.

Dentes brancos como ossos.

— Está acordada. Que bom.

Linda e fria, era uma voz que podia devorar as estrelas.

De algum lugar, da luz ofuscante, mãos ásperas e cobertas de cicatrizes se estenderam para dentro do caixão. Agarraram as correntes que a atavam. O caçador da rainha; a lâmina da rainha.

Ele puxou a princesa para cima; seu corpo era algo distante e dolorido. Ela não queria deslizar de volta para dentro daquele corpo. Lutou contra aquilo, agarrando-se às chamas e à escuridão que se afastavam como a maré da manhã.

Mas o caçador a puxou para mais perto daquele rosto lindo e cruel que a observava com o sorriso de uma aranha.

E a segurou para que ficasse imóvel quando aquela rainha antiga ronronou:

— Vamos começar.

❧ AGRADECIMENTOS ❧

Mais uma vez, me vejo diante da assustadora perspectiva de comunicar minha gratidão pelas muitas pessoas maravilhosas em minha vida que tornaram este livro uma realidade. Mas meu amor infinito e meu agradecimento vão para:

Meu marido, Josh: você é minha luz, minha rocha, meu melhor amigo, meu porto seguro — basicamente, meu *tudo*. Obrigada por cuidar tão bem de mim, por me amar, por se juntar a mim nessa jornada incrível. Sua risada é meu som preferido no mundo inteiro.

Para Annie: você se sentou comigo durante os meses que levei para escrever e editar este livro, então parte de mim sente que seu nome também deveria estar na capa, mas até que comecem a dar créditos de autoria a companheiros caninos, isto terá de bastar. Amo você, cachorrinha. Sua cauda enroscada, suas orelhas de morcego, sua ousadia como um todo e a animação constante em seus passos... Tudo isso. Um brinde a escrevermos muito mais livros juntas — e a muito mais carinhos.

Para minha agente, Tamar: depois de dez livros, ainda não consigo explicar quanto sou grata por tudo o que você faz. Obrigada, obrigada, obrigada por estar a meu lado, pelo trabalho tão absurdamente árduo e por ser uma pessoa tão durona.

Para Laura Bernier: seus conselhos, sua sabedoria e sua animação por este livro fizeram com que trabalhar nele fosse um prazer. *Muito* obrigada por todo seu trabalho duro e edições — e por me ajudar a transformar este livro.

Para equipe mundial da Bloomsbury, por ser a melhor equipe de edição do planeta: Bethany Buck, Cindy Loh, Cristina Gilbert, Kathleen Farrar, Nigel Newton, Rebecca McNally, Sonia Palmisano, Emma Hopkin, Ian Lamb, Emma Bradshaw, Lizzy Mason, Courtney Griffin, Erica Barmash, Emily Ritter, Grace Whooley, Eshani Agrawal, Alice Grigg, Elise Burns, Jenny Collins, Beth Eller, Kerry Johnson, Kelly de Groot, Ashley Poston, Lucy Mackay-Sim, Hali Baumstein, Melissa Kavonic, Oona Patrick, Diane Aronson, Donna Mark, John Candell, Nicholas Church, Anna Bernard, Charlotte Davis e toda a equipe de direitos estrangeiros. Obrigada, como sempre, por tudo o que fazem por mim e meus livros. Fico honrada por trabalhar com cada um de vocês.

Para Jon Cassir, Kira Snyder, Anna Foerster e a equipe da Mark Gordon: vocês são os melhores. Fico tão exultante por estes livros estarem em suas mãos.

Para Cassie Homer: obrigada vezes infinito por tudo o que faz. Você é totalmente fantástica. Para David Arntzen: você nos protege desde o iniciozinho. Obrigada por todo o trabalho árduo e o carinho. E um imenso obrigada para as incomparáveis Maura Wogan e Victoria Cook, também conhecidas como a melhor equipe legal do mundo.

Para Lynette Noni: estou tão, tão feliz por termos nos conhecido desde aquele Supanova há alguns anos! Um obrigada daqui até a lua por toda sua ajuda com este livro, por ser uma parceira de *brainstorming* genial e por simplesmente ser *você*.

Para Roshani Chokshi: para começar, você está no alto de minha lista. Obrigada pelas gargalhadas, pelos ótimos conselhos e por ser um verdadeiro raio de sol. Fico honrada por chamá-la de amiga.

Para Steph Brown: você é minha parceira nas fanzoquices de menina. Obrigada por todo seu apoio — e por sua amizade. Significa mais para mim do que consigo dizer. Mal posso esperar por nossa próxima maratona de Senhor dos Anéis (#SociedadedoCopo).

Para Jennifer Armentrout, por ser uma das pessoas mais acolhedoras, carinhosas e generosas que já conheci; para Renée Ahdieh, pelos jantares que jamais deixam de me fazer sorrir e gargalhar; para Alice Fanchiang, por ser uma fã como eu e uma grande alegria de se conhecer; e para Christina Hobbs e Lauren Billings, por serem duas de minhas pessoas preferidas.

Para Charlie Bowater: por onde começo? Obrigada pelos mapas espetaculares, obrigada pela arte que continua a me espantar e me inspirar, obrigada por *tudo*. Nem consigo dizer como é uma honra trabalhar com você e quanto sua arte significa para mim.

Para Kati Gardner e Avery Olmstead: obrigada do fundo do coração pelo *feedback* e pelos comentários perspicazes — nem consigo começar a dizer quanto foram valiosos e quanto moldaram este livro. E, além disso, foi um grande prazer conhecer vocês dois.

Para Jack Weatherford, cujo *Gengis Khan e a formação do mundo moderno* mudaram para sempre minha visão de história e forneceram tamanha inspiração para o reino do khaganato. E obrigada a Paul Kahn, pela brilhante adaptação de *The Secret History of the Mongols*, e a Caroline Humphrey, pelo artigo "Rituals of Death in Mongolia".

Para meus pais e minha família: obrigada por toda a alegria, o amor e o apoio que trazem para meu mundo. Para a mais nova adição à família, minha sobrinha: você já tornou minha vida mais iluminada ao fazer parte dela. Que cresça e se torne uma moça destemida.

Um imenso obrigada a minhas amigas incríveis: Jennifer Kelly, Alexa Santiago, Kelly Grabowski, Vilma Gonzalez, Rachel Domingo, Jessica Reigle, Laura Ashforth, Sasha Alsberg e Diyana Wan. Para Louisse Ang: a esta altura, me sinto como um disco arranhado no que se trata de agradecer a você por tudo o que faz, mas *muito obrigada* por me apoiar tanto e ser tão maravilhosa.

E a *você*, querido leitor: obrigada por fazer cada gota de trabalho árduo valer a pena e por ser o grupo de pessoas mais encantador que já conheci. Adoro todos vocês.

Este livro foi composto na tipologia Adobe Caslon Pro,
em corpo 11/14,8, e impresso em papel off-white
no Sistema Cameron da Divisão Gráfica
da Distribuidora Record.